永夜的世界

——戰爭大陸（下）

談惟心

目次

昭雲閣

策林

一直以來，策林在魔塵大陸上就是以卓越的神術科技著稱的國度，同時也是隸屬於伊瑪拜茲家族轄下的領區。其領主為統治者階級的葛朗·伊瑪拜茲，他和家族長漢薩·伊瑪拜茲之間是叔姪關係。策林位處於魔塵大陸南隅與北境的交界，向東方直行離開魔塵大陸的邊境後便是連接蒼冥七界的安寧地帶。北面的鄰近國家為托佛，西則毗鄰東沂、非亞、蒙堤等國，南方連接埃蒙史塔斯家族的重鎮新嶽。遠古以前，這裡只有一片蒼茫的黑色濃霧，還有一處帶著寂寥、寧靜且與世無爭的夢境湖。

永恆之樹蘇羅希爾聖樹汲取了夢境湖的能量，逐漸成長並茁壯。巨大的樹林群穿越黑色濃霧高聳入天，樹冠層支撐著現今策林的首都埃比倫。

現代安茲羅瑟人使用的神術科技產物十之八九來自埃比倫的古鐘塔科技開發公司內的技術員及工匠所開發製作。他們這些發明家不光是滿足自身的創造能力，連整個策林取得靈魂玉的來源也是依賴著開發者的智慧，算是策林的經濟命脈。除此之外，成功開發龍裔士兵的潛能才是讓伊瑪拜茲家族最看重的部分。

伊瑪拜茲家族自稱是龍裔一族，是古龍族遠古魔龍血脈分支遺留的子嗣。他們有著安茲羅瑟人的堅韌、狡詐及智慧，同時保有古龍族的強悍力量與穩固的防禦能力。伊瑪拜茲家族認為石龍俄肯密特的第二子——「古龍的讚美」曼薩納斯與夢境湖女神赫鞀蘭兩人所生的兒子為蒼冥七界第一位龍裔，也是伊瑪拜茲家族的先祖。

伊瑪拜茲家族不止祭拜混沌之神多克索，包括十二天神之一、龍族創造者的神龍王菲爾多立姆也同樣是伊瑪拜茲家族信奉的天神。既是古龍族後代，伊瑪拜茲家族相信龍裔的體內藏有未開發的強大潛能。這股力量若能被實際運用的話，將足以掃除蒼冥七界所有阻礙，稱霸整個宙源。

古印龍甲及古龍精華的研究與開發將是能夠讓龍裔發揮百分之百力量的最好證明。古印龍甲可與龍裔的皮膚及鱗片相結合，其功用能減緩神力的衝擊、提升對物理攻擊的防禦、增加對毒物的抗性等。古龍精華能大幅提升龍裔的力量、精神、體能，甚至能減輕使用神力之後帶來的副作用。

可惜一開始提出的理論太過完美，導致後來成效不彰的產品問世後令人大失所望。

實驗初期，古鐘塔工作室的員工徵求了不少自願參與測試的龍裔；雖然說他們是徵求自願者，但實際上大部分參與測試的龍裔都是被政府強迫者居多。實驗過程嚴格保密進行，僅少數高層與開發人員會參與討論。由於是初開發階段，失敗的配方會造成嚴重的副作用，被當作古印龍甲實驗品的龍裔出現了鱗片剝落、表皮脆弱甚至皮膚潰爛的現象；古龍精華的實驗者則有狂亂、昏迷後死亡、產生幻覺等後遺症。

開發研究所需要的靈魂玉非常昂貴，犧牲掉的龍裔也不在少數，研究學者遲遲無法突破瓶頸。以上種種的因素讓伊瑪拜茲家族高層心灰意冷，一度宣布暫停開發計畫。直到哈魯路托的手下們也共同參與並合作開發後，血祠院的咒術僧官改良產品的配方，技術問題才有了進展突破。

開發工程一直延續到現今，已經有少量的樣品問世。但由於數量稀少價格又貴導致沒辦法量產，副作用的問題仍然沒有完全獲得解決且不適用所有龍裔的體質等關係，所以古印龍甲和古龍精華還是沒有辦法被實際運用在戰場上，對伊瑪拜茲家族的貢獻來說還有待觀察。

附帶一提的是，少部分因為副作用而痛苦不堪的龍裔們，在沒有死亡的情況下是比死還不如的苟延殘喘，這些龍裔們則被稱為惡疾龍人。當初進行實驗時若是自願參與，則國家給予照顧及醫療；反之，若是被強迫參加的失敗品皆會被放逐出境。而這群被放逐的惡疾龍人因其不平衡的心理及受到創傷的精神，他們多對策林產生一種報復心態。

對未來已不抱希望的惡疾龍人們，將是伊瑪拜茲家族的隱憂。

埃比倫西方百里外的一個小村落，下午時分來了名意外的訪客。那人身穿連帽黑衣外套，身上裹著厚紗布，畏首畏尾的行走。

策林司法警官們一左一右地護送一名惡疾龍人，幾名警衛在後方跟隨戒護，那人正是要被放逐出境的失敗品。當他們一離開村落時，黑衣男忽然拔出鋸齒劍，他快速砍倒後方的警衛。左邊那名司法警官在糾纏中試圖抵抗，黑衣男卻反手將劍尖直刺入對方的臉部，再轉個方向施力，把他的腦門一分為二。另名警官在攻擊中扯破黑衣男的外套，黑衣男那充滿疙瘩、異瘤的皮膚直接暴露在外。「你也是惡疾龍人？」警官驚呼。

黑衣人掄起鋸齒劍揮掃，一陣亂砍亂劈後，警官的屍首已四分五裂。餘悸猶存的龍裔則驚魂未定的呆愣在一旁。

「別怕，你的惡夢結束了。」黑衣男雙手持劍，將之高舉過頭。「讓我終結你醜陋不堪的人生，你的恨意就由我來繼承。」在罩帽底下是既難看又無情的面容。

鋸齒劍夾帶神力揮落，在劍閃的瞬間，那名惡疾龍人看見了他在這世界的最後一幕；一分為二的影像。

位於埃比倫地下水道，放逐者的臨時基地——背叛者巢穴。

這是個充滿臭水、污穢不堪的髒亂地區，墨綠色的水中含有古鐘塔科技開發公司不要的實驗廢水、垃圾、黏稠的泥土。生活在此的惡疾龍人們得忍受毒沼的氣味以及擾人且具有攻擊性的惡蟲、毒蚊、廢土黏怪等，因為實驗藥劑而異常增生的怪異植物也叫人感到麻煩。

所幸撐過痛苦時期的惡疾龍人們擁有堅韌無比的忍耐力，他們為了等待對埃比倫的一次反擊機會，不惜在此艱苦的過活。

「梭恩德，你又去襲擊埃比倫的軍警了嗎？」說話的人有一頭乾枯凌亂的白髮，他的左眼似乎已經失明，臉上皮膚有部分呈現糜爛，身穿老舊胄甲，看起來飽經風霜。他背靠著牆角，席地而坐。「最好別再這麼做，你會讓埃比倫的人起戒心，到時候我們的行動會變得很困難。」

梭恩德脫下破爛的風衣外套，他將運回來的惡疾龍人屍首粗暴的抬起，再往前一丟。「又是一個可憐蟲。」他盤腿坐在屍體旁。「一個之後又接著一個，古鐘塔的人那會罷手？我要製造混亂，讓他們越不安越好。只要繼續騷擾，不滿的市民就會給政府壓力，在混亂中我們才有趁虛而入的機會。」

飆揚抽著菸管。「你說的也有理。」他看向屍體。「但是你把可能會成為戰力的朋友也殺了。」

「他很虛弱，熬不過副作用帶來的折磨與痛苦。這樣的可憐蟲，應該要慈悲的給他痛快一劍。」梭恩德表示。

「既然人都死了，你帶屍體回來做什麼？我們又沒有懂復生術的咒術師。」飆揚頓了一下，「你要他的腦中記憶嗎？」

「知己知彼，這是情報的最基本。」梭恩德手掌擺在屍首額部，瞬間白光浮現，他的意識與屍體相連接。接著慢慢的有影像自腦海中竄出，梭恩德能看見了，也能聽得到聲音……

印在梭恩德眼簾的是惡疾龍人死亡之前曾經看過的影像……

他知道自己倒臥在地，不過意識仍很清楚，也聽得見周遭說話之人他們的談話內容。

有一個看似年輕，像是亞蘭納人的男子踢了他一腳。

「媽的，這就是我們要的嗎？你在戲弄我們。」男子看起來很生氣。「你們的水準也就這樣，製造出這些連廢渣都不如的玩意兒。」

梭恩德從龍人的記憶影像便可以判斷他所處的位置正是古鐘塔的人體實驗室，因為梭恩德自己也曾待過，所以他很清楚。那是一個充滿可怕回憶的場所，光是這一個畫面就足以讓他咬牙切齒，恨不得砍光裡面的所有人。

另一個說話的人長得很矮小，有一頭蓬鬆的頭髮。他猥瑣的臉上掛著一副機械眼鏡，身上穿著白色長袍。梭恩德認得這個人，他叫伯廉·古崙，是古鐘塔的首席科學顧問，同時也是古鐘塔公司的老闆。「馬爾斯大人，您看到的只是眾多成品中少數的失敗品而已，我可以帶您去看其他成功的樣本。」

馬爾斯當場拒絕。「你以為我不知道你搞什麼花樣嗎？當初亞基拉爾陛下決定要投資這項計畫就已經是個錯誤的決定。若不是這樣，自己的領區夜堂也不會被你們放出去的惡疾龍人騷擾。光是這件事我就打算好好勸亞基拉爾陛下，讓他考慮中斷對你們的金錢援助。」

「北境帝王擁有的財富無可估計，這點損失對陛下來說只是皮毛小事。更何況我們的合約還沒到期，陛下可不是會毀約的人。」伯廉笑道。

「博士，我可警告你，快想出配套措施來彌補你們的失誤。」馬爾斯哼道：「我真不明白，你們怎麼會蠢到把具有危險性的實驗體放逐出境？早在失敗的時候就應當毀滅才是。」

「逐出失敗的實驗體是高層的意思，這樣才能測試古印龍甲及古龍精華的威力。」

馬爾斯身後站著的和尚突然開口。「懷著報復之心的惡疾龍人們必能百分之百發揮實驗的結果，沒有什麼比這些瘋狂的人更適合用來測試龍甲和精華的威能。」那名和尚的右臉破碎，他嘴巴的位置變成一片平坦的白色皮膚，而右眼則成為帶有尖齒的口部。

「連鬼聖和尚都這麼說。」馬爾斯歸納出他的結論：「你們都一樣下流。」

背叛者巢穴的會議室內，十名被放逐的惡疾龍人聚在廢棄的水道口討論事情。他們沒有太多的可用資源，連開會的地方都不像個樣。有人鋪張毯子席地而坐、有人準備木箱當椅子、有人沒位置只好站著，每一個人都帶著嚴肅的表情，室內氣氛緊繃。

「按照你的說法，大家的一舉一動豈不是都在策林高層的預料當中？我們每個人都被埃比倫當成實驗品，那些高層費盡心思只為了觀察我們可否被運用在實戰上。」鐵戈搖頭：「看來我們得沉寂一段時間，等那些人對我們的關心減少後再行動。」

「鐵戈，你把自己看成那麼沒用的人嗎？我們可不是為了滿足伊瑪拜茲家族的欲望才來到這世界。」一名為胡恩的惡疾龍人說。他的手部因為古龍精華的副作用而有殘缺，左手是一把鐵鉤。

鐵戈的半身潰爛，在鎖骨附近的皮肉幾乎爛到看得見骨頭。「不，就是因為不想滿足那些混蛋們的欲望，所以我才認為這個行動不宜再執行下去。只要我們按兵不動，他們也無可奈何；反倒是執行報復計畫就剛好正中他們下懷，一切都在對方的計算內，我們有幾成勝算？大家被迫當成實驗體已經落得這麼不堪的下場，我認為還是為自己打算，留下殘命比較好。」

因羅克罵道：「你這是安茲羅瑟人最典型的思考模式，你的性格跟你的皮膚一樣爛！一有優勢就惡狠狠地窮追猛打，等到自己劣勢後又變得懦弱畏縮、貪生怕死。」他拉開衣服，露出上半身，在左胸的位置有幾根肋骨破胸而出。「看看這個，我永遠不會饒過古鐘塔的人，即使死也不可能。我不是不怕死，只是不想度過沒尊嚴的餘生。」

梭恩德擺動強而有力的尾巴，他舉起鋸齒劍威嚇：「我們被迫以半獸化的型態見人，承受世人嫌惡的目光，在這裡沒人可以全身而退。想要退出的現在就站出來，我會一劍幫他了斷！」

眾人一陣靜默無聲。

萊瑪斯是所有惡疾龍人中外觀最完整的龍裔，他拍著掌吸引眾人的注意力。「好了，不用再爭執了。」他拿出一幅設計圖。「我們可以繼續討論上次的計畫，這遠比大家繼續在戰或不戰的無意義話題上爭辯更好。」

「你還是打算固執的進行你的次元輪計畫嗎？」飆揚試著把菸管中的菸灰敲出。「在座的每一個人全都落魄無比，又怎麼會有多餘的資源可以做這件事？」

萊瑪斯帶著笑臉回覆：「在我還沒成為惡疾龍人前就已經開始為計畫做準備，現在只是計畫的延伸而已。我這樣回答你能接受嗎？」

「在還沒成為惡疾龍人之前你就想以那麼激烈的手段毀滅埃比倫？你真是個可怕的男人。若我只是一般平民，光聽到計畫最後可能造成的後果就肯定奮不顧身想取你的命。」飆揚訝道。

在陰暗的房間走道裡，皮靴踏步的聲音迴響在空盪盪的長廊。那是緩慢又沉重的腳步聲，帶著一種非自願的強迫感。梭恩德的臉上沒有太多的表情起伏，他滿腹的心事可以從他低著頭的行進姿態上看出端倪。

「你必須協助實驗的測試。」

「為什麼？父親您是策林的高官，又是人民心目中的英雄，為什麼一定得要我？不應該是我。」

「嗯？我有允許你拒絕嗎？」父親的聲音：「你沒資格發表任何意見，你的命是屬於我的，我生歸我有。」

在梭恩德小時候的教育裡，他被教導成對父親唯命是從的孩子，因此無論在什麼情況下，自己絕對不能悖逆父親。他對父親的權威、力量感到害怕。若有一天自己也能獨當一面，擁有和父親一樣的地位、實力時，自己是否就能夠脫離父親的掌控呢？如今他已經成年，有自己的獨立思考與判斷能力，他不想一輩子活在父親的陰影下。明知道實驗可能對身體產生負面影響，卻僅因父親的一句話就要讓自己面臨未知的危機，很可能還會因此陷入死地。梭恩德第一次在心中產生了強烈的抗拒意識，他真的不想再這麼無條件的服從父親的命令。

「葛朗陛下已下令要讓曼德爾大人親自參與實驗。」

「曼德爾大人？朱紅之矛騎士團的領袖？這可能嗎？」

「曼德爾大人被譽為策林最強的男人，身上流著最強的龍族之血，是測試古龍精華威能的最佳人選。」

「不就是因為功高震主，葛朗陛下才藉故要除掉曼德爾大人嗎？」

「噓！安靜，這不關我們的事。」

「但是我沒見到曼德爾大人。」

「他的兒子代替大人前來接受測試了。大人的理由是：我的兒子和我流著一樣的血，所以測試結果仍不會改變。」

「這種理由太牽強了。那麼大人的兒子現在在哪呢？」

「不就是躺在手術台上的那個嗎？」

古鐘塔技術人員的閒言閒語傳到梭恩德的耳際，他聽完後仍認命地躺在手術台上等待著他的命運，可是心中卻極度想從這個令人厭惡的地方逃離。

被父親當成棄子了，梭恩德如此堅信著。假如他僥倖沒死，並能得到古龍精華賦予的新力量，那他希望至少能在自己倒地之前，可以朝父親的臉上給他一拳痛擊。

當微弱的鬼火燈光芒直接照射在自己的臉上時，梭恩德心中升起了陰森的噁心感。

晦暗的鬼火燈、陰沉的手術室，現在還走進兩名冷冰冰的古鐘塔技術人員。在前置工作告一段落後，白袍技術人員前來查看梭恩德的情況，那種看著待宰野獸的眼神叫人不寒而慄。

「實驗開始。」白袍技術人員宣布。

他們用針筒抽出玻璃瓶中暗綠色的藥劑，之後在梭恩德不安的注視下，那根針頭準確地扎入自己的右臂。

梭恩德第一次見到緋兒・道漢時，兩人都尚年幼。她的父親蘇利根・道漢是策林的先鋒將軍，與梭恩德的父親朱紅之矛騎士團長「龍戟」曼德爾是多年好友。

在梭恩德的印象裡，緋兒是個活潑好動的小女孩。和她兩位足不出戶、靦腆害羞的姊姊不同，她表現得既好勝又愛爭強，因其不怕生的個性讓她常和其他男孩打成一片。

梭恩德將緋兒形容為一朵夜檀花。那是一種生於安茲羅瑟的薔薇屬食肉植物，花美有異香，有豔麗的花瓣，還有致命的吸引力。

緋兒正和她的夥伴玩在一塊，鬱悶的梭恩德就躲得遠遠的，以羨慕的眼神看著她們。刺球滾落，一直轉到梭恩德的腳尖前。

「唉呀！我的球滾過去了。」緋兒走上前去撿球，她正巧和這名畏縮的男孩正眼對上。那天後，緋兒的影子就一直深藏在梭恩德的心中。

兩家一直互有往來，不過兩人之間的關係並沒因此變得更熱絡。

成年之後，梭恩德曾見過道漢家四姊弟在大庭廣眾下對僕役動私刑。長大後的道漢家四姊弟個性也變得和小時候不同，安茲羅瑟人的本性已顯露無遺。

他們是道漢家的下人，因為無法相愛而選擇逃離，最後仍是被逮回。逃走的僕役很常見，但為了愛情而選擇離開主上的安茲羅瑟人則很罕有。

道漢家四姊弟：長女娜席安、次女瑪恩德林、三女緋兒、四男玄傑四人併席而坐，兩名下人被綁在木樁上，立於他們四人眼前。

男僕自小跟隨在緋兒身邊，也是陪她成長的玩伴，如今被當成罪犯綁在木樁上，不曉得緋兒內心有什麼想法？至少梭恩德從她紋風不動的表情上無法讀出任何訊息。

「緋兒，是妳的人，妳來決定。」娜席安把執刑決定權丟給緋兒。

緋兒沉默許久，她的目光始終沒從兩名下人的身上抽離，其餘眾人也不發一語，靜靜的看著。之後，她起身，以不帶感情的口吻下令。「私自逃離道漢家的行逕無論理由為何，皆視為背叛。依策林領主葛朗．伊瑪拜茲制訂法規判決，背叛者一律處以火刑。我緋兒．道漢以父親道漢家族領袖兼策林將軍蘇利根．道漢為名，在此宣判立刻執行！」

無情的火刑執行，兩條生命在火焰的包覆下燃燒，就像扭曲的怪物。緋兒佇立在受刑人前方，眼中閃著炘炘火光，靜靜地看著。

等到火已盡，娜席安起身，朗聲宣布：「刑畢，天神慈悲，眾人見證，願他們的靈魂能到裂面空間下懺悔，洗滌罪惡。」

這是梭恩德在被當成實驗體前，最後一次見到緋兒的情況。

事隔多年，滿身瘡痍的梭恩德再次來到道漢家，這次既為任務也為了私心。

梭恩德將破爛不堪的黑色連帽風衣稍做修補，他在風衣的遮掩下，很不起眼的夾在人群之中。現在廣場上正有兩名全副武裝的戰士正進行一對一的比試，雙方打得激烈。

根據路人們談論的對話可以得知，這兩個人都是策林的貴族子弟，他們同時向緋兒提出婚姻請求，因此才會有今天這場決鬥。

比試已經過了一段時間，兩人都負傷累累。其中一人盔甲損毀，他將其脫下棄之在地，另一人手擎巨劍向他劈砍過去。失去盔甲後，那人瞬即恢復獸化原形，他的對手一見狀便顯得猶豫，他似乎也想以獸化來對戰，可惜他的遲疑成了致命點。龍裔戰士咆哮一聲，尖牙利口咬斷敵手的脖子，同時指爪穿心而過，取出心臟。

「我贏了，道漢家要依照約定，把女兒嫁給我。」他得意的舉起對手首級。那人捧著血淋淋的腦袋，走到緋兒的面前，打算把頭顱當作禮物送給她。

不料，緋兒魂系神力聚勁在手，神術隨後發出。那戰士閃避不及被擊中後，身體彈飛直到撞上鋼樑才頹軟地倒臥在地。

梭恩德正眼一瞧，看來那人是被擊中致命處，當場死亡。

「想成為道漢家的女婿，至少得要有贏過自己妻子的實力。」緋兒語帶自信的說。

路人問：「只要贏過妳，不論身分階級……皆能成為道漢家的夫婿？」

「是。」緋兒表示：「有本事想打倒我的，儘管過來。」

眾人一陣議論紛紛。

「她又來了。」娜席安從座位上起身要阻止妹妹的行為。「真是不知天高地厚。」玄傑攔住她的姊姊。「靜觀其變就好，三姊有自己的主意。」

「真是亂來。」娜席安批評道：「父親大人可沒允許她的蠢提議。」

緋兒拋出的話題早讓底下的群眾們產生爭執。這些人不見得會喜歡她，但肯定都想攀上策林貴族的道漢家一夕得勢。

一名以獸化原形示人的粗漢撂倒眾人，「滾開，你們都還不夠格挑戰。」

「你以為自己夠資格嗎？」

「什麼？」巨漢怒火中燒，他急欲回身抓出那個聲音的主人時，鋸齒劍卻先一步砍到他的肩頭，才不過眨眼的瞬間，他整個肩膀便被卸了下來。

巨漢發出驚呼聲，他的表情驚慌失措。鋸齒劍隨後劃過一道漂亮的弧形，梭恩德的回身斬從巨漢的腰際劈過，攔腰將他斬成兩截，臟器紛飛四散。

梭恩德扛著鋸齒劍走出，這是他成為實驗體後與緋兒的第一次見面，也是睽違已久的相會。當然，緋兒本人並不知道眼前的人是梭恩德。

緋兒看到地上如破布般的內臟後，變得有些遲疑不決。

梭恩德稍微瞄了懷中的萬年表一眼，他知道任務還沒開始，自己還有充份的時間可以運用。他轉動手中的武器，將劍刃貫入泥地中。「挑戰是在雙方的同意下進行，妳要是害怕可以取消剛剛所說的話，我也不會當真。」

緋兒正疑惑這個人的來歷，再加上他陰森詭異的打扮使得她產生猶豫；最後男人的一席話引動緋兒的好勝心，她絕對不會迴避這名挑戰者了。「害怕？道漢家沒有這個名詞，留給你自己。」

不知為何，緋兒隱約看見罩帽底下那張模糊的臉依稀露出上揚的嘴角，似乎顯得很開心。這種感覺，自己好像也曾在什麼地方見過，就在以前的回憶裡。然後緋兒的視線中，這名男子和某個人的影子彷彿重疊在一塊。

緋兒舉起槍，附有神力的子彈疾射，打中梭恩德。

不，沒中，那是殘影。

就在槍鳴的那一刻，梭恩德已閃避掉攻勢，在對方還沒來得及注意到時，他的左拳便揮落。

緋兒以神力護盾擋下，她馬上使用招式回敬，線狀神術如長鞭揮舞，彷彿像是黑夜裡的一條遊龍，朝著梭恩德發出怒吼。

梭恩德沒有選擇迴避，他的左手吸收對方的神術，隨後將這股神力以夜瀑般美麗的形態由地面下釋放出來。緋兒被逼的不得不後退，她驚險的躲過攻擊，地面卻被擊得殘破不堪。

梭恩德再以直拳進逼，緋兒選擇以力搏力硬擋，雙方神力衝擊結果兩人平分秋色。

「你在做什麼？為什麼只用左手進攻？難道你右手拿著的武器是裝飾用嗎？不許你小看我。」緋兒發現對方竟然在禮讓自己，心中頗為不快。

梭恩德揚手撣掉外套上的灰塵，他以輕蔑的口吻說：「妳以為妳能讓我使出幾分力呢？」

這本來就是場不公平的對決，因為你不可能去殺死緋兒，在神力的運用上就有顧慮，變得十分謹慎；相反的，緋兒卻沒這種煩惱，實力弱於她的很可能在戰鬥中一個不留神就遭受重創甚至死亡。深知此點的梭恩德決定以守待攻，讓緋兒主動露出破綻。

受到挑釁的緋兒怒氣上升，連番進攻雖然都被梭恩德招架住，但是神術施放一輪接過一輪，梭恩德單以左手逐漸疲於應付。

伴隨著低鳴吼聲，緋兒瞬間恢復龍裔的模樣，梭恩德閃避失敗，被她用手掌扣住腦門，直直地撞上鋼樑。衝擊力道強勁，鋼樑發出金屬碰撞的巨響聲後，隨之不穩傾斜，然後跟著癱坐在地的梭恩德一起倒塌。

血液自梭恩德的額頭滑落到嘴唇，他以舌尖輕舐唇上鮮血。在煙塵中，梭恩德的殺意不減反升了。

「快起來，你連左手都沒辦法用了嗎？」

梭恩德將混合血液和泥巴的唾液吐出，他從地上站起。「省去妳的嘲諷，我會馬上讓妳閉嘴。」他擦掉血，帶著冷笑。

緋兒還沒來得及作出反應，梭恩德已經來到她的眼前。

「咦？啊！」緋兒剛發出驚呼，梭恩德立刻以劍柄撞擊她的腹部，同時她的神力也被梭恩德瓦解。緋兒試圖以右手還擊，卻被鋸齒劍劈裂了虎口。梭恩德再一次揮動武器，分別攻向她的腰、胸、最後是頭。三次攻擊都只有點到為止，沒造成傷害，而揮落的劍刃則停在緋兒的頭上。

緋兒的雙眼帶著驚恐盯著那把劍，臉上流下冷汗，此刻的兩人一動也不動。

「我、我認輸。」緋兒認敗。

「等一下。」娜席安喊道：「我有意見。」

梭恩德收回武器，他靜靜的聽著娜席安發言。

「不用再遮遮掩掩的了，你是惡疾龍人。最近有個手持鋸齒劍，常常襲擊村落的就是你吧！」

梭恩德脫去外套，醜陋的外貌和坑坑疤疤長滿異瘤的皮膚直接爽快地展示在眾人眼前。「是又怎麼樣？」

「我不會讓道漢家的人嫁給惡疾龍人，更別說是一名罪犯，簡直是有辱道漢家的名譽。」

「姊姊。」緋兒叫道，娜席安卻充耳不聞。

「名譽？」梭恩德發出噗哧的聲音，但他的表情卻沒有在笑。「那種東西值多少靈魂玉？」

「你以為每個人過的生活都和你的墮落人生一模一樣嗎？那你可大錯特錯了，梭恩德。」娜席安嘲諷道。

「梭恩德？」緋兒又覆唸了一次，她疑惑地看著那名來挑戰的男人，對方與某人的疊影逐漸清晰起來。

聽到娜席安這麼稱呼自己，他肯定道漢家已經完全知道事情的來龍去脈了。

「這又怎麼樣？難道你們視家族名譽勝過誠信嗎？」

「吾妹尚年幼，很多事她都無法作主，剛剛她說的話只是玩笑。」

玩笑？這種理由聽在梭恩德的耳中更覺得可笑，只要什麼事都推給其他人就可以不必負責，更何況他不覺得緋兒的語氣中帶著任何遊戲心態。

「姊姊，他贏過了我。」緋兒強調。

「住嘴，妳想嫁給長滿爛瘡的惡疾龍人嗎？胡鬧也有個限度。」

一直沉默不語的四弟玄傑也站了起來，他指揮著道漢家的手下們。「我以道漢家長子的身分下令，馬上逮捕這名身負重罪的惡疾龍人。」

「蘇利根死了嗎？」梭恩德問。

玄傑大怒：「無禮！」

「照娜席安的說法，道漢家的主人沒死，那輪得到你這個毛頭小鬼發號施令？」梭恩德聳肩。「無所謂，你們這些廢人也只會說些廢話，我也不會當真。」

道漢家的下人將他團團圍住，梭恩德已做好突圍的準備。

此時，天眼飛入，直接鑽入娜席安的眉梢。她大怒，「豈有此理，古鐘塔公司和蘇羅希爾聖樹同時遭到攻擊了。」

「我玩到忘記時間了，真是糟糕。」梭恩德若無其事的問：「我自己是沒關係，身負聖樹戒護工作的道漢家還要把時間浪費在我身上嗎？」

古鐘塔公司守衛與四名惡疾龍人發生衝突，這些入侵者砍倒雇員和幾名技工後，跟著闖入公司內部，這麼大搖大擺的襲擊行為不知道究竟有什麼企圖？伯廉．古崙為此感到不安，他好不容易等到前來支援的軍隊。「喔！芬爾迹指揮官，您終於來了。」

名為芬爾迹的將官帶著一大票士兵前來，他左手捧著亞蘭納人半截顱骨，右手拿著銀骨勺子挖腦漿吃。「惡疾龍人不是都在監控中嗎？為什麼會讓他們闖入公司？」他將吃得乾淨的腦袋丟出去，然後拿手帕抹嘴。

「我不知道，竟沒人回報他們的行蹤。」伯廉自己也摸不著頭緒。

芬爾迹那四隻細如葉片的眼睛盯著伯廉，「那就是你自己的通聯資訊工作出了紕漏。」他推開伯廉，吩咐手下：「現在開始是我們的工作，一隻蟲子都不可以讓他飛出古鐘塔總公司。」

「請讓我也跟著。」伯廉請求道：「至少讓我看看這些可惡的傢伙造成了我多少損失。」一路前進，到處都是被破壞的痕跡，地上也有不少死亡的公司員工。不過雇工要幾個可以來幾個，這倒無所謂；但是機器設備卻很昂貴，看得伯廉既心痛又急怒攻心。「這些他媽的雜種真夠狠的，把實驗室拆了是想要我的命嗎？」

飆揚和另外三名惡疾龍人正肆無忌憚的發動攻擊，由於他們的入侵行動逐漸受到阻礙，所以破壞的區域仍很有限。

「喔，看看誰來了。」飆揚從一具屍體上拔出長劍。

「怎麼？你們也就這種程度嘛！不敢再前進嗎？我會讓你們嘗到古鐘塔科技產物的厲害。」伯廉大聲叫罵。

「我以為是誰，原來是芬爾逑。」飆揚露出笑顏。「你們沒幫手可找了嗎？」

「飆揚，你竟然還活著！」芬爾逑一見到他就沒有好臉色。

「還沒對把我送來古鐘塔的你復仇，我怎麼可能會死呢？瞧你的近況不錯嘛！阿諛諂媚的工夫大概也進步不少。」

「閉嘴！快來人殺了他。」芬爾逑下令。

「看看你白皙的皮膚，還有那一對倒勾的犄角，你又不是龍裔卻能在策林任職，靠的不就是嘴上巴結的能力嗎？」惡疾龍人們在戲鬧聲中與士兵發生戰鬥，他們沒有辦法突圍，可是士兵們一時之間也對他們束手無策。

芬爾逑親自動手，他第一個目標理所當然是惹怒他的飆揚。面對來勢洶洶的神力衝擊，飆揚硬接下芬爾逑發出的神術，結果不但自己被震退，連手臂也發麻到難以活動。

「不錯，你的實力依然維持著。」飆揚使個眼色，三名惡疾龍人因羅克、權卡、貝古利斯跟著一起逃入鍊金實驗室內。

「蠢蛋，竟然跑入沒有其他出入口的地方。」伯廉跟著要進去。

芬爾逑單手將伯廉拉向後方。「你留在外面守著，我進入。」

看著芬爾逑和士兵追入實驗室中，伯廉心中很不是滋味，明明是自己的地盤卻不能作主。他在外面來回行走，不時伸頭探看內部情形。說也奇怪，進去也過了一段時間，不過裡面卻沒有任何打鬥的聲音傳來，唯一的入口也再沒有人從裡面走出，到底發生什麼事了？

等過兩刻五短針的時間後，伯廉再也忍不住。「到底在幹什麼？我要進去看。」

伯廉帶著幾名技工在實驗室內到處尋找，最後在房間深處發現芬爾述倒臥在血泊中一動也不動，他和自己的那群手下都已經變成屍體。至於那四名惡疾龍人則憑空消失，沒人知道去向。

永恆之樹以夢境湖水為能量藉以生長，每一棵永恆之樹都壯觀的難以想像。正因此如此，高聳入天的樹群才能在長久的歲月裡屹立不搖的支撐著埃比倫。其中一棵永恆之樹的樹幹中空，樹幹內成為連接埃比倫與夢境湖的通道，伊瑪拜茲家族為這棵樹起名為蘇羅希爾。

蘇羅希爾聖樹的成長與安茲羅瑟人的歷史息息相關，有許多大事件更與聖樹緊密連結：它曾是哈魯路托自天界敗逃後的一處避難據點，著名的蘇羅希爾兄弟會在此結義，三大家族宣布成立的地點，五大黑暗深淵領主在此向哈魯路托宣誓效忠，亞基拉爾與光神費弗萊在此簽訂停戰協定，昭雲閣成立前的會議場所。由於現今的大型會議皆改為在昭雲閣各處的理事國舉行，蘇羅希爾聖樹的重要性在安茲羅瑟人的心目中逐漸被取代，但聖樹本身對於許多領主來說仍是不可磨滅的存在。

蘇羅希爾聖樹內部有少數的住民，他們被稱為蘇羅希爾之眼，屬於中立的組織，與各國皆無關聯。蘇羅希爾之眼的紀錄員盡責地書寫各種記錄、歷史事件、名人傳、蒼冥七界的大小事等，其記載下來的資料繁多，著書豐富，可以說是安茲羅瑟人知識的寶庫。唯有對知識的渴求過於常人以及充滿智慧的安茲羅瑟人才會被招募加入組織。他們窮盡一生的心力在組織內發揮所長，不效忠任何領主、不加入其他組織、不會組成家庭，只有對知識的保留與傳承有堅定信念才能在那麼長久的歲月裡能保持內心安寧。

聖耀大穹殿曾是哈魯路托君臨魔塵大陸的起點，五名黑暗深淵領主俯首稱臣的地方；如今成為蘇羅希爾之眼紀錄員們編輯、撰寫文稿的辦公場所，充滿書卷味。

穿著軍履的士兵進進出出，道漢家族的玄傑帶著他的手下前來查探情況，今天的聖耀大穹殿顯得很不平靜。

「該死的惡疾龍人呢？他們做了什麼？」玄傑點燃一根菸，他四處張望，看看有沒有被破壞的地方。

紀錄員惶恐不安地回答：「他們什麼都沒破壞，也沒帶走任何東西。」

玄傑挾帶怒氣的手掌拍向桌子。「只是煙霧彈而已，該死的梭恩德。要不是道漢家視聖樹的安危為第一優先，怎麼可能會輕易的就放他離開。」

「但……但是。」紀錄員結結巴巴地說：「他、他們綁走了喀倫長老。」

「什麼？」玄傑大驚。「那群不知死活的傢伙竟那麼膽大妄為！」

背叛者巢穴內，惡疾龍人們再次聚集於此。

「幸好能安然逃脫。」飆揚對著一名亞蘭納人笑道：「多虧你的主人夠神通廣大，幫我向他說聲謝謝，之後的行動還得倚仗他的幫忙。」

戴著墨晶眼鏡的亞蘭納人嘴上叼根雪茄，他稍微調整頭上那頂在鬼火燈下看起來很顯眼的黑色尖舌帽。「你說什麼？」他的手指夾著雪茄，接著把含著煙味的唾液吐出。「我和他之間是有契約的雇傭關係，只要出得起靈魂玉就能得到我的幫助。他不是我的主人，永遠都不是。」說完後，他在牆上額外裝置一盞小型鬼火燈。「這暗得像什麼似的鬼地方，又臭又髒，全他媽都是屎般的東西住在這裡。呵呵……不過我不是說你們，而是外面那些討人厭的毒蟲、食肉植物。」

「小子，你只是低賤的亞蘭納人，說起話來倒是口無遮攔。」鐵戈語帶威脅的說：「你不看看現在自己站的是什麼地方，在你面前的可都是策林的重大罪犯。別說你是什麼傭兵，想笑掉我的牙齒嗎？你只是下賤的亞蘭納人。」

「我是傭兵，我也是亞蘭納人。我不在乎你們對我的評價，反正誰有錢請我，我就幫誰。」

因羅克越看他越不順眼。「沒有人敢在惡疾龍人面前大放厥詞，我現在肚子餓得很，看到有食物在我眼前閒晃，我都想一口把你吞下了。」

艾列金看著因羅克，他的舌頭不斷轉動嘴上的雪茄，然後噗的一聲，他竟將雪茄吐在因羅克的臉上。

「死賤種！」因羅克怒氣爆發，整個人撲向艾列金。

毫不閃避的艾列金，他的左手立刻被因羅克攫住。「嗯，你想扭斷我的手嗎？快啊！」

因羅克的動作停了下來，他悶哼一聲後，露出痛苦的表情。「唔……什、什麼東西？」

其他惡疾龍人還看不出詳細情況，因羅克的手腕就已經斷裂且噴出鮮血。

「嘿嘿，毒虺蟲臂，惡疾龍人的手正好成了它的食物。」

「少囂張。」因羅克強大的恢復能力發揮作用，他的手腕恢復如初。

「好了，到此為止，我們承認你的確有用。」飆揚阻止道。

「我還沒使出全力讓這個小子知道古龍精華的威能。」因羅克吼著。

艾列金那隻噁心的左手肌肉像在吞嚥東西般的蠕動著。「我既然敢進來，就不怕你們。」

「那隻手發出的魂系神力遠大過你的本體，你是怎麼弄到這種東西？據我所知，這應該是屬於古鐘塔的科技傑作。」飆揚問。

「付錢，你們可以得到想知道的資訊。」艾列金貪婪地笑道。

「夠了，你們想浪費多少時間？」萊瑪斯向艾列金提問。「我們的行蹤肯定一直暴露在策林高層的眼皮底下，現在繼續待在背叛者巢穴安全嗎？」

「你們選對了合作對象就該安心，聘雇我的大人很有實力，若非如此我也不會來此。」艾列金充滿信心的回答。「我們第一個目的已經達到，你們也成功逃出古鐘塔公司，現在該進行下一個階段的工作。」

「你叫什麼名字？」三人中走在最後方的梭恩德向亞蘭納人提問。

「艾列金．路易。」他簡潔有力的回答。

萊瑪斯走在最前方，跟在身後的艾列金因為不習慣漆黑無光的環境，他僅憑著前面的腳步聲，小心翼翼的行走。

「為什麼來魔塵大陸？」梭恩德又問。

艾列金在黑暗中發出笑聲。「你對我很好奇？」

「我對你的目的很好奇。」

話說完，有一段時間三人都緘默不語，餘下只剩靴子踏在泥地上的回音。

「哼，我希望除了錢以外，對我好奇的是個美女。」

萊瑪斯竊笑。「醜陋的惡疾龍人一直都不受青睞。」他打開深牢中的柵門，蘇羅希爾之眼的喀倫長老就被關在裡面。

裡面關著的是個枯瘦、模樣憔悴的安茲羅瑟人。艾列金雖然知道這些人不會因為年齡而老化，但也許是長久陪伴著書卷的關係，喀倫長老的身上散發一股老舊、陳腐的氣息，和他的外表非常搭配。

「蘇羅希爾之眼的長老。」梭恩德搖頭道：「他們一向與世無爭，我不知道你綁他來這兒有什麼目的，可是我要提醒你，若他有什麼意外發生，到時候我們的敵人就是整個昭雲閣。」

「我需要他腦中的一些訊息，這可以幫助我次元輪計畫進行的更順利，我保證他不會受到任何傷害。」萊瑪斯回答。

梭恩德使用神術讀取喀倫長老的記憶，「我按照你的吩咐完成動作，我們現在該到另一個房間內討論嗎？」

「不用理會我，你們儘管去吧！」艾列金說。

梭恩德意有所指地問：「他值得信賴嗎？」

艾列金開玩笑似地回應：「很難說，搞不好等你們回來後看到的是一具屍體。」

「您的雇主應該不是這麼無知的人。」萊瑪斯不以為然地說：「你想要命的話，少說這種難笑的笑話。」

兩名惡疾龍人離開後，空盪的房間內只剩下喀倫長老，和不太願意接下這份工作的艾列金。艾列金一貫的笑容消失，他點了根菸後，看起來有氣無力的繼續在房間內裝設鬼火燈。

「艾列金．路易。」蒼老的聲音喚著他的名字。

艾列金心生疑惑，後來才又恍然大悟。「知道我的身分，不愧是蘇羅希爾之眼長老。」

「您逃出歿午荒地的事情，亞基拉爾陛下已經知道了。」

光聽到亞基拉爾的名字，艾列金的腿就一陣發麻。「你、你別危言聳聽。」

喀倫長老不說話，光是沉默之中留給艾列金的想像空間就夠讓他膽戰心驚。他曾見過亞基拉爾一箭射殺千里之外的敵人，所以自己無端橫死在路旁，身上插著一支箭矢的情景當然也在腦海中想像過。艾列金倒抽一口涼氣，卻依然故作鎮定。「你說這些做什麼？我是不可能放你離開。」

「與偉大的哈魯路托為敵，惡報會應驗在自身，好好斟酌自己的立場。」

艾列金思量喀倫長老的話，他對蘇羅希爾之眼這個中立組織的存在產生好奇。「第一次來到策林，看到建立在樹冠層上方的科技都市埃比倫感到詫異；第一次看見永恆之樹，對那種史詩般壯闊的巨樹感到無比驚嘆。我的眼界實在太狹窄了，看見造物主的傑作後才發現自己的渺小。以前我相信安茲羅瑟人是惡魔，全都是殘暴邪惡的怪物；直到最近，我才明白魘塵大陸裡還有你們這些不喜爭端的文人學者，我真慚愧。不過聽說你們不會主動介入各國，不向領主宣誓效忠，一生保持中立對嗎？」

喀倫長老聽得出艾列金那一長串拙劣的試探問話。「不論階級只論地位的話，我們和亞基拉爾陛下是平起平坐。蘇羅希爾之眼是哈魯路托最忠實的子民，自然在立場上不偏袒任何一國。」

「不用特別強調我也知道你們地位很高。」艾列金再問：「你們向哈魯路托宣誓過？」

「那是久遠前的事了，蘇羅希爾之眼的創始者就是哈魯路托，我們的忠誠之心從來不變，只有無知者才會有疑惑。既然奉獻生命給偉大的哈魯路托，焉有向其他位階低的領主臣服的道理。」

「和我所聽說的完全不一樣，哈魯路托真的存在？」

「哈魯路托離開的太久了，連帶影響領主的忠誠，更別說領主的子民們會產生動搖。現在的世代，懷疑哈魯路托存在的年輕人越來越多。」

艾列金對哈魯路托的歷史不感興趣，也不想聽老學究枯燥乏味地講著以前的故事，那一點也不有趣。「我想知道的只有——回歸中立的你們，仍會聽命於某人嗎？」

喀倫直視對方，艾列金雖表現出一副嬉皮笑臉的態度，卻始終深沉地在臆測對方心思。明知道他在想些什麼，喀倫依然沒有太多的忖思便直截了當的回答：「蘇羅希爾之眼現今接受亞基拉爾陛下的任何指示，除此之外沒有任何領主可以指揮我們。」

「您還真是坦白。」艾列金露齒一笑。「我能請問為什麼亞基拉爾這麼特別嗎？」

「吾主哈魯路托重視教育，偉大的他一手創立的學門培養許多安茲羅瑟的菁英人才。蘇羅希爾之眼的前身為學門的書義院，職司教導語言、文學創作，負責歷史記載等。儘管哈魯路托現已隱遁，但更名後的書義院仍舊忠實的執行哈魯路托所賦予的使命，完成我們應盡的責任。」

「學門書義院？」艾列金似乎聯想到了什麼。「我聽過血祠院，那與學門也有關聯嗎？」

喀倫點頭。「血祠院職司研究咒術、結界、異能和各種奇特的儀式。」他繼續說道：「哈魯路托離開後，學門的管理權轉移，由風雅院的院長兼蘇羅希爾大導師亞森．奧圖暫代學門管理一職。風雅院現已更名為樂府之聲，其職司音樂、曲譜創作。直到大導師也亡故，才改由職司教導弓術、槍銃射擊的擎天院院長——亞基拉爾陛下管理學門。現在擎天院已經解散，學生大多被編入孤零衛士這支部隊內。」

艾列金明白了血祠院與亞基拉爾之間的關係。

「亞基拉爾陛下並沒有強制我們什麼，他希望我們能繼續維持中立，完成我們的工作，翔實地記載歷史。學門解散，其他學院也未必仍聽從陛下的指揮。」

艾列金問：「學門內還有其他學院嗎？」

「還有研究機關、軍陣、策略的兵法院。學習數理、邏輯、科學、天文的數策院。順便一提，數策院前任院長你也認識。」

艾列金發出疑聲。

「他正是亞蘭納米夏王國的創立者——賽恩．米夏二世。」

一名衣衫華麗的貴族來到背叛者巢穴，不帶任何侍從也沒人陪伴，孤身一人在狹小陰暗又臭又髒的密室裡等候。

「歡迎丹布林頓．伊瑪拜茲王子的光臨，幸得您的幫助我們的隊友方能從古鐘塔安然脫身。」萊瑪斯上前致意。

「廢話少說，要不是為了你的研究，我壓根不想來到這骯髒的地方。」高傲的王子面對惡疾龍人們，毫不掩飾地露出嫌惡的表情。

「次元輪的計畫絕對有這個價值。」萊瑪斯保證。

丹布林頓抖動衣袍，他試圖把身上的小蟲和髒污抖掉。「它的價值我至今還沒看到，也不怎麼感興趣。」王子撥弄著一頭紅色短髮，似乎是天花板上的黏液滴落到他的頭上。「我之所以花時間投資你們，是相信你們給我的幫助多過我的付出。」

萊瑪斯繼續以笑臉相迎，看在梭恩德的眼裡那真是虛假無比的笑容。「沒關係，那就把次元輪計畫當成是附加價值也好，對王子您也沒有損失。」

「隨便。」王子以手帕擦著額上的一對尖角，愛乾淨的他似乎已經忍耐到極限。「你想要怎麼執行？快點說。」

「我已經從喀倫長老的記憶中取得我需要的部分，再來就是找到適當的地點完成次元輪的安裝就行了。」

「把詳盡的執行要點通通告訴我。」王子捋著修剪整齊的紅色鬍子，然後打量梭恩德。「我希望越少耳目知道越好，策略由我們安排，底下的人負責執行。」

「梭恩德已經知道了大概，就讓他留下應該無妨。」

「沒關係，我正想出去透透氣」梭恩德同意離開。

南方水道口外人煙罕至、食肉植物叢生，梭恩德舉劍砍草，從水道內徐步走出。甫離開地下水道，外面世界的微風迎面拂臉，梭恩德深吸一口氣，身心獲得暫時紓解。

感應到意外的神力，梭恩德急忙迴身，在高過人的草叢中隱約見到一條模糊的人影。

梭恩德提高戒心，兩眼緊盯著對方的身形，不讓對方有可趁之機。為了看清來者的面貌，他橫劍在前，戰戰兢兢的接近。對方一動也不動，看起來無意起爭執。那張模糊的臉孔隨著雙方距離的拉近也慢慢清晰起來，那是張足以讓梭恩德心跳加速的熟悉面容，緋兒帶著憂容站在梭恩德面前。

一人訝異，意外的訪客讓他心無法靜下；另一人沉著，沉默不語如深淵靜潭。兩個人，同樣的佇立，不同的心思。梭恩德沒有辦法整理好複雜的思緒，他想說話卻不敢第一個開口，自己當時向緋兒挑戰的氣勢那裡去了？

緋兒看穿梭恩德的心理，她率先開口，之後的梭恩德也卸下心防，讓自己和緋兒有點互動。原來在挑戰過後，緋兒早在梭恩德的身上留下追蹤神術，所以他的行蹤都在她的掌握之中。她說：她難以忘記那個在比鬥中勝過她的男人，也想起小時候那個讓她印象深刻的沉默男孩。他問：難道她不介意自己沒有辦法恢復人形的野獸模樣及醜陋的外貌嗎？

安茲羅瑟人的外貌都是假象，她不介意。

聽到她的回答，他開心又意外的心情溢於言表。

兩人相互而視，再沒有沒有多餘的言語，他則輕輕將她擁入懷中。

葛朗領主的次子阿古奈德．伊瑪拜茲王子，正跨坐在他的位置上。芬爾逑指揮官低頭不語，三子奧利歐．伊瑪拜茲王子站在他身旁。

「你是策林貴族之恥。惡疾龍人竟能當著你的面毫髮無損的逃離，你自己卻還賠上一條命。」芬爾逑向阿古奈德王子請命。「殿下，請再給我一次機會，若沒辦法殺掉那些惡疾龍人，請儘管拿走我的首級。」

「他們到底是怎麼逃走的，你真的沒看見嗎？」奧利歐王子問。

芬爾逑為難地表示：「復生時靈魂已有散失現象，導致部分記憶不全，真的非常抱歉。」

「父皇對這次的損失非常震怒，但他人在卞安開會，所以策林事務由我暫為代理。」阿古奈德下令：「我希望在父皇回來之前讓事情落幕，大家都不想觸怒父皇吧？既然芬爾逑指揮官你有自信，那我依舊把這件任務交代給你，想要的資源、人力我都提供，只要能讓我見到那十名惡疾龍人的屍體。」

「皇兄，曼德爾閣下也自願去殲滅惡疾龍人。」

「那裡敢勞煩尊貴的騎士團長曼德爾大人呢？你幫我婉拒龍戟大人的好意。」

奧利歐不死心，他繼續說：「曼德爾閣下的各方面能力都勝過芬爾逑指揮官，讓他執行任務不是更能增加成功率嗎？」

芬爾泝反駁道：「請恕臣無禮，但臣也有信心能達成使命。」

「你已經失敗過了，還賠上一條命，是想讓皇室再次丟臉嗎？」奧利歐反斥道。

「夠了！父皇將決定權交給我，吾意已決，你就不用多說。」阿古奈德怒意慢慢上升，他尖刺的紅髮因怒氣而更加直立，充滿利齒的嘴也顯得歪斜。

「你不正是因為忌憚曼德爾閣下的能力才將他冰凍嗎？重要的威脅當前，怎麼能意氣用事？」奧利歐咬牙切齒地說。

阿古奈德生氣的從座椅上站起，劈頭大罵：「把你說的話吞回去。你不過是妄想得到父皇的偏愛，因為得不到所以才跟我唱反調。要不要我們去校場較量較量，誰贏了聽誰的話？」

「我只是在分析事理給您參考，想不想接納由您決定。」看得出奧利歐的心情也不是很好，他緩了一下情緒。「抱歉，恕我先行告退。」

看著兩名王子爭吵，芬爾泝也不知所措。「殿下，我……」

「閉嘴，去做好你的份內工作。」阿古奈德瞪著奧利歐離去的方向，接著又坐回位置上。

「傳下我的命令，要古鐘塔公司別再干涉這件事。」

「請問這是為什麼呢？」芬爾泝不解。

「你連被什麼人在身後捅了一刀都不知道，你還信任古鐘塔嗎？哼，和惡疾龍人串連的絕對是古鐘塔的員工。」

「但是我需要有人能提供我惡疾龍人們的資料，唯有研究古龍精華和古印龍甲的古鐘塔公司是最佳人選。」

「自然研究機關擁有不輸給古鐘塔公司的神力科學技術，我會請他們協助你。」阿古奈德拍掌示意，隨後一名銀白長髮的男子推門而入。

阿古奈德起身相迎。「這位是機關長奈夫亞魯，他會幫忙你解決神力科技的難題直到此次任務完成為止。」

眾所皆知，自然研究機關和古鐘塔科技開發公司在商場上一直都是相互對立的狀態。此次職務的更動，真不知道是出於擔心古鐘塔的內應或是為了爭奪利益而產生的糾紛。

奈夫亞魯禮貌地向王子及芬爾述鞠躬行禮。

背叛者巢穴外，艾列金舉止鬼祟就像怕被其他人看見般，他和兩名怪人約在偏僻的角落會面。

那個聲如洪鐘，頂著肥胖身材的獨眼人鬼山馬上吼道：「我們不是蟲，為何要躲在這裡？」

「你有自信應付十個惡疾龍人的話，就盡量叫吧！叫越大聲越好。」艾列金哼道。

「那又為何約我們到這裡來？」兇羅的上半身像隻充滿黏液的蟲子，他的下巴長出一堆觸鬚，額生七眼，沒有腳的身體能飄離地面。

「策林的情勢開始轉變了，我不想成為各勢力惡鬥下的犧牲品，所以我會需要你們兩人的支援。之後，你們兩個不止是要協助我處理難題，更要全力幫助我。」艾列金叮嚀道。

膚色青綠，一臉兇樣的獨眼男鬼山不屑地啐了一口。「你憑什麼對我們頤指氣使？」

「就憑我讓你們離開歿午荒地，這個理由就夠充份了。要不是我對亞基拉爾的使者大人威逼利誘，你們現在還蹲在歿午荒地內吃泥巴。」艾列金威嚇道：「我能放你們出來就能再把你們踢回去，我的能力你們見識過了，所以別試著考驗我的耐性。」

「好吧！我們答應幫忙。」兇玀不情願地給艾列金承諾。

從艾列金的蟲臂裡竄出兩隻長條狀的蟲子，迅速鑽入鬼山和兇玀的身體中。「毒虺蟲可以依我的意志行動，只要你們違背我的意思，蟲子就會在你們的體內爆裂，其體液能讓你們染上無法使用恢復能力且逐漸潰爛的毒虺病。」

鬼山大怒。「死亞蘭納人，你真可惡！」

「我們已經答應你了，為什麼還這麼做？」兇玀生氣地問。

「我懶得和你們詳述原因，反正我就是不信任你們安茲羅瑟人。」艾列金很清楚自己在安茲羅瑟人眼中的地位低下，沒有階級的他想控制這兩人的方法只有利用把柄或以性命來威脅。「我先吩咐你們第一件事，把我的話傳回歿午荒地給夸航老大，讓他把從邯雨運來的物資準備好，並點齊可用人力，我會隨時調動。」

他們依照喀倫長老腦中的記憶找出了進入夢境湖的方法，七名惡疾龍人和艾列金以潛行的方式再次回到蘇羅希爾聖樹。與前次不同，道漢家已經有了警戒，守備變得嚴密、牢固，想要通過層層的防護網勢必要費很大的工夫。

「想通過這群人牆已經很麻煩，偏偏還得帶個拖油瓶。」因羅克說話時，刻意瞟向艾列金。

艾列金不予回應，只是淡淡一笑。

「等喀倫長老返回蘇羅希爾之眼後，應該可以稍微分散他們的注意力，我們見機行事。」萊瑪斯輕聲說道。

「這次可不像我們去聖耀大穹殿時那麼順利，要到夢境湖的路線很複雜，難度可不小。」因羅克擔心道。

「路線全在我的腦海中，麻煩的是這群人。」梭恩德再次強調。「若有必要，因羅克你要負責引開他們。」

因羅克露出驚訝的表情。「什麼？為什麼是我而不是這亞蘭納人？」

「我的身手不夠敏捷，到時候說不定會事跡敗露。」艾列金解釋。

「就讓他們兩個一起引開士兵不就好了嗎？」飆揚給了意見。

此時，道漢家的士兵變得鼓譟不安，一夥人窸窣的交頭接耳，似乎遇到什麼大事。

「看來不需要我們浪費時間苦思了，我們敬愛的王子殿下自願幫我們引開這群人。」艾列金笑道，心中暗自慶幸自己不需要被當成砲灰。

樹洞內沒標示的路線多到足以讓人迷失其中，無法辨別方位。他們越往下走，一種遠離塵世的隔離感就越強。艾列金覺得這個幽深黑暗的樹洞就像無底深淵，他們走了很久卻仍然沒有到達目的地，而且在裡面的時間彷彿就像靜止般，除了陰冷無光外就沒有其他變化，一成不變的景物讓行走都成了一件枯燥乏味的事。隨著高度降低，冷冽的溫度還不斷地刮著皮膚。

惡疾龍人們還算很有耐性，一路沉默不語；艾列金儼然耐心盡失，這種地方完全不符合他的調性。

看了一下時間，他們走了近三刻，換算成亞蘭納的時間差不多六個多小時。這趟下來，他們口渴就啜飲微澀的樹汁；肚子餓就抓些小蟲、蕈類果腹。

在裡面活動的生物並不多，大多時候冷冷清清的。如果仔細去看，會發現樹壁上有幾隻凸眼、皮膚長疣的毒鬣蜥，牠們是膚色與環境同化偽裝高手。還有全身覆蓋苔蘚的生物，有著像人一樣的四肢但是動作緩慢，看起來怪異無比的草菇人，一見到外人靠近便挪動笨拙的腳步離開。嘴巴叼著獵物的三頭蟒，牠們的眼睛在黑暗中宛如閃耀的綠星。

這條通往夢境湖的道路看得出已經很久沒有人行走，枯枝和樹藤阻礙著行進步道。不過多虧前人修築過通道，至少不用浪費力氣爬上爬下。

離開了樹洞，充滿謎團的夢境湖近在咫尺。

不光是艾列金，其他惡疾龍人也是第一次見到蘇羅希爾聖樹的全貌。艾列金張口愣眼，他抬起頭都看不見樹頂究竟有多高，花了四刻的時間來到夢境湖總算有些成就感。他光想像穿過雲層的樹冠之上還有一座城池，就不得不佩服安茲羅瑟人的本事。

在這浩瀚的夢境湖內所孕育的每一棵永恆之樹都像蘇羅希爾聖樹那樣的壯觀，縱使周遭環境因霧氣及晦暗而讓視線變得不佳，巨大的樹影如神柱般聳立在望不見對岸的湖水內仍然教人嘆為觀止。

許多又像鳥又像蝠的白色飛禽在蘇羅希爾聖樹的樹幹周圍環繞，由於速度飛快，艾列金根本來不及看清牠們的模樣。也可能那並不是生物，只是一種奇怪的現象。

置身在雲霧繚繞的夢境湖畔，真的有種一醒一睡，世間恍若南柯一夢的飄渺感。這個地方除了神祕，還隱約透露著潛伏的不安與危機，讓人無法定下心神。

偌大的空間靜謐無聲，即使喊叫也沒有回音。濕冷的環境無風也無雨，寂寥的環境讓景色變成一張定格不動的圖片，就連把石子投入湖水中也不會有波紋、漣漪產生。像艾列金這樣樂觀的人，竟也對這與世隔絕的空虛感到畏懼。

「別太靠近湖水。」飆揚提醒眾人：「夢境湖沒有浮力。」

艾列金突然覺得夢境湖變得有些可怕，他倒退數步遠離湖面。

因羅克搔著臉。「你是這裡讀過最多書的人，見聞廣博，就勞煩你把一些夢境湖的禁忌告訴大家。」

「別說的好像我曾經來過這裡一樣，我也是第一次來到此。」飆揚指向湖水。「不要試著飛過神聖的夢境湖，聽說湖水的吸力會把人拉入湖底。看看天空那些飛行的物體，那些叫魂鳥，都是死在夢境湖的生命轉變而成的。如果不像變成那樣，我們做事得更謹慎點。」

「好吧！時間不等人，我們得快點著手設置次元輪。諸位辛苦點，埃比倫的毀滅就快來臨了。」萊瑪斯對大家精神喊話。

貝古利斯發出疑問。「我們來得及嗎？若是追兵也從樹洞內來到夢境湖，我們根本無處可逃。」

「鐵戈、侯安、迪菲三人留在上面就是為了拖延時間，再加上王子殿下的幫助，應該沒有什麼問題。」梭恩德說：「若你們擔心的話，我可以先回到樹洞裡戒備，以防有人前來。」

「那麼其他四人協助我安裝次元輪，飆揚你和亞蘭納人在夢境湖邊四處巡邏，注意周邊動態。」萊瑪斯指揮眾人。

艾列金和飆揚兩人依著萊瑪斯的吩咐到處查看，他們一左一右的走在沙岸，兩人都一語不發。不知道是焦慮還是不安，艾列金點燃紙菸的同時飆揚竟也抽起菸管。

「喂！龍人。」艾列金先開口問：「雖然我的感覺沒有你們安茲羅瑟人那麼敏銳，你不覺得你們所謂神聖的夢境湖有古怪嗎？」

飆揚停下腳步，嘴裡吐煙。「該怎麼說呢……應該說是非常的古怪！這個地方有一種蒙上陰影、被玷污的感覺，具體我也說不上來。」

艾列金哦了一聲，「你是第一個對我所說的話感到認同的安茲羅瑟人。」

「因為我知道你不是在說笑。」飆揚走近湖面，手掌輕觸湖水。他沉吟一會兒，才緩緩吐出他的感想。「這是一種近乎恐怖、無助的絕望感。」

「但是我沒有感覺到神力的存在。」

「對。」飆揚點頭。「所以我才說是感覺。不知道為什麼會這樣，莫非是夢境湖女神赫鉭蘭的悲傷？」

「我沒說笑反倒是你先戲弄我？」

飆揚看著他。「我是很認真的。」

「女神在那裡？什麼地方？這個環境真能住人嗎？」

「……你問那麼多幹什麼？我又不知道答案。」飆揚說：「注意旁邊，說不定有湖鬼會拖你入水。注意腳邊，一踩到沙層鬆軟的地方就會全身陷下去。」

沙沙聲後，突然從飆揚的腳下冒出許多白色觸鬚。幸虧飆揚的身手敏捷，在沒有預警的情況下仍能後退迴避。

「沙地中藏著陷阱？」艾列金嚇了一跳。

慘白細長的觸手比人還高，它不斷地抖動著就像是在向獵物招手，看起來異常噁心。

「不曉得這是什麼玩意兒，我們最好離這怪物遠點，它可以在傾刻間叫你變成一堆白骨。」飆揚說。

「這裡什麼都沒有，我看我們還是回去和大家會合比較安全，再繼續走下去也沒有意義。」飆揚回絕。「伊瑪拜茲家族視夢境湖為聖地，他們不會進入這裡，也禁止外地訪客前來。既然我都來到這裡了，就是諸神賜我最好的一個機會，我非得把夢境湖全部看過一遍不可。」

「太危險了。」

「你害怕嗎？膽小的亞蘭納人，我不需要你陪同，你可以自己先回去。」飆揚恥笑艾列金。

「我也不想自己一個人在這詭異的地方行走。」艾列金拾了根長樹枝，「既然打算繼續前進，那用這東西確保一下腳底的安全。」

之後飆揚走在前方以樹枝探地，艾列金則怯懦地走在後面，他一直覺得會有東西從湖下瞬間撲起。樹枝掃出一些沙地觸手，這些討人厭的東西長久以來就這麼一直潛伏在此。兩人走了一段時間，四周景物一直沒變，應該說能看到的東西也就只有如此。天空中有幾隻魂鳥快速地游移，彷彿在期待飆揚和艾列金能加入它們的行列。

沒過多久，沙地也到了盡頭。

「夠本了嗎？我們可以回去了。」艾列金迫不及待的等飆揚點頭。

飆揚卻一動也不動，從他陷入沉思的表情來看，艾列金又有不好的預感。只見他來回踱步，不斷地觀察，接著用長樹枝敲擊湖面。然後他說：「這裡的湖水還淺，應該還能前進。」

「你當真啊？」艾列金一聽到他的提議，心臟都快彈出來了。

「沒錯！」飆揚很篤定。

「你不怕湖下有窟窿嗎？萬一踩空我可沒辦法救你。」
「我有依靠過你嗎？」飆揚說：「你怕就留在沙岸。」
艾列金著實無奈，他想了一下，決定還是和飆揚一同涉水而過。首次接觸到夢境湖冰凍刺骨的湖水，艾列金實在很想打退堂鼓。何況說這是水也很奇怪，它的確有水的觸感，但是既不流動又不會沾濕衣物，水的顏色相當灰暗，用雙手去撈也撈不起來。
「這根本不是水，只是一種很像水的物質。」艾列金得出結論。
飆揚根本沒留意艾列金說的話，他光是低著頭用樹枝探路就已經無法分神。看到飆揚這副急切的模樣，他想探索祕密的心情已經超越生死。艾列金認為就算把這個地方當成是飆揚的墓地，恐怕他也甘之如飴。最後，長樹枝被深邃的湖水吸入，兩人因此卡在湖中進退維谷。
「你看吧！我說沒路了。」艾列金惱怒的抱怨。
飆揚仍然不死心，他指著前方的永恆之樹。「看見那棵大樹沒有？」
艾列金確實有看見，那棵樹的根部蝕了個洞，在底下形成水道。
「我的眼睛能看見水道通過這棵樹，或許我們還可以再爬過去。」
「距離有點遠，單憑我怎麼能跳得過去？」艾列金沒自信的表示。
「你不是一般的亞蘭納人，可行的。」飆揚如此認為。
「等……等等，湖水會吸人，這不是開玩笑的。」艾列金慌道。

「短距離跳躍沒事的，你害怕就待在這裡等我回來。」說完，飆揚一個箭步後便往前用力一躍，然後拉著樹鬚讓自己不至於掉落。

他媽的，這傢伙就是打算把夢境湖全看過一遍才甘願嗎？艾列金內心咒罵著，可是自己又不可能待在原地。

「喂！我們跳過去，之後要怎麼回來？」艾列金喊道。

「你若是過得來，還怕不能安然回到這裡嗎？」

「絕不！我又不是傻瓜還能拿生命來開玩笑。」話雖這麼說，艾列金仍是牙根一咬，猛力的向前跳過去。但是畢竟跳躍力不如龍人，他在躍過一半以上的湖水距離後馬上疾速往下掉落。飆揚見狀，以樹藤當繩急忙纏住艾列金。失去控制的身體完全不聽使換，結果艾列金就在驚慌失措的嘶叫聲中，猛烈地以臉撞樹。

「嗚哇！呸呸。」艾列金的鼻子流出一道血痕，他將吃入嘴中的血絲吐出。

「很厲害嘛！」飆揚的語氣像在嘲笑他。

「你簡直是混蛋！」光罵髒話還不足以抵消艾列金心頭怨氣。

他們兩人一邊拉著樹根一邊爬入樹洞下方的水道。

「你以為這是在拉單槓？像個小孩子似的，你到底在執著什麼？」艾列金不解。

飆揚確定眼前的樹藤夠牢固時，他才放心的拉著移動。「我聽到聲音了，一種無聲之聲正殷切的呼喚我；非常的確定，非常的期盼，這是來自血脈的悸動，這是來自遠古的感應。」

「究竟是什麼？」

「我只知道它需要我，所以我正要過去。」

難道飆揚是被夢境湖的黑暗混亂心神？一想到這個可能性，艾列金就不自覺地打個寒顫。幸好艾列金對自己的臂力還有自信，否則中途因為筋疲力竭而掉入水道內，一生就此結束。

他們費盡千辛萬苦終於從水道另一端爬出，也因此得以窺見夢境湖另一端的面貌。

「看哪！」飆揚手指著湖心處。「湖的正中央冒著煙，而且煙還是從水底下升出。」

艾列金將短刀刺入樹幹中，增加一個固定點。「我什麼都看不到，你的眼力太好了。」忽然，他發現什麼似的，以開心的語氣喊道：「太好了，這邊還有沙地可以走。」艾列金從樹上躍下，正慶幸自己還能腳踏實地，這時一陣如電流竄動般的奇異感襲上心頭，讓他頓時表情轉為僵硬。

「你怎麼了？」飆揚察覺艾列金的異樣，他也跳上沙地。

剎時，空間扭曲的暈眩感讓整個夢境湖的景象變得歪斜。像哭泣又似歌聲的女音穿入耳膜，迴響在本來寂靜無聲的空間。那是種帶著淡淡悲傷，聲調緩慢的女性合聲，宛如唱頌著撫慰靈魂的輓歌。伴隨著詭異的清唱，無數魂鳥由沙地下飛昇而起，形成彌天蓋地的奇景。在白色流光之中，一道巨大的白影赫然立於兩人眼前。

「啊──這、這是？」飆揚瞪大雙眼，簡直不敢相信。

一群士兵剛從地下水道中走出，看到他們一身汙泥又狼狽不堪的樣子，就曉得他們的行動一無所獲。

「惡疾龍人的巢穴裡已經沒有人了。」隊長報告。

「哼，逃得挺快的。」芬爾迦一拳打在樹幹上。

伯廉．古崙氣急敗壞地跑來，那矮小的身形搭配一雙短腿，他的兩、三步別人可能只需要走一步。「司令指揮官，為什麼把古鐘塔的工作交給自然研究機關負責？我們不是合作得很好嗎？」伯廉怒道。

芬爾迦低頭看著他，只是冷淡的回應：「這是阿古奈德殿下的旨意，你沒收到公文嗎？」

「惡疾龍人是古鐘塔開發的成果，要回收也是由我們來執行，憑什麼讓這個亂七八糟的組織介入？」伯廉抗議。

「提得起放不下嗎？真難看。」自然研究機關的負責人奈夫亞魯出現在伯廉面前，這更讓伯廉大為光火。奈夫亞魯譏諷道：「你們是不甘心成果被破壞對吧？說穿了，惡疾龍人會失控你們得負很大的責任。為了你們的實驗竟要全城的人當你們的測試員，你們古鐘塔已經沒資格待在策林，你也該以死謝罪。」

「住嘴，你這個爛貨，我不和你繼續口舌之爭！」伯廉咆哮著：「我才不管是不是王子殿下的指示，惡疾龍人是古鐘塔的產品，我們要親自回收絕對不假他人之手。哼！」伯廉撇過頭後，負氣離去。

「奈夫亞魯機關長。」芬爾述嘆了口氣。「我不是請你來和古鐘塔意氣之爭的，你得以任務為先。」

「抱歉，我失態了。」奈夫亞魯道歉。「古鐘塔至今為止的行徑太過惡劣，他們能肆無忌憚的原因就是因為他們開發古龍精華和古印龍甲這兩個瑕疵品，企圖博得葛朗陛下的信賴。這幾年的風風雨雨全都是他們那恣意妄為的行徑造成的結果。若非他們暗中偷取蘇羅希爾聖樹的生命能源，再把工業廢棄物排到下水道，又怎麼會有污染源事件和埃比倫地層鬆動的危機？我們自然研究機關絕對要矯正他們的錯誤。」

作為替代古鐘塔的任務輔助，自然研究機關也搬出他們的儀器來協助工作。「只要有這東西，惡疾龍人們再怎麼隱藏都沒用，他們身上的古龍精華會讓他們無所遁形。」芬爾述已經摩拳擦掌，迫不及待要討回在古鐘塔被踐踏的顏面。

小型儀器自背叛者巢穴內取得惡疾龍人遺留的生物資料，他們一路追蹤至埃比倫郊外，終於把鐵戈等三人團團包圍。

起初惡疾龍人們還刻意抵抗，和策林的士兵發生衝突。等到芬爾述大軍趕到後，他們見苗頭不對想各自逃離卻反被圍在陣型中心。

「還想使用這種打帶跑的小聰明計謀嗎？沒用的，我不會一而再地讓你們得逞。」

芬爾述手下三名隊長一聲令下，來自天空、地面的包圍網開始密集地攻向鐵戈、迪菲、侯安。惡疾龍人們憑著身上的古龍精華威能負隅頑抗，策林的攻勢一時受阻。

「你沒有任何動作是什麼意思？想看我親自解決他們嗎？」芬爾迹略為不滿地對在一旁看似無所事事的奈夫亞魯發出埋怨。

「難得看到惡疾龍人們極力頑抗，我想多觀察古龍精華的能耐，這有助我之後的研究。」即便是三名隊長也加入戰局，但仍攔不住悍勇的惡疾龍人。兵卒們混亂的輪番進攻反倒為他們製造空隙，三人獸翼一振就想飛出重圍。

「古龍精華雖然有用，但畢竟是失敗品，強大的神力換來的卻是急遽的體力消耗。」奈夫亞魯總歸結論。

芬爾迹急了起來，若不是要控制場面，他都想親自動手。「你還能慢條斯理的分析？他們都要逃了。」

一股強大的風壓竟將所有策林天空部隊以及三名龍人從空中掃下，突如其來的衝擊緊接著撲向一名惡疾龍人，他們宛如流星落地般直接撞擊地面。巨大的爆裂響聲過後，現場亂石衝天，灰塵飛高揚起。等到塵埃落定，眾人瞥見一名身穿黑鐵重甲、右頰佈滿鱗片，頭生龍角的男子把滿臉鮮血的惡疾龍人壓倒在地。

鐵戈大叫，他認得來者的身分。「可惡，曼德爾你快放開侯安！」

「後生小輩，有何可懼？」曼德爾掌力加重，當場把侯安的頭顱輾碎。

迪菲見同伴慘死，憤而攻向曼德爾。他的速度很快，但是曼德爾更勝他一籌，迪菲的攻擊盡被避過。在還沒來得及看見曼德爾是什麼時候迴身閃到惡疾龍人的身後時，曼德爾已然拔出腰際的佩劍飛快地當頭劈下。

「嗚啊！」迪菲的臉部正中央沁出一道血痕。「你……你別以為……贏了。」迪菲臨死前豁盡全力，神力自內而外爆衝，爆炸範圍波及策林全軍，所有人盡被強風包覆。

芬爾逑絕對沒想到場面會這麼失控，迪菲變成支離破碎的屍塊後，鐵戈和曼德爾也一併消失在現場。

「報告司令指揮官，姆格隊長被炸死了。」小兵來報。

「一群不中用的東西。」芬爾逑在心中詛咒著該死的曼德爾，竟然跑來搶功勞。

「就讓曼德爾大人去處理他們就好，我們回到惡疾龍人的巢穴中等待，傷疲的動物自然就會回到老窩，到時再一網打盡。」帕魯隊長提出建言。

「住嘴、住嘴、住嘴，我是司令指揮官，我有殿下授權，我有大量的資源，我有整個國家的軍隊當後援。擁有這麼雄厚資本的我，憑什麼要讓給曼德爾？我的獵物就是我的，誰都不能跟我搶，誰都不行。」芬爾逑怒極攻心，他的指爪刺穿帕魯隊長的咽喉，隨後輕易地將他的身軀撕成三塊。「總歸一句話，都是你們這班酒囊飯袋沒用，還不加緊腳步嗎？我要總攻擊，發動總攻擊，讓惡疾龍人們全都死無葬身之地！」

「鐵戈他們三人出事了。」梭恩德感應到龍魂的散失，他向萊瑪斯回報。

萊瑪斯評估工作進度後，決定變更方針。「梭恩德，你和胡恩、權卡、貝古利斯、飆揚回到地面上繼續拖延時間。這裡有因羅克當我的助手應該沒問題，只要次元輪能如期完成，就算埃比倫塌下來都不足為慮。」

「但是我們四處都找不到飆揚和亞蘭納人，他們好像消失了一樣。」權卡說。

「這裡的路有那麼複雜嗎？你沒認真找吧？」因羅克疑問。

「他們該不會被奇怪的白色觸手吃了或是跌入夢境湖底吧？」貝古利斯開玩笑似地說。

沒人因為貝古利斯的話而發笑。萊瑪斯只得當機立斷，「沒時間找他們了，他們還活著的話用爬得也會爬回來，你們四人先離開吧！」

「回到埃比倫少說也得花上四刻，這段時間只能祈禱策林高層不會想到進入夢境湖。」因羅克抬頭一望，臉上露出灰暗的神情。「要是喀倫那老頭子和策林政府合作怎麼辦？」

「節省時間，大夥趕緊出發。」梭恩德剛說完話，背後咒系神力乍現，一道空間傳送門赫然開啟。眾人面面相覷，皆感到莫名其妙，那來的傳送門？就在大家不知所措時，梭恩德藝高膽大，他謹慎地往傳送門內探去，隨後又迅速地擺回身子。「這道傳送門通到埃比倫。」

眾人一陣驚疑錯愕。

「會是陷阱嗎？竟然知道我們想做什麼。」貝古利斯詢問其他人的看法。

萊瑪斯在內心揣測了一番，他搖頭道：「明白次元輪計畫內幕的人也不多，既然知道我們在此設置次元輪卻又沒有任何動作，我相信應該不會有什麼惡意。可能是王子派來協助我們的能人異士。」

大夥也覺得萊瑪斯的話有道理，戒心稍降。

梭恩德先一步站出，「就算是陷阱也沒什麼好怕，叫策林那群懦夫知道算計我們的代價有多昂貴吧！」說完後，他便衝入傳送門內。其餘三人跟上梭恩德的腳步，等到第四名惡疾龍人也進到傳送門後，門便隨之消失無蹤，施術者彷彿像是洞悉他們的計畫。

甫回到埃比倫，梭恩德馬上深吸一口新鮮空氣。和底下的溼氣、苔蘚味、永恆之樹發出的古老、陳舊氣息相比，看來埃比倫還是好多了。

梭恩德轉身對其餘三人說：「我們四人聚在一塊，目標太大了。你們三人小心顧守蘇羅希爾聖樹，我先去查探鐵戈等人的情況。為防意外，我們隨時保持神力通訊，大家的神力都連結過了嗎？」

他們點頭回應。

「很好。」梭恩德說：「我會很快就回來，大家要謹慎為上，願龍王保佑你們平安。」

三人也異口同聲地說：「願龍王保佑你平安。」

首都埃比倫的街道盡是守衛和巡邏的士兵，行動顯得諸多不便，多有顧忌。不過梭恩德仍無畏無懼，他稍微偽裝後依然在城中自由行走。由於先前和鐵戈等人的靈魂有做過連結，梭恩德在探索神力方面會比較輕鬆。他一步一步，尋著鐵戈微弱的氣息追去。

另一方面，三名惡疾龍人也不甘等候在聖樹外無所事事。等權卡收集完情報後返回，貝古利斯問：「是不是？我說了現在策林風聲鶴唳，戒備只會更森嚴。」

權卡點頭。「芬爾逑和自然研究機關的人到處在找我們，朱紅之矛騎士團和道漢家族也頻繁地有動作。反倒是古鐘塔……」

權卡話未說完，貝古利斯在一旁胡亂猜測。「他們防守鬆散到有機可趁嗎？」

「沒有，一樣森嚴難近」

「你講話語氣不要停在奇怪的地方。」貝古利斯叨唸道。

「阿古奈德收回古鐘塔的權利，現階段他們的工作全部改由自然研究機關代為執行。」權卡說：「我認為伯廉．古崙不是這麼容易放棄的人，即使是違背殿下旨意，古鐘塔也會對我們採取行動。」

胡恩聽不太明白。「您的意思是？」

貝古利斯代替權卡回答：「那還用說嗎？他們一定會千方百計，想搶在自然研究機關前面解決我們。既然這樣，我有個想法……」

「稍等。」胡恩打斷他的話後又問：「梭恩德大人不是讓我們在這邊等待消息嗎？」

「你知道迪菲大人和侯安大人死了嗎？我們的兄弟死了，和我們一樣被當成實驗體，受盡人們恥笑的可憐兄弟死了。他們孤單地前往裂面空間，我們卻在這裡坐以待斃，像話嗎？」貝古利斯重複地強調，其怒意感染到其他二人。

「是的，我們要做就做得轟轟烈烈。」權卡也贊同。

「在那裡？你在那裡呢？快出來。」梭恩德一邊喊叫一邊四處張望，像是在尋找什麼。他反覆在同一個地方來回行走，越找越焦急。「不見了，他不見了。」梭恩德沮喪萬分，臉上難掩失落。這時，從泥土下發出細微聲響，梭恩德定睛一看，那是隻笨拙的甲殼爬行動物，牠正呆頭呆腦地鑽出地面。

梭恩德轉憂為笑，他抱起動物以可愛的語調問候道：「你怎麼到處亂跑？我好想你。」父親嚴厲的哼聲比他的人還先到。「沒出息的東西。」那道黑壓壓又充滿威嚴的巨大身影站在梭恩德前方。「你就為了和這東西玩而放棄訓練？把牠交給我。」

「我不要。」梭恩德把動物緊抱在懷中。

「什麼時候父親說話需要經過兒子同意？」曼德爾強硬地把動物奪去。

「不，把牠還我。」

曼德爾一腳踢開梭恩德，他拔劍出鞘將動物砍成兩半，可憐的小東西只剩散落的內臟和不全的屍體跌落塵土。「我還你了。」

「啊啊——」梭恩德發出歇斯底里的嘶吼，他跪倒在動物屍旁，顫抖的雙手輕撫著屍塊。

曼德爾不發一語，靜靜地收劍入鞘。

梭恩德怒火猛烈上升，他熾盛的眼神映著父親那張歪斜帶笑的面孔，內心正詛咒眼前這名男人不得好死。

為什麼？為什麼？為什麼又讓我回到這個病態的地方？

位於朱紅之矛騎士團轄地、梭恩德的出生處——冷風峽谷。

鐵戈全身是傷，被人綁在十字木樁上。無情的曼德爾以長矛佇地，站在木樁下等待著獵物自己送上門。「你隱匿潛行的本事增加不少，竟能躲過策林軍的追捕。」曼德爾手指輕點長矛。「看來你們的感情並沒有多好，只有你一個人前來援救。」

「鐵戈，有聽到嗎？」梭恩德看著他，又再重複一遍。「鐵戈，醒醒。」

鐵戈一動也不動，雖然仍有生命氣息卻毫無意識。

「省省吧！你還是一樣天真。」曼德爾拔起長矛，靈活地揮舞。「也好，惡疾龍人死一個就少一個。」

「惡疾龍人？你也叫我惡疾龍人。是誰？是誰把我變成這副模樣？是誰讓我變成人人喊打的惡疾龍人？是你！是你這個可惡的父親不願成為實驗體，所以讓我成為你的替代品。你毀了我的人生，你沒資格當我的父親！」壓抑許久的怒意終於爆發，梭恩德面對冷酷的父親時，終究沒辦法自持。戰吼震天，梭恩德手擎鋸齒劍殺向曼德爾。

鐵戈身上的鎖鍊鬆脫，他的身體無力地垂落地面，接著被曼德爾單手接住。見到自己的兒子揮劍攻來，曼德爾的態度依然沉穩，他朝著梭恩德撲來的方向輕輕地把鐵戈拋出。

梭恩德大吃一驚，但劍勢卻來不及收回，鋸齒劍硬生生地劈開鐵戈的胸膛。

「我還你了。」曼德爾若無其事的說。

這句殘忍的話就像是重複播放般一直迴盪在耳畔，以前曼德爾就是這樣把寵物還給自己。數十年飛逝而過。結果同樣的地點、同樣的人、同樣的事又再度發生。意外的是，了結鐵戈性命的，竟然會是自己。

梭恩德悲傷的低下頭，隨後將鋸齒劍從鐵戈的軀體拔出，鮮血噴濺到他的臉，鐵戈也咽下最後一口氣。

「還剩下幾個呢？」曼德爾輕捻著唇邊的鬍鬚問。

梭恩德把鐵戈的屍體暫時安置到一旁，他知道戰鬥一旦開啟，屍體很難不受波及，可惜現階段沒有更好的辦法。「你知道你還有欠我的東西嗎？」梭恩德忿恨地問。

曼德爾捻著鬍子，那副表情好像是正等著梭恩德繼續把話說清楚。

「太多了，你欠我的太多了；你永遠還不完，而且也還不起。」梭恩德用手指抹去鐵戈留在劍上的血跡。「但是鐵戈這條命，你一定得還我——就是現在！」

曼德爾聽完他兒子說的話後，不禁失笑。「我唯一欠你的，就是沒把腦子生給你。」他揮動長矛。「遺憾的是，還給你也沒用了。」他先發制人，挺著長矛直刺梭恩德。

梭恩德本來計算向後迴避的路徑，但對曼德爾的移動速度估算出錯，導致他的右肩在一開始便被長矛劃穿。曼德爾轉動長矛再以一發刺擊攻向他的臉部，梭恩德連忙以鋸齒劍格擋。

「嘿，受傷了嗎？我還期望能和你打個幾百幾千回合。」曼德爾揶揄道。

看著父親討人厭的笑容，想讓他閉上嘴的最好方法就是打到他不能吭氣為止。最好的報復就是讓他的屍體明白自己的無知，最後再點一把火做個完美的收場。梭恩德體內的古龍精華發揮作用，他的身體記住傷痛，曼德爾每製造一個傷口就會讓梭恩德發揮更大的反擊力量。

梭恩德挺著傷越攻越快，散發的神力一次比一次強勁。曼德爾也沒料到梭恩德的實力進展到這種程度，倒是有些喜出望外。但現在的他顯然沒有說笑的時間，還被逼得落於下風。

曼德爾使出元系熱燄神術反擊，重重的火網襲向梭恩德。

梭恩德見狀也沒有閃避或防禦的意思，他衝向火焰織成的熱網，以附著神力的劍刃之風強行突破。錐形氣旋貫穿曼德爾的招式，但同時在梭恩德的身上也留下不少的灼傷。

曼德爾揮矛強擊，鋸齒劍卻硬是將長矛砍斷，劍刃狠辣地劈開曼德爾的胸甲。梭恩德本來期望他的父親會落得和鐵戈一樣的死法，直到他發現劍刃再也砍不進曼德爾的皮膚為止。

「呵呵，事與願違嗎？」曼德爾以手臂架開鋸齒劍，反手一掌便把梭恩德打退。

那是什麼感覺，剛剛那股手勁是什麼？自己好像拿著劍砍到一塊厚重的鋼鐵，鋸齒劍加上古龍精華加持的攻擊怎麼會不奏效？

「你想破頭都沒用，真以為砍穿鎧甲後就能把我一同劈開嗎？我可不是那個沒用的惡疾龍人。」父親在蔑笑中卸下甲冑，赤裸的上半身看起來毫無異狀卻異常堅實。

曼德爾集中力量，魂系、元系、聖系三股神力在他體內凝聚。

梭恩德終於明白了。「是古、古印龍甲？」

父親的笑聲更大。「我們能成功全是拜你們這些失敗的實驗體所賜，我是該感謝你們。」

不可能，怎麼會有這種事。「原來研究早就完成了。但就算是古印龍甲，也不可能毫髮無傷。」

「古龍精華好比一把銳利無比的矛；古印龍甲就像一面堅不可摧的盾。顯然你那把矛是瑕疵品，鈍到沒辦法面對考驗，在幽魂龍甲這面巨盾之前根本毫無用處。」

「幽魂龍甲？」

「不錯，這是改良型的古印龍甲，現在我就讓你看看它的真面目。」曼德爾的皮膚產生變化，在他的鎖骨下方及兩側分別浮現三張臉孔。「你是首次見到我這個型態的人，就當作是給兒子的福利吧！然後你就可以安心的去裂面空間。」曼德爾顯然正打算恢復獸化原形。他的身體各處浮現鱗片，頭上的角變得更尖銳，手指長出利爪，體型較原本大了近三倍。

以上都是正常的龍裔原形，真正讓梭恩德驚訝不已的還在後頭。曼德爾的背上展開一雙強勁有力的龍翼，接著是耀眼奪目的光之翼、潔白無瑕的羽翼、漆黑難辨的暗翼，共生八翼。

「八手八翼，你……你不是我的父親。」梭恩德幾乎不敢相信眼前所見。

「讓我告訴你吧！我之前奉命迎擊天界人的進犯，他們的五名隊長被我殺了一名，抓了三名，最後逃走一名。」曼德爾的眼神凌厲到很難與他交視。「你知道那三名天界人的下場嗎？」

他指著身體上浮現的三張痛苦表情道：「就在我的體內，古鐘塔把他們縫入我的幽魂龍甲了。」

怎麼會有這種事？天界人竟然和曼德爾合而為一？這是多可怕的技術。曼德爾看著外形丕變的父親，譏諷道：「你只是個盛裝力量的容器，侍奉邪門歪道的怪物。」

「呵呵呵，當失敗者的嘴臉淪落到裂面空間內呻吟時，你會情願自己只是一個擁抱力量的怪物，你這不成熟的蠢蛋。」

天際悶雷如同野獸低吼，微微揚起的清風吹來的卻是令人生畏、發抖的戰慄，在稍縱即逝的電光下映照著偉岸又畸形的倒影。完全獸化的曼德爾以一股壓迫的氣勢降下，他就像夢魘的聚合體，緊盯著因緊張而無法動彈的梭恩德。

古鐘塔正值多事之秋，每一名研究員都忙著操作儀器或書寫紀錄資料，只有矮小又不起眼的伯廉．古崙在幾名手下的保護中，正死命地用他發紅的眼睛搜索著螢幕上的細節。

「找不到，找不到。」伯廉煩躁時，連他的衣冠都變得凌亂。「該死的惡疾龍人躲到那去了？為什麼找遍所有策林的監視系統都沒有任何發現。」

侍從為他端上一杯茶。「大人，請用。」

「我什麼時候說要喝茶？」伯廉發出咆哮。

侍從似乎受到驚嚇。「您……您剛剛不是說要喝杯茶緩緩情緒，所以命小的去端茶來嗎？」

伯廉開槍轟掉侍從的腦袋，大聲地吼道：「我不要茶，我要惡疾龍人！」

可憐的侍從倒落地面，從碎裂的腦袋流出的血和打翻的茶攪和成一片骯髒的顏色。

「對了，我是要喝茶沒錯。」他急忙把灑在地上的血水和茶撥到杯子中，然後便咕嚕地一口飲盡。「嘿，這種時候喝點茶真的讓心情舒緩不少。」

「報告。」傳令帶著消息回來。「我們的人逮捕了一名惡疾龍人，正想請教下一步的指示。」

「請教什麼？」伯廉一聽，把杯子擲到地上摔碎。「把他帶回來啊！」

「是是。」傳令唯唯諾諾。

「稍等，你們要從指定路徑把人押回。因為我不希望王子殿下或是自然研究機關的人注意到這件事，你們要做到不動聲色。」伯廉下令。

那名惡疾龍人的手、腳銬著神力枷鎖，他們比照罪犯的模式將胡恩押到古鐘塔。兩名負責押送的警衛一前一後地戒護，防止其他人靠近。

伯廉站在前廳，看到惡疾龍人後大為喜悅。「太好了，再多抓幾個回來，我會增加賞金。」

當惡疾龍人穿過大門偵測點時，警戒鐘發出聒噪的連響。

「關上它，吵死了！」伯廉指著耳朵大聲叫道。

「老、老闆，是惡疾龍人。」

「廢話，當然是惡疾龍人，快點關掉。」

「不是的，有……有三個惡疾龍人的生命反應。」

伯廉當下驚覺不妙，卻已來不及阻止。

胡恩發出吼聲，強行掙脫枷鎖。負責戒護的兩人也卸去偽裝，權卡和貝古利斯迅速地打倒數名古鐘塔的人。

「自私自利的小矮子。」權卡距離伯廉最近，就在他伸手可及的地方。「給我過來！」

就差一點，權卡的腿被倒地的古鐘塔守衛抱住以致於錯失時機，伯廉見狀趁隙而逃。

貝古利斯把那警衛從地上揪起後用力扔了出去，鋼壁發出巨響，壁上則留下一圈人印血跡。

雖然被伯廉逃掉，但他們三人的目的本來就不是他，所以也不以為意。惡疾龍人們在古鐘塔公司裡到處破壞，見什麼砸什麼，能爆炸的就讓它爆炸，儀器、設備多數損毀。

伯廉返回，還帶了一大票警衛。他看見畢生投入的心血遭受破壞，又心痛又忿怒。「你們三個該死的蛇人，別讓他們活著離開！」

權卡等三人互相交換眼神，看來是時候撤退了。他們憑著古龍精華的力量加持，然後以眾多設備為掩護一路逃向出口。沿途的警衛完全攔不住勇猛的他們，這些惡疾龍人如入無人之境。

就在穿過大門的瞬間，三人的笑容頓時消失無蹤，取而代之的是僵硬無神的表情以及瞠目張口的發愣。

放眼望去是滿山滿谷的軍隊，他們整齊劃一的包圍住古鐘塔公司。原來古鐘塔的警示鐘聲也吸引到政府軍的注意，惡疾龍人還得意洋洋的以為自己能全身而退。

貝古利斯在人群中看見幾名將軍還有被簇擁的葛朗陛下本人，甚至連三名王子殿下也出現在現場。不過這還不是最糟糕的……

空間傳送門開啟，留著一頭藍色俐落短髮的男子從裡面走出，身上的軍服整齊乾淨，胸前別著一堆閃閃發亮的勳章。亞基拉爾抬頭看著燃燒的古鐘塔，嘴角不禁失守。「燒得很漂亮，為了歡迎在下的到來竟然還燃放煙火。」

漢薩・伊瑪拜茲的臉色鐵青，看得出他正被尷尬、無言以對、憤怒、焦躁、無力感等各種情緒衝擊，他的臉上也顯示出很難解讀的複雜表情。

從古鐘塔內追出來的伯廉・古崙大概也沒想到公司外居然這麼大陣仗，一群人連動也不敢動。現在的伯廉整顆心大概已經被等一下要怎麼解釋的理由給塞滿，完全忘記他現在該下令逮捕惡疾龍人的事。

「話又說回來，這是我投資的錢對吧？」亞基拉爾手指著燃燒的古鐘塔公司，接著揶揄道：「你們把經費挪去研究怎麼讓火燒得更美嗎？」

「亞基拉爾，別挖苦人了，我也有眼睛看。」漢薩轉向他叔叔葛朗，質問道：「古鐘塔被火燒了，您要怎麼給我交代？」

葛朗一陣沉默，他抿著嘴唇瞪向他二兒子阿古奈德。

阿古奈德被父親的怒意嚇到，他趕緊轉移大家的注視焦點，對著伯廉罵道：「這就是你要的測試結果嗎？你這個笨蛋！」

伯廉倒抽一口氣，這下子恐怕很難善了了。

「伯廉大人。」

「啊！是是是。」伯廉僵直身體，聽著亞基拉爾的問話。

「我要的東西呢？」

「這個……那個……」伯廉支吾其詞，他完全不敢直視亞基拉爾的眼睛。

「漢薩大人，這就是您手下的辦事效率。」亞基拉爾對漢薩說。

漢薩同意，表情盡是不屑和輕蔑。

「我不管你們發生什麼事，但是為了伊瑪拜茲家族的名聲，我相信你們會處理的很完善。十五天後我會再回來，就勞煩各位大人辛苦點了。」亞基拉爾彎腰欠身，向眾人道別後遂轉身進入傳送門離開策林。

「您有聽到嗎？我們的投資人不高興了，他說十五天後要回來，那我第十四天來檢查，您總不會再讓我們伊瑪拜茲家族的名聲受損了吧？」漢薩不悅地向葛朗問道。

葛朗面帶嚴肅的點頭。

「再來輪到我們的小蛇人。」漢薩脫下一雙白手套並將之交給下人。「我該怎麼稱讚你們呢？狡猾還是聰明？合作無間還是古龍精華運用的當？」漢薩慢條斯理地脫下披氅，一樣遞給下人。「可以讓我見見古龍精華的厲害嗎？我真的很想知道。」

三名龍人裹足不前，他們不曉得漢薩打些什麼主意。

「放寬心，我也不想仗著人多勢眾欺凌幾個小輩，免得落人口實。」漢薩向他們走近。「一起攻過來吧，假如能在我身上製造一道傷痕，我就放你們離開。」

惡疾龍人們相互而視，依舊猶豫不決。

漢薩看著他們笑道：「我是伊瑪拜茲的家族長，說的話有千萬鈞重。眾人為憑，諸神見證，絕不食言。」

權卡苦笑道：「這下真的是搞得轟轟烈烈了。」

貝古利斯向另外兩人喊話。「這是很好的機會，就讓他為自己的高傲負責。」

漢薩一揚手，策林軍隊向後退開，讓出來的寬闊空地登時變成最佳的競技場。

胡恩和權卡立刻一左一右連袂攻去，貝古利斯龍翼揚起，由天空飛躍而下直取漢薩的頭部。

他們根本沒看見漢薩的動作，連環的反制卻已經後發先至：權卡的拳頭被撥開，胡恩中了一腳，貝古利斯的攻擊撲空，他的頭部反倒被漢薩抓住。貝古利斯極力的抵禦，卻始終阻止不了漢薩將他一路推去撞擊古鐘塔的牆。

「天啊，好快！」權卡驚訝之餘，漢薩已再補上一擊，將貝古利斯整個人撞入壁中。

隨後，權卡和胡恩兩人也被漢薩雙手放出的圓形氣罩困住，動彈不得。

「氣形結界？不妙，要全力掙脫。」權卡和胡恩心神一凝，以古龍精華爆發之力炸開氣罩。

趁漢薩分神之際，貝古利斯從牆中躍出，接著從後方制住漢薩的上下盤。他的頭流下汩汩鮮血卻依然自信地笑著：「誰叫你看輕我們？這下十拿九穩了。」

權卡和胡恩全力擊向漢薩的胸膛，漢薩完全無法迴避，只能硬生生接下招式。不死也重傷了吧？貝古利斯愉悅地想著，但是權卡和胡恩的神情好像不太對勁。

「怎麼回事？」胡恩喃喃道，他的額頭流下汗水，一副驚訝的樣子。

權卡也有同感，明明是拼盡全力的一擊，怎麼好像打中一塊又硬又厚的橡膠，力量全被分散了。「難道……這是古印龍甲？」權卡問。

一股由漢薩身上發出的彩色氣旋將他們三人分別彈開。

「很可惜，你們的攻擊對彩飾龍甲無效。」漢薩的周身被八道光芒迴旋圍繞。「缺少古印龍甲的輔助，爾等的古龍精華在我面前毫無作用。」

「才不管你什麼鬼甲。」胡恩被油然而生的羞辱感給激怒，他以遠程神術攻向漢薩。其餘兩人見狀，也配合胡恩的攻擊，光束疾如雨下招呼在漢薩的身上，魂系神力激盪，爆裂聲響不斷，白光遮掩眾人視線。

光芒退去，漢薩恢復獸化原形，他帶著狡黠的笑容同時身體毫髮未傷的佇立著。

龍人漢薩豎起食指，笑道：「該我了嗎？」金色流光匯入指尖之中，「金。」漢薩唸出這個字後，金色的護罩彈出許多光束，權卡等三人皆被漫天射來的金色光束擊傷，倒地不起。

貝古利斯試圖站起卻又踉蹌地往前倒下，他滿臉是血與泥。「我、我們的招式被以數倍的力道返還了。」

權卡整個人仰躺在地，全身是傷。他被一股血氣哽在喉部，所以不斷地咳嗽。

只有胡恩勉強地站起，他不死心地以左手鐵鉤化出電刃，魂系神力的副作用暗傷馬上爆發，使得傷勢更加擴大。

「都半死不活了，我真是佩服你的勇氣。」漢薩單掌托天，紅色神力不斷匯聚於掌中。

貝古利斯知道胡恩處境危險，雖然他已筋疲力盡，仍然爬起衝向漢薩只為了掩護胡恩。

「礙事！紅。」鮮紅的神力圓球夾帶雷霆萬鈞之力轟向貝古利斯。

儘管貝古利斯拼盡全力防禦，古龍精華的威能發揮的淋漓盡致卻依然抵不住漢薩的神術攻擊。貝古利斯整個人在半空旋轉半圈，他就像一塊破布般掉落在地後不斷地翻滾，直到衝擊力道緩下為止。貝古利斯的左半身血肉模糊，左手臂斷裂、腹部臟器掉出、胸腔的肋骨清楚可見，其中幾根混著血的骨頭已然斷裂或粉碎。

差距，這就是黑暗深淵領主和他們這些不入流的惡疾龍人間的差距，自己猶如蚍蜉撼樹。貝古利斯喘著氣，他的意識漸漸模糊。

胡恩撲向漢薩，電刃瞄準對方的頭部，雙方拉近的距離已近在咫尺，他知道這將是最後的反擊機會。

「白。」

胡恩的眼睛看見漢薩整個身體沒入一團白色光圈之中，儘管驚訝，但他仍是跟著衝入。

白光很快地轉瞬即逝，漢薩依然未有任何改變，只不過他的右手掌多了顆頭顱，那是胡恩的首級。他臨死前的表情滿是不甘，屍體倒在漢薩腳邊。

究竟在白光內發生什麼事？唯一明白內幕的胡恩卻已經離開人世。

「胡……胡恩。」權卡趴在地上，眼睜睜地看著同伴被殺，內心的無力感讓他萬念俱灰。

一道宏偉的身影鼓動著八翼自天空緩緩降下，磅礴的三系神力以及可怕的外貌讓在場所有人震驚不已。

「彩飾龍甲搭配古龍精華形成的特殊能力果真駭人，八種能力加諸於身，您已經與怪物無異了。」龍人曼德爾笑道。

漢薩瞥了他一眼。「您在和我說話嗎？」他的龍尾不悅的擊地。「看看您自己是什麼樣子，非天界人、非安茲羅瑟人更非龍裔，您最沒資格說我。或許可以讓我的彩飾龍甲和您的幽魂龍甲較勁看看，請問曼德爾大人有興趣嗎？」

「屬下怎敢冒犯陛下。」曼德爾口是心非的回答令漢薩作嘔。

漢薩雙手一張，掌心發出的吸力將權卡及貝古利斯的身體快速地拉近，接著用力擒住，幾乎不費吹灰之力。他看著雙手抓著的惡疾龍人，嘀咕的說：「為了這些罪人竟讓我在亞基拉爾面前出醜，葛朗皇叔，您說我該拿他們怎麼辦？」

葛朗鞠躬道：「請您把他們交給我處理。」

「可以嗎？那我就回卞安了。好好的幹，這種時候我可不想惹怒亞基拉爾。」漢薩說完便將兩名惡疾龍人粗暴地丟到葛朗面前。

僻靜的樹叢中，緋兒正替滿身是傷的梭恩德療傷。她幫梭恩德換下身上破損的外衫及上衣，然後以藥水做消毒清洗，之後拿著帶來的藥劑為他塗拭傷口。

梭恩德額頭、嘴角都還留著乾涸的血痕，頭髮沾滿泥沙，身體痛得連動個手指都覺得困難，精神也十分疲倦，不難想像他到底有多狼狽。梭恩德背倚著枯木，雙眼直直地盯著緋兒，不知為何竟升起一股撫慰心靈的暖流。若不是緋兒及時救援，恐怕自己就要死在親生父親的手中。

緋兒的突然闖入確實讓曼德爾吃驚且出手有所顧忌，若是誤傷或失手殺死道漢家的女兒，自己可不好和蘇利根將軍交代。在左右權衡之下，曼德爾決定網開一面，就讓緋兒救走梭恩德。反正曼德爾也看不上梭恩德的一條賤命，殺不殺死梭恩德對他來說只是小事。

「對不起。」梭恩德的喉嚨乾得要命，他說起話來有氣無力，聲音又顯得沙啞。「讓妳為我涉險了。」

緋兒可愛地搖著頭輕笑。

「我現在很認真的和妳說。」梭恩德拉住她的手。「我不希望連累妳受到波及。」

「不必擔心，我可是蘇利根的女兒，曼德爾大人不會對我怎樣。」緋兒篤信著。

「很難說，那個男人的陰狠毒辣我領教過了。」梭恩德一想起父親的模樣就不由得打寒顫。

「妳也看到現場的情況了，曼德爾已經不能算是龍裔，那是貨真價實的怪物。」

「我知道。」

緋兒平淡的回應反倒讓梭恩德生疑。「妳知道？妳知道些什麼？」

「我知道曼德爾大人和我父親等貴族都擁有自己專屬的古印龍甲，那是古鐘塔為他們特製的，每個人擁有的能力不同，而且都需要以古龍精華推動才能發揮功用。」緋兒解釋。

梭恩德面露惱色。「他們已有這樣的技術，卻還是讓我們這些實驗體受苦。」

「因為用在那些大人身上的古印龍甲需要耗費非常龐大的成本：包括人工、技術、時間、靈魂玉，所費不貲。而這全都是邯雨的亞基拉爾陛下所出資打造。伊瑪拜茲家要求能將技術普遍運用在士兵身上，讓其能在戰場發揮古印龍甲和古龍精華的威能就是他們的最終目的。」

梭恩德完全明白了。他們的皮膚、血肉之所以會產生糜爛現象，全是因為他們使用了低成本又廉價的方式才害苦了被實驗者。

「好了，我沒事了。」梭恩德說。

「真的嗎？」緋兒問：「你有什麼打算？依然想找曼德爾大人報仇？」

那正是梭恩德的人生目的，「我一直活在父親的陰影底下，真的很累。」他無奈地嘆了口氣。

「你……你能離開策林嗎？別再和曼德爾大人起衝突，不會有勝算的。」緋兒勸道。

離開？梭恩德對策林以外的領區感到相當陌生。「我還可以去哪？妳願意隨我離去嗎？」

緋兒被梭恩德這麼一問，她低下頭，臉色轉為黯淡。

梭恩德雖然輕笑帶過，卻還是難掩失望。「謝謝妳，真的很感謝。」他撥開緋兒的手。「我累了，需要休息。妳也該回家免得妳的家人擔心，他們絕對不希望我們有來往。」

緋兒以憂鬱的眼神看著梭恩德，她一句安慰的話都說不出口。

古鐘塔的研究著重於成果，他們常會用很激烈的方式達成目的，即便研究的過程深具破壞性也不以為意；自然研究機關則對他們的行為非常反感，因為自然研究員們認為環境的變化能和神力產生共鳴，只要強化共鳴的效果即能大幅提升能力。兩派同樣研究神力科技，由於作法不同而常起爭執。

在自然研究機關會議準備室中，芬爾述已經接獲傳令捎來的訊息。他邊咬著指甲邊想事情，看似發愣的外貌下，其實他的內心很是焦急。

奈夫亞魯與一名女研究員及手持木杖的學者進入房間。

「納蘭博士。」芬爾述起身致意，接著他看向女研究員。「這位是？」

「我的女兒，彩璃。」奈夫亞魯向芬爾述介紹著。「你們是初次見面吧？因為最近我事多繁忙，所以讓她暫時代替我在自然研究機關內的職務。」

芬爾述冷眼打量著眼前這名有著一頭水亮長髮，戴著粗框眼鏡的年輕女孩，她的學者氣息大過於身上的神力。芬爾述敷衍地點頭，他對於不能上戰場的人事物一向不怎麼感興趣。芬爾述把玩著手中的玻璃酒杯，「你知道有三名惡疾龍人被漢薩陛下親自解決了嗎？」

「當然，那是最新的新聞。」奈夫亞魯一副理所當然的回答。

「你那是什麼反應？」芬爾述說：「本該由我們執行的工作，變成要家族長親自動手，你想阿古奈德殿下會給我們好臉色看嗎？那個拿鋸齒劍的惡疾龍人八成也落入曼德爾的手中。」

奈夫亞魯明白芬爾述的意思，打從一開始合作他就知道這個司令把戰績看得比什麼還重要。

「我算了算，剩下的惡疾龍人還有三名，到現在還不見蹤影。」

「能夠做的我們盡量做，在能力範圍內盡力即可。」奈夫亞魯說道。原本他還保有一定的鬥志，希望能以實績壓倒古鐘塔。自從古鐘塔發生被惡疾龍人們炸掉幾個部門的意外後，沒什麼比這件事更讓他欣喜若狂。

芬爾述用力拍桌。「不是盡力，那三名龍人的首級我一定要拿到。」他對自己搖搖欲墜的地位非常擔心，無論如何這項功勞絕不能拱手讓人。

「閣下，恕我無禮的插嘴。」

芬爾述看著博士。「有什麼話您就說。」

「難道閣下不覺得那些龍人們是有計畫行事的嗎？原本他們還團結一心，默契十足。如今卻落得分批送死，被各個擊破。」納蘭博士說。

「這有什麼好意外，不過是一群烏合之眾。」芬爾述對博士的發言嗤之以鼻。

「那些惡疾龍人的屍體我都檢視過了，意識的某一部分都被封鎖，可見得他們背後還有什麼不想讓人知道的計畫。」博士沉吟半晌後說：「照我的推論，一開始被曼德爾大人殺害的那三名惡疾龍人應該只是誘餌，只是死得太快出乎他們的意料，所以又再派四名出來只為了拖延時間。」

「拖什麼時間？」芬爾謎問。

「閣下，您聽過次元輪嗎？」博士意味深長的問。

芬爾謎露出疑惑的表情。

「讓我來解釋。」彩璃拿著報告讀著：「次元輪的全名叫做異地空間能量增幅裝置，是一種汲取環境能源的儀器，它能將之轉為可供運用的神力，並強化與操作者之間的共鳴。」她繼續說：「這原本不是應用在戰鬥上的武器，但若是被加以改裝，使用者便可貪婪地利用它來轉化能量。」

芬爾謎有聽沒有懂，腦中模模糊糊。

「我這樣說吧，假使有人在埃比倫內利用裝置了次元輪的光束穿鑿機並對準埃比倫的隨意地方，只要在能量發揮穩定的情況下，穿鑿機發出的光束波是足以將整個埃比倫一分為二的。原因是整個埃比倫的能量會被光束穿鑿機運用，自己毀滅掉自己。」奈夫亞魯解釋道。

「你們的意思是——惡疾龍人們掌握這項技術？」

奈夫亞魯點頭。「那是肯定的。」

「會在什麼地方？」芬爾謎思考著：「如果他們是把裝置設在熱殛割裂炮這類的武器上並對

準埃比倫的話……他們需要穩定的環境。難道會是蘇羅希爾聖樹？」

「是夢境湖。」彩璃提點芬爾迒。

「那是個一無所有的禁區。」芬爾迒不認為他們會跑到那種地方架設裝置。

「表象的一無所有不代表真的什麼都沒有，夢境湖若能為他們提供能源，有何不可？更何況埃比倫就在夢境湖的正上方……如果熱殛割裂炮朝上發射，那麼埃比倫會怎麼樣？」奈夫亞魯明知故問。

芬爾迒猛力拍桌後陡然站起。「你們早就知道了，卻還讓大家找得團團轉？」

「不，我們也是在分析各種可能性，確定他們沒躲在埃比倫後才敢下判斷。」奈夫亞魯說。

「野金隊長。」芬爾迒大聲呼喚。

隊長穿過奈夫亞魯，向芬爾迒行禮。「是的，司令指揮官。」

「整備好人員，我們馬上前往夢境湖。」

「夢境湖？」野金眨眨眼。「但是那需要殿下的許可。」

「等到別人把槍抵住你的腦門、把刀架在你的脖子、把矛尖指向你的心窩時，許可的公文都還沒批示下來。」芬爾迒叱道：「快去！」

奈夫亞魯則向彩璃交代一些應辦事項後也準備要出發。

「我問你。」芬爾迒走到奈夫亞魯身旁，以手指點了點他的肩頭問：「次元輪的消息你從何得知？不是說惡疾龍人的腦識都被封鎖嗎？莫非你們……」

面對指揮官的質疑，彩璃和納蘭博士皆沉默不語，奈夫亞魯倒是坦承不諱。「是的，次元輪是自然研究機關所設計的產品。」

芬爾逑暴躁地怒道：「所以你們一直在欺騙我？」

「不是，請息怒。次元輪計畫的設計藍圖被盜走已有一段時間，我們並不知道它會被應用在這次惡疾龍人的暴動事件內。」奈夫亞魯辯解道。

「有一件事我要向您報告。」彩璃依然盯著手中的資料在說話，「我們針對十名惡疾龍人做了一番調查，其中有位叫萊瑪斯的惡疾龍人非常奇怪，不管是在策林或是古鐘塔內都沒查到他的身分及來歷，有關他的過去全都是謎。古鐘塔的人應該也知道這個人，但卻沒有刻意提出，不知道是認為這個人無關緊要或是有什麼其他目的。」

「萊瑪斯？」芬爾逑接過紙本，仔細瀏覽上面的文字。

「我懷疑這個人就是惡疾龍人背後的主謀，也是盜走次元輪設計圖的人。」奈夫亞魯將他的猜疑全告知芬爾逑。

古鐘塔、竊盜、惡疾龍人、次元輪。不知為何，芬爾逑在聽到這些名詞後，突然靈光一閃，彷彿所有脈絡串連成線。在古鐘塔遇襲的回憶以支離破碎的影像穿梭在芬爾逑的腦海中。「那把劍……我好像想起了在古鐘塔遇害前的一些事情。」

葛朗．伊瑪拜茲坐回他的王位，底下的朝臣左右分立，面對著領主各站一行。三名王子的座位在葛朗的左手邊且矮了數道階梯。他們心懷鬼胎，表情大有不同。正中央的紅毯上唯有伯廉一人孤零零地站著，他像是做錯事的小孩般沉默低頭，焦慮地搓著雙手。

馬爾斯邁開步伐走入大殿內，鬼聖和尚緊隨身後。當他與伯廉擦身而過時，馬爾斯以鄙視的眼神瞧了他一眼，接著來到葛朗的面前。

大殿守衛雙戟交叉，示意馬爾斯不可再往前移動。

馬爾斯毫不畏懼，他沒有半點想後退的意思。

葛朗輕輕揮手，「讓使者大人列席並坐。」

侍從們在葛朗的右側擺了張椅子，馬爾斯隨即越過守衛，大大方方地坐下。

朝臣似乎頗為不滿，其中一人搶先開口：「馬爾斯大人，你有分寸點！那是給你坐的地方嗎？」

馬爾斯認得這個聲音的主人。「當然，椅子不就是設計給人坐的嗎？瓦杰亞普斯大人。」

瓦杰亞普斯是一名脾氣很壞的龍裔，光禿禿的頭頂在鬼火燈的映照下很顯眼，他的臉和皮膚長著粗糙的硬塊，不過並不是因為古印龍甲的副作用。瓦杰亞普斯張開乾裂下垂的唇開口罵道：「你只是亞基拉爾陛下的使者，沒資格坐在那。」

「夠了。」葛朗淡淡地說：「是我的意思。」

馬爾斯一副有恃無恐的模樣。「您聽到了嗎？您個人的意見一點都不重要。」他繼續說：

「更何況您是不是誤會什麼了？我是代替亞基拉爾陛下執行監督進度的職責。我的身分為哈魯路托的麾下、惡災殃鼠巢穴的使者。懂嗎？我並不歸亞基拉爾陛下管轄。」

馬爾斯冷眼觀察大殿內的每一個人。

三名王子顯然心不在此，馬爾斯注意到他們兄弟有的時候會以奇怪的眼光互相審度、交流，很快地又把頭撇開；這種情形若不是互有心結，就是在密謀著什麼事。

龍戟曼德爾一向恃才傲物，就算漢薩陛下親自來到都不一定能引起他的注意。他人在大殿上，心就不知道有沒有在此。而葛朗就是厭惡他那種目空一切的態度。

蘇利根．道漢將軍是裡面唯一全副武裝的大臣。他將頭盔挾在腋下，露出銀灰色且梳理整齊的短髮。垂下的眼袋及渙散的目光看起來彷彿是因為疲憊而露出的倦容，蘇利根就這麼用他那無神的目光緊盯著葛朗。

瓦杰亞普斯正為了馬爾斯頂撞他的話而咬牙切齒。

方臉大耳加上一頭紅髮的是韋里遜．伊瑪拜茲。他是漢薩陛下的遠親，在策林內他擔任火吼軍團的領袖。論性格，他和瓦杰亞普斯一樣易怒，但是他懂得看場合說話，所以方才並沒和馬爾斯起衝突。

身材高大，留著一臉落腮鬍鬚的是麥爾．杜威，他擔任皇宮憲兵隊的指揮官一職，是個與魁梧外表不相符，心眼狹小的男人。很懂得迎合王的喜好，善於奉承吹噓。只要葛朗的意見是什麼，他就不會有二話。

貝傑瑞・沃拿擔任策林軍部指揮及龍裔參謀總長，算是伊瑪拜茲家族內少見的咒系強者。為人沉默寡言，擅攻心計。頭戴白色鑲上策林紋飾的高兜帽，手持白簾法杖，一撮亮金色的瀏海順著帽簷滑出，他的眉心到顴骨間刺著特殊的紋身。若方才出言制止自己的是他，馬爾斯就絕對不敢大搖大擺地坐上椅子。

其餘連說話權利都沒有的臣子皆不入馬爾斯的眼中。

策林的領主生得一張老態龍鍾的臉，但他卻不願意改變外形，因為他認為皺紋是智慧的象徵。葛朗右拳托腮，左手端著酒杯，頭上的黑色龍犄角在燈光照耀下反射光芒。

「陛下恕罪。」伯廉哭喪著臉跪地求饒。

葛朗表情不變，卻擰碎酒杯，在場所有人都感受得到王的怒氣。「再發生一次同樣的事，你要我提著頭去見漢薩大人及亞基拉爾大人嗎？」他輕甩左手，玻璃碎片和酒灑落一地。「如果把你的賤命獻給亞基拉爾大人，能不能讓他消氣呢？」

馬爾斯笑著直搖頭，那個樣子就好像是葛朗在講笑話給他聽。

「父皇。」丹布林頓王子起身致意。「請再給伯廉先生一次機會好嗎？惡疾龍人的事件稍晚我一定會給眾人一個交代。」

「多久？五天？十天？你們家族長第十四天後會來驗收，你來得及嗎？」馬爾斯酸酸地說。

丹布林頓王子漲紅了臉。「這是策林的國事，與你何干？」

「當初全是這個混蛋。」馬爾斯起身，手指著伯廉。「全是他個人獨斷獨行搞出來的，今天策林弄得狼狽他要負全部責任。」

伯廉叫道：「你僅是因為我們沒按照你的建議下去設計，所以才心生不滿的報復，你這個私心大於一切的人。」

葛朗擺正身子，接著用力在椅把上一拍。「現在是小孩子的爭執時間嗎？」

爭吵聲戛然而止，但場面依然僵硬。

「查洛士，你可以進來了。」葛朗一聲令下，古鐘塔學者曳步前進，在眾人目光的注視之中來到大殿中央與伯廉並肩而站。雖然是回應王的要求，但這名面頰消瘦、帶著促狹笑容的青年給人一種賊兮兮的感覺。最叫人驚訝的莫過於伯廉本人，因為查洛士正是他唯一的獨生子。

「我交代的事項你辦得如何？」

「敬愛的王。」查洛士禮貌地回道：「資料均已備份，損毀的器材都在修復當中，請陛下勿憂，我們古鐘塔隨時聽候您的差遣。」

「很好，今後你就取代你父親的職位，管理古鐘塔公司。」

「這、這怎麼行？」伯廉絕對反對葛朗擅自安排這種職務的調動，他沒辦法接受，畢竟公司是他一個人辛苦開創，不是屬於王的。可惜，目前的他沒有勇氣提出抗辯。

「伯廉先生，從今天起你不但要停職，還得接受司法調查。」葛朗表示。

「不，請相信我，這次的事件純屬意外。」伯廉哀求道。

「意外與否調查後自然水落石出。」葛朗指示：「你可以先回去了，等到結果出來後會有更進一步的裁罰。查洛士，你的工作繁忙，你也先離開。」
此時，蘇利根站了出來。「陛下，道漢家有事，請允許臣先行退朝。」
「准。」
丹布林頓王子與奧利歐王子齊口同聲：「父皇，我們……」
葛朗打斷他們的話：「你們能有什麼事？給我繼續待著。」
伯廉和蘇利根先後離開，葛朗馬上召見芬爾述及奈夫亞魯。
「各位大人。」芬爾述快速的向王行禮後，隨即進入正題。「我們有個很重要的消息要稟報……」

伯廉對他兒子的行為頗為不滿。可是還沒來得及抱怨，他便在一群司法人員的護送之下一路彆扭地回到古鐘塔公司。他們不許伯廉踏出房間半步，一切行動都在他們的監視當中，看來葛朗打算軟禁自己。房間內沒有科技機器，牆上設有阻斷神力連結的結界，他們把伯廉關在這狹小的室內，不讓他與外界聯繫。
伯廉在房間內來回遊走，越想越氣憤，之後開始砸東西發洩情緒。無意義的時間總是過得特別漫長，在裡面的每一刻就像度日如年。

不知道過了多久，伯廉聽到房門外傳來騷動，看來總算有人前來探視了。

丹布林頓王子是第一個來拜訪他的人，這點早在伯廉的意料當中。

「您所謂的計畫可把我害苦了。」伯廉咕噥地抱怨。

「再大聲一點啊！你可以把所有的事情公諸於世。」王子的語氣轉為責怪，這令伯廉心生不滿。

「殿下，我全照您的吩咐去做的，但是我卻沒得到我應有的回報，反而落得現在這種下場。業務被自然研究機關拿走，公司也變成我兒子來營運，可我本人卻沒有半點得益。監視龍人、殺芬爾逑、放走龍人，這些都是殿下您的命令，別和我說您不記得這些。」伯廉將至今為止所受的怨氣一股腦地全吐出來。

「記得，我記得清清楚楚，我非常感謝您至今為止為我的付出，我應該贈你一份大禮。」丹布林頓王子的口氣就像是在嘲諷他。

「真是夠了。」伯廉叫道：「我只要我原本擁有的一切，您把公司還給我就好。」

「那當然，這陣子真是辛苦您了。」丹布林頓王子說著，只見他右手的袖口滑出一道利芒。

道漢家的四兒子玄傑一路跟蹤他的姊姊，終於被他撞見緋兒和梭恩德之間的戀情。雙方除了驚訝及尷尬，從玄傑身上更能感受他憤怒的情緒。「道漢家的人竟和惡疾龍人在一起，妳竟選擇這個醜陋的人種當作伴侶？」他不解地問。

為避免雙方發生衝突，緋兒只得選擇和玄傑返家。

梭恩德獨自沉思了一段時間，他認為這件事肯定會在道漢家引起軒然大波，說不定到時候連蘇利根都會氣得親自過來殺掉自己。身為當事人的緋兒回到家後不可能安然無恙，這讓梭恩德十分擔心。他反覆左思右想，覺得應該要去道漢家一趟查看緋兒的情況。

梭恩德潛入道漢家的大宅院內，他尋著緋兒的神力找到她的房間。不過梭恩德並沒有進入，也不知道內部的情形，他只是靜靜的躲在樹梢等候時機。

那棵樹不安地躁動著。「會移動的樹？哼，安靜！」梭恩德將劍刃刺入樹幹。

即便相隔一段距離，梭恩德仍能聽到房間內些微的聲音，只是不太清楚。

起初，他聽到房間內有一男一女的細語聲，詳細談話內容並不清楚。後來他們兩人爭論的聲音慢慢加大演變成爭吵，內中夾雜著男人的咆哮與女人的啜泣聲。梭恩德好想衝入一探究竟，但他告誡自己一定要忍耐，絕對不能再連累緋兒受罪。

屋內傳來巨響，他知道衝突正在發生。隨之而來的是女孩的哀嚎，梭恩德聽到慘叫聲後再也無法氣定神閒地等待。

當梭恩德從樹上躍下時，道漢家的衛兵馬上發現了他，但此時的龍人可不和這些下人客氣，鋸齒劍旋即劈出通道，阻礙前進的衛兵全成劍下亡魂。

玻璃發出清脆的碎裂聲，梭恩德破窗跳入，眼前等待著他的是讓人觸目驚心的悲慘景象。血跡斑斑的玄傑右手持劍，劍刃的邊緣仍滴著新鮮的血，劍尖的下方倒臥著一具女人的屍首，那是緋兒本人。梭恩德瞪大雙眼，簡直難以置信，他根本不願意接受這個五雷轟頂的現實。

「你殺了自己的姊姊，就只因為他和我在一起？」梭恩德的情緒瀕臨崩潰。

玄傑噘起嘴，一副不以為然地說：「你自己也很清楚嘛！她會死都是因為你的關係，而你竟然還敢厚顏無恥的出現在此，你一點羞愧之心都沒有嗎？」

梭恩德最後一根理智的線終被玄傑那充滿嘲諷的話給震斷。去死吧！梭恩德心中無限地詛咒這個齷齪的男人，他不想再看到這個男人的臉、聽到他的聲音，一定要殺了他！

玄傑試圖舉劍架住梭恩德的進攻，但是失敗了。惡疾龍人的力氣大過他的想像，雙方兵器交接的那瞬間，玄傑的虎口就被震裂，鮮血濺出。梭恩德使出佯攻，卻反手又朝玄傑的腹部劃了一痕。玄傑接連被逼退，危急之間，他使出神術擊向緋兒的屍體。梭恩德挺身擋下攻擊，玄傑趁機逃出。梭恩德背起緋兒屍體，再以布腰帶裹著防止跌落。

道漢家的衛兵蜂擁而上，怒氣爆發的梭恩德就像一頭失控的野獸，以摧枯拉朽之力一路砍倒阻攔他的人，梭恩德的目標只有一個，他發誓絕不讓玄傑繼續活在這世上。

膽小的玄傑四處逃竄，他以為能逃過我的追蹤嗎？梭恩德不止想要他死，還要他在臨死前體會來自心靈深處的恐懼。他看著玄傑躲入另一棟矮小的建築物內，正想追去時，不畏死亡的數名守衛又攔在他的前方。等到梭恩德解決掉這群嘍囉再緊隨而去，玄傑卻已不見蹤影。

「緋兒妳等著，我一定提他的人頭來祭妳的亡靈。」梭恩德明白再怎麼喃喃自語也已經沒辦法讓背上的緋兒再次與他對話，一想到這點就不禁讓他悲從中來。可恨，那個可恨的男人拆散了我們，不可饒恕。

梭恩德拎著劍在屋子裡四處搜索。很快地，他看到一名整臉蒙著面紗的女子坐在位子上獨自靜靜地看書。梭恩德認得她是道漢家的次女瑪恩德林，於是他挾帶著怨恨提劍走向前。

瑪恩德林見到梭恩德似乎很訝異。「梭恩德？你、你怎麼會在這裡？」

「賤人，不許叫我的名字，你們道漢家的人全都該死。」說完，他揮劍從她的肩頭劈下，劍勢劃落直至腰部。

「啊呀！你……為、為什麼？」瑪恩德林到死都是一副不可置信的模樣。

梭恩德不想再和道漢家的人多說廢話，他確信這一劍的攻擊已經造成致命的傷害，二話不說直接取走她的性命。

「去怪玄傑吧！」梭恩德惡狠狠的看著她倒下，心情卻沒半點愉悅。看著瑪恩德林死亡，梭恩德內心其實有種心痛的感覺，這種結果好像與一開始的期望有落差。

不管這麼多了，罪魁禍首仍是那個玄傑，他應該要伏誅。

玄傑躲在道漢家守衛們排列的人牆之後，這個膽小的孬種就是只會做這些毫無榮譽可言的事，他也配稱為戰士嗎？「出來和我打，以為躲在人群後方就會沒事嗎？」

娜席安還比他的弟弟更有膽色，她領著手下直接和梭恩德面對面叫囂。「惡疾龍人在道漢家殺人，別讓他活著離開！」

「活著不能離開。」梭恩德指尖在鋸齒劍上輕輕滑落。「那就一起死在這裡！」梭恩德舉劍向前，目標直指娜席安。他想看看道漢家的長女多有骨氣，會不會和她的膿包弟弟一樣拔腿就跑。

娜席安身不動，後方的守衛自然搶著守護主人。

天際流星墜落，其勢將在場眾人逼退。梭恩德定睛一看，來者全副武裝，堅實的重甲護住周身各處，全罩的頭盔遮掩著面容。由於對方散發著凜冽殺意及嚇人魄力，梭恩德也不得不全神戒備。

「父親大人。」娜席安、玄傑異口同聲地叫道。道漢家的下人們動作整齊一致，向道漢家的主人行禮。

「蘇利根你肯露面了嗎？」梭恩德說：「你知道你那個不中用的兒子幹了什麼好事？」

「露面？我不躲不藏，難道不是你這後輩要來見我嗎？」蘇利根反問。

梭恩德正想讓蘇利根看緋兒的屍體，道漢家的下人們卻先一步將瑪恩德林的屍首運過來。

蘇利根眼角一瞄，情緒並沒有任何起伏。「你殺了我的女兒，還有什麼好說？」

詭異的事情就在這時發生，一條熟悉的身影穿過人牆，傷心地趴倒在瑪恩德林的屍體上哭泣。

「緋……緋兒？」梭恩德大感意外，頓時心生不妙。他迅速將背上的屍體放下，結果死者卻是一個素未謀面的陌生人。

梭恩德又急又氣，他抬眼望向玄傑，而那個男人正以卑劣的笑容看著自己。想不到自己被這個陰險到極點的男人欺騙，神力追蹤反倒被利用，緋兒的死是咒術營造的假象，自己一時不察竟落入圈套。

「瑪恩德林，我的姐姐……她到底做了什麼錯事？」緋兒難過的問。

梭恩德有口難辯。「這是玄傑……她明明就是……」

「你想說什麼？殺了我的女兒現在又想誹謗我的兒子？」蘇利根慢慢靠近梭恩德，他身上冑甲摩擦的聲音讓聽者也膽寒。

梭恩德心情低落，整個氣勢被大大削弱。

「朝我攻過來，讓我看看你剛才那個自信的來源。」蘇利根身形迅捷，身上的重甲彷彿不存在般，他一擊便將梭恩德撞退。

梭恩德正腳步不穩，蘇利根使用神術攻其破綻，數道勁風橫掃，梭恩德只得勉強抵禦，整個人被震退。蘇利根連環招式隨後而至，魂系神術劃出弧形的衝擊痕跡，梭恩德躲過攻擊，留下崩裂的地面。正面掩至的神術馬上接連不斷，梭恩德的防護罩被擊破，他只覺得身體發麻，胸部的疼痛及血氣隨後順著喉頭上衝。

看來肋骨應該斷了，梭恩德根本沒有還手的餘地。

「留意喔！」蘇利根提醒他。

道漢將軍聚神力於右手，然後拳勁轟出，梭恩德連忙以劍當盾，整個人被撞翻。接著，強大的神術宛如重鎚落下，龍人以雙臂護住頭部，在神術破壞的範圍內，除了梭恩德腳下所站的地面外，盡是滿目瘡痍。

「還沒完。」蘇利根掌心泛起白光，當他將雙掌合而為一時，神術衝擊波以梭恩德為中心射去，這一次惡疾龍人避無可避，身體被炸得飛高，又重重地摔落。

「嗚哇！」梭恩德發出痛苦的悶哼，頭、嘴沁血，身體多處是皮開肉綻的傷痕。

「接了我七招還不死，值得讓你見見我的真面目。」蘇利根身上的盔甲發出不安的輕響，就在神力聚集之中，盔甲逐漸沒入蘇利根的每一吋皮膚裡。當冑甲完全融入蘇利根的體內後，他的皮膚也轉為鐵灰色。此時，道漢將軍的龍裔原形完整地呈現在梭恩德眼前。

這個人和曼德爾一樣，古鐘塔為他們量身訂做專屬自己的古印龍甲。一想到此梭恩德就覺得很可恨，雖然他不願承認，但事實上他在這些英雄面前根本毫無還手之力。

「這是『武裝龍甲』。」蘇利根得意的介紹著，「它可以依照我的需求成為無堅不摧的盾牌，或是銳利無比的刀刃。在你見識我真正的力量後，你就會發現自己死得一點也不屈。」

蘇利根的右手化為一把巨劍，他擺動腰部迴身劈落。梭恩德閉眼待死，劍波卻掠過他的身體，其威力不但將整個道漢家的大宅院一分為二，劍痕破壞的缺口還一直延伸通過道漢家三個村莊的轄區之外。

他是故意的，梭恩德很肯定的想著。蘇利根擺明是想展示他過人的神力及古龍精華的威能。同樣的動作再一次出現，蘇利根這次可不會再耍著他玩。梭恩德盯著巨劍高舉、揮下，心中已經別無他想。不過世事往往出乎人意料，由後方奔馳過來的救星為他接下蘇利根這記致命攻擊。

曼德爾雙手接劍，卻沒有受傷。他依舊掛著讓人嫌惡的笑容，「老友，我的兒子留給我自己處理可以嗎？」

「放手，你想幹嘛？」蘇利爾可不給他的好友一張好臉色看。

好機會，梭恩德張開龍翼，振翅飛離。

「父親大人。」玄傑大叫。「他要逃了！」

「休想！」

曼德爾以神力張開一面強力護網，擋住所有對梭恩德的攻擊。

「你偏袒自己的兒子！」蘇利根不滿地抱怨。

「孽子就讓我這個管教無方的父親來解決。」曼德爾笑道：「現今有更重要的事情待辦，王急召我們這些大臣進殿。」

蘇利根憋著悶氣，怒哼一聲後將巨劍恢復成原來的手臂。

大殿上，眾人齊聚在此聽著芬爾述解釋惡疾龍人的行動。

「……大致上的情形就是如此。」芬爾述將紙本報告放下。「蘇羅希爾聖樹是保護他們的最佳城牆，但也是困住他們的牢籠。惡疾龍人的行為分明是在向我們示威，所以我們可不能置之不理，放縱他們會造成太多危險。」

「聽到了嗎？」葛朗抬頭看著螢幕上投影出來的次元輪藍圖。「那些小蛇們想轟掉埃比倫，有比這更有趣的事嗎？」

「炸掉古鐘塔仍不夠，現在還把腦筋動到整個埃比倫嗎？」曼德爾語帶嘲諷。「我們最好準備多一點帳棚，免得到時候要重建龍巢時我們連睡的地方都沒有。」

「你很幽默。」蘇利根不屑地啐了一口。

注意到兩人在外頭時明顯發生過摩擦，「你們有什麼過節？」葛朗問完後，阿古奈德走了過來，在葛朗的耳邊細語，之後他才明白整個前因後果。葛朗只是冷淡的回道：「這有什麼好氣的？曼德爾的兒子殺妳女兒，你也可以殺他兒子。」

「我會這麼做的。」蘇利根說：「可以的話，我連他父親的墳墓都會準備好。」

「你們的百年友誼可真脆弱。」葛朗冷嘲熱諷。「不過就死一個女兒，有什麼大不了，瞧你的樣子也沒很傷心。」

「那我該哭嗎？」蘇利根反問。

曼德爾聽完後，哈哈大笑。

葛朗瞅他一眼。「我不管你們有什麼過節，埃比倫可不止屬於我們策林，一旦有失是整個伊瑪拜茲家族都會深受影響，不許你們當玩笑看待。」

「我認真的聽著。」曼德爾強調，但是旁人怎樣都看不出他的認真在那。

葛朗不管他們兩人的爭執，開始分配任務。「芬爾述為指揮官，蘇利根將軍、瓦杰亞普斯大人、韋里遜團長、貝傑瑞參謀，你們五人領兵進夢境湖完成任務。」

「陛下，您忽略我了。」曼德爾指著自己說。

葛朗出於私心，就是不想指派曼德爾。「你留守埃比倫，免得意外驟生。」

「意外？」曼德爾疑惑。「惡疾龍人現今全在夢境湖不是嗎？」

「你忘記自己的兒子了嗎？何況曉得次元輪結構藍圖的人還有奈夫亞魯，你得保證他平安無事。」葛朗瞥了曼德爾一眼。

「父親大人。」奧利歐提出建言：「惡疾龍人們奸詐狡猾，夢境湖的環境對我們來說也很陌生，倒不如就讓曼德爾大人加入此次的行動，以保周全。」

葛朗拒絕他兒子的提議。「管好你自己就好，我的決定還輪不到你來給意見。」

奧利歐低著頭，悻悻然的退下。

「蘇羅希爾之眼的人答應配合我們的任務，傳送門已開啟。」葛朗說：「既然慢了敵人一步，我們就不能浪費時間，你們速去。」

接下任務的眾臣依著葛朗的命令也不再逗留，他們迅速出發。

前線探子以神力回傳消息。

「啟稟陛下：在龍首要塞附近發現天界三軍團的神光階梯，那些天界人打算入侵策林。我們試圖反制聖系神術的運行但是失敗了，現在前線駐軍與三軍團的人發生戰鬥。」神力傳音到此中斷。

「無法反制？對方的隊伍內似乎有個操縱聖系神力的強者。」曼德爾如此判斷。

「多事之時，還來找麻煩。」葛朗一副不耐煩的表情。「去吧！你不是想立功？」

曼德爾頓時有一種被葛朗施捨的感覺，但他依舊面帶笑容欣然答應。

「其餘的人隨我一同前往防衛塔。」葛朗下令。「必要時，眾人以神力來啟動包覆整個埃比倫的防護網。」

梭恩德飛到一半便感到傷重難支，遂從高空掉落地面。他在斜坡上順著草皮不斷翻滾，直到他的腰部撞上大石為止。

一次又一次，曼德爾在他身上留下的傷還沒完全痊癒，後面又遭蘇利根重創，自己流血流汗卻什麼都沒得到，還賠了個愛人。這陣子以來他到底在瞎忙些什麼？梭恩德頭昏腦脹，不想再想，也沒有力氣去想。疲憊加上多日未進食，梭恩德的傷痕復原的很慢，身上撕裂的痛楚久久不散，他好想大聲吼叫。

這股氣味好熟悉，但是腳步聲似乎變得有點不同。緋兒面無表情的提劍走近梭恩德，她比任何人還要早發現他。當然，梭恩德即使傷重卻早就知道來者的身分。他勉強地從地上爬起，坦然接受他該面對的現實。

緋兒握著劍的手按捺不住，朝著梭恩德胡亂地連揮三劍，分別砍中臂膀、脖子、左胸，但都沒有命中要害，這只是一次試探性的攻擊。
「你……不閃避？」緋兒看著他。「你想死嗎？」
「妳不想為姊姊報仇嗎？來，給我一劍。」梭恩德閉目待死。
緋兒雙手緊握劍柄，她高舉後再向下揮砍，劍刃卻在最接近梭恩德頭部時停止不動。
「夠了，你真傻，這一點也不值得。」緋兒收劍入鞘，轉身離開，現場留下一頭霧水又錯愕的梭恩德。
梭恩德想叫住她，好想親口和她解釋。那隻沾滿血的右手殷切的伸出，卻始終抓不到她的身影。他感到傷心難過，一股無力感襲上心頭，就連視線也變得模糊不清，景物慢慢消失，變成一個虛無的黑暗世界。良久，他睜開迷茫的眼睛，覺得有人在拍他的臉頰，但並沒有感到痛楚。
「老兄，醒來了沒？」那個男人的臉很靠近自己，不知道他在端視什麼。「和尚，你給的藥有用嗎？」
梭恩德搖頭晃腦，顯然還沒很清醒，不過已經恢復意識。
「哦，醒來了，醒來了。」男人笑道。
暈眩加上疲憊，其實梭恩德更情願繼續賴在地上休息，但是他想知道是誰救了自己。
「小子，你沒事了，我們治好你身上的傷。不過我得提醒你，像這種迅速的治療方式會有後遺症，你的神力沒辦法完全發揮，再次勉強使用超過身體負荷的神術會導致暗傷爆發，你真的會死唷。」男人說。

梭恩德知道他們是誰了：背著劍匣的馬爾斯、長著恐怖面容的鬼聖和尚。「為什麼亞基拉爾的使者要救我？」

「又來了，又來了，又叫我亞基拉爾的使者。」馬爾斯不耐煩地撇嘴。「要我澄清幾遍你們這些蠢蛇人才會懂？好，那也沒關係，這不是我救你的目的。你還記得你負責什麼工作嗎？枉費傳送門那麼輕易地把你們從夢境湖送出來，結果你的夥伴因為炸掉古鐘塔而被漢薩擊殺時，你卻和女友的父親大打出手，真不像話。幹點惡疾龍人該做的事好嗎？」

傳送門？梭恩德想起來了。「你們究竟想做什麼？」

「次元輪的計畫參與者，很難懂嗎？小鬼。」馬爾斯笑道：「好好保重自己，我們可不會一再拯救同樣的廢人。」

「你們到底跑到那兒去了？怎麼找都找不到你們。」當因羅克看見艾列金、飆揚兩人垂頭喪氣拖著緩慢的步伐走回，心中頓時升起無名火。「知道發生什麼事了嗎？」

「能有什麼事？」飆揚的語氣就好像自己度過一段很漫長的無聊歲月，那種無精打采彷彿世間事全都很枯燥乏味的感覺。他抬眼望去，百無聊賴的說：「次元輪完成了嗎？好，真好。」

艾列金一回來後就安靜地坐在地上，連一句話也不吭。他眼神發愣，唯一的動作只是不斷地抽著菸。

「亞蘭納人，你沒事可做嗎？」因羅克沒好氣地問。

艾列金不知道是真的沒聽見還是故作不知，他一點反應也沒有，只是看著正前方，嘴巴吐出悠長的白煙。

「這兩人有點奇怪。」萊瑪斯從次元輪的施工架上跳下。「你們有遇到什麼事嗎？」

飆揚沒有回覆萊瑪斯的問話，他拎起自己的背囊，從裡面取出幾塊屍乾分別遞給艾列金、因羅克，飆揚手拿一隻烤過的手臂問萊瑪斯：「你也吃嗎？」

萊瑪斯搖頭。

「我都不知道你的背包裡面裝著一具亞蘭納人的屍體。」因羅克看著正在咀嚼食物的艾列金，語帶促狹地問：「肉好吃嗎？吃同類的感覺如何？」

「不好吃。肉又硬又老，烤的技術也不好，骨頭也不去掉。」艾列金搖頭，他吐出一截手指骨。「在魔塵大陸裡我們能吃的東西不多，挑肥撿瘦的會先餓死自己。何況，他不是我同類，他是食物而我是人，人吃食物延續生命是天經地義。」

「那你吃了它。」因羅克將烤熟的無毛頭顱遞給他。

艾列金捧著頭顱，好像在思考要怎麼吃似的，之後他大口往顴骨上方咬下，在嘴中嚼了幾口後吐出。「眼窩的部分燒焦了。」

「你這怪胎到底是從那來的？你真的是亞蘭納人嗎？」因羅克完全無法理解。

「梭恩德他們在埃比倫各自遇難了。」萊瑪斯判斷。「我相信策林大軍不久之後就會來到此，我們得要有所準備，別再像剛剛那樣吊兒郎當，打起精神來。」

戰鼓雷鳴，劃空的吶喊聲敲起戰鬥的節奏。龍首要塞地勢高聳，對平地作戰來說是難攻易守，於是天界開啟神光階梯，來自西南方天界三軍團的黑翼天空部隊發動奇襲，打算以空戰制勝。要塞駐軍以龍火砲反擊，砲口吐火的瞬間，天空傳來連續爆炸清響；但是這種攻擊似乎對使用神術護身的天界人來說，傷害相當有限。

天界人強勢逼近，要塞駐軍不得不出面迎戰，雙方在天空交織成砲火神術的戰爭油畫。交戰情勢在曼德爾率領的朱紅之矛騎士團趕到後，馬上倒向策林軍。

曼德爾投擲出去的神力紅槍在半空中劃出漂亮的弧形，射落兩名黑翼天界人。

奇怪，曼德爾心生疑惑。他注意到三軍團的士兵沒有想像的多，對方也沒準備戰術，只是一味的盲攻。再怎麼說以這樣的陣容想攻破龍首要塞根本不可能，充其量只能算是騷擾而已，天界人在打什麼主意？

天空驟現奇景，旋流捲動黑雲，一股風起雲湧的態勢，勁風及魂系神力匯聚於旋渦中心。

「這麼強大的神力！」曼德爾也感到吃驚。

那名特殊的黑翼天界人頭戴全罩黑盔，僅露出兇險目光，頭上長角向臉彎曲。他的上半身赤裸，露出堅實無比的肌肉，心窩處掛著黑鋼護心鏡。血紅的披風搖擺，護肩及護膝甲滿佈鋼棘。

「曼德爾大人。」那人的聲音在風中迴盪。

「黯守高庭五神座！」就連高傲的曼德爾也笑不出來。「黑禦主——巴羅塔斯。」

巴羅塔斯佩戴尖刺護手的雙拳正摩擦著。「距前次相見後經過多久歲月？幾十年？幾百年？」

「我可不想看見你。」曼德爾提升神力，準備防守。

「吾亦同。」巴羅塔斯朝曼德爾揮出鋼拳，曼德爾接下攻勢，從空中掉落撞入山壁。

巴羅塔斯張開雙翼以滑行的方式降下。

曼德爾滿臉是灰，可是卻露出桀驁不馴的笑容。「聽到難聽的天界腔，我就知道又要再次面對你們這些羽翼討厭鬼。」

「怕嗎？」

「我這龍裔將軍今非昔比了。」曼德爾笑著。「就怕你回不去天界。」

巴羅塔斯右手化出附魔鋼斧，左手持烈紅聖鎚。「讓吾見識古印龍甲。」

「如你所願。」曼德爾恢復原形，身後八翼齊出。

一看到那副將天界人縫入體內的龍甲後，巴羅塔斯蹙眉。「這個絕望的叫喚聲……諸神在上，正義不會原諒你那褻瀆之舉。你不是龍人，是罪惡的巢穴，是怪物。」

曼德爾指著長在鎖骨附近的人臉。「你的手下在我的皮膚內，有為他們感到悲傷嗎？」

巴羅塔斯神力爆發，龍首要塞產生強烈震動，彷彿像在回應天界人的怒氣。

權卡的屍體由天而降，看在還存活的三名龍人眼裡，這毫無疑問是挑釁行為。

芬爾逑率軍抵達夢境湖，策林軍將唯一的出入口封住。

「本來還有一個叫貝古利斯的惡疾龍人，可是漢薩陛下出手實在太重，所以導致他傷重不治。」芬爾逑哄笑道。「你們真是不像話，太弱了。」他的目光注意到艾列金。「竟然連亞蘭納人都可以當作夥伴，你們要墮落到幾時呢？」

士兵雖然湧上卻受限於夢境湖白沙灘的地形無法包圍惡疾龍人，使得勦滅行動遭遇困難。

瓦杰亞普斯慵懶地說：「三名蛇人加一個亞蘭納人，用得著這麼勞師動眾嗎？」

芬爾逑對他說的話很不以為然。「這是任務，是工作。」他大聲指揮。「攻擊次元輪，那才是首要目標。」

大夥神術齊放，目標一致，全力攻擊架設在夢境湖的管束儀器。

他們的神術被惡疾龍人張開的結界擋下，顯然策林軍實在太小看他們了。

幾名士兵嘗試飛越夢境湖以克服不便的地形，卻被湖水發出的莫名力量吸入，這些人掉入湖後便再也浮不出水面。

艾列金看見少數冒失的士兵被潛伏在沙地下的陷阱逮住，白色快速蠕動的觸鬚纏繞著獵物，在嘶聲吼叫之中他們的軀體像冰般逐漸融化，最後肉體消失後轉變成白色的奇特生物疾速飛離，原來魂鳥是這麼誕生的。

策林軍士氣下降，一群人見到同伴的慘狀後，變得畏縮而不敢再隨意行動。

「真會利用地形，雖然是敵人也值得稱讚。」蘇利根冷眼看著惡疾龍人。「但是現在你們打算怎麼辦？人數的多寡無法形成優勢。」他盤坐在地。「指揮官，去樹立榜樣給士兵們看。」真會打如意算盤啊，芬爾洓看著蘇利根心想。但這只是舉手之勞，不需要蘇利根點名，自己也有親自動手的意思。

「我和您搭檔您不介意吧？」韋里遜也請纓道。

瓦杰亞普斯卻先一步，「讓我來。」他衝上前與萊瑪斯及因羅克兩人直接開啟戰鬥。

「連這種功勞也要爭先，真是庸材。」蘇利根輕蔑道。

芬爾洓則獨對飆揚、艾列金。

「我這輩子要看你幾次才夠？」飆揚不耐地問。「上次把你宰了，結果你又像殭屍一樣爬起來站在我面前，真令人不悅。」

「這次是最後一次。」芬爾洓說。

另一方面，兩名惡疾龍人朝瓦杰亞普斯進攻數回始終徒勞無功。因羅克舉起長槍突刺，瓦杰亞普斯的皮膚不但堅實，還能反彈傷害。龍人受到迴向的衝擊影響，腳步不穩。

「尖棘龍甲沒你們想像的那麼簡單，你們的物理攻擊對我全不奏效。」因羅克死都不信，他一定要刺穿瓦杰亞普斯，直到他哀嚎為止。

神祕的貝傑瑞卻無聲無息地出現在因羅克身後。

「因羅克，小心！」萊瑪斯大叫。

因羅克急忙迴身，卻為時已晚。貝傑瑞五根伸長的手指貫穿因羅克的四肢及脖子。

「糟了。」一時分神的飆揚正被芬爾逑逮到破綻。一記箭形神術射去，飆揚雖然趕緊迴身避開，神術仍在左肩頭上遺留傷痕。

「你還有閒工夫管別人。」芬爾逑追上，以指爪攻擊飆揚。

艾列金代替飆揚抵住芬爾逑的招式，反手就是以蟲臂咬向他。

芬爾逑急忙後退，蟲臂不過稍微擦到腹部，竟然就留下一道冒著煙的黑色痕跡。

「這亞蘭納人怎麼會有這麼危險的東西？」芬爾逑嚇了一跳。

「我記得那是古鐘塔設計的武器。」蘇利根問：「你從哪偷來的？」

瓦杰亞普斯有點不滿。「貝傑瑞大人，您太多事了。」他轉頭看著次元輪。「也罷，把這爛東西破壞後就結束了。」瓦杰亞普斯使用神術擊向裝置。

轟隆一聲，大家原以為次元輪已損毀，沒想到就在一陣天旋地轉後，空間不變。夢境湖的景象消失無蹤，取而代之的是一片灰濛濛且什麼都沒有的奇異天空。眾人置身在內，無一不詫異。

「萊……萊瑪斯，這、這不是次元輪嗎？」因羅克全身濺血，聲帶因為受到傷害導致說話聲變得有些瘖啞。

見聞廣博的飆揚馬上就知道空間的怪異之處。「這是空間破壞裝置，我們被隔離在安寧地帶裡面了。」

韋里遜急呼：「死蛇人，你搞什麼？」

瓦杰亞普斯生氣的攻向萊瑪斯。「我殺了你這個禍首。」

「哼。」萊瑪斯雙眼綻放金色光芒，瓦杰亞普斯還沒碰到萊瑪斯的身體前整個人卻彈了出去。「下等妖魔也妄想近吾身！」

「天界腔？」不光是艾列金，其餘的人也都猜到了萊瑪斯的真正身分。

萊瑪斯以靈體的狀態寄附在龍人體內，既然東窗事發，那便不再需要隱藏。在黑色旋流中，萊瑪斯的一對黑翼最先出現，鮮紅的法袍隨風飄揚，高領及胸口的金釉圖案上繡著有翅膀的蛇。

「彎蛇一族！」蘇利根看起來倒不怎麼訝異。「天界人真是沒有做不出的事情。」

「這麼說來，真正的次元輪在其他地方？你想讓我們在這裡看著埃比倫毀滅嗎？」飆揚問。他同時評估著這個與夢境湖迴異的空間，看來暫時是沒辦法離開了。

紅袍底下的萊瑪斯看起來沒有形體，儼然只是一團凝聚不散的黑影。「次元輪是計畫的一部分，並非結果。一切都是諸神的安排，循環不息的天道是詭譎難測的棋局，而爾等只是庸碌無為的棋子。」

「媽的。」艾列金連射四支飛刀，萊瑪斯單掌接下，將刀片化為煙霧。

「吾為黯守高庭五神座、攣蛇一族族長、法異主——亥瑞茲。諸神賜命，降臨塵世。吾身受法，手執聖劍。為聖使、為真理、為制裁、為正義、為行使權利、為受道正法。高庭罪徒願受神印、願入泥獄、願為慈悲諸神揮劍，斬斬三千妖邪異端。宙源未淨、罪身不除。」萊瑪斯右手幻化金杖，隨後佇地，強烈的魂系神力爆發，腳下陣圖發出光芒。「出來！」一隻令眾人驚愕的雙頭聖獸自法陣內被召喚出來成為萊瑪斯的座騎。「讓我以無血之殺結束惡人罪孽的一生。」聖獸口中吼出一記紫電，貝傑瑞動作迅速地躲到因羅克身後，因羅克閃避不及，當場灰化。

「因羅克！」飆揚大怒。「你不顧昔日情誼。」

「無情可講。」他冷言道。隨後回應亥瑞茲的召喚，數百隻咒術飛蛇、黑翼巫師出現在安寧地帶的空間內。亥瑞茲指著策林眾人下令道：「全數勦滅，一個不留！」

傷勢甫痊癒，梭恩德獨自一人走在荒野道路上，卻被道漢家的斥侯發現蹤跡，於是一大隊衛兵追殺而來。玄傑張牙舞爪地叫囂。「梭恩德，你有夠命大，竟然能脫出父親大人的掌下，但今天我一定會為二姊報仇。」

「如果你沒欺騙我，今日的慘劇根本不會發生。」梭恩德鬱悶的說：「我跟你也沒深仇大恨，一直進逼會讓我忍無可忍。」

「你想知道原因？」玄傑做出令人生厭的吐舌動作。「我不會告訴你的，反正你就快死了，知道也沒意思。」

道漢家的衛兵人多勢眾，他們拼盡全力要抓拿殺人兇手。梭恩德雖傷癒不久，仍然敏捷如初，與衛兵的戰鬥顯得游刃有餘。

可是當玄傑也提劍加入戰局後，戰況開始產生變化。一方面疲於應付前仆後繼的雜兵；另一方面還得小心防守玄傑的強攻。眼看情況不利，梭恩德本想脫身，就在這時神力的副作用乍現。梭恩德氣喘不已、揮汗如雨下，體力快速耗盡。他的動作變遲鈍後，衛兵的攻擊開始在他身上造成各處創傷，梭恩德卻逐漸失去還手的能力。箭矢、神術、劍痕留在梭恩德身體各處，負傷累累。

「別讓他逃跑。」

一群人不斷追砍，梭恩德只能拚命揮動鋸齒劍殺出一條血路，地上倒了數具屍體，還有些斷肢殘骸。梭恩德背部中箭，回身砍倒一名士兵，接著玄傑挺劍刺中梭恩德的心窩。惡疾龍人滿臉是血，單膝跪地，緊握著插入地面的鋸齒劍，頭部無力地垂落。

「他死了，他快死了，哈哈哈哈……我要一劍把他劈開。」玄傑揚揚得意的走近梭恩德。

梭恩德猛一抬頭，插在身上的斷刃、箭頭竟全數隨著血噴向玄傑，道漢家的公子受到暗器襲擊也落得多處負傷。就在玄傑踉蹌後退的同時，梭恩德舉劍一砍，把玄傑的臉頰砍了個大洞，從傷口處可以清楚地看見骨頭和牙齒。

「嗚哇！」玄傑摀著傷口，口齒不清地罵道：「哩胎媽的。」

「該死！」兩名衛兵護主而出，其中一名被梭恩德的迴旋斬攔腰劈成兩截；另一名被掌風嚇住，梭恩德張開五指擋在他面前。

「到此為止，我不會再與你們道漢家有任何瓜葛。如果還一直想要我死的話也沒有問題，但是我會要你們一起陪葬。」梭恩德說完，收回他那個沾滿泥血的掌心。

「怎麼可能。」那名小兵見梭恩德轉身，立刻又攻去。「死吧！」沒想到一聲驚爆，梭恩德竟然將神力留在他的體內，只要梭恩德一動念就可以叫他爆體身亡。

看見手下慘死，玄傑雖然傷重卻發出冷笑。「嘿嘿嘿，了撲起，哩很有本事。」他大概也受不了自己講話不清不楚，所以立刻用神術治療傷勢。「我留下暗傷了，你很厲害。」

沉默的梭恩德站立不動，雖全身是傷仍然保有凌厲的目光，足以叫人發寒。

「要和解那有那麼容易？」玄傑問：「今晚你有膽量到我二姊的墓前道歉嗎？」

「準時赴約。」

「好，我等你。」玄傑帶著他的家臣與手下全數離開。

奈夫亞魯跟著儀器偵測的地方尋去，他帶著自然研究機關的研究員及隨行保安來到一處僻靜的山角。

「古鐘塔的守衛在此佈下嚴密的防線。」研究員向奈夫亞魯報告。

「不應該是這樣。」奈夫亞魯上前詢問。「這裡到底發生什麼事？」

他們一見到自然研究機關的人，臉色驟變。「離開，這裡是古鐘塔重地，閒雜人等不得靠近。」

「我只問你們一個問題。」奈夫亞魯開口：「為什麼山洞裡會有次元輪的反應？伯廉大人想做什麼？」

「和自然研究機關的人不相干。」守衛回答。

「我是阿古奈德殿下授權調查惡疾龍人事件的技術專家，你們再阻礙任務的執行就別怪我不客氣。」奈夫亞魯放出重話。「以你們的位階也敢這麼無禮？」

雙方一言不合，大打出手。

奈夫亞魯趁著場面混亂之際溜入洞內，沒想到意外讓他見到驚訝不已的機械設備，次元輪裝置竟然在此運作。

「還是被你發現了，奈夫亞魯閣下。」

「伯廉之子查洛士？原來是你。」奈夫亞魯明白了部分細節。「盜走次元輪設計圖的不是惡疾龍人，根本就是古鐘塔的自己人。你們這些人都在演戲，到底還隱瞞了什麼？有什麼目的？」

查洛士獰笑的表情已說明一切，「閣下，您這是蠢人問蠢話。」

「我要毀掉它。」奈夫亞魯全力一擊，沒想到神術被裝置外的特殊構造反彈回來，奈夫亞魯登時受創。

「怎麼可能會讓人輕易破壞掉裝置呢？您未免想得太天真了。」查洛士推手一掌，奈夫亞魯傷上加傷。「自然研究機關就走到今天為止！」

奈夫亞魯口中含著一口血，納悶地問：「你這是什麼意思？難道……」一股不祥預感油然而生。他暗自啟動連接自然研究機關的神術，透過他的雙眼，可以立刻飛快地查看機關內的事務。

丹布林頓和奧利歐王子竟率領皇宮近衛屠殺自然研究機關的人，這到底是怎麼回事？為什麼？為什麼突然做這麼不合常理的舉動，難道是反叛？機關人員和研究生的屍體倒落四處，屋內設備被毀，看得見的地方盡是觸目驚心的斑斑血跡及散落一地的文件。

「小女孩，妳想逃去那？」丹布林頓的行為就像獵人在捉弄他的獵物般。

「別玩。」奧利歐的語氣完全不像是在對兄長說話般尊敬。「事情辦完就快離開，小心旁生枝節。」

納蘭博士衝到兩人中間，拼死以自身生命發動神術力場強硬的封住兩名王子。

「死老頭子。」丹布林頓受制於力場，固定住的身體顯得很彆扭。

「彩璃，快逃。」博士大喊。

奧利歐運起神力欲突破困境。「你能困住我們多久？」

彩璃既擔心又顯得猶豫。

「小女孩，快逃唷。等會納蘭博士一死，妳就逃生無門了。」丹布林頓舔著嘴唇說。

彩璃只得帶著悲傷逃離。過了不久，納蘭博士的力場被兩名王子衝破，他們以神術夾擊，博士連屍塊都沒留下。

影像到此中斷。

「別對我女兒出手！」奈夫亞魯大吼。

「太遲了。」查洛士說。

「他們不再是策林的王子，你也不是策林的子民，你們全是反賊。」奈夫亞魯勉力爬到控制台旁，他邊看著螢幕邊操作著。「我、我要停止它。」

「你是次元輪的研發者，你該知道一旦機器運作就不可能停下。」查洛士帶著卑劣的笑意往後退，直到退出門外為止。「你就待在這裡看著埃比倫毀滅。外面那些蠢蛋還想在防衛塔張開全境的結界，殊不知爆炸的源頭就在首都之中。」門扉逐漸掩上。「永別了。」

傳送門在一處可以眺望埃比倫遠景的山丘開啟，兩名王子已久候多時。

「王子殿下。」查洛士鞠躬。「這裡離埃比倫有一段距離，我們可以安心的待在此。」

「還有多久爆炸？」奧利歐問。

「我快要能欣賞到自己的故鄉成為天際縷煙的瞬間了嗎？」丹布林頓呵聲笑道。

至於被困在次元輪房間中的奈夫亞魯發狂似的猛敲著鍵盤，「停下，絕對不可以，快停下！」

機械無視奈夫亞魯的怒罵、敲打、懇求，它轉化的能量即將達到臨界點。一旦次元輪爆發，整個埃比倫將陷入萬劫不復。

「不，快停止！」奈夫亞魯紅著眼猛烈以拳捶打，指頭也噴出充滿無奈的鮮血。

「要爆炸了。」查洛士摀著耳朵，眼神盡是興奮之情。

忽然，一道白光由天空落下，不偏不倚降落在爆炸的中心點。破風驚響隨後由遠方傳來，其聲勢之大連景象也宛如扭動起來般。衝天的火光直入雲霄，觀看的人無一不驚嘆連連。炙熱的塵埃被爆風捲起，隨著風勢往四面八方快速擴散並席捲地面形成可怕的火風暴。高熱及明亮的強光逼得兩名王子與查洛士都不得不以神力抵禦。這麼驚天動地的威力與能量，處在埃比倫的人民絕不可能安然無事。

「目的達到了。」查洛士輕笑。

「如此大的巨響，就連堅硬的岩石都會被震裂。」奧利歐說。

強光退去，三人本來期待看見一片狼藉的埃比倫；可惜，他們失望了。埃比倫並沒有被毀滅，仍舊屹立在眼前。

「好像只是一場大爆炸而已。」丹布林頓愣眼一看，隨即馬上生氣地回頭看向查洛士。「為什麼埃比倫還在？」

「這……我也不清楚原因。」查洛士疑惑道。「我已再三確認過機器了，按照電腦的計算來看，埃比倫應該會沉入夢境湖才是。」

「會是在能量汲取不夠時就引爆的關係嗎？」奧利歐顯得比較冷靜，但表情也沒多好看。

「這下好了，我們都會有大麻煩。」丹布林頓罵道：「還愣什麼？快開傳送門回去。該殺的人殺一殺、該燒的文件燒一燒、該毀的證據全都不能留。」

查洛士連連點頭，俯首聽命。

被迫困在安寧地帶的策林龍裔及艾列金、飆揚等一群人，為了求生而對上天界法異主。

為數眾多的黑翼巫師及咒術飛蛇群起圍攻龍人，並以數量優勢令策林軍疲於應付。

韋里遜展示他火焰龍甲的威力，凡是太過接近他的敵人盡會被火舌吞沒。

芬爾述的血體龍甲讓他得到充沛的力量及更加堅強的體魄，但是身形變大的同時也讓他成為敵人的圍攻焦點，飛蛇繞著周身團團圍繞，芬爾述一時無法突圍。

本來打算保留實力的飆揚及艾列金也受困於敵人的陣型，不得不拼盡全力防禦。

怒吼過後，飆揚的周身被一圈又一圈的氣旋盤繞，同時他的速度也變得異常迅速，整個人就像騰風而行。他穿梭在咒術飛蛇間，黑翼巫師的神術也難擊中他。

「古印龍甲？」芬爾沭在激戰之中注意到飆揚的異狀，驚呼：「為什麼你也有古印龍甲？如果你早就擁有古印龍甲，又怎麼會成為惡疾龍人？飆揚你給我解釋清楚！」

飆揚忙於戰鬥，無暇分神。不過他大概也不想回答芬爾沭的問題。

說到此，芬爾沭記得古鐘塔的伯廉曾說過他早已掌握住惡疾龍人的一舉一動。假如古鐘塔對監視儀器的使用不抱自信，那麼要了解惡疾龍人動態的最好方法……難道飆揚是古鐘塔的人嗎？芬爾沭也只能這樣猜想。

蘇利根以武裝龍甲辛苦地殺出一條路線，亥瑞茲就近在眼前。

「這傢伙！」蘇利根手臂變幻成長槍，以箭步跳躍的方式往前突刺。

亥瑞茲拉動韁繩，雙頭巨獸移動身體，長槍刺中牠的皮膚但巨獸並沒受傷。咆哮聲中，巨獸口吐紫色光球，蘇利根以左手為盾抵擋。

道漢將軍的一連串攻擊皆被招架，巨獸的勇猛和迅捷成了亥瑞茲的最佳腳力。

亥瑞茲舉起金杖一揮，蘇利根的身體被凌空抬起。巨獸口吐紫色電光，蘇利根雖然急擋下攻擊，整個人仍受到衝擊而彈了出去，雙方再次拉開距離。蘇利根想再次攻上，黑翼巫師和漫天飛翔的咒術飛蛇卻包圍而來。

遇到這種情況，就連蘇利根也覺得這場戰鬥打得非常無力。

「在這片空間內，我們根本沒辦法發揮全力。」蘇利根嘆道。

策林軍不堪對方人海戰術的消耗，小兵存活者僅餘寥寥數人。

亥瑞茲的手下不斷死而復生，洶湧而來，策林軍苦守難支。

「貝傑瑞，你想點辦法。」瓦杰亞普斯叫道。此時的他正砍死一隻想咬他的咒術飛蛇。「我們不能脫出安寧地帶嗎？」

所有龍人裡，只有貝傑瑞仍維持人形。他以閃現瞬移的神術輕鬆遊蕩於敵人陣群，完全不費吹灰之力。

飆揚強勁的尾巴一記掠掃，將敵人掃飛。他看著神祕的貝傑瑞，內心很是疑慮。這個人到底想做什麼？或是在等待什麼？

艾列金揮動蟲臂，另一手舉槍朝巫師射擊。他雖渾身是傷，不過撐得比龍人士兵更久。這除了該歸功於那隻詭異的蟲臂外，也代表著他的實戰經驗非常豐富，懂得在戰鬥中自保。龍裔們認為光是他還活著這一點，就亞蘭納人來說已經很了不起。

久持不下，艾列金只能放棄以槍械射擊。隨後他將另一隻手套入預藏的銀製機械臂套中，那臂套上面的機關能輕易射出許多迴旋鏢幫助他擊退敵人，攻擊力之強不亞於蟲臂。

飆揚訝異道：「那個臂套又是什麼？你的身體各處難道都藏著武器啊？」

在這場戰鬥中，每個人使出渾身解數在求生，各種隱藏的底牌盡數揭露。

一群包圍住韋里遜的飛蛇一碰到燃燒的火甲後，全被熾燄燒盡。「貝傑瑞大人，你要一直保持沉默嗎？」

不久，貝傑瑞以單指指向天空，卻一句話也不說。一群人留意到異變再生，空間微幅震動似有崩裂跡象。

「空間隔離裝置始終有極限。」蘇利根叫道：「等脫出安寧地帶後，就是你的死期。」

亥瑞茲也曉得空間開始出現不穩定的跡象，他已在急思撤退之道。「真了不起，能撐到現在是該向汝等獻上敬意。但是埃比倫仍能保持完整嗎？」他得意的收起金杖。「也罷，吾階段性的任務已結束，期待下次與諸位在戰場相會。」

瓦杰亞普斯衝上前。「別跑！」

一群飛蛇與巫師將亥瑞茲包覆後，轉瞬即消失得無影無蹤。

離開安寧地帶，空間也回復成原來的夢境湖。

「他提到埃比倫。」蘇利根有種不好的預感。「難道策林出事了？」

芬爾逑發出驚呼。「那個亞蘭納人和飆揚趁機逃走啦！」

「現在不是管他們的時候了。」蘇利根下令：「貝傑瑞大人，請打開返回策林的傳送門。」

另一方面，蘇羅希爾之眼密室內，艾列金與飆揚自樹洞內匍匐爬出。

鬼山及兕羅將艾列金扶起，但艾列金似乎不領情。「可以了，別拉著我。」

「我們救得很即時。」鬼山說。

艾列金瞟他一眼。「是你救的嗎？難道施術的不是喀倫長老？」

喀倫長老微微頷首。「謹遵亞基拉爾陛下的指示。」

「這次的任務非常危險，但和任務相比，我更怕亞基拉爾。」艾列金回頭問飆揚。「你呢？

惡疾龍人團幾乎全滅，你仍留在策林嗎？」

「你要收留我嗎？」飆揚笑盈盈的問，好像他很清楚艾列金會這麼回答。

「當然。」艾列金二話不說。他向鬼山和兇玀下指示：「快去準備，時機一到我們立刻離開策林。」

舉目所見，地面盡是深邃的裂痕，天空仍飄揚濃密的塵埃。建築物則牆面崩坍、石柱斷折。樹木、花草被燒枯，玻璃破碎、織品盡毀。碎石鋪滿道路，室內一片凌亂。

皇室內宮都如此，更不用說外面的街道會變得多糟糕。

兩名王子走入，以冷淡的神情看著那些正忙著清理的下人。按照他們的計畫來看，現在埃比倫應該要變成死城才對。

「很令人失望的結果嗎？」阿古奈德走下階梯。

「說什麼？」丹布林頓最討厭他用這種語氣質疑自己。「你的意思是我們在幸災樂禍？」

「不對。」阿古奈德搖頭。「認真說起來，你們希望看到的慘況不是這樣，所以才會在臉上寫著沮喪二字。」

「哥哥，您說的話真是不著邊際，毫無道理。」奧利歐哼道。

「沒道理？我覺得我說得很對，做人還是坦蕩點好。」阿古奈德攤著手。「依你們的本領，就算說要反叛我也拿你們沒轍。」

丹布林頓揪起他的衣領。「你欠揍嗎？」

「兄弟之間那有深仇大恨呢？但是皇兄，您說話可不能這樣。這是造謠！」奧利歐推開丹布林頓的手。「話說回來，埃比倫的損害程度如何？」

「可多囉，損失真是難以估計。」阿古奈德輕拍剛剛被哥哥揪住的衣領。「不過人員的死傷數量並不多，除了自然研究機關的人員外幾乎沒死人。奈夫亞魯大人最悽慘，屍體被炸成灰燼。」

奧利歐的表情頓時僵硬。

「我能問為什麼嗎？」阿古奈德手叉到腰後，一副若無其事在他們身邊繞著。「你們兩人為了鏟除我的勢力，真是無所不用其極。」

「你有資格過問我的事嗎？」丹布林頓怒視阿古奈德。

「那我有資格問你的事嗎？」葛朗向三人走近，他的身邊圍繞許多手下。畢竟策林發生那麼多事，皇宮肯定會提高戒備。「你們為什麼要派人殲滅自然研究機關？」

「父皇。」丹布林頓一見到葛朗後便開始緊張。

「自然研究機關與惡疾龍人和叛徒伯廉．古崙掛勾，企圖以次元輪覆滅埃比倫，罪大惡極。」奧利歐搶先發言。

「證據呢？」葛朗問。

「伯廉和奈夫亞魯的通話訊息、兩人交流的文件、次元輪藍圖都可以當成物證，查洛士可以列為人證。」奧利歐解釋。

「自然研究機關盡毀，我也不能親自勘驗，你說的那些全都可以偽造。」葛朗發出嘖聲。「你們兄弟倆這次做得實在太不漂亮。根據夢境湖前線人員回傳的消息，你們曉得惡疾龍人萊瑪斯的真實身分嗎？他是天界神座之一，懂嗎？你們的所做所為不過是順了天界的借刀殺人之計。天界人進攻龍首要塞引開曼德爾，夢境湖的龍人則困住埃比倫的重要將領，你們這些傻子就在自己的故鄉安裝炸彈。告訴你們，就算埃比倫毀滅，策林也不會因此亡國；計畫順利完成，天界人也不會和你們分享戰果，到時候已經可以預料他們做出過河拆橋之舉。全天下只有你們兩個，明明什麼利益都沒得到卻仍開心的為他人出賣勞力。」

葛朗一席話說得兄弟兩人毫無辯解的餘地。

「陛下，曼德爾大人成功防守要塞，天界人已經撤軍。現在大人正位於前廳並說有事要與您討論。」傳令來報。

「我馬上過去。」葛朗快速地宣布他的判決：「我現在宣布，從今天開始你們兩兄弟必須待在龍牢中思過，直到我同意讓你們出來為止，你們還有什麼想辯解的嗎？」

「沒有。」奧利歐簡單的回答，他的表情嚴肅中帶著不屑。

「來人啊！」葛朗下令：「帶兩位王子去石臺院，三十年內不許他們踏出半步。」

奧利歐和丹布林頓不情願地跟著衛兵離開後，換成阿古奈德有意見。「父皇，您這樣的判決無疑是重重提起，輕輕放下。」

「你嫌我判太輕？那你希望我怎麼做？殺了自己兩名兒子？」葛朗哼聲說：「全是因為你的窩囊才沒辦法對你的兄弟起制衡作用，導致他們毫無顧忌的為所欲為。」

「但是他們讓埃比倫損失慘重，應該依法判決才能弭平眾怒。您這樣會讓其他大臣有意見，認為您偏袒王子。」

「慘重？我不這麼覺得。和以前天界入侵魔塵大陸的激烈戰役相比，埃比倫這次連危機都算不上。」葛朗厲聲罵道：「你太懦弱了，若是連自己的兄弟都沒有辦法對付，面對外人時又有什麼競爭力？你們三兄弟全都沒資格坐策林的王位，好好反省。」

石臺院內，奧利歐接收來自查洛士發出的耳語。接著他問丹布林頓：「知道次元輪為何沒發揮出應有的威力嗎？」

丹布林頓不解。

「我的好大哥，你沒殺掉伯廉．古崙，計畫被他破壞了。」

奧利歐的話使得丹布林頓大感震驚。「他沒死？」

「看來是早預料到自己可能的下場，提前做出準備。也許你殺的只是他的替身，真正的伯廉早已遁逃。」

丹布林頓氣憤難抑。「媽的，功虧一簣。」

「不急，三十年的時光很快就會過去，沒什麼大不了。」奧利歐輕描淡寫地說：「說不定還不需要那麼久我們就能出去……」

梭恩德為了赴約而抱著傷勢來到瑪恩德林的墓前。

墓地冷冷清清，沒有半個人，完全和他先前的想像不同。梭恩德原以為玄傑已經擺下大陣仗等待自己送上門，怎知來到此地後只有看到一座寂寥的墳墓，那是瑪恩德林的墳。

梭恩德一瘸一枴地走近墓碑，接著獻上一朵白色小花向死者致意。他對自己受騙上當而犯錯的事感到懊悔。除了玄傑外，梭恩德完全不冀望道漢家的人能夠原諒他。

「你倒很有心。」原來緋兒也來祭拜她二姊。

「我……不是來乞求原諒的。」

緋兒哦了一聲，對梭恩德說的話似乎有點興趣。

「我願對這次的事件負起全責。」梭恩德雙膝跪地，沮喪地垂著頭。

「你知道安茲羅瑟人沒有土葬的習慣，人死了自然會前往裂面空間，就算是衣冠塚也毫無意義。」

梭恩德明白緋兒的語意。「我懂。」

「你懂？」緋兒問：「明知是死亡陷阱你仍來赴會？」

「我早就有所覺悟。」梭恩德略為沉吟，接著語帶凝重的說：「給我一個了斷吧！當作是還你們道漢家的一條命。」假如得面對死亡，那梭恩德內心希望能由喜歡的人親自動手了結自己。

「若我想殺你，早在我之前向你揮劍時，你就應該要死了。」緋兒微慍道：「你是個自私的男人。」她下了這個結論。「假如我喜歡你，但你卻要我親自動手殺死心愛的男人，這是對的嗎？你死得倒挺安心，活著的人卻必須承受痛苦，難道你凡事只想到自己嗎？」

梭恩德覺得很羞愧。「我……我並非這麼想。」

緋兒看著滿臉懊悔的梭恩德，她搖頭道：「你快離開策林吧！我想你也不希望再和道漢家有任何瓜葛了。」

「但是我就這麼離開，我會……」梭恩德欲言又止。

「不需要內心有愧。」緋兒斷然拒絕，「你沒欠道漢家什麼，是我們欠了你一條命。」

「妳說什麼？」梭恩德無法理解她說的話，「這是什麼意思？」他覺得緋兒變得很冷漠，連說話的語氣都給他一種陌生感，彷彿變成另一個人。他從地上站起，仔細端視緋兒的面容。

「妳……」梭恩德看出了什麼端倪。「那天死的人真的是瑪恩德林嗎？」

緋兒點頭。「你心中已有想法了。」她轉身欲走，可是被梭恩德一把拉住。

「等等，我想知道事情的真相，妳全部告訴我好嗎？」

她抽開手，表情相當嫌惡。「沒有什麼真相，事實擺在眼前了。」

「不，妳的話讓人生疑，我也不是傻瓜，我知道這次的事件另有隱情。」梭恩德堅持道。

「真相往往比謊言更加殘酷，這對你來說不一定是好事。」緋兒勸道。

他再一次拉住緋兒的手。「請妳……告訴我。」

緋兒一臉無奈的看著他，輕嘆：「真相是——你已經拉著我的手了。」

梭恩德恍然大悟。真是太傻了，自己怎麼沒想到？雙方經過肢體接觸後，意識頓時流轉，梭恩德取得來自緋兒腦中的記憶。

眼前率先出現的，是娜席安猙獰的面孔。

瑪恩德林看見鏡中自己的模樣後，雙手摀臉發出痛苦的慘叫聲。

娜席安舉起短匕，哄笑道：「這是附魔過的匕首，用它割破妳的臉，不管妳用什麼方法，臉都一定會留下疤痕。」

「嗚嗚嗚……」瑪恩德林發出類似抽噎的聲音。

「妳這個賤人，妳有什麼資格和韋里遜閣下成婚？我哪點比妳差？」娜席安忿忿不平地說。

那天過後，蘇利根隨即取消與韋里遜家雙方聯姻的計畫。而瑪恩德林也羞於以那張滿是疤痕的面容見人而改以薄紗罩住全臉。

某天，瑪恩德林看見玄傑一臉氣憤地回到家中。

「大姊呢？」玄傑嚷嚷道。

「大姊不在，怎麼了嗎？」

玄傑生氣地坐下，然後給自己倒杯酒後一飲而盡。「我看見三姊和梭恩德在一起。」

「梭恩德？」瑪恩德林的腦中浮現面貌。「那個惡疾龍人嗎？父親絕對不會同意。」

「豈止是不同意，父親大人肯定勃然大怒。」玄傑挪身向前，問道：「二姊，妳去制止三姊。」

「我？」瑪恩德林搖頭。「我拒絕。」

「為什麼？由妳出面比我出面更妥當啊。父親大人及大姊又不在，您是唯一能約束她的人。」玄傑問：「難道是因為臉的關係嗎？」

「你明知故問。」瑪恩德林將頭別向沒人的那個方向後問：「你們打算怎麼處理這件事？」

「這還用說嗎？當然是將三姊帶回。但是照我看來，她陷得很深，也許不會聽我們的話。」玄傑道：「假如她再執迷不悟，那也只能把她跟惡疾龍人一起殺掉。」

「真可憐。」瑪恩德林冷漠的回答：「你就等大姊或父親大人回來再說，我不想出門。」

「安茲羅瑟人最喜歡整容，換張臉是輕而易舉的事。」玄傑滔滔不絕的繼續說：「妳也可以換張皮膚、戴張人皮面罩或是化妝掩飾……」

瑪恩德林感到不耐。「好了，我不想聽你說，你出去！」

「二姊，妳不能一直不出門，難道妳此生都要受制於大姊嗎？」玄傑湊到瑪恩德林身旁，輕聲道：「我有個一舉兩得的計策，既能幫妳脫離大姊的控制，又能讓三姊離開臭蛇人。」

瑪恩德林好奇的聽著玄傑說他的計謀……

那天，緋兒前往瑪恩德林的房間。「二姊，您找我有事嗎？」

瑪恩德林面帶愁容，「妳來了嗎？」

緋兒發現她二姊的心情不好，問：「怎麼了？大姊又對您做了什麼嗎？」

瑪恩德林連連哀聲嘆氣。「沒有，什麼都沒有。」

二姊這分明是在逞強。「怎會沒有？」緋兒走過去看著瑪恩德林。「臉上又多了疤痕？大姊真是太過分！」

「沒事的，沒關係。」瑪恩德林苦笑道。

「怎麼會沒事？那些疤痕不管是易容或是化妝都沒辦法消除。唯有戴著人工皮膚或面紗才有辦法遮掩，難道妳想這樣過一生嗎？」緋兒比她的二姊還要氣憤。「我幫妳去和大姊求情。」

「光求情有用嗎？妳還不了解娜席安的個性？」

「我會試著說服大姊。」

瑪恩德林握著緋兒的手。「我有事想拜託妳，所以才請妳過來一趟。」

「只要我能辦到，絕對沒問題。」

瑪恩德林聽到她這麼說，臉上展露安心的笑顏。「妳也知道我因為臉的關係，幾乎不可能外出。」她哀傷的看著窗外。「我有的時候很羨慕妳們能在外面自在地做著自己喜歡做的事，這種心情我很久沒體會過了。」

「其實二姊妳想出去根本不是問題，稍微偽裝一下就可以……」

瑪恩德林打斷緋兒要說的話。「不對，我不喜歡這種畏縮的感覺。我沒做錯事情，為什麼連出個門都不能正大光明呢？」她殷切地求著：「請妳和我交換身分好嗎？」

緋兒有點嚇到。「這……為什麼是和我換身分？」

「妳和我都是道漢家的女兒，別人不會對妳起疑，而且以妳的模樣我才能在道漢家內暢行無阻。」

「但是……」緋兒對這個提議猶豫不決。

瑪恩德林繼續懇求道：「緋兒，我只需要一天，這樣就足夠了。」

緋兒思索著，她說：「也好，假如大姊想再次欺負妳，我馬上恢復原來身分，說不定她會嚇到，因此能給大姊一個警惕。」

「妳答應了嗎？太好了。」瑪恩德林喜悅地笑道。

記憶讀取自此中斷，梭恩德詫異的說不出話，他驚駭的面容看起來異常恐怖，雙眼瞪得斗大，身體止不住顫動。「難、難道……妳們交換的那天是……是我去道漢家的那天嗎？」他越說越小聲，同時也開始害怕聽見答案。

「你既不願面對現實，剛剛為何又那麼渴求答案？」

梭恩德仔細看著那張像緋兒的假臉，在面容底下確實有許多紫色像筋脈的東西，大概是皮膚底下的傷疤。「我、我又上你們的當了。」這件事帶給他的打擊實在太大了。先是親眼見到緋兒的死亡而發狂殺人。被蘇利根打傷後才知道心愛的人沒死，自己卻殺害她的姊姊，內心遭受第一次的打擊。與緋兒的反目讓他萬念俱灰，滿腹愧疚，承受第二次打擊。最後真相終於揭露——自己親手血刃的正是緋兒本人，一切都是玄傑佈下的連環騙局。連續三次的崩潰遠遠勝過肉體承受的痛苦，內心的堅強防線再也無法支撐接連而來的壓力。悲傷、焦慮、憤怒等各種負面情緒湧上心頭，直接導致身上暗傷再度爆發，胸口的血氣上衝讓他嘔出一口血，同時先前勉力壓下的傷勢也都崩裂開來。

暈眩、視線模糊讓梭恩德無力地跪倒在地。

「沒事嗎？」瑪恩德林不敢直視梭恩德。「我已經說過了，真相帶給你的痛苦原比謊言造成的傷害更大。」

「不，不！」梭恩德發出歇斯底里的吼叫：「該死，你們道漢家的人，全都該死。嗚嘔……」他的口中不斷沁出鮮血。「妳的妹妹、緋兒在她死之前都還替妳抱不平，妳一點都不念及姊妹之情。」

「娜席安也沒念及姊妹之情啊！她對我做那些殘忍的事，又有誰替我出頭？」

「大姊虐待妳，所以妳就害死妹妹？哼，妳們道漢家全是一個樣，妳跟娜席安有什麼分別？」

「不管你怎麼說，世上沒有不為自己設想的人。」瑪恩德林說：「從那天起，瑪恩德林就死了，而我將以緋兒的身分繼續活下去。」

「妳能心安理得嗎？」梭恩德搖頭。「妳想脫離娜席安的陰影，又不想離開道漢家，所以想出來的蠢方法就是讓瑪恩德林這個身分死亡，而自己取代緋兒？」他蔑笑道：「這有什麼意義？妳為什麼不直接殺掉娜席安一了百了？」

「你懂什麼？算了，我不和你爭執。」瑪恩德林輕哼道：「現在你明白真相啦！」

「我真笨，竟然還想取得妳們的原諒。應該是我……」梭恩德從地上站起，他的身形還是很不穩。「是我無法原諒妳們。」

「你想殺我，就憑你那破爛的身體想殺我？」

「對，我要殺妳，殺妳一千遍、一萬遍。」

「好，如果你真的想取我性命，那就來吧。」

「咳……咳，我就如妳所願，殺了妳！」梭恩德舉起無力的手揮劍，瑪恩德林卻也沒有想移動的意思。劍鋒揮落，瑪恩德林依然緊盯著梭恩德，完全沒將視線移開。梭恩德手中的劍意外停在她的頸部不動，瑪恩德林反而感到訝異。

「瑪恩德林死了。」梭恩德淡淡地說。

遠處傳來爆炸的巨響，從未發生過地震的埃比倫在此刻竟產生劇烈的震動。

「糟了，雖然不知道發生何事，但我們得快點離開這裡。」瑪恩德林將視線轉回來的那一刻，她看見梭恩德倒轉鋸齒劍，隨後劍尖刺入右胸再從後背穿出。她挨近梭恩德。「……你這傻瓜，為什麼這麼做？」

「都結束了。」梭恩德目光呆滯。他萬念俱灰，同時也清楚自己已無力手刃仇人。

襲捲而來的火勢順著乾枯的草皮燃燒，轉瞬間形成熊熊火海，一發不可收拾。

「撐著，我帶你去治療。」瑪恩德林懷中抱著奄奄一息的梭恩德。

梭恩德怔怔地望著天空，表情轉為安寧。「果然，孤身來到人世，離開時也寂寞。」

瑪恩德林先是沉默，之後緩緩道：「我在你身旁。」

「哈。」淡淡微笑後，梭恩德便咽下最後一口氣。

火焰鋪天蓋地而來，瑪恩德林趕緊振翼騰空，梭恩德的身體則被烈焰吞沒。逃到空中的瑪恩德林仍不時回頭觀望，她看見梭恩德最後的身影已經在火浪中完全消逝，而心中竟升起一股感嘆的空虛感。

離開夢境湖的亥瑞茲乘坐著飛行獸朝向西南方疾馳飛去，準備前往三軍團大本營。行至中途，從濃密又黑壓壓的烏雲層中降下詭異的獸影，同時獸影正往自己的方向快速移動。

亥瑞茲不敢大意，他停在半空，全神戒備。

即便再昏暗，視線有多糟糕，近在眼前的物體多少都能看出其輪廓。更何況當亥瑞茲還不清楚來者身分時，猛烈作響的振翅聲和梟吟就已經傳到耳畔。

一隻有著潔白羽翼的巨鳥攫著亞基拉爾的雙肩，為亞基拉爾提供飛行之便。

「你好嗎？亥瑞茲叔叔。」亞基拉爾親切地笑道。

真討厭，這個麻煩的人物竟然選在此時出現。亥瑞茲仍氣定神閒的回覆：「不會飛的人還敢來雲層底下，汝不怕那隻鳥發生什麼意外嗎？，生命誠可貴啊！」接著又講：「宙源頭號通緝犯竟不帶隨從，孤身一人在外遊蕩，該說汝勇氣十足或是無謀？」

「我這個通緝犯就在天界黯守高庭五神座的面前，神座不親自動手嗎？」那張笑盈盈的臉就是有恃無恐的最好證明。

法異主揮動金杖恫嚇。「從吾的視線離開，汝還可有一線生機。」

「我的一線可是從無盡晝天連接到裂面空間。」亞基拉爾說：「使出您在夢境湖的神術，讓我見識自己的命有多薄。」

「汝曉得夢境湖內發生的事？」亥瑞茲雖然詫異，但知道對方是亞基拉爾也就見怪不怪。

「真的沒有任何事能躲過北境王的耳目。」

「亥瑞茲叔叔，您第一天認識我嗎？」

「自小到大，汝一點都沒變。」亥瑞茲頓了頓，說：「一樣那麼離經叛道，那麼可怕。」

「所以說囉，不可以小看我唷！您能嚇嚇那些沒用的龍人，對我可是一點都不管用。怎麼？不對在下動手嗎？」亞基拉爾的笑聲帶著輕視之意。「法異主大人，您有多少能耐我清楚的很，不必裝腔作勢。」

「廢話不用多說，汝意欲為何？」

「請把次元控制核心交給我。」亞基拉爾直截了當的表示。

法異主怒斥道：「憑汝也妄想拿控制核心？」

「我是生意人。」亞基拉爾說：「生意人不做虧本生意，這是基本原則。神座大人認為我幹嘛派人到策林呢？那些傢伙可不是過去當觀光客。」

「住口，吾為天界偉大的神座之一，汝這膽大妄為的下界小王也敢褻瀆本座？」

「我講得太客氣了嗎？」亞基拉爾仍不改笑容，但是聽得出他已經發怒。「亥瑞茲，別敬酒不吃偏要吃罰酒。」

「大膽！」亥瑞茲搖動金杖，為數眾多的咒術飛蛇及黑翼巫師回應召喚而出。

亞基拉爾左手幻化出神弓，迅雷之箭瞬即如雨般疾射而出，中箭的敵人紛紛化為雲煙。

「逼人太甚！」亥瑞茲投出數發紫黑色的球狀神術反擊，但全被亞基拉爾很有餘裕的躲過，那隻移動靈活的巨鳥簡直就如同亞基拉爾的雙腳。

弓手亞基拉爾不斷朝亥瑞茲射出神光箭矢，對方雖然以光形護罩一一擋下，殊不料一支漏掉的箭矢竟反倒轉向飛了回來將亥瑞茲的腰部口袋劃出大洞，控制核心圓球掉出，往下直落。

亥瑞茲著急的伸手欲接，亞基拉爾卻已來到眼前。

北境王快速揮劍兩次，劍尖從亥瑞茲的耳際部分劃過，罩帽被割裂，袍子內的黑色氣息流洩而出，不安的氛圍隨之擴散。

亥瑞茲被逼退的那刻起，次元控制核心旋即易主。

「東西是我的囉。」亞基拉爾把次元控制核心當成玩具球般，開心地輕拋著。

「盜匪，還來！」

「冷靜點，您是高貴的神座，怎麼可以破壞自己的形象呢？在小輩龍人面前威風凜凜；在我的面前就原形畢露。」亞基拉爾繼續出語挑釁：「您真是個傻瓜，普天之下除了光神以外，我全都不看在眼裡。」

亥瑞茲急怒攻心，以他自身為中心，黑色漩渦不斷地扭曲、吞噬周遭空間。

亞基拉爾一派輕鬆地揮手，「今天的餘興到此為止，想拿回次元控制核心的話，親自來邯雨找我吧！我們隨時恭候諸位神座大駕光臨。」言畢，梟獸之翼怒揚，像陣風似的消失無蹤。

古老的神址

前往冰檀林的路因為碎冰的關係而變得崎嶇不平。這個地方寒帶植物叢生，碎冰又鋪滿整條通道，就算等到氣候變得不這麼嚴寒，這裡仍然是不易於行走；前幾天的大雪更讓冰塊變得結實又銳利，就像在走碎玻璃路。大雪吹拂不利飛翔，在路上步行的人雖多，但幾乎都低著頭默默行走。沒辦法，因為山間通道只有這一條，霍圖的旅人還是得從這經過。

有坑道獸可以省時省力，卻偏偏不用。泰峰陰鬱的心想。這名叫泰峰的帕姆帕蘭人又高又胖，儘管天寒地凍，他仍是只穿著一件破短衫，身後背著大包行囊。他有圓滾滾的肚子，看起來像野獸的醜臉，雜落的鬍鬚因雪花而斑白。泰峰跟在他的老師，同時也是霍圖的地質學家吉琨·金的身後。他的老師是個不苟言笑的老學究，這輩子除了追求學問外別無所求，最討厭的是政治。

吉琨左手拿著圓形的地質探測儀，右手拿著書面資料，身上穿著淺藍色的雪袍，下巴留著修剪整齊的灰色鬍子。不認識的人看吉琨第一眼還覺得他比較像流浪漢，知書達禮的氣質倒是沒有。外觀雖然落魄，但仍然是有賞識他的人。一家名為「安寧保險顧問」的公司特別聘請吉琨為他們工作，不過都是一些不太容易的地點勘察；當然，輕鬆的工作哪輪得到我們。

前方不遠的位置有一處天界人建立的崗哨，每位經過的行人都要接受盤查。畢竟霍圖臨近天界一軍團和七軍團，地理位置上較敏感。為了防止可疑危險的人物，天界在這方面做的防備較為嚴謹。這也讓很多安茲羅瑟人感到反感，為什麼在我們的地盤要接受外人的審問？憑什麼？

一名操著安茲羅瑟口音的天界士兵隊長朝他們走去，然後提出請求：「給我看身分證。」吉琨將兩人的資料遞給他，對方仔細審核後點了點頭，確定沒問題。「你們可以通過了。」接著，他看見泰峰身上背著的大行囊，又問：「等一下，這裡面裝的是什麼？」

「大人，您看不見嗎？」泰峰搖著背囊讓對方看。「只是普通的行李。」

「布料特殊，我的眼睛無法透視，請打開。」

「真的沒什麼。」泰峰搖頭。

天界隊長有點不高興，他拍著腰際的劍柄。「我再說一次，請打開！」

吉琨大概也不想惹事，他對泰峰使了眼色。泰峰這才不情願的將行李放下後打開讓對方看個夠本。

天界隊長用長矛在行李內翻來翻去，沒看見什麼可疑的物品或違禁品。「好吧！可以收起來了。」

「他媽的，不是和你說什麼都沒有了！」泰峰發怒罵道。

「職責所在，請多包涵。」隊長只是淡淡的回應。他又問：「你們打算去哪？」

「冰檀林。」吉琨解釋：「因為工作需要得去那邊考察地形。」

「那個地方現在是天界的封鎖地，非常抱歉，你們恐怕不能前往。」

「誰規定的？」泰峰哼道：「那裡是我們霍圖的領地，為什麼還得經過你們同意？」

「你們的領地全都是在天界的監控範圍內，天界有責任維護這個區域的和平。」隊長辯稱：「去怪你們的北境王亞基拉爾吧！誰叫他擅自開啟戰端還跋扈到向全世界宣布。若沒有他出來引戰，大家還可以繼續過著和平安寧的日子。」

「我雖然討厭亞基拉爾陛下，但我覺得和你們天界人開戰是對的！」泰峰叫道。

「你說什麼？」對方很明顯地發怒。「這是製造恐怖的言論，恐怕你得留下來了！」他的舉動引起其他安茲羅瑟人的側目，紛紛圍過來觀看。

「且慢。」吉琨安撫道：「我們只是想安然經過這裡而已，沒有任何想起衝突的意思。」

「不行，他得留下。」隊長堅持道。

「你這傢伙……」泰峰在胸口握拳，作勢打人的樣子。

天界隊長見狀，正要拔劍出鞘時卻被綁著棉繩的鐵壺打中劍柄，劍又再度入鞘。

「別拔。」醉漢收回酒壺然後拔開壺蓋飲了一口，接著說：「你沒看到怒氣沖沖的安茲羅瑟人嗎？給你們面子嗝，才讓你們在這設崗哨。魘塵大陸不是讓你們待的地方，在這設軍營已經很嗝……過分了。」他一直打嗝，但說的話倒挺清楚。「滾回你們的聖靈界，就不和你們計較。」

「你是什麼人？也是動亂份子？」隊長提出質疑，後來一名小兵傳送心靈訊息給他，「喔！我知道你是誰了。」他擺著手。「你們可以離開，但是冰檀林依舊不能前往。」說完，他繼續執行他的任務，像什麼事都沒發生過。

那名醉漢全身散發濃烈的酒臭味，衣服破舊身體髒亂，臉上沾著汙泥，除了有一點紅糟鼻外，他的輪廓挺深邃，也許清潔過後會是俊俏的男人。「喂！冰檀林現在是天界人的演習地嗝，你們不要過去自找麻煩。」他幾乎是每說一句話就喝一口酒，果真是無可救藥的酒鬼。

「多謝幫忙。」吉琨禮貌地拉開罩帽。「我叫吉琨．金，他是我的學徒泰峰。請問閣下大名？」

「學徒？我看起來他更像是苦力。」那人晃頭晃腦，好像快睡著似的。「咦？我自己叫什麼名字怎麼不記得了。」

「那有忘記名字的人？」泰峰覺得他很滑稽。

「請問您欲往何方？」吉琨問。

醉漢沉吟後說：「應該會到帕姆帕蘭吧？這個時季正是喝雪筒酒的時候。」

泰峰拍著胸部，自薦道：「我是帕姆帕蘭人，我可以帶你去喝好酒。」

「嗝……不用。」對方婉拒。「呵呵呵，我去過很多次了，也很熟。」他搖晃著身體緩步離去。

「真是個奇怪的人。」泰峰如此說道。

吉琨搖頭。「不可無禮，他的階級高我們很多。」

「是嗎？我可沒什麼感覺，看他的模樣也只會把他當成路邊的乞丐。」泰峰搔著耳朵，「話又說回來，冰檀林沒辦法過去了，該怎麼辦？」

「暫時而已，早晚還是能過去完成任務。」吉琨倒無所謂。「工作很多，一個一個慢慢解決，先去別的地方。」

霍圖的首都帕姆帕蘭常被稱為寒冰之城或是新帕姆帕蘭。這裡曾是魘塵大陸最繁盛強大的都市，也是很久以前安茲羅瑟人對抗天界入侵的大本營。天界人發動數次大規模進攻都失利，於是他們把帕姆帕蘭視為眼中釘。由於處在最為冰寒的北境，首都極富地方特色。包括各式建築物、地標、景觀幾乎都是以萬年不溶冰來雕飾或建構，每一個場景看起來都晶瑩剔透，初來乍到的人無一不對帕姆帕蘭感到讚嘆。

帕姆帕蘭的人口是由冬霜一族和從外地來此定居的安茲羅瑟人組成，比例約為六比四。政府也是聯合組成，雙方相處融洽，境內鮮少衝突發生。作為曾經對抗天界軍的根據地，許多安茲羅瑟的傳奇英雄也都發源自帕姆帕蘭。例如郢業領袖之一的梅夫人霜葉、蘇羅希爾大導師亞森．奧圖、勾魂使者卲．鐮風、「暗影」暮辰．伊瑪拜茲、紫都的銀諾等，這些英雄剛脫離天界箝制不久就馬上加入並以霍圖將領的身分率領眾人抵禦天界對魘塵大陸的進犯。

遺憾的是負隅頑抗的行動仍是以失敗告終。主要是由於當時的哈魯路托及亞基拉爾尚被天界人管理，因此這兩人奉命率領為數眾多的天界軍帶給霍圖連番打擊，終於讓霍圖一蹶不振，宣布投降。

殘破的帕姆帕蘭在戰後進行重建修復作業，沒想到第二次的危機又悄然而至。由天界撤退的哈魯路托和亞基拉爾被天界派軍追擊，一路從聖靈界逃回魘塵大陸。亞基拉爾夥同暮辰利用神器「多克索的法鑰」在帕姆帕蘭進行神術準備儀式。強大的神器收集了地氣、神廟殘餘的天神能量、眾人加諸匯集的神力，最終以轟天裂地的驚人氣勢逼退了能征善戰的天界軍，也因此才讓哈魯路托喘出一線生機。安茲羅瑟人在戰役後終於能以哈魯路托為首，成功脫離天界控制。

帕姆帕蘭因為此戰而遭受波及，宏大的神器力量帶給了帕姆帕蘭毀滅性的沉重破壞。霍圖人逼不得已也只能將首都北遷，建立新帕姆帕蘭。至於舊帕姆帕蘭現已成為廢墟，霍圖的咒系術者便在城外設下結界，將舊帕姆帕蘭完全封閉，不讓任何人進入。

霍圖的居民對亞基拉爾和暮辰．伊瑪拜茲破壞他們首都的舉動很不能諒解，這也是造成雙方關係一直到今天都很不好的主要原因。

亞基拉爾近來為了讓安茲羅瑟人能齊心對付天界，他不斷地派人到各個領地去遊說那些領主，霍圖也是其中一個不表態支持的領區。雖然他們常和天界發生衝突，可是私下卻又不想和亞基拉爾進行合作。直到尤道隘口的運糧商隊被天界勦滅之後，霍圖一怒之下才改變立場，轉而投入亞基拉爾的聯盟陣線。不過根據小道消息指出，尤道隘口事件的兇手其實是邯雨人，商隊也是被他們劫掉然後嫁禍給天界，這只是一齣亞基拉爾自導自演的爛戲碼。不過現場並沒有存活者，屍體也無法求證真偽，後續調查工作也只能不了了之。

「帕姆帕蘭人真多。」來到首都後，吉琨說出他的感想。

泰峰馬上糾正他：「老師，冬霜一族不會自稱是帕姆帕蘭人，只有我們這些居住在此的安茲羅瑟人才會。你剛才看見的都是冬霜一族，和我們不同。」他嘆道：「聽說很久以前帕姆帕蘭可是人擠人很熱鬧，結果現在每年人口都有下降的趨勢，大家都不喜歡冰天雪地的北境。」

「回到故鄉後有很開心嗎？」

泰峰點頭，「那是當然，我可以帶您去……」

「等等，我們不是來玩的。」吉琨說：「去找交通工具，我們要離開了。」

「所以我們僅只是路過？這太可惜了，有很多好玩的地方。」

吉琨再次強調。「工作為先。」

「好吧！」泰峰只能遵照老師的吩咐。「話又說回來，最近霍圖也加入反抗天界陣線，該去當兵的大概都會被抓去。」

「你想去打仗？」

「輪不到我。」泰峰嘻嘻地笑道：「天界人引發眾怒，多的是想打他們的安茲羅瑟人，不缺我一個。」

首都中央置放著一尊高大的冰雕人像。它的外形是以劍指天，威風凜凜的男性戰士。

「這是？」吉琨第一次看到這雕像，好奇地問：「他是霍圖的英雄還是領主呢？」

「您說這個人？」泰峰很難得地發出噓聲。「他是全霍圖最自負又自戀的男人。不過就只是掌握了點權勢，他就想在霍圖把他自己塑造成偉人的形象，希望別人崇拜他，有夠噁心。」

「哦，沽名釣譽的人到處都是。」

「以戰士來說，他擁有十分過人的實力，以將領來說可不怎麼樣。」泰鋒說：「他叫拓爾·刃揚，老師您應該聽過這個名字，因為臭名遠播的關係，不用我介紹了。」

「原來是那個有名的公子將軍，聽說不管走到哪都能引起事端，今天總算見識他的模樣。不過這樣的人為何還能得到重用？應該還是有其獨特之處。」

「很久以前，拓爾將軍在對上天界軍時奮勇殺敵而立下功勞。雖然做人很失敗，但安茲羅瑟人總是崇拜強者。」泰峰表示：「我衷心希望這輩子不會和這個人打交道。」

「不會的，那種大人物怎麼可能理會我們這種默默無聞的小人物呢？」吉琨拍著泰峰的手臂：「走吧！我們該準備離開了。」

兩人搭乘安穩卻不快速的飛毯，一路悠閒的漂往南方。

「老師，我們為什麼不利用坑道獸呢？老是在交通問題上浪費時間，很多該做的事不是都會被延宕？」

吉琨給了他一個理所當然的答案。「因為我們賺得靈魂玉不夠多，你認為自己能多享受？」

「我們到底要做什麼工作呢？」

「到時候就知道。」吉琨依然在賣關子，接著說：「今天的課才剛開始講解而已，你要專心聽講。」

「在外面就不要上課了。」泰峰為難地抱怨，「尤其是我們還飛在半空中。」

吉琨不理會他，「我們開始。」他連課本講義都沒準備，僅以口頭講解：「古人認為，宙源由創世之神坦海恩創造，這是神話故事的開頭。到了今天，大家對於宙源的所知仍很有限，它依舊是個難解的謎。現今的學者認為宙源內還有許多像我們蒼冥七界一樣有生物存續的地方，但至今仍未獲得證明。宙源多半的空間被一片什麼都看不見的白光佔據，我們稱之為「無盡晝天」；那是一切歸於無的世界，任何物體都無法進入。蒼冥七界和無盡晝天之間有一層天然屏障「終神結界」，當物體經過時會明顯感覺到遲緩現象。再來是眾所皆知的「裂面空間」，它位於蒼冥七界的底層。傳說裂面空間是往生者最後的歸屬，也是世界上唯一的淨土。在裂面空間內有一根天地柱，那是無數死靈建構而成的世界樑柱，只要是靈魂都會被召喚前去，為了支撐蒼冥七界貢獻一份心力。根據書籍《神唄集》其中一章的紀錄來看，裂面空間與無盡晝天的虛無剛好相反，人死後進去裂面空間的並非是靈魂，而是記憶。」

「記憶？」本來聽得昏昏欲睡的泰峰終於有反應。

「是的，就是人的記憶。雜亂無章、為數眾多的記憶全儲存在裂面空間內，其儲存量多到能壓垮整個蒼冥七界。」

「真誇張。」泰峰提問：「那個地方存那麼多記憶有什麼用途呢？」

「對凡人也許不具意義，對諸神來說可就不一定。不管怎樣，那都是生者無法觸及的領域。」吉琨繼續講課：「蒼冥七界與裂面空間也有一層隔閡，我們稱為『元素之間』。」

「所有元素誕生的起源。」這一點泰峰還是曉得。

「說的沒錯，神唄集的解釋是：那裡是虛空之王雷亞納的居住地，偉大的天神為這個世界增添許多讓我們得以生存的元素。實際上，元素之間存在著能量流動的關鍵，這也是我們能在蒼冥七界裡使用神力並發展成神術的原因。當元素之間消失，我們也會變得和某些亞蘭納人一樣，再也無法感應神力、施展神術。」吉琨補充他的感想。「如果這個世界上的所有人都沒辦法運行神力，也許蒼冥七界就有和平的一天。」

「恕我無禮，我覺得老師您的想法很天真。即便沒有神力、刀或槍，我們和天界人之間也會徒手打到頭破血流。」

「你說的對，但總是一個方法。」吉琨接著說：「我們所在的蒼冥七界，顧名思義是由七個風格迥然不同的世界構築而成。每個大陸飄浮在『連續位面』上，高度也各有不同。想要跨越連續位面到達另一個世界，可以依靠飛行能力或是傳送門。要注意的是，若不幸從連續位面上掉落，將會直接落入裂面空間。另外，宙源還存在一種可以容納真實世界，卻與真實世界毫無關聯的『安寧地帶』。只要稍微懂一點咒系神術的人都可以加以運用。比如說我們可以利用安寧地帶置放武器，一旦戰鬥發生便可立即從安寧地帶快速取出，或是利用安寧地帶建立臨時隱閉的住所、設置陣法、把某人短暫地放逐等。」

「一旦被困在安寧地帶，會一輩子出不來嗎？」

「放心吧！安寧地帶不會一直和真實世界接軌，只要連接的咒系神力消失，人物還是得脫離虛幻的安寧地帶回歸現實。」吉琨表示：「想要能夠一直待在安寧地帶，只能靠著特殊機械裝置或不斷地有咒術師施法來阻止安寧地帶關閉，單是依靠放逐神術是沒有用的。你的問題依理來說是可行，但是絕對非常消耗成本。」

泰峰連連點頭。「感謝老師，我明白了。」

「最後是蒼冥七界的起源。現今的人認為蒼冥七界一樣是由坦海恩創造，然後授予其他十一位天神權利，讓祂們建立秩序，改造物種並令世界穩定。但是古居民拉倫羅耶則認為蒼冥七界的前身是一團炙熱的渾沌火球，而往昔之主中的『蒼冥造物者』以能力讓火球冷卻，再將之塑造成現今的蒼冥七界。」

「您相信那一種說法呢？」

「我嗎？」吉琨搖頭。「與其要我承認我現在的工作是研究諸神捏出來的黏土玩具，我還更相信蒼冥七界是由於元素之間突變的意外而誕生。」

「原來如此。」

「蒼冥七界中以天界人居住的聖靈界位於最高點。由於臨近無盡晝天的關係，他們能得到光芒的祝福，因此也有日夜之別。」

「只因住在最高點而得以居高臨下，這些天界人把他們的出身地視為神明賜予的恩惠。認為自身高人一等後便自栩為完美種族，簡直高傲又自負。」泰峰說出他的感想。

「高度排第二的是亞蘭納人現今的居住地聖路之地。」吉琨說：「以前的聖路之地是拉倫羅耶和少部分安茲羅瑟人的居處，後來天界將原住民都趕走後，才換成亞蘭納人佔據聖路之地。」

「洲灣群島雖然在高度上排第三，但已經離無盡晝天有一段距離，所以他們的天空顯得較為暗淡。」吉琨解釋：「洲灣群島是由三塊不同的大陸組成，分別是：沼島緣木爪王國、劍脊平原托爾拜王國、盤澗谷玥翟洛王國。這個世界十分的封閉，很少和其他六界互有往來，因此我們對洲灣群島所知並不多。」

「據我了解，紅翼就是來自劍脊谷的強大生物。亞基拉爾手下有位庫雷將軍就是沼島的住民，所以也不能說完全沒有往來，只是沒有那麼頻繁。」泰峰說。

「你說的很對，他們只是與其他六界往來沒這麼熱絡。」吉琨說。

「我還有個問題。」泰峰問：「亞蘭納人到底從何而來？」

「這個問題不是在我的研究範圍，我沒有辦法詳細回答。就如我先前所說，宙源裡未必只有蒼冥七界才有生命存在，他們必是從其他遙遠的地方過來。也許是傳送門失衡，連接到未知的世界所導致。」吉琨說：「亞蘭納人出現的時間大約是在天界與安茲羅瑟大戰時，應該是三、四千年以前。你看天界為了讓亞蘭納人有棲身之所，不惜發動武力強制驅離拉倫羅耶人和安茲羅瑟人就知道——亞蘭納人的出現肯定和天界脫不了關係。據說當亞蘭納人第一次來到蒼冥七界時，本來擁有的一百多萬人口，才剛接觸到這個世界的環境後便紛紛暴斃，死狀悽慘。若非天界人最後費盡心思才救回數百名亞蘭納人，恐怕他們早已滅族。可見得蒼冥七界的環境原本並不適合亞蘭納人居住，全是天界插手才保住他們。」

「百萬人之眾最後僅剩不到千人，原以為他們本該消失於世上，經過幾千年的歲月流轉，現在亞蘭納的人口竟然已經有數十億之多，簡直就像是會分裂的小蟲。」泰峰不禁感到訝異。

「黑暗圈的出現正是象徵拉倫羅耶的怒吼，讓拉倫羅耶顛沛流離的痛苦將會報應在他們這些曾經欺壓拉倫羅耶的人身上。」吉琨感嘆後，又將話題拉回。「扯遠了，繼續課程。霓虹仙境位列第四，那是個被茂密叢林覆蓋的世界，獸王薩爾菲倫在此創造出獨特的生物獸靈。之後，獸靈們在霓虹仙境各自發展成三支相互敵對的部族，且衝突日益擴大。近來有少部分獸靈移居到魔塵大陸，他們之間的恩怨也會隨之轉移到此。」

「紫都領主和新嶽領主似乎就是不同部族的霓虹仙境子民。」

「是的。」吉琨回答。「第五就是我們居住的魔塵大陸。這裡已經離無盡晝天很遠，安茲羅瑟人幾乎沒體驗過光照的世界，終其一生都在昏暗中度過。然後以魔塵大陸為分界，居住的環境是越來越嚴苛惡劣。」

「生於憂患才能死於安樂。」泰峰樂觀的笑道。

「排第六的泥獄幽境是亡者的世界，由救贖者們支配。」吉琨道：「泥獄幽境不但缺乏自然資源，土地更是支離破碎，因此也成為絕望、死亡的代名詞。自從前任剡王被哈魯路托擊殺後，海爾諾基中央控制力減弱，一部分的救贖者們自立新政府冥府之域，成為泥獄幽境第二勢力。其後，因為亞基拉爾的支持，不少救贖者們又脫離冥府之域，結成暮夜軍團。這支新軍攻擊了魔塵大陸的南隅之地，企圖擴張領土，是侵略性最強的救贖者勢力。」

「七界之末，同時也是最神祕的審判海。由於盤天四神柱形成的隔離結界，外人完全沒辦法進入審判海中一探究竟。對於審判海中的一切仍舊是團謎霧，毫無資訊。」

「剛剛我們講的是七界的高度排行，現在來談地理分布。」吉琨說：「蒼冥七界以魔塵大陸為中心，往北能到聖靈界、往西能到洲灣群島、東邊為聖路之地、南方則是泥獄幽境。霓虹仙境位在洲灣群島正西方，離魔塵大陸有段不近的路程。審判海不但高度最低，而且遠離其他六界，在遙遠的西北邊成為孤獨的邊境。」

「一個遠離其他六界的偏遠地區，為何會被盤天四神柱這麼強烈的封印結界包住全境呢？裡面到底藏著什麼祕密？」泰峰不解。

吉琨笑著搖頭。「應該沒人不想解開這個謎題，只是能不能解開而已。」

在課程講解中，時光悄然流去，他們師徒已經抵達下一個目的地。

剛抵達工作地點時，泰峰簡直不相信自己的眼睛所見，他揉揉眼後問道：「老師，這裡是舊帕姆帕蘭，我們來這裡做什麼？」

自從舊帕姆帕蘭遭到破壞後，就已經成為無人居住的荒地，遺留下來的只剩廢棄的建築物以及斷垣殘壁。曾經熙來攘往、歷經無數戰事的安茲羅瑟大城如今變成這副蕭條模樣，讓人不勝唏噓。城市外圍被一層透明的護罩封住，除此之外並無任何守衛站崗，也沒有旅人或居民。

「又是安寧保險顧問公司給的工作？」泰峰的問題答案其實已經很明顯。

吉琨繞著護罩周圍徐步走著，他仔細端視每一個角落，似乎在考慮著要怎麼進入。他思忖半天，然後才從背包裡拿出公司提供的咒系法器。

「有幫您準備工具？為何一開始不拿出來？」

吉琨回答。「我只是在尋找更好的進入點。」

當吉琨將那個會發光的圓盤裝置在地面後，不過數刻的工夫，法器自動發出的咒系神力中和掉護罩的一部分，開啟了進入舊帕姆帕蘭的大門。

就算是身為新城子民的泰峰也未曾到過舊都，心裡既期待卻又不願意做出這種冒犯之舉。

城市內空盪盪，好像就連走路都聽得見回音。雖然地面到處都是裂痕，建築物也泰半倒塌。但仍能看得出這裡的街容在以前特別經過設計，櫛比鱗次且整齊劃一，儼然就是個政經重鎮。

吉琨仔細的看著，用他的雙眼見證舊帕姆帕蘭的遺址；他見到特殊的雕刻、物品後便會以手去觸碰，體會以前人們在此地過的生活。老師邊研究，邊拿出輔助機具來協助調查。他右手提筆寫著資料，左手在儀器及文物間不停挪動。吉琨一忙起來，周圍的人事物都影響不到他了。

泰峰對這種情形很習慣，他盤坐在地上，悠閒的喝著飲品然後目不轉睛地看著老師工作。

這裡雖然不開放，好歹也是個具有意義的地標。要說歷史久遠，好像也沒多久……不過才四千多年，安茲羅瑟裡的老人說不定每一個都活得比這個時間還要更久。安寧保險顧問公司想要得到的資料究竟是什麼？而且說也奇怪，雖然名稱是保險顧問，卻又非一般受理保險理賠的公司。據泰峰的印象，那間公司受理的案件只有深具價值的文物、法器、神像等。他們對古代的遺跡、天神遺留的財產、傳說的聖物特別的感興趣。為此，安寧保險顧問公司內部還自己成立一支研究團隊埃金協會，然後再到蒼冥七界各處進行考察研究、挖掘探索。而且私下還到處收購與諸神相關的古董及舊物，完全不懂他們到底是靠什麼東西來營利。

不管如何，能賺錢又能迎合自己興趣，吉琨倒是成為公司的忠實雇員，盡心盡力的工作。

今天的任務十分愜意，完全沒有任何人干擾，順順利利的完成。

正這麼想的時候，吉琨好像感應到什麼。「噓，別說話。」

「怎麼了嗎？」

「有人。」

泰峰抿著嘴，本來想發問，但看到神力探測器的指針在轉動，按照轉動幅度和角度來判斷，是聖系神力。兩人盡量放輕動作，雖然他們沒辦法完全遮蔽身上的神力，但至少盡量做到別引起對方的注意。他們躲在牆角查探動靜，一名白翼天界人也在舊帕姆帕蘭內進行調查工作。對方看起來是名年輕女孩，而且從她身上感覺不出強大的神力。說得直接一點，她一點威脅都沒有。

奇怪，又沒有隨從保護，她自己一人怎麼有勇氣來到安茲羅瑟人的城鎮？更奇怪的是，她是怎麼不惹人注意而來到此？

泰峰不動聲色地舉起大鐵鎚，吉琨按住他的手，輕聲問：「你幹什麼？」

「當然是槌死她。」泰峰理所當然的回答：「怎麼能讓討厭的天界人污染我的故鄉？」

「能輕易來到舊帕姆帕蘭，事情不會那麼單純。」吉琨建議：「先靜觀其變。」

「看起來人模人樣，長得挺可愛的，可惜是天界人。」泰峰緊握大鎚。「不行，不能放任她那麼囂張地在我們的領土工作。」這個大個子衝了過去，雙手持鎚的他就要朝那名天界女孩的頭揮擊下去。

那名天界女孩發出驚叫，她嚇了一跳後踉蹌的坐倒在地，泰峰的鎚子揮了個空。

泰峰從後方追去，那名女孩轉身逃跑，似乎忘記自己能夠飛翔。

「別追了。」吉琨喊道。儘管這個廢城已經杳無人煙，但他依然深怕會引起注意。

她終於想到自己可以飛行，遂展開潔白的羽翼準備騰空，可是始終慢了一步……泰峰的左手抓住她剛離地的右腳踝，接著用力的將她拉下。天界人重重地摔在地上，發出痛苦的哀嚎。

「受死吧！」

殺招將至，突如其來的衝擊卻把泰峰手中的鎚子震落。

「斯文一點好嗎？」那是名有著一頭金髮及背生白翼的天界男子。「對付手無寸鐵的弱女子，汝不覺得慚愧嗎？」

泰峰甩著手，因為剛剛的衝擊讓他手掌發麻。「天界人來我們的領地做什麼？一定不懷好意。」他就覺得奇怪，怎麼可能沒有人保護？這下子護花使者總算露面了。

「據我所知，即便爾等是領民，這裡也沒有開放給一般人參觀吧？」天界人意有所指的表示：「我們來此的目的都是相同的。」

「胡說八道，老子搥死你們！」泰峰從地上拾起鐵鎚，朝著那人東揮西掃，對方似乎覺得很有趣，一次又一次避開攻擊。

天界人只不過動個食指和中指，就阻擋了泰峰的猛擊。「不會戰鬥的安茲羅瑟人？呵呵，虧你還能長得那麼高大。」

「請不要動手，我們馬上就離開。」吉琨見徒弟有危險，趕緊上前懇求道。

「本來是打算讓爾等一同前往裂面空間，現在吾改變主意。」那人提議道：「大家同時散去，就此互不相干，如何？」

吉琨把衝動的泰峰拉到身後，對這個提議相當贊同。「沒問題，我們離開。」

「去感謝安寧保險顧問公司的老闆吧！我看見你們身上有著公司的標誌，是汝的公司救了爾等的命。」

「阿爾克努，汝這樣好嗎？」女孩問，她有點膽怯地瞄了泰峰一眼。

「當然好。」阿爾克努看著女孩。「南恩希亞小姐，光神不是讓汝聽從吾的指示？」

雙方沒有再發生更進一步的衝突，各自離去。

一路上，泰峰心情鬱悶。「老師，您也太好說話了。」

「我的工作是追求學問，不是和那些人打架。」吉琨說：「你知道那名天界女孩嗎？她是天界首屈一指的咒術師，難怪能夠潛入舊帕姆帕蘭而沒被人發現。」

「所以我們就得摸摸鼻子離開？」泰峰打量著老師前往的地方。「我們現在這是朝舊城中心處走去，出口在反方向。」

「事情快點弄完，我們才能走。」

所以剛剛說的話都只是在應付天界人嗎？泰峰不太明白老師的心態。

舊帕姆帕蘭的王城中央地帶已經盡數崩塌，神力衝擊壓垮了地面。幾乎所有看得見的建築物、屋舍、道路等等，全都掉入深洞裡，在連續位面上飄浮著。

「多麼巨大的位面深洞！」吉琨難得瞪大眼珠，一副嘆為觀止的模樣。「可見得當時神器的威力真的十分驚人，竟可把一座城市撕裂成這副德性。」

「好、好可怕的地方，光是站在此地就有戰慄的感覺，那群強者們真是不講理。該死的暮辰和亞基拉爾竟然這麼對待我的故鄉。」泰峰問：「我們要調查什麼？您要跳進去嗎？」

「跳進去我就一輩子都出不來了，你這傻瓜。」

泰峰看著吉琨拿出儀器吸收位面深洞殘餘的神力，叨唸道：「這工作其實不輕鬆，我越來越越懷疑公司背後的目的。」

「歷史才是我的目的，公司的吩咐並不是。」吉琨冷淡的說：「看著，仔細的看著！這就是戰火的證明、鬥爭的證據。人們執迷不悟，只會重蹈覆轍，沉入位面深洞的不會只有這個地方，還會有更多更多……」

「您曾經洗過下著雪的溫泉嗎？那樣的畫面不但如詩如畫，而且洗起來還能夠鬆弛筋骨，紓解壓力。」泰峰表示。

「你這麼會開玩笑，應該去當藝人。」吉琨看著湖面不斷冒出的氣泡以及熱騰騰的蒸氣就知道泰峰在說廢話。「這不是溫泉，是滾燙的沸水。」

大雪連天，底下卻是一池熱水，視線幾乎被繚繞的白煙給模糊掉。又是寒冷又是炎熱，這麼極端的溫差唯有在霍圖的沸水湖能夠體會的到。

在蒸氣煙霧繚繞的彼岸隱約可以看見弧狀的島形，那就是這一次吉琨師徒的目的地。

「最後一班前往荒石島的船即將出發，再重複一次……」那艘看起來有點年紀的渡輪即將離開岸邊，吉琨和泰峰兩人奔跑上船。

說到荒石島，大家第一個想到的一定是霍圖辛丹農神址。那是遠古時代諸神遺留下的寶庫，在很久以前就被多克索的信徒們妥善地保護著。之後，暮辰利用神器吸引神力時，辛丹農神址遺留的神力也受到牽引。多克索的信徒相當反對使用這股神聖的力量，他們盡一切所能想阻止神力的流動，無奈任何動作都徒勞無功。信徒們眼看著神力爆發，最後因神址內的衝擊波盪導致還留在原處的信徒全數死亡。遭到外力破壞的辛丹農神址一度被掩埋在土壤中，直到最近霍圖才派人前往探查挖掘，希望能從塵沙泥土中獲得可用的資源。

在魔塵大陸各處都有類似的神址，也都統稱為辛丹農，只是神址前面掛的地標不同。

小而舊的渡輪上沒有多少乘客，畢竟荒石島也非觀光地，沒有辦法吸引人潮。島上的居民多是塔基族人，幾乎沒有外族人士遷入此島居住。

塔基族是最能適應沸水湖的荒石島原住民，他們的長相都有共同的特徵——因溫度高低的差異，顏色會產生變化的鱗片；同時，手腳都有魚鰭幫助他們游泳。當他們上岸後，大雪的溫度會讓皮膚表面的魚鱗變成雪白色；一旦進入高溫沸水，鱗片會瞬即轉為赤紅色。

「兩位第一次來荒石島嗎？」一名身著軍服的塔基人攔下他們。「按照規定，我們得依法檢查你們的行李。」師徒兩人也很配合的將行李交給他們。

「你們帶多少靈魂玉？」對方問。

泰峰疑惑。「連靈魂玉也要嗎？」

「最近有一群盜賊在首都到處偷人財物，十分猖狂，所以我們得要調查那些失竊的靈魂玉下落，請你們配合。」那名隊長表示：「為了不讓你們有所損失，我們會全程在你們的面前檢查，請先查看自己的財物數目，免得之後有爭議。」

士兵拿走他們的錢袋，在吉琨兩人的視線下仔細檢查靈魂玉。

接著是盤問時間。「你們從那裡來？來島上做什麼？有身分證明嗎？」

「身分證明不是才剛讓你們看過？」泰峰因那人的不敬業而抱怨。

「我們想前往辛丹農神址。」吉琨說。

「那裡不是一般遊客參觀的地方，你們想做什麼？」

「我的工作是地質學家，只是想探查神址的地理環境。」

「沒有霍圖政府授權，你們不能過去。」接著檢查錢的士兵走過來與隊長交頭接耳一番，吉琨便有不好的預感。「對不起，其中一兩顆靈魂玉可能有問題。」

「什麼？」泰峰說：「那些靈魂玉都是正正當當賺來的。」

「我們得先進行討論，你們留在此地等待，不可離去。」那人吩咐道。

吉琨師徒拎起自己的行李，看著他們全部走入崗哨內。

「會是公司支付的薪資有問題嗎？」泰峰問。

吉琨搖頭。「我也不曉得。」

等了片刻，卻不見有任何人出來說明。

泰峰顯得有些焦急，他走過去叫道：「請問討論有結果了嗎？」然後走入崗哨，隨即又匆匆忙忙地跑出來。「老師，那些軍人不見了！」

吉琨大吃一驚，他跟著泰峰一起過去查看，果真人去樓空。

兩人盤纏被騙個精光，這下子連要離開荒石島都成了困難。

他們前往島上的警備處報案，受理的守望者卻一副愛理不理的樣子。「在單子上填資料，你們就可以回去了。」他一邊用銼刀磨指甲一邊說：「有結果會通知你們。」

「不要這麼敷衍。」泰峰說：「既然有受害者，你們就該行動，把那些人全都繩之以法。」

「這種被騙的案件已經族繁不及備載，想拿回錢的機率可說是非常渺茫，那群騙子也早就逃逸無蹤。」他懶洋洋地說：「回去吧！有結果會再告知。」

吉琨心灰意冷，但泰峰沒有辦法接受，仍堅持要找出那群人。

他們回到一開始被騙的地方，利用神力探測器收集對方的資料。過程中，吉琨想自認倒楣的放棄尋找，可是泰峰的態度卻很堅決。

兩人一路尋至荒石島東岸，那裡有著滾燙的泥漿，木屋則草率地搭建在泥丘上方。

那幾個騙人錢的地痞就圍著營火，正開心的吃吃喝喝。

泰峰越看越生氣，他舉起唯一的武器鐵鎚，無畏地走向前。「渾蛋，把錢還給我。」

「錢？」一群人哈哈大笑。「全在鍋子及酒瓶裡，可以還你們啊！」

泰峰恨不得一鎚敲死他們。

這個時候，有個搖搖晃的身影很快的擦過泰峰的身旁走向那群人。然後右手掐著其中一人的頸子，把他從地上舉起。其他人見到夥伴遇襲，正想上前制止，卻都被那人的神力震退。

「是你吧？騙我錢的人。」

泰峰和吉琨還搞不清楚是什麼情況，但是那個人的形貌讓他們印象深刻；不就是之前那名醉漢嗎？他也來到荒石島了。

「你……呃……」被掐住脖子的人表情痛苦。「你不就是前天那個死酒鬼嗎？我、我們又沒訛到你的錢。」

「咦？那是我搞錯了嗎？」酒鬼臉色紅潤，看起來不太清醒。「不對，你想騙我？把錢吐出來。」

「喂！」他的同伴吆喝著。「放下他！」

「沒還錢怎麼能放他走。」醉漢打個嗝，就連隔了段距離的泰峰都隱約能聞到酒臭。

這傢伙大概又喝得醉醺醺的了。泰峰心想。

「真的沒拿你的錢，有也花光了。」騙子解釋。

「說什麼廢話，你敢不還大爺的錢？」醉漢含著酒，然後朝他一吐，酒精立刻變成火焰將那人點燃。在那名著火的土匪發出慘叫聲後，他的同伴們也一擁而上，眾匪徒的目標只有一人。

「難以置信，這麼多人竟然就在一瞬間……」泰峰拍著醉漢的肩。「您果然厲害。」

吉琨師徒和醉漢坐在屍體堆旁烤著魚吃，他們拿匪徒們的鍋子煮酒，食材也直接從匪窩中拿取。

「你們怎麼會像亞蘭納人一樣那麼單純的被騙？」醉漢不吃東西，光喝酒。「安茲羅瑟什麼都缺乏，就是不缺騙徒、盜匪、戰火和屍體。」他將一袋靈魂玉丟給吉琨。「拿著它離開吧！很快這邊的守望者就會過來了，然後他們會以殺人的罪嫌將你們逮捕。」

「人是你殺的。」泰峰強調。

「我和你們現在有何分別嗎？」醉漢嬉笑道。

「我們還不能走。」吉琨說。「工作……還沒完成。」

「工作？你們什麼事都還沒做就先惹事生非了，不管做什麼都會失敗的啦！」

他自己明明也是當事者。泰峰問：「你到底是誰？別打馬虎眼。」

「你問的好奇怪，我人都在你眼前了還問是誰？」

「就是不知道才問是誰，難道你要我問空氣嗎？」

「他是空氣嗎？」醉漢仰躺著，手比向泰峰右側沒人的地方。「你問問他。」

吉琨和泰峰覺得奇怪，他們向後一看，發現營區已經被守望者們包圍。

「當賊的竟然去報官，第一次見到。」醉漢酸酸的說。

「分明就是同路人，怪不得會庇護這群騙子。」泰峰這才明白詳情。

「住口！你們在霍圖的領地內殺人，還不束手就擒？」守望者叫道。

「我們可是有個強者，以為我們好欺負？」泰峰眼神瞟向醉漢。

「喂喂！」醉漢提醒泰峰：「剛剛那群全是膽小鬼，殺幾名他們的同伴就可以讓全部的人逃之夭夭。現在我們面對的是全副武裝的守望者，別想得那麼簡單。」

「講得很對，企圖抵抗只是自討苦吃而已。」守望者拿出警棍擺著架式。

「我們幾個愚民怎麼能和諸位訓練有素的戰士先生們搏鬥呢？」醉漢右手放到腰際。

「等等，你的手想拿什麼？」守望者進入警戒。

「我拿壺酒而已。」醉漢苦笑道：「是不是連酒都不能喝呢？」

「不行。」一名騙徒說：「這小子喝酒後會吐火，別讓他喝。」

騙徒提醒的太晚了，醉漢把酒含滿嘴後朝天一噴，整個環境頓時被濃霧籠罩。守望者們像盲目的野獸，在霧內大吼亂叫，橫衝直撞。等到霧散去，人也都逃了。

「唉呀！雖然我戰鬥不太在行，變這點小戲法騙人還是可以的。」醉漢笑道。

「你……你能幫我一個忙嗎？」吉琨問。

「怎麼？要我幫你們離開這座島嗎？」醉漢點頭。「行，沒有問題，我去搶一艘渡輪。」

「我們還不打算離開。」吉琨說。

醉漢側著頭，好奇的問：「事情變那麼複雜，你們還不離開是打算被守望者們丟入沸水湖煮成肉湯嗎？」

「我們要進辛丹農神址。」吉琨肯定的表示：「您一定能夠幫助我們。」

「看看這裡。」吉琨三人躲得老遠，他們一邊觀察地形，一邊思考策略。吉琨指著前方說：「以前這裡是神址的前庭。神力爆發後它的外圍首當其衝，現在已經成一片焦土。儘管塔基族工人拚命的在此挖掘，但我可以和你們打賭，他們就是挖到死也什麼都不會發現。」

「且不管他們會找到什麼。」泰峰問：「我們該怎麼進入？外面全都是塔基族的人。」

「三個方法。」現在是這名醉漢最清醒的時候。「我們可以潛進去。可是我認為除了我之外，你們成功的機率不高。」

「你很清楚嘛！對於潛行，我們可不擅長。」泰峰回答。

「四處看看這裡還有沒有小路。」醉漢說。

「假使有，應該也被對方的人佔住了。」吉琨搖頭。

「那就只剩最後一個方法。」醉漢道：「找個東西引開他們的注意。」

由醉漢化裝成塔基族工人，接著混入人群之中。他首先掘出一個小窟窿，再把靈魂玉倒入，最後把土草率地掩上。「喂！過來，看我挖到什麼？」醉漢大吼：「是靈魂玉耶！」

嗜錢如命的塔基族工人一窩蜂的圍攏過去，看見土內的靈魂玉後讓他們樂不可支，接著這群人開始混亂的爭奪及瘋狂的掘地，他們期望能找到更多更多靈魂玉。

「太好了，這點子很不錯。」泰峰誇讚道。「我剛剛擊暈他們的監工，弄到神址的地形圖，我們進去後就不會迷失方向。」

「話說回來。」醉漢再一次提點他們。「就算能順利進得去，我們也未必能活著出來，好好考慮。而且我不懂傳送術，遇到緊急時刻我們是逃也逃不掉。」

「是啊！我們何必為了一份工作那麼賣命呢？多的是探查古蹟的機會。」泰峰也勸道。

「但是我還是想見見諸神遺留在人間的財產。」吉琨並沒有強人所難。「雖然事到如今才這麼說……」他緩緩開口：「你們仍是可以選擇離去，我會繼續留在此。」

「我會跟著老師，就算我覺得這是項很愚蠢的決定。」泰峰說。

醉漢竊笑。「魘塵大陸上沒有所謂的好人，笨蛋倒是不少：執著的笨蛋、愚昧的笨蛋、加上我這個盲目的笨蛋。」

三人進入地圖上標示的挖掘場。此刻，工人多數被引開，已經沒有太大的阻礙。

行至途中，吉琨的意識受到干擾，他的雙眼出現短暫的幻覺現象。

「怎麼了？」醉漢察覺到吉琨的異常。

吉琨並沒有聽見醉漢的聲音，取而代之的竟是漫天的吆喝、無損的神址，軍人和守護者們的爭鬥。這樣的情況並沒有持續很久，他很快的又恢復如初。「我看到了。」吉琨眼神發愣說：「那些士兵殺了多克索的信徒後強行衝進辛丹農神址內部。」

泰峰搞不清楚狀況。「老師，您說什麼？現在這裡什麼人都沒有啊。」

「有些天生感知能力特別強的人，能夠不必依靠咒系神術就能接收歷史的記憶、畫面的片段。」醉漢解釋。「我得留下一顆咒術之眼再進去，以防外面突然有什麼突發事變。」

辛丹農神址的中庭本來應該是暗無天日的深洞，現已被改為會議室。大概是怕洞穴倒塌，裡面架了許多建築工事再以鐵絲綁著鬼火燈增加能見度。由於底下是沸水湖，因此洞內濕濡的泥地上還微微飄著蒸氣，裡面的溫度也顯得略高。三人沒過多久就感到汗流浹背，這種地方真虧有人能在裡面長待。霍圖的監督們在裡面圍著木桌開會，周圍有數名警衛，看來上頭並沒派給他們太多的人手。只是唯一的通道被扼住，想要通過還是很麻煩。

「這裡要怎麼通過？偽裝？潛行？」泰峰問。

「我看裡面好像有幾名階級挺高的霍圖監督，你們蹩腳的偽裝是會被識破的。」醉漢說。

「等吧！」吉琨坐了下來。「這些人看起來無心工作，等到他們換班的時間會有可趁之機。」

幻覺又再一次出現。那是一名手持長矛，身穿皮甲的信徒。他英勇的揮動武器與敵人搏鬥，在混亂的場面中殺出一條血路，幾乎沒有士兵能攔下他。然而，不知道從那裡飛來的箭矢貫穿了他的心窩，他整個人跟著飛箭一同掛在石壁上，嘴角流出鮮血。

畫面與叫聲戛然而止，吉琨從迷茫中回到現實。他抬起頭往上一看，一具獸形骨骸就掛在牆上，心窩的位置還插著一支箭。

「牆上也有屍體。」泰峰順著吉琨的視線看了過去。

「暗紋箭矢？亞基拉爾的專用箭支。」醉漢說。

「你真的懂嗎？」泰峰疑惑地問。

「看過很多次了。」醉漢聳肩。

泰峰疑惑的打量著醉漢。「我越來越懷疑你的身分，你肯定不止是路旁的酒鬼那麼簡單。」

那還用說嗎？只要上位指揮者使個眼色，他和泰峰兩人都要對這名酒鬼下跪。所以就算吉琨再好奇，他也根本不敢追問。

等到接班時間一過，這群監督馬上跑得不見人影。想也知道，誰會在這種悶熱的地方開會？換班就是他們最好的偷懶時機。

「根據地圖來看，通往神址大廳的路線有三條，其中兩條通道口現已崩坍，只剩最遠的那條路線。」吉琨嘆道：「真是太糟糕了。僅存的路線經過塔基族工人沒有計畫的胡亂挖掘，路線變得很複雜。」

「還有更糟糕的。」醉漢的右眼閃爍著光芒。「他們知道我們人在辛丹農神址，一整隊的守望者已經衝進前庭了。」醉漢說得輕描淡寫，泰峰和吉琨卻受到不小的驚嚇。

「他們怎麼會知道？」

「一開始你們不是曾對那群騙徒透露出自己的目的嗎？既然那群人都是一夥，想知道你們的下落又不是什麼難事。何況這島才多大？」醉漢笑道。

「看來除了繼續前進，別無他法了。」吉琨說。

這裡是個被稱為比哈克莫洞的挖掘通道。由於地上沒有鋪設木板道，三個人只得辛苦地踏在骯髒的軟泥上行走。而且因洞窟內太過昏暗，沒有夜視能力的他們也只能提著鬼火燈照著路慢慢前進。討厭的蟲子到處都看得到，但最麻煩的莫過於迷失在這路線複雜又沒標註方向的地方。

「看看我發現什麼。」泰峰的話引起其他兩人的注意。

吉琨看見一台古舊的留聲機被掩埋在土中。說實在的，這並沒有什麼好大驚小怪。「我看看。」話雖如此，他仍把機器從土裡掘出。

奇怪的是，當留聲機被安放在地面後，破損的喇叭卻開始發出斷斷續續的聲音。「滋——滋——」先是一段雜訊，接著聲音由小到大逐漸清晰明朗。「全能的主神多克索啊，請您懲罰這群褻瀆神址的惡人吧！」

「讓開，迂腐的信徒。天界人已經兵臨城下，你們還在固執己見。」

「背叛神的異端，理應處死！」

「哇……殺……別讓他逃了！」

「你們和唆使犯罪的人全都有罪，將受到永生永世的詛咒。」

聲音到此中斷。

「怎麼？又聽見什麼了嗎？」醉漢笑問。

「你們什麼都沒聽到嗎？」吉琨始終不相信只有自己的耳朵能接收留聲機發出的聲音訊息。

「太好了。」醉漢拍掌笑道：「不管那群人會不會進來都沒關係，只要您能聽見以前的聲音，我們一定能找到離開這裡的路。」

「是啊！」泰峰恍然大悟。「只要跟著人聲走，我們一定能到達神址大廳。」

過去之聲不一定能一直接收，就算能，那些士兵也不見得最後會去神址大廳。吉琨如此想著。他放慢腳程，豎起耳朵傾聽。但是現實並不會如他們想像這般順遂，吉琨聽到的幾乎都是細碎的雜音，沒有什麼幫助；反倒是守望者們鐵靴摩擦踏動的腳步聲越來越向他們逼近。

路途中，有一幅斑駁不清的小張舊畫被突兀地斜掛在牆上。吉琨本來不以為意，之後卻彷彿覺得好像有什麼東西在畫紙上爬動，基於好奇，他走過去觀看。

約十多名士兵正圍攻一個體型高大的石製巨人，兩邊動作激烈到像在看一齣影片而非靜止的畫作。

不對，畫中人物是真的在動，而不是自己眼花。

當畫紙內容完整地呈現在吉琨的眼中後，整張畫紙隨即無端地起火燃燒，紙片的灰燼掉落在一團又一團的黑色泥塊上。

圖畫雖然是幻象，可是這堆泥塊觸感卻相當紮實，看來是真的實體物。就在吉琨的手掌觸碰到最上方的泥團後，所有泥塊也跟著產生不安的躁動，四散的碎片開始聚集，合而為一。

「這好像是神址中的陶土守護者。」吉琨叫道：「我們快離開。」

「喂！看到他們了。」守望者追了上來。

他們三人轉身就逃。後來也不知道究竟發生什麼事，剛剛他們還待著的地方竟傳來連續的咆哮和打鬥聲。看來那堆石塊確實造成守望者們不小的麻煩，也替吉琨等人爭取到時間。

儘管在比哈克莫洞內浪費很多時間，最後幸得諸神保佑，他們依然順利無阻的離開通道了。

以前這個偌大的空間是辛丹農的神聖禮拜堂，包括信徒、多克索的支持者都會來到此地誠心的禱告或是聽人演講。時空移轉，現今的禮拜堂內散落著遺骸、斷裂的兵器、破洞的戒護衣還有施工的器具。

「那個人……」吉琨看著石柱角落，喃喃自語的說著。「我看見一位全身是傷，看起來很疲憊的年輕人在那坐著。」

「是士兵嗎？」泰峰問。

「我不太清楚。」吉琨說：「那個人的衣著不太像士兵，他的右側擺著一把金色巨弓，頭髮是罕見的水藍色。」

醉漢饒富趣味地哦了一聲，眼神為之發亮。

「他在菸紙上放濾嘴、菸草、靈魂玉粉末、微量香料、骨灰，然後熟稔的把菸捲起。」吉琨描述他看到的情境。「那是支奇怪的香菸，吸了一口後，蒼白的菸灰會從七孔噴出。」

「那種菸草叫做哀火，難道你們沒聽過嗎？」醉漢說：「吸食它很傷身，可是對於神力的恢復有速效。」

「從來沒聽說過。」泰峰聳肩。

「有沒有聽過並不是重點。」醉漢收斂神情，端視四周。「吉琨先生看到的影像透露了一些訊息，最好別掉以輕心。」

泰峰大惑不解，納悶問：「為什麼突然有這種結論？」

醉漢挑起眼角餘光。「據我所知，那個男人不會沒事把弓放在旁邊。他在做任何行動前，一定會做好萬全準備，養好精神。所以唯有在激戰方歇後他才有可能會面露疲態，抽著哀火。」醉漢說：「就怕這裡也有神址守護者。」

「我想請問您一件事。」吉琨端視著醉漢。「您曾參與過霍圖的那場大戰嗎？」

「那麼久之前的事我怎麼記得，我看起來像活那麼久的人嗎？」

確實，以外貌來說吉琨要蒼老的多。「外貌只能欺騙亞蘭納人，這可不是睜眼說瞎話就能矇混過去的事。」

「他連自己的名字都忘記了，怎麼會記得三、四千年前的事。」泰峰語帶諷刺的說。

醉漢啜飲一口酒，笑道：「如果我有參與過這麼刺激的事，我應該是永生難忘。很遺憾地，我活過那段黑暗的歲月，可惜我並沒有參與，當時的我應該仍待在蒙禔裡被禁足。」

「蒙禔？」師徒兩人異口同聲表示訝異。

這段對話到此中止，醉漢沒再繼續說下去，吉琨和泰峰也沒有追問。他們又像沒事般繼續朝大廳前進，而路上他們沉默的時間也變多了。

蒙禔？吉琨是越來越不解了。那是個和其他二十二區毫無交流，完全封閉的領區。不管是天界人來襲、救贖者侵略或黑暗圈的影響好像都和他們無關，蒙禔照樣與整個蒼冥七界隔絕。既沒有加入任何家族聯盟，也沒有黑暗深淵領主階級的強者鎮守領區，但蒙禔始終能保持中立。這麼獨立的地方，為什麼還有蒙禔的居民在外面遊蕩？這個醉漢到底是誰？

整個魔塵大陸常常流傳一些不實謠言：什麼哈魯路托從不存在、往昔之主將要降世、籠罩天地的血潮等，全都不是事實。蒙禔也常是人們酒席間最常討論的地方，也許並沒有那麼神祕也說不定。

「您知道老師看見的那名男人是誰嗎？」泰峰邊走邊問。

醉漢的身後扛著一個大葫蘆，只要酒壺乾了他就立刻把葫蘆內剩餘的酒倒入罐中。然後除了喝酒外，他似乎不需要進食，不曉得他的體力從哪來。「魔塵大陸裡手持金弓的領主只有一個，答案大家都知道了。」

禮拜堂的盡頭有一架古老的鋼琴，一具屍骸趴倒在琴鍵上，空洞的臉面對著吉琨三人。

「好像有點不尋常的氣氛。」泰峰警戒的盯著四面八方。

「這已經是異常了。」醉漢看著前方。「真是好的不靈壞的靈。」

白衣骸骨緩緩飄離地面，散發一股懾人的神力。

骸骨在神力聚集中變成一名臉色蒼白的女子。「是……誰？」

「抱歉，我們無意打擾。」吉琨自我介紹：「我叫吉琨，是地質學家，這次純粹只是來參觀神址。」

「非以崇敬的心情來膜拜天神，此處不允許爾等隨意進入，請離開。」

「都來到這裡了，難道要我們退回去被守望者抓嗎？」泰峰不服氣的說。

「神的聖地，豈是凡人可以褻瀆？」白袍女子揚手，無數刃風劃落。

醉漢挺身向前，以神力護罩抵住攻擊。

護罩並沒有為他們帶來長久的保護，很快就被刃風吹散，醉漢隨即拉著吉琨師徒往後迴避閃躲直落的刃風。「這個有點棘手。」他叫道：「喂！天神們早就回歸神域，破壞神址的人也不在此，這裡已經成了廢墟，妳守在這裡還有什麼意義？老實說，要找破壞神址的惡人，妳應該先去問問霍圖。」

「無禮！」白袍女子轟出一記神力球，醉漢單手接下，然後將威力轉移到一旁的石堆。驚響之後，石頭飛散，打中泰峰和吉琨。

「好痛！」泰峰叫道。

「能夠輕易轉移對方的神術，果然厲害。」吉琨讚揚。

「看到了，那群混蛋。」守望者們又再次追來。

醉漢見狀，再次將女子施展的光束波轉到塔基族守望者的方向，光束隨即貫穿一人的腹部。

「貝達隊長，你怎麼了？」被貫穿的那人當場倒地不起。

「我會再一次使用酒霧掩護你們離開。不過這招能對守望者起作用，對白袍女就不一定了。」他將酒壺慢慢靠近嘴唇，「所以我再主動朝她發動攻擊，你們就趁機逃去吧！」

「說什麼？你要一個人斷後嗎？你沒那麼偉大。」泰峰舉起鐵槌。「我和你一同作戰。」

「行了，別拖累我。」醉漢將酒吐出，充滿酒氣令人一聞即醉的濃霧以醉漢為中心快速擴散開來。「就是現在！」他一躍而起，用身後的大葫蘆撞擊白袍女子。

吉琨強行拉著不願離去的泰峰逃出混戰中的禮拜堂。

這個神址設計的實在很奇怪，要到神址大廳竟然要走個老半天，若不是前面兩條近路被封，天曉得第三條又臭又長的路徑是要給誰走？既不便利又不實用。話雖這麼說，但還是有像自己這種笨蛋為了一個堅持的信念而不得不去，最後弄到進退維谷。

「是的，哈維蘇主任。」吉琨正使用通信石和人對話。

這次安寧保險顧問公司很罕見的派人和吉琨聯繫，他們從來不會主動和派遣雇員私下聯絡。可想而知，吉琨這次的行動肯定得到相當程度的重視。

「上頭為您增加特別獎勵，只要能在此次的行動發現任何蛛絲馬跡，先前與您約定好的報酬再增加三十倍，同時您也能通過雇員考核，成為本公司正式的一份子。」

吉琨才不是為了獎賞，他自己也想見證諸神遺留的痕跡。

「太令人驚訝了。」泰峰反應比吉琨還要大。「三十倍？公司竟然這麼看重這項任務，那為什麼不派更厲害的人來完成呢？」

「這是用命換的錢。」吉琨冷言道：「能不能賺到是個問題，有錢還不定有命花。」

「這是什麼意思呢？」泰峰問。

「……沒什麼。」吉琨欲言又止。

內殿迴廊經過設計後，整個空間上下顛倒，完全扭曲。這不可能是因為神力爆發衝擊的關係所導致，絕對是人為因素。裡面有著隱而不現的神力，很明顯是擺下陷阱等人自己送上門。

「怎麼辦？」泰峰裹足不前，心裡多少也有個底。

吉琨沉默不語，他呆看著前方半晌後，才轉身面對泰峰。有那麼一瞬間，泰峰還以為他的老師要打退堂鼓了，沒想到他卻說：「主任已經將陣法的奧秘告知我了。」

「那很好，我們快過去。」泰峰先是高興，很快地又轉為懷疑。「可是公司怎麼會知道神址內的情形？」

吉琨沒有直接回答，他們依照公司提供的方式，小心謹慎的走過內殿迴廊。

「他們過去了。」守望者追兵驚訝地叫著。

一名領首者大聲宣布。「我是大維．格魯隊長，你們不知道自己正走向毀滅的道路，還不快回頭嗎？」

看見他們，泰峰不禁擔心起醉漢。剛剛實在不該留他一個獨自面對那麼多敵人，他很有可能兇多吉少了。

「既然如此，請諸位大人就來阻止我吧！」吉琨故意這麼說。

那名隊長自己不敢前進，於是他找了手下試路。第一個以神力護盾進入內殿迴廊的守望者瞬即被數以百計，難以用眼睛看清的神力箭矢射成肉屑，什麼神力護罩在此全都沒用。

「一個又一個阻礙，真懂得利用現有資源，狡猾的惡人啊！」大維．格魯擺手示意：「好，叫咒術師過來，我就破陣後再抓人，你們誰也逃不掉。」

通過內殿迴廊後，看見的是荒廢已久的舊圖書室。裡面的書架傾倒、許多書冊散落一地、桌椅損壞，有些書本被埋在土內，僅露出一角。幾具屍骸被人以木樁貫穿，像支旗子般的豎立在房間正中央，頗有示威之意。

即使經過千百年漫長的歲月，不屈的幽魂仍忠誠的徘徊在此，將自己的命運和這座神址連接在一起。

「你們是誰？」信徒的靈魂問。

「多克索忠實的信徒，讚美黑暗眾神。」吉琨撒了個謊，他低頭祈禱，雙手結成法印。

「你好，我的弟兄，讚美諸神。」

「請問這裡究竟發生什麼事？」吉琨問。

「亞基拉爾為奪取黑暗之神遺留的神跡，不惜對自己人下毒手。即便因此能擊退天界人，他的行為也必遭報復，天神們會降下責罰的。」

遺憾的是，他的期望並沒有成真，亞基拉爾輔佐的哈魯路托一派已經成為魔塵大陸最大的勢力了，吉琨心想。除非天界人再發動一次大規模進攻，否則亡魂們期盼的報應恐怕遙遙無期。

「我想再請問您，亞基拉爾已經得到神址大廳的祕密了嗎？」

「那個貪婪的惡魔一心只想著天神的力量，他沒有時間去研究神址大廳內的玄機，我也不認為有人能夠參透。」靈魂意有所指的表示：「因為知道祕密的人全死了。」

「非常感謝。」吉琨對泰峰說：「我們繼續往前走。」

「就這樣？」泰峰詫異道：「重點幾乎都沒問到。」

「夠多了，我們沒辦法再從那名信徒上得到更多訊息。」

進入神址大廳的門在右側，那是一扇附有保護結界的石門，看起來需以機關啟動，若想以人力強行推開恐怕很費工夫，現階段他們師徒倆根本沒那種時間及人手。除此之外，門的中央有許多大小不一的長條痕跡組合成一個放射狀的圓形。

「這該怎麼進去？」泰峰環顧周遭，他看見那個在壁上極為顯眼的石刻鐘，於是靈機一動。

「會是去撥動上面的刻針和長針嗎？」他抱著好奇心胡亂瞎轉，理所當然什麼反應都沒有。

「如果這樣旋轉刻針有用的話，霍圖的學者早就解出它的規則了。」吉琨說：「不會那麼簡單。」他同樣也在觀察這個石刻鐘與石門之間的關聯。正當看得入神時，吉琨的眼楮不自覺地將兩邊的形狀看成一體。「石門中央的怪異形狀難道是……」

泰峰捶掌叫道：「老師您真聰明，門上提示著時鐘的規則對嗎？所以只要照提示來撥動就好了。」

那單純的徒弟真的懂自己的意思嗎？吉琨無奈地想著。他逕自走過去，泰峰看見他的老師把刻針和長針從石刻鐘上取下。

「原來那可以拿下來。」泰峰搔著頸部，看起來無法理解。

吉琨將刻針朝上，準確地放入第一道凹痕中；再將長針朝下，放入下方的凹痕，讓兩針垂直成一線。

「為什麼要這樣放？」

吉琨回答：「零刻針六長針，這是天神多克索造安茲羅瑟人花的時間。」

泰峰靜靜的佇立，卻連半點聲音都沒聽到，更別說石門打開了。「老師，現在依然一點反應都沒有。」

吉琨單掌輕撫石門，表情平淡，好像這種結果就在他的預料之中。「塔基族人、霍圖學者全都沒發現，這僅只是鑰匙孔，而非大門。」他走到石壁正中央，「門就在此。」

石門上的刻針和長針同時發出光芒，隨後可以看見雙針以逆時鐘的方向開始倒流，整個空間產生異變。

守望者進入房間的時機正湊巧，他們親眼瞧見神址大廳的改變，訝異的說不出話。

「哈哈哈。」大維．格魯朗聲笑道：「多虧你們，讓神址大廳永遠不開的門終於開啟。」

「少自以為是，門非為你們而開。」泰峰叫道。

這時雙方的叫囂聲完全進不了吉琨的耳中。當空間轉移後，吉琨首先聞到的是撲鼻而來的血腥味，這讓他受到感官刺激，一種戰火肆虐後的悲愴感隨之襲上心頭。在那若有似無的低語聲接連出現後，吉琨再也止不住身體的顫抖，他知道混沌與黑暗之神多克索的祕密就近在眼前。

與神址大廳連結的感應很快就消失，再度恢復成泰峰和守望者隊長爭吵的現實世界。祕密在躲避我了。吉琨有這種感覺，他絕對不會放棄。

大維．格魯使了眼色，其中一名守望者朝分心的吉琨發動突擊，但在士兵的腳踩到地面的天神印記後，整個人跌入連續位面中，沒人能料到神址大廳中藏著這樣的陷阱。

看著深不見底的連續位面深洞，泰峰的雙腳也不自覺的發軟。

吉琨的模樣就像失了神般，他緩慢的向前直走，踩著低矮的階梯走上高臺。在眾人目光集中之時，神祕的棺木竟憑空出現在高臺。

大維．格魯快速地下了指令，守望者以武器架住泰峰，同時也將劍刃抵在吉琨脖子上。

吉琨的精神就好像被什麼東西吸引著，若不是守望者強行拉住他，恐怕吉琨的腦子只想著前進的指令。

泰峰注意到他的老師精神似乎不穩定，但受制於人，現在的他無計可施。

「天神留下的遺產屬於霍圖……不、不對，是屬於我的。」大維．格魯貪婪地舔著嘴角，可是他卻沒有打開棺木的勇氣。

大維．格魯命令手下過去打開，那個人面露難色，頗不情願的走過去。大概是擔心自己會成為犧牲者，他從頭到尾都不敢卸除神力護罩，而且在打開棺蓋前還怕得閉上眼睛。

咦？棺木是空的，裡面什麼東西都沒有。

「被騙了，我們竟然為了這副空棺浪費那麼多年的歲月。」大維．格魯生氣地叫道。

吉琨不知何時竟自己走到一旁閱讀牆上的銘文。

「你搞什麼？不是叫你看著他嗎？」隊長責罵道。

「那是？艾殉文？」泰峰雖然明白他的導師為了什麼而專注，但他自己卻看不懂那些古代的文字。

「沒有人可以逃出神牆的束縛，每一個踏入神聖房間的人都將為天上諸神貢獻生命；唯有擁抱祕密者能夠脫離折磨，享受諸神賜予的自由。」吉琨朗誦完畢，突然一陣紅光侵入在場所有人的身體，讓整個大廳的氣氛變得異常恐怖。

「這是血骨詛咒！」有位咒術師發現了異狀。

「不妙。」大維．格魯急忙喊道：「眾人快離開這裡。」

神址大廳的門此刻卻消失無蹤，塔基族守望者們頓時成了徬徨可憐的動物。他們極端瘋狂地使用神術意圖破壞牆壁，無奈的是房間一點損傷都沒有。

「老、老師，這怎麼辦？」泰峰也中了詛咒，臉色難看。

吉琨毫不在意，繼續讀著下一篇銘文。「不論是人或是神，都要畏懼創世者。創世者擁有一切力量，創世者擁有一切智慧；創世者是宙源的起始，創世者是宙源的盡頭，創世者是諸界無所不能者。唯有崇拜、臣服、保持敬仰、不可追隨，方能得到安全。創世者是——坦海恩。」

「就是他！」大維．格魯指著吉琨。「那個神經病的學者，若不是他亂唸一通，也不會引起詛咒。叫他閉嘴，去殺了他。」

他的手下們此時露出痛苦的表情攤軟在地。「不、不行。在這大廳內讓血骨詛咒的時效加倍，我們的神力已經逸失，動彈不得了。」

「祂說——世界已經安穩，不再需要祢們，之後祢只會是眾生之一。祢曾有過崇高的身分地位，但自現在起祢將只是凡人。」

「造物者……是不朽的存在，不會被剝奪權利，生命沒有終點。永生的祂們，在接受封印後只會成為永不安息的幽靈，和那數以萬計的亡魂一同在裂面空間中沉淪。信仰能夠得到力量，奉獻可以獲得生命。」

「痛苦無止盡地延續。」

詛咒在能力較弱的人身上逐漸起作用，他們難以支撐血肉分離的折磨，最後只能在囈語中結束一生。泰峰、大維．格魯等人也是同樣，再怎麼苦撐也是無法抵抗命運。

死亡的屍體最後被牆面吸收，成為大廳的一部分。

「祢只能無力的接受結果。失去神力，祢什麼都不能做。每選擇逃避一次，祢失去的會更多。祢唯一能做的，就是等待時間無情的剝光祢所擁有的一切，最後什麼都沒留下。」

「當不朽者變得一無所有，祂能留下的又是什麼？」

「毀滅不是死亡，而是等待重生。」

泰峰的臉和皮膚已經潰爛，完全看不出他的原貌，血骨詛咒已經化成文字，在他的身上刻下訃文。「老……老師，救救我。」泰峰伸出絕望的手。「我、我……我不想死！」

泰峰不懂，吉琨自己也中血骨詛咒，身上的皮肉也有分離現象，為什麼他似乎沒有感覺，仍能繼續專注的吟誦銘文。

吉琨沒有因此分神，他完全不看自己的徒弟一眼，接著將視線移到下一面牆。

「永遠沒辦法脫離桎梏，任憑祢逃到極天之界、深海之淵，命運總是能找到祢的藏身之處。沒辦法躲避，沒辦法欺騙，一切都是白費。時間、空間全都幫不了祢，然後祂總會找到祢，讓祢知道自己有多渺小、有多可悲。」

「祂們不會知道真相，因為知道真相的已經不存在。」

膽小怕死的守望者隊長跪伏在地，向天祈求：「我叫大維．格魯，我是黑暗之神多克索的忠實信徒。我對天神宣誓過，願用一生侍奉天神，願盡全力守護對天神的信仰；我會身體力行證明我的虔誠，我會成為天神的一把劍，掃除任何異端。所以，請不要拿走我的生命，我求求祢。」

多克索沒有聽見他的懇求，又或者是充耳不聞。

大維．格魯的眼睛和舌頭分離並掉落地面，全身血肉模糊，死狀悽慘。

「我曾經懇求祂，不要對我如此的殘忍。我願意一輩子聽從祂的吩咐，為這個世界盡心盡力的付出，不會再有任何怨言；我願意投入更多的心力，為這個世界盡心盡力的付出，不會再有任何懈怠。但是，我知道祂已經不需要我了，所以我就必須被無條件的捨棄。」

「功與罪、賞與罰，一切都有因果循環。」

泰峰到死之前，終於明白圖書館裡信徒亡魂的話中之意，因為知道祕密的人都會死，所以祕密才能永久地被塵封在神址內。

安寧保險顧問公司也是知道這一點的，所以他們情願花高額的獎金外聘，也不願意動用到自己的人力。

那筆獎賞，無福可消受。

最遺憾的是……自己死得毫無價值。

唯一掛心的是，那個已經喪失心智的導師——自己最尊敬的人。

只剩下他一個人了，沒人陪伴在左右，老師該怎麼辦呢？

「即使少了我，世界仍然在運轉；即使只剩祂，世界仍然能運轉。不要把自己想得多偉大，因為祢根本不重要。」

「當祢不知道自己為什麼會落到這個地步時，就表示祢對大環境來說已經可有可無。生或死，沒人會在乎。」

吉琨讀到一半，他了解到銘文內透露的端倪而訝異不已。

這些全是日記，毫無疑問是多克索的日記！這裡既不是信徒的參拜所、同樣也不是什麼聖地，純粹是黑暗之神多克索的房間。

吉琨舉起顫抖且只剩骨架的手臂，輕輕地劃過壁上銘文。

「祂察覺到我的祕密，我們暗中擘劃的事情全被祂洞悉得一清二楚。故佈疑陣的謎團在祂面前如同小孩的遊戲，祂和祢玩著，然後故意不將真相揭開，只為了滿足祂惡劣的愉悅感。」

「要來就來吧！謎底揭曉時絕對會出乎祢的意料之外，真相全都在——審判海。」

「我需要……忠誠。」

到此為止，在多克索房間內的存活者僅剩他一人。很快地，吉琨就要到裂面空間陪他的徒弟了，他也無能阻止死亡的發生。

吉琨咳著血，他知道現在的自己肯定面目全非，最終也是骨肉分離，淒涼地死去。

這就是結局嗎？

吉琨拼盡最後一絲氣力，他爬上高臺，地上則拖出一條可怕的血痕。

「多、多克索。」吉琨呢喃著。他雙手合十，朝天一拜，然後艱辛地爬入棺木中。當吉琨進入後，棺蓋也自動輕輕掩上。

最後一篇吉琨沒讀到的銘文在此時發出金色光芒，接著整個空間再度扭曲變化。

「我的世界只剩方寸之地。它造就了我，也是我最後的歸屬。即便是祢也沒辦法靠近，無能為力，因為這是屬於我自己的聖域。」

「我會再回來。」

從吉琨身上掉落的通信石在房間中央微微綻放著藍光。良久，它隨著房間的轉變也一同消失在辛丹農神址。

世界恢復正常，什麼都沒有改變。

醉漢遭受白袍女子和守望者們的夾擊，身上多處負傷，他流出的血淡如清水。

「呃……啊……」醉漢喘著氣，半跪於地。「即、即使我會死亡，我也不會讓你們達到目的。」他將大葫蘆朝上一拋，爆炸的力道讓葫蘆內的酒噴灑而出，酒中夾帶著醉漢附上的神力，其威力摧殘了白袍女子和少數的守望者。

大維．格魯揮動單手劍，往醉漢的胸膛奮力一刺。

「唔呃。」醉漢悶哼一聲，重重地頹倒在地。

透明的血液向四面擴散，醉漢的屍體在濃烈的酒味中慢慢溶化。

「這個酒鬼死前貪杯，沒想到受傷時不但血液如酒精，連死後的屍體也變成酒讓房間酒臭瀰漫。」大維．格魯嫌惡地揮手去味，然後帶著手下跨過地上那灘酒繼續前進。

過了許久，在辛丹農神址外數里處，由泥土下冒出陣陣酒泉，之後又出現奇特的光環將酒全部吸入。

這個和善的世界充滿鳥語花香，風景美不勝收。樹林蓊鬱茂盛，小溪潺潺流動，各色花朵爭奇鬥豔地綻放，和煦的白光照耀大地，完全有別於魘塵大陸的黑暗與荒蕪。

酒泉匯流成人形，醉漢帶著笑容，毫髮無傷的從草地站起。

「賠了一葫蘆的酒，不值得，不值得。」醉漢笑道。

戴著斗笠，面掛著木刻面罩，身穿樹皮縫製簑衣的詭異人影走來。她用尖銳的女聲問：「你又來了，這次又換了什麼新名字？天界的範森、安茲羅瑟的麥苟、蒙褆的艾傑安、哈魯路托的培星、救贖者的討罰人，那一個才是你？」

醉漢在口中倒滿酒，咕嚕嚕地喝下肚。「如果妳不知道我是誰，那麼妳可以叫我醉漢。因為我愛酒，所以我欣然地接受這稱呼。」

來自天上的神音：「迷失的安茲羅瑟人已經離開辛丹農神址了嗎？」

醉漢虔誠地跪拜在地，「先知啊，祢的預測從不曾失準。祂離開了，過程完全順利。」

「這只是開端。」天上神音：「你們要小心迷惑世人的惡神，祂無處不在。」

「各處辛丹農神址、策林夢境湖、厄法博羅倫聖地，全都在掌握之中。」醉漢回答。

「你們要留意並將教訓傳下去，切記不可重蹈歷史的覆轍。」

「不會的。」醉漢恭敬地說：「只要有忠於祢的信仰，縱然是十二天神、往昔之主、諸界行者，全都毫無可懼。」

一旁的女子朗聲吟誦：「超凡先知守護唯一不變的真理，賜予人民平安、恩惠與憐憫，祂在聖光與祈禱中與我們同在。」

厄法

一張金色耀眼的華麗方形桌子上擺著一本白皮書。

赤華．蘭德坐在書桌旁獨自喝著悶酒，他的身上穿著與房間裝飾同樣耀眼的金袍，一柄長劍置於他的右前方，劍鞘指著自己。悶酒越喝越悶，他放下酒杯，接著是連聲嘆氣。身為最年輕有為的黑暗深淵領主、昭雲閣副閣長、厄法領袖、蘭德家族的家族長竟還得為日常瑣事煩憂。

當赤華聽到開門聲時，這名厄法的領袖恭敬的起身迎接，看見來者後他才初次展露笑顏。

「亞父，快請進。」

來者撥動白色柔順的長髮，他的鬢角、少許髮絲中夾雜著不齊的黑髮。「嗯。」對方理所當然的走入赤華的書房。

赤華輕掩房門，隨後將書桌的椅子拉開，禮貌性地請他入座。「亞父，請坐。」

男子溫文儒雅地坐下，他挑著雪白的眉毛看著桌上和他一樣蒼白的白皮書，在他右眉下方、眼角之上的黑痣異常顯眼。「你既猶豫又拿不定主意，那你看這書的意義何在？」

赤華咽了一口口水，點頭稱是。「亞父教訓的對。」

「你打算怎麼做？」

他的亞父突然將問題丟還給他，赤華表情呆滯，一時不知道該怎麼回答。

「說得也是，要是你有主意，我也不必跑這一趟。」白髮青年抿著嘴。「可是怎麼辦呢？你身居高位，連這點小事都拿不定主意，以後是不是類似的事情再發生我就得再來一次？難道我讓你們兄弟兩人過得太安逸了嗎？」

「亞、亞父。」赤華的語氣有些膽怯。「這並非小事。」

「我曉得。」謝法赫·蘭德臉帶蔑笑。他靠著椅背，十指在胸前交扣。「被恩肅殺掉那孩子的屍體呢？」

「雅黎安·伊瑪拜茲領主已經將她兒子的屍體領回，她要讓兒子在昔洛永眠。」赤華忿忿地說：「喝酒誤事是常有的事，但這次恩肅做得未免也太過分，我真不曉得該怎麼幫他善後。」

「喝完酒後互相叫囂，為了證明自身能力、為了在女性前表現、為了忍不下的那口氣。哼哼，年輕人的通病。」謝法赫摸著下巴。「雅黎安的兒子，他叫什麼來著？羅航？哼，他也是死有餘辜。照這種搞法，黑沼議會大概也要解散了。」

「漢薩陛下十分氣憤，我想針對這件事進行道歉及後續賠償。」

「你想？這就是你的想法？」謝法赫哼道：「你有搞清楚自己是什麼身分？你可不是路邊隨便撿來的低下貴族。你要以什麼身分向對方賠不是？國家還是個人？領主還是家屬？昭雲閣副閣主、厄法領袖？你要滿臉愧疚且低聲下氣的當個為自己弟弟惹事而道歉的好哥哥？別傻了，你都知道這會是國與國間的大事，若你是漢薩陛下，你能接受這種結果？」

「我會覺得對方想息事寧人，自以為賠償能解決一切。」赤華自己也很清楚。

「你的不成熟會連累到整個厄法。」謝法赫提筆在白皮書的封面上寫字。「對於恩肅我已經不抱任何期望，蘭德家還剩誰呢？」寫完後，他輕敲桌面。「進來！」

厄法衛兵走入，他們分別向赤華及謝法赫行禮，接著問：「請謝法赫親王給指示。」

「傳我的諭令給布琳達將軍，命她儘速處理完畢。」紅色光球由謝法赫的指尖彈出，飛入衛兵的腦中。

「領令，屬下告退。」

看著衛兵離去，赤華已經明白他亞父的意思，可是內心卻無法接受。「亞父，您……您不可這麼做。」果不其所以然，白皮書的封面寫了個殺字。「父皇駕崩前囑咐我一定要好好照顧恩肅，我不能違反父皇的意思而看著他被殺。」

「那是因為你的父皇不知道恩肅是惡根，是毒瘤。假如他明白事情始末，肯定會果斷地斬惡根、割毒瘤，免得禍害蔓延全身，最後藥石罔效。」親王很肯定的說。

「我不相信父皇會這麼做。」

「會或不會又怎麼樣呢？現在是你作主，就該拿出魄力。」

「既然您說我作主，那我希望能留下恩肅一命，我會好好約束他……」

謝法赫打斷他的話。「你也未免太過天真。」他起身走到赤華身旁。「你的能力很優秀，但只要遇到恩肅的事就變得不可理諭。說實話，你為他解決了多少麻煩？他有因此醒悟？他有認真反省？沒有，從來沒有。你還想保護這株野草到什麼時候？」

「亞父，只要您出面，事情會有轉寰的。」

「我不是你，不想浪費氣力在恩肅身上。」謝法赫不客氣地說：「恩肅的存在是讓顯赫的蘭德王室出現污點，你能一忍再忍，我可不行。更何況再數天後，昭雲閣又有會議要進行。到那時候，你拿什麼臉和伊瑪拜茲家族交涉？」

「公歸公，私歸私。國家大事當前，我相信領主自有分寸。」

親王聽了話後微微一笑。「他們肯吃虧才奇怪，安茲羅瑟領主的利益都是以個人的私慾為出發點。要他們公私分明？到現在你還有這種想法，不覺得既幼稚又一廂情願嗎？」他拍著赤華的臉。「小鬼，不要為了恩肅而留給有心人一個利用的機會，他沒那麼值錢。再說，想要平息受害人的怒氣，最直接的辦法就是殺人償命。你應該也不希望往後的日子都得看漢薩的臉色，還讓他拿這件事來大做文章吧？」

赤華終於妥協。「我……我明白了。」

「你想繼續維持好皇兄的形象？行，沒有問題，那黑臉就由我來當。」謝法赫整理衣領，準備離去。「恩肅這件事就到此為止，不需再議。而他的罪行確鑿，也不需審判，我會辦妥此事，你就安坐在你的皇位上看著吧！」

「讓我送您離開。」赤華的聲音顯得有氣無力。

「不用。」謝法赫尖酸地說：「為人臣子的怎敢勞煩君主呢？」

最後，房間內留下錯愕與兩眼無神的赤華獨自呆看著書房大門。

謝法赫在魔花庭內擺下宴席款待遠道而來的亞基拉爾，兩人有說有笑，似乎談得很融洽。亞基拉爾不喜歡太多人聽他說話，於是謝法赫讓侍從們到魔花庭外等待，有需要再傳喚。

皇宮內的一場會議結束後，赤華基於禮貌而來到魔花庭，想要與亞基拉爾打招呼。

不用靠近他們，赤華敏銳的聽覺也能將魔花庭中的談話內容聽得一清二楚。雖然這種行為有點無禮，但他覺得可以先聽一下他們在說些什麼，至少進去後可以馬上融入話題。而且當他們講到一個段落時，自己再進去打招呼也會比較恰當。

「我們已經有多久沒像現在這樣在一起暢談？」謝法赫問。

「忘記了。」亞基拉爾簡潔地回答。

「忘記？您是年紀太大記憶衰退，還是諸事繁忙所以才淡忘往事？」謝法赫的語氣聽來有點帶著嘲弄。

「我記得你，記得錫楊就好。」亞基拉爾的回話倒是很平淡。

謝法赫忍不住笑出聲。「光是你提到我皇兄、赤華死去的父皇，我就該敬你一杯。」然後是銅杯的輕碰聲。

「介意我抽菸嗎？」

「我介意，但我不會阻止你。」謝法赫說：「您還是老樣子，肉一旦進煙味、不新鮮或有血味你就完全不碰；菜餚也是，不合胃口便完全不吃。安茲羅瑟人中還有你這樣挑嘴的傢伙，真是少見。要知道這些餐點都不夠讓外面的飢民塞牙縫，別那麼奢侈了。」

「明知道我不喜歡，您就不用那麼費神準備了。」亞基拉爾說：「我只要麵包和羹湯就能滿足胃口。」

「你的欲望若和你的胃袋一樣就好了。」

「少挖苦人了，您就承認自己是白髮版的亞基拉爾很難嗎？」

「為何你不是藍髮版的謝法赫呢？何況我也有點黑髮，並非全是白髮。」親王笑道：「走吧！我們待會去打獵，再來比較一下你的弓術和我的槍法誰退步最多。」

「怎麼不是比較誰進步最多？」亞基拉爾又問。

「我們還能有進步空間嗎？」

「是技術已臻巔峰而無法再進步，或是差到無以復加，連進步都困難？」謝法赫發出嘖聲。「看到你就像看見另一個自己，讓我厭惡不下去。」

「所以我們這兩個沒朋友的人才在這相互取暖。」

這兩人互相揶揄，用詞激烈，赤華實在想不到自己要怎麼融入這場老朋友的餐敘。於是他決定還是別打擾兩位大人的興致，轉身正打算離去。

「您總是在昭雲閣關照我們厄法領主，真是萬分感謝。」

赤華停下了腳步。

關照？為何亞父要這麼說？我又不是小孩。

「我並沒有幫他什麼。」

「難道您不是看在錫楊的面子上才協助赤華的嗎？」

「蘭德大人，您也太看輕自己的姪兒。依他的年紀來看，應對、實力、學識上都已是人上人。赤華大人做的事對得起他的位子，階級的取得也證明了他的能力。副閣主的榮耀不是哈魯路托賜予，而是他自己爭取得來。」亞基拉爾說：「在錫楊剛亡不久時，你在內政輔助他，我在外務上幫忙他是事實。但現在陛下已成年，取得黑暗深淵領主階級也有一段時日了，他知道自己該做什麼且有能力解決問題，我覺得即使我們不在他的身旁，他自己也能獨當一面。」

「他在處理恩肅的事件上就像個意氣用事的小孩子，想怎麼做就怎麼做，而不是去做該做的事。」謝法赫的語氣變為凝重。「說實話吧！若將昭雲閣的大權全交給他，你能安心嗎？」一名後生小輩竟然與其他四位家族英雄並列為黑暗深淵領主，即便階級相同，你們這幾個大家族長真的有把他當成自己的戰友而沒半點輕視嗎？」

「安茲羅瑟人絕對遵守階級規則，何況昭雲閣多數重要會議已經改由赤華大人親自主持，沒有什麼問題。我期望他能青出於藍，更勝於藍。」亞基拉爾說：「盡說些政事，還不如喝酒。」

「操煩的酒顯得特別難喝。」謝法赫問：「距離會議開始還有幾天的時間，不如我們出去雲遊閒逛？」

「沒這份閒情逸致，我要回去工作了，感謝招待。」

原來……諸位大人對我的看法是這樣……

赤華捏緊拳頭，表情盡是不甘，他好想衝進去大聲地反駁亞父的話；然後再對亞基拉爾大人保證，他會證明自己給他看。

赤華躊躇一會兒，始終沒有踏進魔花庭內的決心。最後，他沮喪地默然離去。

「亞基拉爾說的全他媽是廢話。」雀一羽以尾指指甲挑了一點衣患散粉末，接著用舌尖輕嘗。「我們是老早就知道他的性格，卻還和他進行了個白癡交易。這筆買賣不但讓我們虧本，還被得益者恥笑。」

「在現在這種詭譎的局勢裡一時佔到優勢並不算什麼，只要出現一點小差錯，亞基拉爾隨時會自掘墳墓，從他得意的王位上墮入絕望的深淵。」梵迦如此回答。

雀一羽吸著衣患散，心情差到極點。「我等不及了，每次吃虧的都是我們，什麼時候才能讓他嘗到失敗的苦頭？」他責備道：「你的頭腦只想著要和哈魯路托對決，稍微教訓一下亞基拉爾難道不行嗎？就算鏟除了哈魯路托，到時讓亞基拉爾坐大又有什麼用？」

原先的計畫本是以天界牽制亞基拉爾，埃蒙史塔斯家族則全力對付哈魯路托。這一點一直是梵迦堅持的原則，所以他才不想把精力浪費在自己毫無興趣的亞基拉爾身上。

直到前一陣子的托佛事件，亞基拉爾拋出「果報之城」這個名字，事態有了劇烈的轉變。

那天，他們雙方的談判一直沒有共識。

「你說果報之城在南隅就真的在南隅嗎？這只是你的片面之詞。」雀一羽說什麼都不相信。

「您可以不採信，不過同樣的話不要讓我一而再地重複說著。」亞基拉爾表示：「既然是附帶的消息，兩位大人相信與否和我無關。」

「不能加點誠意嗎？吾主是誠心想求見哈魯路托，您就安排一場會面又有何妨？」梵迦說。

「大家心照不宣。」亞基拉爾說：「托佛曾經在邯雨的進攻下向你們呼救，是新嶽置之不理才有今天的結果。托佛打從一開始就已被埃蒙史塔斯家族放棄，我做的事不過是順水推舟，你們也撈到好處了，適可而止大家才不至於撕破臉。」

沒錯，一開始就是要讓托佛獨自對上邯雨，然後天界人就會抓準時機點介入戰爭。只要戰事一拉長，托佛能牽制住邯雨，埃蒙史塔斯家族的目的就達成了。誰知道久無戰事還是讓托佛出現防備上的疏漏，竟然被亞基拉爾來一招擒賊擒王，直接斬了托賽因後再佔據甸疆城，一次就打垮了托佛，連天界都來不及反應。

給的物資、靈魂玉雖然很多，但這終究不是埃蒙史塔斯家族迫切的需求。梵迦眼看亞基拉爾表現的態度，想要再從他身上撈到好處已經不可能了。

果報之城，這分明是緩兵之計。

「果報之城，根本是亞基拉爾設的陷阱，還想請我們自己走進去。」雀一羽說的話和梵迦心中所想完全一樣。「軍師，你怎麼看？」

這種時候才叫我軍師？梵迦不喜歡這種跟著壓力一併而來的職稱。「方法有三種：一是把這件事轉述給天界，讓他們幫我們去確認真偽。二是把消息公諸於世，讓所有去向哈魯路托朝聖的安茲羅瑟人撲個空，然後壓力就會回到放消息的亞基拉爾身上，他會自作自受。三就是利用我們現有的籌碼……到時候不怕哈魯路托不現身，也許他還會主動求見我們。」

「化被動為主動，你的主意不錯，按計進行吧！」雀一羽贊同道。

整個南隅一直是新嶽的轄地，怎麼可能有哈魯路托的人馬進駐而新嶽卻一無所知呢？

在亞基拉爾故弄玄虛之下，梵迦仍是查到一些蛛絲馬跡。不過這一連串的事件實在是太刻意了，任誰都知道出現在南隅的果報之城只是臨時搭出來的佈景。

明知是假又無法置之不理，那遲早會發生問題。

天界宿星主與梵迦帶著軍隊來到「六銀古蹟——厄法辛丹農神址」之外。

「哈魯路托藏身在此？這麼顯而易見的地方，難道他們真認為越危險的地方就越安全嗎？」薩汀略爾滿腹疑惑。

不光是天界神座起疑心，梵迦也不敢掛保證。「亞基拉爾說的話只能聽三分，也許這裡只是座廢墟而已。」

宿星主慍怒道：「切勿浪費天界神座的時間。爾等未經查證就告知的消息若有誤，會造成雙方的不快與信任度問題。」

「天界需要哈魯路托的消息，新嶽自當主動告知。至於內容真偽相信以神座睿智的頭腦必能判斷，吾方只是履行合作關係間的義務。天界想要的，當然還是必須自己爭取。」梵迦說：「何況雖然心生疑慮，但天界仍是過來查探了，不是嗎？」

「茲事重大，不可兒戲。」薩汀略爾再次強調。

一股黑壓壓帶有惡意的沉重神力接近中，在場所有人都感受到這前所未見的逼迫感，其勢更足以讓神力稍弱的人當場被壓垮，梵迦和宿星主也不得不使用神力護罩來抵禦。新嶽軍的士兵臣服於這股力量；天界軍士兵則盡被黑蘊束縛周身，痛苦難當。

宿星主以聖系法印回擊，這才阻擋了對方所釋放出來連綿不斷的魂系神力。

「『暗影』暮辰．伊瑪拜茲！」梵迦和宿星主異口同聲的詫道。

「兩個無趣的人。」暮辰面容冷峻。「我看還是在這把你們全殺了，省事事省。」

「天界的第三號通緝犯，如果以為吾會放任汝，那可就大錯特錯。」薩汀略爾戴上白色面罩，當他準備開殺時總會這麼做。一個矮小的娃娃坐到他的肩頭。娃娃說：「俗事紛擾不斷，讓吾以不見血之刃來完納汝的劫數。」

一支天外飛箭疾射而至，正好落在暮辰和薩汀略爾中間，警示意味很濃厚。看來有人不想要他們在此開戰。

梵迦慢慢的退後，苦笑道：「兩位有什麼糾紛請自行排解，新獄就不奉陪了。」

「梵迦小鬼，你想逃？你們埃蒙史塔斯都是在背後玩心機卻又不敢光明正大一決的孬種。」暮辰向他招手。「過來，讓我弔死你，我會割下你那張漂亮的臉皮作為紀念品。」

「喔，不不不，在下的命非常珍貴。」梵迦搖頭。

暮辰取笑著。「都是中看不中用的男人。」

「何必多說，希爾溫·伊瑪拜茲在裡面嗎？」坐在宿星主肩頭的娃娃問。

「當然，你們敢進來見我們偉大的哈魯路托嗎？」暮辰漆黑的影子消失在古蹟中。

「你們要進去？不怕有陷阱嗎？」梵迦問。

那娃娃哼道：「思慮周全是智者；過猶不及是蠢人。」他帶著天界一行人隨後追逐進去。

梵迦評估了半晌，決定還是不冒險躁進。他讓一名士兵進去查探，並在他身上裝置法力眼。

「大人，我們不進去可以嗎？」手下問。

「裡面的地形不利於我，難道要進去讓暮辰以強大的神力教我怎麼做人嗎？靜觀其變就好。」

等待許久，裡面都沒傳出任何動靜，也沒有衝突發生。終於，他看見天界宿星主與他的手下又完整無缺地從裡面步出。

「情況如何？」梵迦問。

宿星主不悅地重哼一聲，隨即展翅飛去。

梵迦收回法力眼。

他看見內部的情況：天地顛倒的奇景、一座倒置的城堡、還有尊面貌無法辯識的石像、許許多多對著石像膜拜的信徒，不見暮辰的蹤影，不見薩汀略爾動手，最後平和的落幕。

哈魯路托呢？雙方根本沒有會面，亞基拉爾又在搞什麼鬼？

「所以？果真是亞基拉爾佈下的騙局。」雀一羽拍著桌子，酒杯因此傾倒。「一開始就沒有什麼果報之城，全是亞基拉爾騙人的謊言。我們浪費人力與時間在這上面，最後卻一無所得；亞基拉爾佔據托佛，僅以一點微薄的代價就讓埃蒙史塔斯不敢吭聲。這傳出去的話，大家豈非認為我雀一羽向亞基拉爾低頭嗎？」

「眼前所見不光只有如此。」梵迦敘述著：「原先的計畫是讓天界替我們查探虛實，但並沒有得到理想的結果。把果報之城變成眾所矚目的焦點本該也在計畫之中，可是後續的執行者卻不是我們。」

「薩汀略爾為何不順手滅了那群哈魯路托的朝聖者？那堆人現在變成南隅的麻煩。」雀一羽說：「我們管又管不動，這些人基於對哈魯路托的忠誠而來，南隅又沒辦法封鎖邊境不讓他們進來朝拜。贊成的話就遂亞基拉爾的心意；不贊成的話又說我們反哈魯路托。主動權一直都操之在敵人手中，這實在令人懊惱。」

「全都是慕名而來的朝聖者，這些人對天界的威脅畢竟有限，宿星主怎麼可能當劊子手殺他們最後落得自己一身血腥？」

「那些朝聖者又是怎麼知道這項情報？」

「知道果報之城位置的人屈指可數，大概是亞基拉爾自己將消息公布出去。」梵迦進一步解釋：「暮辰是哈魯路托的雙胞胎親姊姊，兩人無論在樣貌、氣息、身形上幾乎雷同，她要模仿哈魯路托真不是難事。」

雀一羽頭痛欲裂。「我不要再聽到這些事，你只要和我說有沒有辦法把那群朝聖者全部從南隅趕出去就好。」

「可以，但需要時機。」梵迦道：「眼前有更重要的事：各領主已經在線上等候陛下了，我們準備開會。」

會議室中，四個大型的投影幕上分別代表各個家族的最高指導者，由左至右依序為：伊瑪拜茲家族的漢薩、安達瑞特家族的高頓、蘭德家族的赤華、北方領主亞基拉爾。

「諸位領主……」

梵迦的話馬上被漢薩打斷。「梵迦大人，你安靜！」

「打斷別人說的話是很沒禮貌的行為。」雀一羽邊搖著酒杯說。

「希爾溫真的出現了嗎？這消息讓我的領民鼓譟浮動，我需要證實來源。」漢薩很激動。

「問問那名藍髮領主如何？」雀一羽冷言道。

「藍髮領主？您可真會形容人。」亞基拉爾沒有表現出不滿的樣子，不過他一向喜怒不形於色。「當我知道這件事時也是非常驚訝。表面上雀一羽大人和哈魯路托不合，想不到您竟幫忙隱藏哈魯路托的蹤跡這麼久，這箇中過程一定相當艱苦吧？」

「是這樣嗎？雀一羽大人。」赤華問。

信他的是白癡。雀一羽以唇語讀出這一行字，他並沒有真的說出口。若是面對面的會議，現在早就可以用讀心術來辨別話語的真假了。

「你們兩個在唱雙簧嗎？」漢薩可沒那麼單純。「我在古蹟附近所感應到的神力又究竟是誰？」

「是漢薩大人您的好姊姊——暮辰．伊瑪拜茲。」

漢薩瞪著梵迦，看來他對這句話非常的介意。「是妹妹！難道希爾溫比我大嗎？」他接著罵道：「以後沒看到他本人，就不要讓謠言滿街跑。散佈的人該死，你們這些不遏止的管理者也該死，想見見古龍之怒嗎？」

「整個魔塵大陸都在討論哈魯路托再出的消息。」赤華表示：「就昭雲閣的立場，我希望諸位大人暫時不要刻意去澄清這件事，畢竟我們和天界關係瀕臨決裂，這會嚴重影響民心。」

「火神也相當關注這個事件，若讓他知道哈魯路托並沒有出現，恐怕會點燃他的怒火。」高頓嘆道。

「是啊！他那把吉他的弦斷了他也會發火。」雀一羽尖酸的挖苦讓高頓的表情變得扭曲難看。

「這件事我撒手不管了。」漢薩怒氣沖天。「他不出來便罷，若讓我私下先遇到的話，非剝掉他一層皮不可。」

「就算他們兩姊弟是伊瑪拜茲家族之恥，您也不用刻意這麼說吧？」雀一羽賊笑道。

「敬你還是南隅的黑暗深淵領主，講的話最好留點分寸。」亞基拉爾果然會因為這種事而發怒，這就是雀一羽想看的。

不過盡是在嘴皮上爭勝一點好處都沒有，現階段南隅的麻煩依然沒有解決。卑鄙的亞基拉爾不會平白無故搞出這種無中生有的蠢事，雖然可以轉移天界注意及讓安茲羅瑟人民提振精神，卻會引起各領主的不滿。所以就算天界在前線攻得再急，亞基拉爾也沒理由用這個沒有什麼助益的計謀。梵迦猜想：若不是哈魯路托真的現身，要不也肯定是在做某種預告或是準備動作。

新嶽高層為了昭雲閣即將召開的重要會議而前往厄法，在那裡又和亞基拉爾相遇。儘管這是理所當然的事，但雀一羽的心情會因此變得惡劣。

「陛下不必苦惱，其實臣已經有頭緒了。」梵迦說：「臣從果報之城中帶回一顆奇特的靈魂玉。」

「那又怎麼樣？靈魂玉到處皆是。」

「這不同，因為這塊靈魂玉上蘊含的是咒系神力。」梵迦說：「天界傾盡全力再加上安茲羅瑟各區的領主，那麼多人為何找遍魔塵大陸卻都找不到哈魯路托的蹤跡呢？原因很簡單，因為我們忽略掉塔利兒這個咒術能人的實力。真正的哈魯路托並不在魔塵大陸，也可以說他不存在於蒼冥七界的任何角落。」

「你在說什麼？他死了？」雀一羽不解。

「不不。」梵迦輕搖羽扇。「希爾溫大人從頭至尾就藏身在安寧地帶中，所以就算浪費再多的人力及神力探測器都是沒用，一輩子都不可能找到。」

「哪有人能永遠住在安寧地帶？」雀一羽忖度道：「不對，血祠院中多的是咒術高手……但是也不可能啊！想要維持安寧地帶的空間，需要一定的人手並耗費大量的咒系神力來維持，血祠院再怎樣也不能無限提供架構空間所需的人力。更何況是在空間裡要蓋一座能容身的城堡，這麼強大的神力，不可能沒人注意到。」

「神力增幅裝置的技術已臻完美，只需少數幾名咒術者就能發揮意料之外的功效。」梵迦說：「天神們遺留的神址具備源源不絕的神力，既不會枯竭又很穩定。您瞧果報之城，雖然只是一個單調的空間，但已經足夠容納近千名的朝聖者了，要藏一個哈魯路托有何困難？」

「是啊，怪不得我們總找不到那個傢伙，原來躲到異空間去了，真是狡猾。」

「六銀古蹟中既然沒有哈魯路托，那麼他會藏到那兒去呢？夢境湖？其他辛丹農神址？博羅倫聖地？神脈山？呵呵……不管是什麼神址都好，咱們的目標是不是縮小許多了呢？」

「那你的目標是那裡？」

「沒有目標。」梵迦回答：「亞基拉爾從不留痕跡，即便要一個個搜尋大大小小的神址，也是費時費力。」

「那你就想個對策。」雀一羽催促著。「最近我總是有一股不祥的預感。」

「目標已經在鎖定範圍之內，而我的餌也丟出去了，現在就等待獵物自己送上門。」

此時，手下來報：「陛下，有位女孩要求見您。」

「女孩？我沒有約見任何人。」雀一羽質問：「為何不直接將她趕走？」

「這裡是厄法不是南隅，能來到昭雲閣會議中心的人大多有點來頭，手下們不敢怠慢是正常的。」梵迦替那手下緩頰。

「是的，屬下怕得罪重要的客人所以……」

「可以了，廢話不用多說。」雀一羽問：「你有問她的身分和來意嗎？」

「那位大人說她是您重要的客人，除此之外也沒有再多講。由於對方披著掩光篷，屬下看得不是很清楚，又加上來者位階是上位指揮者……」

「那這樣你的處理程序就不對了，難道誰都能見陛下嗎？」梵迦語氣加重。

「是什麼人這麼鬼祟？在這種場合還不敢以真面目示人。」雀一羽疑問。

「來者非善。」梵迦認為，「有要事大可正大光明的相約，私下見面多不是好事。」

「哼，我倒有點興趣。」雀一羽下令：「叫她進來！」

等候一會，手下隨即引領那位神祕客進入。雀一羽還沒見到人，心頭就已經有種糾結感。究竟是那位魔塵大陸的貴族能讓他有這種感覺呢？他突然好奇來者的身分了。

「父親。」

一句父親，雀一羽登時全身如被電流竄過，發麻不已。

對方緩緩抬起頭來。

罩帽下的那張臉，既熟悉卻又帶著疏離的陌生。

梵迦也感到震驚。「雀織音？是妳！」

貝爾孤身一人來到厄法的一處荒郊野外，他不明白亞基拉爾命令他來此的用意，但他知道他的主人每一個指令都具有意義，所以就算執行的過程中有什麼疑慮，貝爾也是繼續當個默默完成任務的執行者。

厄法的暴風沙異常激烈，這裡的環境讓貝爾抬頭不見雲、舉目不見景，他還得依照亞基拉爾教的方法才能確定自己真的有到達任務的指定地。

貝爾呆站在原地不過一會兒的時間，他覺得自己快被暴風沙吞沒了。強烈的塵沙襲擊他的口鼻令他快喘不過氣，身體各部位也幾乎讓厚塵覆蓋。

濛濛的沙塵中，貝爾似乎看到一條人影正往此處奔來。那男子身形略瘦，華貴的衣冠穿著顯示他的身分不凡。雖然如此，他的長髮被風吹得散亂，臉上的汗水與灰塵結合變成污泥，看起來很狼狽。貝爾看得出對方正在逃命，也知道他的身分。

「是恩肅殿下嗎？」貝爾禮貌的向來到此處的厄法貴族致意。「您發生什麼事了？」

「你是亞基拉爾身旁的……」恩肅叫不出貝爾的姓名。「算了，不管你是誰，幫我擊退後面的追兵。」

追兵？貝爾瞪眼一瞧還真的又有數道人影奔了過來。但那些人可是王室近衛隊啊！

「不行，我不能對厄法的侍衛出手，我會被判有罪，而且會遭到陛下的責罰。」

「我以厄法殿下的身分命令你這麼做！」恩肅大人很強勢。

貝爾左右為難之際，亞基拉爾馬上以心靈傳音下第二道指示，接著由天空落下一箭，風塵飛沙揚起，劇烈到讓近衛隊無法有所行動。

等到瀰漫的灰塵稍微退去，貝爾和恩肅已不見蹤影。

謝法赫頒下命令後，得知詳情的恩肅也顧不得正在吃飯，他把還在嘴中咀嚼的食物忿怒地吐出，然後腳步飛快地穿過中庭，接著在內廳大門被皇宮侍衛攔下。

「抱歉，陛下與眾臣正在開會，要進去請務必先行通報。」

恩肅才不管那麼多，他強行推開侍衛進入內廳。

赤華坐在長桌的另一端，他與其他眾臣帶著嫌惡、疑惑、詫異、打量的目光看向恩肅。

「誰准他進入？」赤華冷言問。

侍衛噤若寒蟬。赤華也明白他們根本沒辦法強制擋下恩肅，但內心的怒氣卻無法消下。

「將怠忽職守的這兩人殺了，換其他更精實的侍衛。」赤華下令道。

「大哥，少來這一套。」恩肅問：「亞父頒下的那道命令是怎麼回事？布琳達將軍要抓我？我可是厄法的殿下耶！」

「你叫我大哥？你在皇宮內不稱我陛下便罷，好歹你也該叫我皇兄。」赤華點頭。「沒錯，但亞父的目的不止是抓，而是要殺！」

聽到赤華這麼說的恩肅如晴天霹靂。「殺我？我是你唯一的弟弟啊！父皇臨終前要你好好照顧我的不是嗎？你一向都幫著我，為何這次卻贊同亞父的意思？難道就為了那個被我殺的昔洛王子嗎？」

「羅航王子的死亡你要負最大的責任，現在伊瑪拜茲家族要求懲兇，我已經決定賠償道歉。」赤華說：「不論如何，現在唯一的方法就是將你交給伊瑪拜茲家族發落，至少還能保住你一條小命。」

「交給伊瑪拜茲家族？你們傻了嗎？為什麼我們蘭德家族要向伊瑪拜茲家族示弱？漢薩很了不起嗎？你們的殿下被羞辱，就應該顧全顏面向他們反擊才是，為何卻選擇道歉？」

「你殺的又不是平民，別那麼自私的只想到自己。」赤華雙手撐著桌面站起，「我是昭雲閣的副閣主，你要我對你的行為不聞不問？那其他黑暗深淵領主們還服我嗎？」

「不服就打！不然要權何用？」

謝法赫批評赤華優柔寡斷的話言猶在耳，加上爭吵的怒氣，這令赤華鐵了心決定要讓恩肅嘗些苦頭。「對，所以我現在以厄法領主的身分命令你接受法律審判，不得有異議！」

「休想，你們這些沒用的人誰都別想碰我！」恩肅回以吼聲。

「你、你敢頂撞厄法君王？」赤華指著他。「很好，你不但要受罰，我現在正式宣布卸除你殿下的身分，並永久剝奪你的皇室權利。來人啊！把布琳達將軍叫來，然後將這罪人給我押入大牢。」

貝爾看著悵然若失的恩肅，就算他不說，自己也猜得到大概——這個人已經失去權勢，淪為喪家之犬了。

「你帶我來這裡幹什麼？不是離開厄法而是過來神脈山？」恩肅仍是以高高在上的語氣說。

「昭雲閣會議即將舉行，外面衛兵比平民還多，您沒辦法安然逃出厄法的。」貝爾如此解釋。事實上，帶恩肅前來神脈山是亞基拉爾的主意。

「是的。」恩肅也認同。「躲在先皇陵寢遠比在外四處逃竄要更安全多了。」

「那我就先離開了。」

恩肅嚇了一跳並攔下貝爾。「你要去那裡？不管我了嗎？」

「人生無常，我總不能為您的人生負責。」貝爾用手掌輕輕推開恩肅。

「你救了我，剛剛那些衛兵也看見了，現在我們是同路人。」

「風沙那麼大，衛兵不見得認出我。再說就算認出我來，只要我現在回去，加上亞基拉爾大人保我，一定不會有事；若我選擇幫您，就真的變成同路人了，到時連我也要逃命。」

恩肅拔劍，「小子，想走的話先問過我手中的劍。」

「大人，請冷靜點，再說您未必能攔下我。」話雖這麼說，貝爾仍然決定提供部分協助。

「那這樣如何？我就幫您順利逃入你們厄法的先帝陵寢，然後我再離開。」

「誰准你自作主張。」恩肅無奈地收回劍。「不過唯今之計，也只好按你所說的去做。」

貝爾的一舉一動全在梵迦法力眼的監視當中。

既是天神遺留的聖地，又是蘭德家族的皇帝陵寢，非皇室成員帶領絕對無法進入。縱觀整個魔塵大陸，有那個地方比神脈山更適合當作哈魯路托的隱藏地？雖然出入不便，但就隱密性和安全上的考量來說，這真是數一數二的選擇。

想法歸想法，由於最近亞基拉爾動作頻頻，也許這又是一次他的算計。梵迦一想到此，他決定在情報不足的情況下，繼續保持謹慎小心的觀察。

除了哈魯路托的下落，眼前還有另一件麻煩事得要處理……至少對雀一羽來說是如此。

「妳失蹤這麼久，我真以為妳慘遭不幸。」雀一羽嘆口氣說。

「難道女兒死亡你也會覺得惋惜嗎？」雀織音壓根不想知道這問題的答案。

雀一羽笑著搖頭。「本來是很開心，現在看到妳還活著則是很生氣。那時候的都史瓦基家全是一群不中用的廢物，連個小女孩都處理不了。」

「你說的對，都史瓦基家全是下三濫的廢物。但你若繼續把我當成以前那個無知的小女孩，那就只能表示你的腦袋十分無智。」

「好了，我不想和妳談天論地話家常。」雀一羽單刀直入的問：「妳想要什麼？權、名是不可能的，錢我多的是，妳要多少就給妳多少，然後滾得越遠越好，以後別在我面前出現！」

「你欠我的遠不止這些，而且我全都不要。」雀織音說到激動處，雙手緊握成拳。「我只要一個道歉，簡單的道歉，這很難開口嗎？」

雀一羽像是聽到全宙源最好笑的話，哈哈大笑個不停。

他的笑聲讓雀織音怒火中燒。「你的笑臉真醜陋。你這下流的渾蛋是我見過最噁心、毫無人品可言的領主。亞蘭納人，甚至是路邊的腐蟲都比你好上千倍、萬倍，你的靈魂將會被撕裂。」

笑聲逐漸緩和，雀一羽根本不把她當成一回事。「罵完了沒？門口就在妳後面，妳可以走了。還是妳覺得這樣很沒禮貌，要我這個埃蒙史塔斯的大家族長為妳開門？」

「雀一羽你聽著！」雀織音忿然起身。「你會為今天侮辱我的言行感到後悔，我會讓你付出代價，讓整個埃蒙史塔斯家族因為你的愚蠢而毀於一旦。」她一掌擊碎了大門，驚動所有警衛。

「沒事，通通退下。」梵迦命令道。

雀織音是頭也不回的走了。

「怎麼說她能達到上位指揮者的階級已屬不易，何不留下為家族貢獻，非要鬧成這樣呢？」梵迦問。

「上位指揮者又怎樣？新嶽多的是能人異士，我需要為了留下她而低聲下氣嗎？」雀一羽啐道：「腰間揣隻死蟲子冒充打獵的，我倒想看看這虛張聲勢的小女孩有什麼復仇手段。」

梵迦打從心底很不願意捲入這場家庭糾紛，他很快地轉移話題。「貝爾和恩肅兩人已經進入陵墓中。」

「繼續觀察，就算找不到哈魯路托，我也要看看我的老兄弟錫楊是在什麼樣的寶地內長眠。」

這裡的守衛很少，依兩人之能要偷偷潛入是相當容易。神力接引、血親誓約、蘭德皇印，石陵門終於開啟，恩肅以一連串特殊的方式打開皇帝陵寢一處隱蔽的入口。就在帶有刻飾的石牆敞開之後，寬而單調的通道就在眼前。

貝爾陪同恩肅進入，途中他一度轉身要走，可是又被恩肅攔下。

「小子，一旦進入陵寢後，非皇室成員是打不開出口的，沒有我幫忙你注定一生都要待在裡面。」

「那麻煩請您幫我打開石門，我要回去覆命了。」

「這可能嗎？」恩肅的語氣讓貝爾不悅，這傢伙分明是想拖個人當墊背。

墓地深處，高臺上放置了一具簡樸的黑色棺木，棺蓋上則有厄法的象徵圖騰。階梯石板上刻著墓誌銘，最下方是「錫楊．蘭德長眠於此。」

「別亂碰！」恩肅的叫聲遏止了帶著好奇心想去開棺的貝爾。「不准你對我父皇不敬。」

「反應也太激動了吧？這不過就是衣冠塚，難不成裡面有骨灰或是先皇的屍體嗎？我記得安茲羅瑟人不葬屍的。」

「就算如此，你也不能用你那隻髒手碰我父皇的棺木。」恩肅推開他。「要不是父皇駕崩的早，現在還輪不到赤華那傢伙在我面前耀武揚威。」

依照亞基拉爾的指示，貝爾無論如何都得要開棺，因此他開始想辦法改變恩肅的心意。「您的父親對您很好吧？」

「那還用你說。」恩肅帶著自豪向貝爾解釋。「他是最好的父親，也是厄法最賢明的君王。」

「以前我聽過一個傳言：赤華陛下曾無意間得到天神遺留的神器，但是基於蘭德家族對天神們的信仰，陛下不願褻瀆神明，所以將神器封在您父皇的墓內。我剛剛其實是想求證傳言的真偽。」

「你胡說什麼？」恩肅罵道：「封棺時我也在場，怎麼就沒看見你說的神器，何況赤華什麼時候得到神器我怎麼不知道？」

「您不相信只是因為您沒親眼見過，而神器的封印本來就是祕密進行，誰都不確定陛下可能會將東西藏在先皇的棺中。」貝爾說：「若真的有那種寶物，對現在的您來說應該是很大的籌碼。」

「不錯，真的有神器的話按照我大哥的個性是絕對不會去用，我們蘭德家族一向以多克索為信仰中心。」恩肅狐疑道：「可是你說的話究竟是真是假？」

「傳言總需要證實，您是先皇之子，由您來開棺相信先皇也不會怪罪。」

「你在煽動我嗎？」恩肅竊笑。「不過你說得很動聽，不管是真是假，開一下棺就真相大白了，對我們也沒有損失。」恩肅跪著低頭祈求父皇的原諒，接著恭敬地以雙手將棺蓋輕輕掀開。

剎時，紫光閃爍，棺底呈現奇異的空間變化。

「父皇的棺木！」恩肅大驚。「想不到裡面真的另有玄機。」

「你說錫楊的棺材內藏著暗道？」

「應該不算是暗道。」梵迦回答雀一羽的問題。「就我所見，和六銀古蹟一樣，是人工施法架構的安寧地帶空間。看來，我們正逐漸接近真相。」

棺木中的神祕空間並不大，裡面只有一座孤寂的低矮石房。

「安寧地帶？要藏一個東西需要這麼大費周張嗎？」恩肅疑惑。

兩人一前一後地走入石房中，他們留心可能會發生的各種意外，提防周圍藏有陷阱的可能性。裡面有張以獸骨製造的王座，椅背是一根根插著頭骨的脊柱並以一個扇形開展，看起來詭異莫名。

根據貝爾的了解，安茲羅瑟人以變形術維持人形外觀，死後的屍骸也不會恢復原狀，這是個讓他覺得很匪夷所思的地方，他完全不明白為什麼會有這種不合常理的事。在他還沒和安茲羅瑟人接觸前，都以為變形術只是欺瞞別人的幻術，但事實卻不是這樣。

一具穿著正式的人形屍骸端正地坐在王座上，那骷髏頭則無力地垂落右側。

屍體？難道是傳聞中的哈魯路托？貝爾意味深長地打量著骸骨。

「哈魯路托？」梵迦輕蔑地笑出聲來。「希爾溫若死，新的哈魯路托早就出現了，安茲羅瑟絕對不會一日無主。」

「說的也是，我剛剛在心中竟然還對那具屍骸抱有一絲的期待。」雀一羽喃喃道。

恩肅像是發現了什麼，他哀傷地跪倒在屍骸腳邊。「父皇！」

原來這是厄法先王——錫楊．蘭德的屍首。

看著恩肅難過的神情，很難與之前他跋扈的形象一併作聯想。他大概也忘記我們進來的目的不是為了找屍體，而是取得神器。

奇怪的是，安寧地帶竟傳來陣陣如雷似吼的鳴響聲，照理來說裡面應該不會有任何天氣變化才是。仔細一聽，還能從空氣中隱約聽到類似弦樂器和竹笛的合奏樂。雜亂的神力、變化的環境，在那一刻貝爾繃緊神經，把全副精神全放在警戒之上。

王座上赫然浮現細長的身影，恩肅沉浸在哀傷中雖然沒注意到，不過敏銳的貝爾卻已經意識到異狀。他猛地一回頭，對方竟是……

「希爾溫．伊瑪拜茲！」梵迦大叫著起身。「他出現了，而且還識破我的法力眼。」

「你確定是他嗎？」連雀一羽也跟著激動起來。「那個懦夫出現了？」

「是的，屬下非常確定。」梵迦緩下情緒。「不過我們最好謀定而後動，哈魯路托既然在陵寢內，他跑不了的。現階段我們能做的很有限，不如把這項消息先告知天界，讓他們……」

雀一羽舉手制止梵迦的發言。「那些事之後再說，先讓他浮出檯面，免得讓他再躲個幾百年，到時候我們的計畫又得要再延後推動。不管你見到的希爾溫是真是假，這一趟我是非去不可。你留意昭雲閣的動態，別讓消息提前曝光而驚動亞基拉爾這些好管閒事的人。」他重重地哼了一聲。「想不到希爾溫竟敢明目張膽地躲在厄法，真以為最危險的地方就最安全嗎？我現在就把他從安寧地帶內拉出來。可以的話，直接當場把他解決了，永除後患！」

雀一羽匆忙地衝出，也不帶護衛。梵迦擔心急躁的雀一羽會做出影響大局的錯誤決定，因此跟著尾隨而去。

「梵迦大人。」亞基拉爾冷不防地在途中攔下他。「匆匆忙忙為了什麼事？距離會議還有段時間，何不讓自己放鬆一下，有什麼事就讓下人們去做，我們現在就來下一盤棋如何？」

「現在？」亞基拉爾分明是想拖延時間，難道他早就知道哈魯路托會出現？梵迦冷靜地問：「您曉得神脈山出現異狀嗎？」

「神脈山？」亞基拉爾深思後說：「既然是蘭德家族的聖地，有什麼事赤華陛下自然會去處理，為何梵迦大人您要操這個心呢？」

「抱歉。」梵迦禮貌地鞠躬。「但我有要事在身，不便久留，失陪了。」

「耶——請等等。」亞基拉爾又擋下他。「怎麼說都是一場朋友，有什麼事您說出來，我也能替您解決。」

梵迦怒意攀升，可是這卻不是和亞基拉爾起衝突的最好時機點，於是他又強壓抑住情緒，裝成若無其事。「既然亞基拉爾陛下都這麼說了，那請您替我走一趟厄法皇宮，我有需要向赤華陛下拿取之物。」

「正巧，那麼我們一同前往吧！」亞基拉爾裝作開心的樣子。

哼，這麼拙劣的說詞，虧我還真被他拖到不少時間。梵迦憤恨的心想。

此時，在神脈山的方向魂系神力衝宵，震撼整座盤空城。

「哈魯路托出現了，您難道不知道這件事嗎？」梵迦乾脆直接說出真相。

亞基拉爾驚訝之情溢於言表。「希爾溫竟然……」話還沒說完，現場留下的只剩亞基拉爾的一抹殘影。

裝得可真是有模有樣。梵迦心想。

哈魯路托的出現非同小可，安茲羅瑟二十三區的領主及領區代表全部聚集到神脈山外一探究竟。現場沒有一個人的表情是愉悅或開心，大都神情肅穆、臉色凝重。

雀一羽站在陵寢石門前方，他持續地觀察周邊動態。

「發生什麼事？」梵迦姍姍來遲，急問道。

「陵寢非蘭德家族的皇室成員無法開啟，我們只能在外面苦等，真氣人。」雀一羽哼道。

陣陣悠揚的弦樂聲由陵寢內傳出，樂聲輕柔飄逸，撥弦彈奏的每一個音節揉合成安寧的天籟。完美的音律敲動所有領主的心靈深處，抱怨、不滿、嘶吼、嘲罵聲頓時止息，美聲持續療癒著不安的精神，直達記憶深處，眾人宛如在美夢中找到人生的滿足。

漢薩、亞基拉爾、赤華三人同時抵達，不同的動機各懷不同的心思。就在所有人都陷入樂聲沉靜的情緒時，唯獨漢薩不受影響。

漢薩朗聲大喊：「希爾溫，不必再躲了，安茲羅瑟二十三區的領主全都在外面等你一人，你還能躲去哪？快出來！」

「赤華陛下，你還等什麼？還不快開門！」雀一羽叫道。

「不行。」赤華搖頭。「我不能褻瀆先皇安眠之地。」

策林領主葛朗接著發言：「打開錫楊大人的墓地是逼不得已，但您要讓哈魯路托永遠躲在裡面嗎？這不禁讓人質疑是您想維持昭雲閣權力的手段。」

「就算沒有副閣主，我這宗閣長也還在，您這番話講得真是言重了。」亞基拉爾臉色一沉。

漢薩才不管其他人的爭執，他的目標只有一人。「赤華大人，沒時間讓你猶豫沉思了。時間是不等人的，你難道不知道事情的輕重緩急、不知道哈魯路托對整個魔塵大陸的局勢有多至關緊要嗎？」

「忠孝難兩全，我深感為難，請諸位領主見諒。」赤華無奈的搖頭。

赤華的說詞難以讓人接受，領主們吆喝及謾罵聲此起彼落，場面變得更為火爆。安茲羅瑟人之前團結、和平的假象在此完全破裂。

梵迦尤其特別注意亞基拉爾的一舉一動，他雖嘴上跟著叫罵，臉色卻一派自然，這事背後肯定還有文章。

「眾人息怒。」

「唉呀！亞父。」赤華作揖。

「赤華領主的不便，身為蘭德家族皇室的我也深能體會。為免讓吾主陷入兩難，吾自願擔此污辱先王墓地的罪名來開啟陵寢，讓諸位大人一探究竟。」

「謝法赫，你果然很明理。看來當家的位子還是要由適當的人來坐才能做出正確的抉擇。」雀一羽尖酸的說。

紫都的銀諾立刻反唇相譏：「照您這麼說，新獄的領主就該是梵迦．石葉大人了。」

雀一羽回頭，恫嚇道：「銀諾大人，當著我的面再說一次試試！」

在銀諾身後，披著高領銀色長袍，頭戴水晶冠，皮膚就像刷了一層銀漆般的發亮，白髮又眉頭深鎖的人說：「陛下，您的目的是開門，可不是起爭執。」他是約里惡冕四王之一的窮髑主宰曼菲里斯，跟隨約里的領主出席此次昭雲閣的會議。

「什麼時候領區的代表自以為可以暢所欲言了？」雀一羽怒道。「注意你們的階級身分。」

「是啊，哈魯路托再不出現，安茲羅瑟的階級制度岌岌可危。要待在無能的家族長底下做事是件很痛苦的事，若沒約束力怎麼行？」

「維贊，你那句話是什麼意思？」加列斯．辰風說：「你若覺得自己的能力不夠勝任夜堂的領主，我可以勉為其難代為管轄你的領區。」

名為維贊的夜堂領主全身慘白，宛如鬼魅。頭上有兩根朝天的銀角，臉上則配掛著沒有任何表情的奇怪面具。「加列斯大人，您那套管理辰之谷野人的打架風格不適用於我國，承蒙美意。」

加列斯舉著龍脊棍。「若不是翔的關係，我很早就想揍你一頓了，再繼續口不擇言吧！」

「很夠了，哈魯路托的出現是要團結眾人，不是讓諸位心浮氣躁。」謝法赫走到陵寢之前，「我來開啟吧！」

神力接引、血親誓約、蘭德皇印，石陵門開啟。儀式之後，二十多道光芒迫不及待地飛入墓中，僅眨眼的瞬間，現場就只剩下謝法赫和赤華兩人。

「亞父，您不應該……」赤華歎息道。

謝法赫走過去拍拍赤華的肩頭。「這是重要的大事，你的父皇會諒解的。我們也進去吧！別讓那些人破壞你父親的安眠之地。」

所有的領主聚集在錫楊的棺木高臺前，但沒有人願意進入安寧地帶。

「哈魯路托就藏身在裡面，這是入口。」齊倫手指著棺材。

高頓．熱陽看著齊倫。「我知道，神力是由此傳出，裡面八成是安寧地帶。」

「既然知道，您不好奇嗎？不想進去一探究竟？」

「那您又為何不進去？比起我來，埃蒙史塔斯不更想知道哈魯路托的下落嗎？」

齊倫咬著牙。「莫非您在害怕？」

「有何害怕的道理？哈魯路托是安茲羅瑟之主，絕對不會傷害我們。」高頓提議。「不如我們一同進入？」

「哈哈哈，我見過神器『多克索法鑰』的威力了，我可不是笨蛋。」齊倫決定在外面等待。

「你不進，他也不進，那真相就永遠留在錫楊的墳中直到腐朽為止嗎？」漢薩叱道：「滾開！我自己進去。」

這時，貝爾和恩肅難堪地從裡面爬出，兩人看起來筋疲力竭，神力損耗嚴重，不過都沒受到傷害。

赤華見到恩肅，簡直怒不可遏。「怪不得陵寢會開啟，原來是你！」他拔劍要殺恩肅，不過被謝法赫制止。

「忍著！蘭德家族內部的事等關上門後再處理。」謝法赫將失魂落魄的恩肅一把逮住。

亞基拉爾一個箭步衝上前去將貝爾拉出來。「唉，你竟躲在這裡。諸位大人真是抱歉，我管教無方。」隨後他帶著貝爾退到陵寢之外。

雀一羽、謝法赫、梵迦、漢薩、薩帝法五人一同躍入安寧地帶妃姮雅站在黛芙卓恩身後，然後在她耳邊輕聲說：「姊夫就在裡面，妳等一下可別衝動到給他一刀喔！」

黛芙卓恩面無表情，她對妃姮雅的話充耳不聞。這個名字在荒理中可是禁忌！

不消片刻，他們馬上又從棺木裡面出來，光看表情就知道他們在裡面一無所得。

「怎麼樣呢？」齊倫問。

「真沒道理，怎麼會憑空消失？在安寧地帶內應該沒辦法使用傳送術，更何況所有領主都聚在此，就算希爾溫再厲害，也沒辦法說走就走。」雀一羽努力的想著其中的關鍵。

「難道又是暮辰搞鬼？」漢薩一樣覺得納悶不已。

「這裡是天神遺址之一，再加上眾多領主聚集，神力雜亂，哈魯路托是怎麼離開的？」梵迦注意到那個有氣無力的恩肅，似乎看出了些端倪，反應機敏的他已經猜中答案。「我懂了，原來是附體術，哈魯路托就寄附在貝爾之身！能夠被寄體的對象除了亞蘭納人外，就只有被轉化的安茲羅瑟人，所以哈魯路托就是貝爾！」

亞基拉爾與加列斯、貝爾三人走出陵寢。

亞基拉爾笑著拍貝爾的頭。「呵，辛苦你了。」

「裡面那些人只是因為神力紊亂而失去頭緒，他們很快就會發現不對勁的地方了。」加列斯提醒道。

「不要緊，現在我們有其他的訪客到來，何不先應付客人呢？」

所有領主剎時都有種受騙上當的感覺。

當他們全都從陵寢裡追出來後，這才發現原來哈魯路托的神力吸引的不光是安茲羅瑟二十三區領主：站在東南邊的天界神座宿星主、雷神、戰神三人正等待哈魯路托現身的那一刻、正北邊的山巔上站了幾名救贖者、天空還有巨大無比的紅龍在盤旋。

「他出現了，我嗅到他身上那股噁心的花香味。」巨紅龍降落在神脈山頂時，整座山頭都跟著震動。「亞基拉爾，你和希爾溫和我約定好的事該兌現了。」

「賽法獄坦，你急什麼？事情還沒完全結束。」亞基拉爾說。

火龍吐息，那火焰與暴風沙融合，形成熾熱的火龍捲。眾領主見狀，連忙以神力擋下火焰吐息的炙炎。

雷博多修將軍指著火龍大叫：「就是那隻龍燒了托佛的甸疆城。」

「安靜。」梵迦打住他的發言。「托佛的事稍待一會再論。」

赤華對著天界神座叫嚷著：「天界人敢犯吾境，想要命的話就儘速離去。」

宿星主側著頭，對赤華所說的話完全不為所動。「副閣長穆巖，汝何必轉移話題到天界來呢？大家關心的不正是哈魯路托的消息嗎？」

「哈魯路托是安茲羅瑟人的共主，與天界何干？」赤華駁道。

「為了蒼冥七界的和平，光神有意要與哈魯路托會談。」戰神泰努斯說：「天界不怕事也不躲事，既然來到厄法，吾等就有該為的目的，但絕不是來與汝爭執。所以爾等就別浪費時間在天界上了，希爾溫的事才是至關緊要，請分輕重緩急。」

「救贖者竟違反邊界約定，你們越界了難道會不知道嗎？」齊倫一看到救贖者就發怒。華馬領主依利安就站在齊倫身旁，他注意到那群救贖者身上奇特的屍紋。「他們好像不是暮夜軍團的人，莫非是來自海爾諾基的飄浮島枉死城嗎？」

「海爾諾基？」齊倫哼道：「就算是剡王的人也不能越界。說實話吧！哈魯路托的出現根本不在你們關心範圍，只有哈魯路托的死活才是你們想了解的對嗎？」

加列斯·辰風守在亞基拉爾身旁，宛如一名盡忠職守的保鏢。神脈山前什麼樣奇怪的人物都出現，情況相當紛亂，他將龍脊棍握在手中，提防任何時候可能會發生的意外。

「以一名厄法近衛隊成員來說，你是不是站得太外面些？」加列斯質疑他附近一名脫隊的護衛道：「你不等待君王下命令，也不跟著團隊行動卻自己一人待在此，難道你是領主階級嗎？」

「抱歉，我逾越了。」持槍衛兵頭戴全罩鋼盔，只能看見他的嘴唇。他低著頭，畏縮的轉身要走，但被加列斯再次叫住。

「喂！你等等。」

衛兵不動，背對著加列斯。

塔利兒無聲無息地從加列斯身後飄了過來，一股肅殺氣氛彌漫在三人之間。

「我叫你轉過身來，沒聽見嗎？」加列斯厲聲道。

「抱歉，我的職責所在，得返回隊上覆命了。」

「覆命？你向誰覆命？一個小兵那麼恣意妄為，還能夠毫無阻礙地在眾領主前出入，有誰能夠命令你？怎麼？不敢轉過身來與塔利兒先生對目而視，你是做賊心虛還是別有隱情。」加列斯將龍脊棍高高舉起。「我把你打成肉醬後，一切就都明瞭了。」

那衛兵急轉身，以手中的凡兵完全抵住加列斯以龍脊棍揮動的一擊。

「怎麼可能？」貝爾大吃一驚。「用那種廢鐵竟能與加列斯大人手中的神兵互擊而沒事！他是什麼人？」

「傑菲康曼多．黑忌？」亞基拉爾總算注意到這名隱藏在小兵的偽裝下，充滿惡意的神力。

「你敢再次出現在我面前？敢再次踏入魔塵大陸？」

「喔！來了個不速之客。」漢薩瞥了他一眼。「我都把你趕出魔塵大陸了，你還有臉回來，你當昭雲閣的人眼睛都瞎了嗎？」

謝法赫表現的最不悅。「可以變裝成任何人並掩藏氣息的你，為何偏偏選擇我厄法的人？」

貝爾看得糊里糊塗，不明所以。

「這個人之前串通天界洩漏昭雲閣的機密，因此被驅逐出魔塵大陸，其領地也被收回。他正是安茲羅瑟人中，唯一不受哈魯路托制約限制的傢伙。」

「原來如此。」貝爾點頭，然後他轉身看著那名回答他心中疑問的人。「請問你是？」他向那名衣衫襤褸，全身酒臭的人發問。

「我？叫我醉漢即可，我是蒙禔代表。」說完，他托起比身體還大的葫蘆便大口灌起酒來。

雀織音也來到現場，她注意到隨侍在多琳卓恩身側的那名石面人，不知為何竟將他的形象和以前她記憶中的某個男人連結在一起。

難道是羅伯特．凱士托嗎？不可能，他怎麼會變成這副模樣。雀織音心中納悶。

一群奇裝異服的外地人抬著方形高轎，整齊劃一的來到神脈山。這群人浩浩蕩蕩的來到厄法領區，幾乎無視安茲羅瑟人設下的邊防。他們為數約一百人，衣冠配戴幾乎都是獸皮、木甲、草葉環、藤製飾品。每一位戰士長得高大身壯、面貌兇惡，臉上化著彩紋妝，身上發出與安茲羅瑟人迥然不同的氣息。

高大的木製轎子被黑色布幔蓋住，看不見裡面乘坐的人。即便如此，從轎中發出的懾人氣勢也夠引人注目。

走在隊伍最前頭的兩名護衛擁有深厚的神力，其力量不下於在場任何一位領主。全身毛茸茸、方頭獸耳、右眼有疤、眼珠發出金芒、身強體壯、額上掛著黑頭巾、嘴上叼著木煙斗的人是著名的獵殺者戴沃爾。跟在他身邊的三隻魔狼，體型至少都有一般成人的三到四倍大。

另一位身材瘦小，全身捆滿白色繃帶並披著長絨毛白篷，左眼為複眼，他的四隻手臂中拿著一本書和一顆綠色球狀物，除了全身散發出防腐劑的味道外，周邊還圍繞著許多小隻嗡嗡作響的食肉蠅。他叫煉蠱師悉敏。

這些怪人的到來不但沒引起軒然大波，甚至厄法的領主赤華及親王謝法赫也都不以為意。

「獅王大人，久違了。」雀一羽出於禮貌，向轎中的人物簡單地問候。

只有一個領區的代表見到他們後，露出惴惴不安的神情。

「銀諾，何必每次看到我們就想躲藏呢？」戴沃爾笑著問。

「因為每次見到你們這些人，我就又有麻煩。凡是從霓虹仙境來的人，第一個總是想到找我。」銀諾問：「不過這次大酋長親自來到魘塵大陸，是為了哈魯路托嗎？」

「只是原因之一。」轎中人說：「離開後，我會在紫都等你。」

「但我沒有要回去……」銀諾嘆口氣。「好吧！好吧！您說了算。」

傑菲康曼多將臉上的假皮、頭上的假髮卸下，他並非是用變形術來改變外貌，而是貨真價實的偽裝。唯妙唯肖的技術再加上改變神力氣息的技巧，就算是黑暗深淵領主也不見得能馬上識破他的偽裝。他有著一頭白長髮、飽經風霜的臉上留下許多時間的刻紋、嚴肅的面容上帶著盛氣凌人的目光，耳垂上掛著看似沉重的耳飾。

「我認得你。」火龍對傑菲康曼多吼道：「你是玥翟洛王國的軍議參謀。」

「玥翟洛？我真是受夠你這牆頭草了。」亞基拉爾不屑地表示：「你的三寸不爛之舌總能為你爭取到新的協助，但是那些愚昧的人會為他們的決定付出代價。等到你醜陋的本性一被揭露，你又準備繼續過著流亡天涯的日子。」

「這是好主意嗎？今天是偉大的哈魯路托重出的日子，你們還要把精力放在我的身上？」

「他們不行，我可以。」火龍語出威脅。「小蟲，你認為我會讓你安然的回到洲灣群島嗎？」

「回歸正題吧！」薩汀略爾問：「希爾溫到底在哪？難怪安茲羅瑟人無法團結一心，因為爾等連自己要做的事是什麼都可以馬上忘記。除了逞兇鬥狠之外別無優點，不覺得可笑嗎？」

「不受歡迎的外地客來到別人家中，竟還大放厥詞？」漢薩怒道：「哈魯路托是至關緊要，但和天界一點關係都沒有，滾回去聖靈界！」

「你錯了，薩汀略爾大人的話才有道理。」雀一羽一把抓住貝爾。「就是你嗎？剛剛哈魯路托就是寄附在你的身上，現在他人呢？」

「雀一羽陛下，請保持你的風度，別對我的手下動手動腳。」

貝爾被揪得好難受，他本來期望亞基拉爾會多說什麼，好讓雀一羽把他放了。結果亞基拉爾只是輕描淡寫的帶過，臉上掛著無關緊要的表情。雖然貝爾早就預料到亞基拉爾的反應，心中仍是氣憤。事實上，他們的計畫早在數天前貝爾就已經知曉。

那天，加列斯很罕見的來到托佛的臨時行宮拜訪亞基拉爾。

「我知道你去見我們可愛的三弟了，但是你卻沒讓他改變主意。」加列斯說。

亞基拉爾埋首於檢討報告和戰場分析資料，他手中的筆從沒停過，也沒抬頭看加列斯一眼，更別提回覆他的話了。

「亞基拉爾，我知道你有在聽。」加列斯仍不厭其煩地繼續對著亞基拉爾嘮叨，換作是別人早就被當成箭靶了。「前線戰事很吃緊，就憑現有的兵力是撐不久的，應該要設法取得其他領主的支持。」

「您說的太簡單了。」貝爾說：「埃蒙史塔斯家族和伊瑪拜茲家族各懷鬼胎，哈魯路托遲遲不現身，陛下也是有心無力。」

加列斯雖然長得很兇惡，其實性格遠比看起來像書生的亞基拉爾更溫和。就算對他沒用敬稱，或是直接對他述說意見，甚至提出批評他也不會因此發怒。這也是貝爾敢在加列斯面前暢所欲言的緣故。

「我真的不知道你們在計算什麼，既然下定決心要和天界全面開戰，那就應該要做好萬全準備不是嗎？這一點都不像你的作風。」

「小子說的不錯。哈魯路托不能出現，領主們又不肯配合，我們現在處於最尷尬的狀況。」亞基拉爾將羽筆放入筆筒，然後喝口酒。「既然軟硬都行不通，那只好要點沒格調的小計倆了。」

「你打算怎麼做？」加列斯問。

「利用血的契印叫那群領主接受命令。」

「哈魯路托的血令確實可行，但你想怎麼做？」

貝爾不懂。「那是什麼意思？昭雲閣的其他領主意見那麼多，怎麼才能讓他們全都接受？」

「安茲羅瑟人服從哈魯路托是天經地義的事，也是唯一不變的規則。」亞基拉爾解釋：「你所看到的昭雲閣多數決是由於哈魯路托不在才有這樣的做法。難道你認為安茲羅瑟人的社會是自由民主構成的嗎?哼，只要哈魯路托在的一天，所有安茲羅瑟人全都得向吾主卑躬屈膝。」

「如此強硬，恐怕其他領主會反彈。」貝爾擔心道。

「管他們那麼多，那就叫希爾溫出面啊!」加列斯強硬的表示：「那小子要是擔心害怕的話，那我會親自保護他的安全。」

「哈魯路托不能現身!」亞基拉爾提醒了他。

「那麼……」加列斯表示疑惑。

「利用神址吧!布置出哈魯路托出現的假象，吸引所有領主的注意力，趁機在他們的身上留下血的契印。」

「上次我們用果報之城的騙局唬了他們，現在梵迦大人還會相信嗎?」貝爾問。

「他只會相信自己親眼所見，所以我們就得完成他的願望，讓他見見真正的哈魯路托。」亞基拉爾拍著貝爾的肩膀說：「他會想辦法以各種手段達到他監看的目的。」

貝爾緊張地搖頭。「我應該沒被監視吧?」

「的確是還沒有，但你本身就是最好下手的對象。」亞基拉爾不懷好意地笑著。「這段時間就麻煩你當梵迦的眼睛吧!」

「這……會有危險嗎?」

「你死了我還怕不能和你父親交代。」加列斯交給貝爾一件木製護甲。「這是我特別為你製作的護具，沒有什麼重量，穿上去後應該也不會有任何不適。」

貝爾好奇的看著那件護甲。「這看起來似乎沒有什麼防禦能力。」

「它確實沒有物理防禦力。」加列斯說：「但是我在上面附上了特別的防護神術，可以減少各種神力攻擊對你造成的傷害。同時在護甲內側我還鑲上屏障符文，那可以抵消一次神術對你造成的致命打擊。你若不信，就讓亞基拉爾以神力箭矢射你一箭看看。」

貝爾叫道。「開什麼玩笑？」

「既然辰之谷的領主說沒問題，那我的箭術對你一定不會發揮作用，你該相信他。」亞基拉爾抽著菸，漫不經心地說著，聽起來一點保障都沒有。

貝爾覺得心神不寧，他結巴地問：「那……那麼我現在該做什麼？」

「做你該做的事，做你想做的事。」亞基拉爾如此說：「你不是想見你的父親嗎？我就成全你。」

「什麼？」貝爾訝道。

「我要讓你們父子見面，這不就是當初你來魘塵大陸的目的嗎？」

簡直難以置信，亞基拉爾竟突然地決定完成貝爾的心願，而且是選在這種諸事繁忙的時候。貝爾感動的幾乎快掉下眼淚，就只差沒有跪地向亞基拉爾謝恩，他激動的心情讓身體止不住顫抖。

亞基拉爾的手指捏著菸草，臉上帶著陰陰的笑容看向貝爾。

這一笑讓貝爾又有點不安了。他讓自己的情緒稍微緩和一下，接著靜心思考可能產生的變局：畢竟亞基拉爾做任何事都有其原因和目的性，絕對不會那麼單純。

抱著忐忑不安的心情又度過數天，亞基拉爾也沒再提起這項約定。貝爾以為他貴人多忘事，早把他的願望給拋到九霄雲外了。不過事情總是出現預想之外的變化，直性子的貝爾大概一輩子都不可能正確地猜到亞基拉爾的想法。

「總是穿著軍裝或盔甲，你覺得厭煩嗎？」亞基拉爾突如其來地問。

貝爾雖生疑，仍照實回答：「怎麼會呢？工作和任務需要啊。」

亞基拉爾把貝爾的穿著從頭到腳掂詳了一遍，接著說：「去換件衣服，換你最好看的衣服後再來找我。」

貝爾納悶，但害怕挨罵而不敢發問，只好照著領主的意思去做。

等他換裝回來後，亞基拉爾卻不是很滿意。「你沒更好的衣裝嗎？需要我請人幫你挑？」

「我……我很少穿其他的衣服。」貝爾不好意思的說。

「在亞蘭納的時候，你難道都沒出席任何宴會或應酬？」

「沒有，那些場合只有艾列金和亞凱喜歡去。」

亞基拉爾輕嘆一聲，「算了，走吧！」

「請、請問一下。」貝爾止不住好奇心了。「我們要去哪？做些什麼？」

「去樸津。」亞基拉爾竟笑著回答：「帶你去魔塵大陸最豪華的娛樂之地王爵會所見識一番。」

娛樂？貝爾不知道他自己有沒有聽錯。那個每天埋首於公務上，連睡覺、吃飯時間都沒有，不然就是忙著開會，擘劃向天界的開戰事宜；這樣的亞基拉爾竟然會想到要去玩樂？

也對，忙碌了那麼久，是該找點紓壓的娛樂，嚴肅的亞基拉爾總算稍微像個正常人了；儘管貝爾心中還是不相信亞基拉爾真的只是想去放鬆。

貝爾按照地址，自己先一步抵達。

樸津真不負魔塵大陸樂園之名，整條街、整座城幾乎都是吃喝玩樂的商店，來此的安茲羅瑟人每位臉上都掛著盈盈笑臉。在這裡，各式賭場、餐廳、靈魂玉兌換行、投注中心、桑拿房、歌舞廳、酒店、遊藝場應有盡有，大樓及綜合娛樂中心林立，整座城市在黑暗的魔塵大陸中宛如像是散發耀眼金芒的不夜城。

其中王爵會所就是樸津的代表地標，也是等級最高的娛樂場所，沒有邀請函或尊貴會員的推薦是絕對沒辦法進入。而在此出入的政商名流幾乎也都等同於他們在安茲羅瑟的階級地位，或者是擁有雄厚財力的巨富。

王爵會所就建在皇太子大道上，它一系列的大樓已將整條街給佔滿。主建築物外觀就像根倒勾的彎牙，十分特殊，然後大樓外再以金色魂燈照亮，整體看起來金碧輝煌到叫人嘆為觀止。

貝爾在皇太子大道外面就被攔了下來，即便他出示自己在邯雨的身分證明仍然沒辦法進入，所以也只能無奈地在路上等待。

亞基拉爾和加列斯一同前來，身旁沒有帶任何隨扈。

這是貝爾第一次看見亞基拉爾穿著軍裝以外的衣服，現在的他看起來像個衣冠挺拔的名流紳士，完全不見平日的威嚴感。

「既然要玩就是得像個樣子。」加列斯笑著問貝爾。「看起來很年輕吧？我好一段時間沒來樸津了。」

「我被擋在外面無法進入。」貝爾說。

「那是當然的，事前的規矩我還沒和你說，而且你的身分也沒達到可進場的標準。」亞基拉爾說：「在裡面別談公事，別隨意和人攀談，最重要的一點就是嚴禁發生衝突。由於大樓內有來自四面八方的客人，也許你可能見到救贖者，甚至是天界人，但無論如何絕對不允許起爭執。懂了嗎？」

「有天界人？這不是違法的嗎？為什麼不會發生衝突？」貝爾大惑不解。

「只要有得到許可，能夠進入王爵會所的都是客人，不分種族。」亞基拉爾說：「這是老闆的規定，無論是誰都要遵守。」

「就連黑暗深淵領主也得按照規矩嗎？想不到這王爵會所的老闆權力真大。」能限制亞基拉爾的行為，那個老闆肯定不是普通角色，貝爾心想。

加列斯嘖聲道：「你又在胡想什麼？那個老闆就在你眼前。」

貝爾發出驚疑呼聲，「原來王爵會所的老闆就是陛下本人。」

「樸津是在誰的領區？各個中心的負責人雖都不同，但讓這裡能夠繁華地經營起來的，不就是你的君主嗎？」加列斯說。

「國事歸國事，在樸津我就是道地的商人。在商言商，那有拒錢財於千里之外的道理？」亞基拉爾說：「金錢、士兵、力量、腦袋，四者缺一不可，邯雨必須維持這樣的強盛。」

難怪亞基拉爾的財力那麼雄厚，全都是靠樸津這些娛樂產業大筆地賺取。

有亞基拉爾在前頭領著，果然一路暢行無阻。王爵會所裡面的裝潢華麗美觀自不在話下，每一位賓客在裡面暢飲言歡，營造出與魘塵大陸的肅殺恐怖迥然不同的和樂氣氛，賓客過得盡是奢華生活。

貝爾覺得自己就像是叢林野獸第一次進入都市般，看到什麼都覺得很新奇。

「唉唷？看看我們遇到了誰。」加列斯朝著某人走去。「王爵會所那麼大，能玩的東西又那麼多，你偏偏一個人孤零零的坐在角落彈吉他，是怕別人不知道你很孤單嗎？」

那名留著紅色馬尾的男子正低頭撥弄著吉他弦，沒理會加列斯。

貝爾看見他的左眼是顆耀目的紅色水晶，左半臉上的鐵面罩就像和皮膚合而為一。

「烈，你知道你們安達瑞特家族的人到處在找你嗎？身為家族之長也該做點正事。昭雲閣的會議總是愛來不來，一點都沒有領主的樣子，你有沒有為你的子民掛心過？」

大概是厭煩加列斯對他嘮叨的說教，火神將吉他收好，一語不發準備離開。

亞基拉爾用手搭住烈的肩膀。「火神大人，既然來都來了，要一起喝一杯嗎？」

火神從外套的口袋內拿出鐵酒壺，接著灌了一口後說：「心領，我自己有酒。」

「如果我是以蘇羅希爾兄弟會二哥的身分要和你這四弟喝酒呢？」

「對啊！」加列斯說：「我是老大耶。」

「你們當我是兄弟，那希爾溫呢？」火神冷言道：「兄弟會已不復存在。」然後他向亞基拉爾點頭後就轉身離去。

「你不想揍他嗎？真是有夠傲慢。」加列斯怒道。

「我剛剛在外面說了什麼？你馬上就要做最不好的示範嗎？」

他們沒有忘記此行的目的，亞基拉爾果然會因應場合說該說的話、做該做的事，就這點來說貝爾覺得他很了不起。

在那之後，他們三人進入王爵會所中最為頂級的領主大廳。裡面已經鋪設宴席，數百道的佳餚也擺盤上桌，男侍女侍一字排開隨時聽候差遣，為客人提供最佳服務。貝爾原以為這套是亞蘭納人的招待方法，真不知道他們是學亞蘭納人或是覺得這樣辦宴會比較隆重盛大？

迎面走來一名年輕漂亮的女子。她穿著粉色的蕾絲禮服，酥胸半露。斜分的褐色長髮有點微捲，耳朵垂掛心型水鑽耳環，身上散發著香水味，體態婀娜多姿，模樣看來性感撩人。

「貝爾，我和你介紹一下。」加列斯說：「她就是王爵會所的負責人；藺憂女士。」

「啊！妳、妳好，初次見面，我叫貝爾。」這種感覺讓貝爾莫名緊張起來，這是他最不擅長應付的場合。

「呵，長得真帥氣，是加列斯大人您的朋友嗎？」藺憂笑得很迷人。

「是亞基拉爾的手下。」加列斯說。

她咦了一聲。「陛下這還是第一次帶隨從來王爵會所，真是稀奇。」

沒想到當藺憂走近亞基拉爾的那瞬間，亞基拉爾的反應卻一反常態地激動。他退後數步，接著以手帕摀鼻。「等……等一下，妳別靠近我。」

「唉呀！真是對不起，我忘記您……」藺憂苦笑道。

亞基拉爾是嗅覺相當敏銳的安茲羅瑟人，他對於味道可以說是敏感到極點：帶有腥味的食物不能吃、在充滿異味的地方會讓他心情煩躁，血味更會令他狂怒，嚴重影響生活。

「這味道和我在阿特納爾裡咬拉札莫斯的心臟時感覺一樣噁心。」

「你太誇張了，何必嫌棄成這樣。」加列斯如此說。場面變得很尷尬。

貝爾倒是覺得這味道很適宜，能充份展現出藺憂的魅力。果然想法怪異的人，連習性都異於常人。

亞基拉爾真的一臉作嘔的模樣。「抱、抱歉，我先失陪，妳就照我和妳說的替貝爾安排。」他快步地跑開，留下錯愕的眾人。

不過到底是怎麼樣的安排呢？貝爾有點好奇，心裡變得浮躁。

藹憂不愧是能應付各種場面的高手，她馬上就以新的話題讓緊繃的氣氛變得和緩。「能讓整個魔塵大陸及天界人聞風喪膽的陛下對我避之唯恐不及，想來我也很了不起呢！」

「妳真有度量，若是妳給他一巴掌，我也會拍手叫好的。」加列斯如此說。

「但是陛下他……」藹憂話還沒說完。

「別太靠近他了，妳忘記你們每次見面都不歡而散嗎？」加列斯勸道。

「不談這個了。」藹憂手掌輕貼在貝爾右胸，貝爾抖了一下。「你就跟我來吧！陛下吩咐的事得要照做。」

貝爾楞楞地跟著過去，一切聽從對方安排。藹憂讓貝爾進房間內等待，並請他在裡面稍作休息。這種時候反倒讓貝爾倉皇失措，他坐也不是、站也不是，在房內來回踱步，不知道該做些什麼。他想起以前在亞蘭納的時候也曾經驗過類似的場景……

那時，艾列金曾經哄騙貝爾進房，隨後進來的女孩聊沒兩三句話便把衣服脫了。這次該不會也是同樣的情形？貝爾可不喜歡這種尋歡方式。

敲門聲後，站在門外的是一名清新可人的年輕安茲羅瑟少女。貝爾謹慎起見，在門口便問明來意；雖然這很蠢，但他決定還是先問清楚到底自己要做些什麼，心裡才有安穩感。

果不其所以然，她就是要來和貝爾做那檔事。貝爾直搖頭，他委婉地拒絕後，馬上離開房間去找亞基拉爾。

大廳的吧檯前，亞基拉爾什麼事也不做，只是一個人喝著調酒抽著菸，和他在邯雨時沒有什麼不同。仔細一想，亞基拉爾根本不喜歡唱歌跳舞、討厭賭博、對異性也沒興趣，他根本不是來這裡享樂的。

那麼我們來此到底要幹嘛？只是要找個小姐幫我舒壓？這事對貝爾來說太困擾，何況要找小姐根本也不用特地來王爵會所，在邯雨就能做了。

「你出來幹嘛？」亞基拉爾一臉不悅。

「陛下我……」

「不喜歡那名小姐？那我叫一排出來，讓你自己挑喜歡的。」

「不、不是，我不是要……」

「我叫你選！」亞基拉爾厲聲道。

貝爾訝異亞基拉爾竟會為這樣的事發火，到底是為什麼？他滿腹疑問。

女孩站了一排讓貝爾像個王子般地選妃，但貝爾可一點都不想做出選擇。

繭憂帶著剛剛那名女孩走了過來。「貝爾先生不喜歡小漾嗎？我以為我的眼光很準確。」

名為小漾的粉色長髮女孩難過地看著貝爾。

貝爾內心很糾結，身後的亞基拉爾正瞪著自己，就像是在叫他快做出決定。他猶豫了一下，手指著小漾。「那麼，還是她吧！」

亞基拉爾長吁一口氣，那副態度就是正指責貝爾在浪費時間。

貝爾又回到剛剛的房間，選擇的還是同樣一個女孩。

「抱歉。」貝爾低聲說。
「沒關係，我為你倒杯酒好嗎？」她笑道。
「我喝水。」
「那麼您先洗澡。」她笑的更曖昧。「或是要一起洗呢？」
「喔不！」貝爾搖頭。「我自己洗就好。」
草草地沐浴完畢，他出來後將那杯水一飲而盡，接著小漾讓貝爾脫去上衣，趴在床上。到目前為止，貝爾都照著做，可臉上總掛著悶悶不樂的表情。
小漾為貝爾按摩，她的手法很熟練，按得倒挺舒服，這點貝爾也不得不承認。
「還有需要加強的地方嗎？」她問。
「沒有了，謝謝妳。」
「那麼我們就……」她的指尖從貝爾的頸骨滑到腰椎，然後輕輕地吻向貝爾的脖子。「您褲子不脫嗎？還是要讓我來幫您脫呢？」
貝爾馬上又翻過身來。「我們可以什麼事都不做嗎？」
「為什麼？」她大惑不解。「您不喜歡我嗎？」
「是的，我不喜歡妳。」貝爾斬釘截鐵地說。「但不是因為妳不漂亮，而是我並不想這麼做。」
「可是這是陛下的命令。」

「雖然我一直以來對陛下總是言聽計從，不過這次恐怕得要違令了。就算陛下責怪也無妨，我會全部承擔，絕不會讓妳受罰，畢竟這是我自己的問題。」

「您喜歡其他女孩，剛剛為何不選呢？」

「不，任何女孩都一樣。」

「難道您喜歡男人？」她驚問。

「我不是這個意思。」貝爾解釋：「男或女都好，我個人對於愛情的滿足更勝過肉慾。」

「您真純情。」她笑道：「莫非您有喜歡的女孩嗎？」

貝爾不答。

小漾點點頭，她笑道：「好吧！您可以穿上衣服了。」

貝爾鬆了口氣。「太好了，妳很明事理。」

小漾搖頭，隨之左手化出一把咒術杖。「我一開始就不是來提供性服務的。」她擺手道：

「我是血祠院修道士小漾。」

「血祠院有女孩？」貝爾一直以為那個地方只有像塔利兒那樣的妖魔鬼怪在修行。

小漾施法，神祕的傳送門轉瞬開啟。「歡迎來到殃鼠巢穴——果報之城的思考者神院。」

「果報之城？那不是騙人的嗎？」

「您進去就知道囉。」小漾故作神祕。

「既然這樣，一開始為何不明說呢？」貝爾疑道：「若是我選其他女孩怎麼辦？」

「陛下說您一定會選我。」小漾說：「因為您是個不喜歡看別人難過的好人。」

「所以才用美人計考驗我？」貝爾聳肩。「我以為陛下設計人的手法會更高明。」

「不是考驗您，只不過陛下叫我不要對您直接說明來意而已。」小漾說：「藺憂女士說，若您有需要，我也能為您服務。」

「若我真的做了呢？」

「您得到了我，之後將永遠失去見到您父親的機會。」

貝爾覺得他大概一輩子都沒有辦法理解亞基拉爾的思考模式了。

王爵會所出入複雜，而且多是權貴，連天界人、救贖者都有，可是卻沒有一人發現果報之城就藏在這個最危險的地方，哈魯路托的決定真的異常大膽。

據小漾的說法：王爵會所在很久以前就是邯雨辛丹農神址的遺跡，亞基拉爾初來此地便破壞了神址，並將整個地區改造翻修成繁榮的商業區。

亞基拉爾的認知就是——光照之下必有陰影。

血祠院咒術師們在王爵會所底下開啟安寧地帶，且以神力增幅裝置來穩定空間，至於神力的來源就是每一個來到樸津消費的客人。他們所有人的神力會微量地被吸收運用，這也是亞基拉爾授權讓樸津能開放對任何種族都來者不拒的原因。他甘冒國安風險，讓大家知道邯雨有這麼一處混雜的漏洞，目的就只是為了掩飾隱藏的玄機。再加上此地神力紊亂、遊客眾多，出入者皆是高階安茲羅瑟人，所以根本沒人能準確地判斷神力流向和安寧地帶確切位置，更別說內中藏著的就是魔壓大陸最偉大的哈魯路托。

沒錯，果報之城真正存在。而神脈山、南隅的神址全是混沌視聽的騙局。

自此，貝爾對亞基拉爾有更多的疑問了。他究竟還用這麼簡單的設計藏了多少驚人的祕密？這個男人為了履行他對自己的諾言，特地一派輕鬆的帶著眾人來到王爵會所，然後又不直接闡明來意。故弄玄虛真的只是為了謹慎及掩人耳目嗎？

這裡就是果報之城？貝爾在神祕空間內看到的只是半座老舊圮毀的古城，二樓以上的高度幾乎皆坍塌，怎麼看都像是廢墟。亞基拉爾總不可能連自己都騙，因為這沒什麼意義。但是這裡確實沒半點文明感，也沒半點活人的氣息。

小漾把這裡叫殃鼠巢穴，所謂的殃鼠又是什麼？她說自己礙於身分低微而無法進入，導致現在無人能為貝爾指點迷津。無風的環境竟忽而傳來古琴和笛聲的合奏，那聲音空靈迴盪在空氣中，叫人質疑到底是不是真的音樂。樂聲飄飄渺渺給人一種神祕感，然後很快地又完全寂然無聲。莫非這就是哈魯路托出現的徵兆？但是貝爾什麼人都沒看見。他試著探入城門口，迎面吹來的是腐朽荒蕪的味道，看來已經久無人煙。既無人打掃、也沒人管理，地上完全沒有足跡，難不成哈魯路托在裡面躺了幾百年，動也不動？

「有人在嗎？」貝爾的叫聲在城中迴盪。

貝爾很感激亞基拉爾能夠提早兌現他的諾言；也很納悶為什麼到這種時候還要丟給他各種考驗。果報之城……貝爾就在這座他認為名不符實的斷垣殘壁內四處尋找蛛絲馬跡，但不得其門而入依然是徒勞無功。起初，貝爾似乎聽到一些微小的細碎聲，他並不以為意。隨著越深入果報之城，在裡頭待的時間越久，窸窣的聲音逐漸加大，完全可以和震天價響的市場叫賣聲媲美。好吵，真的好吵。為什麼會有那麼多不同的人聲在自己的耳邊說話？明明這裡連一個人都沒有。

貝爾覺得難受，他緊摀著雙耳並閉上雙眼，音量卻沒有變小，雜音是越來越多。這是哈魯路托的住地，也許是觸犯了什麼禁忌才會有這種幻聽現象。

某個人的手掌突然貼上貝爾的背部，他的確明顯地有感覺到實體觸碰，可是由於自己沉浸在痛苦的幻聽情緒中，沒辦法立刻做出適當的反應。能無聲無息的出現在身後而不被察覺，對方也沒做出格外驚動自己的舉動，大概沒惡意吧？貝爾慢慢地轉過身，查看來者身分。

「靜心。」對方說：「在思考者神院內你會聽到古人的聲音，任何人的心事也全部都會轉成話語盡入耳中，這裡是沒有辦法隱藏任何祕密的。」

「你……」貝爾看見一名身形瘦弱的長髮馬尾女孩，她的身高可能只到自己的胸膛，衣著樸素。她大概是自己進入魘塵大陸以來，看過最為貌美的女孩。可是這才更啟人疑竇，這麼漂亮的人在此荒城裡做什麼？

「我叫豫，是果報之城的守門人。」原來不是女孩，而是男生。「貝爾嗎？我知道您來此的目的，想要見您父親的話請隨我來。」

「你怎麼知道？」

「果報之城內是沒有祕密的。」豫笑道。

他的笑容很甜，真難想像是個男人。不過，他的臉自己好像曾經在什麼地方看過，好像是在邯雨的時候……貝爾一時之間想不起來。現下還是快和父親見面吧！

這個人非常奇怪，從他身上感覺到的只有非常微弱的魂系神力。不對，也不是魂系神力；反正是一種薄弱到隨便什麼人都可以把他直接壓倒在地的力量。

雖然如此，從他的眼眸中貝爾能感受到一股在平靜下隱藏著深不可測的底蘊。究竟是為什麼，貝爾也弄不明白。

豫以拳輕敲石牆雕紋，接著在低沉的隆聲中，泛著白光的門映在眼簾。

「請進。」豫以手示意。

貝爾心裡七上八下，吐了口涼氣後挪動腳步走入。

門內是一處掊大的空間，那是個像禮拜堂的地方。高聳的石樑柱自左右邊向前排開，地上鋪設紅毯，古舊的紅色帷幔掛在壁上，中央的天花板為圓頂狀，上面繪著怪異的彩圖。正前方的平臺上有高大的邪神王座，背後日冕形的窗戶投射紫光，映在那名端坐於王座的孤單人影身上。

這種威嚴感、這種氣勢、強勁的魂系神力。「你……不，您是哈、哈魯路托？」

「貝爾，我的兒子。」

「啊！父親大人，你、你就是以前那個安德魯先生？」

「你不該來蒼冥七界，不該來到魔塵大陸，我們的見面更是不被允許。」哈魯路托說：「今天，該說的話、該做的事，一次解決吧！」

貴賓室內，亞基拉爾、藺憂、加列斯三人同桌飲酒。藺憂正要替她的陛下斟酒，亞基拉爾馬上拒絕了她。

「我自己來。」亞基拉爾給自己倒酒，看起來情緒低落。

藺憂望著亞基拉爾，但他卻完全不想與藺憂對視。坐在亞基拉爾身旁的加列斯對藺憂使了眼色，並搖搖頭。

「最近王爵會所的生意還不錯。」藺憂尷尬地搭著話。

亞基拉爾正挾菜，敷衍地點頭。「是啊！」

「請問有什麼要改進的地方嗎？」

「沒有，完全沒有，妳做得很好。」

亞基拉爾嘴上稱讚，厭惡的表情反倒露骨地展示出來。眾人靜靜地吃著，場面顯得冷淡。

「陛下，自從您進王爵會所後就幾乎沒和我說到話。」藺憂試圖打破僵硬的氣氛。

「因為根本無話可說。」亞基拉爾右眼微抬。「我信任妳的能力，信任妳的做法，這樣就夠了。我們是主從關係，其他什麼都不必多說。」

加列斯搔著頭，接著拍了一下亞基拉爾的背。「你這傢伙，怎麼都不給人一點臺階，當朋友聊天不好嗎？」

「聊天後也不會有什麼改變。」亞基拉爾將酒一飲而盡，一壺酒轉瞬就沒了。

「主從間的關係順暢也是管理學的一部分。」繭憂說。

「關係好了也不會有好事。」亞基拉爾道：「我給命令，你們執行就好。不需要質疑，也不用你們操心、猶豫。」

「這麼不信任人？」加列斯說：「有的時候不是你自己掌握全局就好，枝微末節的地方還是需要有人去注意。」

「有必要嗎？」

「臭小子。」加列斯罵道：「你他媽的不要都全盤否定別人的意見，你講話的方式好討厭。」

「好啊！」亞基拉爾將筷子擺在碟上。「那你們有什麼意見就提，我聽完後大家就解散。」

「你就只是很想回去邯雨對吧？」加列斯即使不會讀心術，也一眼就看穿亞基拉爾的心思。

亞基拉爾搓揉著看似疲倦的雙眼。「我受不了了，還有成堆成山的事等著我做。」

「你就沒別的事好想嗎？」

藺憂問：「那麼您覺得我到底有什麼地方要改進。」

「沒有，完全沒有，妳做得很好。」亞基拉爾瞟向門口。「進來，偷聽什麼？」

貝爾躡手躡腳的走入，他也知道現在的氛圍不是很好。

「你從什麼時候站在外面的？」加列斯問：「我被這傢伙氣到連你站在門口了都不曉得。」

「一開始你們相互斟酒時就到了。」

「那你等在門外做什麼？」亞基拉爾質疑道：「你想浪費我的時間？」

貝爾入座，他為難地搖頭：「臣不是這意思。」

「唉呀！諸位大人慢聊，我還得招待客人，先失陪了。」藺憂微笑著向眾人行禮後離開房間。

「見到你父親了，開心嗎？」亞基拉爾問。他的語氣冷到完全沒任何情感。

「稍等一下，哈魯路托的事等會再說。」加列斯還在糾結剛剛的話題。「翔，你不要想岔開話題，我是很認真在和你討論這件事。你明知道藺憂女士很喜歡你，為什麼還擺出那種惹人厭的姿態？」

「因為我不喜歡她。」亞基拉爾簡潔明瞭地表示。

「喜不喜歡是一回事，但你需要一個為你傳宗接代的伴侶。」加列斯說：「你不能和其他安茲羅瑟人一樣，對繁衍的事完全不掛於心。你是邯雨的領主，管理北境這麼大的地方，以後總得有個人來繼承你的衣缽。」

「你在詛咒我嗎？」

「我不是說你很快要死所以才要你找接班人，你領地那麼大，不用未雨綢繆嗎？難道真的出什麼意外後，你要看整個邯雨樹倒猢猻散？現在我們和天界全面開戰，誰知道明天會發生什麼事。辰之谷也是你的領區之一，我們過得也不是以前那種兄弟會的團體生活，是國家大事啊！」

「我不是很想和你聊這種事，可你年年都煩。」亞基拉爾看著加列斯，罕見地露出困窘的表情。「我有必要該和你解釋一下。」

「我不是煩你，若是你真的發生不幸，我的辰之谷會陷入大麻煩，我必須顧及到我的子民。」加列斯說：「你老是找各種藉口，說得明白一點，你只是不想生兒子而已，不然聰明如你怎麼會沒考慮到這一點？」

貝爾插話問道：「加列斯大人也有家室嗎？」

「當然有，我又不是翔。」加列斯說：「不光是我，哈魯路托、雀一羽都有子嗣，就連一向漫不經心的火神烈也有太陽之子，漢薩有政治聯姻的妻子、年輕的赤華有指腹為婚的對象。」加列斯不客氣地用手指向亞基拉爾。「就這傢伙，整天和軍人為伍，對象也沒著落，當然也就連顆蛋都沒有。轄下領地那麼大，五大家族長裡就只有他愛男人！」

貝爾愕然。「安茲羅瑟人有卵生的嗎？」

「卵生、胎生都有，這是重點嗎？」加列斯怒道。

亞基拉爾輕嘆一口氣。「加列斯，我們活多久了？」

「三千五百多年吧？這又怎麼樣？」

「是三千七百五十二年，你的年紀還比我更大。」亞基拉爾轉頭對貝爾說：「按照你那個世界的標準，亞蘭納人的壽命大約是你們的五倍，而安茲羅瑟人大約是六十六倍以上，換算成你們那邊的年齡，我也差不多五十七歲了。」

有這麼老了？貝爾上下端詳著亞基拉爾，他看著還比自己年輕。

「愚蠢的亞蘭納人總以為安茲羅瑟人有無限的壽命。其實，年紀越大，我們的力量會越衰弱，再加上年輕時累積的傷勢、使用神力的副作用等，最後我們依然會力竭而亡。」亞基拉爾繼續說：「天界人也一樣，當他們的精神體神力耗盡時，也會歸於自然。所以說什麼不死、不敗、無敵、不滅，全都是騙小孩的神話。」

「你講那麼多要做什麼？」加列斯不解。

「人力有盡，生命也有盡，我每一分的壽命都有其價值與目的。」亞基拉爾淡淡地說：「至少現在我的工作排程計畫中沒有婚姻這個項目，隨緣吧！」

「那個……」貝爾拿出木盒子：「這是我父親要我交給您的東西。」

「東西到手了，下一步就是前往神脈山布局。」亞基拉爾起身。「走吧！別再賴著不動。」

當他們三人快步走出王爵會所前，貝爾看到火神正在幫一名女歌手在舞台上伴奏，而亞基拉爾和加列斯這次就無視他的存在，不予理會。貝爾停了一會，他看著投入音樂的火神，原來魔塵大陸奇怪的領主不止亞基拉爾一人。

雀一羽用力將貝爾摔到地上。「哈魯路托根本沒附在他身上，他人呢？」

「雀一羽大人以為是附身術？」亞基拉爾笑道。

「亞基拉爾大人似乎很得意？」梵迦說：「但是您的計倆實在太幼稚了，真以為用哈魯路托的血之契印就能逼眾領主支援你的進攻天界計畫嗎？」

亞基拉爾一臉狐疑。

「何必故作不知呢？」漢薩走近，「若不是梵迦提醒，進入陵寢後會沾到希爾溫的血，我們大家還傻傻的中計。哼，聰明如你也需要用這小手段逼人服從，你黔驢技窮了嗎？」

亞基拉爾嘆了口氣，無奈地搖搖頭。後方天界人正看著自己笑話，救贖者、紅龍、霓虹仙境大酋長以及二十三區的領主及代表全都看向自己，亞基拉爾成了眾人唯一矚目的焦點。

「哼哼，呵呵……」亞基拉爾竟是發出冷笑。

「您笑什麼？」梵迦起疑。

「原先我的確想用血之契印逼諸位大人接受進攻天界的提議，但我不敢低估梵迦大人的智慧，也深覺這種行徑對各位大人們著實不敬。」亞基拉爾手攏於後腰，來回踱步。「我想了又想，該怎麼讓諸位大人明白我的苦心呢？昭雲閣會議又無法團結你們，血之契印的方式又行不通。那……只好來個假戲真做。」

「你在說什麼廢話？」雀一羽叫嚷著。

「召集諸位大人前來的，正是哈魯路托。也感謝大人們以及各位來自外地的賓客在百忙之中賞臉，抽空參與這次的昭雲閣會議。」亞基拉爾說：「雖然時間、地點很奇怪，可是會議仍然要照常舉行。一個大型會議不能沒有主持人對吧？那麼我身為司儀，也該請主持人堂堂登場了。」

「希爾溫嗎？在那裡？」漢薩說完。眾人交頭接耳、環顧四周。

「不是附身術，是變形術。」亞基拉爾糾正他們。

「原來他是用自己的能力隱藏神力，怪不得找不到人。」梵迦終於明白陵寢內剩餘的可疑人選是誰了。「恩肅大人，不、不對，哈魯路托，是您嗎？」

赤華驚道：「這……什麼時候……」他萬萬想不到哈魯路托變化的對象竟然是自己的弟弟。反倒是一旁的謝法赫沒什麼反應，好像他早就已經知情。

恩肅的面容逐漸崩裂脫落，宛如假象般美麗的臉取代原本恩肅的面容。他的身高變得矮小，頭頂著既長且順的柔髮，身上穿著黑白相間的緊身法袍。

哈魯路托就這麼平凡的出現，沒有強大的神力、沒有華麗的排場、沒有事前告知，可以說就在眾人猜疑之間他就默默地出現。雖然如此，由他身上散發的領導氣息卻威嚴到叫人不敢直視，雙腿發麻。

「他是守門人豫？」貝爾那天看到的清秀男人才是真正的哈魯路托，而不是父親大人。

「我的導師——古諾丁姆雷。」雀織音走到雀一羽身旁，模樣驕傲的說：「如何，你請任何的學院教師都比不上他，沒人比哈魯路托更優秀。」

「妳什麼時候成了哈魯路托的學生？」雀一羽露出不可置信的神情。

「我們的主人出現了，諸位大人還不行禮嗎？」亞基拉爾高呼：「邯雨領主亞基拉爾．翔，向偉大的哈魯路托行禮。」亞基拉爾單膝跪地。

加列斯跟著照做。「邯雨轄地辰之谷領主加列斯．辰風，向偉大的哈魯路托行禮。」

其餘領主一一向哈魯路托致意。

「托佛臨時軍政府代表暨上將軍雷博多修，向偉大的哈魯路托行禮。」

「非亞領主克勞頓，向偉大的哈魯路托行禮。」

「非亞病榻地獄執法官代表兼昭雲閣公義法庭拘提官富文．戴利，向偉大的哈魯路托行禮。」

「蘭德家族長暨厄法領主赤華．蘭德．向偉大的哈魯路托行禮。」

「厄法親王謝法赫．蘭德，向偉大的哈魯路托行禮。」

「墜陽政務大臣暨代表領主高頓．熱陽，向偉大的哈魯路托行禮。」

「紫都代表一等公總理大臣銀諾，向偉大的哈魯路托行禮。」

「郢業梅夫人霜葉，向偉大的哈魯路托行禮。」

「郢業領主安洛，向偉大的哈魯路托行禮。」

「郢業將軍代表奎斯奇，向偉大的哈魯路托行禮。」

「太奧領主多琳卓恩，向偉大的哈魯路托行禮。」

「太奧轄下逐星領袖暨黑雲領主夏隆雷瑪，向偉大的哈魯路托行禮。」

「霍圖軍務大臣暨將軍代表拓爾．刃揚，向偉大的哈魯路托行禮。」

「霍圖寒島皇子暨王室代表墨昔爾．冬日，向偉大的哈魯路托行禮。」

「醉漢，呃呃……不對，蒙禔代表艾傑安，向偉大的哈魯路托行禮。」

「荒理領主黛芙卓恩，向偉大的哈魯路托行禮。」

「荒理大臣妃妲雅，向偉大的哈魯路托行禮。」

「華馬領主依利安．布勞德，向偉大的哈魯路托行禮。」

「鬼牢領主齊倫，向偉大的哈魯路托行禮。」

「夜堂領主維贊，向偉大的哈魯路托行禮。」

「策林領主葛朗．伊瑪拜茲，向偉大的哈魯路托行禮。」

「魁夏領主夔亞，向偉大的哈魯路托行禮。」

「王曲領主納殷．禍蒙，向偉大的哈魯路托行禮。」

「約里副領主帕席莉奴，向偉大的哈魯路托行禮。」

「約里領主蚩疫．耆特，向偉大的哈魯路托行禮。」

「約里惡冕智王曼菲里斯，向偉大的哈魯路托行禮。」

「昔洛領主雅黎安．伊瑪拜茲，向偉大的哈魯路托行禮。」

「塔丘文祭官代表拜荒．蘭德，向偉大的哈魯路托行禮。」

「塔丘武祭官代表烏圖．蘭德，向偉大的哈魯路托行禮。」

「東沂領主薩帝法，向偉大的哈魯路托行禮。」

「雀織音，向偉大的哈魯路托行禮。」

「我……我叫貝爾，向偉大的哈魯路托行禮。」

宿星主撫掌而笑，「好啊！真是太好了。」隨後虛偽的欠身行禮。「天界光都五神座宿星主薩汀略爾，向偉大的哈魯路托行禮。」

「真是委屈您自貶身價向哈魯路托行禮了。」亞基拉爾酸酸地說。然後他的雙眼掃視漢薩、雀一羽、梵迦三人。「好像還有誰沒行禮的？」

梵迦羽扇輕搖掩飾他內心的不安，接著邊抿著嘴唇邊行禮。「新嶽參謀總長梵迦．石葉，向偉大的哈魯路托行禮。」

「梵迦，你……」雀一羽瞪大眼睛。

梵迦對雀一羽搖頭示意，雀一羽才滿不情願地鞠躬。「埃蒙史塔斯家族長暨新嶽領主雀一羽，向偉大的哈魯路托行禮。」

漢薩遲遲不行禮，雙眼直視哈魯路托，完全沒有想卑躬屈膝的意思。所有人靜默，全部都關注著漢薩的動態。漢薩和哈魯路托四目交視了好一會，接著啐道：「哼，很了不起嗎？你要我這哥哥和當弟弟的你下跪嗎？」

哈魯路托不語。一旁的亞基拉爾點頭。「哈魯路托不是第一天就任，您也不是第一天剛成為領主；現在召開的是大型會議，我們談的是規矩，大人請勿公私不分。」

另一名不速之客搶在漢薩前行禮。「洲灣群島玥翟洛蘭斯諾登王朝禁日城司令官傑菲康曼多．黑忌，參見……希爾溫．伊瑪拜茲。」

他的口氣讓人不悅，亞基拉爾惱怒：「今天是昭雲閣重要的日子，不懂得看場合說話，您想被抬著離開厄法？」

「我認為哈魯路托不會在這種時候沾染血腥。」傑菲康曼多掛著皺紋的笑臉惹人生厭。「這不會是好主意，是吧？」

「不錯，來者是客，亞基拉爾大人您該收斂。」哈魯路托示意道。

突然從天際落下一顆炙熱流星，劇烈的爆炸震撼整座神脈山。在塵沙飛揚之中，血紅的身影緩緩而現，背著吉他的火神昂首闊步，目標只有哈魯路托一人。

「真的是你？想不到你有回來的一天。」

高頓叫道：「火神大人，別衝動行事。」

「廢話別多說。」火神元系神力聚於右手，火勁蓄勢待發。「先吃我一拳。」

火神朝哈魯路托揮拳攻去，哈魯路托左掌托出，一股無形的力量輕易地擋下拳擊，狂炎熱浪形成新星狀風暴向四面八方掃去，在場領主也得以神力抵禦。

怒燄平息後，火神大笑。「哈哈……果然是你這個總是踩在我頭上——我這輩子最厭惡的對象。」他以猙獰的面貌行禮。「安達瑞特家族長暨墜陽領主烈，向偉大的哈魯路托行禮。」

剩漢薩一人了，他仍沒意義的繼續堅持著他的尊嚴，但看見火神行完禮後，他終於吐出一口涼氣，張開他那乾澀的嘴唇說：「伊瑪拜茲家族長暨卞安領主漢薩．伊瑪拜茲，向偉大的哈魯路托行禮。」

「恭喜啊！昭雲閣大團結了，沒有什麼比這更值得慶賀。」薩汀略爾冷笑著，「天界是由衷地真心祝福爾等。」

紅龍賽法獄坦揚翼咆哮：「天界人給我閉嘴，想找哈魯路托你們還得排隊，我的事情優先處理！」

「請稍等。紅翼首領，我想請問您一件事。」梵迦提出疑問：「請問燒掉托佛甸疆城的是您嗎？」

「是我，怎麼樣？」紅翼首領毫不避諱地坦承。

「埃蒙史塔斯有仇必報！」雀一羽如此表示。

在爭執間，面無表情的哈魯路托高舉左手示意，亞基拉爾附和道：「眾人稍安勿躁。」

希爾溫矮小的身影站了出來，在氣勢凜凜的眾領主前他的確毫不起眼，但卻是魔塵大陸地位崇高的唯一領袖。「諸位，我離開了昭雲閣好一段時間，在此要向為我擔憂的眾領主們致上歉意。我很感謝亞基拉爾宗閣長、赤華副閣長在我離開的這段期間代為管理好昭雲閣，他們的功勞不可磨滅……」

這是一段毫無新意的開場白，大家都在等待哈魯路托關鍵的一句話；昭雲閣眾領主在等、天界人也在等、亞基拉爾更是殷切地期望著。

「……以上。」哈魯路托結束他那一長串冗言，接著進入正題。「此次會議的目的有三點：第一就是我再次復出後，先澄清諸位領主大人心中的疑慮。第二就是要化解各領主間的矛盾，讓安茲羅瑟人更加團結一心。第三是……」希爾溫言語停頓，重點終於來了。「我，希爾溫．伊瑪拜茲為哈魯路托暨昭雲閣最高領袖，代表著昭雲閣堅定不變的立場和理念。鑒於此，我要向聖靈界六境九軍團宣戰！」

雷神夏密爾怒髮衝冠，他的笑聲中充滿鄙夷和不屑。戰神泰努斯卻帶著遺憾，輕嘆並搖頭。宿星主薩汀略爾則嚴肅以待。「汝說出來了，汝終於說出來了！汝的發言終於打破兩境間曖昧的紙牆，安茲羅瑟終究走到向天界宣戰的地步。」

「該來的躲不掉。」亞基拉爾非常滿意。「戰爭一觸即發！」

「放著安逸的日子不過，就這麼想打仗嗎？汝的決定真是叫光神失望。」戰神嘆道。

「睥睨四方諸界，歸於天界法治。傲慢的天界人總是自以為是的認為自己可以主宰其他種族的生死，這果然就是你們這些廢物會說的話。要讓你們這些死德性的傢伙閉嘴，就要來一次戰爭的清洗。」火神跪地。「墜陽領主領令，願為偉大的哈魯路托向天界揮劍！」

在場所有領主齊聲和道，沒有反對意見。

「汝的決定將讓整個魔塵大陸變成煉獄，準備後悔爾等的愚行吧！」薩汀略爾撂下狠話，隨後轉身進入傳送門離開魔塵大陸。

「光神費弗萊華薩已經接受我們的宣戰，沒有退路囉。」亞基拉爾輕笑著。

哈魯路托維持平靜，面無表情。「赤華大人、亞基拉爾大人。」

被點到的兩人應聲回禮。

「我的命令只有一個……打倒天界！」

靈魂的代價

螢在貝爾的身旁飛著，不時環繞著他的周身，彷彿像隻黏人的飛蟲讓貝爾不勝其擾。

「妳可以靜靜的跟在我後面或在我身旁飛著。」貝爾不耐地說：「但是請妳別繞著我團團轉，真的很討厭。」

「主人，您討厭我了嗎？」她一臉無辜的說。

貝爾只覺得啼笑皆非。「妳是不是又有事要求我？」

螢甜膩的衝著他笑嘻嘻地點頭。

貝爾輕嘆一口氣，「妳想做什麼？」

像孩子似的女精靈搓著手求道：「最……最近我有想買的東西……」

「多少？」貝爾直截了當地問。

螢帶著笑容比出兩根手指。

「兩普通？好吧！我給妳就是。」

螢皺起眉後猛搖頭。

「兩純粹？妳要買什麼？」

螢還是搖頭。

貝爾略感吃驚。「該不會是兩潔淨靈魂玉吧？太貴了，妳究竟要買什麼？」

螢吐了口氣，她好像在看著一名笨蛋似的，還是搖頭。

「兩根手指到底是什麼啦？」貝爾不自覺提高音量。「難道是兩破損？兩碎片？」

螢面無表情地說：「是二十潔淨靈魂玉。」

「二、二十！」貝爾差點咬斷自己的舌頭。「那不就等同於二千亞蘭納金幣嗎？」

「這有什麼好大驚小怪的呢？亞基拉爾陛下那麼慷慨，給主人您的都不止這些。」螢辯稱：「我雖然是您的侍從，可我從來沒收到您給我的好處。」

我可從來沒要妳跟著，真是厚臉皮。貝爾不情願地心想。「妳是在慷別人的慨，把我當成凱子嗎？不行，二千金幣，說什麼都不給！」

「求求您，那樣東西對我很重要，沒有的話我會死。」

「什麼東西重要到會危及生命？」貝爾哼道：「需要我請陛下幫妳解決嗎？」

「拜託嘛！」螢拉著貝爾的護肩。「我真的很需要……」她知道貝爾拗不過自己，使出淚眼汪汪的攻勢。

貝爾果真妥協了，但因為自己極不情願拿出這筆錢，所以貝爾也沒給螢好臉色。「只此一次，下不為例。我可沒賺那麼多錢供妳這名公主肆無忌憚的揮霍，以後妳自己想辦法。」

螢這才展露她虛假的笑顏。

大概過了七十多天後，貝爾已經因為每天忙碌的工作及操勞的訓練而忘記螢的事情。

那天晚上，螢再度來到貝爾的房間。

貝爾一邊看著書一邊吃著他的晚餐，即使看見螢飛進房內後也沒有什麼反應。

「看書嗎？」螢問。

貝爾嚼著食物，不方便回話，只有輕輕的點頭。而他的目光始終專心地盯著書本，一點都沒有想理會螢的意思。

「那個……」螢又開始欲言又止。「主人，我前幾天也去買了幾本書。」

貝爾喝口水，總算抬起他的眼角。「亞基拉爾大人吩咐過我：多看書是好事。」

「但是我前天下訂單，兩本書寫成兩百本。」

貝爾噗哧一笑。「很像妳會做的事。」他連連點頭。「辛苦妳了，就自己把兩百本書的錢結清吧！」

「您也知道我沒有收入，所以單據結帳人是用您的名字，而且還動用到您的身分證明。」

貝爾馬上變臉。「妳為何這麼會給我找麻煩？吃飽太閒嗎？」

螢低著頭，囁嚅的說：「一本書只要三顆普通。」

「三顆普通買兩百本就變六顆潔淨了。」

螢連忙解釋。「不過對方說會給優惠，一次全買齊只需要兩顆潔淨靈魂玉。」

「妳在說什麼？我聽不懂。」

「您若是分次購買，書商會把兩百件包裹寄給您，直到訂單完成為止；若是全部購買，對方會省下人工作業的時間，一次就全都寄來。依他們的說法，會便宜很多，您打算怎麼處理？」

「分兩百次付款還不是得買，而且幹嘛這麼麻煩？一次全買齊又便宜，再笨的人都會選擇後者。」他給了螢兩顆潔淨靈魂玉後囑咐道：「我只出兩顆，再多就妳自己想辦法。」

「是的，真的麻煩主人了。」螢愧疚地道歉。

「我連張收據都沒有嗎？」

螢急忙拿出一張紙並恭敬的遞給他的主人。

又過了幾天，貝爾一直沒聽過有書商送書來的消息。於是他跟著收據上的地址尋去，結果他看見的只是一間破舊的磨劍鋪，那裡有什麼書商？

貝爾氣急敗壞的回去找那個愛搞鬼的精靈，這次一定不會輕易放她甘休。

等到貝爾返回住處，沒想到螢卻先一步到貝爾的房間裡等待著他。

貝爾還沒開口，螢就慌忙地叫道：「不好了，亞基拉爾大人正發佈緊急命令，主人您跑到那裡去？」

「緊急命令？」貝爾被螢這樣一說，就忘記原本要生氣的事了。

螢拿出公文，上面的確有亞基拉爾的簽章。「上次會議中不是討論到我們準備向七軍團發動北伐的事宜嗎？」

貝爾仔細想，點頭道：「的確是這樣。」

「由於事態緊急，陛下要您先去調度糧餉和戰備物資。」

「那不是我負責的工作，陛下哪會下那麼荒唐的指示？」

「不是，因為主人您剛剛出門，我只是代為佈達命令。」螢拿出三張文件，「陛下說，所有看到命令的軍官全都要簽名，以示知情負責，同時內含命令密文。」

貝爾拿起紙張讀著，確定無誤後就在三張文件末端簽上名字。文件上除了有貝爾的簽名外，其他與會的大官們也都有將名字留在上方。

螢又拿出三張紙。「還有這三份。」

貝爾快速瀏覽之後，也簽上名。

「再來是這三張……」

「等等，那來那麼多張？」

「這是陛下的指示呀！」

聽到螢那麼說，貝爾雖然無奈，仍是只能再簽名。

螢欠身道。「感謝主人，我這就將命令回傳。」在她飛到門口前，似乎又想到什麼事而轉身飛回。「對不起，我又漏掉一張。」

貝爾生氣地一把搶過文件，快速的補上名字。「妳做事就是這樣，東漏西漏。」

「對不起。」螢道歉後便退出房門外。

貝爾知道國事當前，他打算先在亞基拉爾尚未召集朝臣之前先去了解情況。若真的決定要出兵，到時候會有很多事情要讓他忙碌。於是他前往喀伯羅宮，在房門外禮貌性地敲門，隨即進入亞基拉爾的書齋裡。那時，北境王才剛整理好桌面上的資料，閒適地抽著旱菸。

亞基拉爾把菸葉放入口中咀嚼，雙眼冷冷的看著貝爾，不發一語。

「那個……」貝爾輕聲問：「聽說您打算即刻發動北伐？」

亞基拉爾點頭，他微笑著。

亞基拉爾居然笑了，這讓貝爾非常不安。「您……您打算下一步怎麼做呢？」

「命令上寫著該怎麼做就怎麼做。」

「那麼我先去遣調人力？」

亞基拉爾揮手。「命令是要你一個人去頌潔長牆待命，見到任何天界人格殺勿論！」

「我一個人嗎？」貝爾訝異道：「但是公文上不是這麼寫的。」

「那公文怎麼寫呢？」

「上面是寫著……」貝爾突然有種不好的預感。「您是認真在問我上面的內容嗎？」

亞基拉爾側著頭看他，正等著貝爾繼續出糗。

貝爾生氣地捶掌。「我被騙了，那個臭女人！」

「知道的不算晚，會被騙是你的注意力不集中所導致。」此刻才是北境王下的命令：「去把律法大全抄五千遍。」

「五、五千？」

「一萬！」

貝爾著急地叫道：「對不起，我抄就是，別再往上加了。」

亞基拉爾將嚼爛的菸葉吐在紙巾上，「一開始我很討厭那個愛說謊的小鬼，直到後來我才發現她其實是一帖治療蠢材的良藥。你要好好的跟螢學習騙人的技巧，她可是你的良師。」

那一天，貝爾被罰抄一萬遍律法大全、反覆進行單人戰鬥訓練五十次、禁食兩天。等到他回到房間後，桌上無端多了一張十顆潔淨靈魂玉的商品帳單。

兩名蒙面劫匪鎖定了落單的行人，他們見機行事，下手將對方洗劫一空後又殺死被害人。數名天空巡邏警備員發現異狀，二話不說馬上追擊行搶的兩人。匪徒手腳俐落迅速，即使是從天空向下俯瞰，也只是一會兒工夫對方的身影馬上消失無蹤。

「嘿，想要抓到我們兄弟倆可沒那麼簡單。」

「可不是嗎？我們匿蹤潛行的本事就算是神力追蹤的高手也找不到我們。」這兩名尖嘴猴腮的人正揚揚得意地數著劫來的錢財，並互褒對方的本事。此時，輕履踩在碎石路的聲音引起兩人的注意。他們反應敏捷，立刻進入全副武裝的警戒狀態。

一看到對方的形貌，兩人內心大惑不解。來者看似精神不佳，兩眼無神，披頭散髮又全身髒亂，身穿破舊法袍，左邊半張臉焦黑，右手和身後各有一把長杖。

「這傢伙是幹什麼的？亞蘭納人，這種地方有亞蘭納人？」他們兩人啼笑皆非，頓時放鬆戒心。「滾吧！今天心情好，不殺你這下等種族。」

亞凱佇立不動，也不知道有沒有聽見他們的話。

「叫你滾沒聽見嗎？」匪徒厲聲吼著。

亞凱無力地舉起右手指向他們裝靈魂玉的布包。

「什麼？靈魂玉？你這傢伙竟敢妄想我們的靈魂玉，真不要命！」其中一名匪徒掄起短刀攻去，亞凱迴身的同時以亞基拉爾贈送的劫鬥魔杖用力朝那人的肩胛骨刺擊。劫鬥魔杖吸收亞凱身上的元系神力，僅是單純的一刺就足以引起小型的爆炸，那名向他發動攻勢的匪徒被炸得皮開肉綻。

「你做了什麼？」另一人驚慌失措，不過只是名亞蘭納人，居然有這樣的攻擊力。「可惡。」他見苗頭不對，轉身拎著靈魂玉布包就要逃離。

一股莫名其妙的吸力卻將他的身體飛快地往後拉，隨後亞凱以混合元系及魂系神力的球狀神術殺了逃跑的匪徒，接著拾起掉落的布包。亞凱將布包內的靈魂玉全都擰碎，以驚人的吸食法把魂氣和殘餘神力全都吸收。置身在死者最後的哀鳴聲中，亞凱張開大口無情地將之吞噬，其模樣駭人，連爬倒在地上受傷的匪徒也全身顫抖。

「啊……你、你別殺我，我還有很多搶來的靈魂玉，我都給你，全都給你。」之後，受傷的匪徒發出高亢的慘叫。

很快地，荒野又恢復一片平靜。

「老大，我們有兩個小弟被殺了。」

艾列金本來舒適的躺在王椅上，可是一聽到手下被殺後就馬上跳了起來。「人被殺，那錢呢？」

「全都被搶了。」

「被搶？被誰搶？誰搶我艾列金的靈魂玉！」他問：「有叫咒術師去調查屍體嗎？我看看是誰幹的好事，然後我要追回我的錢。」

「屍體被嚴重破壞，記憶追蹤無法施展，對方也是個高手。」

「高個頭？我無端損失一筆錢，就得要花更多的時間才能賺到目標的金額。」

「那弟兄們的死亡……」

艾列金擺手，然後坐回他的位置上。「有錢，請多少人都可以。」

「這樣好現實。」

「你懂什麼？」艾列金訓道：「野獸不懂得用錢創造更美好的生活，但人類可以。金錢要能使用才有價值，不能被活用的錢只是顆普通的石頭罷了。」他下令道：「給我傳令下去，有任務時就多接單，然後盡量討價還價，別讓客人殺價；沒任務時，看你們要去偷搶拐騙燒殺搜括都沒關係，多賺點靈魂玉回來。時間到了就去和亞基拉爾申請輔助及物資，有空的話多召些散兵游勇回來。還有一點，在我的管轄下不准任何人賭博，有沒有聽到？」

「您存錢的目的是為了向亞基拉爾陛下復仇嗎？」

「剛開始被關在歿午荒地時，我確實是這麼打算。」艾列金說：「後來我發現這太不切實際，畢竟我和亞基拉爾的實力差距過大。當亞基拉爾再次召喚我時，我就決定暫時順從他的意思，至少在我坐大之前得要這麼做……」

加列斯．辰風的性格與他令人望而生畏的外表極不相稱。和亞基拉爾剛好相反；加列斯恃勇少思，不喜歡謀略，做事全憑一股幹勁和衝動，幾乎只要亞基拉爾吩咐他的事都會照做。雖然平常也多進行嚴苛的訓練和操兵，但實際上他更喜歡靜態的活動，休閒時幾乎足不出戶，在自己的工作室內研究雕刻、捏陶等手工藝品。

今天加列斯又一個人靜靜地關在房間內，專注地研究木雕技藝。

克隆卡士報告：「前些日子我們進行的募兵和軍備採購案，時至今日已經超出預算。」

「當初你們自己沒跟賣家談好，結果現在超出預算後還要再讓國庫多負擔嗎？」加列斯換了把更細的雕刻刀，繼續刻著木頭。

「不是您堅持要向霍圖多買那套新裝備和武器才超支的嗎？」

加列斯訝道：「是我說的嗎？我都忘記這回事了。」

「上次辦宴會的欠款還沒付清，比武大賽的日子又要接近，活動經費到現在都還沒著落。」克隆卡士建議道：「看老爺您要不要增收稅款或是再去和亞基拉爾陛下借取，也可以找其他贊助者。不然的話……少了靈魂玉，很多事情會沒辦法做。」

加列斯丟下雕刻刀，為難地說：「再怎麼好的朋友都不會每次開口都借錢。我不想管這件事了，你叫路文去想辦法，他不是最擅長搞錢了嗎？」

「所以我不是說了嗎？有遇到問題就直接找我，您怎麼先來找領主大人呢？」路文冷不防地出現在工作室中。「我就知道您為這件事煩惱，昨天我就想找您解決款項的事了，怎麼您一點時間都不撥給我？」

「找你有用嗎？還不是老生常談。」克隆卡士瞥了路文一眼後說：「你進領主的房間都不需要先打招呼嗎？」

「這都小事而已。」加列斯問：「說吧！你有什麼辦法。」

路文遞給加列斯一張金票。「這是我去信仰大樓時，主教交給我的信徒捐款，這筆錢可以暫時解決辰之谷的煩惱。」

「金額是不少沒錯。」加列斯疑惑，「可是那名主教為什麼要幫我們？」

「我記得那是個叫什麼『心靈悸動』的社團，難道那是宗教團體嗎？」克隆卡士也好奇地問。

「在辰之谷設立很長的時間了，怎麼兩位大人都不知道嗎？他們強調透過身心靈的感官體會自然的一切，信仰的神祇以十二天神為主，信眾遍佈魘塵大陸各處，募款資金來源很廣，信仰大樓就是他們的總本部。」

「所以我才問你為什麼他們要幫辰之谷？」加列斯質問：「如果你是殺人放火搶來的就算了，若是勒索得來的錢財我就不要。」

「這有什麼差別？」路文不解。

「當然有分別。」加列斯強調：「我可以看他不順眼安個罪名就殺了他，然後沒收他的家產。但是用勒索、恐嚇的手段就和路邊那些虛張聲勢的地痞流氓沒有兩樣，只是降低我的格調。」

「還不都是一樣。」路文說：「心靈悸動其實最初是亞基拉爾陛下設立的，他認為沒有什麼比宗教更能讓人樂於捐獻且無怨無悔。」

「亞基拉爾？」加列斯納悶道：「他怎麼又變成某個宗教的創立人了？這和宗教神棍斂財有什麼兩樣？他真是有錢賺什麼都好。」

「等待邯雨的資金調度需要時間，所以陛下才讓我拿這筆錢來解一時之急。」路文問：「請問您收還是不收呢？」

加列斯一臉尷尬，嘆了口氣後還是把金票拿給克隆卡士。「拿去，去辦好你該辦的事。」

「還有，臣前幾天不是才和您提議補充軍力的事嗎？」克隆卡士說：「『神盾守衛』是魔塵大陸非常出名的傭兵集團，訓練有素且裝備精良，我們可以雇用一些人增加對天界前線的防禦能力，相信會很有幫助。關於這點，我已經有派人去管制署和他們接洽。」

「費用呢？不就又要再多加一筆預算。」加列斯問。

「不必擔心，我們要多少人他們就調動多少人，完全免費。」路文笑道。

「為什麼？」克隆卡士問。大概是功績全被路文搶了，他的表情總帶著不悅。

「雖然這不算是什麼祕密，其實神盾守衛也是亞基拉爾陛下管理的產業之一。」

加列斯一臉錯愕。「他到底是領主還是商人？看他副業這麼多，相比之下，我好像都在虛度光陰。」

在那之後，路文邀請亞基拉爾親自來到王者之塔帝尊開會，討論支援的事宜。亞基拉爾表示：「辰之谷需要的東西，我都能直接贊助。」

加列斯問：「什麼都有嗎？我一直以為樸津的『王爵會所』就是你賺靈魂玉的來源，結果你真當自己是商人，還來個多角化經營。」

貝爾站在留聲機旁轉著搖把，唱針點在唱片上，音樂悠揚的演奏，那是一首泥獄的哀歌。

「你轉得太緊了，不覺得聲音變高又尖銳嗎？」亞基拉爾提醒他。

貝爾為難地回答：「請問這是我的工作嗎？我真的不太熟悉這機器，能換成唱片機嗎？」

其他人並沒有理會貝爾。路文接在亞基拉爾的話後補充道：「需要新的武器、裝備，『玉寶船』的大工匠協會可以提供。機械、科技器材我們會委託策林的合作對象『古鐘塔科技開發公司』幫忙開發製作。通訊設備及偵查儀器由『無限通聯』負責。交通工具、傳送門等機動部分的工作就全讓『往復通達』為我們準備妥當。」

「你到底開了多少公司？」加列斯忍不住提問。

「我是投資。」亞基拉爾說：「盈利與否並不是重點，當然能賺靈魂玉是最好的。主要的目的還是能藉尤其他領域的專業，在對天界全面開戰時能提供給我最佳的協助，這才是我想要的。」

「這三千多年來，除了打架外，我在其他方面真遠不如你。」

「這種話就不用說了。」亞基拉爾道：「我這次來另有目的。」

果然是亞基拉爾，不會無事而來拜訪。加列斯問：「你會有什麼事要親自來見我？其實我也猜得到，是因為我前陣子去魁夏引發的事端吧？」

「所以你是故意的嗎？哈魯路托促成大團結，你堂堂一名領主還跑去魁夏鬧事？」

「鬧事？你還真是言重了，我只是想拿回我的東西罷了。」

「你都忘記那把武器把你害得多慘了？為什麼還執意要拿回？」

「因為……」

亞基拉爾打斷他的話。「好了，我還不了解你的固執嗎？」他拿出以掩光篷裹著的東西擺到加列斯面前。

「你怎麼弄到手的？」加列斯面帶詫異的問。

「打從它從龍戟分離出去後，就是我送去魁夏的。我就是既不想、也不讓你使用。」

「那麼你現在還給我是什麼意思？」

「我評估它會成為對抗天界的戰力，但是要把東西交還給你還是讓我顯得猶豫。你必須答應我一點：沒我的同意不使用它。」

加列斯惱怒地吼叫：「你白癡嗎？媽的，你揚弓搭箭時怎麼不問我能不能發射？我要用自己的武器還得經過你同意，這是什麼道理？」他伸手要拿，亞基拉爾卻迅速地將其收到身後，不讓加列斯碰觸。

「你不答應，那我這次就把它藏到讓你一輩子都找不著的地方。」

「老兄，你對待敵人和兄弟是一樣的狠。」加列斯妥協。「好，我答應絕對不在你同意之前就使用惡魂龍戟。」

「說話可要算話。」亞基拉爾將之歸還。

數天後，路文帶加列斯登上玉寶船。

「我一直以為您知道這樣的地方。」路文解釋：「這裡有來自世界各地的稀世珍寶，只要有錢，任何人都能在這裡買下他們看中意的東西。」

「翔做什麼事都神神祕秘的，他哪會和我分享他幹了什麼豐功偉業。」加列斯不滿地抱怨。

「照你所說，這裡是有錢人的拍賣會所，那我一定不會收到邀請函的，因為他知道我很窮。」

「大人不是那種錙銖必較的人。」

「他當然不是，他用錢支援的領區可多著。」加列斯說：「只是他也不會去做無利可圖的事。」

鐵匠街上的一間打鐵鋪內，有位滿臉虯髯，露出上半身結實肌肉的鐵匠師正敲打著鐵器。他從鑄爐內拿出燒紅的鐵，接著喝一口水，帥氣地噴向熱鐵。

「小子，我的酒呢？」

「啊呀？大師您有說要喝酒嗎？」

「剛剛沒有現在想喝，快去準備。」

加列斯走向他。「你還是老樣子，納達爾。」

「你哪位？」鐵匠啐了一口，他滿臉是灰。「加列斯．辰風領主？哼！你的模樣幾乎沒什麼變化，就和我千年以前和你第一次相遇時看到的完全一樣，安茲羅瑟人真了不起。」

「您是被轉化的亞蘭納人？」路文好奇。

加列斯說：「他以前可是亞蘭納的英雄七聖者。」

納達爾的表情頗為不屑。「什麼鬼英雄，現在還不是窮酸的窩在鋪子裡打鐵。」他用長鉗從鑄爐內夾出熱鐵且含了一口水正要噴時，他的徒弟叫道：「大師，那是酒啊！」

納達爾這一噴，酒精遇火產生的火舌從下巴的鬍子開始灼燒滿臉，他發出淒厲的叫聲，握緊鐵鎚的手登時鬆開，鐵鎚不偏不倚地砸中他的腳背。納達爾表情痛苦萬分，歇斯底里的倒在地上打滾吼叫。

加列斯和路文在一旁瞠目結舌，啞口無言。

「他真的可靠嗎？」路文起疑。

加列斯以腳尖輕踢納達爾的手臂。「起來，別裝死。」他將一壺冰水淋在納達爾臉上後，再將他從地上扶起。

「好痛啊！」納達爾的頭髮還有零星的火苗，燒焦的髭鬚還冒著煙。

「這些拿去。」加列斯將掩光篷包著的東西和龍脊棍交給他。「多久能好？」

「惡魂龍戟？這是神兵利器不會多快的，三個循環吧！」

「三週我都嫌多了。」加列斯嚷道。

「領主大人，這需要的不是人手也不是金錢，就是時間啊！」他疑問道：「而且您怎麼會想到讓我來組裝這武器？」

「亞基拉爾向我推薦你，光這一點我就不會懷疑你的能力。」加列斯說：「你必須加快速度，而且為求慎重我會每天過來查看，有什麼需要可以知會我。」

「這是邪器，你考慮清楚再修復它。」納達爾說：「攻打奧底克西那時的瘋狂讓我記憶猶新，比我剛剛被火燒還要難忘。」

「囉哩囉嗦的，被翔唸就算了，什麼時候你們這些傢伙也來說長道短？叫你做就做。」

「好吧！」納達爾說：「時間上不趕的話，我會盡量做到完美。」

在墜陽怒火核心內，燃燒的征怒火海因為火神的回返而使得冷清的火脊島今天來了許多意料之中的訪客。太陽皇子、高頓・熱陽、涅語女士三人一同前來拜訪。

火神的房間因寒島石恆定冰球的關係顯得異常寒冷，火湖的高溫完全被隔離在外。一想到火神這怪胎竟會想待在這噁心的地方，原本最熟悉火神的高頓也變得納悶不解。火神剛整理完他的樂器，他雖然做事漫不經心，不過看到雜亂的房間還是會動手收拾。看著坐在躺椅上休息邊抽著紙菸邊喝酒的火神，高頓竟升起一股陌生感。

「如果等會您方便的話，燐大人請您過去找他。」高頓觀察著火神，不過他沒有什麼反應。

「您剛答應哈魯路托願意配合出兵進攻天界，該不會等會又想著離開了吧？現在的墜陽可不能沒有真正的領主坐鎮。」

「暫時不想，不用操心。」火神剛把酒喝完，馬上又嘟囔著：「怒火核心永遠不變——還是那麼熱。」說完，他把上衣給全脫了。

太陽皇子旭表情尷尬。「父王，那個……涅語女士還在這兒，請顧及禮儀。」旭的人形模樣斯文溫雅，旁分的金色短髮修剪整齊，身上沒有多餘的墜飾，白衣白袍，乾淨樸素，和他的父皇相比則顯得氣勢文弱，白淨的臉上掛著一對溫和的眼神，毫無戾氣。

涅語只是呵聲輕笑，不以為意。

「好歹您也是墜陽領主，災炎一族的火神，怎麼會怕熱呢？」高頓問。

「討厭就是討厭，還需要理由嗎？」

太陽王子向前走一步。「父王……」

「千篇一律，你給我出去！」

「何不聽聽皇子的話呢？」

「我不認識妳。」火神對涅語說：「妳也出去。」

「領主心情好像不佳，晚一點再說。」高頓勸道。

太陽皇子和涅語女士不敢得罪火神，皆悻悻然離去。

「你……」火神指著高頓，但不是要趕他離開。「搬一箱酒和帶幾包菸過來。」

「臣事多繁忙，這種事請讓下人來做。」高頓說：「雖然您回來墜陽很值得高興，可也不能每天待在房內無所事事，您久沒參與政事，是該盡點領主的義務。」

「什麼義務？有燐和你在，墜陽需要我嗎？」

這個地方實在太冷了，冷到高頓全身不自在。「請不要說這種話，災炎一族的人民還是很需要您。」

「沒什麼事就照我的吩咐去辦。」火神拿起吉他翻開樂譜，看來是準備要練習音樂。

「您一點都不想和我議論國事。」烈和亞基拉爾實在差太多了，高頓難掩失望神情。「希望您能對墜陽的事務更熱衷些。」

烈無視高頓，已經開始自彈自唱起來。火神很少開口唱歌，其實他的歌喉很好。

「恕臣無禮，臣近來聽到一些有關您的負面消息。」高頓問：「請問您是否缺乏靈魂玉呢？」

「不缺，你問這做什麼？」

「是這樣嗎？您的靈魂玉只用來修補神力的副作用？」

「不這麼用，難道還需要你教我使用方式嗎？」火神逐漸沒耐心。

「靈魂玉是可以這麼用，但那也是貨幣。」高頓說：「聽我說，樸津是亞基拉爾陛下的地盤，他可以接受讓您免費自由進出王爵會所這沒什麼問題。可是您去其他地方是需要付費的，您不付錢不光是會引起眾怒，還會讓墜陽的名聲受損。顧及災炎一族的皇室顏面，請別這麼任性。安茲羅瑟人最不能忍受的除了飢餓，就是沒有靈魂玉，假如您有需要，臣可以為您準備用之不盡的靈魂玉，只要您一聲令下。」

「我自己要用的東西為什麼還要讓你們幫我準備？我又不是孩子。」烈說：「把那些多嘴多舌的人全燒光，他們就講不出話來了。」

「那麼提出抱怨的人……」

「把他們全燒了！」

「該不會您一直以來都是這樣？」

「是，看不順眼的就燒，全燒個精光。」

高頓啼笑皆非，他暗自下了個決定，以後只要火神單獨外出都要派人跟隨。倘若他有消費行為一定要搶在前頭立刻幫忙支付，避免再讓火神做出這種愚不可及的行為。

在賀里蘭德的郊野區有個亞蘭納人的集會所，一群崇拜著黑暗之神多克索的年輕人總是在那裡述說著當個安茲羅瑟人有多好、會得到多強大的力量、能永生不死、沒有疾病苦痛等好處。每天重複著類似的話題，閱讀的書籍幾乎也都和安茲羅瑟或魘塵大陸習習相關，他們冀望自己能得到召喚惡魔並求取願望的機會，日日夜夜地期盼著。

這些人多是想修習神力卻礙於天賦、資質、體能之類的因素而無法如願的修道士。或者是憤世嫉俗，對亞蘭納頗多怨言的平民。其中還參雜一些罪犯、失志灰心的人，也有些妄想長生不老及認為只要成為安茲羅瑟人就可以高人一等的愚者。儘管裡面的參與者背景來歷混雜凌亂，但是都有共同的目的——想成為被轉化的亞蘭納人。

一名年長的女性對群眾發表演說：「人們修習神力不外乎是為了世俗性的目的：例如取得異性的愛、致富、得到權力、偷搶拐騙、尋人、增強自身能力及壽命等等。不管是什麼，各種祈願在此都可以得到完美的解答。但是想要達成願望並不是隨便召喚一名安茲羅瑟人便可滿足，必需要是上位指揮者階級的惡魔，它們才具備高強的能力可以解決我們的疑難雜症。」

「會因為召喚惡魔前來而有生命危險嗎？」學徒問。

「我們提供條件，願意接受的惡魔才會前來，這算是一種交易。違反契約的安茲羅瑟人不但得不到他們想要的東西，還可能因此付出嚴重的代價。」那名女性說：「雖然如此，我們還是不建議沒經驗的人進行自身能力無法負荷的召喚行為。畢竟不管成功與否，都存在著一定程度的風險。」

「在進行召喚儀式前，我們要很清楚自己的願望和目的，選擇適用的咒文或道具，整個儀式的過程也務必要透徹地了解。此外，若需要印記或書寫，我們也得事先準備特製的紙、筆、墨，絕對不能草率行事。儀式前需節制、淨身、節食、修口，避免精神和肉體上的不虔誠、暴力、暴食、咒罵及其他極端行為。執行儀式往往需要一整天的時間，歷經四個階段、四段咒文的吟唱，同時在方陣外圍需有四名專業的導師護持，才能在中央的法陣中召喚出安茲羅瑟人。召喚師身上的長袍及鞋子均為黑色，帽冠上需繡有特殊符文。香料及薰香必不可或缺，這是要讓被召喚的惡魔知道自己所在的位置。該以鮮血為祭就不可用肉，該以鮮肉為祭就不可用屍體，祭品需分明。」

「做足萬全準備，兩名男召喚師需禁慾十三天，兩名女召喚師需為處女之身。召喚的過程裡務必保持絕對的安靜，不可有外力打擾；否則不但前功盡棄，召喚者可能有致命之憂。四名召喚師在儀式進行前務必在臉上繪上惡魔彩妝，此舉代表向安茲羅瑟人示好。」

「開始實施儀式的當晚，施術者得以紅神木的樹枝製成魔法杖，並且備齊血紅石、赤色鬼火燈、火盆、釀血酒、琥珀、蠟、石炭等材料。接著以未滿週歲的男嬰及女嬰獻祭，先宰殺後將血倒入銀盆內，取眼、心、腦為禮，拔骨為釘，以腸為索，胃、腎、肝、膀胱等臟器棄之不用。」

「一切準備妥當後，再來就是要尋覓一處不見光的陰暗地帶，惡魔畏光，所以有光的地方會使得儀式失敗。再來以魔法杖在地面上繪製法陣召喚圖；以腸索在中心圍繞成符合兩個成人寬度的圓圈，骨釘準確地釘在陣型四個角落，取血紅石沾童血繪成六芒星，在正三角形的北、東南、西南三角處置放赤色鬼火燈，正中央擺放火盆，倒三角形依順時鐘順序擺放腦、心、眼，在腸索外的東南西北各放一顆琥珀，以蠟在琥珀旁畫上圓圈，召喚術者即站在圓圈內。兩名男召喚者各站在南及北邊，女召喚者則分別站在東及西邊，石炭磨成灰灑在召喚陣的外圍，要灑得非常均勻。再來四名召喚者選擇在適當的時機飲下釀血酒，召喚儀式就可以開始了。」

「召喚程序的第一個步驟是在火盆內加點石炭、釀血酒、一顆琥珀後點火。在四段咒文吟誦直到結束之前，火盆的火都不可以熄滅；倘若火一熄，惡魔可能會因為看不到召喚地點而回返魔塵大陸使得儀式前功盡棄。輔助用的薰香和香料也可適時地投入火盆內，讓儀式事半功倍，增加效率。惡魔感受到四人的召喚，便會受到吸引而來，到時候就可以和惡魔談論願望的實現方式及該付的代價了。」

依照說明完整地執行召喚儀式後，一道巨大的人形黑影自硫磺煙霧中現身，沒有人能看得清惡魔領主的真正面貌。「吾為魔塵大陸邯雨領主亞基拉爾．翔，何人召喚？」

四名召喚師依序報上名後，接著問惡魔：「汝能回應要求嗎？」

「有何請求？」惡魔之影問。

「為實現願望當與汝締結契約。」召喚師說。

「汝貢獻出靈魂則契約可成矣。」惡魔回答。

「不清楚汝的能力，怎麼可能獻上靈魂？」

「條件不成，吾自當返回魔塵大陸。」惡魔說。

這時，一群亞蘭納信徒蜂擁而來，見到惡魔之影隨即跪拜在地。

其中一人大喊：「吾願貢獻靈魂，只求汝實現吾的心願。」

「汝可願依魔導書之約為憑締結契約？」惡魔問他。

「願！」

隨後從空中飄下一紙合約，上面寫滿看不懂的文字。惡魔說：「簽名立誓，蓋上血印合約即成。」那人照做，隨後紙張升空，接著消失。

「契約既成，吾當履行約定。」惡魔之影拋下一物，是顆血淋淋的人頭。

「沒錯！」那人狂喜地吼叫：「他就是我恨之入骨的仇人！」

「怎麼會這麼快？」一旁的信徒不可置信的看著眼前的情景。

「那……那我也要許願。」一名病厭厭，臉色蒼白的人走來。「我希望能讓我的不治之症痊癒，只要能讓我多活幾年，即使死後要我將靈魂獻給您也無所謂。」

惡魔之影同樣和這人訂定契約，然後一揚手，那患病似的人立刻容光煥發，神采奕奕。「我不痛了，我的病真的好了！」

許多信徒見狀，爭先恐後地要讓惡魔幫他們實現願望。

「吾的時間不多，想要達成願望的人就讓吾在爾等的身上留下心願之印。」

「心願之印？」

「沒錯！」惡魔之影說：「它與靈魂連結無關，也不是控制法術，是一種聯絡用的印記。當此印記發出金色光芒時，爾等不需經過召喚儀式便能讓吾直接前來滿足汝等的願望，只要條件與代價讓雙方都能接受，契約即成。」

有部分的人顯得很猶豫，他們擔心這會是惡魔的陷阱。

「只要讓略懂神力的人鑑定，就可明白這印記對生命及靈魂不會造成任何損害，也不會有連結的效果。若是擔心的人也可以選擇不接受，那麼之後再呼喚吾時就得依賴召喚儀式。」

……遠在邯雨的貝爾覺得不可思議而提問：「我一直以為召喚惡魔儀式只是亞蘭納的鄉野傳說，沒想到是真的？就連陛下您也曾受到召喚嗎？」

「召喚神術的確存在。」亞基拉爾點頭。

「所以您……真的去亞蘭納和那些人訂定契約？」貝爾完全不相信亞基拉爾會做這種事。

亞基拉爾露出一絲冷笑。「不如你回答我三個問題好了。亞蘭納人對神力的掌握度不佳是眾所皆知的事，一群烏合之眾用自以為嚴謹的儀式來召喚安茲羅瑟的新嶽領主雀一羽，你覺得行得通嗎？再來，你是忙碌無比的赤華或驕傲的火神，你會千里迢迢的跑去亞蘭納只為了聽取這些人生失敗者的心願嗎？名、利、權什麼都有的漢薩，你認為他若被召喚到亞蘭納時，那些人要付出多大的代價才能滿足漢薩的需求？」

「所以，究竟是……」貝爾還是不明白。

「野狗捧著牠們最喜歡的狗糧和骨頭要和你訂契約，這就是笑話一則。」亞基拉爾說：「安茲羅瑟人多瞧不起亞蘭納人，那你認為亞蘭納人能帶給安茲羅瑟人多大的滿足呢？呵呵，他們用的不是召喚儀式，只是一群傻瓜的扮家家酒。」

「那過去亞蘭納的就不是您本人囉？」

「就算聽到呼喚，我也不會過去。若每個人召喚一次我就得前往，那我豈不忙死了？」亞基拉爾說：「我既不博古通今，也沒十二天神的通天本領，又比不上往昔之主的強大力量。說穿了，安茲羅瑟人不過就只是蒼冥七界的平凡種族之一，我能滿足多少人的願望？這道理一樣可應用在神明身上。神是唯一的，信徒卻有數十億人，祂每天得聽多少人的祈禱與心願？祂又能幫助多少人？若一個神祇的任務就只是滿足每一個賤民信徒的心願，那麼祂就不是神了，只是個有求必應的奴隸。況且信徒的願望達成之後，神還有能讓信徒為其犧牲奉獻的價值嗎？反之，若神解決不了信徒的難題，我信祂又有何用？所以說信仰、神祇、虔誠全是笑話，不值一哂。」

「您是無神論者？」貝爾大驚之後，馬上醒悟。「原來您之前表現出對黑暗之神多克索有無比的信仰，實際上那只是用來攏絡信徒的手段。」

亞基拉爾發出連聲嘶笑。「呵呵，致富之道的不二法門，唯有八字真言──『利字當頭，唯利是圖。』表象的虛實誰在乎呢？只要我得到想要的東西就行了。」

「所以遠在亞蘭納的召喚儀式……只是騙術一場？」

「怎麼會是騙術？有所付出就有所得，只是回應他們的是我的影子而非我本人罷了。」

「那麼召喚您的亞蘭納人真的有實現願望嗎？」

亞基拉爾理所當然的點頭，「當然……在幻覺之中他們得到最大的滿足。」

「幻覺？」貝爾認為這太過分了。「您不但欺騙亞蘭納的信徒，還拿走他們的靈魂。」

「這是回應召喚的帳款而非幫他們實現願望的代價。」

「至少……您也可以將他們轉化納為己用。」

「轉化的僕從有你一個就夠多了。」亞基拉爾解釋：「何況只要答應完成信徒的願望，他們也願意將靈魂交給我。既然最後都是付出自己的靈魂，那麼在活著時幫他們達願或在幻覺中又有什麼差別呢？他們最後都是含笑而終。」

「這太惡劣了。」貝爾不平的問：「難道您都沒有認真的幫人達願過嗎？」

「不是他們祈求我就非幫不可，而是我想幫他們才幫。」亞基拉爾指著貝爾。「我不就幫你完成希望了嗎？你很幸運，也該知足。」亞基拉爾把玩著手中的靈魂玉笑道：「看看這些晶瑩剔透的靈魂玉多麼美麗。它既是貨幣也是欲望的聚合體，你看哀嚎的靈魂被困在晶體之中游移，是不是很有趣呢？」

「一點都不有趣。」貝爾如此認為。

「小小的一顆靈魂玉包含的全是人性的慾念和貪婪，很多人為了這東西可以連命都不要。」亞基拉爾輕拋靈魂玉，「祈願與實現都是假的，只有死後遺留的靈魂玉才是真的，這就是靈魂的代價！」

貝爾感到毛骨悚然。

前夕

位於新嶽首都冥雨台，綿綿不斷的酸雨持續滴落，河鼂慵懶的伏於沼地沉睡，彷彿整個世界都處於這種安寧閒適的氣氛之中。現在梵迦的宅院內卻有幾條身影圍繞著幽微的鬼火燈正促膝長談，他們掛著肅殺的表情連帶影響室內氣氛緊繃，外面的平和就像是包裝過的假象。

「汝的計算簡直錯誤連連。」薩汀略爾怨道：「不但沒即時查出希爾溫的藏身處，反倒被亞基拉爾戲耍於掌中。現在可好了，哈魯路托搶先一步出來登高一呼，你們得聽從他人吩咐行事不說，雀一羽大人的皇帝夢也沒了，整個蒼冥七界還將捲入無邊無盡的戰火。」

天界人就是天界人，竟把殺哈魯路托的責任完全推到別人身上，還臉不紅氣不喘地說得這麼理所當然，厚顏的程度叫人望塵莫及。「想想反制的後著吧！天界人只會討論責任歸屬的話，今天的會議一點意義都沒有。」梵迦說。

「該檢討的是天界。」雀一羽如此認定。「明知道我們會受制於哈魯路托，偏偏叫我們全權負責。難道你們真打算不費一兵一卒，冷眼旁觀我們的內鬥？而你們賭的就是我們能在哈魯路托現身前先斬其首或廢其羽翼。」

「想要哈魯路托之位，本來就該自己爭取，天界沒有義務協助汝登上王位。」

「好了，請兩位大人冷靜。」梵迦說：「如今昭雲闍意欲統整二十三領區的勢力，現階段情勢較為緊張，再這之後天界與埃蒙史塔斯雙方要避免像今天一樣的會面。」

「儘管是合作關係，事實上雙方的維繫仍然如履薄冰。」雀一羽說：「縱然是黑暗深淵領主也不能違背哈魯路托的意思，到時候戰場相見，我們對天界也無法留情。」

「在戰場上本來就各安天命，只要最終目的相同，雙方情誼依舊存在。」宿星主雖然掛保證，但他也提醒道：「九個軍團已經整軍待發，蓄勢以待。並非所有軍團領導者都通曉整個大計畫的運行，在猛攻之下，也許埃蒙史塔斯會遭受嚴重的損失。」

天界人天生就有心靈相通的能力，在自家軍隊進軍前難道會對整個大局一無所知？這簡直是騙小孩的說法，天界肯定是要以武力對埃蒙史塔斯家示威。「好了，立場既明大家就可以把計畫攤開來講。」梵迦認為：「哈魯路托的暗樁尚未盡出，我們的各種行動務必將損失降到最低以應付未來的變局。伊瑪拜茲家族和安達瑞特家族一向不睦，可以挑撥雙方。天界以部分軍力牽制亞基拉爾，埃蒙史塔斯家族會配合你們的行動，切勿急著和邯雨正面交戰。蘭德家族的勢力最為薄弱，當其他大家族無法配合他們時，則赤華．蘭德也孤掌難鳴，可以先全力對付。唯一該注意的是地理位置和地形問題；厄法位於魔塵大陸的中區，天界軍容易遭到其他領主率兵夾攻，又因為地形偏狹，當天界人過於深入時可能導致全軍覆沒。

「計畫若排佈妥當，我們自當按部就班進行。」薩汀略爾表示。

邯雨北伐軍要破天界七軍團的日魅闢威靈城，首先他們得將七軍團的三個要塞：密城、紅城、莫句之日分別佔下保持據點優勢，安茲羅瑟大軍才能朝威靈城長驅直入。

邯雨軍以特密斯將軍為領袖，召集辰之谷、霍圖、華馬、夜堂等勢力為聯盟，浩浩蕩蕩的舉旗進攻密城。然而因為辰之谷與夜堂先前的過節、霍圖與邯雨的恩怨，埃蒙史塔斯家族對華馬的施壓等因素，聯盟實質得到的幫助並不多。安茲羅瑟人的天性在聯盟內表露無疑：猜忌、不信任、質疑、冷眼等待別人的犧牲後坐領功勞，這些人比比皆是。特密斯指揮這群人時備感壓力，有種力不從心的感覺。

副官布寧引一人來會見，正是昔日被領主亞基拉爾下令闢入殁午荒地的亞蘭納人艾列金．路易。特密斯不明白亞基拉爾的用意，但既然領主又再次派他來支援，特密斯再怎麼不情願仍是接納了他。

兩軍相峙，天界七軍團的密城先發動攻擊。迅風星舟及風暴戰艦對聯盟軍無情地轟炸，天界打算以強大的神力科技迅速的壓制聯盟軍。即便沒達到打擊安茲羅瑟人的目的，鋼鐵天空的佈陣也可以先挫其銳氣。

特密斯下令以天巡者大隊、火砲戰營、魂能武裝部隊應戰。雖暫時阻擋天界凌厲的攻勢，不過時間一旦拖長，對安茲羅瑟人非常不利。相較於七軍團補充兵源及整備軍勢的迅速，安茲羅瑟人因為沒辦法團結一心的配合而使戰局轉劣，進攻的一方變得要轉為防守，局面尷尬。

前線的戰況傳回昭雲閣，亞基拉爾已經知道情勢發展，正進一步的安排應對方針。

「身為邯雨的領主、北伐軍的最高領袖，你不親自坐鎮前線，莫非是怕會戰死沙場？」暮辰·伊瑪拜茲語帶譏諷。

亞基拉爾不以為意。「暮辰大人，現在各領區仍無法齊心，這是妳該讓哈魯路托負責的部分。」他轉頭對哈魯路托說：「您說是吧？希爾溫大人。」

貝爾訝異亞基拉爾竟沒對哈魯路托使用敬稱，反倒像是在與同事對話。

「特密斯將軍只是上位指揮者，對其他領區的士兵畢竟統御力有限。」哈魯路托說：「現在缺乏的是領導者，若是惡災殃鼠們可予以協助的話……」

一道金色的光團飄入內殿，隨後發出宏亮的聲音。「你們有何顏面求我幫助？」

數十名衛兵跟著倉皇地衝入，大聲吼道：「大人，有侵入者！」

亞基拉爾冷冷地回應：「諸位辛苦，我們已經明白了。」

金色光團朗聲：「位階低下的人全部出去！」光團在空中放出衝擊波，亞基拉爾替貝爾擋下，其餘衛兵、下人、侍從盡數被轟出大殿。

「這是在和我們示威嗎？」暮辰瞟向光團。

「三權首議會的規定你們都很清楚，只要有一人否決則提案不成立。」光團說：「亞基拉爾領主、暮辰大人，雖然你們兩位權首皆贊同哈魯路托的復出；但利芃妮女士並沒有同意這項決定。遺憾的是，你們仍舊讓哈魯路托現身並向天界宣戰。」

「我已經卸下三權首的職務很久了。」亞基拉爾糾正道：「遞補的權首不正你自己嗎？」

「你們這群貪生怕死的人就和懦弱的希爾溫是一個樣，什麼樣的主人就養什麼樣的狗。」暮辰輕蔑地哼道。

「惡災殃鼠眾不怕天界也不避戰，只要給我們一聲命令，赴湯蹈火也在所不辭。」光團表示：「不光是我和利芃妮女士，連歐卓納斯領主也不滿爾等的行為。希爾溫大人，只要您願意讓我們協助，就給我們下命令讓我們服從；若不是出於自願也無所謂，臣會立刻帶您回果報之城，絕對無人可以阻擋我們。」

「監督使大人，您執意要如此？」亞基拉爾已經面露不悅神色。

「安靜！我沒有在問兩位權首的意見，你們已經惹惱我了。」光團怒道。

雙方劍拔弩張，場面火爆。

貝爾赫然發現整個房間的地面已經被一層陰影覆蓋，影子中有一對目光如炬的銳利眼神清晰可見，其釋放出來的冷冽殺意叫人汗毛直豎。名為惡災殃鼠眾的這群怪人，到底是什麼來歷？居然連亞基拉爾和暮辰這樣的高階領主都不放在眼裡。

貝爾曾提過這個疑問。亞基拉爾的回答是：「這是一股隱藏在魔塵大陸底下，隸屬哈魯路托直接管轄的最強菁英集團。為了掩飾身分及躲避天界追蹤，他們的行動非常隱密且小心，故而自稱為惡災殃鼠眾。能夠加入惡災殃鼠眾的人除了對哈魯路托需要絕對忠誠外，每一位皆是經過精挑細選的強大勇士，階級都在上位指揮者之上。即便昭雲閣二十三區領主全部聚集，也不一定能夠與惡災殃鼠眾匹敵。這支軍團稱得上是安茲羅瑟菁英中的菁英。」

「勝過昭雲閣二十三區領主們？」貝爾認為這說法誇張到過頭了。

亞基拉爾解釋：「光是黑暗深淵領主階級的王者在惡災殃鼠眾裡就有好幾個了。這些人全都是放棄繼承領地、家族、子民，只為了全心全神侍奉唯一的哈魯路托而選擇加入，所以不是我過分誇大，而是你過分低估惡災殃鼠們的能耐。」

「三權首管理惡災殃鼠，那麼陛下您也是惡災殃鼠其中之一嗎？」

「三權首中只有利芃妮領主是惡災殃鼠眾的領袖，我和暮辰並不算是惡災殃鼠的一員。」回歸爭執的現場，本來保持沉默的哈魯路托終於緩緩開口。「韶利茲大人，請別怪罪兩位權首，是我自己決定要復出的。」

「事由我已經很清楚了，只要您的一句話，惡災殃鼠眾的想法絕不會改變。」光團表示。

「我希望你們能提供協助，為了魔塵大陸的將來，助我平定天界的入侵。」希爾溫以謙卑的口吻說：「還有，請幫我向利芃妮女士道歉，我不該沒知會她一聲就離開果報之城」

「臣會如實轉達，惡災殃鼠眾隨時聽候偉大的哈魯路托差遣。」光團散去，接著地上的陰影也逐漸消失。

亞基拉爾及時喊道：「夏多路托領主，請等等。」

陰影睜開令人生畏的雙眼看著亞基拉爾。

「我有一件工作希望您能先幫我完成……」之後，亞基拉爾將工作內容詳述。

天界軍以疾風暴雨的制空優勢壓制天巡者大隊，然後一路朝著聯盟本營進攻。就在局面傾倒之時，安茲羅瑟人全數撤兵回營防守。主艦指揮官是白翼天界人羅根斯，他認為安茲羅瑟人回歸本營的行為是打算做長久的抵禦，因此他所率領的鋼鐵天空艦隊則不退反進，打算一口氣突破聯盟的軍營。即便沒辦法一次將聯盟軍打倒，也能得到控制戰局的效果。

天空烏雲驟起，氣候發生異變。就在天界人不及反應之時，陰影已經籠罩主艦。不知為何，主艦突然向其他副艦發動攻擊，並使用神力干擾器影響其他船艦的神能。整個天界艦隊登時大亂，安茲羅瑟人的天巡者大隊趁亂登船，被破壞的迅風星舟及風暴戰艦總計十餘艘，七軍團狼狽撤退。

同一時間，昭雲閣聯軍的本營發生了權力轉移的變化。

「看見了嗎？這不是神力科技強盛就可以力壓的戰爭。各種神術變化多端、莫測高深，這就是那群目光短淺的天界人失敗的原因。」說話的那人蓄著灰白相間的長髮，頭戴翼盔，身著紫色魂能長袍，左手托著一本和他的半身齊大的怪書，容光煥發。「對方的主艦被我們的人控制，艦長羅根斯的精神體也受到重創。」那人說：「我叫雅納・哈丁，熟悉我的人會稱我為魔典。」

「你到底是誰？來自何方？」很快地，特密斯就感受到魔典的階級。「您是統治者階級的領主？這……請問是那個家族呢？」特密斯從來就沒看過這位憑空出現的領主，難免心生疑惑。

「沒有任何一個家族長能夠命令我。」魔典說：「我是哈魯路托直屬部隊惡災殃鼠眾其中一員，此次奉昭雲閣的命令前來接掌北伐軍統帥一職。」他拿出一份文件示意道：「這就是命令公文，即刻生效。」魔典左方一字排開，分別為惡災殃鼠眾的馬爾斯、哥列提、崗達。右方為血祠院的塔利兒、惡胎法師、鬼聖和尚。

連聽都沒聽過的名字，在座的眾人不免對魔典的能力有所質疑。

地面浮現一層幽暗的陰影，某個怪異的人物竟在不知不覺中潛入本營，而且在場的人皆毫無所覺。特密斯等人急忙跳開，進入警備狀態。

「不必緊張・是來自昭雲閣的使者。」魔典安撫道。影子發出類似風嘯的呼聲，魔典聽完後點頭，好像真的能讀其心意般。「了解，感謝夏多路托大人協助，屬下會盡力達成使命。」

魔影一瞬即逝，即便是特密斯也無法追尋其蹤跡。自從哈魯路托現身後，許多隱而未出的強者也跟著一併現世，不知道究竟是好是壞。

「你們人數雖眾，卻猶如一盤散沙。」魔典表示：「我初來乍到，許多事情需要特密斯將軍您的協助，也希望眾人能配合我的進攻計畫，讓戰事順利進行。」

「兵力的補充變得更為迅速，看來哈魯路托已經發揮統合的能力。」特密斯說。

「是，之後我們的後援自會源源不斷。」魔典說：「請替我召集各領區的指揮官，我要將工作分配給你們。」

旁邊的艾列金是唯一不受魔典階級影響的人。「就算你能讓特密斯心服口服，那也得讓我認證你的實力。」

艾列金伸展蟲臂飛快地往前一抓，馬爾斯代替魔典接招。「艾列金先生，不許對領主無禮！」

「馬爾斯，你真好記性，連我這微不足道的名字都還記得住。」

「彼此。」馬爾斯強行推開艾列金。

一道人影從人群中穿梭而來，速度奇快。今天來到中軍營的訪客意外的多，不一樣的是這次來訪的這個人沒有衛兵敢阻擋。「魔典是你！你們解除誓約，已經能夠出來了嗎？」

雅納彎腰行禮。「無畏者大人，許久不見。您來此是為了助北伐軍一臂之力嗎？」

「惡魂龍戟重鑄之時，我分身乏術。」加列斯問：「你都出現了，那韶利茲呢？」

「監督使大人應該剛離開厄法不久。」

克隆卡士上前正有事要報告：「領主大人……」

「我要找韶利茲，沒空理你。」加列斯哼一聲，眨眼間又不見蹤影了。

亞基拉爾盯著投影出來的魘塵大陸放大版地圖，正和韶利茲討論戰略事宜。

「關於這地方，我想派個兩名領主應該萬無一失。」亞基拉爾指著地圖某處。

「喔，恐怕我得拒絕您了。」光團回答。

「為什麼？」

「殃鼠眾的工作是協助哈魯路托及昭雲閣，為了安茲羅瑟人的大業而行動。這不是專屬於亞基拉爾領主您的私人部隊，你的排置有你的道理，但我不認為是對昭雲閣有利。」光團繼續說：「該給的支援、該派遣的人力吾已盡力周全，再來要怎麼運籌帷幄，全憑你們的本事。」

「私人？我考量的從來只有大局，目的也是擊倒天界人，我若存著私心的話也不用全軍傾巢而出。」

「汝為昭雲閣一員，所以傾力支援應當是你份內的本務工作。你關心著昭雲閣，但並非你提出大戰略後殃鼠眾就得配合。汝似乎很刻意的要去忽略哈魯路托的權限，莫忘了汝自己的身分依然只是人臣。」

「吾之意即哈魯路托之意，難道閣下認為我會害哈魯路托？」亞基拉爾反問。

「話有很多種解讀。依我看，汝已經逾越自己的權限，自作主張。」光團說：「何況我的職務並不是調動人手，我需和利芃妮女士討論，要和三個部門的領袖商議才可遣調。」

「迂腐的行事作風只會拖累戰略進度。」亞基拉爾堅持道：「若您拿不定主意，那我就直接和哈魯路托反應。」

光團攔在亞基拉爾前方。「邯雨領主，別得寸進尺！」

「吵什麼吵？」加列斯出現。「大老遠就聽到你們的爭執聲，既然大家都是同一陣線的人，自助互助的道理都不懂嗎？」

「是的，我承認亞基拉爾大人的布置很優秀。可他不經過討論就隨即調派人力的做法我不能認同，昭雲閣不是一人議會，亞基拉爾大人也不到說了就算的階級。」

「這樣說來，你只是出於對我的不滿而否定決議囉？那就是私心。」

「所以我說你們真無聊，同一個話題吵千年吵不膩。」加列斯指責：「韶利茲你有的時候就是這麼意氣用事，不要因為是亞基拉爾說的話就為了反對而反對；還有亞基拉爾也是一樣，偶爾問問希爾溫的意見，知會一聲後再行動只是舉手之勞。你的一個命令就想調動希爾溫底下的勇士，那些人的處境也會很尷尬，畢竟他們不是隸屬於你個人的戰力。」

「你來做什麼？」亞基拉爾問。

「我要重鑄惡魂龍戟，要拿回我的東西。」

光團回絕。「邪器、邪物，我拒絕還你。」

「哼，你們兩個這種時候倒是一鼻孔出氣。」加列斯哼道：「那是我的東西，我自己才有決定權，不是你拿了以後還得看你的心情才決定要不要還我。告訴你，我現在急得要命，即使要在這裡動手我也不以為意。」

「勝過我，魂氣就還你。」光團堅持道。

「我龍脊棍已經在鑄爐中了，你要我赤手空拳和你打嗎？」加列斯從一旁拿起掃帚後靈活的舞動。「和你對打，我用掃把就好。走，出去外面！」

空氣中傳來哈魯路托的聲音。「請監督使大人將東西歸還給加列斯大人。」

「可是……」

哈魯路托強調：「這是我的命令！」

「邪物現世，汝的麻煩將不斷，何苦呢？」

「我的麻煩我自己處理，現在有兩個更麻煩的人到了，該煩惱的是你們自己吧！」

兩名邪氣沖天的怪人穿越牆壁，如鬼魅般飄忽進入。貝爾與其他的衛兵為了阻攔也跟著衝了過來，其中一名守衛先對怪人發動攻擊，卻在還沒碰到他們的時候就被一股力量拉到半空中，隨後身體被扯得四分五裂，死狀悽慘。

「領主大人，這些人……」貝爾著急的叫著。

「天界帕托瑞斯黯守高庭五神座派來的使者來此就是要先殺人立威嗎？」亞基拉爾擺手，示意要侍衛們退出去。

「以安茲羅瑟人之姿代表天界前來談判，爾等知道厚顏無恥四個字嗎？」光團嘲諷道。

兩人一前一後，前者黑髮飄揚，雙頰紋上網狀的圖騰，眼神淩厲；後者右眼掛著奇形異狀的護目，無髮的頭頂滿佈著深色血管狀腫瘤。他們的身體皆被黑色掩光篷蓋住，沒辦法看見衣著。

「韶利茲，你不敢以真面目示人也是心虛的表現，大家彼此彼此。」黑髮男回應。

「要吵架我沒意見。」加列斯再度索物。「東西得先還我，你這樣會害我趕不上鑄造的重要時刻。」

韶利茲將原物歸還予加列斯。

加列斯臨走之前對來訪的兩人叮嚀道：「適可而止，否則等我武器恢復後會揍你們一頓。」

黑髮男科希斯．萬德感到不解。「加列斯還想用那個連他自己都控制不了的武器？」

「那是加列斯自己的問題。」亞基拉爾說：「不如談談此行的來意如何？作為黯守高庭五神座的使者，什麼人不派偏偏指定你們兩個老朋友過來昭雲閣見我們，殪神的想法不難推敲——就是要爾等避開光神的耳目，和我們私下談判。」

「你很清楚。」科希斯並不否認。

「天界金玉其外，敗絮其中。」光團閃耀著光芒。「如我所料，天界表面上團結，實際上也是產生了內部糾紛。」

「我們要見哈魯路托。」海鳴說。

「這我沒什麼意見。」亞基拉爾聳著肩。

韶利茲怒意攀升。「請不要代替哈魯路托發言，你為什麼總是擅自決定？」

「讓他們進來。」哈魯路托下令：「但是亞基拉爾大人和監督使大人需在我身旁。」

海鳴問：「為什麼？他們又沒有決定權。」

「這裡是魔塵大陸，你們身處於昭雲閣就該遵守我的規定。」哈魯路托表示。

隨後四人一同進入哈魯路托的房間。

「賜座。」

「不用。」科希斯拒絕哈魯路托的好意。

「科希斯大人、海鳴大人，如果你們是為了蘇羅希爾兄弟會而來談論情誼，我會非常歡迎。若是要談公事，我就不一定能給你們滿意的答覆。」

「見到你一如既往，我也為你開心。遺憾的是，只要你還活在這世界上的一天，光神就不會放你甘休。」科希斯接著說：「早在你們脫離天界後，我們就再無關聯，以前的情誼也不會再提起。」

「廢話少說，這裡不是你們開同學會的地方。有話就直說，說完滾回天界！」暮辰在一旁不耐地表示。

「快人快語，我就直述來意——將聖父統御權杖交還，然後昭雲閣退兵。」科希斯要求。

「憑什麼？」亞基拉爾難得厲聲叫道。

「就憑聖父統御權杖是天界的東西！」海鳴也朗聲地說。

「在天界待久了，也學會顛倒是非的本事了嗎？」光團說：「嚴格說來，托留斯華薩將權杖託付予哈魯路托，現在的他就是天界人和安茲羅瑟人的共主，你們現在對魔塵大陸興兵才叫造反。」

「正如你們所說，希爾溫取走權杖，所以費弗萊的位子坐的名不正言不順，天界六境沒有完全臣服於光神之下，所以他急欲拿回權杖來鞏固地位。」科希斯說：「這無關兩個世界、國家、人民，而是你哈魯路托和光神的私人恩怨，卻把兩界拉入了你們的糾紛中。」

「不，華薩臨終之意是要我轉交給阿爾克努。」哈魯路托解釋道。

「不管你交給誰，東西只要在你手上一天，兩界就永無安寧之日。」海嗚說：「所以我們今天就是為此而來，給你們提供一條新的方向。」

「你們所謂的新方向，不過就是要我們將權杖交給殪神罷了。」亞基拉爾哼道。

「殪神沒有光神那般想擴展四方的野心。只要你們交還權杖並退兵，他可以和昭雲閣訂下互不侵犯的契約，甚至可以建立雙方合作的聯盟機構。」海嗚解釋。

「『黑神翼』科希斯，你回答我三個問題。」亞基拉爾問：「我們為什麼要相信殪神？我們怎麼知道你是不是假殪神之名，結果將權杖交給光神？為了一個虛無縹緲的保證，是你們的話會想交還權杖嗎？」

「殪神亞撒沃丹神座知道你會有這樣的不平，所以只要你們交還權杖，我們會奉上費弗萊的性命當作回禮。」科希斯再提出一個保證。

這個提議確實讓在場的安茲羅瑟人十分震驚。

監督使韶利茲卻不能苟同。「這就是自以為正義的天界人嗎？私底下背主向我們這群惡魔進行交易，再以戮主這回事當作代價。你們的墮落真是沒有極限。」

「所以比我們更墮落的你才會被帕托瑞斯逐出！」海鳴不悅地說。

「住口，你們拿什麼來指責我？」韶利茲向哈魯路托提出建議：「權杖絕對不可以交給這些賣主求榮的小人。」

「為了魔壟大陸往後的和平，這不就是希爾溫你一直想努力的方向嗎？」科希斯轉頭說服亞基拉爾：「光神一死，你心頭大患除去，天界還有你畏懼的人嗎？」

「我從不畏懼光神，沒有你們我一樣能殺他。不過你們給出的條件很吸引人，值得考慮。」亞基拉爾又擔心道：「可是萬一風聲走漏，權杖反落入光神手中，豈不是給了天界一大助力？」

「風險是雙方都必須承擔的。」科希斯說。

「我堅決反對這樣的做法。哈魯路托，您不可以答應。」韶利茲極力勸阻。「我們應當堂堂正正擊敗光神，統一天界和安茲羅瑟，這才是永久的和平之道。」

「不對，權杖必須交給阿爾克努，這是托留斯華薩最後託付給我的大事，我不能辜負華薩的期望。」哈魯路托搖頭。

「你簡直無藥可救，難怪各領主都不服你。」暮辰大罵：「能給阿爾克努早就給了，但是你敢交給他嗎？阿爾克努被費弗萊貶為軍團小官，將權杖交給他又怎麼樣？那個天界人會服氣？權杖最後一樣落在光神手中。你空有聰明的頭腦卻配上頑固又天真的性格，才會讓你落到今天的地步。」

「我只是做我覺得應該做的事。」希爾溫的氣焰完全被他的姊姊暮辰壓下。

「權杖只是引發兩界爭戰的原因之一，即使沒有了它，光神仍會想征服魔塵大陸。」亞基拉爾說：「既然我們當初費了這麼大的代價，為了這支權杖而逃離天界，就該知道這是一件相當麻煩的物品卻也是很好的籌碼。若真的要發揮它的價值，就得用在最正確的地方與時機。我個人認為，當下並不適合將它交出。」

「無所謂，殪神有的是耐心。」科希斯說：「之後我們會再回來，希望到時能得到讓雙方都獲益的結果。」

望著那兩人像幽靈般的消失，亞基拉爾有點按捺不住內心的不滿。「這就是我們偉大的哈魯路托……連天界的使者都沒辦法應付。」

「亞基拉爾，我已經不止一次提醒你了。你也是黑暗深淵領主，難道不懂得收斂，不知道什麼叫階級嗎？」韶利茲怒道。

「沒關係，亞基拉爾大人也有他自己的意見。」哈魯路托為他緩頰。

「是我逾越了自己的本份，我的失言冒犯您。」亞基拉爾低頭認錯，表情依然不服氣。

「沒事的，不需要這樣。」哈魯路托雖然這麼說，但似乎解不了亞基拉爾內心的不快。

「事多繁忙，請勿見怪，屬下這就告退。」

亞基拉爾離去的背影讓哈魯路托不禁渭然嘆道：「亞基拉爾大人是昭雲閣的重要支柱，也是對抗天界的英雄；相較於我，大人的決策和意見更為重要，即使讓其和我平起平坐也無不可，監督使大人不用這麼嚴厲。」

「是您太過禮讓他，才會讓他有不懂進退，自以為能夠掌握昭雲閣大權的錯覺。」韶利茲說：「他自己對手下就很強調階級、說話態度及禮儀，在您面前卻完全看不到他身為臣子應有的表現。每一個人都說他是哈魯路托最忠實優秀的手下，他自己表面上也裝作對您很尊敬，將您捧得崇高無比；實際上，卻是一再的輕視與瞧不起您，這就是偽善的表現。」

「唉，我相信他沒這個意思。」哈魯路托隨後也步出房間。

當哈魯路托找到亞基拉爾時，他和貝爾兩人正單獨在討論事情。

「翔，你別把韶利茲大人的話放在心上。」希爾溫對亞基拉爾說。

亞基拉爾看了希爾溫一眼，接著給貝爾下指示：「你先出去。」

貝爾看著兩人異樣的神情後，雖然有點不安，但還是識相的先退下。

「我不會因為你說的話而感到介意，監督使大人是為了我好，他太敏感了才會這樣。」希爾溫露出僵硬的微笑：「我更需要你提供給我更多的意見和策略，在昭雲閣中你才是真正的支柱。」

亞基拉爾點頭，卻不發一語。

「我們之間何必這麼拘謹？像以前一樣，當作兄弟之間聊聊天就可以了。」

「兄弟？」亞基拉爾不這麼認為。「我們是主從，您是偉大的哈魯路托，我只是您轄下邯雨的小領主，不敢潛越。」

「我從不把你當成我的臣子，你仍然是我兄弟會的二哥，從小到大那個最照顧我的亞基拉爾。」

「夠了，不要再講這種話。」亞基拉爾連菸都抽不下去。「以前的事就留待回憶，我們有更重要的事……」

「有什麼比我們之間的心結更重要？我已經近千年沒和你聊過心事了。」哈魯路托說：「自從我復出後，從來就沒看過你真心的笑容，我不喜歡你跟其他人一樣，用應付上級的態度來面對我。」

「君臣有別，我對您的忠誠無庸置疑，並非應付了事。」

「我是哈魯路托，你心中的糾結我一清二楚，為什麼不把話講明說開呢？兄弟之間難道還得靠讀心術來猜測對方的心思，不是很累嗎？」

亞基拉爾似乎忍耐達到極限。「我很期待見到你出來領導安茲羅瑟，昭雲闍也需要你的號召。我只是想全力輔佐你而已，別無他想。」

「既然是這樣，那你對我的厭惡感為什麼表現的那麼露骨？」希爾溫感到不解。

亞基拉爾苦笑。「冰凍三尺是一日之寒嗎？」

「你也和其他領主一樣嗎？」希爾溫臉色一沉。

亞基拉爾仰躺在椅子上，怔怔地看著天花板。「有的時候我真的不得不佩服光神，他培養出來的二十名安茲羅瑟人竟然不是統治者就是黑暗深淵領主，如此想來實在太了不起了。」他起身後，對希爾溫說：「以前我照顧你們，是因為我年紀較你們大，自覺有義務幫助自己人。大家都在天界過得很辛苦，若沒彼此的扶持根本不可能度過那段痛苦的歲月。沒錯，那時的我就想當個領導者，因為我覺得我應該這麼做，也有能力這麼做。」

「你的確也是兄弟會的重要領袖，這完全是事實。」

「但這種日子不會太長久。」亞基拉爾語調低沉：「等到我們每個人都有自己的領區和地位後，安茲羅瑟人的本性就會教我們開始爭權奪利，兄弟會也因此分崩離析，各自不睦。」

「不，我就不想要這些。我不要權利、子民、力量、財富、名聲、榮譽。我只需要朋友，以及對我真心相待的兄弟。」

「少天真了，所以才說你不值得讓我們臣服。」亞基拉爾嘖聲。「大家都有權慾心，就連我也一樣。前任哈魯路托死亡，每一位黑暗深淵領主都屏息以待，希望自己能成為繼任者統治整個魔塵大陸。」

「錫楊胸無大志、我則懦弱膽小、烈自私自利、雀一羽心胸偏狹，你跟漢薩就是哈魯路托的最佳人選，也應該由你們其中之一擔任。」希爾溫解釋。

「現實就是依結果來論定，你成為哈魯路托是事實，所以安茲羅瑟人都必須服從你。」

「我並不想要這個位置。」希爾溫再次強調。

「接了這重責大任後就已經不是你個人的事了，不管你意願如何，你都注定要統整魔塵大陸二十三領區。」亞基拉爾啐道：「你就是這樣躲事怕事，所以烈才和你翻臉，漢薩才會瞧不起你，雀一羽甚至每天想的就是怎樣才能從背後捅你一刀。但是他不知道，其實最想殺你的人他只能排第二，沒人比我更想直接一箭射穿你的致命處。」

「你終究沒這麼做。」

「若我真想殺你，早在兄弟會內戰時我就幫助烈了。至於我為什麼不這麼做的原因就和光神想取回權杖一樣。」亞基拉爾語氣一沉。「因為你是名正言順的安茲羅瑟共主。」

「就僅是這樣？」

「沒錯，我也想過要殺你奪權，可是我又怕輪迴的結果換成漢薩或烈等人繼任哈魯路托而不是我。與其這樣，我倒不如全力輔助你，只要你的天下一穩，我的地位自然就能安定。我也知道你諸事以我馬首是瞻，只要掌握了你，就和我自己當哈魯路托沒有兩樣。」

「你不是念及我們深厚的情誼才幫助我的？」希爾溫失望多過訝異。

「情誼？我不止一次提醒過你，我們的兄弟感情早在你成為哈魯路托後就已經不復存在了。現在的你和我就是君與臣，他媽的安茲羅瑟階級制度逼得我一定要向你低頭，所以我痛恨階級；但如果我自己帶頭違背你的意思，那我的手下也會比照我的模式對待我。因此再怎麼不滿，我仍是奉階級制度為圭臬。」亞基拉爾嗤之以鼻的說：「感情？安茲羅瑟人的腦中除了爭強鬥勇、爭權奪利、自私自利、多疑猜忌外，還有什麼人會剖胸真心相待？你還認不清現實，看不到社會的運作模式嗎？」

「我不喜歡你們這樣，大家明明可以更和樂的相處，是你們給自己找了個變壞的藉口。」希爾溫終於也發出不滿的吼聲：「嚴格自持的人，怎麼可能連自己的內心想法都約束不了？你們之間都只想一較高下，打的頭破血流，這是我的問題嗎？」

「你真的是安茲羅瑟人中的怪異存在，一開始你就不是當哈魯路托的那塊料。」

「是，我非常不想當哈魯路托。我只想四處悠閒的採藥草、遊覽風景、結交朋友，餓了就吃飯，倦了就休息，幫助有困難的弱者，教導迷惘的學生，當一個快樂的古諾丁姆雷。」希爾溫摘下頭冠。「誰要當哈魯路托都可以，拜託來個人接手好嗎？我求之不得。」

亞基拉爾用力地拍掉希爾溫手中的頭冠。「可以的話我也想接，還用你說？」他揪著希爾溫的衣領。「臭小子，忍耐三千年的不是只有你，我也一樣。」隨即亞基拉爾又鬆開他的手，然後將希爾溫推開。「你以為我不想嗎？身為兄弟會裡你的二哥，要我向你卑躬屈膝、彎腰低頭，這一低還過了三千年。我認為我可以不要我的尊嚴，也覺得我能夠繼續忍耐，所以我真的忍下來了，一路支持你到現在。我以為只要你掌權就是我掌權，後來我澈底的錯了，原來最天真的人就是我。每一個人見到我就只會問你的下落，光神的目標永遠只有你，梵迦連針對我的意思都沒有，只想著要對付你。大家給我的稱讚都是哈魯路托的忠臣，我做什麼事、打什麼仗好像都是在幫你鋪路，這輩子就宛如一直被你踩在腳底下般的無奈。你知道每次我聽到有關你的事，心情有多不好嗎？你懦弱的雲遊四方，避而不見，閃躲天界的追殺。我呢？和天界爭戰、統合昭雲閣、結合魔塵大陸聯盟，最後你一回來就通通變成你的了。我就是那個持劍開槍幫你殺出血路後，什麼都沒得到的蠢蛋。見到你重新復出，號召群雄，我真是一點喜悅都沒有。過了這三千年，我領悟一個道理；不是什麼有賺頭的生意都會讓人感到開心。」亞基拉爾猛烈地喝乾一杯酒，但情緒並沒安撫下來。「就連要調動昭雲閣的人都還得看你的眼色，惡災殃鼠眾那群英雄豪傑也只聽從你一人的命令，我算什麼？對他們而言我只是地位比較高的臣子，一點分別都沒有。我糾結了真的很久，殺你會讓局勢變得混亂詭譎；不殺你又會讓我痛苦萬分。如果說向你下跪就能得到我想要的，那我跪又何妨？問題是跪完以後，我才發現我根本無力去改變哈魯路托才是安茲羅瑟共主的事實，我做什麼努力都沒用。對，我跟漢薩一樣，跪你很傷自尊心，因為你不值得，也沒有那種資格。」亞基拉爾用力將酒杯掃到地上，玻璃四碎。「我這輩子最討厭三個人：第一就是破壞我人生的光神費弗萊。第二就是害死錫楊又殺害亞森的混蛋邵．鐮風。第三就是把我的臉皮毫不猶豫的踩在地上磨蹭的你——希爾溫．伊瑪拜茲。」

希爾溫不敢直攖亞基拉爾的怒氣，他怯弱地說：「我……我就是明白你的心情，所以一向很尊重你的意見，也知道你不是真心服我，才會……」他欲言又止，不知道這個時候該講些什麼話比較適當。

抱怨完後，亞基拉爾的脾氣明顯減緩。「抱歉，最近我有點神經質。不但做了很多錯誤的決策，連話都變得不會說，屬下有罪。」

「我不會放在心上，你說出來大家反倒舒坦許多。」希爾溫說：「我會讓韶利茲大人全力配合你的。以後你說的話就等同於我說的話，你做的決定就是我的決定，這是我頒布的命令，任何人都要遵守。」

亞基拉爾起身致謝。「如此大恩，屬下惶恐。」他一點也沒高興的樣子。

「對不起，我能為你做的事並不多。我……我能理解你的壓力，對你也感到很抱歉，讓你白白為我承受那麼多事。」

「以後這種沒意義的話就不用再說了，頭已經洗下去，不沖也不行。我會幫助你直到打敗天界及統一兩境為止。」亞基拉爾長嘆一聲。「你可以什麼都不做，只要稍微振作一點，安茲羅瑟人自然就會強盛起來。因為你到現在都還不明白自己的重要性，不免讓人感到心灰意冷。」

「我會盡力扮演好自己的角色。」希爾溫承諾。

兩人陷入一陣沉默，隨後亞基拉爾起身鞠躬，「臣有要事在身，不便久留，恕我先行告退。」語畢，接著步出房間。

「我聽完了你們的對話。」韶利茲接在亞基拉爾之後進入，他語出批評：「他就是這種自大自負的人，以為自己重要到無可取代。」

「領主大人的壓力太大，讓他發洩一下也好。」哈魯路托說：「不過你的確沒說錯，確實無人可取代亞基拉爾大人。我方才下的命令您也聽見了，之後亞基拉爾大人將擁有隨意調動殃鼠眾的權限。」

「請再考慮一下，我不想見到那些為了哈魯路托而聚集的戰士們淪為他的打手。」

「這是為了魔塵大陸的未來，他的決定好與壞，相信你們也都有判斷的能力。」哈魯路托堅定的說：「至少，我相信亞基拉爾大人。」

為了哈魯路托突如其來的拜訪，貝爾和亞基拉爾兩人之間正進行的討論被迫中斷。等到他們的談話結束後，貝爾馬上又被亞基拉爾召見。就在貝爾來到他們在厄法的臨時居處外時，輕柔的鋼琴聲正透過鬱悶的空間飄揚傳來。音樂雖然悅耳動人，卻沒有療癒內心的放鬆感，反倒聽起來很沉重。

亞基拉爾彈奏的音樂大概就如同他當下的心情，貝爾第一次見到亞基拉爾眉頭深鎖、心事重重的樣子。按照以往來說他應該要很有餘裕地坐在椅子上，一邊抽菸喝酒，一邊以談笑的語氣來解決問題。

「光神以前教育我們的時候，他認為一個人的發展需要多方面同時精進，所以我們每天接受完那堆危險難熬又嚴苛的神力訓練後，還得看書、寫書法、繪畫、練音樂。簡直叫人嗤之以鼻，他到底想培養什麼樣的專才？在他的心目中，沒有十項以上才能的人大概都被他視為廢物。當時的我們在學習的過程裡是既納悶又辛苦，可是一旦放棄學習的話，在常日評鑑裡得到低分，那付出的代價會遠比放棄更嚴重。」亞基拉爾的手指飛快地敲在琴鍵上，靈動的音符化成美麗的樂章譜出動人的旋律。「光神會讓那些低分不過的同學活得比死還要更痛苦。」

「這樣說來，您訓練我的方式是比照以前你們的學習課程？」

亞基拉爾揚起嘴角，「哼，猶不及萬分之一。」最後一個音節落下後，琴聲緩緩而止。「等我當上領主後，我倒是很感謝他那段時間對我們苛求的栽培。若不是他，烈也不會沉迷音樂，希爾溫也不會想當個醫生，加列斯喜歡對他的木雕說話更甚於對人。」亞基拉爾脫下手套。「心情不好的時候彈上一曲，還是有舒壓的效果。」

「您……沒事了嗎？」

「我需要你來替我擔心嗎？」亞基拉爾坐到沙發椅上，倒了杯酒。「回去邯雨的時間再延後數天，我還有事待辦。」

「知道了，我會安排。」貝爾問：「我們的守備是否要加強呢？已經被人莫名其妙的闖入兩次了。」

「夏多路托和韶利茲有不下於黑暗深淵領主的驚人實力，憑你們想攔下根本不可能。」亞基拉爾繼續說：「科希斯及海鳴兩人是咒術師出身，魔塵大陸裡還沒有他們去不了的地方。」

「所以守備的部分都不做更動嗎？」

「把西玄門的人力往正廳調，花庭不需要留太多人，其餘地方加強防守即可。」亞基拉爾臉上掛著令人不安的笑容對貝爾說：「兩次被闖入的錯就記到你頭上，回去邯雨再處罰你。」

貝爾愕然，他也只能苦悶在心中。

「沒事的話你可以先出去了。」

「那個……」其實貝爾在門外有聽見亞基拉爾和哈魯路托的爭執，雙方互相埋怨的對話讓貝爾頗感震驚，他這才了解亞基拉爾和哈魯路托過的生活並沒有外界想的那麼風光、意氣風發。

「我想說的是……其實生活可以不用過得那麼苦悶。」

「我什麼都不管的話，你們自己能做好嗎？哼，我從不相信任何人，只信任自己的能力。」亞基拉爾也不怪貝爾偷聽他們的對話。「告訴你，安茲羅瑟人的階級制度讓這個社會不會有民主自由的一天。在上位者不努力，每個都像烈一樣只想到自己，那領區就完了。」

「哈魯路托有您來輔助萬無一失，您同樣也可以請一個自己信任且有能的手下來為您分憂解勞。」

「那個人是誰？是你嗎？」

亞基拉爾這麼一問，貝爾紅著臉低下頭，一句話也不說。

「我不需要太聰明的手下，動腦的事由我來負責，你們只需要按照我的命令執行就好，省下你們質疑與討論的時間。」

這就是亞基拉爾的風格——他完全不想任用其他聰明的參謀與議士，只想把權力和決策全攬在自己身上，底下的人都得照著他的標準作業流程來走，完全沒有任何商量檢討的空間。

貝爾覺得亞基拉爾的想法太過專制，這除了會讓自己更疲憊外，也很難顧及其他不周全之處。這就莫怪乎亞基拉爾一天睡的時間連半刻都不到，他光是處理堆成山的文件報告就夠他忙的了。「如果您不介意的話，我會很樂於貢獻我的一己之力。」

「別把話說的那麼漂亮，到目前為止你做的事還沒讓我滿意過。」亞基拉爾看了他一眼，沉重地說：「這場戰爭會打很久，你要努力點。」

亞基拉爾好難得會講這種安慰人的話，貝爾聽起來倒有些不自在。「您討厭的除了宗教、階級、哈魯路托外，還有戰爭對吧？」

亞基拉爾因為貝爾的這番話感到納悶，他疑惑地看著貝爾。

「因為您和其他安茲羅瑟人不一樣，對於戰爭和打鬥沒有表現出太多的喜悅，因此我是這麼猜測的。」亞基拉爾的形象和初次在阿特納爾相遇時落差太大，貝爾都懷疑那時候的他是不是以演技在騙人。不過至少他已經知道當時亞基拉爾的獸化只是偽裝，那既非真面目也不是原形。

「你不覺得你有點多管閒事嗎？」亞基拉爾點頭承認。「是，我也不喜歡戰爭，你可以試試打個三千多年又一無所得的仗，看看你會不會倦怠。」他哼道：「就因為我討厭你列舉的那些事物，所以才更要打，而且非打不可；因為這是幫助我再也不用煩惱這些令人厭惡的雜事最一勞永逸的方法了。」

亞基拉爾如此說著，他的眼神中透露著深長的意味，似乎在盤算著更極端的計畫。「沒事的話離開吧！」亞基拉爾又說：「在那之前，你的父親安德魯有事要和你說，你快去見他。」

「父親大人也來到厄法了嗎？」

亞基拉爾抽著旱菸，一語不發地陷入深思之中。

貝爾突然覺得整個房間變得又大又空曠，然後眼前坐在房間正中央的亞基拉爾變得渺小又孤獨。他終於了解為什麼亞基拉爾在樸津時要拒絕加列斯的提議了。亞基拉爾根本沒打算留子嗣，他就是只為了自己的目標在奮鬥，直到死了以後就一了百了，俗世再與他毫無牽連。這種人窮極一生只為了個人在奮鬥，其他人的一切都和自己無關。

多麼孤僻，多麼寂寞？這樣的人生及這樣的生活方式，貝爾覺得真的好悲哀。

亞基拉爾所在的國家沒有其他人——只有他自己。

「爸爸，您來了。」

安德魯早已等在宴客廳中，此時裡面只有貝爾和他父親兩人，偌大的廳堂顯得空空盪盪。貝爾挪了張椅子，拿了瓶酒要招待他的父親。但是安德魯只是背對著他，一句話也沒說。

甚至，貝爾覺得這背影非常眼熟，好像有點奇怪。

「爸爸，請坐。」貝爾擺好位子後示意道。

「不用了。」安德魯的聲音變了，連外貌也改變。

不，不對，這不是他的父親。

「亞基拉爾大人？」剛剛才見過面，現在又約人出來，難道是在耍自己嗎？貝爾內心糊裡糊塗的想著。

「我不是亞基拉爾，我是你的父親。」說完的瞬間，他馬上又換了張臉。

「變成亞凱了？這……這是？」貝爾被安德魯急遽變化的外貌嚇到。

「我本來就沒有自己的面貌。」安德魯說：「我是惡災殃鼠眾的『鏡像』麥朗斯。」

「鏡、鏡像？」貝爾詫異地重複唸了一次，他又問：「所以你不是安德魯先生？」

「我是安德魯，是你的父親，既是麥朗斯，也是哈魯路托。」他變回貝爾那天在果報之城中所看到的模樣，隨後又再轉換成希爾溫．伊瑪拜茲的外貌。安德魯改變的不止是外形，還有聲音、氣息、說話的語氣、身上的神力都和本人一致，可說是唯妙唯肖。

「我、我不太明白這是什麼意思。」貝爾暈頭轉向。「您讓我感到混亂。」

「我的能力就是複製他人的外貌，因此我在果報之城中擔任哈魯路托的影武者、分身。」安德魯表示：「當天你所看到的我並不是哈魯路托，只是經過模仿的假象。」

「我知道我弄錯了，因為在此之前我並沒見過哈魯路托的真面目。」

「我不是為了澄清這點才特地來找你的，我有很多話想對你說。」安德魯隨後表示：「連同你那天在果報之城內對我的提問，今天也一併給你解答。」

貝爾心跳急促，他最想知道的真相就要從父親的口中說出了。

「我真的是完全沒想到你會遠從異星來到宙源，而且還能自聖路之地費盡千辛萬苦的抵達魔塵大陸。」安德魯輕撫著貝爾的頭髮。「我可以體會到這段時間裡你過得有多麼辛苦，生活肯定也不容易。這全都要怪我一時錯誤的決定才會害你落到今天的地步，真的……非常抱歉，全是我的錯。」

「我、我沒有要怪罪爸爸您的意思。」貝爾急忙澄清。

安德魯搖頭。「不對，若我沒出現，你們兩姊弟的人生就不會變成這樣。」

「為什麼這麼說？姊姊一定不會這麼想，所以我也是。」

「你不是想知道前因後果嗎？我現在就全部告訴你……」安德魯緩了口氣後，接著娓娓道來：「以前，天界試圖尋找深藏在蒼冥七界底下的祕密以及宙源外的新天地，他們為了這個目標做出許多努力。這不止是要滿足他們的求知慾，更是為了擴張天界的領區。他們的研究持續了很長的一段時間，天界人從神址、書籍、古物、遺跡、異空間等地方不斷的探索，但終究一無所獲。在某次扭曲傳送門的實驗中，他們意外的讓傳送門和另一個奇妙的空間相連接，終於找到了新的世界。」

「就是我居住的地方嗎？」貝爾問。

安德魯點頭。「和明亮如炬的宙源相比，你們的宇宙是既陰暗又寒冷，就算是博學多聞的天界人也會覺得新奇和驚訝。當他們仰頭一望後，發現天上有著一閃一滅的微光、如弦似勾的彎月、還有一顆熾烈炎熱的火球升在高空。如此奇景讓天界人興奮不已，他們迫不及待地想探索異星。」

「宙源沒有星光、也沒月亮，太陽在我們的世界裡是一顆恆星，在宙源裡太陽只是代指為無盡晝天所發出的光芒，是一種現象而非實體。」貝爾說。

「確實如此，異星對天界人而言可說是一本最珍貴的教科書。」

「那時的我們是處於什麼時期？該不會我也是天界人創造的吧？」貝爾半開玩笑似地問。

「不是，當時異星的科技雖然非常落後，但是已經有自己的文化、語言、文字，甚至還有聯邦制的國家出現。」

「話雖如此，當天界人出現時一定會引起軒然大波吧？他們身後那一對羽翼，然後又能在天空翱翔飛行，還會使各種奇妙的神術……」貝爾像是想到什麼似的，驚問道：「該不會我們的神話故事都是以天界人為樣板再加以編修後流傳萬世的？」

「也許吧！對於這點我就不是很清楚了。」

「那這段歷史和我又有什麼關係呢？」

「先別急，聽我接著說。」安德魯繼續說：「傳送門的消息很快地傳到魔塵大陸，不少出於好奇心的安茲羅瑟咒術師也試圖開啟連接到異星的傳送門。」

「連想都不用想，齜牙咧嘴的安茲羅瑟人就一定是邪惡、惡魔和怪物的代表。」

「天界為異星人提供不少友善的幫助，因此得到了異星人的尊敬與崇拜。但這其實並非出於無償的善意，僅只是天界為了觀察異星人在異星的生活習性所寫的觀察日記而已。那就和一邊養小動物一邊寫著成長紀錄沒什麼多大的區別。」安德魯繼續說：「比起天界人有計畫性的為異星人提供協助，安茲羅瑟人來到異星根本沒有目的。他們恣意妄為的行徑不光是摧殘破壞異星人的建設，甚至於肚子餓時還把孱弱的異星人當成食物。」

「我就知道，安茲羅瑟人少了領導者後就只是禍害。」

「這是因為會前往異星的全都是一些低階安茲羅瑟人，他們大多只是抱著好玩的心態當作觀光參訪。」安德魯說：「像是漢薩或雀一羽那樣高階的黑暗深淵領主就對異星不感興趣。唯獨一個人例外……」

「亞基拉爾大人。」貝爾說出了答案。「他就是那個與眾不同的黑暗深淵領主。」

「基本上，只要是天界人做過的事，亞基拉爾陛下十之八九都會去嘗試一遍。」

「那麼說來，爸爸您和塔利兒先生就是依照亞基拉爾大人的指示才到我們的世界囉？」

「這一點你說對了。」

「可是當我以前還住在村子裡時，根本沒真正見過安茲羅瑟人或天界人，聽到的都只是傳說和神話故事。」

「安茲羅瑟人對異星本來就沒多大的興趣，全都是短暫的熱度而已。何況能去異星的咒術者並不多，發現異星這件事在魔塵大陸只是引起一陣小騷動。」安德魯繼續解釋：「天界人雖然待在異星的時間較長，與異星人相處也融洽，可是異星上缺乏神力資源及靈魂玉，光這兩樣最重要的東西在異星上遍尋不得，天界人就已經沒理由在蠻荒的異星建立據點。他們既沒辦法在異星上全力施展神術，兩地之間的來回又不容易，再加上當時天界也意欲併吞魔塵大陸，諸事繁雜之下，異星的事就這麼被他們拋諸腦後。一直到後來天界在異星上引發了一件令他們顏面無光的錯誤後，天界人終於全面退出異星，返回宙源。」

「錯誤？是什麼樣的錯誤？」

「為了讓天界人便於來回兩地的通行，他們打算建設連接通道。」安德魯哼道：「不知道是因為異星上缺乏神力資源的關係，或者是天界人已無心於異星的事務而變得漫不經心，他們開啟的傳送通道竟然產生崩坍的現象，強大的神力扭曲了空間並將整個異星人建立的國家拉入了宙源。」

「這麼離譜的意外應該不是天界人的施術問題。依我猜測，應該是我們的世界沒辦法提供傳送門一個維持神力穩定的環境，所以才讓通道變成黑洞。」貝爾認為：「那個國家的下場必是悽慘無比。」

「一百萬名異星居民存活下來者，可能連五百位都不到。」

貝爾倒抽一口涼氣。「只有兩千分之一的生存機率？」

「你自己也是異星人，應該能夠體會宙源的環境有多不適合異星人居住。」

貝爾同意道：「是的，剛來宙源時我就覺得身體快被這邊的重力壓垮。當我的眼睛還沒辦法適應時，看到的東西都成了扭曲的詭影。淡紫色的空氣並不能使我呼吸，且空氣中的病菌讓我的身體產生潰爛。這裡的動、植物長得恐怖又異常兇猛，氣候較為嚴寒，陽光薄弱到幾乎沒有感覺，土壤也會腐蝕皮膚。」貝爾嘆道：「我在亞蘭納昏迷了整整一個循環的時間，而且還很不樂觀。若不是亞凱花費心力的拯救才讓我能幸運的度過難關，恐怕我早就死在宙源了。既然我這個已經被轉化的異星人都不能在宙源生存，更別說是那些毫無防備的異星人。這裡連環境都稱不上，只能算是埋葬異星人的死地。」

「異星人剛接觸到聖路之地的空氣頃刻間就化成一灘血水。能活下來的五百位異星人也不是因為他們的體質能夠適應環境，只是因為天界出動全員的拯救才好不容易保住的生命。」安德魯說：「為了讓他們能在宙源活下來，天界動用神力科技來強行改造他們的體質，因手術過程而死亡的異星人也不少，東扣西減可能剩不到三百人。」

「好悲慘。」貝爾難過地說。

「悲慘？這些蒼冥七界的寄生蟲不過才花了五千多年的時間已經讓人口暴增到數億人了，有什麼值得同情的？」安德魯不屑地說。

「難道那群活下來的異星人就是聖路之地現在的亞蘭納人？」

「對，就是亞蘭納人！」

「怪不得亞基拉爾領主總說我們不屬於宙源，是外來種。」貝爾又問。「但這些亞蘭納人怎麼不想回去異星呢？」

「天界人因為在異星引發的事端而讓他們無顏繼續待在那裡，可是要他們承認自己的錯誤卻比什麼都還困難。」安德魯說：「改造的過程也包括腦中記憶的部分，所以亞蘭納人早已經失去在異星生活的回憶了。」

貝爾馬上產生疑惑。「不對啊，那是五千多年前的事，時間表根本兜不上。亞基拉爾陛下應該還沒出生，那你們又怎麼會來到異星？」

「五千多年前的天界神座放棄異星，不代表五千多年後的光神會放棄異星。其實天界一直有在持續觀察異星的動態以及文明的演進，只是都沒有干預而已。」

「即使是現在的異星已經擁有核子武器、生化武器、航空母艦等軍事武裝，也還遠遠不及天界一艘風暴戰艦的破壞威力。異星科技仍是落後天界，再加上沒有神力資源和靈魂玉，他們還有什麼想從異星得利的地方嗎？」貝爾問。

「誰知道光神的盤算呢？」安德魯聳肩。「反正光神有這個念頭，亞基拉爾一定會跟著行動。」

「如此想來，其實亞蘭納人真的很可憐，不但家破人亡，連記憶都被洗去，一生不能回去異星。」貝爾嘆氣。

「就算記憶還保存又怎麼樣呢？當時神力震盪過後根本沒辦法再建立連接異星的傳送門。如今亞蘭納人已經在蒼冥七界紮根超過五千年，他們也不一定有那種想再回去異星的意願，你的想法太自以為是了。」安德魯語帶氣憤的說：「天界厚顏無恥的程度無人可及。他們為了彌補自己犯下的過錯，所以竭盡心力幫亞蘭納人在聖路之地重整家園。過了很長的一段時間，等到亞蘭納人終於有獨立生活的能力後，天界人便出兵將居住在聖路之地的拉倫羅耶人和部分安茲羅瑟人全部驅趕，讓亞蘭納人可以在這裡建國。」

「這種做法確實很惡劣，不能苟同。」
「此舉震怒了拉倫羅耶的主人，也就是他們信奉的主神——往昔之主。」
「就是那個在歷史上被亞基拉爾陛下平定的奧底克西之亂嗎？」
不知為何，安德魯竟露出尷尬的笑容，他說：「其實亞基拉爾陛下只是被光神第一個派去前線犧牲的人。不過他的事蹟之所以會廣為流傳，是因為陛下即使孤身一人面對奧底克西也全然毫無懼色。」
貝爾聽完後，露出錯愕的表情。
「事實上，當時為了抵擋奧底克西的攻擊，天界神座之一的光神、雷神、戰神和安茲羅瑟哈魯路托、火神烈、加列斯大人、暮辰女士、大導師亞森、亞基拉爾大人、聖天大人、瑟絲蒂小姐、拓爾大人……前前後後超過二十人挺身而出。」
「這麼多強者齊聚才能打敗奧底克西，不愧是拉倫羅耶的主神。」貝爾疑道：「等等，爸爸您說的拓爾是霍圖的拓爾．刃揚大將軍嗎？」
「沒錯，當時的他還是暮辰女士的副官。」安德魯說：「不過你有一點說得不對，這十二名英雄幾乎沒讓奧底克西受到嚴重的創傷，雙方的力量有懸殊的差異，聯軍被打得落花流水，拓爾．刃揚就是那時候第一個逃跑的懦夫，而加列斯大人的惡魂龍戟在當時雖然能刺傷奧底克西，卻因為壓制不住武器暴升的力量令加列斯大人神智狂亂且誤傷盟友，最後惡魂龍戟就是被奧底克西的力量震出然後分解。」

「這不對，聽說奧底克西還是被封印在阿特納爾之下了。」貝爾回憶起那天他在阿特納爾地底的所見所聞。「我曾在那裡的地洞看過一塊古老的石板畫，應該就是奧底克西討伐戰的情景。」

「當時的情況還是只有參與戰鬥的人才明白，我也不知道後續到底發生了什麼事。按照結果來說，奧底克西確實被封印了。」

貝爾聽完後，忍不住咕噥地抱怨。「爸爸，雖然你讓我聽了天界和異星的關聯以及亞蘭納的歷史，但這只解了我一部分的疑惑，我最想知道的還是我和姊姊的事情。」

「我明白。」安德魯繞了大半天，這才講到重點。「塔利兒是魔塵大陸首屈一指的咒術師，讓他來開啟通往異星的傳送門是再簡單不過的事；至於我呢，基本上知道我存在的人就已經不多，看過我面容的更是少之又少。因為能隱瞞天界人的耳目不動聲息地辦事，所以這任務就這麼由我們兩人搭擋執行。」語音一落，父親的臉又變成艾列金的模樣。不過此時此刻，貝爾可不想和艾列金那張嘻皮笑臉討論正事。

「前往異星的就您和塔利兒先生兩人嗎？」

「不，亞基拉爾陛下有用一滴血做出分身，他也隨同我們一起到異星。」

「那果然不是巧合，在異星幫助我的藍髮少年真的是亞基拉爾陛下，就是照他的指示我才能順利來到宙源。」

「嚴格說起來，那個分身只不過繼承了一點記憶和部分的個性而已，他和亞基拉爾大人之間還是有很大的差異。」安德魯開始回憶起那時候的情形。「五千多年後的異星已經變得更加成熟及進步，科技的發展帶給異星人更加便利的生活。我們留在異星考察的時間並不多，大人的分身則會一直待在異星，他要持續監視天界人的動靜。」

「任務確實很簡單。」貝爾疑問：「但是我和姊姊應該不屬於你們計畫的一環吧？」

「變數是人都沒辦法控制的。」安德魯解釋。「有段時間，阿爾克努大人和神座們關係處得相當不好。你想想，不過就只是軍團裡的一名軍官，竟也敢冒犯偉大的神座。所以光神就下令貶他的官並流放邊疆，阿爾克努因此成了天界駐異星哨站的隊長。」

「阿爾克努不正是亞基拉爾大人的朋友嗎？有他在的話，你們的行動可以很順利才是。」

「你太天真了。」安德魯不以為然地說：「當時的阿爾克努大人已經成了神座們關注的焦點，他再對安茲羅瑟人無所行動只會讓自己的處境變得更艱難。兩相權衡之下，阿爾克努大人只好來個先禮後兵，主動告知亞基拉爾大人他將會掃除所有在異星上的安茲羅瑟人，之後也會確實嚴格執行。」

「我能明白阿爾克努大人的立場。」

「亞基拉爾大人下了命令，他要我們在異星的時間裡全都避開和天界人的爭執。」安德魯解釋：「畢竟異星不是個使用神術的環境，凡是有一點點的神力流洩就會非常敏感，天界人很快能掌握我們的一舉一動。我沒辦法，在天界士兵的追擊下只能躲入民宅內。當時，我躲進的那戶人家父母剛因為意外事故雙亡，姊姊臥病在床，家中只剩沒有經濟能力的十一歲小孩。」

「爸爸，那時我才九歲半，還不到十歲！」貝爾難過極了，那段時間的回憶全湧上心頭。

「我本來僅是為了把那邊當成暫時躲避的地方，誰知道終究還是多管閒事。」

「您若沒出手，姊姊當時就已經病重身亡了。」貝爾強調。

「我仍是沒辦法治癒她的疾病，而塔利兒先生雖懂咒術，對麗莎的病卻無能為力。」安德魯嘆道：「如果哈魯路托在的話，麗莎說不定就能痊癒，因為世界上沒有比哈魯路托更優秀的醫生。」

安德魯說這句話，貝爾聽不出到底是諷刺還是褒揚。「怪不得您當時總不在家，原來是因為天界人的關係。」

「會當你的暫時養父只是意外，我們能留在異星的時間不多，能提供的幫助實在很有限。」

「有像爸爸您這樣的人在，我相信安茲羅瑟人並非如天界和亞蘭納人形容的那樣窮兇惡極，只是大家的觀念不同罷了。」

「照你這麼說，亞基拉爾大人你也覺得是好人嗎？」安德魯故意提問。

貝爾為難地表示：「陛下是個殺人如麻，視人命如草芥的人；但是他待領民和部下卻很好，我好難對陛下做出評價。」

安德魯輕搖著頭，「你錯了，如果不是我的話，你早就可以在異星過著無憂無慮的日子。你怎麼心機那麼單純呢？對別人一點都沒有怨懟？」

「我不覺得現在有什麼不好。」

安德魯笑道，「那是因為你沒體會過更好的人生。」接著問：「你認為當時在你身上發生的那件事故真的是純屬意外嗎？」

「您帶我出去買東西的時候嗎？」貝爾回想著。「那時我只看到眼前閃過一道白光，接著我就不省人事了，我根本不知道發生什麼事。」

「是天界人的誤傷，他們對我發動攻擊卻被我閃過，神力彈打中了你。」安德魯一臉愧疚的說：「你只個普通的人類，沒有神力防護而且還是個小孩，怎麼堪受神力彈的攻擊？你當場血肉模糊，奄奄一息。」

「所以……您轉化了我？」

「我自覺有責任讓你活下來，不能讓你就這麼死去。」

「那姊姊呢？我很久以前就想問了，為什麼不轉化姊姊？這樣她的病也就不是問題了。」

安德魯嗤了一聲，像是在看著傻瓜似的說：「有你說的這麼簡單，那只是舉手之勞而已我為什麼不做？你當安茲羅瑟人也有段時間了，對轉化這回事還不清楚嗎？」

「體質會變、壽命會變、力量會變，還有……」這麼一說，貝爾還真的不懂。「難道不會連病都跟著好嗎？但是我重傷都可以經由轉化痊癒了。」

「那是要付出代價的，轉化又不是萬靈丹，你的情況和麗莎完全不同。我可以讓你的體質變得足以承受神力彈的威力，也可以讓你藉由快速恢復達到止傷回血的效果。但是麗莎得到的卻是重症，異星人遠比亞蘭納人還脆弱，在我轉化的過程中她虛弱的身體就會無法負擔，隨時都會死。」安德魯說：「只有上位指揮者階級才具備轉化的能力，而且轉化需要耗費一定的神力和損耗我的靈魂，畢竟要進行靈魂連結，所以過程中若發生意外的話，我們兩個人都會很慘。你應該知道領主和領民之間以及哈魯路托和整個安茲羅瑟人的關係吧？只要自己之上的階級發生事故，底下的人全都會受到影響。亞基拉爾大人一死，邯雨的子民全都會失去理智而狂亂，甚至死亡。我和你的關係也是同理可證，你出事我會有感應，我若死對你影響更大。黑暗深淵領主和統治者就是這樣，只要領民一死自己就得因為靈魂連結的關係承受一分的痛苦。每個低階的人都會抱怨階級，恨自己只能聽從高階人士的命令，但是他們沒有想過那些領主們也不會過得比較輕鬆，各有各的難處。我尊重哈魯路托正是因為如此，只要在蒼冥七界裡每死一名安茲羅瑟人，哈魯路托就得承受一次如同刀割般的痛楚。我根本不明白黑暗深淵領主們為什麼都想爭那個位子，全都是被虐狂。」

「這我曉得，聽說上位指揮者是最適合安茲羅瑟人的階級；既不易被領主使喚，也不用承受手下死亡的壓力。」貝爾淡淡地說：「也許這就是爸爸您甘於停在上位指揮者階級就滿足的原因，因為您並沒有爭奪天下、號令群雄的野心。」

「那都是題外話，我剛轉化完你而已，那有多餘的心力再去轉化麗莎？安茲羅瑟人不是神，只是種族的名稱，你太看得起我了。」安德魯又說：「更何況這會違反麗莎的意願。」

「怎麼說？」

「麗莎因為生病的關係，她對周遭的人事物非常的敏感，甚至察覺到我根本不是普通人類的事實。」

「姊姊知道？那您有對她坦承一切嗎？」貝爾詫異問。

「有的，她知道有關宙源及安茲羅瑟人和天界人的事。」安德魯攤手道：「我全都告訴她了，所以她並不想成為安茲羅瑟人。」

「這太過分了，大家都知道的事情，為何就我一個人被隱瞞到最後？」貝爾抱怨道。

「因為沒什麼比懵懂無知更幸福的事了。」

貝爾苦笑。「那是您這麼想，我已經成了安茲羅瑟人是事實。就算我自己不知道，說不定天界人也會發現我的存在而將我消滅，您真的覺得讓我一無所知會對我比較好嗎？」

「不會那樣的，當時的你連神力是什麼都不知道，天界不會注意到你。」

「這話就太過分了。」貝爾激動的說：「那天界人的誤傷事件呢？當初您一句話都不說就從此消失，留下一頭霧水的我，您知道這種行為有多不負責任嗎？」

「我道歉，真的很對不起。」安德魯滿臉歉意。

「這句話我聽厭了，我真的不是要求一個道歉。」貝爾再次強調：「我要的是完整的事實與真相。」

「真相你已經知道了，因為任務時限已到，我不得不返回果報之城。」安德魯反問：「倒是你，我從來沒想過你會來宙源，所以我要知道你在這段時間發生了什麼事。」

「沒什麼好說的。」貝爾冷淡的回答：「您離開了，姊姊也病重亡故，我只能離開家鄉獨自流浪到大城市。那段時間雖然過得刻苦，倒也不是難以忍受，就在半工半讀下，我還是完成了學業。」

「這麼單純？那後來呢？」

「長大後我返回家鄉祭拜姊姊，卻在墓地發現異樣的黑蘊，那是我從未感受過的氣氛，一時之間所有負面情緒湧上心頭。」

「咒系神力？」

「我當時還不知道那是什麼，只是我下意識的認為墳墓絕對出現了問題。」

「然後呢？你挖掘墳墓確認？」安德魯幾乎猜中貝爾的行動。

「我的感覺是不會錯的，儘管這是褻瀆姊姊的行為，但我知道這一定得要這麼做。」貝爾語氣冰冷到叫安德魯於心不忍。「如我所料，當初我親手掩埋的姊姊不見了，屍體憑空消失。」

「你又怎麼知道是塔利兒先生做的？」

「小時候我見過塔利兒先生出現在姊姊的房間，但姊姊仍稱是我做惡夢，睡糊塗了。」貝爾神色帶著一絲恐懼。「那不可能是夢，塔利兒先生那恐怖的面容叫我至今記憶猶新，幾乎成了我兒時揮之不去的夢魘。見完塔利兒先生後，我病了整整一個多月，所以我肯定姊姊屍體的消失和塔利兒先生有關。」

「那你之後有和他確認過嗎？」

「我有，可是塔利兒先生從不解釋，一句話都不肯說，加上亞基拉爾陛下說我妨礙到他做事，因此再也不讓我接近塔利兒先生。」

「祭拜完麗莎，你後來又去哪呢？」

「當時的我四處尋找塔利兒先生的下落，直到一名藍髮青年出現。」貝爾回憶道：「他說他叫隼，可以幫助我找到想找的人。」

「亞基拉爾陛下就是這樣，他知道你是被轉化過的異星人，一定是用遊戲的心態在戲弄你。」

「我不曉得隼先生的想法，畢竟我不會讀心術。現在想想，也許這是亞基拉爾大人保護我的最好辦法，因為如果我被天界人發現只有死路一條，倒不如來到宙源還可以尋找爸爸您的下落及解開姊姊屍體消失之謎。」

「你真的是這樣想？」

「我之所以能來到宙源，替我開啟傳送門的就是阿爾克努大人，一定是他先注意到我的存在，為了不讓我落入其他天界人的手中，才和隼先生一同送我到宙源。」貝爾嘆氣。「只可惜，阿爾克努先生在我身上施加的保護咒文並沒有奏效，我仍是差點死在聖路之地。」

「怪不得你能來宙源。照理說塔利兒先生返回果報之城，而隼應該也沒有能開啟傳送門的能力，原來是阿爾克努大人助你一臂之力，他倒是真的很好心。」安德魯恍然大悟。

「早在我踏上這一片土地時，您不是就已經知道了？」

「沒錯，我知道你來了，而且正想辦法尋找我的下落。」安德魯無奈地說：「我是希望你終其一生能留在異星安然的度過。畢竟對你來說宙源不但危險，而且你要是葬身在此，我一定受到影響而且也愧對你死去的姊姊麗莎。」

貝爾還是不明白安德魯究竟是擔心他的安危還是只憂慮自己會受到影響。「亞凱是我的恩人。」他表示：「他不僅救了我，還教導我使用神力的方法，且提供我暫時的居處。後來我也跟隨他們沙凡斯機關一同出任務，大家團結合作，順利殲滅暗流教派。」

「那很好，你也成了亞蘭納人的英雄。」

「英雄？我從來就不算是英雄，只是亞蘭納聯盟需要我，亞凱也需要我幫助而已。」貝爾說：「他們不會承認一個混有安茲羅瑟血的異星人當他們的英雄。」

安德魯只是點點頭，沒有回話。

「姊姊的事究竟是怎麼樣？您答應向我吐實這一切的。」

安德魯舔了舔乾澀的嘴唇，似乎正猶豫該不該說。「我是答應過你沒錯，可是你的情緒比我想的還要激動，而且又很執著。」

「我一個人從異星來到宙源，就算犧牲性命也要求得真相，這叫我怎麼不執著？」貝爾甚至懷疑安德魯想要繼續隱瞞事實，準備反悔不想和他說真相了。

「那麼我問你，假如真的是塔利兒先生帶走麗莎的屍體，你會怎麼做。」

「我早就知道了，只是沒有證據。」貝爾堅持道：「只要您明確地告訴我屍體是被塔利兒先生帶走，那我就算拚盡我這條命，違背亞基拉爾陛下的命令，死也要讓塔利兒先生交出姊姊的屍體。」

「你這麼衝動，那我更不能讓你去做這種自殺的行為。」

貝爾的語氣變得低沉，「這麼說來，您這算是默許塔利兒先生的行為囉？」他質疑道：「您該做的是和我站在同一陣線，讓姊姊回到異星安眠，而不是讓她的屍體被一個咒術師控制。姊姊和宙源無關、和安茲羅瑟人無關、和這整個世界都沒有關聯，她被牽扯進來實在太無辜了。」

「你真的有想過返回異星？」

「我可以回去，也可以不回去。」貝爾很篤定的說：「但姊姊一定得要葬在故鄉。」

安德魯長嘆一口氣，「沒有什麼無辜不無辜的，打從我介入你們姊弟的人生後，你們就已經注定無法過著普通的生活。好吧！我要說的是……將屍體交給塔利兒先生，是麗莎本人的意思。」

貝爾感到錯愕。「您、您說什麼？」

「那個時候依照任務時效的不同，我先返回果報之城，塔利兒先生則還需要待在異星一段時間。因此，我讓塔利兒先生替我照料你們姊弟。」

貝爾不知道該說些什麼。「這、這仔細一想，那個時候……該不會是……」

「所有欺負你們姊弟的人，全都是塔利兒先生殺的。我知道他的手段激進，也不懂得拿捏分寸，更不怕天界人發現他的存在。」

貝爾怒急攻心。「那群打我的孩子、那個出言不遜輕薄姊姊的有錢男人、出語責難的隔壁阿姨，還有其他鄰居……都是塔利兒先生……他怎麼能這麼做？那些人雖然壞心，但也不是什麼窮兇惡極的人。」他罵道：「都是因為塔利兒的關係，害得我們兩姊弟背負惡魔的罵名、受盡歧視和辱罵、村人避之唯恐不及、同學因害怕而拿石頭砸我，這就是他照顧我們的方式嗎？」

「我當然覺得很不妥，麗莎也勸過他，所以後面才收斂了些。」

「姊姊看過他？」

安德魯點頭。「麗莎恐怕是異星人裡唯一無懼於塔利兒的勇敢女性。」

「什麼叫勇敢？塔利兒就是那種嗜血如命的瘋子，根本就不懂得什麼叫做道德、人性、生命的意義，他只會貫徹命令當一部冷血無情的殺人機器，什麼道理他根本聽不進去。」

安德魯打斷他的話。「不是這樣子的……塔利兒先生……他和麗莎兩人是相愛的情侶，所以他的行為才會這麼極端，全都是為了保護你們姊弟。」

貝爾大吼，「您在說謊，我不信！」他完全不能接受剛剛從父親口中說出的那一段話。

「是真的。」安德魯解釋：「麗莎的病無藥可治，是塔利兒一直用神力在延續她的生命。」

「他就是這樣趁虛而入嗎？」貝爾吼道。

「不是這樣的，是麗莎先告白的。」安德魯說：「塔利兒先生不會做出傷害麗莎的事。麗莎的死他比誰都還要傷心，這是我第一次看見他流露出悲傷的情緒。塔利兒先生對世事一向很冷漠，他們兩人的相戀也出乎我的意料之外。」

「我不信，我不信，您說的全都是謊話，騙我的是吧？」貝爾說什麼都不能接受。

「你有沒有見過塔利兒先生掛在頸子前的那條項鍊？裡面裝的是麗莎的照片，這表示他到現在還對麗莎念念不忘。」

貝爾真的看過。「所以呢？他就盜走姊姊的屍體，以旁門左道讓姊姊死而復生？」

「塔利兒先生最聽妳姊姊的話，照理說不會做出這種違背麗莎遺言的事。」安德魯說：「他就是這樣，明明有能力讓麗莎重生，可是為了承諾而情願讓自己痛苦。塔利兒先生只是沉默不說而已，不代表他無情。」

「那他就更應該讓姊姊靜靜的長眠。」

「你完全誤會塔利兒先生了。一直到麗莎臨終之前，在她身旁陪著她度過餘生的不是你而是塔利兒先生。他做過許多努力，但麗莎依然回天乏術。」安德魯說：「等到你埋葬完麗莎離開村子後，他就默默地守在墓地旁，靜靜地看著墓碑。後來，那些惡劣的村人試圖破壞麗莎的墓想毀去屍體，塔利兒先生見識到人性的醜惡。他雖然生氣，仍是謹守對麗莎的約定而不再殺害村人。於是他帶走麗莎的遺體，希望能再為她覓一處清靜的安眠之地。為了麗莎的事，塔利兒先生逾期沒有回歸，新的任務也沒去執行，因此被三權首治罪。縱使哈魯路托親自求情，可是他依舊被利芃妮女士以鮮血十字架釘了整整一個循環的時間，每天都皮開肉綻，你以為這是他樂意的嗎？」

貝爾情緒低落到谷底，難過的說不出話。

安德魯搭著貝爾的肩安慰道：「塔利兒先生根本不必做到這種程度，他已經盡力了，這不是他的任務及責任。他從沒想過害你，也不會做出傷害麗莎的舉動。他默默的不解釋，所以你才會對他有誤解。」

貝爾崩潰了，他不知道兩行淚水已經從眼眶中快速地滑落雙頰。「他愛姊姊，就不該把我當外人，至少也該讓我明白事情的始末。那我就……我就不用把事情搞得那麼複雜。」他又氣又感到悲傷。「你們這些人真是可惡，真是太可惡了！」

艾列金回到他的辦公室，他立刻和厄法昭雲閣進行通訊連線。

「螢幕調好一點，我看得很不清楚。」艾列金一邊對手下頤指氣使，一邊調整連接訊號。

「怎麼你們神力科技做出來的螢幕那麼奇怪，什麼按鈕都沒有只能看到影像傳遞，聲音和解析度全都不能調校。」

「說什麼廢話，這不是你們亞蘭納人用的那種機器螢幕，是神力影像傳輸裝置，神力的傳遞強弱才是影響畫面好壞的原因。」布寧解釋。

「就算是亞蘭納也沒那麼無厘頭的東西啊！我只看到奇怪的東西在上面扭動，然後什麼聲音都沒有。」艾列金拍著螢幕。

「你拍小力點。」布寧啐唸道：「那不是我們的關係，是對方沒連接好的問題。」

「好了好了，我們連上了。」手下興奮的叫道。

「我有眼睛看，還用你們提醒嗎？」艾列金愉悅地和螢幕上的人影打招呼。「你好啊，親愛的貝爾，有看到我嗎？」

「不要胡鬧，趕快把話說完，我們還有很多事情要做。」布寧越來越受不了艾列金。

「哦，什麼事呢？」貝爾情緒低落，看起來無精打采。

艾列金疑道：「你搞什麼？哭喪著臉似的，又被亞基拉爾臭罵一頓了？」

「不是。」貝爾冷冷的回覆。「到底有什麼事，你快說吧！」

「還問我什麼事？亞基拉爾答應撥給我的人力、物資和靈魂玉都還沒到。」

「那你要多少？」

「錢和物資是多多益善，人力就來個幾萬名男丁。」

貝爾整理手上的文件後說：「你要的輔助最慢後天就會到，至於人力只能最多只能以一千人為限。」

「這麼少？」

「你們那邊現在是由魔典大人指揮，人力由他來調配就好，所以不需要撥給你們太多。」貝爾解釋。

「你和亞基拉爾講講看，我有需要用到人員的地方。只要多一些人手給我，那我一定打下一個天界據點給他看。」艾列金保證。

「不用，我替陛下拒絕你的請求。你好好聽從魔典大人的指揮即可，我還有事要忙，先失陪了。」貝爾的影像至此中斷。

「唉呀！這混蛋吃錯藥啦？」艾列金手指著螢幕，錯愕更甚於憤怒。「我話還沒說完他就斷線了。」

「好了，你有完沒完？成天只會說大話卻毫無實績。」布寧指向艾列金後方那名正幫他捶著肩的天界女孩。「你打算把她怎麼辦？」

「可憐的公主，被七軍團捨棄了。亞基拉爾說她沒用就賜給我，現在是我的下人。」艾列金掐著她的臉笑道：「有見過這麼漂亮的女傭人嗎？」

「少得意忘形，再怎麼說都是天界的貴族，你小心遭到報復。」布寧提點了他。「我建議你倒不如直接殺了她，省事事省。」

「才不要，你是在嫉妒我。」

「你像個傻子。」布寧說：「如今外面局勢是一團混亂，你留個會扯後腿的人幹嘛？」

「沒錯，你說的對極了，現在外面就是亂。」艾列金說：「這不是個人對個人的打鬥，不是集團、也不是國家，而是牽連四個世界的戰爭。由於範圍和規模實在太大，北伐軍對上七軍團的戰事就顯得微不足道。誰會去管一個落難的天界小公主？反正她的父親都不要她了。」艾列金一雙手搓揉著愛特萊兒的胸部，她雖然表情嫌惡卻沒有反抗的能力。

「下流的男人。」布寧一臉作嘔地哼道：「你會自食惡果！」

此時，亞凱拄著法杖虛弱無力地走出。

艾列金為了追查屬下死亡的真相，無意間發現了精神失常的亞凱。他和隨從費了一番工夫又因此受傷，這才好不容易將人帶回營區治療。

「我的好朋友亞凱，見到你沒事真是讓我感到開心。」艾列金走上前去給亞凱一個擁抱，但亞凱並沒有任何表情。「怎麼？身體還痛嗎？為了帶你回來我是出手稍微重了點，打傷你就不好意思。」艾列金回過頭問塔利兒。「先生，亞凱的情況到底怎麼樣？我和他說話他好像都沒什麼反應，兩眼呆滯無神。」

在塔利兒的右肩上坐著一個小娃娃，全身漆黑詭異，臉上沒有五官卻能說話，它代替塔利兒發言：「托賽因的心臟為了能夠繼續汲取生命能量，因此改造了它的宿主。現在的亞凱先生既不是亞蘭納人，也不是安茲羅瑟人。」

「那成了什麼？」艾列金問。

「怪物。」黑天童說：「多虧他的本能不斷地吸收靈魂玉的能量修復暗傷，現在的他除了精神狀況不穩外倒沒什麼大礙。」

亞凱終於推開艾列金。「我沒事。」

「少逞強了。」艾列金問：「那他的臉呢？整片燒傷成這樣，怎麼不順便治好？」

「是亞凱先生拒絕接受醫治。」

「真的嗎？」艾列金撇過頭去，轉向亞凱。「你帥氣的臉變成這樣，難道都無所謂？還是你覺得這種造型更帥？」

亞凱摸著自己被燒傷的臉，可能是由於傷口發癢，他用指尖摳著焦黑的部分，不知不覺摳下一塊死肉，但他自己卻全然無所覺。

艾列金咽了口水，看到這種情景令他渾身不自在。「你、你不痛嗎？」

亞凱默默地看著指甲上的死肉，依然沒半點反應。

「亞凱．沙凡斯，你好可憐。」艾列金搖搖頭，沮喪的說：「在安普尼頓呼風喚雨的貴族、阿特納爾的英雄，現在居然淪落到這副德性，就為了我和貝爾……」

「不全是為了你們，起碼我的身體已經沒有神力產生的副作用。」亞凱說：「能夠讓我的神術更精進又不會危及性命，這已經是最大的收獲。」

說的也是，如果一個追求神術極致的術者會因為使用神術而讓副作用害死自己，那就太可笑了。對亞凱來說，現在正是他突飛猛進的最佳時機。「一個為了父親、一個為了神力副作用、我為了殺人。這麼說來，亞蘭納英雄的墮落都是有理由的嘛。」艾列金說。

「亞凱也是為了父親。」黑天童特別提點。

「對啊！」艾列金拍掌。「萊宇．格蘭特先生是他的生父。」

亞凱對這個名字沒有什麼好感，他表情頗為不屑。

「為什麼他會姓沙凡斯？」布寧問。

「問的好。」艾列金面對亞凱。「我可以告訴他嗎？」

亞凱輕蔑地哼一聲後，便頭也不回的離開了。

「其實說起來，我們兩個感情好也不是沒有理由，這世界上的巧合實在太多了。」

塔利兒和黑天童對這話題沒有興趣，向眾人點頭示意後就先行離去。

「你的壞習慣又增加了，真是連一個優點都沒有的蠢男人。」布寧叨唸道：「你講話非要這麼拐彎抹角嗎？從提出問題到明白答案真的好費工夫，你連一個聽眾都留不住。」

「要聽的自然會聽，要走的人就走。」艾列金抱著像人偶似的愛特萊兒。「總是有人會當我的聽眾，呵呵。」

「亞凱．沙凡斯怎麼看都不像萊宇大人的親生兒子。」布寧語帶嘲諷的說：「你還比較像。」

「少挖苦人了。」艾列金說：「你的意思不就是亞凱很正氣凜然，我就十足邪惡。」

「你這句話連萊宇大人都一起罵了。」布寧不高興的啐道：「你的確是個小人，但別拿萊宇大人和你相比。」

「那你又說我像萊宇的兒子？」艾列金呵聲笑道：「不過其實你講得也沒錯，有一陣子他真的以為我是他親生的小孩。」

布寧發出一聲輕哼，似乎有點不以為然。

「你要知道，萊宇．格蘭特在亞蘭納聯盟中還是頗有聲望的英雄，以對抗安茲羅瑟人的事蹟最為出名，同時也是七聖者之一。」艾列金說：「知道他被轉化為安茲羅瑟人的根本沒幾個。」

「那你之前怎麼一副不認識萊宇大人的模樣？」布寧問。

「我在亞蘭納才見過他那麼一次面，印象已經很模糊了，後來他的長相又做了改變，認不出來是很正常的事。而且那天我是真的覺得萊宇．格蘭特這個名字很熟悉，卻怎麼都想不起來是誰。我知道自己的記性真的很不好，幸虧見到亞凱後就什麼都想起來了。」

「因為你眼中除了女人以外就什麼都忘記了。」布寧瞟向愛特萊兒。

「是啊！當時我一見到她後就連我自己姓什麼都忘記了。但這根本不是重點，你別找到機會就諷刺我。」艾列金嘖道：「說起來，萊宇．格蘭特才是路易家的真正主人！」

「那又是怎麼一回事？」

「亞凱是路易家的長子，而我則是沙凡斯家的三子，我們兩人的身分被調換過來了。」

布寧一臉狐疑，他覺得艾列金可能又在不負責任的隨口胡謅，正半信半疑。

艾列金很快就解答他的疑惑。「當時亞凱的生母，也就是路易家的女主人貝蓮和萊宇．格蘭特是一對相愛的戀人；亞凱就是他們兩人愛的結晶。可惜的是他們甜蜜的日子沒有過得太久，貝蓮在生育亞凱時由於產後大出血導致死亡。」他接著說：「我不曉得萊宇是不是因為這個緣故所以才甘願成為安茲羅瑟人，但這件事帶給他的打擊肯定不小。他為此痛恨剛出世的亞凱，卻又不忍心殺害他，一氣之下將他丟到郊外棄之。」

「這些事你們後來是怎麼知道的？」布寧問。

「和亞凱相處時，我們兩人經歷過的事件總會一起討論，再藉由調查的結果才將整個事件串聯成合理的解釋，其中也得到我阿姨以及亞凱養父的親口證實。」

「那麼當時的你呢？」

「我？我是沙凡斯家的偏房所出的兒子，因為招惹正室的怨恨，所以被她命下人偷偷把我扔到育幼院去。」亞凱輕嘆一聲，「唉——人生怎麼這麼悲哀。」

布寧掩嘴竊笑，並用奇怪的眼神看著艾列金。

「喂！別用你那歪斜的四目看著我，真叫人感到生氣。我媽不爭氣去當人家的妾是她自己的問題，和我一點關係都沒有。」艾列金說：「世間事就是無巧不成書，育幼院的人發現嬰兒亞凱正在草叢內嚎啕大哭，於是就將他抱回。」

布寧差不多明白事情的始末，「所以你們同在育幼院中長大？」

「才不是。」艾列金駁回布寧的說法，「路易家的新女主人、同時也是我阿姨佩寶女士因為捨不得亞凱被丟棄，所以想去育幼院將他找回。然後又很巧的，沙凡斯家的男主人迪蒙·沙凡斯斥責了正室的行為後，也派人要到育幼院想抱回我。最離譜的就是工作人員竟把我和亞凱搞錯了，變成我去路易家，亞凱則到沙凡斯家。」

愛特萊兒愣了一下也忍俊不禁；布寧則有點生氣。「那有那麼多巧合？」

「什麼？你們都當我是隨口胡扯嗎？是真的，我雖然常說謊但現在可沒有。之前我也覺得整個事件很離譜，畢竟連我這個當事人也都半信半疑啊！」艾列金強調：「我小時候還以為我真的是路易家的貴公子，加上我阿姨又很照顧我，結果我就成天吃喝玩樂、打架鬧事，真是太不應該。」

「哼，你現在也差不多。」

「我已經改很多了。」艾列金反駁道：「等我長大後，某天有個藏頭縮尾的蒙面人過來找我，當時我不知道他是萊宇。他對我說了一些奇怪的話又問了許多的問題後，就說我不是路易家的孩子，這讓我困惑了好多年。」

「後來你知道真相後，你有回去沙凡斯家嗎？」

「我姓什麼？亞凱又姓什麼？你不疑惑為什麼我們兩人的姓氏都沒換回去嗎？亞凱對路易家很陌生，他從未曾受過路易家的恩惠，再加上他也不承認自己和萊宇的父子關係，所以就沒想過回路易家。」

「萊宇大人又是怎麼找到他兒子？」

「亞凱以前在亞蘭納就已經是首屈一指的神術者了，當然也引起萊宇的注意。亞凱的神力天賦八成是遺傳到他那個英雄老爸，所以才有這麼好的成就。」

「他就是亞蘭納最頂尖的神術者？可見得亞蘭納沒有人才了。」布寧嗤道。

「我們又不像你們和天界人對神力的掌握度那麼高，亞凱已經很厲害了，不要太瞧不起亞蘭納人。」

「別再自吹自擂，後來你也沒回去沙凡斯家。」

「等到我好不容易見到我的生父迪蒙．沙凡斯時，他就因為勾結暗流教派被判死罪，亞凱親手戮了他的養父和沒血緣的哥哥。」艾列金搖搖手指。「至於我呢……我則殺了我的生母。」

「看到親父母的死亡，你一點都不傷心嗎？」

「我傷什麼心？他們又沒養育過我，那時我從背後捅我媽一刀時，反倒有種歡欣愉悅的感覺，那就是殺人的快感。」

布寧真的對這個男人打從心底升起一股厭惡感，「你比你們口中叫著惡魔的安茲羅瑟人更壞，你這種人就應該被轉化，當個真正的殺人狂。」

「不不不，我是亞蘭納人，我以亞蘭納人為榮，這輩子絕對不會接受轉化這回事。」

叫艾列金做事簡直就像要他吃難以忍受的苦藥一般。他既不情願幹活，臉上也總掛著愁眉苦臉的表情；不但沒有什麼效率可言，還會浪費人力物資。他就是這種個性，一輩子只愛挑自己喜歡或有利益的事來做。

不過若說到上床這回事可就不同了，他可以馬上變成精力旺盛又性致勃勃的男人。自從亞基拉爾把愛特萊兒賜給他後，這名天界公主就成了他平日洩慾的對象。

話說回來，愛特萊兒和其他天界人被押到邯雨後，塔利兒馬上就從他們的腦中得到了想要的資訊。而殘忍的亞基拉爾絕對不會收容天界戰俘，除了她之外其餘的天界人皆已被處死。

亞基拉爾並不是刻意想留愛特萊兒為活口，而是艾列金出於他貪婪好色的內心才厚顏無恥的向亞基拉爾懇求把愛特萊兒賜給他。

其實，艾列金除了行為舉止粗魯又沒教養外，對愛特萊兒倒是挺好的；至少她的待遇已經比在邯雨當階下囚好太多。這個男人說話總是不著邊際又愛扯謊，雖然常常有野心，實際上每天還是喜歡過著酒池肉林、得過且過的日子。

愛特萊兒最近總是暗中觀察這個男人的行為舉止，然後當成笑話來看。艾列金會和她講一些嚴肅沉重的話題，可是又喜歡把事情誇大，在她聽來只有滑稽兩個字可以形容。嚴格說來艾列金並不風趣，卻總是能把她逗笑。時間一久，她倒覺得這個男人沒那麼令她討厭，也因此她並不排斥和艾列金同床共眠。只是透過讀心術她可以明白艾列金對她只是逢場作戲，從來就沒放過真心。

艾列金憑著自己俊朗的外貌，每天總能帶不同的女伴過夜。在床上，艾列金很喜歡講淫穢的笑話來增加情趣，也很愛吹噓自己的性能力。看著這樣的他，愛特萊兒不免也會納悶……這樣的人竟也能在魔塵大陸活那麼久，為什麼？

「碰到我算是妳的運氣好。」艾列金這麼對愛特萊兒說：「要是亞凱和貝爾的話，他們就不會管妳的死活。這兩個人對女人一點興趣都沒有，和女色完全絕緣，真不知道他們的身體是那裡出了問題。」

在魔塵大陸裡，白天和黑夜是沒有什麼差別的，這點對出身天界的愛特萊兒來說有點不習慣。現在才剛入夜，艾列金就已經全身赤裸地躺在床上悠閒地睡覺，真是個無憂無慮的人，好像外面打得亂紛紛也和他完全沒有關係。

天界人趁著警備鬆散時攻入，愛特萊兒成了這幾名不速之客的內應。白翼入侵者們就像不動聲色的潛伏猛獸，每一次出擊都很致命，在多名警衛還沒反應過來前，連叫喊聲都吼不出來就已經頹然倒落。

艾列金抓了抓發癢的胸部，好像有什麼不安的感覺。在他驚覺不妙時，一個高大的身影和一名女刺客已經來到他的床邊。「你們是什麼人？」

再怎麼慌忙也應該先穿好衣服，可是艾列金卻是戴上墨鏡以及帽子，下半身依然光溜溜，怎麼會有這麼蠢的笨蛋。

「莫金罕，取下他的性命！」愛特萊兒下令道。

迅捷如風的女刺客取雙刃攻向艾列金，不過眨眼的工夫，艾列金的胸、手臂、臉就有多處劃傷。「該死！」他罵道，蟲臂應聲現出，恐怖的飛蟲圍繞著行刺者，暫時制住她的行動。

「小心他的蟲臂。」愛特萊兒大聲提醒。

莫金罕往後一躍，躲過蟲臂噴出的酸液彈。

「可惡！」艾列金火氣上升。很快地房間門發出巨響，兩名面貌醜惡的壯漢破門而入，他們是艾列金隨侍在側的保鏢。「來的好，金山兄弟，將這些傢伙拿下！」

「爾等的對手是我。」高大的白翼天界人張開斗篷，他裡面的身體是由旋風組成，能隨意發出數十道風刃。

艾列金拚命的抵抗，可是體能、速度皆不如對方，再加上一開始就被先發制人的狀況實在太吃虧了，場面漸漸被天界人控制。而且當艾列金戰鬥到一半時，他突然產生莫名的暈眩感，眼前變得模糊不清。就在這時候，他的腹部已經被雙刃刺穿，肚破腸流。

身體的痛楚讓艾列金止不住哀嚎，但他的頭腦仍是清晰的。「臭……臭婆娘！」他惱怒的瞪著愛特萊兒，剛剛她端來的那杯酒有問題。

對付一個亞蘭納人需要用這種手段嗎？事實上是需要的，艾列金遠比想像中的更頑強，那一雙亞基拉爾為他改造的手臂讓他變得難纏且棘手，忽略掉手臂上暗藏的機關可是會吃大虧。

「歇魯，汝動作加快！」愛特萊兒催促著。

「是的，小姐。」怪異的天界男子再度揚起遮蔽全身的斗篷，接著陣風在他的身體變化出一隻兇猛的惡豹，隨後疾速衝出立刻將金山兄弟其中一人的頭給啣走。

失去頭顱的哥哥拿著斧頭胡亂揮擊，儼然失去了戰鬥能力，歇魯馬上以風刃將他的身體肢解，解除他的痛苦。而弟弟活在世上的時間也沒有太久，在女刺客莫金罕的猛攻之下，只幾回合就被雙刀斬殺。

愛特萊兒舉劍緩步走到奄奄一息的艾列金身旁，她以腳尖輕踢著艾列金的頭。「感謝汝最近的招待，汝有何遺言？」

艾列金的右手托著翻出腹部的腸子，嘴角沁著流不止的鮮血。早知如此，剛剛就應該把衣服穿上的，至少死也要死得很體面。「操，去死吧！」艾列金以髒話咒罵愛特萊兒。布寧的告誡果然沒錯，菜蟲吃菜菜下死，愛特萊兒是禍根，自己就是埋下這禍根的大蠢蛋。

愛特萊兒不帶一絲感情的問：「汝的遺言就這麼多嗎？那該送你到裂面空間了。」她持劍的手高高舉起，劍刃在鬼火燈的照耀下反射著光芒，那是叫人不寒而慄的冷光。

劍刃很快的朝艾列金當頭揮下……

啪啪的響聲傳到耳朵邊，艾列金全身乏力，眼前一片昏暗，他覺得某人正在打他的臉而且打的挺用力，可是現在的自己卻一點痛覺都沒有。難道我真的死了？艾列金心中不禁納悶著。

「起來，別裝死。」這是影休的聲音。

艾列金睜開雙眼，頭痛欲裂。「搞、搞什麼？」他吐了口氣，嘴巴裡乾得要命，好想喝酒。

「死過一次的感覺怎麼樣呢？」影休笑著看他。

「挺不好受的。」艾列金從地上坐起，不知道是誰幫他下半身蓋了條毛巾，腹部的傷口已經痊癒，連道疤痕都沒有。「那個臭婆娘呢？」

「還用問嗎？已經回天界了。」

這麼蒼老的聲音，難道會是老航嗎？艾列金掃視整個凌亂無比的房間，裡面除了他自己外還多了五個人。剛剛和他講話的男人整張臉皺成一團，配上褐色的皮膚和一對尖耳，滿頭粗糙的白色長髮，是個不折不扣的醜人。這人是歿午荒地的頭目夸航，艾列金習慣稱呼他為老航。

「阿權，去倒杯酒給我。」艾列金綁緊圍巾後，逕自坐到椅子上仰躺。「快點，老子渴得要命。」

「你倒挺會當大爺的。」影休坐到他旁邊，「你剛死過一次而已，好歹也反省一下。」

「亞基拉爾就是知道會發生這種事才把她賜給我的吧？」艾列金咬牙切齒的恨道：「早知道就在床上多開那個賤貨幾槍，這麼潑辣的臭女人當初就應該要在床上好好和她溫存一下。哼，現在才剛意淫完就讓我感覺下面又勃起了。」

「怎麼有你這種人？」阿權端了酒給他。

「老航，你不是守在歿午荒地嗎？怎麼來了？鬼山和兇獾也是一樣，你們在該救我的時候卻不出現，知道金山兄弟已經被天界人殺害嗎？」艾列金抱怨道。

「得了吧！愛特萊兒還特地饒過你一命，仍不知足嗎？」影休說。

「她饒過我？要不是酒中滲了安眠藥，我還不一定就這麼倒下。」

「老大，別再嘴硬，你有夠糗了。」鬼山譏諷他。

「你不相信我能殺了她？你看不起我！」艾列金憤怒的站起身，結果圍巾從他的腰間滑落。

眾人全部傻眼的盯著艾列金的鼠蹊部，久久說不出話來。

片刻後，影休長吁一口氣，「真是受不了你。」他站起來，將圍巾拾起後丟向艾列金的臉。

「看我們這麼多人來這裡，難道還不知道原因嗎？」

艾列金索性穿上衣服褲子，再赤身裸體恐怕就被當成暴露狂。「能有什麼原因，還不就是亞基拉爾又改任務了。」

「沒錯。從今天開始，老航會代替你在魔塵大陸的位置；鬼山和兇獾為護衛騎士，阿權轉任輔佐。」影休宣布。

艾列金大吃一驚，厲聲問：「難道亞基拉爾要殺死我？」

「要你死剛剛我就不叫醒你了。」就算是影休，和艾列金說話也會覺得疲累。

「那他要我做什麼？」

「之前不是讓你去和羅本沃倫聯絡嗎？」

艾列金想了一下，點頭道：「為了結盟的問題嗎？我之前就和他們聯絡過了。」

影休遞給他一封神力加密過的信件。「麻煩你，親自跑一趟。」

「要我回亞蘭納？」艾列金叫得比剛剛更大聲。「那比讓我死更殘忍，我才不回去！」

「不是要你回去，只是讓你跑腿而已。」影休解釋。「用神力科技傳輸的物件和資訊都會被天界攔截，安茲羅瑟人又難以自由出入聖路之地，只好讓能力卓越的艾列金大人為我們跑這一趟了。」

「開什麼玩笑？我到亞蘭納就變成英雄回不來了啦！我阿姨若知道我在羅本沃倫，一定派人來找我，打死我都不想再回去安普尼頓。」

「你窮緊張什麼，亞基拉爾大人一定讓你死在魔塵大陸裡。你放心好了，這趟行程除了迎接你的羅本沃倫高官外，其他人不會知道。」影休也忍不住抱怨。「只聽過亞蘭納人對魔塵大陸避之唯恐不及，沒見過像你這種只想死在這裡的傢伙。看來你比我們安茲羅瑟人更熱愛這片土地，想被轉化嗎？我是上位指揮者，可以幫你。」

「廢話。」艾列金毫不客氣地從影休手上奪過信件。「要是我被叫回安普尼頓，我就當場自殺！」

「沒那麼嚴重吧？」兇玀說：「好歹也是你的故鄉。」

艾列金一邊整裝收拾行李，一邊咕噥的抱怨：「什麼鬼故鄉？我是人民在前線的砲灰、我阿姨的傀儡、席列巴托大總統的走狗、笑死人不償命的英雄。」

出發的時間沒有拖得太久，血祠院的僧官為他開啟連續位面的傳送門，只需要艾列金一腳跨過就可以安然抵達聖路之地。艾列金站在傳送門前，覺得這一步沉重無比，他找不到理由說服自己回到亞蘭納聯盟，他再也不想和亞蘭納扯上任何關係。但這不是很矛盾嗎？他才剛對安茲羅瑟人說自己以亞蘭納人為榮，現在卻不願回到自己的家鄉。

世間事就是這麼百般無奈，艾列金有自己堅持的原則，但如果一個原則和另一個原則相互牴觸的話，顯然就表示這並非聰明人的思考邏輯。艾列金明白這一點，所以他得有所捨棄。好，就進去吧！他當機立斷，大步跨入傳送門。

艾列金之前不懂亞基拉爾要拉攏羅本沃倫的原因，照理說安茲羅瑟人應當不需要亞蘭納人的支持才對。後來他明白了——聖靈界和魔塵大陸的戰爭其影響之層面足以擴大到整個蒼冥七界，聖路之地當然也被波及而無法倖免。亞蘭納聯盟因為兩派的爭執導致分崩離析，所謂的千年聯盟竟然脆弱到一夕之間反目成仇。

賀里蘭德的墮落可以說是毫不意外。據艾列金所知，這個國家長久以來就是被安茲羅瑟信奉者給把持住，境內的人民全都崇拜著黑暗之神多克索而非雙子之神，神術者也是以修習魂系神力為主。可能會有非賀里蘭德的亞蘭納人覺得奇怪，安茲羅瑟人不是既殘暴又恐怖嗎？為何反過來支持他們？

有一種說法是恐懼也會變質成敬仰，當你無法抵抗它時就只好選擇崇拜和臣服。

但事實上，早在賀里蘭德尚未建國的千年之前，他們現今的領地就是安茲羅瑟人在聖路之地原本的居處。在此建立國家的亞蘭納人可能是已經被洗腦，也有可能是出於本來就打算接觸安茲羅瑟的文化。不管如何，賀里蘭德和安茲羅瑟人相處的可融洽了。根據紀錄來看，他們早就為了擴展領地而和鬼牢、救贖者打過仗。如今黑暗圈覆蓋聖路之地的問題讓賀里蘭德頗為困擾，這也讓領土擴張的需求更加迫切，聽說他們都已經在魔塵大陸和泥獄幽境打下屬於自己的一小部分領區，這還真是了不起。

這樣的國家背後一定有個強而有力的支持者在幫他們撐腰，毫不意外就是亞基拉爾，這點艾列金也已經和邯雨領主求得證實。

賀里蘭德在阿特納爾一役中完全沒出到半點力，恐怕是早就知道在陵墓底下的安茲羅瑟人就是他們的大金主。

瑪裘德羅和賀里蘭德剛好為極端的對比。他們舉國上下都相信來自聖光的正義，認為天界人代表著和平以及神聖，因此也跟隨天界人一同膜拜聖潔與光明的精靈之神艾波基爾。在他們的眼中賀里蘭德這四個字和邪惡完全是劃上等號，兩國互看不順眼很久了。天界和安茲羅瑟人開戰，各為其主的兩國當然一定也會發生嚴重的決裂。

講白一點，艾列金認為兩國只不過是天界及安茲羅瑟競戰中的一枚棋子罷了。狗與狗互咬，他們的主人還可以開心地邊下賭注邊欣賞。

至於安普尼頓大總統席列巴托的立場一直很穩定……他不一定支持天界，但肯定反安茲羅瑟人；所以之後成為瑪裘德羅的戰友。

米夏王國的君王賽恩．米夏就是個標準的安茲羅瑟人。由於他之前在魘塵大陸和亞基拉爾有過嫌隙，本來應該是要冷眼旁觀這場戰局。但因為瑪裘德羅認為安茲羅瑟人就是邪惡，他們不能容忍聖路之地有惡魔的存在，這讓米夏王國只好轉而選擇賀里蘭德為合作對象。

羅本沃倫夾在兩大勢力中間，立場就顯得很微妙。這個國家長年以來一直強調以亞蘭納人為本，他們不特別支持天界，卻也不反對安茲羅瑟。境內的居民想拜哪個神就拜哪個神，想修習魂系或聖系神力也任由神術者自行決定，這是個最以亞蘭納人意願為上的國家。

可惜的是戰爭開啟後，兩邊不容許有這樣一個灰色地帶的存在，紛紛要求羅本沃倫表態。

羅本沃倫本來想繼續保持中立，他們的高層一直沒有辦法做出關鍵的決定，選邊站的問題太為難他們了。等到時間一久，境內崇拜天界的亞蘭納人已經全都投向瑪裘德羅，留下的只餘安茲羅瑟信奉者和假中立的亞蘭納人。

儘管天界和安茲羅瑟花招頻出，努力想得到羅本沃倫這股助力。到了最後，羅本沃倫的立場終於不再搖擺不定，亞基拉爾成為他們選擇的新同盟。

艾列金以邯雨大使的身分拜訪羅本沃倫。雖然是這樣，可是對他來說還是很尷尬。他蒙著臉，以一身漆黑將全身包覆，就連說話也用變聲器，就怕別人認出他的身分。

看到聖路之地如今的混亂模樣，艾列金內心竊喜的認為他阿姨肯定無暇管他有沒有返回亞蘭納聯盟，這是個好時機。

羅本沃倫迎接的官員似乎察覺到端倪，他們頻頻打量著艾列金。「您、您就是亞基拉爾大人的使者？是亞蘭納人嗎？」

「難道亞蘭納人就不可以是安茲羅瑟人的代表使者嗎？」艾列金生氣地說：「快讓我見國王陛下，我不想和你們這些人浪費無謂的時間。」

官員領著艾列金來到隱密的會客廳，裡面一個人都沒有，但是酒菜卻已經準備的很豐盛。

艾列金看到久違的家鄉菜便讓他饑腸轆轆，他好想取下面罩後大快朵頤，可是又怕身分曝光而不敢有任何動作。

這時，房間的門倏然打開，一名淡藍色長髮的秀麗女子走入，她婀娜多姿的身形馬上就吸引艾列金的目光；他整個人迷失在對方的美貌之中，忘了自己此行的目的。

「塔麗絲小姐，我們好久不見。」

「咦？」對方詫異的看著艾列金。「您認識我嗎？」

糟了，我真是個笨蛋。艾列金一見到美女就沒轍，馬上原形畢露，然後他在緊張慌忙之中還把變聲器弄掉。

「等等，你是艾列金先生嗎？」塔麗絲拉住艾列金的臂膀，另一隻手快速地扯下他的頭罩。

「對啦！」艾列金匆忙的推開她。「就是我本人。」

「你這是……為什麼？」

艾列金將手指立在嘴唇前，「別大聲嚷嚷，這其中有很多隱情一時說不清。總之妳先別說話，我不想讓消息傳回安普尼頓。」

羅本沃倫的國王，人稱「鐵手英雄」的歐亨尼奧．馬喬爾帶著三名隨從魚貫地走入房間，他正好和艾列金四目對視。

「艾列金．路易？是你嗎？」鐵手英雄聲如洪鐘。他雖然年事已高，但身材仍遠比青年人還要更壯，一頭俐落的白色短髮配上修剪整齊的鬍鬚讓他看上去頗具威嚴。儘管他身上穿著光亮的重盔甲，依然健步如飛，彷彿重量對他來說一點影響都沒有，不愧是和萊宇齊名的亞蘭納七聖者的後人。

「向國王陛下行禮。」艾列金自已脫下礙事的罩袍，「諸神在上，雖然我在亞蘭納裡確實很有名氣，但也不用每一個人都提醒我是艾列金吧？知道的人越少，我做事會越方便。」

「聽說你在安普尼頓莫名失蹤了，現在怎麼變成安茲羅瑟人的代表大使？你遇到什麼難題嗎？」國王問。

「我能遇到什麼難題？如果我說亞基拉爾賞識我的能力，留我作為他的幕僚，這您相信嗎？」這是一段誇大不實的謊話，艾列金是安茲羅瑟人想趕卻趕不走的異類亞蘭納人。

「說實話，我不相信。」國王問：「那麼沙凡斯先生和貝爾先生呢？也都在魔塵大陸嗎？」

「他們的確還待在魔塵大陸，不過這是另一段故事了，我們今天先別聊這些可以嗎？我怕留在亞蘭納的時間越久，路易家會發現我已經回到聖路之地。」

國王頷首回應艾列金的話，「那我們就暫不談論你們的奇遇，就不曉得您為安茲羅瑟帶來什麼樣的訊息呢？」

艾列金從衣袋拿出加密信封，準備遞交給國王過目。「這個東西是亞基拉爾陛下要……」

塔麗絲小姐打斷他的話。「請等等，東西不是要交給國王陛下。」

「難道是給妳嗎？」艾列金問。

「都不是。」國王說：「這房間是要招待遠道而來的貴賓使者，並不是議事討論的地方。」

「那我該到哪去呢？」

「請隨我來吧！」塔麗絲小姐示意跟隨她。

他們幾個穿過大殿，走向布置華麗的後廳。來到這裡後其餘的護衛及隨扈不是中途被派去其他地方，就是直接叫到外面守候，國王並沒有讓下人們繼續跟隨。

塔麗絲走到王位旁邊，單手挪動石雕像的犄角，左側的壁畫下方開啟了一條暗道。是什麼因由讓這些人要這麼保密？羅本沃倫和安茲羅瑟合作的事不是早就公開了嗎？莫非是怕天界的眼線或有人正監聽著？艾列金真的不明白。

艾列金的腳尖才剛踮入，異樣的感受捲上心頭。他曾經有過同樣的經驗，就是當他還待在策林之時……「莫非這是安寧地帶？」

「不愧是在魔塵大陸增廣見聞的亞蘭納英雄，竟然知道安寧地帶。」塔麗絲笑道。

艾列金仍是覺得驚訝，亞蘭納人有能力開啟這樣的異空間嗎？不可能，就算有實力卻也沒人有這種技術。「這安寧地帶是咒術師施法開啟的嗎？羅本沃倫有這樣的人才？」

塔麗絲和國王故作神祕，只是笑而不答。

裡面不光是一片漆黑迷茫，整條通道沿途都有菁英侍衛保持戒備；他們還不是普通的亞蘭納神術者，而是實力堅強的安茲羅瑟士兵。這令艾列金更疑惑了，為什麼在羅本沃倫看得到這種情景？

通道末端是一間廣闊幽暗的大堂，裡面僅依靠著石樑柱上的燭臺火光及桌面上的油盞燈來照亮。雖然能見度很低，但艾列金仍然能看到在他前方有個長型的木桌，他的正對面坐著年輕貌美的一男一女，這兩個艾列金都不認識。坐在女方右手旁的為羅本沃倫的大法官，他是手持錫杖，身著黑袍戴華冠的——沙蒙．拜倫。也許是國事太操勞的緣故，他比艾列金以前所看到的模樣還要來得更消瘦。同為亞蘭納七聖者的後人，他的年紀已經很大了。

男方左側為羅本沃倫參謀總長班恩將軍，他有一對細如線的狡詐目光，方形臉且前額微禿，長長的鬢毛刷落，帶著不苟言笑的嚴肅表情。

艾列金心情緊張，總有不安的預感。說真的，這種工作何必讓我來做，倒不如派貝爾或讓亞凱前來還比較妥當，自己根本就不是和人談判的那塊料。

「請坐。」年輕男子禮貌性地表示，就好像他才是羅本沃倫的主人般。

艾列金入末座，下人端上香茗招待。塔麗絲坐在大法官身旁，國王坐在班恩將軍左邊。這不是很奇怪嗎？難道王座不是留給國王或皇后的專屬座位嗎？

國王馬上解答艾列金心中的困惑。「在羅本沃倫內，我們的政治體系採委員會制，我這國王只是名義上的領導者；實際上，就如同艾列金先生您看到的這六人，都是羅本沃倫皇家委員會的委員們，大家各司掌一個政府部門，所有的提案和報告皆需經過每一位委員的同意，然後達成共識方可執行。」

「原來如此。」艾列金恍然大悟，接著他問：「那麼請問這兩位是……被轉化的亞蘭納人嗎？」

「不，我叫梅利斯坦。」男子介紹道：「這位是我妹妹，他叫穆科娜。」

「兩位大人，你們好。」艾列金起身行禮，他的目光落在穆科娜身上。對方有一頭紅棕色長髮，她的髮尾略捲，一雙美麗的大眼睛還帶著令人觸電發麻的目光，身上配帶閃閃發光的飾品與戒指，皮膚光滑細緻。重點是，穆科娜就像個年輕脫俗又涉世未深的小女孩，艾列金對這種類型的女性最沒辦法招架。

「您說錯了。」穆科娜糾正艾列金的話，她的聲音如清鈴般悅耳。「我和兄長是半子。」

「半子？」難怪氣息獨特。不過一聽到這個名詞，艾列金就得對兩人的年齡重新估量了，搞不好他們兩人的年齡還比國王來得大。

「別看他們這麼年輕，兩位大人已經八百多歲了。」塔麗絲笑道。

果然，把他們當成一般的年輕小夥子是大錯特錯。「既然有兩位安茲羅瑟人在委員會中，何以羅本沃倫還能自稱中立，並讓境內的人民允許膜拜天界的神祇和學習聖系神力？」艾列金問。

「我們尊重人民的意願，何況多方面發展對國家來說是有助益的，人不可以一直守著舊有的觀念不求進步。」梅利斯坦說。

「那為何一直保持中立的你們現在又選擇和安茲羅瑟合作而非天界？」艾列金再問。

沙蒙大法官回答：「如果真有利可圖，誰不想在戰場中保存實力，接著從中獲得利益呢？遺憾的是天時不在我們這邊，人和不在我們這邊，就連地利都要喪失了。」

「何解？」艾列金問。

「往昔之主黑暗圈的擴張速度讓我們失去天時，在我們冷靜等待戰爭結束之前整個國家就會被吞沒，形同坐以待斃，羅本沃倫沒有繼續旁觀的時間。」塔麗絲說。

「我們的領地就算沒被黑暗圈覆蓋，亞蘭納兩邊勢力交戰也會波及到我國，邊界仍然守不住。意圖擴張的安普尼頓和米夏王國會貪婪且毫無顧忌的蠶食我國領區，地利同時不再具有優勢。」國王說。

「在我國信仰天界的人民都願貢獻一己之力，紛紛投入這場戰爭，在他們選擇瑪裘德羅的當下就等於造成我國人力資源的流失。國家內又有安茲羅瑟信奉者的主戰派，若中立派依然堅持己見則內部不團結將會使國家更動盪，屆時人和不在。」班恩說。

「我討厭安茲羅瑟人，但是安茲羅瑟人卻不會主動攻擊吾方；反倒是瑪裘德羅的立場就十分明顯，他們的世界只有二分法——非友即敵。兩相權衡之下，亞基拉爾大人現在已經是我們最不得已的選擇。」梅利斯坦嘆道。

「討厭安茲羅瑟人？可你們兄妹是半子啊！」

「如果換過幾百次血就可以除去半子的血緣，那我就是這世上最純正的亞蘭納人了。」梅利斯坦哼道：「可惜的是我依然無法擺脫身上這令人憎惡的半子身分，一輩子注定當個既不是安茲羅瑟人也不是亞蘭納人，飽受世俗歧視的怪物。」

「不能決定我們身上流的血，也不能選擇生我們的父母，這世界上還有比這更悲哀的事嗎？」穆科娜伸出右手。「亞基拉爾托你帶來的東西呢？」

「有有有，就在這裡。」艾列金將信封交給穆科娜。她從信袋內取出兩支小玻璃管，透明的玻璃閃著暗紅色的光芒。

「請問那是什麼？」艾列金終於止不住好奇，「還有這安寧地帶的開啟，是血祠院僧官們的技術對吧？為什麼你們能使用？」

「瓶內裝著的是哈魯路托的兩滴鮮血，也是我們兩兄妹進化的關鍵。」梅利斯坦笑道。

艾列金嚇一跳。「哈、哈魯路托的血，亞基拉爾怎麼會給你們這麼貴重的東西！你們究竟是……」

「在魔塵大陸內，我們舊姓為伊瑪拜茲。」梅利斯坦說。

伊瑪拜茲不就是安茲羅瑟三大家族之一嗎？

穆科娜接著說：「安茲羅瑟人的皇帝，同時也是魔塵大陸最高領導者的希爾溫．伊瑪拜茲，就是我們的生父。」

聽到這個訊息，艾列金瞪大的眼珠差點彈出來，這多麼叫人吃驚！

離開艾列金的居處後，亞凱隨同塔利兒及黑天童返回血祠院的大本營——魔巖山惡潮寺。

行至途中，亞凱看到萊宇．格蘭特一臉賊笑的站在岔路口迎接他的老師回歸。此刻的亞凱卻異常平靜，他變得不再恨萊宇，可是也無意和他攀談，只是把對方當成空氣般的存在完全視而不見。

「老師，歡迎回來。」萊宇向塔利兒鞠躬行禮。不愧是有其父必有其子，他也無視掉走在後方的亞凱。

說到血祠院，大多數人都知道這是直屬於哈魯路托的咒術師集團。傳聞裡面能人異士、妖魔鬼怪多得不計其數，其成員由救贖者、安茲羅瑟人、復活的亡靈法師組成，每個人都身懷絕技，他們替哈魯路托解決許多疑難雜症，甚至有暗殺、諜報、策反、混亂、製造血骨大軍的本事。其名聲大到讓天界人忌憚，讓安茲羅瑟人聞風喪膽，讓救贖者不敢小覷。

血祠院的領導者是幾名被稱為萬生者的咒術高手，實際上塔利兒一人就足以調動血祠院的所有人力。

整座魔巖山死氣沉沉、陰鬱又黑暗。剛進入山間惡林中，亞凱就感到一股恐怖的氛圍襲上心頭，久久不能散去。樹上枯藤就像血管，順藤滴落的血將大地染成一片觸目驚心的鮮紅，乾枯的樹幹上長著歪曲又齜牙裂嘴的人臉，它們掛著讓人發寒的微笑緊盯著來者，讓亞凱覺得渾身不自在。走在這塊土地上就和踏著屍體前進沒有兩樣，讓人作嘔。空氣瀰漫著濃烈的血氣，地上爬滿蜿蜒的腸子，溼濡的花就像是人的內臟。就算頭再怎麼暈、人的精神再怎麼不濟，來到魔巖山就嚇得完全清醒了。

「你是代表亞基拉爾陛下來血祠院的嗎？」萊宇走在亞凱右側，他放低音量說：「陛下就是這樣，自己不來叫別人來。血祠院雖然是歸他管轄，但亞基拉爾天生就是對氣味極為敏銳的安茲羅瑟人，叫他來惡潮寺待上一天的話，這裡的血腥味就足以臭到讓他發瘋。」

「我才不管什麼亞基拉爾，我是為了學習而來的。」亞凱冷道。

萊宇瞟了他一眼，怎麼可能相信亞凱的說詞。「進去惡潮寺之前我先和你講講血祠院的歷史：以前哈魯路托初創昭雲閣時，為了培養各種人才所以又再建立一個和昭雲閣同樣重要的組織——學門。」

「學門有六府，分別是蘇羅希爾之眼的書義院、萬生者的血祠院、樂府之聲的風雅院、亞基拉爾轄下特殊部隊孤零衛士的擎天院、現為昭雲閣情報局的數策院、不動要塞黑鐵城的兵法院。」

「惡潮寺下又分太平間、血顱實驗室和修道院。」

萊宇．格蘭特在旁邊擔任解說，亞凱卻因為周遭環境的關係而沒有辦法聚精會神的聽講。有一種骷髏頭狀的白色無實際形體的怪東西，它狀似游魂，在天空中盤旋迴繞，一邊飛還會一邊發出歎息聲。說是聲音也很奇怪，不像是靠空氣傳動，所有人都能聽到的那種聲音；而是類似那種自言自語，默唸給自己聽的那種若有似無的空靈之聲。

亞凱停住腳步，因為游魂的歎息大到讓他難以忍受，精神變得恍惚。塔利兒單手貼在亞凱的後背，瞬間就讓他的狀況回穩。

「你傷心，就聽得到哭聲；你憤怒，就聽得到吼叫聲。」黑天童說：「你聽到什麼樣的聲音，就反映到你現在內心的想法。不能專心一致，那你連惡潮寺的大門都別想踏入！」

亞凱收斂心神，聽取教訓，這才讓他平安度過這一段黑暗的長路。

惡潮寺的外觀就像一座倒塌已久的堡壘，在幽深的魔巖山中顯得奇形怪狀，入口處宛如吞噬生命的血口。

幾名惡疫守衛在出入口的外圍戒備，它們長得毫不起眼；在四周也有許多和環境融為一體的亡魂盜賊巡守，若沒仔細端視根本不會發現它們存在。這些人身上沒有半點生命氣息，恐怕是塔利兒用屍塊組合而成的傀儡或是以旁門左道之術復活的妖怪。

順著階梯慢慢走下，廢墟底部的世界完全呈現另一番風景。站在高處眺望整個血祠院，亞凱看到的是亡靈生活的城市，泥獄般的場景。放眼望去，建築物以白骨堆疊而成，復生的肉塊人在街道上無神地走著，停止流動的血河飄著屍塊和陣陣惡臭，食屍鬼沿著河邊覓食，它們撈著屍塊津津有味地吃著，半死不活的人被扔進河中，有氣無力的掙扎且發出哀嚎聲。

亞凱從來沒看過這麼噁心的場景，一陣胃酸翻湧直衝食道，他差一點就吐出來。鼻腔內充滿屍臭，味道傳至腦門，叫他頭暈腦脹。

軍事區內備有基本的訓練設施，幾名亡靈新兵在此接受鍛鍊。血顱實驗室顧名思義是咒術者們實驗新法術、藥劑測試、研究與開發新技術的場所。一名全身長滿爛瘡的人被綁在手術台上，他的周圍站著四名正觀察實驗結果的救贖者。

這種做法很不人道，但亞凱並沒有能力做任何改變。

許多僧官正在血祠院修道場內靜心打坐，雖然裡面寂靜又嚴肅，卻有種說不出的古怪及詭異。順著彎曲的坡道往下前進，最後一行人步入偌大的洞穴裡。亞凱看到中央處長著一株高大、外形蠕動扭曲、顏色慘白的枯木，它每根枯枝下都吊著一顆果實，仔細瞧會發現其實那是一具又一具的死嬰。

「這就是萬生者的真面目『死胎樹』。」萊宇說。

圍繞著死胎樹的是一圈綠色的水池，那池水散發的味道並不是屍臭，而是一種類似酸敗的腥味，同樣很難聞。

塔利兒及黑天童以靈體的方式被死胎樹吸收，樹幹立刻浮現出一名上半身赤裸的孕婦。她雙眼發紅面帶痛苦的表情，腐爛的左胸肋骨清楚可見，皮膚都是屍斑，凸起的腹部開了一道大裂痕，腹內清楚可見一個怪異血紅的單眼胎兒，裂縫開口處長有利齒，就像一張凸起的大嘴把嬰兒放進口中咀嚼般。隨後孕婦發出一聲慘叫，樹上死嬰馬上有了反應，紛紛回以微弱的啼哭聲。

我的諸神啊！惡寒爬上亞凱的脊椎骨，他全身汗毛直立，嚇得他不自覺地倒退數步。他以前就覺得塔利兒很恐怖，沒想到它的恐怖程度還可以再進化。

「塔利兒、黑天童、血縛嬰、死胎樹、溺羊池五位大人同體共生，他們合而為一就成了萬生者。」萊宇說。

這就是塔利兒的真身囉？難道他不死之身的祕密會跟這棵樹有關嗎？亞凱不禁好奇的想著。

天外無端飛來一支黑色的箭矢，它沒有射中任何目標而是落在溺羊池水旁邊。

不曉得為什麼，萊宇竟能以此讀取訊息。「計畫有變，亞基拉爾陛下傳來指示，目標改為聖路之地的黑暗圈。」

久未回到聖路之地，亞凱對這塊大陸已經感到生疏，他也明白安普尼頓不會接受和安茲羅瑟人有牽連的子民，所以現在心中也沒有半點親切感。

英雄啊！短短幾循環的時間就讓亞凱從阿特納爾任務中的領導者、亞蘭納勇士的身分變成連野草都不如的安茲羅瑟信奉者。說他不會為此覺得惆悵，那是騙人的。

「黑暗圈。」亞凱說：「無論什麼時候都那麼驚人。」

「你是該感到害怕。」萊宇回答：「因為就連天界、安茲羅瑟都無能阻止黑暗圈的擴張。」平常氣焰高漲，一遇到像往昔之主這類超乎尋常的敵手就無能為力，即使是血祠院的僧官們在黑暗圈面前也顯得渺小，沒什麼了不起。「亞基拉爾、哈魯路托，甚至是天界人都束手無策，我們又能有什麼做為？」

「世事無絕對，事在人為。」萊宇樂觀的說：「凡事有法必有破，關鍵就在於我們能不能找到那個訣竅。」

「那麼你找到了嗎？」亞凱斜眼看著萊宇。假如他說還沒找到，那自己就可以好好地奚落他一頓。

彷彿看穿亞凱的心思，萊宇也不隱藏他內心的答案。「拉倫羅耶《教義文本》裡面的記載——詠嘆城。」

「掌握名詞關鍵，那具體位置呢？」亞凱追問。

「凡事沒有不勞而獲，這也就是我們此行的最終目的。」

亞凱依然冷漠，「一個書中記載的神祕地點，要一個亞蘭納人和一個被轉化的安茲羅瑟人去找，是不是太強人所難？」

「所以你覺得困難？想要放棄？」

「聽著，我不是接受命令才來處理這件事。」亞凱強調：「我是阿特納爾任務的指揮官，黑暗圈由阿特納爾而起，我認為我有義務和責任阻止往昔之主將這塊土地搞得天翻地覆。」

萊宇哼道：「真是偉大、高貴的英雄情操。」

他們穿過一處陰森的峽谷，從迷霧的洞穴裡發現另一個神祕的世界。

亞凱曉得寬廣的聖路之地也是有亞蘭納人足跡尚未留下的地方，但是萊宇知道而自己卻懵懂的一無所知，相較之下就有矮了一截的感覺，自卑比較的心態還是沒辦法讓亞凱淡然。

據萊宇的說法，這裡的居民似乎和拉倫羅耶有牽連。

那是個身高約只到亞凱腹部的矮小傢伙，他滿臉皺紋，留著雜亂的鬍鬚，橢圓形的長耳會因為接受聲音而振動，淺灰色的皮膚讓他看起來像病人，不過萊宇卻說那是他們正常的膚色。

「不是安茲羅瑟人？」亞凱問。

那矮老頭拉著凳子坐在樹叢旁，喝著流質性的食物。見到亞凱和萊宇前來時，還一臉警戒地看著他們。

「梅多，我又來見你了。」萊宇向他示意道。

半身人沒有回應，他似乎對亞凱特別留意，目光一直沒從亞凱身上移走過。

難道是自己半邊燒傷的臉太難看嗎？亞凱拿了塊麵包給他。「那點東西吃不飽，這給你。」

他不曉得對方能不能聽懂自己的話。

對方沉吟不語，也沒接受亞凱的好意。不過他確定來者對他沒有什麼威脅後，又繼續喝著他的食物。

不知為何，亞凱心中升起一股同情感。

「他是我的兒子，那塊麵包你能吃。」萊宇說。

東西吃完後，梅多將木碗放下，他轉身就離開了。

「這就是我之前長期留在聖路之地的原因之一。」

亞凱望著梅多漸行漸遠的背影覺得相當熟悉，但他想不起曾經在什麼時候見過。「他……應該不是安茲羅瑟人吧？」

「伯洛加人是聖路之地最早的原住民，後來由於拉倫羅耶和安茲羅瑟的遷入，他們被迫搬離家園。」萊宇說：「直到亞蘭納人出現後，拉倫羅耶和安茲羅瑟也被趕出聖路之地，歷史果然是會不斷重演。」

「原來如此，難怪我對他們感到抱歉。」

「何解？那時候亞蘭納人根本還未出現在宙源。」

「畢竟現在佔據這塊土地的是亞蘭納人。如果說子孫能享受祖先遺留的偉業，那祖先所犯的罪過也要一併承擔。」

「你很好心，那要不把全部的亞蘭納人都趕入裂面空間？」

「別曲解我的語意。」亞凱靈光一現，他想起了當初要前往魔塵大陸前的回憶。沒錯，梅多的身形就和那時在血刺院看到的影子一模一樣。「我問你，知道血刺院這地方嗎？」

「那是以前伯洛加人首都的所在地，血刺院是他們建立的監獄，只是亞蘭納人大多不曉得那個地方的歷史。」

「所以雙子之神阿加優與歐霍肯創造的人種就是伯洛加人？他們才是聖路之地原本的主人。」亞凱懂了。

「你說得對。」萊宇點頭，「我花費了很多苦心才找到梅多，他們對非同族之人一向沒什麼好感，就算要和他們保持友好也需要時間來經營。」

「這就是你長年待在聖路之地的收獲？不是吧！製造安普尼頓的混亂才是你最大的成就。」

亞凱這無端的話點燃萊宇的怒火，他反駁道：「有些人被出賣了還會幫忙算錢。」

「你說誰？」亞凱也不太高興。

「就是你！」萊宇毫不客氣的回答。

「你只是因為嫉妒大總統的成就才詆毀他。」

「亞蘭納的一切早已和我無關，難道我會想在安普尼頓爭權奪利？」

「你那套陰謀論我聽膩了。」

「固執又愚昧的你真是一點都沒變。」萊宇說：「席列巴托是暗流教派幕後的主使人，這是千真萬確的事。」

「證據呢？拿出來讓我看。」亞凱不服氣地撇嘴道：「一個位高權重、已經坐上安普尼頓大總統之位的人為什麼還要偷偷摸摸的和恐怖組織來往，並且破壞自己費盡心思經營的國家，這對他有什麼好處？」

「因為這是還沒成形就被破壞的布局。」萊宇說：「我若沒有把暗流教派的陰謀拉上檯面，你們最後就只能看著安普尼頓的毀滅。」

「你在安普尼頓就是作亂的源頭！」

「而你是我兒子。」萊宇冷言道。

亞凱的眼眸閃著熊熊怒火。「我不是。」

「哼，真是話不投機。」萊宇滿是刺青的臉因憤怒而表情扭曲。「很好，您就繼續當偉大的沙凡斯大人，亞蘭納的英雄吧！」說完，他頭也不回的往前走去，直到身影消失在叢林中。

不是每件事都得依賴他，我也可以解決，亞凱心想。隨後他尋著梅多的步履後方找去，很快地亞凱就在溪岸旁看到坐在石頭上呆望著溪水的梅多。

由於怕驚嚇到對方，亞凱刻意放慢腳步，接著輕聲細語地發問：「可以請教你一些事嗎？」

梅多有了明顯的回應。「你是亞蘭納人嗎？我怎麼感覺不到你的氣息。」

「我是。」但亞凱又表示：「嚴格說起來的話……這副肉身卻已經不是。」

「為什麼？」

亞凱將事情一五一十的告知對方，梅多也很認真的聽講。

「這麼說來，你不是被轉化的亞蘭納人，也不是真正的亞蘭納人？」

「是怪物。」亞凱自嘲。

「你知道為什麼我會和你說話嗎？」梅多說：「因為你和我們相同，都是被遺忘又排斥的存在。」

這種形容詞用在自己身上好像很奇怪，亞凱覺得他的現狀應該還不到那麼絕望。「您這講法好像在同情我。」就如同亞凱剛剛覺得梅多很可憐一樣。

「彼此。」梅多說：「若非如此，我也不會讓你找到。」

「那麼你也應該知道我會找你們的原因。」

「奧底克西、黑暗圈、往昔之主、拉倫羅耶。」梅多將關鍵詞一一唸出。

亞凱彎腰鞠躬。「是，為了聖路之地，請務必幫忙。」

「對於黑暗圈，我們無能為力；想找拉倫羅耶，我建議你可以返回安普尼頓。」

亞凱大惑不解。「你這話是什麼意思？」

「伯洛加人得到的情報和我相去不遠。」萊宇冷不防的出現，難道他是跟蹤自己前來的嗎？他的做作令亞凱噁心的想吐。

「真是這樣嗎？」亞凱問梅多：「暗流教派膜拜邪神往昔之主，而安普尼頓的大總統是他們的支持者？」

「支持者？不，席列巴托自己就是拉倫羅耶的貴族。」梅多說。

亞凱在震驚中仍然堅持己見。「我不相信，大總統怎麼可能是拉倫羅耶人。」

「伯洛加人在聖路之地生存許久，依靠的就是對這塊大陸的熟悉度。」梅多說：「不光是你們剛剛談話的內容，甚至對整個亞蘭納聯盟我們也所知甚詳。你想要的證據我現在沒有，但是聰明如你可以從觀察席列巴托的行為裡得到一些理解，更何況你現在已經不是亞蘭納人了，我相信你會有超乎常人的敏銳度。」

「可是……」如果是萊宇說的話亞凱肯定不相信，但是不知為何他卻因為梅多講同樣的話而陷入深思。

「席列巴托掌握權力只不過是希望能藉此達到控制、監視亞蘭納聯盟的目的，可以的話還能為拉倫羅耶的未來打下基礎、增加領地、還有一群可供操縱的傀儡，安普尼頓的存亡完全不在他的關心範圍中。拉倫羅耶貫徹的方針非常明顯，他們一直在等待最佳的時機：安茲羅瑟和天界兩敗俱傷、亞蘭納聯盟內耗貧弱。到時拉倫羅耶趁勢而起，一鼓作氣擊敗其他勢力，剩下的救贖者也就不足為慮。」梅多說：「如果你問他們想要什麼？那我直接回答你：他們要的就是拉倫羅耶在蒼冥七界的復出、對天界和安茲羅瑟的復仇以及讓邪神往昔之主復生。」

「天界和安茲羅瑟人會那麼蠢嗎？放任席列巴托在各勢力間周旋胡搞？」亞凱提出質疑。

「他們沒有證據，大總統也不會露出破綻，更重要的是……知道的人確實不多。」梅多從衣袋中拿出紙捲菸，悠然地抽著，「你問我為什麼會知道，那是因為替拉倫羅耶建造詠嘆城的——正是我們伯洛加人，沒人比我們更了解拉倫羅耶。」

「所以我們更需要你的協助。」萊宇懇求道：「請告訴我詠嘆城的確切位置。」

「你們為什麼要幫助拉倫羅耶？」亞凱接著問。

「聖路之地的歷史是物競天擇的最佳範例，弱者淘汰、強者生存，這是在這塊大陸上稱霸的唯一真理。伯洛加人沒資格與拉倫羅耶人爭領地，因此只有被奴役的份。」梅多吐口煙，「詠嘆城是能移動的城堡，它沒有固定位置，想單憑你們二人之力想對付拉倫羅耶，太難了。」

「那要怎麼找？」亞凱問：「他們該不會藏身在阿特納爾中吧？」

「你完全搞錯了，黑暗圈是不容許任何生命存在的死亡之地，即便是拉倫羅耶人也不能在裡面生活。總之，找出詠嘆城對你們的意義不大，因為和拉倫羅耶人糾纏也不能讓黑暗圈消失。」梅多說：「黑暗圈是往昔之主對這塊土地降下的天罰，沒人可以阻止。」

「除掉拉倫羅耶人也不行？難道你們就這樣看著聖路之地沉淪嗎？」亞凱迫切地追問。

「奧底克西是神，我們只是一介凡人，人怎麼與神鬥？」梅多搖頭，「拉倫羅耶的行為是承接奧底克西的意志，這群瘋狂的人渴望的就是復仇。除去他們或許可以減少亂源，但禍根卻依然存在。」

「完全沒有辦法的話，那我們這一趟就毫無意義了。」萊宇悲觀的說：「每個人就眼睜睜的看著黑暗圈擴大，然後等死。」

梅多雙眼掃視著亞凱和萊宇失望的表情，兩人的反應正如他自己的預料。「你們打算怎麼辦呢？」

「就算會死我也要闖入黑暗圈，把奧底克西揪出來。」亞凱激昂的表示。

「很有骨氣，但是想當英雄也犯不著無腦送死。至少我還可以提供給你們一個方向，雖然不一定是正確的解答。」梅多頓了一下，說：「聽過沉淪集這本書嗎？」

萊宇和亞凱兩人反應如出一轍，全都沒聽過。

梅多輕笑，「看來邯雨領主亞基拉爾對你們隱瞞的事還真不少。」

「這和亞基拉爾什麼關係？」亞凱問。

梅多發出嘖聲。「亞基拉爾正是當初挺身抵抗奧底克西的安茲羅瑟領主之一，他曾親自體會過往昔之主的可怕與堅強的實力。你們認為再一次面對這麼強大的敵手，亞基拉爾會有什麼樣的策略與計畫呢？派出你們兩個什麼都不懂的人就想解決黑暗圈的難題，這就是亞基拉爾想出的最好方法嗎？」

這句話讓亞凱恍然大悟。「難道我們只是試驗品？」

「我不曉得亞基拉爾對往昔之主和拉倫羅耶究竟了解到什麼程度，但他是個細心的人，肯定做過一番深入的研究。」梅多斷定。「沉淪集這本書，我相信他絕對有看過。」

「重點是什麼？那本書和解決黑暗圈到底有什麼關聯？」萊宇不耐地問。

「沉淪集記載了關於往昔之主和十二天神的事蹟，以及雙方互相爭戰的經過。根據書上所記，十二天神在擊敗往昔之主後，祂們禁錮了這些戰敗的邪神，並針對每一名往昔之主特性派出專屬的監督——名為遠古看守者。古托拉奧佩茲納祖的遠古看守者為熔爐主君饕豐，這是比較多人知道的例子。」

「你的意思是奧底克西也有專屬的看守者？」亞凱訝道。「只要找到那個人，就能限制黑暗圈嗎？」

「我不能掛這種保證，不過最起碼對你們來說這會是很好的方向。」

「那我們該從何找起？」萊宇問。

「事實上，我們伯洛加人早就知道奧底克西的看守者是誰，連他目前身在何處也在掌握之中。」

「那你剛剛怎麼不說呢？」萊宇哼道。事實上亞凱也有同樣的想法，梅多說話太過故弄玄虛。

「如果事情真的那麼簡單，我們已經請他去對付奧底克西了。」

「可以把困難點告訴我們嗎？」萊宇問。

梅多的眼神轉為無奈，那表情寫著：就算和他們解釋也沒辦法解決問題。當然事實上也的確是如此。「首先，對方能擔任遠古看守者，其擁有的實力已達近神的境界，我們很難對他有所約束。再者，那名看守者因為一些變故導致精神已臻瘋狂，現在別說是成為助力，還可能變成我們的危害。第三個困難點，他既然對奧底克西能造成威脅，自然就是拉倫羅耶的敵人，詠嘆城早已派出多名菁英監視著看守者的一舉一動，絕不會讓其他閒雜人等無端接近。」

「他叫什麼名字？」亞凱問。

「黑色騎士傑羅姆．凱因斯。」梅多解釋：「當初天界和安茲羅瑟聯軍創傷奧底克西後，施展神術將奧底克西封印到阿特納爾底下的就是這名遠古看守者。」

「就帶我們過去吧！讓我可以了解那位英雄的近況好做回報，若遇到拉倫羅耶的精兵也可以趁此探查詠嘆城的位置。」萊宇提出請求。

梅多斷然拒絕。「不行。」

「我是咒術師，也許知道能讓他恢復精神的方法。」

「這行動風險太高了，我不會冒著生命危險做這種事。」

「世上那有沒風險的行動，我們小心行事就好。」亞凱說。

梅多沉吟一會，看來他很不想參與這麼危險的任務。「知道血刺院嗎？黑色騎士就是被關在最底層，由拉倫羅耶和伯洛加黑族輪流看守。」

「黑族是什麼？」

「黑族是自願侍奉拉倫羅耶的伯洛加人，我們白族不願歸順者僅佔少數，而且長期遭到報復性的打壓和屠殺。」梅多的表情黯淡，提及這段往事讓他感觸甚深。「血刺院已經沒入黑暗圈中，也許拉倫羅耶人和伯洛加人早就撤離，……就算是這樣，黑暗圈也不是可以任人自由出入的地方。」

黑暗圈彌天蓋地襲捲阿特納爾的情景，亞凱至今仍歷歷在目。那深沉可怕的恐懼感、灰暗毫無希望且死寂般的世界，一想到要再次踏進黑暗圈，他就不由自主地汗毛直豎。

「要過去不是不行。」梅多講出他的條件。「你們請亞基拉爾至少派十名上位指揮者來確保行動安全無虞，我就帶你們過去。」

萊宇大吃一驚。「十名上位指揮者？這麼大陣仗的行動若沒有昭雲閣支援也只剩惡災殃鼠眾能有足夠的人力，單以一個領區來說根本不可能，因為這等同於將領區內全部大將都派出來執行任務了。何況這麼明目張膽豈不是驚動拉倫羅耶和天界嗎？」

十名上位指揮者是怎麼樣的情形？大概就是十個特密斯或十個影休那樣的強者吧？連亞凱都覺得這要求過分誇張。

「我已經十分低估黑色騎士的能為了，就算真來十個安茲羅瑟強者我們都未必能在傑羅姆的瘋狂攻擊下安然而退。」梅多表示。

「我將您的要求告知亞基拉爾陛下了，他同意派出強力的高手支援。」萊宇說。

不會吧！亞基拉爾真的願意讓十名上位指揮者來聖路之地？先不管這些安茲羅瑟人要怎麼越過結界，他們十個光是聚在一起就完全掩蓋不住身上驚人的神力了，天界人怎麼可能放任不理？亞凱思考著各種可能。

「真的是十個？」梅多的表情不像是因為有人來支援而感到高興，看來就算再派個二、三十名上位指揮者他仍覺得不夠。

「大人沒和我說明確切的人數，但我想……應該只有一人。」

那唯一的支援絕對是塔利兒，亞凱想著。

「一人？亞基拉爾僅調動一人？」梅多一臉不安，眉頭緊皺。

這才是最正常的調派，亞基拉爾若真讓十名上位指揮者來聖路之地，那我肯定覺得他瘋了。

「就算是一人，亞基拉爾也有他的考量，你不是很認同他的細心與謹慎嗎？」亞凱試探性的問。

「我誰都不相信。」梅多嘆氣。

「帶我們去血刺院吧！你不需要進去，黑色騎士由我和……我兒子負責。」

亞凱抬眼看著萊宇，他不喜歡萊宇叫他兒子，這會讓他全身起疙瘩。「是的，我們會負責。」他絕對不想死在黑暗圈，然後也不想和萊宇死在一塊，這會是讓他最惱怒的死法。

「想去血刺院一定得進黑暗圈，我們首先要找到能在黑暗圈內不受往昔之主神力侵蝕生命的方法。」梅多說：「我們白族的族長同時也是天神的祭司，他能對我們施加雙子之神的祝福，這能讓我們在黑暗圈內最長待到六刻。」

「六刻的時間足夠了。」亞凱問：「我們什麼時候出發？」

「來支援的人呢？不等他嗎？」梅多問。

「照亞基拉爾陛下回傳給我的訊息來看。」萊宇低頭看了一下懷中的東西，一塊石板嗎？應該是類似通訊器之類的東西，看來又是神力科技的傑作。「那個人知道血刺院怎麼走，他會直接過去。」

就算塔利兒是不死之身，他真能抵抗黑暗圈的恐怖魔力而不需保護咒文嗎？

「不需要替那個人施加祝福？往昔之主一視同仁，不會有人能在黑暗圈中安然行動。」梅多擔心的問。

亞基拉爾也從不讓人質疑他的決定，這件事情就這麼定案。他們休息一日，隔天起個大早，梅多馬上帶他們去雙子之神的神殿找大祭司施加祝福。

大祭司一樣是個矮小白髮白鬚的伯洛加人，他喃喃地唸著咒語，那一長串連亞凱都聽不懂的話就這麼吟誦半刻之久。儀式前不需要淨身沐衣，也不用畫什麼法陣及擺設其他亂七八糟的儀式道具，最後祭司拿出一顆晶瑩剔透的黃色結晶讓三人含在口中，儀式就完成了。

亞凱甚至覺得根本不需要前面那段唸咒，只要把結晶含著就好。

這場儀式也並非免費實行，萊宇還得捐獻兩人份的靈魂玉給神殿。他們的理由是……伯洛加人生活很辛苦。

結晶含在口中略有苦味，而且又不能吞，講話變得很辛苦。亞凱懷疑這玩意兒是否真有奇效？萬一沒用豈不是白白斷送生命在黑暗圈中？反正萊宇和自己也差不多，他也都跟著照做了，應該不會有事……吧？

黑暗圈外一如既往的寂靜恐怖，四周景象被漆黑吞噬，陣陣惡臭飄散過來。站在這裡，亞凱的腦中赫然浮現維文那蒼白且滿是傷痕的面容正帶著怨恨的眼神看著自己。我們當時丟下了維文讓他獨自在阿特納爾犧牲生命，自己卻安然地回到安普尼頓，亞凱總是為這件事自責不已。

據梅多所說，血刺院以前的名字叫伯洛加矯正處，因為是首都外地勢最高的地方，所以拉倫羅耶人入侵破壞時才沒波及到這個進攻麻煩又沒什麼用途的地方。

這則訊息不具任何意義，主要是現在的血刺院反倒成了拉倫羅耶囚禁犯人的地方。亞凱還記得那天他站在此處觀望著黑暗圈時，總有個鬼祟的身影在背後跟隨，現在回想起來那也許就是梅多口中所說的伯洛加黑族人。

血刺院看起來像個久無人居的荒蕪廢墟，實際上建築物內還藏著難以發現的玄機。在梅多的帶領下，他們推開生鏽的鐵門找到通往地下的秘道。由於整棟建築物的出入口多為配合伯洛加人的身高，亞凱在進入時總要彎腰駝背，十分麻煩。

現在自己身處於黑暗圈中，仔細一想還真有不可思議的感覺。也多虧如此，拉倫羅耶和伯洛加的駐軍已經離開此地。

梅多指著下方，他說黑色騎士就被囚禁在裡面，但是他不敢進去。

亞凱看著門上隱隱沁出像白霧狀的奇怪物質，他和萊宇相互對視一眼，內心已經有底——原來黑色騎士被囚禁在安寧地帶中。

「還……還是考慮一下再進去比較好。」梅多勸道。

「我沒查看過他的情況也沒辦法治療他的精神疾病。」萊宇回答。

一個人能在黑暗圈中待那麼久卻不受往昔之主的影響，必定有其過人的地方。咦！不對，他被關在安寧地帶中也會受到黑暗圈的傷害嗎？這點亞凱也搞不明白。

萊宇經過血祠院的訓練，開啟小小的安寧地帶根本難不倒他，入口很快的被破解。亞凱和萊宇戰戰兢兢的走進監牢，獨留梅多一人在外守侯。

裡面和外面是一樣黑暗，這讓亞凱倒有點訝異。其實安寧空間內是可以布置的，如果真有人管理的話應該不至於會黑成這樣，除非黑暗圈能無視空間穿透安寧地帶。

「你想的沒錯。」萊宇以讀心術讀取亞凱現在的心思。「黑暗圈確實能無視空間，它現在就正侵蝕著這片安寧地帶。」

忽然間，亞凱的視線歪斜，整個空間好像被人以九十度扭轉一般，他不知道這是黑暗圈的影響或是那位遠古看守者的能力所導致。

「你也感覺到了吧？」看來在萊宇的身上也發生相同的情形。「黑暗圈造成的不適與那位遠古看守者的能力影響到我們的生理狀況。」

血氣上湧、全身漸漸有股被火灼傷的燒痛感，在這裡面待久後，就算沒死也會精神錯亂。看來任務行動必須加快，因為祝福的效用可能沒想像中那麼持久。就像軟糖在口中融化般，亞凱覺得口中的結晶隨時間流逝已縮小許多。

鐵鍊錚鏦聲從前方傳來，目標就在不遠處。

一開始兩人的注意力全被黑暗圈裡的混沌給分散，直到他們和黑色騎士的距離已近在咫尺後，害怕、惶恐、不安等負面情緒才湧上心頭，強烈的殺意逼得亞凱喘不過氣，在黑暗中凝聚的強大力量讓人雙腿發顫，抖動不已。

一名身形殘破的瘋子發出嘶聲吼叫，音量大到憾動整片安寧地帶，空間剎時被震出裂縫。儘管亞凱、萊宇已經對自己施展保護神術，依然頭暈目眩、雙耳滲血。

「好痛，好痛。」亞凱忍不住大叫。夾帶神力的吼聲不但讓他精神渙散，還差點就被震暈，若是普通的亞蘭納神術者說不定早就猝死了。

萊宇尚能承受這威力，他不顧自己也傷上加傷的惡劣情勢，見到亞凱陷入危境後便急忙以神力在他身上開啟保護網。「這是域界神力！」萊宇叫道：「什麼近神的力量……他自己根本已經是神的存在了。」萊宇見識過奧底克西的力量，他認為自己的判斷絕對沒錯！

黑色騎士若是在安寧地帶外運使這股壓倒性的力量，整個聖路之地早就因此天崩地裂了。不愧是傳說中的遠古看守者，黑色騎士身上散發的神力是亞凱此生從未見識過的絕望，甚至他認為魔塵大陸或天界都沒有人能夠與之匹敵。

諸神救命，這怪物根本不是人，更別說要接近他了。亞凱現在只想拔腿就跑，一刻都不想停留在此。

不知道什麼時候，那名身穿舊式黑色騎士裝甲的遠古看守者已來到他們兩人的面前。「呼——呼——」傑羅姆．凱因斯的呼吸聲很大，他的頭上戴著羊頭全罩護盔，白霧狀的吐息從面罩隙縫噴出，右手已斷，盔甲傷痕累累，左肩被一根巨大的鐵勾刺穿，身體多處栓著黑鍊，左小腿是白骨，左手將巨劍扛在肩上，他看起來就像歷經幾百場戰役後歸來的亡魂騎士。

不、不妙，亞凱的腿因為驚恐而動彈不得，黑色騎士的出現讓他意識到自己有多麼渺小，在他的面前猶如螻蟻般。

「啊啊！」騎士將劍拄地，接著揮動配戴黑鐵手甲的鐵臂，利爪從亞凱頭上揮過。

距離這麼近然後自己也完全不動，他竟然還能揮空？亞凱這才注意到傑羅姆．凱因斯的雙眼好像已經全盲。黑色騎士挪動沉重的手臂，打算再次揮拳。亞凱雖然心急，無奈雙腳還是一動也不動。

萊宇以神術好不容易將亞凱的身體往後一拉，傑羅姆的拳頭再次揮了個空。

「你傻了嗎？為什麼不跑？」萊宇大罵。

我也想跑，但腳就是不聽使喚。這時候沒人比亞凱更焦急了。

黑色騎士以聲波夾帶神力發動攻擊，亞凱和萊宇拼盡全力架起護罩抵擋。結果護罩炸開，兩人也被餘勁掃出，頭破血流。

「呃啊！」亞凱視線模糊不清，血從喉間順著食道嘔出。

「亞凱……沒事嗎？」萊宇內傷不比亞凱輕，他勉強從地上爬起。「請、請等等，我……我們是來幫你的。」

若非先前讓托賽因的心臟改造過身體，剛剛承受傑羅姆那一擊後自己早就應該死了。亞凱雖慶幸自己命大，卻沒把握能活著離開血刺院，黑色騎士根本不是凡人能與之抗衡的角色，莫怪乎梅多要求至少要十名上位指揮者在場，這一點都不誇張。依他的實力來說，十名上位指揮者說不定還是過分低估他了。

傑羅姆・凱因斯才不管萊宇的目的，他只想殺掉侵入這片領域的陌生人。黑色騎士吼間發出的野獸低鳴代表著他人類理智的消失，遺留下的只剩殺戮的本能。

萊宇尚未反應就被傑羅姆身上暴衝的旋流氣勁給波及，亞凱看見萊宇整個人就像是斷線的風箏被吹飛出後去再重重跌落。

雖然亞凱討厭萊宇，但剛剛幾次自己陷入危境時都是被他拯救，相較於過去自己對他的咒罵和冷言冷語，現在反倒讓亞凱覺得很慚愧。無論如何他絕對不希望萊宇死在這裡，至少也得讓自己救他一次，等到雙方互不相欠後他要死再死。

「萊、萊宇。」亞凱踉蹌地連走帶爬，此時的萊宇已經躺在地上奄奄一息。

就連被轉化、經過塔利兒特訓過後的亞蘭納英雄萊宇・格蘭特都變成這副模樣，自己又能怎麼辦？「起……起來，我們的恩怨還沒解決，你怎能這樣就死？」

萊宇一點反應都沒有，亞凱只覺得他在自己的懷中生命力正一點一滴的流失。

黑色騎士宛如幽魂鬼魅，在影子中游移迅速，轉瞬間又像死神招手似的朝兩人撲去。

結束了，後半輩子的人生就要在這暗無天日的血刺院地窖中永眠，而且會是一個永遠醒不來的睡眠。實在太冤枉，這不是他原本的計畫，天曉得這名遠古看守者會強大到這種程度。

在那一剎那，亞凱認為他已經一隻腳踏入裂面空間，黑色騎士的逼近讓他簡直無法呼吸。突如其來的三道魂系神力飛箭就像是亞凱的救命符，劃過他絕望的意念直接擊向迎面而來的黑色騎士並成功將其逼退，打出一線生機。

「沒事吧？萊宇先生，您還好嗎？振作一點。」對方擔憂地問。

意外中的援兵，是一名……女孩？她的身材矮小瘦弱，臉蛋長得挺好看。可是用好看這麼平凡的形容詞好像又不太恰當，她的容貌已經算是氣質型的美人了。亞凱猛力甩頭，不對，自己在想些什麼？若說人臨死前會看到幻覺，為什麼自己看到的會是一個美女？

「哈……哈魯路……」萊宇話還沒說完人就昏厥，亞凱也沒聽清楚他到底說了些什麼。

「老一，原來你一直被困在這裡，知道我們找你幾百年了嗎？我是希爾溫·伊瑪拜茲啊！你還認得我嗎？我們曾一起合力封印奧底克西，你忘了嗎？你快清醒。」

哈魯路托的真摯呼喚沒有達到效果，黑色騎士發出類似野獸的低鳴怒吼，隨之以身上的鐵鍊為武器揮舞著向哈魯路托攻去。

「這裡實在太危險了，你們快離開。」哈魯路托揚手開啟傳送門。

「那麼你呢？」

「別管我，你們先走。」哈魯路托不過輕輕拂袖，亞凱和萊宇兩人就被強風颳入傳送門內，順利逃離血刺院。

在亞凱脫離血刺院的前一刻，他回頭看見黑色騎士的鎖鍊準確地纏住女孩的脖子，隨後他就被傳送出去，沒有看到後續情形。亞凱不禁擔心起女孩的安危，畢竟對方可是近神之人。

傳送門的出口不在血刺院，而是開在山嶺外的荒地。格蘭特父子兩人從半空摔落到地上，衣服全沾滿塵泥和血跡。亞凱身體難受的像快撕裂開般，他吐出尚未完全消失的祝福結晶免得在喉嚨中噎住，他同樣用手指從昏迷的萊宇口中把結晶挖出，他的手掌沾滿萊宇嘔出的血和唾液。

「你們還活著？」梅多已經從血刺院平安出來。

「還撐得住，但是萊宇就……」亞凱知道萊宇的情況不甚樂觀。

「我早就和你們說過了，沒有強者保護簡直就是送死。」梅多憂慮地看著萊宇。「他傷得非常嚴重，如果能撐到神殿找大祭司治療，也許還能有一線生機。」

「你們能去的地方只有裂面空間。」數十名伯洛加黑族手持武器包圍亞凱三人。黑族人的皮膚皆為褐色，梅多事前已經介紹過，所以亞凱一眼就認出他們的來歷。

「褻瀆神聖的神誕之地還妄想放走罪人，你們已被詠嘆城判處死刑。」

「誰定我的罪？」亞凱就算重傷，他的尊嚴也不想被一群連名字都叫不出來的矮人踐踏。

「想拿我的命，過來啊！」

看著亞凱勉力撐著法杖站起，身形搖搖晃晃地向黑族們喊戰，這群伯洛加人怎麼可能把亞凱放在眼中。然而正如同亞凱低估黑色騎士，這群矮子也錯判了形勢，他們以為能把受傷沉重的亞凱當成一推就倒的人形立牌。雖然亞凱現今的狀況無能施展神術，但亞基拉爾贈送的法杖並不需要使用神力。劫鬥魔杖的能力在於吸取亞凱身上的神力並將其轉化為同屬性的攻擊，黑色騎士打在亞凱身上的傷害現在被法杖吸收運用，每揮出一擊就如同黑色騎士本人親自造成的創傷，沒有黑族人能抵擋這樣的神力，這些傢伙即使防禦也完全沒有作用。

連死三名族人後，膽怯的伯洛加黑族反倒不敢再進攻了。

亞凱受創在前，現在光是站著都很吃力，要是黑族真的下定決心以車輪戰的方式連番上陣的話，亞凱肯定是無法久持；可惜的是這群矮子就是沒這樣的勇氣，所以他們才會被拉倫羅耶奴役千年。

亞凱隱隱約約能聽到從血刺院裡傳來傑羅姆的吼叫以及激烈的打鬥聲，那名女孩不但還沒死，竟有能力和黑色騎士一較高下。

「過來啊！你們害怕了嗎？」亞凱對黑族人叫著。梅多膽怯地躲在傷者身後，神色驚慌。

黑族人向左右退開讓一名戴著金色面罩的男人走出，他的個頭比黑族人還高，看起來像是他們的領袖。「哼，你們這群懦弱又無用的膿包。」

梅多在亞凱的耳邊輕聲說道：「這人是拉倫羅耶的天示使者。」

天示使者？哼，在亞凱看來他和神棍沒什麼差別。「那麼你呢？要上嗎？」

「對付你這快死的人那需要我出手。」天示使者吹了聲口哨，木杖高舉，像是打著信號。

腳底下傳來明顯的震動，而且震幅頗大。本來亞凱就已經全身乏力，這下更讓他往前一跌，連爬起來都變得困難。

個頭高大的怪物由土堆下竄出，牠全身光禿無毛，猙獰的面孔有著一張和牠身體同大的血口，牠用長長的雙臂和矮短有力的腿佇地爬行。這畸形怪物一手抓著一名黑族人，另一隻手則把人塞到嘴巴裡咀嚼，其餘黑族人見狀嚇得落荒而逃。

「拉……拉倫羅耶暴食者。」梅多緊張的拉著亞凱的衣袖。「快跑，你還在等什麼？」

跑什麼跑？連動都動不了了，亞凱身上的傷實在太重，根本沒有多餘的體力讓他再做其他事。

「住手。」眾人意料之外的救兵出現，對方擋在拉倫羅耶暴食者面前。

「天界人？滾開，與你無關。」天示使者語帶恫嚇。「暴食者性情很殘忍，他不管你是什麼人都照吞不誤。」

天界人揚起白袍，光亮華麗的披氅隨著風勢搖擺。「聖路之地不是爾等為惡的地方，茲意肆虐塗炭生靈，即便是慈悲為懷的天上諸神也不會寬恕爾等的行為，接受制裁吧！」

「別說大話，你們的天神在睿智崇高的往昔之主面前，根本不值一哂。」

亞凱打量著孤身前來的天界人，他有一頭潔白無瑕的長髮，雖然留著白色的長鬚象徵智慧，但是他的皮膚卻稚嫩的像十多歲的青年，容貌俊朗。「無知的下等人。」天界人單手運勁，聖系神力震波向四面八方衝去，圍過來的黑族人僅一擊就全都被轟得老遠。

拉倫羅耶暴食者快速接近，天界人雙手各使不同的神力，魂系與聖系的招式結合，形成強大的力量。

亞凱雖然早就知道天界與亞蘭納人掌握神力程度的差別，但實際親眼一見後仍是嘆為觀止。

異樣的神力相結合不但沒有互相排斥，天界人使用連招發動的間隔又很短，好像都不需要再次回氣及運勁，就和呼吸空氣一樣的簡單。亞凱實在很羨慕他們的天賦，希望有一天自己也能達到這種境界。

暴食者被天降神力打入地層，凹陷處變成一個巨大的窟窿。

「罪人，汝還要負隅頑抗嗎？」

天示使者不懼反笑，「你當拉倫羅耶的暴食者這麼好解決嗎？」

話才剛說完，暴食者無預警地破土鑽出，並趁天界人毫無防備的情況下從身後一把將他整個身體攫住，連亞凱都大為吃驚。就在暴食者正要把他往嘴裡塞時又卻突然停止動作，其他旁觀者皆感到納悶。

「暴食者，快吞了他。」天示使者下令。

天界人神色自若，一點都不慌張。「留汝一條命還不潔身自愛，真是不知分寸。」天界人用力伸展身體從暴食者的手掌中掙脫，令人詫異不已的羽翼也如花蕊般開展。他的右翼是純淨的白色，左翼卻是讓人匪夷所思的安茲羅瑟獸翼，亞凱瞪大雙眼說不出話，難道是天界人和安茲羅瑟人的混血兒嗎？有這樣的事？

除此之外，他的外形丕變，指生利爪，口長利牙，連前額也冒出類似犄角的增生物。

融合魂系及聖系的神力光彈以漂亮的弧線如流星墜落直擊暴食者的頭部，亞凱聽到暴食者發出的慘叫聲，龐大的軀體隨著彌漫的煙塵落下，也消失的無影無蹤。

「該汝了。」

天示使者驚呼連連，嚇得不斷後退。

就在天界人要準備處理掉天示使者的同時，一名年輕女性來到萊宇身旁查看他的傷勢。

「妳是？」亞凱端詳著她。

那女孩臉頰消瘦，有股病態之美，梳理過的黑色長髮上有幾撮金色髮絲，柔弱的眼神中帶著堅毅。「先等等再說，你們的朋友快不行了，請跟我來。」

不光是萊宇，就連亞凱也早就體力耗盡。他才剛從地上站起，就因為一陣天旋地轉而不支倒地。

過了不知多久，亞凱慢慢恢復意識。

「……他還好嗎？」

「嗯，已經沒什麼大礙，托賽因大人的心臟改造的能力真驚人。」

「那麼另一位先生呢？」

「萊宇大人畢竟也算半個安茲羅瑟人，雖然沒被擊中致命處，不過這樣的傷勢卻得讓他休息好一段時間。我會帶萊宇大人回魘塵大陸，那邊的環境對身體復原較有助益。」

亞凱幽幽轉醒，雖然頭暈腦脹，不過身上的痛楚卻已經消失泰半。他疑惑的看著自己傷口上的繃帶和藥膏，究竟是那位醫生這麼有本事能用如此速效的方法治療傷勢？

「你醒了嗎？」

是當時在血刺院出現的那位美人？由於亞凱上半身赤裸，讓他不好意思的拿起被褥遮身。

「你……你不是在血刺院中……」

「喔，我已經出來了。」女孩雙手一攤，露出淡淡的微笑。

她說得好像很簡單，這更讓亞凱更難以置信。「你為何能在血刺院自由出入？」

「有嗎？」哈魯路托笑道。

梅多端著水盆進來，「你傷還沒好，先躺著！」他將毛巾浸水擰乾後拿給亞凱擦拭身體。

「你不用太擔心，萊宇先生也沒事了。」

沒事就好，只要他還活著，那其餘的就不關自己的事了。「你究竟是誰？」亞凱用毛巾抹去身體的髒汙，他好想洗澡。

「不光是血刺院，他連進去黑暗圈都不需要雙子之神的祝福。」梅多轉頭瞥視著希爾溫。

剛剛那名救他們的天界人跟著進入房間，接著向哈魯路托打招呼。「三哥，我必須返回天界了，離開太久會讓光神起疑。」

「聖天，謝謝你的幫忙，你先回去吧！這裡我來處理。」

天界人向哈魯路托鞠躬後離去。

「你該不會是……亞基拉爾所派的那名支援？」亞凱問。他們都以為來的人會是塔利兒。

「是的，我叫希爾溫·伊瑪拜茲。」哈魯路托臉上總是掛著治癒人心的微笑。「亞基拉爾大人說我留在魔塵大陸沒用才叫我過來支援。又因為情況特殊，我沒讓塔利兒跟隨。」他看穿亞凱的想法，不過這並不令人感到意外。

「沒用？堂堂哈魯路托是沒用的人？那其他安茲羅瑟低階的平民怎麼辦？」梅多詫道：「為何是你聽亞基拉爾的命令？主從關係顛倒了吧？」

「哈魯路托？」亞凱大驚。「你是哈魯路托？」雖然嘴上這麼問，但希爾溫是男人這一點才更叫亞凱失落。

「那是安茲羅瑟人看得起我才給我的尊稱，其實我和一般人沒什麼區別。」

講這種話就太虛偽了。能和黑色騎士單打獨鬥並安然離開血刺院，還能不受黑暗圈的影響，這是普通人做得到的事嗎？「請問您和血刺院下面囚禁的騎士是什麼關係？」亞凱問。

「我們以前曾經是好朋友，自從聽說他被拉倫羅耶人囚禁後我就千方百計打探他的下落。」哈魯路托彎腰道歉。「利用了你們真不好意思，我真的不知道他變得這麼瘋狂。」

「這件事先不論。」梅多質疑道：「能不受黑暗圈影響的只有天神以及遠古看守者，請問您是那一種？」

哈魯路托聽到梅多的問題後只是笑而未答。

除了衣角有點破損外，希爾溫根本毫髮未傷，亞凱完全無法想像希爾溫那瘦如乾枝的手臂竟然能和黑色騎士過招，他身上殘存的神力明明非常貧弱，這是怎麼回事？

「你已經清醒，真是太好了。」女孩端了盤流質性食物進來。「沒有什麼能幫助你恢復體力的東西，請別棄嫌。」

亞凱點頭致謝，自己才剛受過重傷，那有挑食的本錢。

「克萊兒．卡莫洛娃小姐是這間房子的主人。」梅多介紹。

「剛剛我聽到你們提到我的父親。」克萊兒說：「我想我必須澄清一點，爸爸他並不是瘋子。」

「我知道。」哈魯路托拍拍克萊兒的肩，他長得還比克萊兒嬌小。「以前的傑羅姆是充滿正義與熱血的英雄，大家都很欽佩他。」

「妳是黑色騎士的女兒？」亞凱上下端視著她，黑色騎士到底是幾歲生下克萊兒的？怎會如此年輕？

「我母親是亞蘭納人，傑羅姆是繼父，而我現在是被轉化的亞蘭納人。」她明白亞凱的疑問。「如果知道父親對整個蒼冥七界如此重要，當時的我說什麼都會反對母親和父親相戀。」

「老一從沒和我們提過他的私事，所以我也不曉得妳的存在。」哈魯路托說：「事情發生過後妳也夠難過了，請別再自責。我會盡力幫忙，直到老一恢復神智。」

「若我猜得沒錯，黑色騎士和妳母親的相戀成了拉倫羅耶的利用目標，這也是造成黑色騎士瘋狂的主要原因對吧？」亞凱問。

克萊兒悲傷地點頭，雖然對她很殘忍，可是眾人必須知道實情才能對症下藥。「拉倫羅耶人有洞悉人類內心深層黑暗面的能力，而且還能將這股負面情緒無限放大。」

「親情及愛情成了黑色騎士的破綻，拉倫羅耶利用這一點澈底的打擊他的精神，只要他無法恢復，聖路之地將永遠被漆黑吞沒。」梅多說。

「這不是她的錯，親情與愛情都是人性。」希爾溫說。

「不，是我們的錯。我們這些凡人根本沒資格得到父親的關愛，以致於讓聖路之地變成泥獄。」克萊兒傷心的說：「母親與叔叔慘死，弟弟也失蹤，接連的噩耗讓父親終於承受不住奧底克西的精神低語，不但身受重傷，還被囚禁在暗無天日的血刺院下。」

「奧底克西不趁這機會除去黑色騎士以絕後患？」亞凱問。

「奧底克西殺不死遠古看守者，遠古看守者同樣也沒辦法消滅往昔之主。」哈魯路托解釋：「只有把傑羅姆永遠困在那副破爛不堪的亞蘭納軀體中，讓他永生永世遭到精神折磨才是奧底克西的目的。」

「這又是什麼意思？」亞凱不解。

希爾溫頓了一下，接著說：「你們只要知道現在看到的黑色騎士並非傑羅姆的真身就好。」

「了解這點還可以讓人放心。」梅多說：「至少我們不必替黑色騎士的生命安危感到擔憂。」

「不過我們還是得找到讓黑色騎士復原的方法，總不能讓他一直待在地牢中見到入侵者就砍。」亞凱看著克萊兒，希望她能提供新的方向。

「為彌補我們的過失，我一定要讓父親恢復。」克萊兒的語氣很沒自信。「但是奧底克西的精神混亂能力實在太強大了，得先想個能隔離黑暗圈的地方。」

「黑暗圈連安寧地帶都能侵蝕，還有能隔絕的方式嗎？」亞凱問。

希爾溫似乎不以為然。「我很清楚奧底克西的能力，想要讓老一能擺脫桎梏，唯有他自己覺醒才能辦到。」他看著克萊兒。「妳弟弟是怎麼失蹤？在何處不見？」

「這……我不認為找回我弟弟後，我們對父親以親情呼喚就能讓父親恢復。」克萊兒面有難色。

「當然其中還得加些步驟。」希爾溫說。

梅多輕蔑的態度從語氣中表露無遺。「這麼簡單就可以解決，那就請克萊兒小姐和她父親說幾句話不就好了？」

「解鈴還需繫鈴人。奧底克西施加在老一身上的壓力無人可解，只有他自己本身方能突破魔障。」哈魯路托又笑了。「我一向相信奇蹟的出現，因為它能讓人在絕望中堅定信念，進而找出光明大道。」

希爾溫的說法很天真，如果他不具哈魯路托的身分，亞凱還以為他只是個愛作夢的女孩。

「以哈魯路托的見識、閱歷和經驗，這說法有一定的道理存在。」至少亞凱還可以這麼想。

「我不叫哈魯路托，你們也不是安茲羅瑟人，稱呼我希爾溫就好。」希爾溫可能聽著其他人叫他哈魯路托而覺得彆扭。

梅多表示：「伯洛加白族人不管聖路之地的主人是誰，也沒有興趣知道，我們只想安安穩穩不必膽戰心驚的過日子。如果有人要破壞白族安寧的生活，就算我們再怎麼無用，也會站出來抵抗。有需要白族人幫忙的地方就和我說，我會讓族人全力配合。」

哈魯路托點頭稱謝。

「關於我弟弟的事，我等會兒再親自和您講這一切的來龍去脈。」克萊兒收走亞凱吃完食物的餐盤，然後返回廚房。

「您請休息。」希爾溫轉身走出房間。

亞凱不是那種會靜靜待在同一個地方的人，他拿起結晶長杖當作拐杖，很不順地一跛一跛慢慢移動。

哈魯路托站在屋外眺望著黑暗圈的方向，表情肅穆沉吟不語。亞凱看著她美麗的容顏和隨風飄揚的及腰紅色長髮，根本沒辦法把他當成男人看待。「謝謝你。」亞凱說。髮香隨著風向拂面吹來，怎麼安茲羅瑟的首席領袖會這麼特別？

「謝我什麼呢？」希爾溫轉頭笑道。

「我身上的傷是您替我醫治的對吧？手法很高明，我的疼痛感幾乎全沒了。」

「我以前的本行是學醫的，所以還懂些醫術。」

這句話在亞凱聽起來像是開玩笑般，哈魯路托如同一個多年不見的親切好友，和暴戾殘忍的安茲羅瑟人形象落差很大。「不管怎麼說，總是您救我一命。」

「請多休息吧！」哈魯路托輕拍亞凱的右肩，這讓他有點不自在。

「我可以直截了當的問你幾個問題嗎？」當時在血刺院底下，哈魯路托和黑色騎士過招的驚人畫面歷歷在目，叫亞凱難忘。「我真的不信當了哈魯路托就有和天神使者對抗的能力，正如梅多所說……您是否為遠古看守者。」

哈魯路托撇過頭，迴避亞凱的目光。他沉默了好一會，似乎正猶豫說這個是否適當。「你們說的對，我是遠古看守者之一。」他繼續說：「那是在討伐奧底克西之後發生的事，我在策林的夢境湖中見過石龍俄肯密特，並從天神的幻象中窺見過去和未來的祕密。我隨即承接了天命，成為饕豐、傑羅姆之後的第三位遠古看守者。」

「那麼……您還算是安茲羅瑟人嗎？」黑色騎士那令人畏懼的形象在亞凱的心中無限放大，好像隨時會從黑暗中撲過來的那種叫人窒息的戰慄感，光回憶那短短的片段就讓他汗毛直豎、心跳加快。他懷疑自己是不是因為大難不死而留下創傷後壓力症候群。

亞凱沒辦法把希爾溫和黑色騎士劃上等號，他是這樣的纖細與溫柔……糟了，哈魯路托可是男人耶，自己怎麼會有這種想法？莫非是因為自己看見希爾溫在危境中以救命使者的姿態出現所產生的吊橋效應？

希爾溫舉起顫抖的雙手。「這股力量……非常可怕，憑我一己之力根本沒辦法駕馭。」

「沒辦法控制自己的神力，這就是您和其他兩位遠古看守者不同的地方，也是您沒辦法解決黑暗圈難題的原因嗎？」

「都是。」希爾溫說：「饕豐和老一算是半神，而我卻是以凡人之軀控制神的力量，失控是難免。奧底克西的看守者本來就是老一，我是往昔之主『死兆者』、『絕境天神』埃圖瑪庫塔亞的看守者。奧底克西雖然同樣是往昔之主，我對它的能力也有部分的認知，卻不會比老一更熟悉。對付奧底克西的話，我可以是助力，絕不會是主力。」

「那麼黑暗圈的起因和治退方式呢？」

「消滅黑暗圈最簡單直接的手段就是除去往昔之主。」希爾溫說：「但是也有方法可以不殺奧底克西就讓黑暗圈消散。」

「請問是什麼？」

「要知道黑暗圈被拉倫羅耶稱為神誕之地，顧名思義就是孕育神的地方。就像是女性的子宮，黑暗圈的功用在於培養往昔之主的肉體，建構出一個適合奧底克西成長的環境。」希爾溫解釋：「黑暗圈的中心有個神胎巢，只要將其破壞問題就解決了。」

「那麼只要聚集所有的強者並加上雙子祝福，再一鼓作氣集中破壞神胎巢可以嗎？」

「理論上是可以，不過我也要和你講講現實會遇到的困難。」希爾溫說：「第一，神胎巢是活物，它能移動、有思考能力、會反擊。第二，奧底克西不是笨蛋，它把神胎巢藏在安寧地帶中。第三，拉倫羅耶的戰鬥傀儡會出來保護它們的主人。第四，即便沒有軀體，奧底克西仍然具有直接殺害我們的力量。總而言之，進攻神胎巢是大事，稍有差池我們全都會死在黑暗圈中。」

這麼可怕？簡直無敵了嘛！亞凱問：「黑暗圈擴散後，世界會變成不毛之地，拉倫羅耶人也不能生存，這對他們有何利益可言？」

「神創造美好的世界讓人們居住，信仰帶給人幸福與知足。」希爾溫說：「往昔之主卻反其道而行。拉倫羅耶愚昧的行為都只是為了取悅他們的主，犧牲自己的生命為天神提供最好的居住世界。只要奧底克西開心，拉倫羅耶人認為一切都值得。」

不分是非的瘋子，那群人比安茲羅瑟人或天界人更可怕，全是狂信者。「拉倫羅耶人、往昔之主全都該死。」

「不過是因為信念不同罷了，世界上沒有人是該死的。罪魁禍首是往昔之主，我們反倒要同情被利用的拉倫羅耶。」

這個人未免溫和過頭了，他真的是安茲羅瑟的領導哈魯路托嗎？亞凱還真不相信。「我曾聽說十二天神和往昔之主有過激烈衝突，如今往昔之主已經出現，那怎麼不見十二天神出來制裁他們呢？您如果真的是神的使者，應該知道其中的原因。」

「這……」希爾溫顯得很為難。「我不太曉得原因，恕我無法回答您的問題。」

是不知道，還是不能說呢？希爾溫真的很不會說謊，若亞凱會讀心術的話，八成所有的祕密全都曝光了。不過他是哈魯路托，再高階的咒術師大概也讀不到他的心思吧？「黑暗圈真是人間災難。」

「可不是嗎？」希爾溫無奈地苦笑。

亞凱盯著他的臉，視線變得無法移開。「您真是個特別的安茲羅瑟人。我聽說您躲了很長的時間，結果讓各領主變得無法控制，新生的安茲羅瑟人也不認識您，真的是因為懼怕天界嗎？」

「天界的光神費弗萊是非常強大的對手，而我被光神視為眼中釘，那有不忌憚的道理？」希爾溫聳肩。「不過這非是我選擇躲避的原因，閣下聽過末世預言嗎？」

「預言？您是魔塵大陸之尊，也相信江湖術士的無稽之談嗎？」

「不是無稽之談，這是天神幻象給予的啟示，未來一定會發生。」

察覺到希爾溫話中的蹊蹺，亞凱內心突然升起一股灰暗感。「聽您這麼說，末世預言會成真，未來的蒼冥七界難不成會有什麼災難發生嗎？」

「唉呀！我不是這個意思。」

他真的很單純，心思有夠容易被猜測的男人。

亞基拉爾雖然已經返回邯雨，仍舊和在厄法時沒有兩樣，從早忙碌到晚。就在雷鳴不斷，已經令人焦躁不已的夜裡，最不好的消息又傳到邯雨了。身為昭雲閣的宗閣主又是對天界開戰的總策劃，亞基拉爾幾乎沒有休息的時間，他忙著掌握魔塵大陸各地的戰況，資料庫隨時都有最新的情報回傳。而亞基拉爾又不是一個會信任手下的領導者，凡事親力親為的他每天都在操勞中度過。

在還沒向天界宣戰以前，亞基拉爾的休息時間一天就已經不超過半刻了，開戰之後就更離譜。貝爾每天忙到累了就睡覺，醒來以後發現亞基拉爾還在工作，他根本就沒闔過眼，最近是連飯都沒時間吃了。血肉之軀又不是鐵打的，就算是安茲羅瑟的黑暗深淵領主難道就不會疲累嗎？

換作一般亞蘭納人早就過勞而死了。亞基拉爾這些日子別說是親自上戰場了，連一個人都沒殺過，每天埋首於成堆的文件報告中，這算哪門子的魔王？貝爾也不是懷念那個在阿特納爾瘋狂開殺的亞基拉爾，只是覺得他更適合那種馳騁於沙場上，如入無人之境時的霸氣。

「你說什麼？」亞基拉爾陡然站起。「快帶我去。」他將筆一摔，披上黑色大衣外套後跟著小兵走出房間。

通訊室內已經準備好大螢幕，影像也已經連接，畫面上出現的是帶著一臉不屑神情的火神烈。他坐在金色王座上等待著亞基拉爾，左手托著玻璃酒杯，右手指間夾著一根紙菸。

亞基拉爾才剛到，就沒好氣的叫著：「你搞什麼？」

「我？」烈表現出懵懂的樣子，他吸了一口菸後又吐出長長的白霧，亞基拉爾是越看越火大。

「對。」亞基拉爾斥道：「廢話不用多說，把你的手下全部撤走然後繼續完成你的任務，我還可以當作什麼都沒發生。」

「我為什麼得聽你的話？如果我拒絕呢？」烈反問。

「你不要惹火我。」亞基拉爾走向長桌，雙手拄在桌面。「你已經漸漸令我不耐。」

「那又怎麼樣？來阻止我啊！亞基拉爾大人很有本事，去調動昭雲閣的人，調動你邯雨的孤零衛士來阻止我的進攻。」烈明知亞基拉爾因為前線正打得火熱而抽不出人手，他還故意激怒亞基拉爾。

「幼稚、自大。」亞基拉爾提醒他：「你忘記自己和哈魯路托做的約定嗎？」

「那個畏首畏尾，遇事就躲起來的希爾溫，他有多堅強的意志力能持續約束我？」烈靠著椅背，舒服的坐著。「不過我是一個說話算話的人，既然我有和他約定就一定去做，要消滅天界沒有問題，但那是在除去伊瑪拜茲家族之後的事。」

亞基拉爾用力拍桌。「你分不清事情的輕重緩急嗎？」

烈擺著手，態度輕佻傲慢。「不好意思，愚蠢的我還真分不清。」

「你就繼續獨斷獨行也無所謂，不過別以為我會悶不吭聲，等著變成一堆灰燼吧！」話雖這麼說，貝爾明白現在的亞基拉爾根本拿火神沒轍。

「那就來殺我吧！別光說不做，我等你，亞基拉爾不是那種會耍嘴皮的人。」烈側著頭，冷笑道：「不對，你的確是那種說一套做一套的虛偽領主，只懂得把表面話說的很漂亮，我高估你了，抱歉。」

「閉嘴，你這自私自利，只懂惹事生非的人沒資格批評我。」

說實在的，貝爾第一次看到亞基拉爾降低自己的格調和火神脣槍舌戰。但這也是沒辦法中的辦法，他希望能藉著痛罵讓烈覺醒，不過現在看來幾乎沒有達到效果。今天大概也是冷酷少言、沒什麼情緒的火神最多話的一天。

也可能是火神的話太一針見血了，亞基拉爾對階級、哈魯路托的崇拜、戰爭的狂熱全是裝出來的，火神應該也是很明白這點才拿來嘲諷亞基拉爾。而陛下最近真的太操勞，在精神及狀態不穩的情形下情緒容易失控也是無可厚非。

「說到自私自利我可能還遠不及亞基拉爾大人，一個連妹妹都不顧的哥哥；一個為了和費弗萊的意氣之爭，就把整個魔塵大陸拖下水的人，你有什麼臉說我？安茲羅瑟人就因為你的私心全都要死，我偏偏不吃你這套。」

「你以為邯雨和昭雲閣敗亡，安達瑞特家族能撐多久？」

烈哼道：「我不需要你、不需要希爾溫、不需要伊瑪拜茲家族、不需要昭雲閣，我們可以獨自對付天界而且必定獲勝。」

亞基拉爾納悶，他氣得發抖。「你到底哪來的自信？你懂不懂事？現在不是以前兄弟會那種和樂融融的團體生活。你有你的領地，我有我的責任，你就不會體諒我的難處。」

烈表情驟變。「體諒你？我為什麼要體諒你？我曾低聲下氣求過你的，是你不把我當成一回事。」烈從椅子上站起。「沒錯，我是不懂事，但我比你更懂得當一個人。災炎一族是火元素，沒有心臟，你這個鐵石心腸的人比我們更不如。」

「我講過很多次了，現在的局勢不容允我們做多餘的又沒勝算的爭戰，何況那擺明是天界佈下的陷阱，難道明知有詐我還要故意入局嗎？拉娜．魔鈴的死我也很傷心，難道我為了救她一人而要付出沉重的代價，甚至是一連串的敗仗嗎？我是宗閣長，我要扛戰事的責任，不能為了一個人就罔顧大局。我害了我的人民，那之後該怎麼辦？誰能給我交代或補償？拉娜．魔鈴的事我真的很遺憾，我也是掙扎很久才忍痛做下決定的。」亞基拉爾沉重地解釋。

「你不要在我面前惺惺作態，你這個人就是雙重標準。亞森一死你就殺我安達瑞特的人，還把邵・鐮風禁入病榻地獄；對於同是兄弟會的妹妹拉娜・魔鈴卻不聞不問，你真的有心嗎？我相信只要惡災殃鼠眾的高手出動，或是伊瑪拜茲家族出兵協助，情況一定能改變，只要你肯下令、只要漢薩肯幫忙，這一切根本不是問題。偏偏你們兩人卻選擇袖手旁觀，我分明警告過你們的，若是拉娜一死，你們也要付出代價。」烈氣得擲出手中酒杯。「說什麼忍痛、傷心，拉娜死的那一天你有出現嗎？除了梅、加列斯兩人到場以外，聖天人在天界我可以不怪他，至於你和希爾溫呢？連個人影都沒有。你不覺得你剛剛說的話都很可笑嗎？自打嘴巴。」

「希爾溫是在拉娜死後才知道這件事，他人在聖路之地處理往昔之主的事根本沒有時間。」

「那你呢？你人在哪？」烈質問道。

亞基拉爾才是真正抽不出時間的人，那天是貝爾代替亞基拉爾前往卞安，但火神並不知道這件事。

「我在哪需要和你交代嗎？」亞基拉爾啐道：「還有，你別和我提亞森的事，那是你自己犯下的錯，別把責任推給我。你自己做的事難道要我承擔嗎？喔，你現在是拿你的過錯來懲罰我是嗎？在教別人怎麼當個人之前，你可以先照照鏡子看看自己的人樣。」

烈吼道：「那是邵的過錯，亞森的死不是我願意的，所以現在的我不想再失去任何兄弟。」他語調降低，緩緩的說：「除了你和希爾溫以及邵三人之外。」

亞基拉爾醒悟了，要說服這個笨蛋根本不可能。「你執意如此就僅是為了拉娜一人，你要把整個魔塵大陸都賠給天界，很好。」

烈坐回位置上，語氣變得冷淡。「對，領土、子民、財富、權力那些都不是我要的，我無所謂。但是我重視的人事物不一樣，沒人可以從我眼前奪走。我很討厭光神，也深知他的能為。不過從拉娜死亡的那一刻起，你跟漢薩成為了我現在最痛很的人。」

「痛恨？」亞基拉爾的笑容中帶著苦澀和輕蔑。「那你何必去攻打伊瑪拜茲家族？把氣發在我身上，來啊！我邯雨打開大門恭迎你災炎一族的部隊，有本事就來！再引發一次兄弟會的內戰，讓事情變得更有趣。」

「哼，漢薩那個垃圾的靈魂注定要永生永世在火焰中受折磨，我要親手毀掉他和整個伊瑪拜茲家族，把他身上的古龍精華連同那身裝模作樣的多彩龍甲一併燒毀。」烈指著亞基拉爾。「至於你……我對你實在太了解了。哼哼，我根本就不需要有任何行動，只要破壞一切你想進行的計畫就是對你最好的報復。」

亞基拉爾使勁的掌力就快把桌面壓碎了，他很少有這麼大的情緒起伏，但這次火神真的讓他澈底惱怒。「貝爾，你曉得這世界上什麼東西最可怕嗎？」

沒來由的問自己問題，貝爾一時愣住，不知道該怎麼回答：「呃……這、這我不知道。」

「天界？救贖者？往昔之主？天神？不不不，全都不對。」亞基拉爾盯住螢幕上的火神，憤恨的說：「無能又愚蠢的領導者所害死的人民遠比敵人殺得還要更多，有比這更可怕的事嗎？」

兩位領主的怒目對視讓整個房間內的氣氛緊繃到最高點。

其實他們的恩怨並非沒來由的爭吵，其中牽涉到許多複雜的原因。事件的起源應該要從一個多循環前談起，貝爾還記得那天火神很低調的孤身一人前來邯雨求見亞基拉爾……

當時的火神背著吉他，身穿黑色連帽長外套，兜帽裡還戴著深色軍帽，走路時總是低著頭，一副見不得人的模樣。既然是家族之長、墜陽領主，應該風風光光，以大陣仗列隊歡迎才是，為什麼搞得神神祕秘的一人來到邯雨？

烈獨自進入亞基拉爾的書房，一語不發。

亞基拉爾轉過辦公椅，才看了他一眼就知道他想做什麼。「貝爾，你先出去。」

貝爾才剛走出門外，他忍不住好奇的站在門旁偷聽。

「拉娜落入三軍團的手中，天界會處決她。」

亞基拉爾想了一下，隨後嘆口氣，揉著疲憊僵硬的臉頰。「你要我怎麼做？」

「安達瑞特的大軍逼近風咽關，正與天界八軍團對峙。我雖可以調動災炎精兵，但怕時間不充裕再加上那邊是伊瑪拜茲的領區讓我行事不方便。我希望你以昭雲閣的名義下令讓漢薩前去救援，當我欠你一恩。」烈說。

「天界公布時間、地點、受刑人，他們的意思已經非常明瞭。」亞基拉爾抽著旱菸，看得出他內心有動搖。「讓我深思片刻好嗎？」

「我已經拜託過漢薩，那傢伙一口回絕我的請求，他還奚落我一頓。他認為蘇羅希爾兄弟會的成員和他沒有關聯，犯不著為了一個女人而讓他們損兵折將，又說既然希爾溫那麼有本事，就該讓他親自去救。」

亞基拉爾雖然嘴巴不說，其實心裡是很認同漢薩的做法。事實上，兄弟會內的事務真的跟漢薩一點關係都沒有，伊瑪拜茲家族和三軍團打得如火如荼，正不可開交。劫囚行動困難度既高、成功率又低，昭雲閣根本沒名義對伊瑪拜茲家族下救援命令，對漢薩來說也沒有直接的利害關係，憑什麼讓他出兵？

「這件事有困難點，我過陣子再給你答覆。」

烈當場翻臉。「你這是緩兵之計嗎？等你給我答案後，老么已經死了。」

亞基拉爾手托著前額，顯然烈的要求讓他很困擾。「烈，你能不能放棄老么？」

「不行，你算是她的二哥，說出這種話對嗎？」

螢幕忽然亮起，漢薩的影像出現。「火神大人，別這麼執拗，大敵當前你得有所取捨。」

烈轉向畫面。「我拜託你出兵，你要領土、靈魂玉、人民，我通通都給你。」

漢薩一臉困惑，他語重心長的說：「烈，雖然我們一直是敵對的狀態，但我還是要勸你放棄這個念頭以大局為重。你一向很聰明，在國事與個人中只要選擇錯誤，你會連累很多人。先共同對付天界，等局勢安穩後你和我要打架要戰爭都隨便你。」

「不行不行，你們要我說幾次才懂？」烈連說三次，接著把兜帽掀起，軍帽底下是一顆鮮紅的圓形發光物取代左眼。「內戰之後令我痛苦萬分，我賠了顆永遠無法恢復的眼睛，還少了兩個兄弟。我已經看開了，給希爾溫統治也好，給費弗萊統治也好，怎麼樣都無所謂，反正我也不想再當領主，我只想做自己喜歡的事。」他繼續說：「內戰期間為了我和希爾溫的意氣之爭，讓諸位兄弟受苦，是我的錯。我的朋友不多，不管是誰死都會讓我很遺憾。」烈猛力拉著亞基拉爾的衣服，亞基拉爾手中的旱菸桿掉在地上，桌面被弄得一團亂。「你排行第二，應該很明白我的心情，我求你出兵幫忙好嗎？希爾溫呢？叫他和他那群義士去救，一定能成功。」

亞基拉爾被拉得受不了，他奮力掙開，吼道：「你別傻了，再怎麼不願意你還是領主，我也是領主，漢薩大人也是領主，希爾溫更是哈魯路托，我們每個人都背負著領民們的靈魂，只要我們還活著這條命就不是只屬於我們自己的，醒醒吧！拉娜呢？只是上位指揮者，死了毫無壓力、無牽無掛。你要希爾溫為了她去冒險犧牲？對不起，這種話我說不出口，千金之子不死於盜賊。就算希爾溫肯去，我也會阻止他。」

火神的殺意攀升，接著他靜靜地又戴上兜帽。「我懂了，所以你就是看不起她位階低。很好，我就不再打擾兩位高尚尊貴的黑暗深淵領主了。」他離去前還語帶恫嚇的說：「我警告你們，拉娜要是出事，我也不會讓你們好過。」

火神說到做到，拉娜被天界人殺害後又將屍體吊在旗杆上示威，安德瑞特家族的災炎軍團馬上回過頭來攻打伊瑪拜茲家族。

以前在伊瑪拜茲家族邊境有一個領區叫多姆尼，後來卻被太奧強行吞併，引起多姆尼的居民強烈仇視災炎一族，這也埋下日後爭戰的導火線。拉娜被天界處刑的事件中，烈曾下令要多姆尼的士兵先去天界三軍團查探，但是遭到拒絕。等到安達瑞特家族宣布向伊瑪拜茲家族開戰時，多姆尼立刻宣布脫離太奧控制，並重新歸順伊瑪拜茲家族。

一開始，漢薩無意理會火神的挑釁，他下令讓各領區只守不攻，自己則帶領卞安持續攻打三軍團。後來災炎一族的攻勢越來越激烈，再加上三軍團利用這機會打擊首尾不能兼顧的卞安。新仇加舊怨，終於讓漢薩忍無可忍，全力回防並擬定反擊的計畫。

「漢薩頭腦還是很清楚的，他知道事情的利弊得失。而烈那個蠢材就不那麼想，他就像是四處亂咬人的瘋狗、脫韁的野馬般難以控制。」亞基拉爾之前的激動究竟是裝出來的或是出自真心，這一點貝爾也不明白。可以確定的是，現在的亞基拉爾非常冷靜，又恢復到以前泰然自若的樣子。「安達瑞特家族內也有像是高頓、銀諾、梅夫人等反戰派，可是又有什麼用呢？主君昏庸無能又一意孤行，他們也無力回天。」

「何不請哈魯路托回來協調呢？」貝爾問。

「希爾溫處理黑暗圈的事遠比火神那個廢物更重要，奧底克西復活的話我會有性命之憂、寢食不安，至少烈還沒那種本事。何況現在也沒人會聽希爾溫的話，他的約束力隨著他的軟弱會越來越不起作用。」亞基拉爾揚起嘴角。「哼哼哼，無所謂，事情的發展還在預料之中。」

貝爾聽得一頭霧水，他納悶地看著亞基拉爾。

「拉娜．魔鈴是嗎？雖然天界極力封鎖消息，但從她落入天界手中的那一刻起我早就知道了。這件事是梵迦和薩汀略爾搞出來的風波，只有愚蠢的火神才會中圈套。」

貝爾訝異道：「您已經知道了，為什麼之前不行動呢？」

「我不想驚動天界，而且這件事說起來簡單做起來卻非常困難，但是我可以告訴你，天界的計畫終究達不到他們的目的，也得不到他們想要的結果。」

「現在火神已經發了瘋似的猛攻漢薩陛下，這損失還不嚴重嗎？」貝爾不解，何以亞基拉爾還能這麼一派輕鬆？

「戰爭本來就會有死傷，沒搞到血流漂杵、屍骨成河又怎麼像在打仗？一場戰爭的勝敗在備戰期間就已經注定了，好的準備迎接好的結果是再正常不過的事，結局的喜悅不過就是錦上添花。一點點小磨擦只不過是為這沉悶的戰局增加一些點綴，沒什麼大不了。你現在所看到的勝利未必就是勝利；反之，敗戰也未必就是失敗。要贏天界，一場關鍵性的壓倒戰就足夠了。」亞基拉爾冷哼，他的語氣比北境的冰雪還要讓人發寒。「好話說不聽，罵也不改進，那就別怪我不念及兄弟會的情面。」

亞基拉爾以神力傳遞訊息。片刻後，地面下的影子慢慢浮現出人形，那是影休大人。

「按照我上次擬定的計畫，快去執行。」

影休接受命令，隨即遁入地面快速離去。

「您擬了什麼樣的計畫呢？」貝爾問。

「烈以為我講的話是隨口胡謅嗎？」亞基拉爾嘖聲說：「阻礙我的人，一個也別想活，你很快就會知道烈的下場是什麼了。至於始作俑者的天界和埃蒙史塔斯家族……既然他們送昭雲閣這麼一份大禮，我們不回禮似乎說不過去。」

薩汀略爾親自來到新嶽與梵迦及雀一羽兩人進行討論會議，他們全跪坐在房間的疊蓆之上，室內氣氛沉悶嚴肅。

「我不是說過天界和埃蒙史塔斯今後要減少會面次數嗎？」梵迦抱怨。「前些日子剛來過，今天又來，難道神座們都那麼清閒？我不希望再增加額外的變數，非必要您不需親自來見我們，免得讓新嶽被昭雲閣懷疑。」

「天界行事正大光明，有什麼好避諱？」薩汀略爾不解。「也罷，反正吾等的目的已經達到，女巫拉娜的死果真能挑動兩大家族間的仇恨情緒。聽說火神與漢薩在戰場上正面交鋒，雙方還拼上了獸化原形。呵呵……由於烈的莽撞，天界必能得到勝利之神的眷顧，甜美的果實只有正義的人才有資格品嘗。」

梵迦雖不以為然，卻也沒表示任何意見。

雀一羽看著梵迦，「先生您剛剛說的話的確有道理，雖然我也覺得雙方見面次數不宜過於頻繁；但現在正是時局變化的重要時刻，您也不需要如此過度反應，畢竟神座肯親自來到新嶽就已經是我們的榮幸。」

「感謝。」因為得到雀一羽的認可，宿星主表現得很高興。

「那神座希望我們怎麼配合天界呢？」雀一羽問。

「等到兩大家族打得筋疲力盡後，吾會讓八軍團和三軍團南北夾攻，爾等就領軍由東向西進擊。只要汝與吾合作聯手，必能同時消滅火神與漢薩。」宿星主表現的很有自信。

梵迦直接搖頭否決。「這計畫還有很多細節尚需擬定，我不認為這是好時機。哈魯路托和亞基拉爾還沒死，您就急著讓埃蒙史塔斯和昭雲閣決裂，未免操之過急。」

「時機稍縱即逝，汝謹慎過頭了。」宿星主暗自譏笑梵迦的怯懦。

「梵迦，做事有的時候不需要這麼畏首畏尾，看準目標也要把握良機。」雀一羽似乎贊同宿星主的話。「伊瑪拜茲家和安達瑞特家如果在這一役被我們殲滅的話，昭雲閣頓失支柱，亞基拉爾等於被斬斷手腳。就憑厄法和其他的殘存勢力又怎麼會是我們的對手？希爾溫再怎麼有本事也無力回天。」

「到時候一軍團消滅厄法，七軍團攻佔邯雨都是遲早的事，魘塵大陸再也沒有能與埃蒙史塔斯家敵對的勢力，天界與爾等將共同創造出和平美好的世界。」宿星主的保證讓雀一羽聽得是心花怒放，欣喜之情溢於言表。

我們可還沒打勝仗啊！梵迦在心中反駁。

「雀一羽陛下同意這次的行動計畫嗎？」宿星主問。

「請神座先行返回，近期內我會給您一個答覆。」梵迦先一步發言。

「梵迦先生，你……」雀一羽話還沒說完，梵迦馬上對他使了個眼色。

「好吧！雙方都有道理，但總要給我們時間準備，神座請先返回天界吧！」雀一羽雖然有點生氣，可是他見梵迦神色不對，也尊重他的意見。

宿星主沒得到他想聽的答案，顯然有些失望，他行禮後便開啟傳送門返回天界。

「您這是做什麼？難道要我們放棄這大好機會？」

機會？不、才不是機會。「這件事需要從長計議，陛下您答應的太過輕率。」

「你把原因說給我聽。」

「光是亞基拉爾沒有任何反制火神的具體行動就已經很奇怪，他在排佈計畫時總是面面俱到，這次卻放任安達瑞特家族如此妄為，不是他的作風。」

雀一羽呵聲笑道：「有什麼奇怪，突如其來的變故，就算是他也會慌了手腳。」

「是嗎？在我看來，這些人只不過是在演戲。」梵迦說：「烈雖然正面對上漢薩，但雙方皆沒派出重要的將領，交戰過後也都沒明顯的重大損失。」

「伊瑪拜茲家族失了領地，被迫撤軍抵抗，難道這不算損失嗎？」

「不算，因為只要災炎一族全力施展，漢薩所失去的遠不止如此。」梵迦長吁一口氣。

「唉，我不知道該怎麼說，還是請您先觀察一段時間吧！薩汀略爾太過自信，很容易被亞基拉爾以表面工夫營造出來的假象給欺騙。」

「你的意思是要我們按兵不動？」

「不止是不動，還要提防天界。」

「這又是為什麼？」

「薩汀略爾的友善不是真的，您太過於相信天界了。」梵迦說：「我們是暫時的盟友，卻不是真的朋友，天界永遠是安茲羅瑟人的敵人。埃蒙史塔斯和昭雲閣決裂對天界有益，而我們和哈魯路托打得兩敗俱傷對天界也有利。他們的成功不需要我們，我們的敗亡對他們也沒有損失。現在薩汀略爾要我們做的事都是打安茲羅瑟人，可是這違反我們的初衷，一開始我們針對的僅是哈魯路托與其黨羽，這也是我遲遲沒對亞基拉爾有任何動作的原因。天界人要看我們自相殘殺，光這一點您無論如何就絕不能答應協助他們了。要知道唇亡齒寒的道理，當魘塵大陸只剩埃蒙史塔斯家而無昭雲閣的話，天界就再也沒有威脅，之後我們只能任憑天界宰割。難道您真的相信天界有決心要與我們和平共處嗎？那全是謊話。」

梵迦的一番話點醒置身夢中的雀一羽。「您說的對，除去哈魯路托讓我成為安茲羅瑟共主才是目的，我怎麼能殺害自己的子民？薩汀略爾真可惡，伶牙俐齒的他竟想讓我們自己人打自己人，到最後天界必會過河拆橋。」

「也許對天界人來說，安茲羅瑟人既下賤又愚蠢。不過之後我會讓他們知道埃蒙史塔斯家不是可以被他們利用玩弄的對象，現在我們要做的是保留實力，在這場大戰中得到利益並累積足夠的資本。」梵迦建議。

雀一羽感到高興。「哈魯路托有亞基拉爾輔助，而梵迦先生您更勝亞基拉爾。」

在病榻地獄幽深的牢籠底部傳來陣陣叫人膽寒的嘶吼，沒有一位安茲羅瑟人願意踏進這個不祥之地。在這裡面關著的，全都是經昭雲閣公義法庭判決過的惡囚。這些人沒有未來、沒有人生，一輩子被關在陰冷潮溼、連一點光都沒有的惡臭地牢。

全都是活著沒有意義，死了也沒有任何影響的人渣。富文．戴利心想。不過若是把他們全放出去，那又另當別論了。畢竟他們每一位在進入病榻地獄之前可是在魘塵大陸上幹過一番豐功偉業的傢伙，若真的能這麼做的話一定很有趣。

不要說一般安茲羅瑟人了，就算是常年在病榻地獄裡工作的獄卒都會對這座監獄感到恐懼。總是有些粗枝大葉的獄卒一個不小心就被裡面兇惡的犯人殺害，這在病榻地獄是司空見慣的事。

富文獨自一人走到牢固的鐵門旁，以拳輕敲著欄杆，「科蘭托，我是富文．戴利。」裡面的囚犯沒有回應。

「給點聲音好嗎？至少讓我知道你還活著。」

「……什麼事。」他停頓了很久才說話。

「該工作了，你不是火山派來刺殺邵．鐮風的刺客嗎？一直待在牢房裡怎麼行？快起來。」

「何必開我玩笑，行動失敗就只有死路一條。」房內傳來沮喪的口氣。

富文笑道：「有人像你那麼愚蠢嗎？邵是什麼樣的人，憑你也想殺他？如果殺他這件事那麼簡單，昭雲閣何必把他禁在病榻地獄最底部，還派八名咒術師以法力鎖禁錮他的肉身，再把他的精神放逐到安寧地帶。那傢伙是罪惡的化身、喪心病狂的瘋子，人稱勾魂使者，亞基拉爾還特別給了他起一個『安茲羅瑟之敵』的綽號。火山明明很清楚他是什麼角色，卻還派你這個不起眼的人來執行任務。你們在行動之前到底有沒有經過深思熟慮，還是單純臨時起意，又或是真的認為你能夠立下這份大功勞？」

「多言無益。」他說。

「其實你也不用那麼沮喪，要完成任務很簡單，你只是缺少一個對病榻地獄極為了解的帶路人。說實話，要是有個管理者能夠協助你，是不是事半功倍呢？」富文拍著胸說：「如果你願意，我倒可以效勞。」

富文的話引起科蘭托的注意，「你？為什麼？」

「難道奎斯奇沒對你說嗎？」富文利用走廊微弱的鬼火燈反射頸上的華麗項鍊。「只要有靈魂玉，沒有什麼辦不到的事，我也受夠一輩子待在非亞當個名不見經傳的典獄長了。」

「名不見經傳？你不是魔塵大陸的五公子之一嗎？沒有人不認識你的。」

一提到這個名詞富文就來氣。「哪壺不開提哪壺，你沒事講這個做什麼？什麼鬼五公子，我真不知道是那個白癡想出這個名詞的。我和影休、謝法赫大人是好友，而銀諾大人也很有名望，所以不介意和他們三人相提並論；但那個拓爾·刃揚是什麼貨色？我這英雄不屑與他那種小人為伍。」富文氣得猛敲欄杆。「喂喂喂，出來，快點出來，你是不是要等我進去把你用扛的扛出來才甘願？」

「你得先打開門……」

「已經開鎖了啦！不然我幹嘛叫你出來。」

科蘭托一臉頹喪的從裡面走出，他的身體散發惡臭、衣衫襤褸、毛髮雜亂。「就算我們兩人合作，也不一定能成功。」

「但是有那位大人幫忙可就不一樣了。」富文指著地板。

科蘭托順著富文手指的方向看去，地面的黑影竟然微微的移動了，這到底是什麼？

「這個地方只是病榻地獄的一般收容所，繼續往下才是五層惡牢。前四層關的都是終身囚、重大罪犯、政治犯等，邵·鐮風在最後一層，整棟牢房也只囚他一人。」

「你真的有辦法嗎？」科蘭托質疑。

「每年墜陽和郢業總是派一堆不怕死的刺客準備過來暗殺邵，可是從來沒有一人成功，你們的手法我看得多了。你身上帶著什麼神兵利器？煉火短匕、轟炎箭矢？」

「你真的很了解，歷來失敗的人很多，也不差我一人了。」

富文拍著他的肩。「何必這麼沒自信？你們只是抓不到訣竅而已。我明白邵的弱點在何處，靈肉分離狀態的他是無敵的，想殺邵一定要同時毀去他的靈魂和肉體才能完整消滅。單以武器殺傷他的肉身並沒有用，別以為他是半子就小看他，邵殺害的強者已經不計其數，尋常的彆腳手法就別拿出來獻醜。」

「我該怎麼做？」

富文遞給科蘭托一把黑色附魔釘子，「警備人員和獄卒由我負責，八名咒術師及放逐結界可以讓影休大人處理。這次任務的困難點在於當邵的靈魂和肉體合而為一時，能抓準時機將其一舉擊殺，而這就得靠你自己的敏捷與判斷。不過既然你能被郢業選為刺客的代表，那麼你的身手應該也不需要我來檢驗，何況現在也沒有多餘的時間。」

經由富文提出的要求，科蘭托把身上的煉火短匕和一根轟炎箭矢交給他。

病榻地獄名副其實，這些被世界遺棄卻又不能處死的囚犯在此受盡折磨。昭雲閣不止是囚禁他們的肉身，還用盡方法鞭笞他們的靈魂。為了怕這些惡囚越獄逃亡，咒術師們以特殊的方式箝制住囚犯的行動。據科蘭托的觀察：有的人被剝去皮膚、有的人被割下頭顱、有的人整副臟器全都被掏出來，這些舉動就是怕病榻地獄出現安檢意外時，犯人也無法馬上逃出監獄的防範措施。

正因為犯人們遭到殘酷冷血的控制，所以才使得他們的心理變得越加扭曲、邪惡，只要他們逮到機會，不管是獄卒還是同為囚的室友幾乎都難逃毒手。

「因為發生過太多慘案，在這裡死亡的人幾乎只剩斷肢殘骸，使得監獄管理處不得不深切檢討。如今雖然戒備森嚴，各種措施完善，但始終沒達到預期的成效。」富文意有所指的問：「你曉得是為什麼嗎？因為安茲羅瑟人全是欺善怕惡的類型，擔心自己會發生不幸的人佔絕大多數。一旦有事發生，他們不是逃之夭夭、不然就是事不關己只要明哲保身的做法。冷漠、無情、殘酷，這些就是讓病榻地獄一直無法脫離罪惡巢穴之名的主因。」

科蘭托跟隨富文一路到監牢底層，途中雖然經過許多安檢站，守衛卻都沒加以攔阻或做深入檢查，原因為——他是富文．戴利，不會有任何問題。

第五層監獄是一個圓形的寬闊廣場，建於深邃的坑洞底部，邵．鐮風被囚在中央的圓柱高臺，八名咒術師各自站定位，以紫色的法力禁錮鎖住邵的身體雙肩、前胸、頭、腰、後背。一旦有突發狀況發生，咒術師們能隨時毀去他們負責的部位。

高臺後方有個散發神力的圓球柱，八成是能將邵的靈魂放逐到安寧地帶的科技物品。

即使靈魂不在、肉身被禁，邵身上的魂、兵、元、咒四種神力依然驚人的向四面八方發散，科蘭托的視線因這股力量而產生歪斜，他因此看到變形、模糊的牢獄場景。

底下的獄卒全都被富文．戴利以權力調走，但其中也有兩名不服命令的手下提出質疑：「五監被列為危險區域，怎麼能沒人駐守？這個指示的理由到底是什麼？」

「我的話就是理由，不用懷疑。」富文不再解釋，直接以利爪將兩人殺害。

「影休大人不是亞基拉爾的手下嗎？既然昭雲閣要殺人，為什麼不直接下令？」科蘭托問。

「這件事背後有很深的緣由和政治因素介入，沒辦法讓昭雲閣直接頒布執行命令。」富文解釋。

「八名監獄咒術師非同小可，影休大人一個人有辦法嗎？」科蘭托問。

「我會幫忙。」富文說：「如果是其他人我不敢保證，若是影休大人肯定沒問題，他一人絕對能處理那些廢物。」

地上的陰影顯得焦躁不安。

「兄弟們，準備好囉。」科蘭托才剛看到富文站在自己眼前，不過一眨眼的時間他就已經站在圓球柱旁。科蘭托雖然沒看見影休的真身，卻能明確地感受到從陰影內發出的懾人殺氣。

八名咒術者雖然發現到異樣，但影休的十字箭矢又快又凌厲，每一箭都準確無誤的射中目標；不過這幾箭並沒造成致命傷害。事實上，就算咒術師們站著不動，影休再厲害也無能將他們八人當場射殺，所以他意不在殺人，只要箭矢能同時擊中目標就已經算完成他的任務。

箭支已事先被塔利兒附魔上特殊的咒系神力，中箭的傷者短時間內會癱瘓，無能施展咒術。因為失去法力禁錮的束縛，邵．鐮風的身體恢復成焦黑的膚色，分離的八個部位也漸漸融合。單是毀去靈魂或擊殺肉身都沒有用，要完整的消滅就一定得要同時進行，以附魔咒釘一氣呵成地朝邵的前額刺下去，咒釘發揮作用後就能達到擊殺的結果。

科蘭托不需要管周圍發生的事，此時的他只記得奎斯奇交代給他的任務；一定要殺死邵．鐮風。他敏捷地跳上高臺，邵就坐在他的位子上，正等待著自己的身體恢復機能。

「哼哼哼……」邵發出的冷笑讓科蘭托發顫，一時呈現呆滯。

富文一邊使用神力干擾圓球柱一邊大喊：「看準時機就快動手，我們沒有太多的時間，很快的獄卒們就會發現神力擾動蜂擁而來。一旦你失手或錯過下手的時機點，我和影休大人就得和你一同下裂面空間了。」

對，不能猶豫，一定要為郢業除去這名大敵。

邵雖然沒開口，他的聲音仍然直接傳遞到科蘭托的腦中。「小子，拿那種玩具就想殺我嗎？哈……」他輕蔑的笑聲就像是在恥笑科蘭托的愚昧和無知。

「你別得意，今天過後你的大名將永遠從魔塵大陸上消失。」

「那麼就來啊！」邵一點也不怕，「拿那根沒用的釘子往我的頭上用力的刺下。」

「我會這麼做的。」科蘭托話剛說完，邵的雙眼在那一瞬間發出光芒，他的魂體與血肉合而為一了，就是現在！

科蘭托就要動手，邵的眼神卻制住了他的舉動。「哈哈哈，無知小輩。」

邵的階級竟然越過上位指揮者成為統治者了，有這種事嗎？從沒聽過有半子能夠當領主，恐怕邵是魔塵大陸第一人吧！

「在做什麼？不快動手嗎？」一旁的富文著急的催促道。

我也想啊！但是我不能對領主階級的人動手，科蘭托無法抵抗邵的精神控制，再這樣下去恐怕錯過時機了。不行，怎麼能如此？只差這一步就完成任務，絕不能在此放棄。

諸神賜福，神機乍現。也許是邵的肉體剛恢復還沒辦法發揮全力，他對科蘭托的精神控制突然就中斷，這也讓科蘭托因此解開束縛。

死吧！毫不猶豫，科蘭托持手中咒釘插入邵的腦門中。

邵的慘叫聲簡直響徹雲霄，震撼整座病榻地獄，插在他前額的咒釘閃耀著怪異的黑蘊。

看著邵因痛苦而皺在一起的臉，科蘭托有說不出的快感。此時的病榻地獄因邵外洩的神力產生劇烈晃動，看來建築物承受不住這股力量將要崩塌了。

「亞基拉爾的決定到底是對不對？別搞的連我都要逃跑，那你們邯雨可要收留我。」富文問。

地上的陰影默不作答。

是時候該離開了，科蘭托躍下高臺。忽然，不祥的預兆在他倉皇的心中浮現，這是什麼樣的感覺？他急忙回頭一望，神力不是正在消逝而是被邵給全數吸收。這……怎麼可能，他的身體不但完全恢復，而且精神已經穩定了。

「訝異嗎？愚蠢的小輩，你就像一隻沒用的蟲子般發抖著死去吧！」鐵鍊拉動的清響登時連綿不絕。

怎麼會？科蘭托嚇得拔腿想逃，富文以伸展的手掌立刻擒住他的臉。「科蘭托，不能逃喔，你可是向血神獻祭的最好祭品啊！」然後，富文將可憐的科蘭托扔向邵。

「再見了，進我的肚子吧！」邵以鐵鍊勒住科蘭托的脖子，可怕的血魔鍊以驚人的速度吞噬科蘭托身上的血液與神力，不一會兒工夫他就變成一具乾癟的屍體。

「嗚呵呵。」滿身是血的邵發出桀驁不馴的狂笑，那是目中無人、睥睨世間的笑聲。「哈哈哈……」

原本站在一旁的富文和影休早已趁機逃之無蹤。

「快點，工作進度落後，你們又害我被罵了。」加肯先生坐在移動機器人的駕駛座上朝著被奴役的多別克人揮動鞭子。

手腳遲鈍又笨拙的多別克人繼續埋首於工地事務中，他們一語不發埋頭苦幹，雖然辦事效率不彰卻很盡心在自己的本份上。

就在此時，不知為何這群人全停下手邊工作，癡癡地呆立著。

「一個個搞什麼，誰叫你們停住？」加肯從機器人上躍下，身短矮小的他彆扭地走到一名多別克工人旁，還不斷地吼道：「叫你工作，沒聽見嗎？」

加肯發現多別克人並非在發呆，而是感應到什麼危機正逼近，他們紛紛露出驚恐的眼神，嘴巴發出低沉的細聲，身體正不斷顫抖。

到底是為什麼？他們因何會那麼害怕？

「可憐的奴工，他們用盡一生的時間在此賣命卻得不到應有的報酬，生活真痛苦。讓我結束他們可悲的人生，順便替他們向無良無恥的雇主討個公道。」

咦？什麼？

……戈羅恩才剛來到工地，一股不尋常的氣氛讓他驚覺異狀，微量的血腥味在炙風中飄散，但災炎一族又怎麼會流血？

戈羅恩衝上前，加肯的殘軀倒臥在地，身體被殘忍的一分為二。

「加肯先生。」戈羅恩發現加肯屍體上的傷口邊緣出現血痕，這種傷勢讓他不禁想起一個人……

鐵鍊拖動的磨地聲突然出現，嚇得戈羅恩進入警戒狀態。他注意到工地裡全是多別克人成堆成山的屍體，畫面驚悚，到底是哪個傢伙幹出這種事？會是他嗎？

「裝神弄鬼，敢闖入郢業殺人就不要想躲。」戈羅恩鼓足氣勢大罵，同時正打算以神力將工地的慘劇傳到兀嶺宮。

鐵鍊的拖拉聲繼續在無人的工地裡迴響，時遠時近，聲音忽大忽小，好像在刻意捉弄緊張害怕的戈羅恩。

不妙，繼續待在這裡只是被敵人當成肉靶，戈羅恩興起想逃跑的念頭並準備付諸實行。

不明的手掌卻搭上戈羅恩的右肩，「你好啊！」

戈羅恩抽開那隻手，急忙往前跑開。「什、什麼人？」對方一動也不動，以略為佝僂的站姿佇立在戈羅恩面前，寬闊的嘴形畫成上勾的弧狀，那是讓人內心發寒的恐怖賊笑。

「你……你是邵……」戈羅恩已經壓不住害怕的情緒。

「我有那麼可怕嗎？」

當然，非常的可怕。他全身滿是焦黑的燒傷舊疤，整張臉變形的毫無人樣、五官盡毀，也沒有右臂，儼然只是個殘廢者。但……就是很可怕，為什麼偏偏真的是他？如果可以向諸神許願，戈羅恩現在最希望的是背上能生一對翅膀，然後趕快飛出這個瘋子的視線範圍。

邵以左手梳理自己的長髮。「我失去鼻子，耳朵也被燒爛了，只剩下這頭漆黑的長髮，這是誰的傑作？」

這麼大面積的燒傷，他早該成為焦屍了，為什麼還能好端端的活著？更奇怪的是，他不是被關在病榻地獄中了嗎？

「嘿嘿嘿，我是來自火焰中的惡魂。」說完，邵拋出鐵鍊將戈羅恩拉到自己面前。

「嗚啊啊！」戈羅恩求饒。「我……我什麼都不知道，求求你放過我，別殺我。」

邵那張噁心的臉貼近戈羅恩，以可憎的語氣問：「有什麼好怕的？你說說看，如果你發生危險了，那個火山會不會來救你呢？」邵自問自答，搖頭說：「應該是不會，他那麼殘忍無情，會把一個手下看得那麼重要嗎？你完了，我要殺死你！」

當貝爾剛從亞基拉爾的辦公室走出時，在長廊走道上碰巧遇到前來拜訪的祖迪。

「陛下在裡面嗎？」祖迪的模樣很不好，似乎遇到什麼很糟糕的事。

「原來是祖迪大人。」貝爾搖頭。「我也是有事要報告，但沒見到陛下。」

祖迪長吁了一口氣。「這緊要關頭見不到陛下怎麼辦？」

貝爾想了一下，「我知道陛下會在那裡……」

高崖上，白鷹騰空盤旋，叫聲不絕於耳，其中圍繞著亞基拉爾的幾隻小鷹正開心地站在牠們主人的肩、頭、手臂上。

這裡是唯一可以感受到亞基拉爾善意的地方，他和寵物們在一起時就像個天真的小孩般和鷹群玩樂。亞基拉爾不許別人擅自餵食牠們，貝爾有一次就是這樣挨亞基拉爾的罵。

偶爾遇到事情煩雜或心情鬱悶，亞基拉爾都會獨自來此和他的寵物聊天，今天也不例外。

「看到了嗎？他和那些朋友們正講著話呢！」貝爾向前一指。

「原來這裡就是陛下和他的腳力培養感情的高崖。」

「這些鷹都還小，陛下花了很多心力去照顧牠們。」貝爾對祖迪說：「看到陛下正摸著的那一隻鷹嗎？是不是瞎了左眼？」

「確實是如此。」祖迪看見亞基拉爾正溫柔地撫著那鷹的羽翼。

「聽說有無知的盜獵者不知道這全都是陛下飼養的寶貝，用獵槍射鷹結果打瞎那隻鷹的左眼。」

「動了陛下的寵物，那群人再多命都不夠賠。」祖迪如此認為。

「不，那五個人都沒死。」

祖迪納悶地看著貝爾，好像很懷疑他說的話。

「十年了，那五名盜獵者至今仍然被關在地牢中。陛下剝去他們的皮膚，用咒釘定住肢幹，然後把他們的骨頭全部拔光，再弄瞎眼睛。之後就每天叫手下去割他們一百刀，還不許弄死他們，也不讓他們自殺。若已經奄奄一息的時候就讓僧官們將其救活，接著繼續凌虐。」貝爾說：「這已經是在我來之前所發生的事了，那些人還在地牢內受盡拔骨凌遲之苦。那潰爛發臭又體無完膚的傷軀加上痛苦低鳴的哀聲，地上全是從盜獵者身上割下的肉片，那個場景……我看了一次就吐了整整三天。」

祖迪不懼反笑。「不愧是陛下，處理的真棒。」

亞基拉爾帶著那隻傷鷹走過來。「他們的罪比天還高，死亡對他們來說是輕罰。哼，即使每天割他們一百塊肉下來也不能平撫我寶貝受的傷害，我要讓他們受盡痛苦，絕不能比我早死。渴了就讓他們飲自己的血，餓了就讓他們吃自己的肉。」亞基拉爾說：「前幾天我已經命僧官掏出他們的內臟，以後不會再有惡臭了。」

「他們還能活？」祖迪驚奇地問。

「可別小看僧官們的能力，只要保留他們的意識和痛楚就夠了。」亞基拉爾冷淡的說。

貝爾一回想起那個慘無人道、肉塊被裝在盆內的畫面，好像又想要吐了。他摀住嘴後，感到肚裡胃酸翻湧。

亞基拉爾看向貝爾，冷哼道：「敢吐出來，就讓你和盜獵者一樣，嘗嘗磔刑的滋味。」

貝爾知道亞基拉爾可不和他開玩笑，他受到驚嚇後隨即就把作嘔的感覺給忘記。之前曾經為了一件公文發佈錯誤的過失，貝爾因此受到責罰而被綁在木樁上，他的後背、二頭肌及雙腿被人割了六十刀。雖然陛下只叫執刑者以刀割一處傷口就算一刀而沒削肉，但光是這樣就已經讓貝爾在第二十九刀時就痛到不省人事。醫官花了一段時間才治好他，貝爾可不敢也不想再承受那種痛苦。就算有快速復原能力的安茲羅瑟人都受不了這種苦刑，更何況是被轉化的貝爾，簡直就是惡夢。

「蒼冥七界的所有人，包括天界、亞蘭納、救贖者、甚至是安茲羅瑟人，全都是垃圾！」亞基拉爾手臂一振，白鷹乘風飛去，翱翔於天空。「動物的欲望是本能、也是求生，牠們不求欲望外的事物，不取需要以外的東西。人類呢？我們緊抓著欲望不放，死命地、醜陋地，只想滿足一己之私，破壞自然平衡。」亞基拉爾義正詞嚴地說：「獵人的罪不在他們傷害小鷹，而是他們獵殺的行為並非出於果腹求生，僅只為了滿足自己殺戮好玩的娛樂心態卻造成小鷹一輩子殘缺。你是這樣，我是這樣，大家都是這樣，全都無可救藥，每個人都是被欲望扭曲的無底洞，正貪婪的蠶食這個世界。若有一天全世界的人類都死光，對小鷹牠們來說也是好事吧？那麼我所祈求的和平世界也會來臨。」

「如果他們殺小鷹是為了果腹生存，那麼您就會寬恕他們嗎？」貝爾問。

亞基拉爾點頭，「我會直接殺了他們而不會以折磨的方式讓他們受苦。」

貝爾無言以對，但某方面來說他挺認同亞基拉爾說的話，這個領主的想法果真異於常人。

「呃……您的這個論點我就不是很苟同。」祖迪說。

「我不用你們任何一人同意，只要照我的話去做就行了。」亞基拉爾轉身背向兩人。「所以……你們兩個垃圾來找我這廢物領主有何指教？」

「邵脫出病榻地獄了。」祖迪說。

亞基拉爾卻沒有什麼反應。「這我知道。」

祖迪顯得詫異，「知道？那您知道他將公義法庭分部的法官們全殺光，還殺害昭雲閣十多名委員的事嗎？」

貝爾已經看過案發現場的情景，那些被殺的官員幾乎都恢復成獸化原形，他們的死狀非常悽慘，全都肢體不全，主要軀幹還被人以長竿由下而上破口刺穿。雖然有血從嘴巴汩汩流出，但屍體內卻是乾癟的沒有半滴血。人形狀態的死者則是多了橫竿貫穿雙臂這個步驟，呈十字型的死去。

才不過短短數日，邵這個惡魔就把魔塵大陸搞得天翻地覆。先是殺昭雲閣官員，後殺公義法庭的法官，郢業的戈羅恩和他的工人們全部被誅，邵還孤身一人突襲安達瑞特及伊瑪拜茲兩大家族的聯軍營地，迫使烈離開前線回到墜陽城。

這個叫邵．鐮風的人究竟是什麼來頭？他的一連串行動既張狂又缺乏謀略，看似衝動魯莽又讓人感覺他樂在其中，彷彿刻意要幹一番大事業，因此到處尋釁惹事。

「這個逃犯難道想孤身一人挑戰整個昭雲閣嗎？」貝爾問：「是否要請哈魯路托回來？」

「沒希爾溫我就辦不了事嗎？」亞基拉爾不太開心。「實話對你說，就算希爾溫回來也無濟於事，卲是魔塵大陸裡少數能擺脫哈魯路托精神控制的人，最終問題還是要我們自己解決。」

「昭雲閣受創嚴重，根本無法辦公，這件難題要優先解決。」祖迪說。

「回去重整內部，然後全員暫時進盤空城接受厄法庇護。」亞基拉爾下指示：「順便帶我的話去給赤華，讓他多留意和天界之間的戰況，別被人有機可趁。另外，全力防範卲的二次攻擊，若非必要切勿主動對他出手。」

祖迪對這決定有異議，但礙於是亞基拉爾親自下的命令而不再多言，於是領令後隨即離去。

「這種做法太消極了，難道我們必須悶不吭聲任人攻擊嗎？」貝爾不認為這是亞基拉爾的行事風格。「我可以請教原因嗎？」

「他被關了那麼久好不容易能離開病榻地獄，現在是他氣勢如虹之時，我們又何必去直攖他的銳氣呢？就算我沒有行動，火神也不會放任他囂張太久。」亞基拉爾接著問：「病榻地獄後來的情況怎樣？」

「第一層迅速被控制，但是二、三、四層的犯人卻全數逃出。」貝爾回答。

亞基拉爾單手捋下巴，眉頭緊皺。「事情有點超出我的預期。」他發出沉吟聲，這件事或多或少還是讓亞基拉爾覺得棘手。「好吧！我知道了。」

「我有聽到一些有關影休大人和您之間的談話。恕我無禮，莫非病榻地獄的事件是您主導的嗎？」貝爾問。

「你越來越敢發問了，是又怎樣，不是又怎樣？」

「那個叫邵的男人很不簡單，他是故意去激怒火神。雖然有其他領區的犧牲者，但損失最嚴重的幾乎都集中在安達瑞特家族的管轄地帶，他是有目的性的針對。」

「他是個瘋子，可不是笨蛋，你說的全是廢話。」

「現在有天界這個外患存在，為什麼又要增加邵這個內憂呢？」貝爾不解。

「烈跟漢薩的恩怨就是難解的僵局，而要解決僵局最好的辦法就是打亂它，然後再重新布局。這兩個大家族相爭必有一亡，天界若利用這個時機進攻，那麼安茲羅瑟人的勢力肯定受到嚴重打擊。我不能允許這樣的事發生，雖然是下策，但終究達到我要的結果。」亞基拉爾微微一笑。「現在不是很好嗎？烈退回墜陽，漢薩退回卞安，天界的計畫也無法實行了。」

「可是邵的問題還是沒能解決。」

「就算是麻煩，和兩大家族覆滅相比，這損失只算是微不足道。」亞基拉爾說：「我沒叫你負責這件事，不需要你多管閒事。」

貝爾點頭，「另外我還有一件事要報告，其實哈魯路托已經返回果報之城了。」

「那怎麼樣，我還得和他請安嗎？既然他回來，那就讓他去解決麻煩。」亞基拉爾說：「你去傳我的命令，叫艾列金帶兵進攻頌潔長牆。」

今天的高頓顯得心不在焉，老是沒辦法專心工作。

邵竟然逃出監牢了，他的目標是誰？他又想做什麼？高頓一直反覆想著這件事。

「大人，您文件拿反了。」傳令提醒道。

「喔，是的。」高頓根本無心於公務。

前幾天墜陽就已經收到非亞傳來的消息，無奈事前的防範準備還是沒達到效用，邵很快就會對安達瑞特家族做出可怕的報復行動。

「諸位大人在營區內請一定要特別留神。」燐只能每天提醒他的手下們千萬要注意。

煩，真是煩悶，高頓體內熊熊烈火上昇卻不是熱血激昂，而是一股抑鬱的壓迫感。

外面一直傳來鐵鍊拉動的聲音，到底是那個沒有自知之明的小兵現在還做這種惹人生厭的事？高頓負氣走出營外，可是什麼人都沒有看到。

是自己太過敏感嗎？怎麼老是有幻聽的錯覺。高頓想了一想，決定還是先轉身返回。

等等，這怎麼回事？連一個守衛都沒有？

高頓驚慌地四處察看，還真的都沒人，守衛們都跑到那裡偷懶？

那不規律的金屬磨擦聲漸漸逼近，高頓全神貫注，他知道危機已近在眼前。

天空掉下許多火核灰燼，高頓馬上就認出那全是守衛們的殘骸，日冕議會的菁英竟然在自己毫無所覺的情況下全被殺害了。

「不！」高頓大吼：「邵．鐮風你出來！」

「好啊，我這就來。」如高頓所說，邵像條鬼魅似的憑空出現，高頓踉蹌的後退，心中著實大吃一驚。

「好兄弟高頓，我們隔了多久才見面？」

「你、你竟然再次出現，而且還殺害我墜陽的士兵。」

邵搖著手指。「不對唷，我只是給他們來個友善的擁抱。」邵抽出鬼罡刃，那是一把在刀刃上鑲著四顆鬼頭的怪異兵器。「來，為我們相隔多時再度重逢的感人友情歡呼吧！」

鬼頭髮出嚎叫，高頓的元素火焰體受到影響變得難以控制。他的人形外貌被火包覆，元系神力難以匯聚。

「啊——」高頓驚叫，「可惡的東西！」他施展火焰暴風試圖反擊。

邵不閃不避正面接下神術，即使整個人都已經被火焰暴風吞噬，卻仍能聽到他狂傲的笑聲以及從火燼中看到一條若隱若現的詭異人影，沒什麼比這個畫面更讓高頓感到害怕。

邵拋出鎖鍊，高頓全身立刻被這條咒鍊纏上，動彈不得。

「過來。」邵將高頓拉近，他的皮膚上還留著尚未熄滅的火苗。「我都已經被燒成這樣了，難道你們是嫌把我烤的不夠焦不夠香嗎？還是你想吃吃我的肉呢？」

「可惡，火神大人會制裁你的。」

邵歪著頭，似笑非笑的看著高頓。「是嗎？我好愛他，真的等他很久了。拜託，能叫他快來找我嗎？順便把火山也一起帶來。」

自從火神返回墜陽後每天都沉浸在音樂和烈酒之中，變得不理政事也不管仇恨，在外人看來完全就是無可救藥的墮落。他頭上掛著全罩式耳機，指尖跟隨著旋律的節奏在桌子上輕點。

看著這樣的烈，他的父親燐怒火中燒，將他的耳機奪下。「你要這樣到什麼時候？」

火神先是困惑，隨即又轉為不滿。「幹嘛？」

「問我幹嘛？如果你不是我兒子、不是墜陽領主、不是安達瑞特的家族長，我一定會殺了你！」管理者怒道。

「你可以當我不是。」說完，火神又再次掛上耳機。

一聲巨響，火脊島瞬間因強大的爆炸而被夷平。烈雖然毫髮未傷，但他的樂器、酒和房間全部化為塵埃。「我的吉他、我的樂譜、我的酒、我的書，你他媽的……」火神詫異的環顧四周，他瞪大雙眼，因私人物品被毀壞而氣憤難抑。「你這是想惹怒我！」

日冕之子和火核精兵全都急忙圍過來查探。

「這是我們父子之間的事，與你們無關，全部離開！」燐喝道。

「哼，斥退小兵是怕你會丟臉嗎？」火神怒道：「你不給我個交代也別想走了。」

燐啐道：「這張臉我是為你保留的，醒醒吧！你還不知道高頓已經死了嗎？邵．鐮風是針對你來的。」

「火魂回歸，我早就知道了。」火神拍掉身上的黑灰。「他要來就來，反正我悶得無處發洩。」

「遇到問題就回墜陽找人，沒事就逃得遠遠，難道領區僅只是個為了滿足你私慾的工具嗎？更別說還把卲這個麻煩帶回來，你不解決是想讓誰替你解決？」燐怒道：「這是你自己的恩怨，自己去想辦法。如果非要繼續連累墜陽的話，那你就不配當領主，馬上給我滾出去！」

「你在和我說話嗎？我是領主，該滾的是誰？」

燐一點也不退讓，他怒視著火神，雙方持續對峙，氣氛緊繃到隨時一觸即發。

片刻後，「好，無所謂，你要就全都給你。」烈想開了，反正他也不喜歡待在墜陽。「這個位子我一點也不稀罕，你們愛爭就去爭。」他攤著手說。

真是令人失望，這就是災炎一族的現任族長，而且還是他最仰仗的兒子，他說那些不負責任的話讓燐聽得心灰意冷。

太陽之子聽到爆炸聲也來到現場查看，直到看見父親和爺爺的爭執後，他內心茫然失措。

「父親大人，您不可以離開。」

烈瞟了燐一眼，哼道：「這裡還需要我嗎？」他拂袖而去。

離開墜陽後，烈坐在岩石上休息。他揉著臉頰，兩眼呆滯，心情惡劣到極點。

「以前那個意氣風發的火神，現在怎麼變成這副德性？」卲刻意蹲在火神面前。「四哥，你變得很憔悴，能和我說說發生什麼事嗎？唉，所以人真的不能不信邪，只自私地想到自己的人早晚會嘗到苦頭。不過您別擔心，不管發生什麼事我都會站在你這邊。」

烈瞪著他，「你真這麼為我著想？」

「是啊！」邵點頭，接著他把嘴湊到烈的耳旁，輕聲說：「好想殺死你！」

邵的眼神在迷離中帶著病態，齜牙咧嘴的表情讓火神實在無法再忍耐他的挑釁。

「你知道你非常討人厭嗎？」烈坐起身子。「令人作嘔的傢伙，你就到裂面空間下去為自己惹怒火焰領主的愚行懺悔吧！」

邵舉起鬼罡刃，鎖鍊纏繞在他那隻僅存的左臂上。「知道是誰害我變成這樣的嗎？你真是忘本。好吧！我這個當弟弟的人就要體諒愚兄的所做所為，誰讓我有一副慈悲為懷的好心腸呢？」

「這次不光是讓你的皮膚燒焦，火焰會把你的靈魂澈底燒毀。」熾紅的熱燄在烈的拳頭中燃燒，高熱讓空氣跟著升溫。

「何必呢？現在我……」邵的話才剛說到一半，忽然傳來的震天轟隆聲打斷了他。

地面伴隨這道響聲也跟著產生劇裂晃動，乾燥的泥地高高地隆起，熱騰的蒸氣噴發，炙熱的岩漿從裂縫中冒出，泥濘的熔岩如同有自己的意識，慢慢地合成一條魁梧的身影。

邵躍上高地，避免觸碰到灼熱的地面。「呵呵，我們的配角也到了，這下全員會齊，終於可以演一齣好戲。」

不同於火神的厭惡與憤怒、邵的瘋狂和興奮，煬抱著期待及歡喜的心情前來。「你們兩人想撇下我單獨約會嗎？真是見外。」

邵止不住笑容，身體跟著顫抖。「諸神啊！我好開心，我愛死你們兩人了。在那暗無天日的地監中忍那麼久，就是為了今天啊！」他揮動鬼罡刃，強力的刀氣劈開地面。「一起來吧，我的愛人們！享受這戰慄與鮮血的美好時光，來陪我跳支死亡之舞。」

綁著金色馬尾的火山立於火神與邵之間，他的左臉頰有一塊很明顯的燙傷疤痕。不知情的人一定覺得很奇怪，災炎一族怎麼會被燙傷？他身穿銀白色的輕甲，背後是紅艷的披風，腰間配帶著自己專屬的雙刀：災厄及劫火。「老朋友都出現了，難道我還會繼續躲在家中足不出戶嗎？」煬看著邵，也瞄了烈一眼。「原來兩人都在，正好可以把過往的恩怨一次全部解決。」

火神根本料想不到，這兩個可恨的男人竟同時出現在他面前。「看到你……讓我的左眼又隱隱作痛。」烈不自覺地用手摸向取代左眼的那顆紅色珠子。

煬揚起嘴角。「一張臉皮換你一顆眼睛，你也不吃虧，何必那麼計較。」

「對對對，做人要豁達一點。」邵皮笑肉不笑的說：「我被砍斷一隻手，又被火焚燒全身都沒說什麼了，你們兩個有什麼好比？唉，我真是快受不了了，想和你們敘敘舊都不行，心中的殺意已經快把我壓垮。來吧！兩個人一起上，至少你們可以結伴一起去裂面空間。」

三個被仇恨蒙蔽雙眼的男人終於按捺不住如潮水般湧來的怒火及殺意，他們在噴發的火山口上進行激烈的惡鬥。這場勝負難料的生死之決，恐怕就連天神都無法保證誰能存活到最後，只能讓火焰與刀刃來為他們決定命運。

「你們知道我這輩子最得意的事是什麼嗎？」艾列金說：「那就是我從不對人言聽計從。」

「這種話只有你講得出來。」飆揚一路跟在艾列金身旁。「臨陣脫逃和違抗命令是兩回事，你是那種人呢？」

「你不要隨便亂汙衊別人，我只是在當下做出最適當的判斷。」艾列金辯解道。

貝爾聽完他的話後問：「你既然要逃，為什麼不逃得遠遠的呢？要知道陛下是不會放過逃兵的，你認為你還有在此閒聊的時間嗎？」

「別用話嚇唬我。亞基拉爾那個人雖然嚴厲，但做事還是有跡可尋的。如果我真要死的話，現在就不會還跟在你身後了，無論我躲到何處都會被他用箭射死。」艾列金反問：「倒是貝爾你真的變很多，以前是沉默寡言的個性，現在倒變成一隻訓練精良的傳令鳥啦？陛下前陛下後，亞基拉爾真對你那麼好？」

儘管艾列金個性差勁，做事又無厘頭，可是他的觀察力仍然很敏銳，不但猜到亞基拉爾的心思，還把自己現今的窘況點出。「沒錯，齊爾特．布勞德大人的部隊被天界圍困，你們就是吸引天界砲火的最好誘餌，亞基拉爾陛下就是希望你們逃。」

「哼，果不出所以然，他把我們當什麼？隨便可以棄之的棋子嗎？」

「那麼……你想回聖路之地嗎？」貝爾問：「塔利兒先生可以協助你。」

「不需要。」艾列金答得很快。

現實終歸現實，艾列金曾待在亞基拉爾麾下的經歷就注定讓他一輩子都得與天界為敵，離開邯雨的勢力後他就什麼都不是了。艾列金自己也很清楚這點，所以他目前能做的只有繼續待著，並隨著局勢演變做出符合利益的決定。

貝爾仍記得那天去找艾列金時，這傢伙還舒服的趴在床上讓女孩為他按摩，等到他享受完後才心不甘情不願地帶兵去頌潔長牆。結果當天界哨兵一發現不對勁，隨後派遣兩支中隊追擊而來時，艾列金第一個拔腿就跑。

亞基拉爾比艾列金更高明，不但他的行為模式被猜中，就連逃的方向、躲藏的位置，甚至什麼時間會到達特定地點都已經算準了。

「原來這裡就是傳聞中的果報之城？」飆揚帶著驚奇的目光四處張望。「天界人大概永遠都想不到這個哈魯路托的大本營居然會藏在妓院底下吧？」

「能夠建這麼大的安寧地帶的確是很令人敬佩，但你們不覺得裡面的空氣很悶熱嗎？」艾列金拉開衣襟讓身體透風。

掩飾用的破城內一個人都沒有，唯有了解通道開啟方式的人才能進入真正的果報之城。

「咦？你們怎麼都來這裡？」亞凱訝道。

巧的是哈魯路托、亞凱、亞基拉爾三人也正要進城，雙方不期而遇。

「陛下您好、哈魯路托您好。」貝爾向兩人行禮。

「你、你的臉……那張帥氣的臉不管看幾次都很可惜。」艾列金問：「哈魯路托不是醫生嗎？你讓他治療一次就好了，拜託別再帶這張臉出門。」

「亞凱先生仍是拒絕讓我醫治。」希爾溫說。

「這算是給我自己的一個警惕。」亞凱回答。

「飆揚向哈魯路托及邯雨領主亞基拉爾大人問候。」

「你好啊！」哈魯路托熱情的回應：「我們好久不見。」

「您還記得我這個卑微的龍人，這真是我的榮幸。」飆揚笑道。

「我就覺得奇怪，原來艾列金身邊有個惡疾龍人朋友，難怪他前些日子能活著從策林離開。」亞基拉爾說。

「請先進入內城吧！」哈魯路托示意道：「我命人招待你們。」

亞基拉爾瞪著希爾溫。「我不是來玩的。」

「陛下，那我呢？您還沒下進一步的命令。」貝爾問。

「隨你吧！你高興去哪就去哪，不過你得等我挑選完新將領才可以離開果報之城。」亞基拉爾說完後便快步進入傳送門，身影也旋即消失。

矮小的希爾溫鑽過眾人身旁，施法開啟傳送門。光芒之後，一夥人被關在透明的空間內，接著由空中緩緩垂直降下，整座內城的風景盡收眼底。

地底下是讓人嘖嘖稱奇的奇異洞穴，不但有微微的光芒從像是天井的頂層照落，建於底層的城市因獨特的燈光在黑暗中閃耀而特別顯眼，也有建築物在陡峭的岩壁上鑿石建立。沿著斜坡走下，這一路都能看到商店市街，人聲鼎沸，和外城的冷清就是不一樣。

哈魯路托當起導遊為眾人講解，「如你們所見，裡面也是安寧地帶。這個內城又被稱為殃鼠巢穴，是我們惡災殃鼠眾的大本營，軍官加士兵共有大約一千兩百人居住於此。多虧有邯雨的庇護及協助，讓我們還能有不錯的生活機能。」

為什麼是哈魯路托本人充當解說與嚮導？以他尊貴的身分做這種工作怎麼想都很奇怪。三名亞蘭納人和一名惡疾龍人彆扭的走在他身後，

「我想說怎麼在城門口有騷動，原來又來了幾個連路都不認得的陌生客。」

暮辰．伊瑪拜茲和希爾溫兩人為雙胞胎姊弟，所以也有著同樣驚人的美貌。但與希爾溫給人的溫和及良善態度不同，暮辰總是深沉的打量她周邊的人，戒備的眼神中透露出對人們的不信任感，只要一跟她互相對視還有可能被她那冷冽銳利的目光割傷。

因其反覆無常的個性及暴躁易怒又殘忍的性情，所以人們給了她一個『暗影』的稱號。雖然位階達到黑暗深淵領主，卻沒有屬於自己的領區。不過也因她背後勢力龐大，加上本身實力不凡，各領主對她仍抱持著忌憚敬畏的心情。有傳聞說天不怕地不怕的火神，唯一害怕的人就是希爾溫，不過沒經過證實。

今天她身穿深色的羽絨長外套，脖子纏著粉色的圍巾，露出的手腕上紋著蛇狀刺青，長髮的造型既俐落又有層次，單鳳眼且在左眼角的尾端有一顆美人痣，兩耳掛著水滴耳飾。她並非那種

穿著暴露引人遐想的類型，而是在舉手投足之間會散發一股致命吸引人的蛇蠍美人。所以不可否認的是，只要是男人很難不被影響。

走在希爾溫身後的兩名女官和她們主人一樣高傲又目中無人，就連看到哈魯路托也沒有半句問候或行禮。

貝爾第一個鞠躬。「向暮辰權首大人行禮。」

接著是飆揚，不過他完全不敢直視暮辰。

倒是艾列金看得目不轉睛，連問候時眼睛都直直的盯著暮辰，眼眸意圖不軌地上下掃視著她的身材。「妳、妳好，我叫艾列金．路易。」

「這些人裡面就你的長相最入我的眼。」暮辰對艾列金說。

艾列金喜形於色，「女王，能得您的讚賞是我的榮幸，我願為您赴湯蹈火。」

「我不是女王。」暮辰說：「不過你很會說話，我對你很有好感。」

裡面只有亞凱從頭至尾完全無視暮辰的存在，幾乎不正眼看她也不行禮。

對此，暮辰似乎很不開心。「面貌醜惡的人連賓客與主人該有的禮儀都不懂，我是不是該把你逐出果報之城？」

「姊姊，真是對不起，亞凱先生只是不太懂得人際關係的交流，其實他沒有惡意。」哈魯路托替亞凱緩頰。

亞凱和艾列金相同，目光一直停在某個人身上沒移開過。

貝爾將他拉到一旁，細聲勸道：「亞凱，別這樣。得罪暮辰對你沒好處，她是果報之城中握有實權的三權首之一。」

「又怎麼樣？我不認識她，為什麼要對她卑躬屈膝？」

「是沒錯，但……」貝爾正想勸亞凱放下身段，卻被艾列金打斷他的話。

「不用勸了，你沒看到這傢伙的視線落在誰身上嗎？哼，怪不得我以前找你去玩女人時你都沒興趣。」艾列金走過來硬是插入兩人間的對話。

貝爾不明白，「你這是什麼意思？」

「這小子喜歡哈魯路托。」艾列金用怪異的表情回頭看向希爾溫。「第一次見到他時我也很驚訝，居然有男人長得那麼漂亮，恐怕真正的女人看見他都會低頭。」他回過頭來，接著搖著亞凱的身子。「但是你要清醒點，那是男人啊！脫下褲子後下面可不是凹洞，你的傢伙擺不進去只能走後門。」

亞凱紅著臉急怒道：「胡說什麼？」

「我沒胡說，看看你的臉，就算焦掉還是看得出因惱羞而轉為紅潤。」

「諸神啊！」貝爾驚嘆連連。撇開種族差異、階級地位、勢力背景不說，光是性別就有很大的問題了。

「閉嘴！」亞凱不想和他們聊這話題。

之後哈魯路托帶著他們一邊參觀內城，同時還順便講解內城的人文及景色，充份地介紹果報之城。他們在路上遇到首位殃鼠眾成員。那人在自己的圓臉上蓄著落腮鬍子，平頭髮型。他背倚著岩壁坐在山路旁一手操作電子計算器，另一手忙於使用古老的圓石推演在驗算。由於他過於專注，所以沒意識到一行人向他走近。

「他叫洛金，善於算數。」希爾溫說：「只要他正沉浸在計算公式的思考模式時，任何人都無法打擾他。」話剛說完，哈魯路托卻刻意和他打招呼：「洛金先生，早安。」

果真如他所說，洛金依舊埋首於他的興趣當中，對其他人的問話充耳不聞。

第二名路人搖搖晃晃的走在路上，身穿簡單樸素的短衫，身材中等，個頭大約只比哈魯路托高一些。因為這個人走路時經常左顧右盼，還老是有意無意地露出傻笑，看在其他人的眼裡不免會懷疑起他的精神狀況。

「你好，戴姆斯先生。」希爾溫笑著和他打招呼。

戴姆斯歪著頭，笑問：「你是誰？」

「我是希爾溫。」接著問他：「你在找什麼？」

「我找不到回家的路。」他說。

希爾溫手指向東北方。「看到那間綠草裝飾的屋頂嗎？那就是你家，就在鍊金店再過去第二個轉彎處。」

「喔！那我走錯方向了。」戴姆斯點頭，再問：「那我回家要做什麼呢？」

希爾溫搖頭。「這我就不清楚了。」

「原來如此。」戴姆斯才正要回去，突然又轉身。「那我為什麼走來這邊？」

「你不就是因為迷路所以才走過來的嗎？」貝爾說。

「我會來這裡是因為我迷路？那你是誰？」

「我叫貝爾。」

「貝爾？」他疑問道：「那你知道我是誰嗎？」

「你不就是戴姆斯先生嗎？」希爾溫回答。

「我叫戴姆斯，我因為迷路所以在這裡，現在我要找回家的路。」戴姆斯問：「你剛剛說我家在那裡？」

希爾溫又指了一遍。「在那邊，就是那間綠草裝飾的屋頂，那就是你家，你要經過鍊金店再往第二個彎道處拐彎。明白了嗎？」

「明白了，明白了。」戴姆斯連連點頭，卻還是一副茫然不解的模樣。

看著戴姆斯離去的背影，艾列金忍不住大罵。「這傢伙在浪費我們的時間，他故意整人的嗎？」

「不是。」希爾溫為他辯解：「戴姆斯先生是這個世界中少見的念系神力修道者，也因為念系神力過於強大，所以能掌握這項技術的人都會額外增加身體上的副作用。如你們所見，戴姆斯先生幾乎沒辦法記憶事情，不管遇到什麼事他都轉瞬即忘。」

「聽說您也是念系神力修道者，莫非您的身體也有異狀產生？」飆揚問。

「當然有。」希爾溫語帶玄機的說：「但我希望你們不要有看到那個的一天。」

他們路過一間低矮的木屋時，一名前額微禿臉形消瘦，喝得醉醺醺，身穿灰衣的男子身形搖晃地正好走出。「喔！哈魯路托，太好了，快來和我下棋。」他一個箭步衝上前拉住希爾溫的袖子。

「不行，我正忙著呢！」

「一盤，就一盤。」他執拗的纏著哈魯路托不放。

「真是抱歉，我改天再陪你下十盤好嗎？盧丁先生。」希爾溫為難地說。

「絕對不行，我現在手癢得要命，再不下棋我就要死啦！」盧丁見希爾溫不為所動，轉向去拉亞凱。「喂！先生，你陪我下棋好嗎？」

「不不不，我不會玩。」亞凱雖然拒絕，但盧丁的手力很驚人，亞凱一下子就被拉過去。哈魯路托硬是擋在兩人之間。「今天不行，貴客還有事情。」

「不管，今天都沒人和我玩棋，我快瘋了。」盧丁像個孩子似地爭吵。

「稍等一下，您看看那是什麼？」哈魯路托朝上一指，那裡有個綁著頭巾的男人正攀在岩壁上以粉刷畫著圖，「蓋寶先生好像要畫到你家屋頂了。」

盧丁氣急敗壞，跑過去大吼：「喂！蓋寶，你又畫到我家了，快給我擦掉！」

眾人終於能擺脫盧丁的糾纏。

「盧丁先生是個很愛下棋，愛到廢寢忘食的人。」之後哈魯路托解釋道：「同樣地，蓋寶先生則很愛畫畫，他把整個殃鼠巢穴都當成他的畫布，經常畫著畫著就畫到別人家去了。」

這時，有兩道快速的迅影掠過眾人身旁，由於速度快如疾風，所以沒人看見他們的長相。

在後方追逐那兩道影子的是一名高又壯的大漢。他一邊跑，嘴巴還不時地發出咒罵聲。「媽的，可惡！」眼看就要讓對方跑掉，那名大漢雙手畫圓結印，運使特殊的魂系神力。只見他的掌心發出湛藍的光芒，隨後那兩道影子就被類似氣泡狀的結界困住，接著又被拉回到大漢面前。

貝爾及亞凱等人瞪大眼睛，驚異不已。

「原來是亞莎和賽彌菈。」哈魯路托問：「妳們兩人是不是又結伴去偷東西了？我不是告誡妳們千萬別再這麼做了嗎？」

大漢氣急敗壞地跑到她們身旁，從她們的手中奪走一隻絨毛娃娃。「我又沒招惹你們，幹嘛偷我的寶物？」

仔細一看，那名大漢穿著半長不短的絲質短褲，赤裸的上半身只圍了一件蛋白色的圍兜，棕色的短髮上戴著一頂畫了鬼臉的睡帽，再加上他雙頰鼓起臉色紅潤，整體造型看起來簡直滑稽可笑。

兩名女賊穿著相同的藍紫色緊身衣及皮製輕甲，亞莎留著淺綠色的俏麗短髮，身材細瘦，手腕和腰枝細得像根竿子；賽彌菈留著金色微捲的長髮，五官較深邃，身材也玲瓏有緻，因為怕熱所以在胸口處開了一個小洞，這也讓她的胸部若隱若現。

艾列金似乎又找到新目標，他盯著賽彌菈的表情簡直就像是飢餓的猛獸在凝視著獵物。

「唉呀！哈魯路托。」亞莎從地上坐起。「若是太久沒行動，我們偷竊的技術就會退步，所以才不得已……」

「妳們應該把才能用在正途。」希爾溫勸道。

賽彌菈咯咯笑道：「我們在屋頂上聽到胖子哥哥自言自語在說寶物的事，然後就一路跟蹤他，直到他把寶物藏在自以為隱密的地方，我們就趁機下手將他的寶物拿走。」

亞莎補充道：「胖子哥自以為自己藏得天衣無縫，這一次是故意給他一點小小的教訓，其實也沒什麼技術可言。」接著嘆口氣，「沒想到所謂的寶物只是胖子哥平常在抱的那隻娃娃，真令人失望。」

胖子索岡一聽完她們嬉笑的對話後，登時怒火中燒。他拿著像奶瓶形狀的鈍器敲兩名女賊的頭，打得她們抱頭鼠竄。「搞什麼鬼？什麼叫給我一點教訓？想證明自己的技術就該去偷三權首大人的東西，妳們是手太癢嗎？真是欠揍！」

「好了好了，沒什麼事就算了。」哈魯路托拉開索岡。

「要不是哈魯路托阻止，我就殺了妳們。」索岡嘴叼著奶嘴、手抱著娃娃悻悻然離去。

「喂喂！」艾列金輕聲說：「這就是果報之城？然後這些傢伙號稱是安茲羅瑟人的最強菁英？我怎麼覺得這裡像精神病院，裡面住的全是瘋子。」

「你別亂說。」飆揚緊張道。

「我有同感。」亞凱也認同。

不知道為什麼，貝爾的腦中浮現出火神彈吉他和加列斯刻木像的身影。「位階越高的人越難猜測他們的心思，所以還算可以接受他們異於常人的舉動。」貝爾說。

希爾溫帶他們去餐廳用餐，慰勞一下空著的肚子。

「只是一般的小餐廳，我以為是像在邯雨裡一樣可以又酒又肉，滿桌盡是豐盛的菜餚和華麗的擺盤。」艾列金面露失望的神情。

「抱歉，在這裡我沒什麼實權，連吃飯都要自己掏腰包。」希爾溫不好意思的說。

艾列金呵聲笑道：「這一點倒是看得出來，沒什麼人理會你呢！」

「艾列金，不要講這種沒禮貌的話。」亞凱說：「權力又不代表一切。」

哈魯路托本人倒是不怎麼介意別人的話，他愉悅地享用自己的餐點。值得一提的是，希爾溫本人是個素食主義者，奶蛋類也不碰。吃素本身不是什麼稀奇的事，但如果是安茲羅瑟人來實行就非常罕見了，畢竟以前從沒聽說有不吃肉的安茲羅瑟人，可是現在眼前就出現一個。

亞基拉爾的飲食習慣和希爾溫差不多，他也是很少很少吃肉，因為他嫌肉中有腥味。如果是沒全熟還帶血的肉或內臟，那亞基拉爾就絕對不會去吃。亞基拉爾曾說他在阿特納爾破過一次例，他咬了拉札莫斯的心臟，但沒真的吃下，只是裝個樣子嚇唬維文。

「不是只有我，埃蒙史塔斯的家族長雀一羽陛下以及新嶽的梵迦大人都是素食主義者。」希爾溫強調。

不對，在沒太多菜色可供選擇時，他們還是多少會食用肉類，貝爾就曾在昭雲閣看過雀一羽用餐，只是肉類食物的比例相較於其他安茲羅瑟人來說是非常微量而已。

貝爾細細品嘗，艾列金狼吞虎咽，飆揚只愛喝酒，亞凱全無食慾。用餐完畢，希爾溫又帶他們到劇場裡看表演，那是果報之城居民少數的娛樂活動之一。還沒開場，裡面已經坐無虛席。

「官與兵在樓下搶位子，怎麼樓座都沒人要坐？我看那邊應該還有差不多十多個座位。」艾列金問。

「樓座只有三權首、監督使和深淵議會的議員這些高官以及重要的外賓能坐。」希爾溫說。

「果報之城這些人應該都是為您聚集而來的吧？連您都不能坐樓座，還有誰能坐？」貝爾不解。

「我除了能指派殃鼠成員外，其餘福利是享受不到的。」希爾溫苦笑道：「這是我姊姊的命令，她說在我認份的當個魔塵大陸領導者之前，絕不讓我享受的過日子。」

此時，門口傳來騷動，似乎有什麼大人物進入了。

為首者在眾侍從的簇擁下意氣風發的走入。他是一名奇裝異服的男子，他的臉上紋著網狀黥面，有四眼卻沒瞳孔，無髮的頭頂可以看見眼瞼狀的物體在顫動。實際上，他的頭頂真的有一顆很大的眼珠子。

「哈魯路托，您回來了。」他向希爾溫行禮。

「為你們介紹。」哈魯路托擺手示意道：「他是軍部指揮官、深淵議會的領袖、千鼠之王——歐卓納斯領主。」

「他應該是在內城發號施令的人吧？」艾列金問。

「你怎麼知道？」哈魯路托疑惑。

「用看得就能看出來啦！他長得那麼兇神惡煞，是人都會怕。」艾列金下了結論。「安茲羅瑟人最喜歡被比自己厲害的強者領導。」

亞凱聽得出艾列金在嘲諷希爾溫，心中頗為不快。

「領主大人也是救贖者嗎？」貝爾好奇地問。

「是的，和塔利兒先生一樣。」希爾溫說：「救贖者大多有一些共同的特徵，例如沒有瞳孔、膚色慘白、指尖細長等，很容易辨識。」

歐卓納斯走上樓座，身旁只有兩名護衛跟隨，其餘的侍從皆守在樓梯口不讓人靠近。最高領導者和自己坐在平民座，而手下大官卻一人獨自坐在舒適又寬敞的樓座欣賞表演，有這種道理嗎？貝爾真搞不懂這群人的想法。

戲目開始前，工作人員熄掉室內所有鬼火燈，整個劇場變成一片漆黑。原本在劇場內還充斥著許多談笑及吆喝聲，隨著燈光轉暗後眾人也一致地回歸靜默。

突然走來一名女官在艾列金身旁說著耳語，接著艾列金起身，帶著笑盈盈的表情說：「不好意思各位，我有事得暫時離開一下。」

哈魯路托笑著點頭，同意讓艾列金去忙他的事務。

片刻過後，木梆敲擊的聲音打響了這個沉靜的空間。咚咚咚……越敲越急，越敲越響，伴隨著敲擊聲的節奏，劇幕的簾子也隨之拉開。佈景的絢麗燦爛及燈光特效，就算看不懂劇目的外行人也會瞠目結舌，誇讚不已。

演員們走上舞臺，他們的戲服一個比一個還誇張，身上全是閃閃發亮的裝飾品。有像扇子般開展的頭冠，也有縮小比例的高塔頭冠；有用鷹的造型製成的頭冠，也有遮住上半臉的巨型龍頭面罩。男角臉上的彩粧化得五顏六色，女角則是整張臉被塗成粉白色。

道具全是實物，為了配合戲目還特別設計過。背景則以活動式的機關輔助呈現，該立體的時候立體，平面就平面。裝飾能由地面下升起，能從打開的背景內出現，也能以鋼絲吊著由天而降。劇中沒有太多的台詞，演員幾乎都是發出吆喝聲及喉間的哼聲來表達。劇情高潮迭起的部分除了靠誇張的肢體動作外，就是憑著演員臉上的情緒轉變來呈現。

整齣戲沒有背景音樂，只有打擊樂器發出零零落落的敲擊聲，有的時候配合劇情演繹的轉變，敲擊聲也會忽快忽慢、忽強忽弱。

為了讓每個角色的個性做出區別以及劇情需求，這些演員們都會擺出他們專屬的姿勢，藉以讓觀眾很快地融入角色之中且熟悉人物。

快速換景及彩光煙霧也是讓人大為讚嘆的部分，這些機關要能跟著劇情的推進並一氣呵成地做出修改及特效，其幕後機關師的高深技術手法已經不言而喻。

儘管視覺效果很強，畫面又奪目耀眼，但是缺乏劇目知識的貝爾及亞凱是看得一頭霧水。也因為沒有台詞的關係，幾乎只能靠眼睛看到的部分來推敲劇情，還不一定正確。

原以為裡面是血腥恐怖的表演，沒想到只是平凡的舞台劇。既沒有什麼特殊的意外發生，也沒有不堪入目的畫面出現，反倒因為時間冗長的關係讓貝爾看得昏昏欲睡。整齣戲從開始到結束將近兩刻半的時間，共有五幕分段，非常的長。對看不懂的人來說，一開始還有些新奇，看到最後只覺得沉悶及不解，為何其他人都看得津津有味呢？

觀眾們發出讚嘆聲時，貝爾聽不懂；觀眾們驚疑時，貝爾還是不明白。坐在劇場內卻不知道其他人的表現是為何而做時，自己簡直就像置身在陌生的境域中那樣的空虛無力。

飆揚坐在最旁邊，貝爾原以為他看得懂表演，沒想到他也是面露疑惑，似乎沒辦法理解。不過飆揚畢竟是安茲羅瑟人，對自己的文化有一定的理解程度，再加上他很仔細的觀看，所以等到第一幕結束前，他的表情已經從一知半解轉變為納悶。到了第三幕中段時，他變得錯愕不已。第五幕才剛開始，他就因為劇情的演變大感震驚，整個心思已完全融入戲劇之中。

「這……這齣戲演的是……太荒誕了！」飆揚訝道。

「戲的內容到底是演些什麼？」亞凱問。

戲一落幕，劇場內又恢復進場時的吵雜。「離下場開演還有段時間，你們要繼續看還是要離開呢？」希爾溫問。

「哈魯路托。」飆揚起身問：「剛剛那齣戲的劇情太誇張了，您怎麼會允許演員們表演呢？」

「有什麼關係，只要大家看得開心，能解除壓力達到放鬆的功效就好了。」希爾溫說。

「哈魯路托真是為我們這些子民著想。」順著聲音傳來的方向看去，那是亞基拉爾，他不知道從什麼時候開始也進入劇院內。

「剛剛那些演員表演的是哈魯路托的故事，不過卻不是讚頌他的英勇事蹟，而是讓人難堪的過往。」飆揚說。

「不愧是心胸寬大的哈魯路托。」亞基拉爾語帶譏諷地說。

下一場戲即將開演，宣傳人員頭戴著藍色假髮，背著箭袋，手拿一把製作精細的金色巨弓，不用講也知道在模仿誰。

「你看，下一場是你的故事。」希爾溫笑道。

亞基拉爾只是瞄了一眼，露出嗤之以鼻的表情。「我可以佔用哈魯路托您一點時間嗎？有事與您商談。」

「什麼事？」希爾溫正嘗試讀取亞基拉爾的心思。

「可以嗎？」亞基拉爾加重他的語氣，其實已經可以看得出他正感到不耐。

「好好。」希爾溫隨亞基拉爾離開。

「安茲羅瑟的世界不是很講求階級制度嗎？我看每個手下對自己的領主都很尊敬，為何唯獨對哈魯路托態度這麼惡劣？」亞凱不明白。

「該說是累積的怨氣爆發還是失望透頂而轉為憤怒呢？總之有很多原因。」貝爾轉頭問飆揚：「究竟剛剛的戲裡演些什麼？」

「這齣戲的劇名叫血龍之路，共分五段：以哈魯路托在天界遭到光神迫害，手下們一路保護他逃回魔塵大陸這段歷史過往為故事軸心。天界的光神、雷神、宿星主，以及希爾溫大人、亞基拉爾陛下、火神、加列斯領主均有登場。故事圍繞著復仇、忠勇、愛情等元素進行，將歷史略作改編，製成內容豐富的完整舞台劇。」

「聽起來很正面，沒有什麼異樣。」貝爾說。

「天界的反派形象很強烈，這點是理所當然。」飆揚說：「問題就出在詮釋哈魯路托那個演員的表演方式有問題。亞基拉爾陛下臨危不亂，沉著的應對來自天界的攻擊，並排佈層層退路，智者與忠義的形象深入人心；加列斯領主孤身面對大軍，擊退後方的追兵，不使其越雷池一步，戰士與驍勇的形象讓人震撼。火神出場雖少，熾熱的形象充份表現出他易怒的個性。但是哈魯路托的戲份實在是……那演員演得既懦弱又膿包、遇事不能決、判斷又錯誤連連，只能躲在眾大臣身後被人庇護，是一齣把哈魯路托諷刺到骨裡的戲。」

「這怎麼能這樣？把自己的領袖變成嘲弄的對象，這算什麼？」亞凱為哈魯路托抱不平。

「為什麼哈魯路托本人卻無動於衷？」

亞凱表現出的激動讓貝爾頗為訝異，難道剛剛艾列金說的話是認真的嗎？「哈魯路托躲藏得太久了，可見底下的部屬真是積怨已深，也許這是平息殃鼠們怒氣的一種方式吧？」貝爾猜想。

「最離譜的是劇中第四幕還將哈魯路托與暮辰大人兩人姊弟相戀的事赤裸裸地搬上舞台照演不誤。」飆揚說：「這一段可是伊瑪拜茲家族下令禁止提起的過往啊！」

「什麼意思呢？」貝爾嗅到緋聞的味道，這勾起他的好奇心。

「這……我也曾是伊瑪拜茲家族的人，有點難以啟齒。」飆揚為難地表示。

「您不方便開口的話，那就由我來為兩位訪客解說。」開口說話的是一名相貌堂堂，身材健美又高個頭的男子，他留著淺灰色的短髮，模樣看起來有點輕浮。

「你是？」貝爾打量著他。

「我先自我介紹，我是殃鼠眾的一員名叫佩卓，這裡的人喜歡叫我說書人。」

「為什麼？因為你很愛說故事嗎？」亞凱問。

說書人手指一比，「這是主要原因。」

「剛剛在舞台上扮演哈魯路托的演員就是您吧？」飆揚問。

「您也答對了！」說書人似乎很開心。

「你？你扮哈魯路托？」亞凱端視著他。「剛剛我是因為看不懂劇情，若現在再重看一次的話，肯定覺得你不像。」

「老兄，你的標準得放寬些。」說書人無奈地搖頭。「請問您要去那裡找那麼漂亮又矮得不可思議的男人呢？如果我的人形變化還能再把我的個頭縮得小一點，臉變得再柔和漂亮點，那我就一定是稱職的哈魯路托扮演者了。」

「是啊！」貝爾說：「原以為殃鼠眾的成員都會像塔利兒先生那麼恐怖，結果每個都是正常人的外貌。」

說書人刻意把臉靠近貝爾，害得他不得不把身體往後挪。「老兄，你想看我的獸化原形嗎？很恐怖唷。」

「又不是第一次看，有什麼好驚訝？」亞凱沉悶的說。
「人要衣裝，不是每個傢伙都喜歡以獸化原形那種邋遢的型態四處遊走。」說書人表示。
「難道你們不知道除了安茲羅瑟裡的特殊種族外，經常以獸化原形活動會喪失人性和理智嗎？」飆揚對貝爾說。
「這我知道。」貝爾點頭。
「我不知道，也不感興趣。」亞凱接著問：「我只想聽哈魯路托那件事情的後續。」
果然啊！執著於哈魯路托的話題，貝爾盯視著亞凱心想。
「老兄，你們很顯眼，在我一上舞台後就注意到你們了。現在既然哈魯路托不在，那就讓我這個好人充當臨時地陪吧！」
「你不用演戲嗎？」亞凱問。
「拜託，哪有那麼多戲要演，已經換場啦！現在不是我們上一場的演員，若一直不間斷的演下去可是很累人的事。」說書人拍著肚皮說：「我在上面動那麼久，真的好餓啊！我們先去吃飯好嗎？我請你們一塊吃。」
哈魯路托是個飲食清淡，不太求口腹之慾的人；他的手下就正常多了，安茲羅瑟人就是該大口喝酒及大口吃肉。說書人帶一行人到他最喜歡去的餐廳用餐，接著光是第一道菜剛擺盤上桌就已經帶給亞凱非常大的強烈衝擊，他根本一口都吃不下。
那道菜色是生肉冷盤，左邊擺了一顆血淋淋的亞蘭納男性頭顱，他的心臟被剪成碎花當裝飾，肉則切成薄片鋪盤。雖然早在意料之中，但亞凱一看到這種人肉冷盤端出來仍是胃口倒盡，別說吃了，吐都來不及。好死不死的，那顆滿臉是血的死人頭還面對著他，上翻的眼珠仍死不瞑目地用眼白瞪著亞凱。

說書人可能是餓壞了，他先一步挾起一塊肉往嘴裡塞，然後滿足地猛點頭。「好吃，太棒了，今天的肉很新鮮。」他喝了口酒將食物咽下，接著說：「你們都不知道，前些日子因為食物來源出了問題，結果來的人肉都是不新鮮的，我們又不是食屍鬼，哪能餐餐吃腐肉？現在能吃到新鮮又帶血的肉片其實要很感恩，這種機會不是常常都有的。來吧！不要客氣，既然我請客你們就盡量吃。」

除了亞凱外，貝爾和飆揚也跟著開始吃肉。

「不好意思。」說書人呼喚服務生，「能幫我把這顆頭拿去煮腦子湯嗎？不然好浪費。」

「只要煮腦，其他部分不要？」服務生問。

「那兩顆眼珠也一起下鍋好了。」飆揚舔著舌頭說。

服務生捧著頭顱回去廚房作業，這才讓亞凱心裡的壓力沒那麼大。「貝爾，你也吃人肉？」亞凱問。

貝爾反倒一臉詫異。「都來到魘塵大陸那麼久了，你還沒習慣嗎？這段日子以來你到底是吃什麼果腹？」

「我本來就是修道者，挨餓也是修行的一部分。」亞凱回答。

貝爾已經是被轉化的亞蘭納人，而且每天都接受亞基拉爾的訓練，他不能不補充體力。「一開始是害怕而不敢吃，後來是不得不吃。在魔塵大陸沒有太多的食物，根本輪不到我挑肥撿瘦。我不是真正的安茲羅瑟人，若消耗太多的體力又沒適量的飲食，身體遲早會出問題。」

「你試試嘛！真的不錯。」說書人已經吃了不少。

「食物本來就是用來延續生命的能量，吃的是動物或人類有差別嗎？如果因為道德的爭議或思想的箝制而限制自己的飲食習慣最後落得餓死的下場，那是最蠢的死法。」飆揚說。

「以前在亞蘭納時我們也吃過生肉冷盤不是嗎？」貝爾勸道：「你把這盤當成是那個時候的食物你就能下咽。」

貝爾真的變了，環境的影響確實很可怕。亞凱心想。

主餐是最適合北境寒冷天氣的食物——火鍋。

「試試看嘛，火鍋也不要嗎？」貝爾問。

亞凱仍搖頭回絕。「我今天吃過了，肚子不餓。」他繼續說：「哈魯路托能在魔塵大陸吃素過活，證明沒有什麼不可能的，我也打算照他那樣只吃蔬果類。」

說書人狐疑地看著亞凱，「要知道哈魯路托能這麼做是因為他的體質特殊，而你只是普通的亞蘭納人。何況魔塵大陸上的鮮花、野草、果實大多對你有害，能挑選的種類更少，你這是慢性自殺。」他端起碗來喝了一口熱湯。

亞凱心意已決，誰都勸不了他，更何況他也暗自立誓：如非必要，這輩子絕不吃人肉。「該回歸正題了，我想知道的事你一件都沒說。」

「真那麼好奇嗎？」說書人將口中咀嚼的肉吞下，「哈魯路托和暮辰大人就是為了這不名譽的醜事而被逐出伊瑪拜茲家族。」

貝爾駭然，「所以這是真的？親姊弟相戀？」

「你的說法會讓人誤會。」飆揚放下刀叉，以紙巾抹抹沾血的嘴。「這不叫愛情，是脅迫！哈魯路托本人從來就不承認，也沒有那個意願與暮辰大人結為連理。」

「可是兩個人終究還是在一起了不是嗎？」說書人反問。

「……你真的是哈魯路托的手下嗎？這種講法太侮辱哈魯路托的人格了。」飆揚因此不太開心。

亞凱的表情也不好看，他給人一種心灰意冷的憂鬱感。

「他們允許直系血親的婚姻嗎？」貝爾問。

「當然，這是保存伊瑪拜茲優良血統的最好作法，卸任的卞安領主陛下、同時也是哈魯路托的祖父埃爾默．伊瑪拜茲是贊成的，而兄長漢薩陛下既不鼓勵卻也不反對。所以，兩人的結合並不是導致他們被逐出家族的主因。」飆揚說。「而且哈魯路托身為一名王者，即使娶個三、四個女孩也沒什麼大不了。」

「既不是因為直系血親的婚姻而被治罪，也不是因為重婚的問題，那究竟是為什麼？」亞凱問。

「讓我告訴你們吧！」說書人開始滔滔不絕地說：「當初為了爭取霓虹仙境的軍事支援，埃爾默王就已經決意要讓哈魯路托和虹族大酋長的女兒墨茵公主進行政治聯姻。那時哈魯路托不懂得拒絕他的祖父，再加上他凡事都以老領主的意見為主，自己的個性又優柔寡斷，於是勉為其難地同意這樁婚事。為此，哈魯路托甚至花了很多時間親自前往霓虹仙境拜訪虹族的大酋長。幾經商議後，婚事就此敲定。」

「所以……哈魯路托真的不止一位妻子。」亞凱似乎很震驚。

「聽我說完。」說書人繼續講：「其實早在昭雲閣初創期，各領主在厄法開討論會議時，哈魯路托就已經藉由火神的介紹而和黛芙卓恩領主在交往了。」

「荒理領主？」貝爾問。

「是的，但這件事哈魯路托一直都沒和伊瑪拜茲家族的任何人說過，他們的交往除了本人和火神外，並沒有任何人知情。」說書人想了一下，搖頭說：「不對，也許蘇羅希爾兄弟會的人都知情。」

「哈魯路托一直隱瞞這件事，直到自己和墨茵公主的婚事定下後，終於還是不得不面臨抉擇。」說書人說：「黛芙卓恩領主反對重婚，她不願和其他女人共享丈夫，她要哈魯路托給她一個交代。於是哈魯路托同意回去告知祖父自己準備放棄和墨茵公主聯姻的念頭，他決定這一輩子只願與荒理領主廝守。這件事無法得到埃爾默王的諒解，他氣憤難抑，認為哈魯路托沒依照他的指示去做，於是他強制要求哈魯路托和荒理領主解除婚約，兩人遂起激烈的爭執。所幸當時的漢薩陛下是站在哈魯路托這一邊，還為他緩頰……」

漢薩將爭得不可開交的兩人支開，接著對他的祖父勸道：「陛下，就讓皇弟和他愛的人在一起吧！」

埃爾默王又氣又疑，「連你也幫希爾溫說話？」

「因為我不認為這次的政治聯姻對我們家族有實質上的幫助。」

「你在說什麼？」埃爾默王大惑不解。一旁的希爾溫也好奇地看著漢薩，不知道他的哥哥為自己辯護的理由是什麼。

「希爾溫雖然還不成熟，但畢竟已經是哈魯路托、安茲羅瑟人的共主。相較之下，他的妻子只是霓虹仙境三族其中一族的酋長女兒，身分地位有差。再加上迎娶的方式是要希爾溫親自前往霓虹仙境與墨茵公主成婚，有入贅的感覺，這樣難免會被霓虹仙境的人民輕視我們魔塵大陸。這是其一。」漢薩說：「身為哈魯路托，連要當自己妻子的人選都無法做出抉擇，還得處處聽祖父您的意見，這會讓安茲羅瑟的子民們在心中留下哈魯路托很懦弱的印象。我們盡量要避免帶給別人這種觀感，因為破壞伊瑪拜茲家族的名聲及損壞哈魯路托本身的威嚴對我們來說都沒好處。這是其二。」

「霓虹仙境畢竟是外部大陸，他們能提供給我們多少協助、多有用的協助都還是未知數，用希爾溫的終身幸福去賭這個可能性，我覺得並不值得。畢竟我認為以希爾溫今時今日的地位，能發揮的價值絕不止如此。何況天界人也會因為我們請外地援軍而恥笑我們，認為安茲羅瑟就是沒能人，沒法與他們抗衡。我們何必滅自己威風，長他人氣焰呢？這是其三。」漢薩更進一步解釋：「就算讓霓虹仙境的人幫忙擊倒天界，卻難以保證他們以後不會變得像雀一羽一樣在魘塵大陸自立為王，無謂地增添伊瑪拜茲家族的麻煩。」

「漢薩陛下的話很有說服力。」貝爾如此認為。

「這是理所當然，漢薩陛下一向很睿智。」就算是事實，但從飆揚這個伊瑪拜茲家族出生的人口中說出，大家還是會覺得他的話吹捧居多。

說書人繼續他的故事：「漢薩陛下認為安茲羅瑟人本來就有和天界一決高下的實力，可惜安茲羅瑟人實在太不團結了，猶如一盤散沙。伊瑪拜茲家族跟安達瑞特家族素有恩怨，兩個勢力相爭正好便宜了天界這個大仇敵。如今哈魯路托要與荒理領主成婚，漢薩自然看好這段姻緣。一來也許能使兩大家族的心結就此化解，二來可以讓災炎一族的人民認同哈魯路托。三來只要統合兩大家族的力量，其勢足以讓天界備感壓力。昭雲閣草創初期，哈魯路托需要建立他的聲望，勢力的統合也可以壓制其他如亞基拉爾、赤華、雀一羽等領主的氣焰，一舉數得。終於讓埃爾默王同意這樁婚事，並收回他的命令。」

漢薩說：「身為魘塵大陸的領導者必需要言而有信，既然答應別人的事要反悔，你得親自去賠罪，對方想要什麼補償我們都得有所回應。」

「為什麼要這麼做？」埃爾默王認為既然這筆交易不存在，那就互不相欠。

「父皇，霓虹仙境畢竟不是魔塵大陸，不能用對待安茲羅瑟人那套去應付，如果他們懷恨而去幫天界該怎麼辦？我不喜歡留給別人來打自己的理由。希爾溫是哈魯路托，可以當英雄，絕不能自己降低格調當小人。」漢薩拍著希爾溫的肩頭：「這不是你的錯，是我阻止這樁婚事的，我堅決反對野人公主與你結合，就把錯全推給我。」

說書人喝口酒潤喉，「就這樣，兩大家族聯姻的婚事如期舉行。」

漢薩的處理和分析非常得當，怪不得連亞基拉爾都會忌憚他。貝爾問：「據我所知，荒理領主至今仍然沒有伴侶，婚事並沒有成功對吧？」

飆揚輕嘆一口氣，將酒杯中的酒一飲而盡。

「婚禮當天，幾乎所有安茲羅瑟的貴族全都出席這場盛會，熱鬧非凡。本該是伊瑪拜茲家族風光的時刻，後來卻變成他們的惡夢。原因是正當儀式進行到宣誓禮時，新郎卻沒有出現，這不免令大家感到納悶，於是紛紛以神力追蹤的方式去找人，沒想到……」說書人在此停頓了一下，看來後面的關鍵讓他也很難啟齒。「他們……他們在寢室中，發現醉得不省人事的哈魯路托以及枕在他手臂的暮辰大人，兩人狀似親暱且都衣衫不整。」

「在眾領主的面前被看到這尷尬的一幕？」貝爾錯愕。「這臉可丟大了。」

說書人講到這段為止，最後就是結論。「故事的後續也不用多說，婚禮肯定取消，盛怒下的埃爾默王把兩人從伊瑪拜茲家族逐出。」

亞凱表情平靜的問飆揚：「這個人說的都是事實嗎？」

飆揚點頭，「大致來說八九不離十。」

「什麼？」說書人有點不開心，「我可是照實的說沒有一絲隱瞞，絕對都是正確的資訊。」

「你是惡災殃鼠眾，我是伊瑪拜茲家的人，我知道的事情你未必知道。而且依結果來講，你似乎忽略了一些事實導致訊息傳達錯誤。」

「我講錯什麼了？」

飆揚糾正道：「贊成和墨茵公主聯姻的是哈魯路托的父親『真龍者』巴武利昂．伊瑪拜茲，埃爾默王是反對的，漢薩陛下在當時還沒有那麼大的發言權。另外，以前我們伊瑪拜茲家也許為了保留精良血脈是贊同直系血親成婚，但那真的是很久之前的事了，現在是不允許有這種行為。至少就我所知，這就是漢薩陛下討厭暮辰大人的最大理由。最後，哈魯路托和黛芙卓恩女王有在眾領主及諸神的見證下完成婚禮，她才是哈魯路托真正的妻子，只不過很快就分開而無夫妻之實；暮辰大人雖然懷了哈魯路托的後嗣，兩人卻從沒得到任何人的祝福，連本人都不看好，所以是有實無名；和墨茵公主既然聯姻失敗，又沒在一起過，當然是無名無實。」

說書人一邊聽一邊寫筆記。

「喂！你這傢伙……」飆揚微惱道：「別人不想說的事你也別當廣播站到處跟別人說。」

「可是這是我的工作。」

「不行！哪有人的工作是到處說故事。」飆揚揪著他：「一直講自己領主的閒話，你都不會覺得很羞恥嗎？」

希爾溫跟在亞基拉爾後方，兩人一路走到僻靜無人的角落，真不知道亞基拉爾又想和他說些什麼。其實依照殃鼠眾的能力，真有心想偷聽是走到哪都沒用的。老實說，希爾溫真的很怕亞基拉爾這樣單獨與自己談話，因為會有這種情況出現通常都是亞基拉爾不想讓別人看到他們爭吵時的醜態，他太了解亞基拉爾了。不光是自己，亞基拉爾的強勢讓兄弟會的成員都印象深刻，從小到大多多少少都會留下一些被責罵、挨打時的陰影。好像還沒開口，氣勢就先被他壓下的感覺。

「好了。」亞基拉爾霍然轉身。「這樣可以說話。」

「您、您打算回去了嗎？」希爾溫試探性地問，他的態度顯得小心翼翼。

「我會為了這小事特地找你談話嗎？」亞基拉爾不改尖銳的語氣，他拿出一支閃閃發亮的鑰匙。「認得這東西嗎？」

希爾溫定眼一看，突然做出耐人尋味的表情，「那麼……您……」

亞基拉爾冷不防地朝希爾溫的左臉招呼一拳，把他打得踉蹌坐倒在地。「為什麼自作主張？」

希爾溫摸著左臉，似乎因為拳頭打中眼睛，他的左眼淚水流不停。「我只是想……」

亞基拉爾拉著希爾溫的領口，毫不費力的把他從地上揪起。「什麼叫你想？你都不替別人想的嗎？為什麼把墨茵寢室的鑰匙給我？殃鼠巢穴沒客房讓我住嗎？去你媽的。」說完，又打了希爾溫一拳。

希爾溫暈頭轉向，嘴唇破裂出血。「好痛。」
「你自己丟臉就算了，牽扯到我是什麼意思？」亞基拉爾生氣地質問。
「所以你真的在房間中遇到墨茵了？」
亞基拉爾一臉無奈，那是一副不知道該拿希爾溫怎麼辦的模樣。「是，我沐浴完的時候她剛好回房間……多虧了你，我活了幾千年來這還是我最尷尬的一次。」
「那她有說些什麼嗎？」希爾溫問，嘴角微微抽動。
「說你個頭！」亞基拉爾打他一巴掌。「你幹嘛這麼做？」
「因為……我看你們兩個好像互相喜歡，所以就……」
希爾溫的話還沒說完，馬上就被亞基拉爾打斷。「你他媽的就是這樣才得不到人們的尊重，你從沒想過你一廂情願的善意對別人來說是困擾嗎？我本來覺得我們這些殺人如麻的領主夠壞了，你比我們更混蛋！」
「兩個相愛的人為何不能在一起？你也知道我和公主是無名無實的夫妻，這麼多年來我們只是像朋友般在維持彼此間的關係，我不想耽擱她的幸福，也希望她能有個好歸宿。」
「當初你們伊瑪拜茲家族單方面解除婚約，事後墨茵依然信守她的承諾，說服她的父親與你建立同盟，前提是你依然得娶她為妻。婚後你也不履行夫妻間的義務，她仍默默的在你身後幫忙你，有這種好妻子你就該知足，好好的珍惜才是。」亞基拉爾憤憤不平。

「所以我才希望她能夠找到屬於自己的真正幸福。」希爾溫說：「我知道你也有同樣的意思。」

「會讀心術很了不起嗎？我喜不喜歡她跟你把她讓給我是兩回事。她是你老婆，你難道都沒有一點身為男人的尊嚴以及丈夫的責任嗎？居然輕易就把妻子讓給其他男人。」亞基拉爾氣得嘴唇發顫。「我想要的不必你施捨，自己就會去爭取，不必你多管閒事。」

「對不起，我知道自己太自私。」希爾溫低著頭說。

「你人能不能清醒些？」亞基拉爾語氣漸緩。「你知道暮辰和艾列金在你的床上搞起來了嗎？你頭上戴了好大一頂的綠帽卻還只想著把另一個老婆讓給其他男人，你腦袋裡都裝些什麼？」

希爾溫變得沮喪。「姊姊想要做什麼，我一直都隨她，也沒辦法阻止。」

「懦弱的男人，你要讓人瞧不起你到什麼時候？」亞基拉爾啐道：「反正你的爛攤子也不是只有這一件，看看戲院裡那齣戲把你演成什麼樣？身為當事人卻還能自得其樂的觀賞，我真服了你。」

「婚宴上發生的事真的是意外，那不是我的意思，你們不是都知道也相信我了嗎？我這輩子愛的女人只有黛芙卓恩一人。」

「就我們這幾個兄弟信有什麼用？你和暮辰在眾領主面前幹得好事就算叫我變出一百個分身都不能幫你們澄清，伊瑪拜茲家因為你們兩人的關係都抬不起頭來了。」亞基拉爾推開希爾溫。

「我對你他媽的風流事沒興趣。你去和你的大女兒說、去和你在羅本沃倫的一對雙胞胎兒女說、去和你那群老婆們分享，操！」

希爾溫情緒正低落時，忽然眼角餘光瞟見亞基拉爾後方的一抹紅影。「啊！公主。」

亞基拉爾竟也沒察覺到身後的墨茵，不過他卻不慌不忙，禮貌地回頭行禮。「公主殿下，亞基拉爾．翔向您問候。」

墨茵身著一襲紅色絲質棉衫，身高只到亞基拉爾的胸膛，漆黑亮麗的長髮綁成可愛的雙馬尾，粉嫩的皮膚看起來吹彈可破，很難從墨茵稚氣可愛的臉上看出她的年齡。「亞基拉爾先生，您和哈魯路托有什麼過節嗎？莫非是因為房間的問題……」

「這是臣的錯，臣不該逾矩。」亞基拉爾轉身向哈魯路托一拜。「臣有罪。」

「啊！沒事，沒罪。」希爾溫一時愣然。

「臣有事稟報。」

「請、請說。」在兩人面前，希爾溫變得很不自在。

「火神、火山、邵在墜陽南郊處亂鬥，為避免天界坐收其利，需要有人去制止。」亞基拉爾再拜。「此事非哈魯路托親自處理不可。」

「邵？他不是在病榻地獄？他逃出來了嗎？」希爾溫反問。

亞基拉爾露出非常明顯的不悅神情。「您貴為哈魯路托，應當對魔塵大陸的事瞭若指掌，這問題不該由您口中發問。」

「我知道了，我會馬上去處理。」希爾溫內心一驚，怕又要挨罵。擔心希爾溫會拖拖拉拉，亞基拉爾仍提醒他：「事態緊急，請勿拖延，有勞哈魯路托了。」哈魯路托不安地瞄了墨茵一眼，隨即開啟傳送門離開殃鼠巢穴。

現場只剩下尷尬的兩人。

亞基拉爾幾乎不與墨茵對視。「在下有事先行告退。」

「亞基拉爾先生，可否耽擱您一段時間，我有事要與您談談。」

「在下事多繁忙，失禮了。」亞基拉爾不願孤男寡女共處一個地方，他編個理由後便匆匆離去。

「你說你進了暮辰大人的閨房？」貝爾雖然吃驚，但又注意到艾列金的神情似乎不太對勁。

「這對你來說應該是很開心的事，可是看你卻悶悶不樂。」

「哼，那是什麼樣的女人。」亞凱對她那放蕩的行徑感到不以為然。

「暮辰大人就是這樣，她看上眼的人絕對跑不掉。」說書人認為這件事稀鬆平常，沒什麼大不了。

「破壞自己弟弟的婚姻又不守婦道。」亞凱嗤了一聲。「這種女人就該被釘十字架。」

「你可得小心一點。」艾列金提醒亞凱。「她問了一些有關你的事，搞不好下一個就是你。」

亞凱輕蔑地撇過頭，對這件事不屑一顧。

「經常吹噓房事的能力，看來你也不怎麼樣嘛！」飆揚意有所指地說。

「胡說什麼？」艾列金罕見的為這種事生氣。

「看你的表情就知道了。」飆揚給菸桿添些菸草。

「你不懂，那個女人騷翻天了。本來想讓他瞧瞧我的厲害，那知道她腿夾的功夫更勝我一籌。」艾列金辯稱。

「被夾一下就出來啦？」飆揚笑道。

「沒那麼誇張，至少兩下……」艾列金雖然心有不甘，卻還在回憶那段的美好。「我很少會對上過床的女人還抱有遐想，她是第一個讓我有這種感覺的女人。她很懂得挑逗男人及勾起別人的情慾，光是想到她滑溜的皮膚和曼妙的身材，我就不自覺地又勃起了。」

亞凱抓起盤中的肉，一把把往艾列金的嘴裡塞。

艾列金被肉的臭味嗆到，迅速地嘔出。「噁——搞什麼？這玩意兒是臭的，壞了嗎？」

「沒壞啊。」說書人也夾起一塊肉吃著。

「你們安茲羅瑟人什麼都吃，連腐肉也吃。」

「這不是壞的。」飆揚說：「只是醃製的醬料很特別，聞起來比較刺鼻而已。」

艾列金以酒在口中漱洗，接著吐進杯子。「別給我吃這種東西。」
「你才是。」亞凱瞪他。「別再講房間內的事了。」
「我吃飽了。」說書人抹抹嘴，起身說：「帳我付了，晚點我也還有演出，得先走啦！」
「我還可以去看嗎？」亞凱問。
「當然，有什麼問題，你是哈魯路托請的貴客，這點福利還是有的。」說書人大方地表示。
「那我也去。」飆揚說：「雖然看不太懂，反正沒什麼事做。」
「您可以擔任我的解說。」亞凱笑道。
「我很榮幸，也很樂意，不過前提是我自己要先看懂。」飆揚聳肩。
「哈哈，沒那麼難懂，至少還有我能講解。」說書人說：「戲中人總不會連自己演什麼都不知道了吧？」
「這也很難說。」飆揚咯咯笑著。
「那你呢？你也去嗎？」貝爾問艾列金。
艾列金揮手。「不了，我還有事。」
他還能有什麼事？亞凱以斜眼看他，自己竟長途跋涉，甘冒生命危險地來魔塵大陸只為了找這個男人，想想還真是有些後悔。
「貝爾先生呢？你也一起來嗎？」說書人問。
「不了。」貝爾回絕。「亞基拉爾陛下以心靈傳音呼喚我，可能有要緊事得趕快過去。先與各位暫別，若有事需要幫忙你們也知道怎麼找到我。」

眾人各自分開後，貝爾獨自前往亞基拉爾住宿的客房，據說為了一些麻煩事讓亞基拉爾換了兩次房間。當然，貝爾並不清楚是什麼事。

本來閱將點兵這種事根本不需要亞基拉爾親自來到內城，而是殃鼠巢穴中樞裡一具維持安寧地帶穩定的神力控制裝置需要微調，因此才不得不讓有專門技術的亞基拉爾來做這份工作。如果亞基拉爾自己不說，貝爾還真不曉得他的主君是個精通機械與神力科技的工程專家，其技術聽說更勝過策林古鐘塔公司的任何一位菁英工程師。

亞基拉爾的房間乾淨整潔，沒有多餘的家具及華麗的擺飾，木架上的薰爐裡正燃燒著薰香使得房內飄散一股幽雅安寧的氣味，亞基拉爾本人正坐在書桌前辦公。貝爾很少見到亞基拉爾提毛筆寫字，躍於白紙上的文字茂密又方正，從容中帶著靈動，字跡渾圓溫潤。

一點都不意外，亞基拉爾和其他空口說大話的領主不同，他嚴以律己，多才多藝，是個非常優秀的人才；唯獨他的性格叫人不敢恭維，畢竟世界上沒有完美的人。若真要說亞基拉爾的缺陷，那就是驕矜自負，因不信任手下而凡事親力親為，自己獨攬大權。

這樣的人活得很痛苦，生活也沒有樂趣可言。

唱機正播放著如同在劇院內聽到演員們發出的那一連串以哼哈聲串起來的音律，算是以唱片的方式呈現戲劇嗎？

「請問這唱片是錄自戲院演員們的聲音嗎？」

亞基拉爾頭也不抬地說：「你不是才剛聽過？」

「只憑哼哈的旋律，您聽得懂內容在唱些什麼？」

「戲看得多，光聽旋律就夠了。」亞基拉爾表示：「影像會自動在腦海成形。」

這就是亞基拉爾平常的娛樂。

「大人，您喝酒嗎？」通常這種緊繃的時候，亞基拉爾都會喝點小酒讓自己能定心，所以貝爾才會發問。

「這裡不是邯雨，我不抽菸不喝酒。」亞基拉爾忙於工作，頭始終不抬。「去沏壺茶來。」

貝爾端了杯香茗給他，接著在一旁站著。

「等我繪完工程圖，你點齊材料後連圖及次元控制核心一併交給施工負責人，再來你就去叫艾列金，和他說我們準備返回邯雨。」

「工程不是您要負責監督的嗎？」

「有圖有材料，我連施作方式都寫給他們了，小孩都會照著做。」亞基拉爾語氣冷淡地說：「這地方我一刻都待不下去。」

在戲院裡，亞基拉爾還很有禮貌的向哈魯路托借一點說話的時間，現在卻馬上又說要離開，很難讓人不作聯想。哈魯路托與亞基拉爾的不合是越來越明顯。

「暮辰大人似乎很喜歡艾列金，不知道她願不願意讓艾列金離開。」貝爾說。

「那個女人對什麼人都是逢場作戲，上過一次床後艾列金就和路人沒兩樣了。」

「原來您已經知道這件事了。」貝爾倒不是很驚訝。

亞基拉爾停下筆。「我的耳朵正巧聽到那陣不堪入耳的叫床聲。」

「哈、哈魯路托沒有什麼反應嗎？」

亞基拉爾聽到這問題後只是露出詭異的微笑，「正如你之前所說，安茲羅瑟人都有執念；那個女人什麼都不要，但若讓她禁慾，她大概會自殺。」

「我已經明白今天我們看的那齣戲在演些什麼了。」貝爾說：「我不認為哈魯路托是那樣輕浮隨便的人，他的穩重與隨意勾搭女人的形象不符。」

「他當然不是。」亞基拉爾邊寫字邊說：「暮辰那個女人的思想是扭曲的，幾乎沒有理性可言。她對男人、女人都有興趣，而當她周遭的男男女女已經無法帶給她滿足時，她就把腦筋動到自己弟弟的身上。哈魯路托已經拒絕過她很多次了，但暮辰不死心，接著知道哈魯路托要結婚的訊息後更是妒火中燒，這會是姊姊對自己親弟弟的正常想法嗎？」

貝爾咽了口水，內心發寒。

「她想報復，所以趁哈魯路托不備時以迷術眩惑了他。」亞基拉爾停筆喝茶。「她這麼做根本不是因為喜歡哈魯路托，她不過是想證明哈魯路托是屬於她一個人的，所以她就親自做給其他領主們看，真是個賤女人。哈魯路托為了暮辰的舉動付出多大的代價？結果暮辰得到哈魯路托之後，她並沒有專心一意甘願當哈魯路托背後的女人，依然在外頭胡搞，我為哈魯路托感到悲哀。」

「您也是她的目標嗎？」

「不是，她絕對不會選擇我。假如這世上只剩我和她的話，我們兩個只會為了爭食對方的肉而大打出手。」亞基拉爾將寫滿字的紙裝入信封內，丟給貝爾。「但這與你何關？去把我要的材料張羅好，別在這裡浪費太多時間。」

惡戰

墜陽南郊空曠處的激烈戰鬥持續進行中，大地被無情的戰火波及變得支離破碎，整個地形被一片熾熱的火海覆蓋，這裡已經成為死地，沒有半點生機的死寂之地。三名怒氣沖天的男子眼前只有敵人的存在，他們發出咆哮並向對方進攻，直到摧毀目標為止。

傳送門開啟，術者毫不猶豫的躍入可怕的戰圈。

「全部住手！」希爾溫的身影立於戰火中央，以防護氣罩強行格開三人。「不要再打了。」

「希爾溫？」見到哈魯路托，發狂的火神一陣大笑。「你也該死！」

殺紅眼的三名狂人們根本停不下手，眼前是哈魯路托又怎樣？阻礙自己道路的人全都該殺，絕無例外。

「好，你們執意如此，那就由我來陪你們三人過招。」希爾溫決定以暴制暴。

第一個由正前方衝來的是火神，哈魯路托想也不想，雙掌一推將他轟得老遠。接著迴身避開火山的劫火劍，自己左肩則硬生生地被鬼罡刃從後方砍中，不過並未負傷，希爾溫反倒借力使力以肩膀硬是將邵撞出去。煬想拔出災厄劍，希爾溫用手背再把剛要出鞘的劍壓回鞘中，然後按住劍柄往後一拉向前一頂，煬的身體被自己的武器頂開。整個過程不過短短瞬間，三個人又再次被希爾溫強硬地分開了。

火神並未停止攻勢，他運使元系神力，火焰風暴隨即襲向希爾溫。

哈魯路托雙手畫印盡收神力，隨後將這股力量轉移到從右側撲來的邵身上，邵被突如其來的熱浪逼退。煬拔出雙劍揮斬，希爾溫左手格擋劫火，右手架開災厄；利用火山猛攻的特性，在迴避的同時讓火山的劍勢不止揮空，還意外劃傷火神。邵抛出鎖鍊，希爾溫未被擊中反倒徒手接下鐵鍊。煬的兵器飛快劃過希爾溫頭頂上方，他抓準一瞬間的空隙再用手中的鎖鍊纏住火山的左臂。「脫手！」災厄劍被巧勁一扯，跟著鎖鍊一同彈回邵的方向，邵的腹部被災厄劍割傷。火山錯愕的瞬間再被希爾溫反掌擊出。

「你只會賣弄這些小技巧……」煬不服氣地罵道。

「就算是戰鬥也需要智慧。」希爾溫叱道：「只懂得正面進攻，你們難道都是莽夫嗎？」

邵發出尖銳的笑聲。「看在三哥的面子上，就讓你們兩人的死刑延後吧！如果就這麼讓你們死了也挺沒趣。」彌漫的紅色血霧化開，邵整個人漸漸消失其中。

火山將災厄劍收回劍鞘。「烈，事情不會就這麼算了。恨意無盡延伸，你我的恩怨走到這地步，唯有毀滅其中一人的火核才能結束，你還能活多久呢？就不知道是邵先一步或是我的劍快一分，珍惜你所剩不多的時間吧！」他遂化為一顆火星沒入岩漿中。

「剩我們兩人了，還打嗎？」希爾溫說：「你們的爭執只會讓天界有機可趁，莫把神力浪費在此。」

「你以為你夠資格說這種話嗎？」烈的情緒稍緩，體內的炙炎之氣似乎讓靜下不動的他有點難受，為此他取出懷中鐵酒壺，豪氣地一飲而盡。火神認為酒是平息熊熊大火的最好物質，在旁人看來是很匪夷所思的一件事。「內戰是間接因你引起的。」

「我知道。」希爾溫說：「所以導正你們也是我的責任。」

「治治你的腦袋吧！認清現實，你自己才是引起麻煩的禍根，照你的責任解釋你就該盡責地自刎而死。」烈以拇指比向後方。「或許那群人也是你可以發揮能力之處，所以你最好少管魔塵大陸境內的事。」烈喝著酒，他孤獨的背影逐漸遠去。

希爾溫向遠處觀望的人群示意。「空聖真境五神座——『先機者』伊德爾，久違了。」

斥侯回報近期狀況，邵．鐮風從南郊離開後，似乎是為了繼續洩憤，他一路從墜陽殺到太奧，甚至進攻約里的邊界。邵所到之處只留下遍地屍骸，屍首多支離不全。

「知道了，下去吧！」亞基拉爾以冷漠的口吻說。

貝爾正陪同他的陛下巡視奴隸工集中營，這裡是罪犯和俘虜的工作場所，在守衛嚴厲的看管下，這群人每天只能死命地幹活。他們沒有未來、沒有福利、沒有自由，連飯都吃不飽。

「雖然是奴隸，但是仍然要注重他們的糧食問題。」亞基拉爾根據以往的經驗說。「安茲羅瑟人不會因飢餓身亡，卻會為此發狂。暴動的安茲羅瑟人沒有理智、沒有秩序又難以掌握，獸化原形讓他們的破壞力更強，更加難以掌控。你不會想浪費許多資源及珍貴的糧食在這群人身上，所以要有很好的理由讓他們不會作亂。」

這和貝爾平常認知的亞基拉爾不太一樣。「這些只是奴隸工，為什麼還要安撫他們？」

「你當他們奴隸，我當他們奴隸，他們自己會這麼想嗎？要把他們鎖在地牢內腐朽等死變一堆垃圾，還是花言巧語讓他們成為助力？」亞基拉爾向前一步。「到昨天為止我還在想有什麼可以說服他們的理由，是要先減他們糧食，再處決任何一名管理者，說他政策失當後遂恢復糧食以平眾怒嗎？不，現在有一個笨蛋給了我很好的理由。」

瑪羅是這座集中營的最高階長官，他極為暴虐，經常以虐待奴隸工為樂，在他布置的死亡遊戲中成為犧牲品的奴隸不計其數。

「瑪羅大人，你好嗎？」亞基拉爾此次前來是經由傳送門，後方沒有浩浩蕩蕩的人馬跟隨，也沒有事先知會。在刻意壓低神力情況下，他迅速溜到瑪羅身旁而不被他知道。

瑪羅正躺在椅子上悠閒的抽菸，忽然瞥見亞基拉爾的身影讓他嚇得魂跑了三分，正要起身迎接。這時亞基拉爾按住他嘴上的菸管，接著用力一推，菸管刺穿瑪羅喉嚨，血如湧泉般從菸管中流出。

「為……為什麼？」瑪羅瞪大眼睛，喉間插著流淌著血液的菸管。

「幹嘛一臉不可置信的樣子？你不是早料到這個結局了嗎？」亞基拉爾說：「我讓你管這座集中營，不是讓你當劊子手；給你賞善罰惡的權利，不是給你當玩具。奴隸都是我的財產，你沒經過我同意就殺人，你破壞我的財產那我只好殺你了。」

「饒……饒命。」瑪羅跪地求饒，亞基拉爾視而不見。

左右衛兵拿下他，亞基拉爾下令道：「剁成碎肉賞給奴隸們食用吧！」

貝爾這才剛到就愣眼看著瑪羅被拖走，還被判了可怕的磔刑。

「要成功管理下人就要懂得恩威並施，這就是皮鞭與糖果。」亞基拉爾如此說道。

「埃蒙史塔斯家族似乎有動作了。」

「是嗎？不意外啊。」

「我一直有個問題想問。」貝爾問：「火神和雀一羽陛下都不是真正的安茲羅瑟人；一個是災炎一族，另一個來自霓虹仙境，安茲羅瑟的階級對他們來說真的有影響嗎？」

「你這麼說不就否定他們這些年來的努力，並把挑選他們兩人的天界當成笨蛋嗎？」亞基拉爾說：「他們自年幼被天界帶走後，就已經向多克索的神像祈誓過了。任何人都能透過向黑暗之神多克索獻上誓約成為安茲羅瑟人，不過天界人及不屬於蒼冥七界的亞蘭納人則例外。」

「他們也能成為哈魯路托？」

「除了階級最基本要達到黑暗深淵領主外，他們那些發出誓約的外族還得經過一千年的等待才有資格。」亞基拉爾說：「歷史上從沒有一個外族人曾擔任過哈魯路托，但也許總會有例外。雀一羽正等著奇蹟發生，可有得他等了。」

亞基拉爾以心靈傳音呼喚影休。「該是辦正事的時候了。」

遊離的影子凝聚成形，每次亞基拉爾呼喚影休時他總能迅速出現，但貝爾從來不知道他躲在那裡，難道是什麼神奇的傳送術之類？「有影子的地方總會有我的身影。」影休讀到貝爾的心思，他呵聲笑道：「影子是意念的投射，是虛影。雖然不是我的本體只是幻象，卻能幫我接收陛下的訊息。」

「帶我的信去給邵．鐮風，幫我約他三天後的七刻在厄法見。」

貝爾自薦道：「影休大人要忙前線的事，又要處理昭雲閣的雜務，大人哪有那麼多分身呢？這件事讓我來就好了。」

一般來說，亞基拉爾會很樂意把事情丟給自願工作的人，但這次例外。「邵不認識你，這非常危險。」

「是啊！」影休也擔心的說：「你不適合這工作，雖然是傳邀請信的小事，還是讓我辛苦一點當這趟信差。」

「陛下和大人也太看輕我了，我不是連送封信都不會的人。」貝爾笑道：「再說，影休大人送信的時間夠讓他處理其他更重要的事了，這種跑腿的工作捨我其誰呢？我也是除了影休大人外能讓陛下放心的人。」

「你可真有自信。」亞基拉爾將東西遞給貝爾，但是心中仍然有顧忌，他顯得猶豫不決。

「你……考慮一下吧！」

一點都不像平時對別人頤指氣使的亞基拉爾，他在擔心什麼？「讓我去啦！」

貝爾聽說邵躲藏在厄法和紫都的交界處，這種地理位置根本不像是逃亡會選擇的地方。依照最近邵的囂張程度來看，也許躲他的人更多，難道是自己的想法太天真了嗎？

眼前這座堡壘以前是昭雲閣所屬的一個據點，聽說邵把裡面的人全殺光了，現在還把這地方改稱為癌巢城並光明正大的據為己有。他自比為安茲羅瑟人的癌症，感覺還蠻貼切。

咦？入口處的石柱臺上好像站著一個人。「你好。」貝爾向她打招呼，但沒有得到回應。

旅行者的目光意味深長，她專注地盯著神殿且沒有移開過視線。對方頭戴黑色方帽，修長的旅行者風衣在風中搖擺，高又寬的衣領遮住她的下半臉，粉色又柔順的長髮也被風吹拂，身後背著一件幾乎與自身同高的長方形黑盒裝的行李，或者那並不是行李。

雖然覺得納悶，不過貝爾沒有再理會那個人，逕自走入癌巢城。

才剛走沒幾步路，貝爾已經後悔自己的決定了。也許本來就不該和影休爭功，因為這件任務沒有表面上那麼單純。

原本貝爾是真的打算在亞基拉爾面前好好表現一番，也可以藉此看看那個讓安茲羅瑟人聞風喪膽的邵是不是真的長得三頭六臂，還能趁機躲過邯雨那堆麻煩的工作，一舉三得。如今看來，事情總有利弊得失，亞基拉爾不讓自己單獨前來還是有其考量。

癌巢城實際上已經是一座廢墟，裡面到處都是被破壞的痕跡、倒塌的石樑、粉碎的器具。同時這也是個陰森可怕的地方，地面留有災炎一族的火核餘燼，窗口外的鐵勾吊著幾具白翼天界人的屍首，牆上塗滿亂七八糟的血痕，通道上隨處可見斷肢、內臟和血淋淋的頭顱，環境又幽暗，和屠宰場簡直沒兩樣。斷掉的劍和殘破的裝備散落一地，可見這裡真的發生過非常激烈的戰鬥，邵·鐮風這傢伙到底殺了多少人？

從天花板的隙縫滴下鮮血，不偏不倚地落在貝爾的臉上，他的背脊發寒，內心浮現恐懼，幾乎只要再出現什麼動靜就足以讓貝爾拔腿就跑。

風聲從牆壁的破口呼嘯吹入，就像厲鬼的呼喊。整個迴廊裡只剩貝爾的腳步聲，聽得他自己驚心動魄。路上的屍骸以空洞的雙眼看著他，就像是叫他快逃一樣，不安的預兆總在他的腦海中揮之不去。貝爾發抖的雙手推開最後一扇木門，魂系神力夾帶著濃烈的血腥味撲鼻而來，嗆得貝爾咳嗽不止。

模糊的雙眼快速的掃視大房間，王座成為無人的空椅，左側站著紫都的銀諾，他右眼的單眼鏡片竟在漆黑的房間還能發出微微的寒光。右邊是一名身穿法袍的年輕人，透過牆上微弱的鬼火燈可以看到他那頂法帽下長著灰色粗糙的短髮，陰沉的臉上有一道閃電形狀的疤痕。他們兩人的模樣冰冷到叫人害怕，那是一種近乎無情的冷酷神情。

邵呢？怎麼沒看見他？

「獵物自己上門囉！」

貝爾急忙迴身，一陣劇痛卻從左眼傳來。一個全身焦黑，五官盡毀的可怕男人以食指挖出貝爾的眼球，隨後放入自己的口中品嘗。「嗯，味道不錯。」

「啊！」貝爾發出驚叫，步履踉蹌地往後一倒。

左眼的溫熱劇痛感還沒消失，左手臂的知覺又消失了，邵殘忍地砍斷貝爾的左手。「讓我把你肢解，做今天的晚餐。」他貪婪地舔著嘴唇說。

隨後貝爾的五指被斷，右手臂被邵以怪力扭轉，斷裂的骨頭刺破皮膚穿出。右腿很快的也被斬斷，膝蓋骨清楚可見。一連串的折磨已經超越貝爾能忍耐的痛楚，他完全哀不出聲音，僅剩的一顆眼睛瞪得斗大，自己就像殘破的布娃娃一般讓人分解。

邵在貝爾的腹部開了一刀，拉出他那一團沾滿血的內臟，再把腸子拖出來勒住貝爾的脖子。「再來就要折斷你的頸骨了，嘿嘿嘿。」邵以舌尖輕舔貝爾身上的血，似乎非常滿意。

「這樣好嗎？」銀諾輕聲地開口：「他是亞基拉爾的侍從官唷。」

「我管他是誰。」邵咬掉貝爾二頭肌上的一塊肉，咀嚼著。「我要吃了他。咦……等等，你剛剛說他是誰的侍從官？」

「放開他！」影休人還沒到，聲音就先到。隨後三支弩箭矢射向邵，不過沒命中目標。邵從貝爾身上跳開。「影休？嘿，多謝你從病榻地獄內放我出來。」瘋狂的他像個嗜血的野獸。「過來，讓我砍下你的頭，我會永遠紀念你。」他的笑聲響徹整個癌巢城。

「貝爾，沒事嗎？」

貝爾聽到影休在呼喚自己，可是眼睛卻睜不開，一句話也說不出口，鼻子聞到的全是血味。

「唉呀！不能怪我，你們該管好自己家的小朋友，四處亂跑是很危險的一件事。」除了邵的笑聲外，銀諾的笑聲也在其中，那名戴法帽的依舊沒半點聲音。

「帶可憐的小朋友回去吧！」銀諾說：「這裡不是你們該來的地方。」

「銀諾大人、哈卡斯大人，你們不該袖手旁觀。」影休指責道。

「我又不是這裡的主人，當然只能客隨主便。」銀諾辯稱。

「三天後的七刻，陛下約您到厄法與他會面。」貝爾知道自己的身體被影休輕輕抱起。「去不去隨你，我話已帶到。」

「我去幹嘛？我又沒欠他什麼？」

影休的語氣明顯震怒，「你要陛下親自來此見你嗎？我也可以讓你如願，你敢嗎？」

「喔！不不不，我會赴約的。」

「影休都走了，你們兩個廢人還賴在這兒幹嘛？」邵不客氣地問。

「我要的答案你還沒給我。」銀諾說。

「我幹嘛聽你的話？」邵語帶威脅的說：「要讓你斷手斷腳的爬回紫都簡直太容易了，亦或是讓你永遠都說不出話也行。」

銀諾跨坐在王椅上，接著拿出銼刀磨指甲。「邵，做人要飲水思源。就算你不懂得做人，也該懂得選擇吧？若不是虹族酋長的指示，我還懶得理你。」他收回挫刀，正襟危坐的說：「讓我的主人甦醒，你能得到更多你想要的東西。」

「讓玉絃．翠瞳醒過來又能怎麼樣？如果她能讓我幹到爽我還會考慮一下。」

「我現在就可以去幹癌巢城外那個女人。」銀諾哼道。

「去吧！」邵搖著手說：「她和我有什麼關係？」

「做人別太跋扈，我他媽超想揍你的。」銀諾罵道。「你該慶幸我的手現在有點痛，不然打得你滿地找牙。如果你肯擺個宴席，再幫我個小忙，或許我還可以饒過你。」

「哈哈哈……肉乾地上都是，想吃自己拿。」邵啐道：「哼，仗著霓虹仙境、災炎一族幫你撐腰，就以為沒人敢動你嗎？你比我更囂張。」

「你想怎麼樣？」

「嗯……不怎麼樣。給我幾天讓我考慮一下，你主人的那層處女膜有點麻煩，我暫時不想與她為敵。」

銀諾從座位上站起，「好好考慮，你的一句話說不定會讓你在太奧內變成一灘泥漿。沒了你這個玩具，我之後還不知道要怎麼和火山老大解釋。」他甩著衣氅大步跨出房間。

「呸，狗東西。」邵轉頭，他察看哈卡斯。「你呢？也想奚落我一番才要走嗎？」

「利芃妮女士已經向您提出共同對抗天界的合作請求。」哈卡斯看向門口，接著說：「女士不像銀諾大人一樣給你考慮的時間，而是你一定要答應，沒有拒絕的餘地。」

邵一聽後，挑起眉毛說：「一下子是狐狸精，一下子又是女鼠王，下一個會是暮辰大姊嗎？拜託，這些女人平常躲在家中三步不出閨房，現在卻搶著出頭還輪流來我這裡示威。他媽的，惹火我就叫你們全部死光！」

哈卡斯目不轉睛的看著邵。

「當然，剛剛說得都是玩笑話。」邵笑道。

「才不是玩笑話。」一名留著長辮子及整齊鬍鬚、膿眉大眼、粗頭闊耳的壯漢冒失地衝出。「你以為你是誰？老大，我們先把他砍了，然後再去找那個說大話的臭女人，先姦後殺。」

「好主意，不過你先上我再支援。」邵拉著哈卡斯懇求道：「別這樣逼我，你看我都已經是個只剩左臂的殘廢者了，能力實在有限啊！給我寬限個時間好嗎？求你了，不然我叫你哈卡斯大人好嗎？」

哈卡斯回答：「我會回去報告，我不能作主。」臨走之前，他看了壯漢一眼。「注意你說話的語氣，禍從口出的例子比比皆是。」

「喂！弗納勞德。」邵叫了壯漢的名字。「你知道利芃妮是誰嗎？」

「我知道玉紘．翠瞳是紫都領主，暮辰．伊瑪拜茲是哈魯路托的姊姊。」弗納勞德搔著有刺青的鬢角。「我還真沒聽過利芃妮這個名字。」

邵拍著他的肩。「你什麼都不知道還把話說的那麼大聲，真有勇氣，所謂不知死活就是講你這種人。」

弗納勞德反而張嘴大笑，「謝謝您的誇獎，我什麼都沒有，唯一有的就是勇氣。」

「你腦袋有沒有問題？我又不是在誇你。」邵問：「你來幹嘛？」

「是這樣的。」弗納勞德說：「我們二監的所有弟兄們自從脫出病榻地獄後，終日渾渾噩噩又一事無成。大家都覺得應該讓一名勇猛無敵的英雄來領導我們，看是要殺哈魯路托還是進攻天界都行，幹出一番轟動天下的大事來。」他嘆了口氣。「本來我覺得這位子該是我來坐才對，可是眾弟兄們堅決要你來擔任，都不知道他們在想什麼？我一個那麼好的人才就這樣被埋沒。」

「你不是本來就二監的老大嗎？你愛當就去當，免得浪費人才嘛！」邵說：「我一個人被關在五監非常輕鬆，獨來獨往慣了，不喜歡身邊跟一堆囉哩囉嗦的小弟。」

「什麼？」弗納勞德拔出短刀架在邵的脖子上。「老子親自來請你當老大，你若拒絕我就直接砍死你。」

「不好吧？我那麼嬌弱，經不起你殘忍的一刀。」邵終於點頭。「好啦！看在你要砍死我的份上，只好當你們的老大。」

「喂！還不出來見見老大。」弗納勞德身後數道人影在黑暗中蟄伏，惡毒的目光在黑暗中陰狠的盯住邵的身影，也唯有邵能壓住這群不受控制的野獸。

「很好很好，雜種狗們全到了。」邵咧嘴一笑。

弗納勞德提議：「大家這麼開心，晚上就來大吃一頓，唱歌喝酒。」

「酒足飯飽後呢？當然要活動筋骨。」邵笑道：「帶你們去好玩的地方，可以盡情殺人。」

亞基拉爾站在病床旁端視貝爾的傷勢。

幾刻前貝爾差點魂斷於邵的手中，雖然影休及時趕到，不過貝爾也已經奄奄一息就剩一口氣了。

「傷口已包紮，斷肢也接回，新的眼球離再造完成還需要一段時間。」影休說：「幸虧撿回一條命，不然真不知道該怎麼和安德魯大人交代。」

「哼，這次算他好運而已。」亞基拉爾冷酷的說：「在魔塵大陸隨時都有丟命的可能，任何人都要有此覺悟。」

「是的。」影休唯唯諾諾地點頭。

「現場還有誰？」

「銀諾和哈卡斯都在。」

「哼，現在連惡災殃鼠眾裡都要分三派了嗎？利芃妮……」亞基拉爾看著貝爾。「快治好貝爾的傷，沒有太多讓他賴在病床上的時間。」

銀諾兩手空空的來探病，顯然來看貝爾這件事並非他此行的目的。「我們的小朋友真可憐。」

影休責怪他，「當時你不該袖手旁觀。」

「生死本有命，富貴盡看天。他死在那裡是他自己的命壞，與我有何關？」銀諾為自己辯道：「再說我打不贏邵，何必浪費力氣。仗義執言是要看對象，不對的時機只好隨波逐流。」

「那你幹嘛又假惺惺的前來探病？」影休問。

「我怕你們邯雨到時候把這件事的責任全賴到我頭上。」銀諾問：「我知道陛下很明理，不會這麼做的。」

「那得看看你的回答是否讓我滿意，這將決定你能不能安然走出邯雨。」亞基拉爾雖然這麼說，但他肯定不會傷害銀諾。

「喔，我不是來樹敵的，你們也沒有把我當敵人的必要。」銀諾揮手說。「我希望陛下您能暫緩對邵的行動。」

「理由呢？」

「我當然知道他是個渾蛋，不過霓虹仙境卻需要他的幫助。」銀諾說：「不管他的罪有多重，等到事情告一個段落，霓虹仙境將不再插手邵的事。」

影休不解。「霓虹仙境和邵什麼關係？」

「往昔之主將魔爪伸入霓虹仙境，無德者塞勒烏戈納安的黑暗圈已經造成嚴重損害，虹族酋長有指示，一定要設法讓主人甦醒。」銀諾解釋：「主人是塞勒烏戈納安的遠古看守者，只有她有能力制止黑暗圈繼續擴張，無論如何都要喚醒主人並讓她返回霓虹仙境。」

「所以呢？」亞基拉爾把銀諾沒說完的話繼續補充：「你們找不到念系神力的施術者，就把腦筋動到邵的身上？念系結界非一般神力能破解，邵是這世界上唯一能以自體結合兵系神力的人。」

「是的，念系神力修道者受限於天賦，不是說找就找得到。」銀諾說：「兵系神力是附著於武器的強力神術，邵斷裂的右手能和鬼罡刃結合，由他來破主人的結界是適當的人選。」

「如果邵沒逃出病榻地獄，你們破結界的人選是誰？」亞基拉爾問。

「應該……會去求哈魯路托協助。」

「哈魯路托，你說笑嗎？莫非你想看紫都血流成河？」亞基拉爾說：「你主人的起床氣不太好，邵也不是笨蛋肯定不想做這種吃力不討好的差事。霓族族長和玉絃大人處得不好，最後還是得讓虹族的族長出面，你沒想過你那任性的主人不願意回家鄉嗎？」

「煩死人了，我現在夾在主人、災炎一族、霓虹仙境三者之間裡外不是人，我管不了那麼多。到時候事情沒辦好，倒楣的還是我自己。」銀諾顯得很煩躁。「我沒求昭雲閣什麼，只是希望您能暫時別去動邵。」

「你知道邵是我放出來的嗎？」

銀諾先是一愣，隨後扁著嘴不滿地說：「您還真是會挑時機，放出這麼一個大麻煩。」

「三天後我和邵會面時會向他提這件事，你回去等消息吧！」

銀諾向亞基拉爾及影休兩人鞠躬道別。

「又出現了，五名往昔之主已經出現三名。」亞基拉爾咬著手指，藏不住心中的焦慮。「聖路之地的奧底克西、魔塵大陸災炎地的古托拉奧佩茲納祖，現在又多一個在霓虹仙境出現的塞勒烏戈納安。往昔之主接連出現，莫非那個天神的預言真的會成真嗎？」

「其他境域的國家沒有提出要求，我們也無從提供協助。」影休說：「諸事紛紛擾擾，果然不應該先和天界開戰。」

「先後順序沒有什麼差別，這不是我或光神能決定的戰事，而是早晚都會發生的衝突。哈魯路托一現身後，這場戰爭更是不可避免。」亞基拉爾說：「我不喜歡處於被動，尤其是像現在這種不穩的時局，若天界選在這種時機進攻，處於被動狀態的我們一旦落於下風就沒有什麼扭轉的機會了。起碼現在人人都懂得提防天界，情況一直都在掌握中，這就夠了。」

「我們的計畫依然不變嗎？」

「按部就班的來就行，先協助魔典進攻天界為首要工作。」亞基拉爾問：「烈呢？」

「離開墜陽後，他又回到聖路之地去聽演唱會了。」

一點都不意外，亞基拉爾也早就猜到。「他真是逃避現實的第一人。」

「再過幾個循環就到五年一循的七界重合之日，也是神力衰變期。」影休擔心道：「只怕到時候發生變數。」

這時，守在內苑的孤零衛士菁英又替亞基拉爾帶來不好的消息：有不明人士將禮物丟到亞基拉爾的辦公室中。究竟是什麼人能闖入邯雨並躲過孤零衛士的森嚴守備而不被人發現？

所謂的禮物是一具被亂刀砍死的孤零守衛，他的四肢被斬，凌亂的刀傷讓他的屍體變得面目全非。唯一的線索就是屍體上插著數十支黑色的羽毛，這讓亞基拉爾得以知道行兇者的身分。

「對方是來示威的。」影休嚴肅地看著屍體。

「也是要來傳達信息。」亞基拉爾話剛說完，本已死亡的屍體竟以美妙的女聲唱起天籟般的旋律：「『罪人聲嘶力竭哭泣，無法得到救贖。』

『惡人悵然若失歎息，無法經過輪迴。』

『滿目瘡痍的可憐人啊！你能放手一搏嗎？』

『脫出桎梏的牢籠，終是幻夢一場。』

『無法訴說內心的痛苦，無以名狀的憎恨。』

『寬闊的天空，能有我自由翱翔的地方嗎？』

『飛向蒼穹吧！那裡必有天神，悲憫，慈愛。』

『不必憂慮，他們已不在。』

『不必煩惱，那裡是天堂。』

『啊！風帶來殷切的期盼，妳能與我同行嗎？』

『啊！到那令人嚮往的地方。』

『如今我仍活在世上。』」

影休大驚：「是葬魂曲！」

「影休你的嘴真的是好的不靈壞的靈。」亞基拉爾意外地感到緊張。

頹軟無力的屍體又再度不安地抖動了起來，屍體的首級面向亞基拉爾，以戰慄的聲音說：

「三天後……七刻……虎丘見。」

「這能不赴約嗎？」影休問。

「不行！」亞基拉爾很肯定的回答。

俗話說福無雙至，禍不單行，真是一點都沒錯。整個房間被突如其來的念系神力包覆，層層疊疊的幻影讓房間變得詭譎，歪曲的視線讓眼前的景物宛如三百六十度翻轉，士兵們全部因暈眩而倒地，影休也腳步不穩。

窗戶發出咯吱的抗議聲，隨後朱紅的字在透明玻璃上一筆一劃慢慢寫著。「三天後，七刻，迴鏡長廊見。」咯吱聲越加激烈，玻璃終至承受不住發出一聲清響後粉碎滿地。

此時，亞基拉爾已經把自己的拇指啃到出血，但他的眼神卻是充滿困惑與煩惱，這讓他早就忘記手指出血這種小事。

「這真是太糟糕了。」連影休都覺得不妙。

亞基拉爾發出歎息。「我的菸呢？我的酒呢？」他沒有辦法平靜。

「三個人，同樣的時間，是巧合還是惡作劇？」影休也不明白。

「全是衝著我來的。」亞基拉爾斟滿酒杯，先喝再說。

「不如由臣……」

「絕對不行。」亞基拉爾放下酒杯。「他們都不是你能應付的角色，你去只是變成第二個貝爾。」

「那該怎麼辦？」

亞基拉爾也陷入苦惱中。「讓我思考一下。」

影休將侍從和護衛請出房間，接著播放音樂讓亞基拉爾在心情放鬆的時候可以慢慢考慮。什麼樣的方式比較妥當？這個問題一直迴繞在亞基拉爾的腦中。

「不能不去，又不能以分身的方式赴三邊的約，假如他們其中一人對我有惡意，我會連還手的餘地都沒有。」亞基拉爾的手指點著桌面，拇指則已經恢復如初。「讓希爾溫去見邵，請塔利兒先生代我與鏡妖會面，我自己親往虎丘，就這麼辦吧！」

收到貝爾重傷的消息後，亞凱立刻從果報之城趕到邯雨探望。

病房外有孤零衛士戒備，閒雜人等無法靠近。由於亞凱的身分特殊，所以被允許進去探看，但只能待一小段時間，畢竟傷患還是需要安靜的空間讓傷勢能夠恢復。

病房內已經有一人先到了，似乎不是艾列金。

「貝爾怎麼了？」亞凱輕聲問道。

對方回頭，那張臉叫亞凱震驚。「已經沒有任何危險，只需要等待痊癒的時間，畢竟他的身體一部分也擁有安茲羅瑟人的復原能力。」

那張臉和貝爾簡直一模一樣。

「貝爾你……」亞凱覺得不對，在病床上仍昏迷不醒的確實是貝爾本人，那這個人又是誰？「亞凱是嗎？聽說你是貝爾的朋友，感謝你關心我的兒子。」

「你就是貝爾的父親安德魯先生？」

對方點頭。

亞凱走近病床，看到貝爾的慘況後，痛心及憤怒的情緒上湧。「四肢被斷、眼珠被挖，竟然用這種殘酷的手段對待一名使者，簡直不可理論。」他捏緊拳頭。

「邵的手段讓人不敢領教。」

「不。」亞凱說：「我指的是亞基拉爾，明知道那個叫邵・鐮風的那麼危險，竟然指派貝爾一人去執行任務。」

「這與陛下無關，原本只是傳達信息的小任務，沒有人能料到邵的下一步會做出什麼樣的舉動。」安德魯提出他的見解：「陛下在事後的處理已經做得很妥善，也命醫護團隊全力救治貝爾，我不覺得陛下有什麼過失。在魔塵大陸生活本來就要提高萬分警覺，任何狀況都有可能發生。」

「你看著兒子變成這樣，卻說出這麼冷漠的話？」亞凱不解地問。

「在這裡的人我相信都會關心貝爾狀況，真的冷漠就不會救他回來了。」安德魯說：「按照一般安茲羅瑟人的做法，沒有戰鬥能力的人早已經被丟到荒野自生自滅。」

「這就是安茲羅瑟根深柢固的奴隸思維嗎？」亞凱不屑地說：「有能力就盡力侍主，沒能力就自動消失？」

「那麼您認為該當如何？亞基拉爾不該指派任務、影休救援的太晚、醫務人員沒有盡力治癒貝爾，所有的人都有疏失，都要追究責任是嗎？」

「該負責的就要負責，不可以因為他是領主就迴避責任。」

「陛下不是我效忠的領主。」安德魯說：「突發事件那麼多，不可能每件事的處理方式都盡如人意。你的做法不過是將不滿的情緒擴散，牽連其他無關的人，這種遷怒作法就是你們的文化嗎？安茲羅瑟人想的很簡單；有恩報恩，有仇報仇，如此而已。」

「好了，讓傷患休息吧！我不想在貝爾旁與您爭論這種事。」亞凱迴過身，靜靜的凝視貝爾的臉龐。

病榻地獄的惡人們又開始行動了，不過這次他們的目標並非安茲羅瑟，而是天界八軍團。

孤寂的風吹過風咽關。

妙諾丁高牆雖是以尋常的土磚堆砌而成，卻是八軍團防守安茲羅瑟人進攻的最好屏障，這地方已經不知道擋住幾回魁夏的進攻了。奇怪的是，今天的守備很鬆散，以邵為首的惡人們順利溜進防護結界中而沒引起太大的風波。

弗納勞德再笨都會覺得納悶。「這就是八軍團？我們進入的太容易了，會是陷阱嗎？」

「不是陷阱。」邵回答：「八軍團已經決定放棄這個據點啦！」

弗納勞德問。「這消息可靠嗎？」

邵吼了他，「我是老大還是你？你敢質疑我？」

「當然是你。」弗納勞德噘著嘴說。

「在我殺白翼天界人的時候就已經截到消息了。」邵說：「趁魁夏或墜陽還沒發現前，先把這塊地搶下來當據點。」

「有道理，那新的癌巢城也可以設在這裡，我們就有屬於自己的領地啦！」弗納勞德覺得很興奮。

「是我，不是我們，難道你們還想和我共享領地？」邵特別強調。

弗納勞德一驚，「你這渾蛋想過河拆橋啊？」

「閉嘴，準備行動！」

一旦讓這群無法無天、不知生死為何物、天不怕地不怕的惡人們侵門踏戶的攻入堡壘後，其實大概就已經宣布戰事的結果了。這點，許多被邵殺害的亡魂們都能夠證明。什麼高科技的神光炮、迅風星舟根本來不及發揮功用，惡人們大肆破壞，見物品就砸，見人就殺。

當然，天界八軍團的主力和軍備都已經撤離才是不堪一擊的主要原因。

留下來駐守的是加爾泰兄弟，他們是光翼天界人，在八軍團中位階頂多只是突擊隊長。

惡人在後面搖著臨時製作的旗幟，邵則站在前方拿厚紙板捲成的話筒向天界人喊話：「喂！叫烏薩拜朗出來見我，他老爸邵．鐮風過來看孩子啦！」

加爾泰兄弟在要塞頂端怒斥邵：「自大愚蠢的下等人，汝還不知道自己的行為已經觸怒了天界嗎？勸汝在天罰降臨前快快收手，免得墜入泥獄。」

「你聽到他講的話嗎？」邵問。

弗納勞德點頭。「聽到了，他說我們會遭到天罰，所以我們還是撤退比較好。」

「你媽的，你會不會聽別人說話？天罰沒來，所以我們要先砍死他們。」邵繼續叫道：

「喂！我兒子烏薩拜朗不在叫你們這些孫子來和爺爺說話，真是沒大沒小。爺爺我就大發慈悲給你們三條路走：第一，你們出來讓我砍死。第二，我進去砍死你們。第三，你們集體自殺，保留尊嚴。」

「放肆，天界人絕對不和低等安茲羅瑟人屈服！」

邵把話筒轉向弗納勞德的耳邊，「喂！他們叫你低等人。」

弗納勞德推開他，「吵死了，我已經和你站得夠近啦！不需要用話筒和我說話。」他比著後方說：「魁夏的軍隊也衝過來了。」

天空滿是密密麻麻的黑影，對邵這個不會飛的半子來說真是噁心到極點。

「我是魁夏的諾莫，這裡將成為魁夏的領區，不是你們這些罪犯該來的地方，速速離去。」

「你不用自我介紹我也知道你們三名將領是誰。」邵轉頭問弗納勞德：「如果有人佔著你的地盤不走，你該怎麼辦？」

「全部揍死！」弗納勞德摩擦著他那一雙鐵拳，隨時準備出擊。

「有人侵入你的領區還想把你趕走，該怎麼辦？」邵再問。

「全部揍死！」弗納勞德毫不猶豫的說。

「這就對了。」邵下令：復仇黨的雜種狗們聽令，不許讓任何一名天界人和魁夏士兵活著離開這地方！」

病榻地獄的手下們在吆喝聲進攻，邵卻趁機溜進八軍團的要塞中，順著路線直接進入總司令的辦公室。路上阻撓的光翼天界人在他面前完全不堪一擊，幾乎都只撐了一刀就斃命。

「喔！不愧是乖兒子的房間，我太滿意了。」邵陶醉地坐在辦公椅上，兩條腿跨於桌面。「果然是軍團之首的房間，夠華麗也夠氣派，很符合我的身分。」他摸著桌上漂亮的擺飾，笑道：「再來只要把發光鳥人全部殺光，這裡就是我的領地了，很好。」

邵提起鬼罡刃，並將它扛在肩上，他決定親自送加爾泰兄弟去裂面空間。

另一方面，失去邵的支援，二監的囚犯們變得難以應付天界與魁夏的夾攻，傷亡數漸增。

邵獨自來到作戰會議室的門前，這裡面醞釀的聖系神力是整座要塞最強勁的地方。想必那兩個渾蛋就躲在這裡面吧？邵一腳踹開門。「孫子，滾出來！」

作戰會議室雖然大，不過一個人都沒有。

「老大。」吼叫聲後，弗納勞德跟著衝入。「你搞什麼鬼？把話說得很好聽，又不跟大家一起衝，自己躲到這裡來幹什麼？」

「我剛剛叫你們做什麼？」邵問。

「你叫我們別讓天界人和魁夏士兵活著離開。」

「是啊，命令裡又不包括我，你們管我去那裡幹嘛？」

弗納勞德惱怒地頭頂生煙。「去死吧！又不幫忙光只會出一張嘴。我們人數本來就少了，怎麼可能完成你的命令。」

「大膽狂徒。」電流匯集成人型，紫電竄流成耀眼的光芒，夏密爾出現於會議室中。「帶人擾亂八軍團，莫非欺吾天界無能人？」

金色的人影佇立於雷神的身旁，等待刺眼的閃耀光芒退去後，一名魁梧的男子乍現。戰神泰努斯面色凝重，眉心深鎖。「邵，汝真的改變了很多。既然知道自己走錯路就要尋求救贖，即刻回頭吧！諸神會寬恕汝的所做所為，我保證汝能安然無事。」

「講什麼文謅謅的話老子聽不懂啦！」邵說：「泰努斯前輩，叫你一聲前輩是我還念及舊情。別擋我的路，否則鬼罡刃今天會斷你那把黃金刀。」

「不知悔改，留汝何用？」雷神雙掌聚力，紫色電光包覆周身。「天罰即將降臨，去裂面空間下懺悔汝的罪過吧！」

「你也不看看我旁邊的人是誰，他可是英雄弗納勞德喔！」邵笑道：「來吧！我們一起合作打倒敵人；你負責雷神，我負責戰神，一人對一人。」

「喔，不不不。」弗納勞德慢慢的後退。「我只是碰巧路過而已，我不認識你們三人，別連累我了。你們之間的恩怨請自行解決，至於我就不奉陪了，告辭。」他慌忙地跑出房間並將門緊掩。

邵嚇了一跳，一邊猛烈地敲著門一邊大罵：「他媽的，你不講義氣！你走就算了，把門頂著做什麼？老子還沒逃出去耶。」

門後傳來弗納勞德的聲音：「老大，我們二監的弟兄全都支持你，勇敢的面對光都五神座吧！病榻地獄將以你為榮。」

「你媽的，我出去你就慘了！」
弗納勞德卻平淡的回覆：「等你能活著出來再說。」
「別再裝模作樣。」泰努斯說：「無論如何，你今天是沒法安然離開。」
邵冷笑著，他緩緩轉身面向兩人。「千年前看你們還算是人模人樣，怎麼現在變成人不人、神不神的怪胎呢？自封為神，你們知道自己的底限在那裡嗎？真是太不知恥了。」鎖鍊在邵的身上滑動，鬼罡刃發出悲鳴。「讓我來教你們做人好了。」鎖鍊與鬼罡刃的握柄相連，鍊子另一端順著邵斷裂的右手臂爬上去，最後鍊子、刀刃竟完美與邵的右手結合，這也就是邵能運使兵系神力的原因——他就是刀，刀也是他。
「放肆！」雷神一揚手，轟雷之陣啟動，近百道的電擊打穿屋頂後無情地射向邵的身軀。
邵完全沒受到半點傷害。「遺憾啊！這堆鍊子就像我的護甲，它們可以在不碰觸我的情況下將電流全部導往它處，你的陣法對我無用矣。」
「汝憑什麼囂張？」雷神揮拳攻向邵。
邵站在原地，舉刀揮斬。雙方交手的第一擊，雷神不但被邵擊退，身體還留下一記清晰的刀痕。「啊！」夏密爾發出驚嘆聲，奇異的目光詫異地看著眼前這名面貌醜惡的武者。
「就憑我的實力，神座大人可認同嗎？」邵那似笑非笑的臉最惹人生厭。
泰努斯接在夏密爾後方進攻，兩名神座分立左右夾擊邵。但是眼前這名男人意外的難纏，竟能擋下所有攻勢。

邵手中的鬼罡刃能夠發出魔音影響敵人的心神，游移的鎖鍊甚至限制了兩名神座的行動。他們整體進攻的步調受挫，戰鬥節奏完全操之於邵的手中。所以即使二對一，仍然戰得辛苦萬分。

「你們就這點程度嗎？和以前一樣，完全沒進步，我好失望。」邵逼退夏密爾的瞬間，以凌厲的斬擊劈傷了泰努斯。

泰努斯雙臂微張，以聖系神力發動法印攻擊邵，聖炎包覆邵的全身，神聖的力量誓要淨化惡魔。

「沒用啦！」邵射出一道鎖鍊，貫穿泰努斯的左肩。「我都被火燒成這樣了，你居然還要放火燒我，太殘忍了。」

「連淨化聖燄法印都對汝無效，看來血神力量的影響已經讓汝脫胎換骨，原來這就是汝猖狂的本錢。」泰努斯以金刀斬斷鎖鍊，但身體已經留下傷勢，魂系神力的餘勁讓他十分難受。

「可惡。」夏密爾再度衝上前。

泰努斯注意到邵微微抽動的嘴角，意識到蹊蹺處，他連忙喊止：「夏密爾，別動！」

太遲了，雷神的右肩直到胸膛處被透明的利刃割開。

「啊！空間刀？亞森．奧圖的招式。」雖然傷口馬上就復原，雷神卻因此損耗大量的神力。

「唉呀！所謂的神座簡直弱得不像話，今天就送你們兩人一同去天上伺候精靈之神吧！」就在邵彈指之間，無數的鎖鍊已將整個房間包得密不透風。

「想不到反而是吾等被包圍，看來今天是無法除魔了。」泰努斯哼道。

邵嘖聲說：「你們還想著要怎麼逃嗎？」

「不需要逃，憑汝也困不住吾等。」泰努斯話語一落，身旁的傳送門登時開啟。

「可惡，兩個膽小鬼居然真的要逃了。」邵以鎖鍊打算攻擊咒術師南恩希亞，泰努斯挺身接招，單手拉住鎖鍊。

「何必那麼急，會有再見面的一天。」泰努斯冷冷的看著邵。

眼看就要讓這些天界人逃走了，邵怒火上沖。「該死，早晚殺上光都把你們斬成碎片！」

至於外頭的戰事則越趨激烈，三方為了爭奪據點的控制權僵持了一段時間，天界剩餘的殘軍節節敗退，幾乎已經守不住這座堡壘。加爾泰兄與弗納勞德交手後不敵被殺，弟弟則在混亂中戰死。魁夏三將諾莫、華特與本尼迪三人堅持要得到堡壘的控制權，因此與二監囚犯仍膠著地對戰。

「太慢了，你們動作太慢了。」邵由高處一躍而下，本尼迪見狀隨即以神力箭矢朝他射擊，卻盡被鬼罡刃格開。邵舉刀一劈，本尼迪連人帶弓被一分為二，當場慘死。

諾莫與華特見識到邵的勇猛，知道戰況已急轉直下且久戰不利，於是命令所有魁夏軍隊立刻撤出堡壘。

「我都與兩名神座過完招了，你們卻搞不定這群酒囊飯袋，搞什麼東西？」邵發出抱怨。

弗納勞德撿了一頂漂亮的軍盔當作戰利品，以開心的表情說：「我們已經勝利啦，堡壘也是我們的了，所以就別計較那麼多。」

「勝你的頭，你剛剛竟然臨陣脫逃？」邵的刀尖指向弗納勞德，語帶恫嚇的說。

「如果我沒有離開，怎麼能顯示老大您的勇猛？在您面前我只是扯後腿的人，不如別待在那邊礙手礙腳。」

「油腔滑調。」邵喝道：「算了，我現在要開緊急會議，去把所有人叫到作戰會議室。」

二監囚犯們剛結束一場大戰，馬上又被邵叫去開會，這群人顯得很不情願。

前來開會的人包括弗納勞德在內以及風泣鬼與炎怒鬼兩人外，所有囚犯的臉上都圍著黑色布巾。

「啊？」邵發出錯愕的嘆聲，這群人叫他啼笑皆非。「一個個蒙著臉幹什麼？」

弗納勞德只是淡淡的說：「經過這一役後，天界肯定會把我們的通緝令散佈整個魘塵大陸，若是被賞金獵人認出且殺害就太倒楣啦！」

「去你的，當恐怖份子的人還怕被殺，你們把自己搞得像小丑一樣幹什麼？不准綁布巾了，全部拿下來。」邵敲著椅子叫道：「弗納勞德，給我點名！」

「不用點了啦！」弗納勞德懶洋洋的說：「瓦艮遭天界人重創戰死，安噥與魁夏人作戰中受了傷，剛剛咽下最後一口氣，也死了。除此之外，大部分的人都還活著。」

「不錯嘛！只死了兩個聽都沒聽過的人，你們還有點本領。」邵抬頭張望，接著問：「不對啊！我怎麼沒看到邵．鐮風？他是不是缺席？去把他找回來。」

「老大，別鬧了。」弗納勞德有氣無力的說：「大夥們剛打完架，又累又想睡，拜託長話短說。」

「人都還沒到齊要我說什麼說？」邵怒道：「亞基拉爾、加列斯、漢薩、烈、赤華、雀一羽、哈魯路托呢？怎麼都沒有出席會議，是不是瞧不起我？」

弗納勞德左右張望，「不是吧？你有邀那些領主過來開會嗎？」

「老子是頭目，說要開會就要開會，他們怎敢不出席？」

「你真的是夠了，他們又不是我們的人。」弗納勞德嘆著氣，一臉無奈的說：「快講重點啦，寶貴的時間就這樣被你白白浪費掉了，當心我揍你！」

「脅魂客、瓦地他。」邵下令：「你們兩人去把掠奪來的靈魂玉，還有搶來的戰備、糧食、資源全部整理一下，屍體該吊的就吊在外面，該剁成肉醬的就去剁……晚餐我想吃肉醬麵包，三分熟的人肉排好像也不錯。」

「安度瓦爾森及沐多海，你們兩個我想想……」邵敲著腦袋，接著說：「既然我們現在有領地和據點，你們就去招募士兵，不管是罪犯、流浪漢、散兵游勇、通緝犯都無所謂，叫點人進來當炮灰。」

「風泣鬼、炎怒鬼。」一黑一紅，兩道身影立於邵的眼前。「該去查探我宿敵的近況了。一個負責監視火山，看他有什麼動靜；另一個去找火神，看他躲到什麼地方。」

「審判三兄弟。」邵繼續下達指示：「小弟回去非亞，看看一監的情況。二哥去找三監的頭目，老子我出來那麼久了，他竟然不來拜會一下，過去傳達我的意思。大哥就去找四監的三罪者，那三個居無定所，不知道跑那去了，遇到的話就設法招攬他們。」

弗納勞德似乎很不以為然。「不是所有人都像我們二監的弟兄那麼溫順乖巧，叫他們去找三監和四監的人，不是去送死嗎？」

「誰敢動我的狗？這件事就這麼定啦！不用多說，每個人都有工作速速去辦。」

眾人走後，獨留邵與弗納勞德兩人。

邵問：「你呢？怎麼不走？」

「你沒工作給我啊！」

「對喔！」邵說：「可是我突然不知道要派什麼工作給你，反正你也喊累不想出公差對吧？那你去煮飯。」

弗納勞德怒道：「我一個大男人不上戰場你叫我煮飯？」

這時，身後背著黑色長盒的女旅行者毫無顧忌的出現在新基地的會議室現場。

「原來是她？之前出現在癌巢城外的女孩，長得挺漂亮的嘛！要不要考慮我這個勇猛強壯的男人？」弗納勞德拍著掌說：「對了，可以叫她煮飯。」

「你沒看到人家是來找我的嗎？別阻礙我辦好事！就算她需要男人的滋潤，那對象也不會是你。」邵一腳把弗納勞德往會議室外踢出。「滾去做你該做的事。」

等到門重新關上，偌大的會議廳中獨留邵與女旅行者時，邵原本那張嬉笑胡鬧的表情竟意外的轉為嚴肅。

羅本沃倫的大型演唱會現場熱鬧非凡，觀眾吆喝聲此起彼落、人聲鼎沸，一點都不像國家正打著仗的戰爭時期。每位聽眾正陶醉在艾蘿莎・米納的歌聲中，早已將生活上不愉快的塵囂拋到九霄雲外。環繞音響的立體聲讓美妙的歌聲迴繞於現場，華麗的燈光特效讓舞台變得閃耀燦爛。

烈的穿著一如既往，黑色的掩光衣加上口罩，但這種造型在亞蘭納裡反而引人注目；至於在他身旁的漢薩則穿著便服，輕鬆自在。雖然這樣就沒有辦法隱藏他身上強大無比的神力氣息，不過漢薩本人卻一點也不以為意。

「你會引起天界還有亞蘭納修道者們的注意。」烈提醒了漢薩。

「我無所謂，在穿過結界時天界人大概就已經知道我來了；反倒是你穿上掩光衣的舉動無疑是自欺欺人，有差嗎？」

「至少他們不容易追蹤到我，而你則可能輕易遭到埋伏。」

「我既然敢來聖路之地，就一定能安然回魔塵大陸。」漢薩倒很有自信。

「哼，那你最好離我遠些。」火神說：「我不想在這裡沾染是非。」

「唉呀，真羨慕你能這麼無憂無慮的過日子。」漢薩語帶譏諷地說：「二十三區領主大概也只有你能這麼隨心所欲。話又說回來，原來你喜歡聽這個女孩唱歌。她和你很相稱，一個歌手一個當伴奏。」

「廢話少說，有事快講別妨礙我聽歌。」烈心生不耐。

「本來因為拉娜的事件，兩大家族打算以一場戰爭要引天界上鉤再來個反包夾；誰知道天界人比想像中的謹慎，完全無動於衷。」

「那是你和亞基拉爾計畫的，與我無關。」

漢薩解嘲道：「或許是我們演技太差了，計畫被他們一眼就看穿。」他拍著烈的肩繼續問：「兄弟，你真的不回去？」

「不。」烈簡明扼要的回答。

「計策失敗是小事，因為你不回去搞得安達瑞特家族群龍無首，這非常嚴重，尤其現在又是非常時期。」

火神沉默不答。

「我第一次來到聖路之地就是為了親自來接你，所以不想空手回去。其他人拿你沒辦法，你總不會連一點面子都不給我吧？」

烈還是不說話，不曉得他是專注在聽歌或是陷入沉思。

「不論年紀，最起碼我和你位階相同。」漢薩希望聽到烈的回答。「我不喜歡別人對我冷淡。」

烈想了片刻後，接著起身。「換個地方吧！這裡不適合說話。」

意外的是，烈竟然帶漢薩到舞台後方無人使用的休息室。

「這誰的休息室？」漢薩疑問：「別和我說是你專用的。」

艾蘿莎．米納穿著漂亮的舞台裝，怯生生地打開休息室的門。「你……你好。」

漢薩瞧了她一眼。「原來你們認識。」

「暫時借用妳的休息室，不好意思。」烈說。

「沒、沒關係。」艾蘿莎膽怯地問：「請問這位先生也是安茲羅瑟人嗎？」

「我是領主，不是一般的安茲羅瑟人。」漢薩回答。

艾蘿莎嚇了一跳，差點就要奪門而出。

「別怕。」烈安撫道：「他不會害妳，這位先生是來觀光的。」

漢薩馬上反駁火神。「誰有那種天界時間？」

自從亞基拉爾佔據阿特納爾的恐怖形象大肆傳開後，亞蘭納人只要聽到惡魔領主這個稱號無不膽戰心驚、頭皮發麻雙腿發軟。

「怎麼說漢薩也長得人模人樣，沒什麼好怕。」烈說。

「我是對於惡魔世界的亂象感到惶恐害怕。」艾蘿莎面帶驚恐的說：「惡魔們對敵人殘忍，對同伴也無情，他們生活的地方每天都充滿殺戮、屍橫遍野、血流成河。」

「照妳這麼說，妳見到了我們，妳不就會死？」漢薩開了個不有趣的玩笑，讓艾蘿莎更加驚恐。

「怕的話就先離開。」烈說：「我們不會傷害妳，也保證不會傷害觀眾，事情講完就我們就走。」

艾蘿莎點頭後，很快地走出休息室，心裡七上八下、忐忑不安。

「我都不知道你這縱火狂變得那麼好心。」

烈拉開兜帽，脫下口罩，甩動一頭赤紅如火的長髮。「有力量的人是想殺人就殺，想留人就留，我不想隨意展示我的實力。」

「得了吧！在這種沉溺於和平安樂的世界待太久，你也會變得懦弱，我就沒辦法一直待在這地方。」漢薩表示：「比起聽歌，我更愛聽人們垂死的哀嚎，然後在觀眾席上擺滿人頭。」

「就是有汝這種想法，所以大部分的人才會對安茲羅瑟人的印象那麼惡劣。」白翼天界人自陽臺落下，打開落地窗進入。「許久不見，吾有打擾到二位領主嗎？」

「聖天。」烈起身。「你為我帶來什麼消息呢？」

「請先暫等。」聖天對漢薩說：「陛下汝太過招搖了，光神已經知道汝來到聖路之地，所以最好別在此是非之地久留。」

「感謝關心，不過我縱橫四個境界，還沒遇過有什麼難題能讓我止步。」

「何必呢？吾知結界對爾等黑暗深淵領主來說猶如紙糊，可也不必多生事端。」

「關心這傢伙吧！」漢薩說：「看他願不願意和我一同回魘塵大陸。」

「在此之前……」聖天忽然噤聲，表情轉為嚴肅，眼色使向牆壁後方。

兩名領主也同時察覺到有人正在監聽。

「無禮之徒。」漢薩說：「這宵小之輩由我處理。」話語剛落，他的身影瞬即消失。

隔著牆壁聽到打鬥聲，但並沒有太激烈，而且很快就結束。

片刻後，漢薩的身影再度出現，速度奇快無比。

「人呢？」烈問。

「被他跑了。」漢薩輕描淡寫的說。

「能夠監聽兩位領主，還能在陛下手中脫逃，想必對方的身手也很驚人。」聖天說。

「那人叫風泣鬼，以前是非常著名的收銀取命殺手，後來被押到病榻地獄監禁，想不到竟然是他來監聽。」漢薩內心已有底。「有很大的可能是邵·鐮風派來查探你下落的人。」

「哼，隨他去吧！」火神倒不以為意。「聖天，我要的消息呢？」

「我知道四哥汝最關心的還是只有這件事。」聖天拍著手，大約三分之一個成人高的女精靈背著一個比她還略大一點的金髮娃娃進入房間。

對螢來說背上的娃娃似乎有點負擔，她終於承受不住而跌落在床上。「討厭，這娃娃好重，為什麼叫人家做這種工作？聖天先生，你剛剛為什麼不直接把娃娃拿進來呢？害我多此一舉。」

「這是什麼玩意兒？」烈看著螢，覺得很新奇。

螢鼓動著微微發光的透明蟲翅，生氣的說：「什麼叫這玩意兒？你這個瞎眼的男人說話真沒禮貌。」

「妳叫我……瞎眼的？」烈的瞳孔倒映著怒火。

聖天急忙向烈道歉。「抱歉，女孩的話是無心的，請四哥息怒。」

「不知好歹，烈只要一個眼神就能叫妳全身著火，竟然講出他最介意的事，妳不怕死嗎？」漢薩說。

「什麼嘛！明明就是他先沒禮貌的亂叫人。」螢不服氣的撇嘴。

「妳是來自洲灣群島盤澗谷的亮羽族人對吧？」漢薩問。

螢吃驚地看著他。「你……知道我的來歷，我以為除了亞基拉爾外，沒有人知道。」

「天真。」漢薩雙眼發出金色光芒。「臣服於我吧！」

光芒過後，螢跪伏於地，叩頭道：「是，願永生侍於漢薩陛下左右。」

「你搞什麼？在這種沒用的東西身上浪費你的神力。」烈哼道。

「反正有趣嘛！當作試驗也無不可。」漢薩惡作劇似的笑了笑。「現在她是我的人囉。」

聖天覺得不安。「但這女孩是和二哥借來的。」

「那就幫我謝謝亞基拉爾囉。」漢薩呵聲笑道。

原本擺在一旁穿著蕾絲長裙的金色長髮娃娃忽然眼睛一亮，再以近乎機械式般笨拙呆板的姿態開始動了起來，恍如活物。它轉動脖子，活動關節，身體僵硬的就像剛解除冰封。「這就是我的小美麗嗎？好糟糕的身體。」

「這只是軀殼，而不是真正的身體。難以活動是自然的，汝遲早會習慣。」聖天說。

「不管啦！」娃娃走向烈，趴在他的腿上叫著：「哥，幫我想個辦法。」

「我會請塔利兒先生幫妳做一副新的身體，在此之前妳就先忍耐。」烈安慰道。

漢薩端視著她。「拉娜．魔鈴？這就是妳逃出天界處刑的方法嗎？肉體雖然死亡，但靈魂附著於娃娃上。」

「我現在沒辦法帶妳回魔塵大陸。」烈說：「妳暫時跟著漢薩陛下回伊瑪拜茲吧！」

「跟著我？你有沒有搞錯？」

「現在邵和火山都想要我的命。就算我有想反擊的念頭，但我父親卻對我的決策處處掣肘，讓我有力無處施展。」烈說：「要我回去，先想辦法讓他們三人去死。」

「原本邵就是為了牽制火山，二哥才會放他出來。」聖天解釋。

「要我殺你爸？」漢薩啼笑皆非。「伊瑪拜茲家族也都要聽我父皇的指示，那麼你幫我殺我父親，我就幫你殺你爸，如何？」

「哼，他們不死，我回去也沒有意義。」烈心意已決。「你們自己看著辦。」

「好，這週之內我會再聯絡你，到時就算你不要，我也會讓你回到魔塵大陸。」漢薩帶著螢以及拉娜離去。

「就算待在聖路之地也不會比較好，汝這是逃避的心態。」聖天說：「天界人、拉倫羅耶隨時都想要汝的性命，孤身一人很容易遇險。」

「我自有分寸。」烈說。

昭雲閣北伐中軍前線聯合軍團作戰指揮營部內，魔典正看著地形圖思考著進軍的路線。一旁的飆揚坐在位子上抽著旱菸，艾列金則專心的吃著他的麵。

「艾列金先生，我可以問你一件事嗎？」魔典忽然問道。

「不行。」艾列金搖頭，他用湯匙喝了口湯。

「為何？我都還沒問。」魔典微笑著。

「你想叫我擔任北伐指揮官對吧？」艾列金用叉子捲起麵條，接著大口一吸。「不行啦！」

魔典驚奇的看著艾列金。「您的想法有的時候奇特到讓我不知道該說些什麼。另外，您可以別一邊吃著東西一邊和我對話嗎？」

「因為我餓啊。」

「好吧！我想問的是當初您在夢境湖中到底遇到什麼？又是怎麼全身而退的？」

艾列金放下餐具，面有難色的說：「怎麼又問我策林的事了？哈魯路托問過，亞基拉爾也問過，現在你也要問，真的想知道何不親自走一遭呢？」

「我能去也不用問您了。」

飆揚在一旁卻沒任何反應。

艾列金搖頭。「我不想再回憶那天的事了。」

亞基拉爾與影休一同進入作戰指揮部，魔典連忙向前行禮，飆揚也起身鞠躬，唯有艾列金無動於衷。

「戰況如何？」亞基拉爾問。

「羅根斯第一次由北向南出擊，聯軍直接迎戰，天界軍不敵而潰逃，吾方斬殺路德以及白形兩將，不過被羅根斯逃了。」

「那個路德是我殺的。」艾列金興奮地說：「本來還有一個白形，後來飆揚多管閒事補了他一記攻擊，真可惡。」

「小功勞有什麼好爭？」飆揚不解地問。

「第二次聯軍從密城南方處進軍，配合霍圖及夜堂的聯軍進行夾攻，又俘虜了敵方的布里斯、瓦布、南迦三名指揮官，他們不堪受辱自戕而死。」

「又讓羅根斯逃了嗎？」亞基拉爾不太高興。

「吾方在地形、環境、兵力上盡佔優勢，也切斷七軍團對密城的補給，在聯軍包圍之下破城是遲早的事。」

「為何不強行破城？留下密城猶如芒刺在背。」影休問。

「傾力進攻確實可破。雖然城中的天界士兵已如風中殘燭，但由於地形易守難攻的關係，我們還是得要付出不小的代價。」魔典說：「為了贏得勝利而付出沉重的代價，這與失敗沒什麼兩樣，我寧可不要這種慘勝。現在我們只需以逸待勞，等他們暴露弱點。」

「何時會有弱點？」亞基拉爾問。

「已經讓災炎一族的人在北面冰山壁以神力融冰。」

「等到冰山一崩再加上寒暴直接襲向密城，就算躲在城中也抵擋不住極寒。」亞基拉爾說。

「沒錯，再怎麼困難天界人還是得想辦法避難。」魔典指著地圖。「我知道他們在西南方處有一條逃生道，那裡路徑狹長，只要肯追擊就一定能攔截得到，只是需要浪費不少時間。」

「何不在那邊按兵埋伏？」亞基拉爾問。

「不，我不想再繼續和他們浪費時間及人力，等寒暴一過我就要揮動大軍直接進攻紅城。」魔典說。

「你希望我派人去攔截？」

「當然，您也可以選擇放過他們。」

亞基拉爾對這種看輕人的說法很厭惡。「不是只有你才懂得帶兵打仗。」

魔典露出狡黠的笑容。「這是當然，我失言了。」

「要贏就贏得漂亮，打個完美的勝仗。」亞基拉爾斜眼瞟了魔典一眼。「你不派兵追擊，那群人就由我處理。」

很順利地，魔典的計畫取得成功。羅根斯察覺到寒暴即將來臨，他帶領天界軍出城後由小路奔逃，急欲撤回日魅關的威靈城。

「羅根斯領軍北上，跟隨的有費里、路丹爾、惑者、曳行者四名指揮官，軍隊人數粗略估計約兩支中隊共八百六十人。」影休報告。

「知道了，由我親自率軍追擊，一個都別讓他們回到七軍團。」

「狹道長而單調，我軍達成任務的成功率很高，但也要提防敵人的埋伏。」影休說：「孤軍過於深入、情報未明、急於求勝都是兵家大忌。」

「所以我需要天巡者先遣隊查探地形與周遭動靜。」

「據回報，無發現任何埋伏或隱匿者。」影休說。

「很好。」亞基拉爾下令道：「準備行動，在寒暴來之前成功殲滅敵軍並撤回邯雨。」

孤零衛士在亞基拉爾親自率領下士氣旺盛，部隊由後方急起直追，大量士兵湧入邊長狹道。

「請問若發生事故，您有預備撤離的方案嗎？」

「埃蒙史塔斯家作為援軍由後方協助，辰之谷自東而來，霍圖及昭雲閣空巡旅從北方包夾。」亞基拉爾自信的說：「一切順利的話，我們進可攻退也可守。」

白翼天界人鼓動翅膀疾速飛行，天巡者大隊自後方發動攻擊。亞基拉爾雖靠著白鷹攫住雙肩飛行而顯得不自在，但他是御弓射箭的能手，憑著卓越的射擊能力成功命中許多目標。

「這些天界人毫無戰鬥意志可言，只想要逃回本營的他們完全潰不成軍。」影休對於戰況的順利感到得意。

可是亞基拉爾卻隱約嗅出不對勁之處，對方既沒有打算反擊，但也沒有士兵斷後，就像是自願充當誘餌一般……身經百戰的亞基拉爾幾乎確定天界在前方佈下陷阱，疑惑的是他不知道等待著邯雨軍隊的究竟是什麼。不過就算察覺到怪異，亞基拉爾的好勝心仍不允許他無功而返，他就像一隻追逐獵物的飢餓猛獸，未達目的誓不罷休。

天巡者大隊在路途還不到一半時就已經包圍住天界人。

「你們還想逃嗎？」影休攔在前方，後面則有亞基拉爾阻斷天界人的生路。

「窮追不捨，爾等將自食惡果。」羅根斯憤怒的說。

「就讓我看看你們要如何反擊吧？」亞基拉爾蔑笑道：「太過於輕鬆容易的勝利反而沒有什麼成就感與喜悅。」

天界四將圍在羅根斯四周，以肉身保護他們的總指揮官。

「這有用嗎？」亞基拉爾示意全軍圍勦敵人。「早點去見你們在天上的神吧！」

兩軍交戰，天界人處於人數與戰力上的劣勢，情況很快倒向邯雨軍。

「接我一箭！」亞基拉爾抽起羽箭搭上金弓，附於箭矢上的元系神力疾如閃電，指揮官惑者挺身擋箭，以金色圓形護罩將閃電格擋於眼前。

「有這麼容易嗎？」

正如亞基拉爾所說，惑者吃力的表情已經說明答案，箭矢的餘力不減，隨後穿過護罩，爽快地貫穿惑者的身軀。

天界人死亡的嚎叫足以媲美世上所有的美聲天籟，並伴隨著他昇天的靈魂直衝雲霄，對亞基拉爾來說這是最好的戰場音樂，非常悅耳。

惑者的身形急旋直上，破裂的軀幹噴出一些黑白相間的怪異物質，不像液體，也不是血，那是種流動不定的力量，亞基拉爾對此再熟悉不過。

原來這就是天界人的陷阱，他們的伏兵就藏在體內。驚覺不妙之處，亞基拉爾著急的回頭急吼：「是暗影意志，不要再攻擊天界軍了。」

事與願違，天界軍被打得一塌糊塗，暗影意志流竄於邯雨軍間造成他們精神混亂，開始不分敵我的瘋狂攻殺。

「住手，這群笨蛋把我們的優勢全送出去了。」亞基拉爾呼喚影休：「有隨軍出征的咒術師嗎？」

「有的，但是他們無法驅散敵方所下的混亂狀態。」影休回答。

這種陷阱理當在亞基拉爾的預料之中，所以他出征時連咒術師也準備好了。奇怪的是，明知道對方的計謀，卻依然在有解法之下硬是讓對方的奸計得逞，亞基拉爾納悶在心。

「該死的渾蛋。」亞基拉爾氣得口出惡言，他瞥見躲在三將後方的羅根斯正以奸險的笑容看著自己，不由得更怒火中燒。「能施下讓我的咒術師解不了的暗影意志，可見得你的能力非凡卓越。你絕不是羅根斯，你是費弗萊！」

羅根斯笑著，他的人形漸漸淡去，接著烏雲化開，天際聖光乍現。在耀眼的光芒中，呈現的是一片祥和的瑞氣。光神盤腿端坐在他的雲駕中，繞著帳棚的紅色帷幔在風中飄揚。「咱們終於在戰場上相見了。」光神面帶微笑，態度沉穩自若。

「他就是光神？」影休久聞其名卻從不見其人。這也難怪，因為光神從以前到現在一直都是躲在幕後運籌帷幄，很少親上戰線，看過他的安茲羅瑟人少之又少。

矮小的身影穿戴的盡是華貴的錦袍、冠冕與閃閃發光的飾品，他那張像男童的稚嫩臉蛋卻多了突兀的鬍子及蒼白的頭髮，而且明明是男人說話的聲音卻是女聲，給人一種極其妖異的感覺。

「很奇怪的對嗎？」亞基拉爾說：「妖里妖氣的他比任何安茲羅瑟人更像怪物。」

「吾所傳道的學生中就屬汝最機靈，深得吾意。」光神勸道：「歧途路苦，何不歸正道？執迷不悟最是可悲。」

「你我師徒多年，彼此之間都很了解，何必多費唇舌。」亞基拉爾不屑地說：「原來一直以來就是你在假扮羅根斯，幾次與聯軍的對戰全都是詐敗，故意讓我們掉以輕心。你佈下計一路誘使我追殺到這裡，就是為了讓邯雨軍中暗影意志再看著我們自相殘殺。但是，你認為這樣就能勝過這場仗嗎？」

「汝既了解吾，應當知道吾排下的計畫絕不止如此；當然，吾亦知汝安排的後著也不僅是眼前所見。天界與安茲羅瑟之間的勝負仍在未定數，但汝不知悔悟，定當絕命於此。」光神說：「辰之谷及昭雲閣的聯軍已為天界所阻，不可能成為汝的助力。如何？汝還有計可施嗎？讓吾見識汝精進到何種地步。」

「廢話連篇。」亞基拉爾御箭射擊，企圖挽回主動權。

五支疾風矢離弦脫出，如活物般以曲線箭道穿過天界其他士兵，目標指向光神本人。

「這就是汝最後的手段嗎？」光神法座駕前，前後左右共十二名持雙盾的光翼天界人憑空出現，擋下亞基拉爾的殺招。

那十二個人共分四組，看起來氣勢十足，分別持金、銀、水晶及鑲上寶石的魔法盾。

「他們究竟是從哪冒出來的？」連影休也沒差覺到他們的存在。

「光神本人沒有什麼戰鬥能力，那十二個也不是真人，全是他身體的一部分，就像是依附的器官或手腳。」亞基拉爾說：「我倒忘了還有這群混蛋在，他們本身也不具備強大的神力，卻能倚仗盾牌的威能替光神擋下各種來自四面八方的攻擊。」

雙盾兵之後是十二名持同樣金、銀、寶石及水晶雙劍的光翼天界人在法座駕前一字排開。

「反攻的號角已吹響，勝利就在眼前。」光神說。

天界軍士氣高昂，每個人戰鬥意志旺盛；反觀邯雨軍持續陷入混亂、自相殘殺，亞基拉爾也只能當機立斷。「眾軍聽令，撤退！」

天界人窮追不捨，邯雨軍且戰且走，這是最不好的劇本，但亞基拉爾仍有所保留。「一路退回，我們將能遇到埃蒙史塔斯北上馳援的軍隊。」

「該死，這趟損失已遠超估計，三分之一的士兵全死於自己人的手上。」影休咬著牙，非常不甘願。

前方迎頭趕來數名埃蒙史塔斯的軍人。「來了嗎？」影休朝前方望去。「不對，人數怎麼那麼少？」

「慢著！」亞基拉爾擋住軍隊前進。「掩光衣？是天界人！」
三名白翼天界人及一名光翼天界人振翅騰空，衝向亞基拉爾。
「想逃嗎？」薩汀略爾全副武裝，肩上的娃娃聒噪不休：「別逃，別逃。」
跟在薩汀略爾後方的是一名白髮蒼蒼，有著一張剛毅憂慮的臉，四肢如枯枝般瘦弱又乾細，全身散發一股老邁的氣息，他是七軍團的領袖——威靈城主『光輝之王』迦太基爾烏斯。
旁邊的年輕人戴著金色頭盔，左半臉是沒有表情的金色面具，右半臉還算棱角分明，下巴有一撮修剪整齊的茶色鬍鬚，他是一軍團的領袖——大領主『正義之手』道文。
最後一個跟上的人與其他白翼天界人不同，他有著潔白無瑕的六翼，雙眼發出銀光，皮膚在黑暗中同樣是顯眼的晶亮螢芒，就連身上的甲冑因神力附魔的關係也熠熠生輝。他為空聖真境五神座之一的『真界之門領主』、『先機者』伊德爾。
「我亞基拉爾真是榮幸，天界竟然派出兩軍團長以及兩名神座來迎接我，料必我的懸賞金額又提高了吧？」亞基拉爾自嘲道：「可惜的是你們只有一人能領賞。不，不對，後面還有一個光神華薩。」
道文揮舞聖鎚，斥道：「閉嘴，汝在劫難逃了。」
即使面對這麼多強敵，亞基拉爾仍然面不改色。「道文大人，你的老師不是叫你修行成功前別出關嗎？你一點都不聽他的話。」亞基拉爾拔出腰際的劍。「也好，我就替你的老師好好教訓你一頓。四個人一起上，我省時間一次把你們全收拾乾淨！」亞基拉爾展現武勇姿態，一人獨戰四名天界強者仍能不落下風；但情況依然很不利，這樣下去只是慢性死亡。

影休與其他部下想支援，無奈光神率軍已經趕上，邯雨軍也僅能達到牽制的作用。遲早會全軍覆沒的，影休雖然心灰意冷，心中依然希望能保住主上一條性命。所謂擒賊先擒王，影休手中弩箭齊發，猛攻光神。

十二名雙盾天使威能不減，在它們面前影休無能越雷池一步，所有攻勢盡化於無，還被格擋於陣型之外。雙劍天使前仆後繼輪番攻擊，影休很快就傷痕累累，節節敗退。

費里、路丹爾及曳行者加入圍攻亞基拉爾的行列，邯雨領主變成以一敵七，頓時巨大壓力臨身。

「雜碎，退開！」亞基拉爾對他們感到厭煩，揮劍殺開生路，身影急退的同時搭箭射擊。

路丹爾及曳行者躲開第一箭，亞基拉爾右手背上的蛇狀刺青化為實物朝曳行者噴出暗器，不過再次被閃過。可惜曳行者閃得了前兩次攻擊，眼明手快的亞基拉爾可不給他第三次機會，破雷之箭應聲而出，直接貫穿他的身軀。

兩名軍團長和神座一見有機可趁，殺手鐧脫手而出，光輝奪目的聖器掠過亞基拉爾的身體，十字形狀的紋印結實的釘在他的左胸、後背、腹部、右小腿。

「陛下！」影休高聲叫道。

亞基拉爾身受重傷，身體與精神遭到聖系神力侵蝕，在極大的痛苦中放聲狂吼。一時之間，亞基拉爾的全身被聖光包覆。白鷹受到驚嚇而放開爪子，亞基拉爾的身體垂直落地。

「再見，汝的人生路到此已是盡頭。」薩汀略爾要用手中的劍給亞基拉爾最後的制裁。

南方出現兩名迅捷的人影衝入天界軍中，身穿掩光衣埋伏於土裡的殺手也全部爬起，以長弓射箭朝天界軍集火。一瞬間的急遽變化打斷天界人的節奏，兩將以猛攻的形式掩護亞基拉爾。

「暗影長弓隊？什麼時候埋伏在這的？」影休訝異道，他飛到亞基拉爾身旁戒護。

「喂！東西拿去，我們要逃了。」雷赫將裝置丟給影休。

「短距離傳送器？這……」

「我們沒有猶豫的時間了。」說完，四個人消失在天界眾人眼前。

「什麼？」薩汀略爾又急又怒。「讓亞基拉爾跑啦？」

「哼，不愧是吾的學生。」光神面不改色。「冷靜思考，短距離傳送器的逃難方向只有北和南方。」

「北方有天界援軍，大夥繼續往南追，絕不能讓亞基拉爾逃出生天。」宿星主下令道：「費里跟路丹爾負責解決下面那群長弓手。」

遠方的山嶺之上，一對冷淡的雙眼仔細的觀察戰場。「原來如此，連進軍的下一步以及撤退的備案全都已經想好了，怪不得亞基拉爾你敢孤軍深入。可惜你的對手是光神費弗萊，你以那副重傷的殘軀還能支撐多久呢？」梵迦搖著黑羽扇，轉身離去。

「呃呀！」亞基拉爾癱坐在路旁，這樣的傷勢已經讓他連動根手指頭都困難了。「聖徽十字裁，我實在太大意了，你……你們先走吧！我壓不住暗傷，隨時會死。」亞基拉爾的額頭上全是冷汗，四根聖釘在身上發出令人畏寒的白光。他試圖以神力強行拔出，卻徒勞無功。「若……若我被淨化，影、影休，邯雨就交給你了。」

「不，不會的，您不會有事。」影休擔心地看著全身散發白煙的亞基拉爾，既著急不安又束手無策。

「算了吧！聖徽十字裁能讓一名上位指揮者瞬間死亡，陛下撐不了多久的，能夠一路順利來到這裡全都是靠陛下自身強大的神力在護持，時間拖久了也只是痛苦的死去。就算壓住傷勢恐怕也壓不住獸化原形，到時候恢復真身必定產生心智喪失的狂暴，我們都會有危險。」雷赫吸了口菸，隨後將煙吐向亞基拉爾。「這是衣患散菸，能有效降低您的痛苦，雖然只是暫時性。」

除了雷赫之外，還有一名全身漆黑穿著輕甲的神祕人物。對方刻意蒙著臉、戴著黑盔，再加上他穿戴的裝備與掩光衣的材料相同，讓人無法辨識出他的神力，因此影休也看不出他的真面目。邯雨軍中有這樣的人物嗎？亞基拉爾私人的部隊到底還有多少？影休自己也不明白。「雖然陛下有安排後路，但一路上都沒見到埃蒙史塔斯家的援軍。」

「你還不懂嗎？陛下根本不信任埃蒙史塔斯家，所以我們才會出動。」雷赫說：「那四個天界人之所以能穿戴新嶽軍的裝備是因為他們同樣跟著埃蒙史塔斯家的軍隊一起行動。」

「難道……梵迦不止讓天界人隨行，還放他們進入想殺害陛下？」影休心中一股怒意上衝。「該死的梵迦背叛了我們。」

「先想辦法離開再想著報仇也不遲。」雷赫說：「往南的路徑有兩條，一條通往密城，另一條可以繼續沿著山道直達夜堂。」

「去夜堂，維贊大人的部隊會助我們擊退天界軍。」影休說。

「天真。」亞基拉爾雖受傷沉重，頭腦還是很清醒。「我們能想到的，光神也想得到。能夠避開天界的追殺，可是躲得過埃蒙史塔斯家的伏擊嗎？」亞基拉爾咳著血，不知道自己還能撐多久。「往密城，天界軍已全數離城，可能會是一條生路。」

「瘋了嗎？就算城裡沒人那也不會是生路，畢竟密城一直都是天界的領區。」雷赫覺得這決定並不正確。

「呵，生門總開在出其不意處。」亞基拉爾張著滿口血有氣無力的笑道。

「這可不是置之死地而後生。」影休嘆口氣。「既然決定路線，我們就要快點行動，時間是不等人，追兵也快迎頭趕上。」

「暗影長弓隊畢竟拖不了太長的時間。」雷赫攙起亞基拉爾，一行四人繼續逃命。「您還撐得下去嗎？若不行，就讓我痛快給您一擊吧！」

「呵呵，好。」亞基拉爾無力地笑道：「若我有這需要，一定馬上請您這麼做。」

密城前方，羅根斯早就嚴陣以待，彷彿知道亞基拉爾等人會逃往此處般。

「吾真沒想到爾等會選這條路。」羅根斯笑道：「不過也對，畢竟夜堂是死路一條。」

「羅根斯？原來待在密城的一直是你本人，以假亂真卻騙倒我了。」亞基拉爾不斷反省自己的失誤，過於執著自己的佈計而沒考慮天界一連串可能的針對行動就是敗筆。

「何必故作堅強？汝只剩一口氣了。」羅根斯說。

「就你一人和這些為數不多的士兵就想攔住我們？」影休握緊手中的弩，一個動作隨時會爆發衝突。

「吾的目標不多，僅亞基拉爾一人，吾非你們的對手，但要殺亞基拉爾只是彈指之間。若我全力向邯雨領主一人進攻，汝等豈能保彼安然無事？」羅根斯自信的說：「後方天界追兵將至，爾等將沒多少時間。」

「所以更不能浪費時間。」雷赫將亞基拉爾背起，和其餘兩人衝陣突圍。

「上、上城樓頂。」亞基拉爾的血很快地就沾滿雷赫的軍袍。

黑衣的祟鬼留下來斷後，他一人抵擋羅根斯及其侍衛兵。

密城留下的衛兵已不多，他們無能擒下亞基拉爾，也攔不住他們的腳步。

「陛下，我不知道您打的是什麼主意，但恐怕您此次的決定又是一件錯誤。」剛登上城樓頂，雷赫再也忍不住抱怨。「樓頂無路，天空又這麼寬闊，全是天界人的活動範圍，何苦把自己逼向死途？」

確實如此，放眼望去是一片白雪皚皚的平原，寬廣無邊，而昭雲閣聯軍卻已經向紅城進發，半個支援的人都沒有。就算在天空飛行也會被天界追上，更別說緩慢的在雪地步行。「傳送裝備還可以再用嗎？」影休問。

「不行。」雷赫說：「就算可以，我們也沒有地方可以逃，距離實在太短了。」

「也許我是錯的，不過我的狀態可沒糟到出現彌留的幻覺。」亞基拉爾背倚著石牆坐在地上，聖印在他身上異常的耀眼，血跡更讓人觸目驚心。現在的他和意氣風發時完全判若兩人，就像一朵即將凋零的乾花。「你、你們看，援軍來了。」

順著亞基拉爾手指的方向往空中望去，密密麻麻的一片盡是天界人，那有什麼援軍。

亞基拉爾真的神智不清了嗎？雷赫正思脫身之計。

「爾等竟逃往密城？」薩汀略爾驚訝全寫在臉上。「也罷，只是延長死亡的時間而已。」

光神卻不這麼想，那張臉上就是寫著「汝這傢伙又在盤算什麼？」

「保護陛下！」影休與雷赫盡力護住後方的亞基拉爾，不讓天界人達到目的。

「將這等邪惡之徒全都淨化了，一個都別放過。」薩汀略爾轉頭問光神：「敢問華薩，汝究竟在等待什麼？亞基拉爾就近在眼前，只要眾人同心協力，輕易就能將之消滅。」

「那麼亞基拉爾又在等什麼呢？他選密城有其用意。」光神反問。

「再不動手就太遲了，華薩的行事風格未免太過溫吞。」宿星主著急了起來。

「不，說不定已經太遲了。」光神怔怔地看向黑暗的天空。

忽然，後方傳來炙熱的炎氣以及慘叫聲。藉著空氣的傳遞，眾人還聽得到一陣又一陣的振翼聲，那聲音的主人是個龐然大物且牠正向著密城城頂飛躍而來。

賽法獄坦恐怖的炎息將天界人燒得體無完膚，盤旋過後，牠鼓足氣勢由天降下。「誰敢傷害亞基拉爾？」

另一隻巨紅龍隨後跟來，牠的體型不亞於賽法獄坦，同樣大得驚人。除了龍以外，在牠的背上還能瞥見一名白衣紅髮女子，她在空中以冷漠的表情端視著戰場。

「所以說龍的視力真差。」亞基拉爾笑著。「再晚一步，你看到的就是四具屍體了。」

「閉嘴，說好在約定的時間及地點等待，你沒來就算了，狹道神力紊亂紛紛叫我怎麼找你？」賽法獄坦口鼻噴火道：「幸虧我們一路追蹤翅膀人的行跡才有發現，不然你死十遍都沒人知道。」

崇鬼見亞基拉爾被圍困，也回到他主人的身邊全力守護。

「這裡不是洲灣群島，安茲羅瑟人和天界人的事與汝無關，速速離去。」宿星主斥道。

「你們殺誰都行，就亞基拉爾不能死，若執意要殺就是不給我面子，到時候誰都別想活著離開這裡。」賽法獄坦吼道。

賽博達斯背上的女子跳下，以神力試圖解除亞基拉爾的聖徽十字裁，不過徒勞無功。「不行，這除了父親外沒人可解。」

「亞基拉爾還能撐著吧？」賽博達斯問：「希爾溫呢？兄弟有難他不來救？」

「大概和你們一樣，哈魯路托沒辦法憑神力找到我們。」影休說。

「哼，那個笨蛋幾百年來做什麼事都慢一步，那等你辦喪事他再來致意好了。」賽法獄坦朝天怒吼，接著噴出的炎息如火柱般直衝雲霄。

一見到賽法獄坦的火焰信號，第二隊救星出現。「亞基拉爾！」隨著由遠而近的叫喚聲，希爾溫終於趕上了，身後帶著一男二女前來援救。

「希爾溫？汝以為此處是汝開家庭會議的地方嗎？哼，無所謂，正好把爾等一群邪惡之徒一網打盡。」宿星主高舉銀劍。「諸神眷顧，一次消滅兩個魔王是何其幸運？」

「不，到此為止。」光神說：「我們準備返回天界。」

「為何？勝利不就近在眼前？吾絕不退縮。」宿星主反對光神的決定，他下令道：「全部進攻！」

迦太基爾烏斯、道文、羅根斯三人聯手發動攻擊，希爾溫收化道文的聖鎚之力，再以這股力量將威靈城主擊出。羅根斯迴身之際，身體已經中了數拳。道文鎚擊落空，希爾溫反手一推就將他撞飛。「別再咄咄逼人了。」他看向唯一沒出手的空聖真境神座。「先機者，這就是您的行事風格？這就是以前您和我說的正義？以多欺寡、以計暗襲，用這種不光明磊落的方式取勝？」

「聖子猊下，切勿受到妖言影響。」宿星主勸道。

「說得有理，此非吾行事風格。」先機者表示：「吾來此的責任已盡，將不再出手。」

氣憤之下，薩汀略爾挺劍直取亞基拉爾，劍刃無情劃過他的臂膀。影休擋在前方，薩汀略爾單手撥開急射而來的黑色弩箭，再以聖威之力逼退影休。前方阻礙既除，宿星主瞬即反手突刺，劍刃穿入亞基拉爾的右胸。

亞基拉爾不甘示弱，拼盡最後的神力，飛濺的鮮血化成數十根利箭穿過薩汀略爾的身體。

「啊！汝……」宿星主多處負傷，一時之間全身乏力。

「這、這就是我送你的禮物。」亞基拉爾只差一口氣，卻依然桀驁不馴地嘲笑著宿星主。

「全部住手，天界軍全數撤退！」光神下達指示，所有天界人只能依令離開。

行至中途，薩汀略爾質疑起光神的做法。「天界仍有優勢，華薩不該撤退。」

「在狹道處追擊亞基拉爾，吾方有十足的勝算，可惜仍讓其脫逃。」光神說：「紅龍及希爾溫來救，吾方勝算僅餘五成、四成，甚至於更低。」

「亞基拉爾已如風中殘燭，只要再一擊……」

「汝方才進攻，可有一擊擊殺亞基拉爾？」

宿星主因為光神的反問而無語應對，他看著自己身上多處神力流洩的傷口更是感到羞愧。

「以前吾教過亞基拉爾，現在也把同樣的話對爾等重複再說一遍：勝算不高的仗別去打，謀定而後動方是良策。」光神淡然地說：「這裡畢竟是北境，是亞基拉爾的勢力範圍，久戰不利。雖然鎩羽而歸，可也不全是無功而返，亞基拉爾身上的傷對希爾溫來說將是一道難解的問題。」

莉虹・伊瑪拜茲是希爾溫與暮辰所生的長女，在她還未及成年時就已經因為聯姻的關係遠嫁到洲灣群島，而她的夫君正是賽法獄坦的長子賽博達斯。雖然鮮少返回魔塵大陸，但只要與她父親有關聯的急事，她會毫不猶豫地千里迢迢趕回魔塵大陸。

希爾溫以冰凍結界保護已經昏迷的亞基拉爾，「帶陛下返回血祠院，塔利兒先生會知道怎麼做。費南多，你負責保護叔叔回去。」

費南多甩動他長及腰的黑色馬尾，嘴裡瀟灑地咬著薰草。「父親，這件事交給我。」他雖然只是養子，心裡對希爾溫十分尊敬。

「我們呢？」金髮的珂妮莉雅問，她是少數使長刀的女武者。

「還用說，妳們不跟著我想去哪？」費南多第一個走入傳送門。影休、雷赫輕輕的抬起亞基拉爾被冰凍的身體，祟鬼及珂妮莉雅則跟在他們後方。

身為白翼天界人的辛黛婭顯得很猶豫，「我也要過去嗎？」

「對了，血祠院的環境不適合您。」希爾溫說：「那請您先返回果報之城。」

「父親，您不離開？」莉虹問。

「是啊，你在這裡還想幹什麼？」賽法獄坦同樣好奇希爾溫的動機。

「密城曾經是天界人的領區，魔塵大陸不能留這個不祥之地，我要轉化它。」希爾溫打算單獨步入密城的核心處。

城內殘餘的聖系神力叫人感到噁心，希爾溫表面冷靜沉著，實際上精神多少受到了影響。就是它，房間正中央那個長得像權柄的東西就是密城的中樞，希爾溫要做的不是破壞它，而是讓密城成為安茲羅瑟人的領地。為求慎重起見，哈魯路托還是先以咒系神力查探中樞的虛實以防止機關內藏有陷阱。確定安全無虞後，希爾溫才放心施展神力進行淨化儀式。

忽然，房間開始向內急縮，四面上下的牆壁緩緩移動，唯一生路已被封死，希爾溫被困於中間動彈不得。他試著以神術破壞牆壁打通出口，但是徒勞無功。那不止是機關，還夾帶著神力陣法。密城中樞只是陣法的開關，打從希爾溫走入房間內就已經踏進死亡陷阱，現在逼近眼前的危機正是對希爾溫處理事情不嚴謹的懲罰。一聲驚爆巨響劃破長空，碎石粉塵與火花被爆風捲上雲端，整座密城瞬間化為雲煙。

荒地上，傳送門開啟，哈魯路托全身是血蹣跚走出。

「父親！」莉虹從空中看見希爾溫的蹤影，趕緊降下。

「妳……還沒回去？」傷痕累累的希爾溫問。

「我擔心您進密城會發生意外，所以和夫君在天空巡視。」賽博達斯就在莉虹後方，賽法獄坦則已經離去。「到底發生什麼事？」

「光神設下陷阱，我大意了。」希爾溫本來因傷半跪於地，一見到女兒便振作起來。「先回去再說。」

傳送門再開，這一次準確地連向血祠院深處。

「您受傷了？」影休訝異地說，隨後命人去取傷藥。

賽博達斯的人形是古銅色皮膚的魁梧男性戰士，下巴留著長而密的白鬚，臉上滿佈皺紋。

「這髒兮兮又屍臭彌漫的地方就是血祠院？」

「為何您會身受重傷？」雷赫問。

希爾溫將事情原委一五一十說出。

「如果說陣法已將您困住，您又是怎麼逃生？傳送門？」雷赫說：「據我所知，能瞬間移動的方式有三種：一是坑道獸那種天生控制空間的能力；二是神力科技的短距離傳送裝置；三是咒術師的傳送門，但這需要咒術師事先記憶地點，而且只有一處，否則就需要兩位咒術師分別處於傳送門另一端協助開啟。」

「質疑哈魯路托是很無禮的事。」影休提醒道。

「可別拿我父親跟其他安茲羅瑟人比較。」費南多不悅的說：「父親實力高強，想要去什麼地方就能去什麼地方。」

雷赫已經知道哈魯路托具有不需定位就能即刻召喚傳送門的能力。「您說的對，臣無禮。」

「這種小事我不會掛心。」希爾溫問：「亞基拉爾情況如何？」

「塔利兒先生將陛下的身體擺入冰晶棺中封存，即使如此，聖徽十字裁的聖印所造成的傷口仍緩緩崩裂，恐怕……撐不了多久。」影休神情黯淡。

「我能解開釘在翔身上的聖印，但是如果聖印留在體內的時間過久，可能會產生後遺症。」

「求求您，請救陛下。」影休懇求道。

「我也想，但是……」希爾溫語帶保留。

「你沒看到父親也受傷了嗎？」莉虹斥道。

「不，傷勢不影響我施術。」哈魯路托說：「我需要三個人的協助才能保證翔安全無虞。第一是依靠布萊德先生的綠藤療符來維持不讓傷口繼續惡化，以避免療程途中翔就被聖印淨化；我們還得藉塔利兒先生的咒術讓聖印保持穩定；最後是則需要玉紘・翠瞳大人的念系神力讓聖印與翔的肉體分開，驅散儀式才能完成。」

「布萊德先生和塔利兒先生都是自己人。」影休皺起眉頭。「但是玉紘大人應該還在沉眠中，如果貿然吵醒她的話……」

「再怎麼困難也要想辦法，不能看著亞基拉爾就這麼死去。」雷赫說。

影休輕撫著棺木邊，他有太多要掛心的事了。最嚴重的莫過於萬一亞基拉爾真的這樣撒手人寰，邯雨以及辰之谷、夜堂等領區肯定大亂，到時候可不是哈魯路托出面就有用。

「對了，陛下曾答應要赴三天後的約，現在該怎麼辦？」影休現在才想起這件事。

「鏡妖一樣讓塔利兒先生去處理。」

「是的，偉大的哈魯路托。」黑天童接受命令。

「至於邵，本來該是我親自見他，可是我有傷在身，若起衝突我沒把握能安然而退。」

「就讓孩兒去見那個不知好歹的傢伙。」費南多自願前往。

「你們這些後輩太不知天高地厚，自信不該在這種時候表現，邵的厲害我很清楚。」希爾溫忖思道：「只有同樣危險的人才能鎮得住他，若不是這樣，根本不需要把他一人禁在病榻地獄最底層。我倒是想起一個人選，相信他絕對有辦法壓住邵的氣焰。」

「那葬魂曲該怎麼辦？」影休問。

「麻煩的人物。」哈魯路托說：「我會請人去虎丘應付，但可能會因此激起他的怒氣，所以請影休先生務必加強邯雨的守備，以防葬魂曲反撲。」

自從癌巢城移至八軍團原先的據點後，魔塵大陸的罪犯、流浪的武者、失去領主的游民、盜賊、沒人指揮的士兵等，十之八九全都湧入這塊沒紀律的是非之地尋求落腳之處。身為統治者領主的邵也是來者不拒，能收的他不分來歷、不論以往功過全都接收。

一時之間，癌巢城成為魔塵大陸最複雜的是非之地、亂象頻生，而且又不訂法規加以約束，放任這群胡作非為的人在外到處茲事，邵的惡名已經傳遍天界與安茲羅瑟及救贖者。

邵打了個大大的哈欠。「悠閒度日真愜意，天天殺人殺到膩。無聊死了，有沒有什麼好玩的事？」癌巢城內到處都是屍體，完全沒人要清理，任由血跡、內臟、斷肢在要塞裡面腐敗發臭。邵從裝滿眼珠子的碗裡撿出其中一顆來吃。「嗯，呸！臭掉啦？媽的，再去找新鮮的屍體來。」邵將餐具全掃到地上。

「報告，有人要見您。」小兵來報。

「誰那麼閒？不對，誰那麼大膽？要加入就加入還敢說要來見老子？」

「不是來尋求加入的，對方是霍圖使者。」

「使者？去你的，現在還有人要來這鬼地方？肯定是屍體掛得不夠多才嚇不了人，再去城外多吊一些屍體。」邵翹著腳。「不是我在說，你們是怎麼辦事的？偶爾也變些花樣啊，看是要掛人頭或是將人穿刺、車裂都行，全都用吊的搞什麼？」

「但是那是大王您的吩咐，每次都說要用吊的，剛剛也說了。」

「我說了嗎？」邵問旁邊的弗納勞德。

「又說這是個鬼地方，然後剛剛才講完的話馬上就忘記，你頭腦有問題嗎？」弗納勞德譏諷道。

「你頭腦才有問題。」邵扯開一具死屍的頭蓋骨，然後徒手挖出濕濡發臭的大腦。「你看，大腦一點問題都沒有。」說完，將臭腦丟向弗納勞德。

弗納勞德急忙避開。「去你媽的，搞什麼？」他生氣的叫著。

邵不理會他。「那個使者叫什麼？」

「說是叫拓爾．刃揚。」

「操，拓爾？」邵說：「叫他爬進城來見老子。」

「叫他爬進來！」弗納勞德拍著椅子把手，歇斯底里的跟著叫道。

拓爾以手帕掩鼻，一臉作嘔。「好歹你們也整理一下環境，又臭又髒有夠沒格調。真的是地方骯髒、工作討厭、住這裡的人全長得噁心，一群廢物。」

「媽的，你叫誰廢物？」弗納勞德站了起來。「我們是人渣，別把我們和廢物扯在一塊。」

「你幹嘛對號入座？」卲說：「媽的，拿出你當主人家的風範好嗎？我們是讀過書、知禮數識大體的人，何必理那些沒教養的人呢？」

「對，去你媽的，不理你這沒教養的人。」弗納勞德坐回位置上，接著從地上揪起一具屍體，拍拍它的頭說：「廢物，就是你了。」

「一搭一唱很有趣嗎？」拓爾的眼神像是在看什麼髒東西。「一群窩囊廢在這裡虛渡光陰、互相取暖，人生有什麼意義？」

「你講這話什麼意思？越說越超過。」弗納勞德表情驟變。「你信不信我可以叫你永遠躺在這個地方？」

「嚇唬我？哼。」拓爾轉身擺手。「看看這裡的每一個人，全都齜牙咧嘴、不知所謂。這個連明天在哪都不知道的悲慘地方，憑什麼留住有大好前途的霍圖上將軍拓爾．刃揚？也許不久後就因為天界及安茲羅瑟的夾攻而讓癌巢城在蒼冥七界完全消失。」拓爾對弗納勞德比了中指。

「你這傢伙……」弗納勞德起身正欲動手，卲又制住了他。

「別生氣，你智商真低，他不過是想激怒你。」卲說：「拓爾，我真覺得你變了好多，人有了自信和地位、權勢就是不一樣，連說話都變得大聲。」

「喂！他都這麼講我們了，你難道都不會生氣嗎？」弗納勞德問。

「生氣？對的，我是該生氣。」卲拿起骷髏頭丟向拓爾，不過被他伶俐地避過。「臭小子，老子都出來多久了才來拜會，還不跪下給老子磕頭認錯。」

「學長，我們是不是該進入正題了？」拓爾耐性盡失。

「你還記得我是你學長？好啊，有什麼事你就說。」

弗納勞德看著邵，「情緒不要和風向一樣說變就變，沒人學得來，你真的是一個瘋子。」

「再一直裝瘋賣傻，你會讓手下們對你也產生不信任感。」拓爾說。

邵突然嚎啕大哭，衝向弗納勞德。「我是那麼的……真誠，為何總是沒人相信我，還誤解我？」

弗納勞德慌忙地推開他。「噁心死了，別抱我，別用你那張被火燒過的醜臉靠近我。」

「老大希望你能回霍圖，伊瑪拜茲家族不會計較你之前的一切侵略行為，同時還能得到你自己應有的身分地位、財富權勢。」拓爾表示。

「學弟。」邵擦乾眼淚鼻涕，抽噎的說：「你腦子壞了嗎？我在這兒吃香喝辣，幹嘛回去霍圖看人家的臉色？」

「我話已帶到，利弊得失你自己衡量。」拓爾說：「我還帶來另一件消息——伊萊家的小女兒沒死，你殺光她的全家，她肯定不會放過你。」

「這點你就放心，她每天都在我的視線範圍內，一舉一動都在我的眼界之中。」

「這樣很好，看到你一如既往地當個沒用的人，學弟替學長你感到欣慰。」拓爾頭也不回，快步離去。

「這傢伙句句帶刺，看了就不爽。」弗納勞德握緊拳頭。

「隨他去，我還有很多事要做，才沒空理他。」

「你打算赴亞基拉爾的約嗎？」

「當然，那不是兒戲，不能不去。」邵說：「那老傢伙心胸很偏狹，我若爽約必遭報復。」

「既然要赴約，那兩天前就該出發了，現在才剛從西王國要到中區厄法，不嫌太遲嗎？」

「你腦袋裝些什麼？」邵說：「難道有坑道獸那麼好用的交通工具不用？」

然後，他們兩人在當天就順利來到厄法，邵打算抱著好玩的心態與亞基拉爾談判。

「當初你就不該打傷人家的傳令使，今天才會這麼麻煩。」

「我不知道他是亞基拉爾的人。」邵說：「兄弟會裡，我最怕的就是我二哥，等會要是他臉色不對，我們乾脆轉頭就走。」

「你這是標準的欺善怕惡，要做大事怎麼可以畏畏縮縮？既然如此就不該來赴約，那有剛到約定地後人又轉頭就跑的道理？」弗納勞德哼道。

「你不懂，亞基拉爾生起氣來有多嚇人。」

「先聽他說什麼再決定，不要他人還沒到就自己嚇自己。」

「說得也是。」邵擺頭張望。「但人怎麼真的還沒到？亞基拉爾從不遲到，他應該都是提早等人才對。」

「會不會他已經死啦？」

邵掂著下巴。「人家說惡星難死，亞基拉爾壞事做得夠多，應該不會有事。」

「他沒事，但你有事。」一把尖頭鋼棍架在邵的肩膀上。「混蛋，再囂張給我看啊！」

「辰、辰風大哥，怎麼是你？不是二哥嗎？」邵剛聽到聲音身體就僵住了。

加列斯一棍敲他的左臉，邵被打得頭昏眼花倒在地上，左臉上的棍痕清楚可見。

「臭小子？不能是我嗎？」加列斯棍尖指著邵。「說說看，你有什麼意見？」

「你是兄弟會的大哥，你說的當然都對。」邵眼尖，看見加列斯身後用掩光布包住的長條物體。「您的身後充滿邪氣，難道會是……」

「怎麼你想看嗎？」加列斯解開布巾，將那把在黑暗中閃著紫色光芒的長戟握在右手。熠熠生輝的戟身佈滿尖刺，給人一種如流沙塑造般的古舊感，雙刃的尖端殺氣凜冽，隨時等待飽嘗鮮血的時刻。因為惡魂龍戟的影響讓他精神亢奮，手持惡魂龍戟的加列斯宛若泥獄戰神。他輪廓分明的臉形上多了幾處不知道怎麼造成的傷痕，冒出的青筋像是縫補過的疤，突出的眼球滿是血絲，略為青色的皮膚使他整個人變得更加猙獰，口中噴出的白霧帶有死亡氣息。不管邵怎麼看都覺得加列斯本人已經被手中的武器之靈附身，一點點都沒有正常人的樣子。是那麼地駭人、令人驚恐。「如你所願了，現在該收拾你。」

「啊啊……」邵連滾帶爬，嚇得驚慌失措。「真的是……惡、惡魂龍戟。」

「站住，想跑去哪？」加列斯聲如洪鐘，吼聲讓邵的耳膜嗡嗡作響。

「是是，我不敢跑了。」邵起身立正。

「跪下！」加列斯左手的尖頭鋼棍一揮，將邵整個人敲入地層中，下半身埋在土裡。

「這叫下跪嗎？你以為在種菜？」弗納勞德哼道。

「閉嘴，與你何干？找死！」加列斯也把弗納勞德敲進地下。

「大哥，你總得告訴我二哥怎麼了，還有到底要我做什麼事？」

「亞基拉爾怎樣跟你要做的事無關。」加列斯再次將尖頭鋼棍指向邵。「你現在馬上去紫都把玉紘給我叫醒。」

「又是這件事，怎麼大家都要我去辦？這根本與我無關。」

「我叫你去做，沒徵求你的同意。」加列斯又猛力地敲了邵一棍，邵整個人更加下陷，僅露出一顆頭在地面。

邵試著掙扎，始終無法讓身體脫出土層。「嗚……媽媽，快來救我。」邵哭了。

「哭什麼？你又無父無母，老師、親人、朋友全讓你殺了，誰能救你？再吵就一棍子敲你天靈蓋叫你腦袋開花。」

弗納勞德也是扭動著身體想要脫出地層。「有膽就放老子出來和你單挑！」

「大哥，我答應您就是了。不過您這麼困住我，實在沒辦法做事。」邵說。

「全都是理由，廢話連篇。」加列斯鋼棍擊地，底下響起隆聲，一陣搖晃後地面崩裂，邵與弗納勞德兩人從土裡被這股雄力彈上高空又重重地摔下。

「好大的……蠻力。」弗納勞德顏面著地，整張臉全是泥巴。

「喔，我的腰……斷了。」邵好像快斷氣般。

「別裝死，給我起來。」加列斯拉起邵。「我們馬上去紫都。」

「等等，我的鬼罡刃沒帶出門。」

「騙誰？那是你的隨身武器你會沒帶？你放那裡？」加列斯手勁加大，邵的頸骨發出咯的一聲。

「我的……脖子要斷了。」邵表情痛苦。「我、我放在癌巢城作戰大廳二樓的司令房間裡，進門後左邊衣櫥下方第二個抽屜右邊數來第三格就是了。」

「好，那我們回去拿刀再去紫都，你別想要花招。」加列斯鬆開手，邵終於能喘口氣。

「何必那麼急呢？趕得太匆忙是會得胃病。」邵笑著問：「不如我們去喝杯茶，玩個女人……」

「我沒時間和你瞎混，再囉嗦我就敲死你！」加列斯吼道。

「好吧，也許我該配合您的行動。」邵恍恍惚惚地指著加列斯後方。「咦？那……那是天界人嗎？」

「什麼？」加列斯急轉頭，進入全神戒備。他向前走了幾步，將黑暗的天空快速掃視一遍，但什麼都沒有發現。一回頭，邵與弗納勞德兩人都不見了。「你們兩個，被我逮到就死定了！」

加列斯洪亮的聲音傳到巨石後方，揚起陣陣塵沙。

「呸！」邵將自己埋進土堆裡，他吐出一口沙。「難纏的流氓終於走了。」

弗納勞德也爬了起來，搖著頭，撢掉身上的汙泥。「就這樣把他騙走了？」

「你以為很困難嗎？辰風的腦袋一直都是死的。」

「但是我們何必那麼窩囊？兩個人難道打不過他一個？不打就算，還趴在土裡裝死，讓我去和他戰個二、三百回合。」弗納勞德不服氣地說。

「你撐不到五回合就會被他戳死了。」邵說：「那惡魂龍戟連往昔之主都能擊傷，我們這種血肉之軀憑什麼和他鬥？看來最近風波不小，我得躲一陣子了。去通知各個弟兄，見到加列斯・辰風就趕緊避開，別與他發生衝突。我也得趕回去收拾東西，先溜為妙。」

還沒到癌巢城，路上已經有許多被尖棍穿刺而死的屍體，一眼望去正如一座插滿屍體的劍山，蔚為奇觀。

「我的手下都很聽話，知道我不喜歡弔死，所以全部改成插死。」邵笑道。

弗納勞德端視屍體，搖搖頭。「不對啊！這些全是我們的人。」

「不會吧？」

「是真的。」弗納勞德手指著一具被插爛，內臟掉出體外的屍體。「你看，這不是守大門的嗎？」

「真的是守大門的那個笨蛋，怎麼被插死在這？」邵生氣的罵道：「我有叫你殺他嗎？」

弗納勞德摸不著頭緒。「你哪隻眼睛看到我殺他？」

「因為昨天他要求餐盤上能多塊肉，你不給就殺他。」

「是你不給的。」弗納勞德回嘴道：「還有，我一整天都跟在你身旁，又去了趟厄法，怎麼能轉回來殺人？你誣賴我！」

「管你的，你就是殺了人！」邵踮腳尖眺望前方，不由得驚嘆。「不過你的手腳也真快，這到底殺了多少人？」

「都說不是我。」弗納勞德說：「要知道死多少人還不簡單，不會去數嗎？一個、兩個、三個……」

雨水滴落在邵的臉龐，大雨突然傾洩而下，雲端雷聲轟隆不斷。

「媽的，又濕又黏又腥。拜託你別再數了，我們趕快進去。」

「一百零七、一百零八……你害我數錯了，一百零九、八十、八十一……」

雨水順著地勢向下沖刷，路上遍佈的屍體和殘軀讓流動的水染成混雜的骯髒色澤，滾動的砂石帶不走枉死的怨念與冤魂，滂沱大雨再加上環境昏暗，根本分不清腳下踩踏的究竟是泥地或是什麼令人作嘔的屍塊。

穿過險要的關隘，之後再到半圓式軍事護牆，抬頭可見防禦型砲哨，再轉過兩座兵工廠步入堡壘大門，最後進到癌巢城前方庭院，再過大廳、長廊、迴道，這一路上完全沒遇到其他人。

兩天以前，這個地方是死人多，活人也多；如今卻孤寂蕭條，不見生機。想來這裡也曾是天界人駐防的聖地，怎麼會變成現在這般泥獄的場景？

「這就是所謂的血流漂杵嗎？」邵納悶道：「莫非是趁我不在就打群架，然後全死光了？」

「三千七百五十三、三千七百五十四、三千七百五十五。」弗納勞德說：「報告老大，一共死了三十一人。」

「三十一？我剛剛不是聽你數到三千七百多人嗎？怎麼剩三十一個？」

「三十二。」

「又變三十二？多出來的屍體是那裡來的？」邵問。

弗納勞德指著他。「就是你。」

「我？」邵不解。「為什麼是我？」他一臉不安地轉身，漆黑的走道看不見盡頭，鋼靴的踏步聲有節奏地慢慢靠近兩人。閃電落下，透過窗戶的映照在電光中隱約可見一條魁梧身影，他雙手持著長兵器，以一股令人膽寒的氣息逼近邵。風從破裂的玻璃窗縫吹入，帶來的不止是冷冽感，還有難聞的刺鼻血腥味。

「加列斯？」邵還沒看到對方的全貌便馬上掉頭就跑。

就在門口處，尖頭鋼棍由空中落下斜插在地，棍子尖端還掛著審判大哥滿臉是血的人頭。

「老、老大，有……有人侵入。」人頭還留有一口氣。

「我知道，你安息吧。」邵輕嘆。

「幫……我報……仇。」

邵斬釘截鐵。「不可能。」

加列斯腳步很慢，卻仍能趕上邵兩人逃命的速度。「再跑給我看，你們的下場就會和這些人一樣。」

「不逃了，不逃了。」邵乾脆跪地求饒。

原本專屬於邵的王座已經被加列斯撤掉，取而代之的是以屍體堆疊而成的高椅。加列斯坐在上方，在他身後的那道牆已經被塗上血紅色的十字架。外頭雷鳴不斷，電光由兩邊的窗口透入，加列斯忽明忽滅的身影與鬼魅無異。

審判二哥被穿刺在屍座之前，他還沒死，正痛苦的掙扎著。

審判兄弟中年紀最輕的弟弟跪在角落，被有刺的鋼絲纏住赤裸的上半身，血流不止。

風泣鬼與炎怒鬼站立兩側，完全沒受到任何傷害。

「你們兩個怎麼一點事都沒有？」弗納勞德問。

「不反抗也就沒事。」炎怒鬼平淡的說。

「好歹你們也是癌巢城的一份子，稍微反抗一下如何？」弗納勞德對他們兩人遇強即屈的作法感到震怒。

「加列斯大人就是抓我們兄弟進病榻地獄的人，您不知道嗎？」風泣鬼的語調沒有半點抑揚頓挫。

脅魂客充當臨時侍從，為加列斯端茶捧毛巾。

瓦地他擔任秘書，拿著整理過後的文件給加列斯看，那裡面八成是癌巢城的人員資料。根據他的報告，加列斯在殺光一票對邵死忠的手下後，又將剛聚集過來不久的一群流浪漢全部趕跑，如今留在要塞中的只剩病榻地獄原本的罪犯以及邵和加列斯。

安度瓦爾森和沐多海兩人才剛出完公差回來，沒想到癌巢城裡居然經過一場權力的交替。

「你是什麼人？」沐多海質疑道。

「辰之谷領主——無畏者加列斯．辰風大人你竟不曉得？」邵嗤之以鼻。

「沒聽過。」安度瓦爾森掄動鐵杖，一個箭步飛躍上前。「要當老大，看你有什麼本領。」加列斯發出怒哼，將鋼棍插於屍堆上，隨後身形飛掠似風，右手以惡魂龍戟猛力向前一刺。安度瓦爾森的鐵杖變成斷了四截的廢物，而他本人則化作漫天肉屑，如雪花般在大殿裡飄落，眾人皆目睹了這悚然地一幕。

沐多海因為驚恐，本能地轉身要逃跑。原本插在屍堆上的鋼棍這時順勢飛至加列斯的左手，隨後他用尖頭鋼棍刺穿沐多海的心窩。力大無窮的加列斯將剛棍舉起，沐多海整個人也被拉離地面。「雜碎，看看多嘴多舌的人有什麼下場。」他將鋼棍以三十度角射向天花板，棍身半截盡入穹頂，沐多海也因為角度的關係掉不下來，整個人和那根尖棍就掛在高空。順著心窩流下的鮮血將棍子染成藍色，沐多海雖然重傷，還好沒致命之憂。

「掛在上面好好反省。」邵對手下的情況一點都不關心，反而幸災樂禍的說。

加列斯以一道冷得澈底的眼神穿透了邵。「這是你們的榜樣。快去拿刀子，然後我們馬上去紫都。」

被穿刺的審判二哥在此時因疼痛發出連聲哀嚎，敏感又瘋狂的加列斯轉身持戟將他戳死。盛怒之餘，加列斯甚至啃了那根穿刺用的木樁一口，咀嚼後吞下。

「喔，不！怎麼可以隨便亂殺人？這種視人命如草芥的殘酷行為叫人恐懼害怕。」邵抱頭大叫，一副快崩潰的樣子。

弗納勞德回嘴：「你好像跟他也是一樣的人……」

「你再說一次！」加列斯持惡魂龍戟頂著邵的胸口。

「我……我是說吃木頭不是好事，您的異食癖有點嚴重，那會不好消化。」邵傻笑道。

「我從沒看過有人把木頭當珍饈來吃。」弗納勞德說。

「閉嘴，你們兩人一直在浪費我的時間！」加列斯越來越沒耐性，焦躁的他不知道又會做出什麼事情。

「加列斯大人。」瓦地他戰戰兢兢地報告著：「有從伊瑪拜茲家族來的人要求要見老大。」

「見什麼？」加列斯惡狠狠地瞪著他。「我出去把他們全幹了！」

加列斯才消失沒多久，邵就聽到遠處隱約有微弱的打鬥聲，但很快又馬上平息。之後加列斯便拖著兩個可憐蟲回來，他將惡魂龍戟背在身後，右手抓住的那個傢伙只剩下半身屍體，腰部以上已經不見。左手抓著的傢伙全身是傷，那人茫然又安靜且雙眼怔怔的看著天花板，表情呆若木雞，就像是個對生命不抱希望，靜靜等死的人。加列斯的確也沒有讓這名俘虜的痛苦持續太久，他抽出惡魂龍戟貫穿那人的嘴，邪惡的兵器貪婪地吸取血液。

鮮血沿著戟身向上逆流，最後進入加列斯的指尖。從死者的殘軀得到力量和靈魂的加列斯張開嘴巴露出參差不齊的尖牙，不過並沒有發出咆哮聲。「等著吧！」加列斯喘著氣，唾液由嘴角滴落，雙眼的瞳孔看東西根本沒有對焦。「等我們從紫都回來後……我要殺光你們。」

「喂喂喂！」弗納勞德將邵拉到一邊。語帶膽寒的說：「我們是裝瘋賣傻，但這個傢伙不一樣，他根本就不正常。你瞧瞧他那副德性，還沒恢復獸化原形就已經和猛獸沒有兩樣。」

「噓——輕聲點。」邵說：「他以前不是這樣，這只是惡魂龍戟的初期症狀，所以兄弟會的人才不喜歡讓他拿那把邪器。」

「氣死我了。」加列斯的膚色變得更為青綠，他原先硬是壓下的情緒眼看就要爆發。「我要殺光你們，反正你們這些罪人全都是不中用的廢物，活著也沒用的人渣。」

「別……別太激動。」邵安撫道，他也不敢太靠近加列斯。「我去房間拿刀，然後就跟你去紫都。立刻就去，絕不拖延！」

邵奔上要塞二層，弗納勞德跟在後方。

「嚇死人了，我還在想要不要乾脆直接逃跑算了，加列斯的情緒越來越不穩，他害得我已經斷了很久的右手又在抽痛。」邵回想起記憶的片段。「以前就發生過加列斯持惡魂龍戟攻擊亞基拉爾和希爾溫的事件，後來真的很慘。」

「你也有血神之力護身，照我看來你們兩人的實力應該在伯仲之間。」弗納勞德說。

「仍不及手持惡魂龍戟的他。」

「再加我們二監所有弟兄助拳，他有通天之能也沒用。」

「你不懂，惡魂龍戟就是附有念系神力的最強神兵利器，能手持它而不發狂的也只有加列斯。」邵解釋：「但若他的精神經常處於亢奮、激動、熱血的狀態，最後也只會讓他的神智淪為被手中的武器控制，然後收放不了力量，這也是我不想和他打的其中一個原因。不過最主要還是因為他在兄弟會中的地位，我到現在依然尊敬他是哥哥。」

「他可不當你是弟弟。」

「兄弟會把我逐出，難道我本人就一定得要這麼認命嗎？」邵說：「何況我還要保留實力對付安達瑞特那一對兄弟領主，實在不想和加列斯動武浪費力氣，一點好處都沒有。弄得不好說不定還真的讓加列斯把我一戟戳死，得不償失，我可是好不容易脫出監禁的生活。」

「那你真的要去紫都？」

「我還能怎麼做？」邵啐道：「實在不想和你聊這嚴肅的話題。」

亞基拉爾獨自步行在茂密又黑暗的樹林，他步履艱難的原因是這裡根本沒有山道，全是崎嶇不平的石子和槎枒的斷木，平常也不會有人會選擇走這段路，即便是有也是人煙罕至。

今天的氣候不太好，濃厚的迷霧讓人伸手不見五指，空氣中老是傳來一股酸敗的味道。這裡的環境又濕又黏，叫人渾身不舒服。

照理說，在魔塵大陸這樣的環境中應該藏有許多毒物猛獸、噬人的花草樹木，如今這條山道卻異樣的平靜，連一點窸窣的蠕動聲都沒有。這對亞基拉爾來說只有一種解釋——有更可怕的力量讓生物們不敢隨意靠近。

雖然還不到山頂，可是山道卻已到了盡頭。就像是受到無形之力的引導，本來空曠無物的地方憑空出現一座雜草叢生，看來廢棄已久的古舊莊園。

屋外下起毛毛細雨，無定向的風讓欄杆上的風向鳥暈頭轉向。

亞基拉爾輕輕推動眼前的鐵柵門，生鏽的門發出不情願的抗議聲後，慢慢的打開。

推開高過頭的野蔓，好不容易找到通往大門的路徑。

從屋外看著這棟即將腐朽傾倒的建築物，它的窗戶都已經被拆除，唯有大門仍然安好完在。

亞基拉爾上前扭動門把，門上已經反鎖。

亞基拉爾沒有選擇破壞大門強行進入，而是尋找其他路口。

側邊有一道往下延伸的通道，入口的木門已經歪斜，可以輕易進入。

剛踏進屋子，一種讓人渾身不舒服的不協調感馬上就出現，彷彿自己正置身於錯亂的迷宮，隨時有迷失其中的可能。眼前是一條深邃的石製走廊，雜物堆滿地，牆面掛著僅餘上半身又沒腐化的屍體。就像感應到有訪客，屍體內的鬼火綻放出光芒，眼耳口鼻變成微弱的照明燈。

畢竟亞基拉爾仍然是見慣各種場面的英雄，他面無表情，絲毫不對眼前的詭異現象有任何的反應。

有幾具已經死了很久的乾屍堆在走廊的彎道，它們身上發出的屍臭就和在森林裡聞到的酸敗味沒有兩樣，亞基拉爾隱約聽見他們臨死前的悲鳴。

一樓有許多令人搞不清楚路線的岔道，不知道屋子的主人為何要將室內設計成迷宮般，在裡面走著常會失去方向感。壁龕掛著的是一張沒有五官的畫像，分不出性別也看不到全貌。奇怪的是當亞基拉爾轉頭再迴過身子時，畫像竟變成面目可憎又破爛的笑容。與其說是人臉倒不如說是千瘡百孔的屍體遺像。

迴鏡長廊內到處都是沒有意義的掛鏡，即便有光芒，鏡子仍然無法反射出亞基拉爾的模樣。不知道是因為鏡子照不出人形，或是亞基拉爾的身影無法在鏡中出現。

冷風將木門吹開，塵埃與難聞的濕氣同時飄出。

客廳裡有一具倒立的女人石像，臉部已經斑駁脫落，石像各處皆有龜裂的傷痕。

在鬼火燈的映照下，倒立的影子由小變大。就在亞基拉爾有所反應之前，一股異香吹入他的耳廓，隨後被人從身後溫柔的環抱著。

「我的亞基拉爾大人，您真的來了，奴等得您好苦。」

亞基拉爾不發一語，靜靜的讓鏡妖抱著。他的表情如死灰，雙眼無神。

「您知道奴在太奧裡受的苦嗎？那是個令人厭惡的地方。」虛賦月說：「當奴知道解放病榻地獄的正是亞基拉爾大人您的時候，奴真的好開心。您一定是為了奴的父親而這麼做，奴真的好愛您，我們可以永遠在一起，然後生個可愛的孩子。」

亞基拉爾不說半句話，身子僵硬的連動都不動。

「北境很冷嗎？您的身體非常的冰涼。」虛賦月將亞基拉爾抱得更緊。「這世界上沒有融不掉的冰，親愛的大人，以後您可以來迴鏡長廊取暖。奴以前也是經常感到空虛寒冷，卻怎麼樣也找不到能溫暖奴內心的那把火，直到您的出現才改變這一切。您把自己當成了禮物送給奴，然後我們此生就永遠不再分開。」

虛賦月走到亞基拉爾的右側，執起他的手說：「奴已經可以想像我們蜜月時的甜蜜，還有結婚週年的幸福感。」接著，他將亞基拉爾的手移向自己的胸部，讓他的手掌搓揉著乳房。「說句話好嗎？給奴一句貼心的承諾。」

忽然，虛賦月像被電擊般的震撼，他迅速地移動到亞基拉爾的身後，戒備地看著眼前這名陌生人。「身體是冰的也就罷了，連脈搏都沒有……你是救贖者？」

亞基拉爾的頭僵硬的扭動，竟能完全轉向背後，慘白的眼瞼看不見瞳孔。

「塔利兒？」

亞基拉爾的軀體碎裂，一身死白的塔利兒手持人頭屍杖，肩上還有一隻沒有五官的黑色生物。「鏡妖，我們又再度見面了。」黑天童發出透明的亡魂之聲。

塔利兒眼前的女人穿著雪白滾著蕾絲邊的低胸禮服及一雙白色絲質長手套，虛賦月的身體如硫璃般透亮，臉上有著淡紅色的細痕，還有一對在黑暗中螢亮發光的紅色眼睛，淡藍色的捲長髮上除了有一枚白色的花狀髮飾外，還插著許多不規則形狀的玻璃碎片。

「不，塔利兒你這個變態！」虛賦月慢慢退後。「奴竟然會被你的幻術騙了，全因奴太想念亞基拉爾大人。」

「嘿嘿嘿，妖怪之間何必為難彼此？」黑天童獰笑著。

「你們想要拆散奴和亞基拉爾大人間的愛情，這是不可能的事。」鏡妖歇斯底里的吼叫。

「何苦呢？陛下不會喜歡你。」

「誰說的？你憑什麼這麼武斷？」

「因為你是男人，陛下可沒這興趣。」

「你胡說！」鏡妖激動起來。「因為你嫉妒奴的美貌，因為你嫉妒奴和大人間的愛情。我們會永遠在一起，奴會幫大人生下未來的邯雨儲君。你們這些中傷人的醜陋怪物沒資格活著，奴恨你們，全都該死！」他拿出一面黯淡無光的六角型水晶鏡，隨後朝黑天童一閃。「現形來！」

黑天童真身出現，他的身高比起塔利兒略矮，身穿黑色十字連帽道袍，肩上扛著與身齊高的黑鐮刀，在黑長髮飄揚下的面容依舊是個黑色的深窟而沒五官臉形。

「唉呀！一個大男人心胸這麼狹窄？」黑天童持續譏道。

「你還敢再說？」鏡妖怒火中燒。「奴不會讓你們活著離開迴鏡長廊了。」

從房子底層傳來男人的嘶吼聲，突兀地打斷他們之間的對話。

「還有其他人在？」黑天童說：「這聲音聽起來有點耳熟。」

掛在走廊上的一排鏡子同時不安地閃爍，鏡妖也在瞬間消失無蹤。「愛本來就需要經過考驗，奴會一直等待直到亞基拉爾大人來為止。至於你們這些連愛都不懂的人，庸俗又醜陋的你們沒資格活著。」

「哼哼哼……哈哈哈……簡直求之不得。」黑天童說完。塔利兒雙腳騰空，咒系神力運起，死亡的黑蘊向四面八方襲去，當暗幕落下之時，就是強者間的勝負對決。「延續太奧未完的勝負吧！」黑天童迴轉鐮刀。

「說得好，正巧主角都到齊了，塔利兒你來吧！」鏡妖喝聲喊道。

白雪綿延，一望無際。即使飄雪已經停止，虎丘依然是個被雪掩蓋，白雪皚皚的世界。費南多、珂妮莉雅、辛黛娅三人代替亞基拉爾赴約，正在杳無人跡的虎丘等待著葬魂曲出現。

「葬魂曲，人如其名。」金色長髮的珂妮莉雅如此說著。「縱橫魔塵大陸的隨機殺人狂。」

「據說在殺人前，他會唱出美麗的歌聲當作給那些犧牲者的輓歌。」費南多也補充道：「他殺人幾乎都是以村、鎮或兩個中隊以上的人數為單位，死者甚多。每一個被害者的屍身都殘缺不全，可見其手段相當兇殘。」

「其中尤以女性被害者的遭遇最令人髮指。」珂妮莉雅憤怒的說：「每一個女性生前都有遭侵犯的跡象，陰部也皆被利刃貫穿，大量失血，之後再殘忍的予以分屍。殺人就殺人，搞那麼多花樣，他的精神一定有問題。」

「能做出這種事的人還能正常到那裡去？」費南多說：「被屠戮過的村、鎮全都狼藉一片，連建築物都殘破不堪。魘塵大陸已經夠亂了，不知道還有多少這樣的傢伙存在。」

「亞基拉爾大人和他又是什麼關係？」珂妮莉雅問。

「一點關係都沒有。」費南多解釋：「最初葬魂曲開始侵略邯雨的領區，但亞基拉爾大人當時並沒有立即對他採取行動。直到虎丘事件中，巴鐸大人的小隊被葬魂曲殲滅一事終於觸怒陛下，因此邯雨也針對葬魂曲進行一連串的反制行動。邯雨軍在高雲林地設下三站的埋伏，儘管人多勢眾再加上精良的布置，依然讓葬魂曲逃出包圍，同時葬魂曲一人在此役便造成邯雨嚴重的人力及物資損失，他的實力的確可怕。」

「一人逃過陛下設下的重重包圍？」珂妮莉雅驚訝道：「有這種實力，憑我們三人能奈何得了他嗎？」

「妳怕嗎？對手越強才有挑戰性。」費南多摩拳擦掌道。

「說也奇怪，明明已經過了約定好的時間，但是仍沒看到葬魂曲。」珂妮莉雅覺得奇怪。

「她行事那麼張狂，不像是那種臨陣退縮的膽小鬼。」費南多說。

「會是因為赴約的不是陛下本人，所以他不出現？」珂妮莉雅問。

「很有可能。」費南多思忖道：「也就是說他可能剛剛來過虎丘，見到赴約的是我們，所以才離去？」

一直沉默不語的辛黛婭突然開口：「我有不好的預感，看來還是先回邯雨再說。」

亞凱在邯雨養殖場中遇到的狀況和之前自己在托佛時的遭遇一模一樣。被養殖的亞蘭納人多為智力低下，無法言語或說話含糊不清的人。他們沒有道德、倫理的觀念，沒有知識及智慧，不會判斷是非。

「肝……我要肝臟。」一名男性養殖人隔著欄杆叫著。

「他想吃肝臟。」亞凱說。

「找個新鮮的肉來替貝爾補充營養。」安德魯表示。

「這些人不是天生就有智能障礙。」亞凱說：「因為人吃人或吃了安茲羅瑟人的屍體因此得到病毒，這是一種傳染性海綿狀腦病，可見得把人肉當作食物是多麼要不得，多麼糟糕的一件事。這是野蠻、不文明的食物文化，應當永遠斷絕。」

「安茲羅瑟人不會得到這種疾病，在食物短缺的環境裡要我們不再食用人肉，除非有更好的營養補給取代。」安得魯說：「食肉飲血是安茲羅瑟人共享靈魂、傳承意志的傳統文化，外地人沒資格置喙。何況你這貝爾的好友似乎忘記一件事……貝爾已經是半個安茲羅瑟人了。」

「那可真是世界上最悲哀的一件事。」亞凱聳肩道。

他們很快又回到貝爾的病房外繼續守候。

「傷害貝爾的是什麼人？」亞凱問。

「他叫邵・鐮風。」安德魯回答。

「是什麼樣的來歷？」

安德魯來回踱步，緩緩的說：「以前是蘇羅希爾兄弟會的一員，排行第七。在兄弟會內戰中親手殺戮了排行第六的大導師亞森先生，因此被兄弟會逐出，之後更被陛下親自押送到病榻地獄監禁。其人自大自負，個性喜怒無常又殘虐暴力，能以自身發動兵系神力，是個令人頭痛不已的危險人物。」

「他能附魔自己？」

「兵系是屬於物品的神力，若僅是只有附魔術又何必增加一個系統呢？」安德魯說：「附魔、變化、融合、創造這全都是兵系的學問，以前大導師亞森就是這方面的專家，自從他亡故後，邵就變成在這世上能隨心所欲使用兵系神力的唯一人選。即使被斷一臂，他也能利用武器與自己結合，讓自己跟鬼罡刃合而為一。當初好不容易才費盡心神擒下他，而今又再讓他離開病榻地獄，只怕魔塵大陸又要天翻地覆。」

「這樣的人又何必留他在世上浪費糧食？」亞凱說：「當初就應該一刀讓他一了百了。」

「背後還有一些政治性的影響，如霍圖執權的冬日家族不希望他死，火神因私心的關係也想留他一條殘命下來受盡折磨。」

「就因為這些人的關係，所以讓這樣的人渣活了下來，然後把毫不相關的貝爾傷成這樣？」

「對他來說不認識的人一點價值都沒有，當然就連生命也沒有什麼差別。」安德魯說：「安茲羅瑟人識大體、講道理的人也不少。」

亞凱對這種說法頗不認同。「像邵這樣的人多得是。總之，我受夠這個地方了，等貝爾傷癒後我要和他一同返回安普尼頓。至於艾列金高興留在這，那也就隨他。」

「他不能跟你回去，他有自己的路要走，還有他的義務與責任該盡。」

「什麼玩意兒？那全是你們逼他的。」亞凱慍怒道：「你們欺騙單純的貝爾，還浪費他的大好人生在這亂七八糟的地方。」

「我不需和你多說。」安德魯撇過頭去。「貝爾有自己的思考，等他傷勢完全康復後再由他本人決定。」

「你可別忘記自己剛剛說過的話。」亞凱提醒了安德魯。

突如其來的天搖地動讓亞凱差點站不住腳，整棟建築物為之劇烈搖晃。亞凱急忙推開窗戶察看，此刻外面殺聲震天，一道迴轉而來的旋風將士兵捲起，風勁夾帶著元系神力，那名士兵隨後被絞成碎片。「搞什麼？」亞凱叫道。

影休帶著孤零衛士前去迎敵，他抬頭對亞凱及安德魯發出警告：「敵人進來了，你們請小心看顧好貝爾先生。」

「這裡不是首都嗎？怎麼會輕易讓敵人攻入，難道事前沒有警戒？」亞凱覺得這太荒謬了，亞基拉爾轄下的重地有這麼散漫？亦或是這裡的防禦和紙糊沒有兩樣？

「對方擁有短距離傳送的能力，能避開守備。」影休高聲呼道：「總之，你們也小心一點。」

兩人回到貝爾的病房前守候，由於不清楚敵人的數量、能力、身分，這麼做也只是消極的等待災難離去。

「是否要將貝爾帶去其他地方？」亞凱問。

安德魯朝病房內探了一探，「我正有這種想法。」

天外飛來的風刃將貝爾的房間鑿出一個大洞，亞凱與安德魯大吃一驚，顧不得貝爾需要安靜的環境也衝入病房。

窗口那面牆已經完全不見，受到驚嚇的貝爾也已經醒過來，無力的他癱軟的在地上爬著。

天空降下一條詭影，全身漆黑的那個人穿著奇裝異服，一頂長羽鴉頭面具遮住他的上半臉，僅露出嬌小的嘴。他的右手握著一柄鑄造精良的黑晶細刀，那刀刃細又長，幾乎超過半身。那人的周身被旋風包覆，披風在空中搖擺，此人身上的元系神力相當強勁。面具上一對銳利的眼神緊盯著貝爾，但貝爾似乎不是他要找的目標。

在黑羽飄飛中，到處都看得到三隻眼的烏鴉停在醫院各處，這些黑傢伙完全是不祥的化身、帶來災禍的不速之客。

庫雷拎著大斧擋在刺客的面前。

三支弩箭射向蒙面刺客，對方僅揮動一刀便將影休的攻勢完全化解。

「葬魂曲，這裡不是你該來的地方。」影休放下十字弓。「離開吧！陛下有事外出，他人不在邯雨中。」

這句話似乎點燃葬魂曲的怒火，滿天的烏鴉飛快的見人就啄，牠們拚命的朝著人們的眼部攻擊，啄出眼珠後就馬上吞下。

「混蛋，你當這裡是你家嗎？」庫雷以蠻力揮動斧頭，病房的地板因此被斬裂。

葬魂曲人雖不動，可是庫雷的大斧卻怎樣都劈不中他，明明斧頭揮動的瞬間就要把他的頭斬下，結果下一刻葬魂曲又好端端地出現在另一個地方，這就是短距離傳送的能力？

「我不懂，他根本不是咒術者也沒見到他施法，怎麼能快速移動？」亞凱不解。

「也許那不是招術，而是天賦能力。」安德魯滿頭冷汗，他那張臉和貝爾完全一模一樣。

「他的速度真的是非常快。」

葬魂曲緩慢的飄起，再來雙手舉劍如流星墜落快速砍下，神兵利刃加上風壓之力造成庫雷的斧頭碎裂，右臂也被斬斷。

「啊！你……你這傢伙。」雖然右手馬上再生，但庫雷的作戰能力也大幅下降。

葬魂曲的目標鎖定貝爾，附上旋風的黑晶刀猛力揮動，亞凱和安德魯拼盡全力張開防護網。

風刃與護罩激出劇烈光芒，不到一會兒護罩就被風刃突破，整棟醫院被這股撼力擊垮。庫雷由三樓墜落到一樓。亞凱雖然沒死，人卻倒在瓦礫堆中滿頭是血。

安德魯緊急將貝爾救到屋頂。「你沒事嗎？」他問。

貝爾有氣無力的搖頭。

影休不斷朝葬魂曲射出弩箭以牽制他的行動，不過效果不彰。

葬魂曲殺紅了眼，一定要取貝爾的命，安德魯為子挺身抵擋攻勢。

「讓我來當你的對手。」安德魯右手化出光劍，他與葬魂曲正面交鋒。

雙方招式互換，葬魂曲雖暫時被逼退，安德魯的胸口反倒被鮮血沁濕，既深且長的傷痕只要再加一點力道就足以將安德魯整個人劈開。

「這、這種實力？」安德魯半跪在地，不可置信的看著自己滿是鮮血的手掌。

安德魯敗下陣後，祖迪．尖牙也率兵前來抵禦。「這麼多人反倒拿他一個刺客沒辦法？」祖迪縱身一躍，「你就是令人頭痛的葬魂曲？換我來領教你的力量，吃我一擊！」他揮爪襲向葬魂曲，不明對方身法的祖迪當然撲了個空，就算力道強大到足以擊碎整個房間也無濟於事。

「祖迪大人，小心他手中的刀，別太過於接近。」影休大聲提醒。

「不近身怎麼殺敵？」祖迪快速的變化型態，隨即以狼人的兇猛模樣朝葬魂曲發動衝撞，葬魂曲被祖迪從樓頂撞至一樓。趁勝追擊，祖迪一躍而下，打算補上致命的一爪。

煙塵很快消散，地上的大窟窿裡哪有看到什麼葬魂曲？不過只是幾隻死掉的烏鴉。

「媽的，人呢？」祖迪著急的東張西望。

「大人，小心身後！」影休拔劍要上前幫助祖迪，葬魂曲立刻以十支黑羽射向影休。影休右肩及左足、胸、腿皆被暗器射中，行動頓感窒礙。「這……這暗器淬過毒？」

「去你的！」祖迪迴身要反擊，葬魂曲始終快了一步。一記斜砍，刀勢朝祖迪的左肩砍至右腹。

「啊！」祖迪根本還來不及反應就中傷，沒想到被補上最後一擊的竟是自己。「才沒這麼容易。」祖迪施展土遁，在最危急的時刻躲過迎面砍來的黑晶刀。

「有沒有搞錯？」亞凱辛苦的推開壓在腿上的大石，他滿嘴是血將牙齒染成鮮紅。「邯雨那麼多高手攔不住一個從正門攻入的刺客？」

葬魂曲依然堅持要殺貝爾，已經沒人可以阻攔他的行動。

貝爾的腳傷還未癒，只能在地上掙扎似的爬行。葬魂曲明明可以一刀了結貝爾，卻為了加深他的恐懼而拎著刀在後面慢慢朝他走近。

「下流的怪物，別碰貝爾！」亞凱才剛吼出聲就被血給噎到，拚命的咳嗽。

葬魂曲反手握刀，一腳將貝爾踢向正面，接著便毫不留情的將刀尖刺入貝爾的心窩。

「太……太殘酷了。」亞凱完全不忍看見貝爾死前的那一幕。

葬魂曲很快就發現不對勁的地方，他的刀刃深陷在貝爾的身體完全無法拔出，而且眼前的這人也不是貝爾，只是一具假的軀殼。

利爪穿過貝爾的身體偷襲葬魂曲，他的衣襟被劃破。祟鬼攻擊成功接著馬上從貝爾的軀殼中現身，並以迅雷不及掩耳的速度猛攻葬魂曲。

葬魂曲失去黑晶刀，只能處於被動。雖然他馬上加注元系神力強行拔出刀子，卻已經失去先機。祟鬼的鋼爪攻勢連綿不斷，死命糾纏住葬魂曲，讓他毫無喘息、反擊的機會。

亞凱在一旁看得目瞪口呆。「邯雨還藏著這樣的強者？」

祟鬼擊退葬魂曲，三眼鴉立刻群聚湧上護主，可惜不論飛來多少隻鳥就又被同等數量的手裡劍立刻擊殺。葬魂曲投射黑羽，祟鬼反應迅速，以火盾將羽毛盡數燒光。

葬魂曲再提高附於刀上的元系神力，風勢越來越急、越來越強，連接雲端的龍捲風再瞬間將整棟醫院夷成平地，衝擊力道因此拉開他與祟鬼的距離。

「別再打了。」影休不願見到邯雨不斷被破壞，他叫道：「我帶你去見陛下就好了。」

「影休大人，這怎麼可以？」庫雷問。

「我相信陛下自有應對之法。」影休問：「你是要把我們在此殺光，還是讓我帶你去見陛下？對陛下來說我們只不過是幾個不中用的手下，殺了我們你還得面對更多的對手，而且你將永遠失去見陛下的機會，你打算如何？」

「但是陛下現在……」

庫雷還沒說完影休就打斷他的話。「閉嘴，你的身分還無權質疑我的決定。」

葬魂曲似乎決定採納影休的建議，他將刀收入鞘中，然後走到影休身旁將他揪起。

「等等，別那麼粗暴，我真的會帶你去見陛下。」影休被葬魂曲帶走，邯雨因此恢復平靜。

「貝、貝爾呢？」亞凱跛腳走向前。

崇鬼指向一旁的角落，貝爾已經在那裡昏迷不醒，幸好沒生命危險。

「遇到這麼重大的危機，怎麼不見哈魯路托？」亞凱問。

「進攻紅城的聯軍遭到宿星主以特殊的病毒攻擊，損失慘重。」安德魯回答：「哈魯路托一定要優先解決這個問題，實在分身乏術。」

「又是天界人……雖然我曾是名聖系修道者，但現在天界的行為真的一掃我以前虔誠的信仰。」亞凱怒道：「那群人為了勝利，使用的手段越來越卑劣，難道他們還敢自稱正義之師？」

「贏家才有資格稱正義，戰場爾虞我詐一向都是如此。」安德魯總結道。

影休帶葬魂曲前往血祠院探視亞基拉爾，他指著被冰凍在棺木內只剩一口氣的亞基拉爾說：「這就是現在的陛下。」

葬魂曲仔細的掃視棺木，正確認棺中的人是否就是亞基拉爾。很快地，葬魂曲已經確定棺內那人的身分，他冷不防的拔刀就砍向棺木，沒想到刀刃發出一聲脆響後隨即彈開。

這全都在影休的意料當中。「明知道你對陛下有恨意，我怎麼可能輕易讓你直接面對重傷的陛下呢？」他單手按於棺蓋上。「這已經讓塔利兒大人施了咒術，尋常攻擊對這副棺材是起不了作用。」

葬魂曲也不笨，他這一刀已經驗證影休的話所言不假，他將刀再度收回鞘。

「我真的不明白，當初陛下在高雲林地擺設的殺陣根本沒影響到你，為何執意要取陛下的命？」

這番話似乎挑起葬魂曲的怒火，他迅速地以指尖割開影休的臉頰，那傷口大到能直接看到他的一排牙齒。

「啊，我說錯了什麼嗎？」這對影休來說只是小傷，他心中卻對葬魂曲的怒意身有同感。「好吧，其實我大概知道了事情的始末，所以沒辦法幫陛下辯解什麼。這是陛下的錯，我幫他道歉也是無用，這合該是你們兩人要私下解決的事。但是你滅我邯雨的村鎮是事件衝突的前因，現在攻入喀伯羅宮是後怨，就算有什麼虧欠早已全都還清了，邯雨付出慘重的代價，你還有什麼不滿？」

葬魂曲手指著棺木，看得出他很不滿。但這又能怎麼樣呢，難道他還想破棺嗎？

「你是想知道是誰創傷陛下嗎？」

葬魂曲惜字如金，他以點頭代替回答。

影休將亞基拉爾受傷的原因講了一遍，不過刻意避談光神設計的前因。「……總之，那個人明知陛下將與你有約，仍執意要殺害陛下。」

葬魂曲雖然什麼話都沒說，他的態度很刻意的便顯露出「你就是死有餘辜」的語意。

影休再補充道：「你的恨意難道隨著陛下死亡就會消失嗎？你不想親手血刃仇人？」

「他沒來。」沉默許久的葬魂曲終於開口說話，不過他的聲音非常奇怪，就像是用變聲器偽裝出來的假音。

「陛下的確是想赴虎丘的約，可惜他心有餘而力不足。如果能前往虎丘的話，也許陛下能給你滿意的答案。」

「行兇者是誰？」

「他的實力太過強大，我不希望你在解決與陛下的恩怨之前去找他。」影休說：「邯雨領主這稱號在魔塵大陸夠響亮了。身為昭雲閣的宗閣主、北境最大的家族長，勢大兵多卻依然落得這種下場，即使你是讓人聞風喪膽的葬魂曲也沒用，在那人的面前你只是隻渺小的蟲子。」

葬魂曲也不和影休囉嗦，他再次將刀架在影休的頸上。「兇手是誰？」

「好吧！」影休妥協。「那希望我接下來說的話你能聽清楚，我要說的就是……」

這已經是第幾次了？梵迦在心中數著。

薩汀略爾一而再、再而三的頻繁訪問新嶽，縱然他每次來的時候都是隱密地行動，但紙終究是包不住火，遲早會讓敏銳的哈魯路托注意到新嶽與天界間的合作關係。

梵迦真的不懂，有什麼事非得要當面講？不能以神力寄語？不能以傳音的方式？不能托人帶話？不能書寫密文？你一個天界神座來到安茲羅瑟人的國家就是張揚，就是把其他領主當成笨蛋，完全瞧不起安茲羅瑟人。

「關於紅城發生的事我已經收到消息。」雀一羽將文件摺好收進衣服內袋中。「崔恩症的患者具有高度傳染性，他們會因此皮膚潰爛、神智錯亂以致於壓制不住獸化原形而失控，致死率也很高。」雀一羽冷眼看著宿星主。「您真了不起，針對安茲羅瑟人的體質特性研究出這麼歹毒的病毒來控制戰爭，你們花了多久的時間做這項研究？真令我欽佩不已。」他的話明褒暗貶。

「戰爭只有勝敗，本無對錯。」宿星主沉著地回道：「世界上的真理唯有成王敗寇，若魔塵大陸真為希爾溫所掌握，對汝、吾，甚至於整個蒼冥七界來說只有災厄而沒好處。亂世當用特殊的手段，拘泥於過往的原則只會綁手綁腳。天界人接受得起批評，若真有損及名譽等事，薩汀略爾自願承擔此一罪過，願為諸神與天下蒼生成為罪人。只要光明長存，犧牲吾一人又算得了什麼？」

哼，好聽話人人會說，不過行動與口頭說又是兩回事，真是個偽君子。梵迦這種鄙視的想法一閃即逝，他不想留給別人讀取心語的機會。雖然那都只是心理作用，因為讀心術沒那麼容易施展，而且梵迦也不是能隨便讓人讀取心思的平凡人。

「我不想和你辯論正邪。」雀一羽說：「那個症狀至今無藥可醫，萬一蔓延到我埃蒙史塔斯家族該怎麼辦？你們要負責嗎？既然是你們研究的病毒，想必你們也有疫苗或治療方法吧？」

「沒有，真的很抱歉。」宿星主說明：「這本來是針對安茲羅瑟人研發的武器，對天界人沒有絲毫影響，因此吾等沒有浪費人力物資再去特別為解法下苦工。」

這全是騙小孩的話，有法沒有解，誰相信？再怎麼笨的人都知道天界打的如意算盤是什麼。他們只想著要控制安茲羅瑟人，就連埃蒙史塔斯家也不會是他們永久的盟友。這樣的合作關係建立在猜忌之上，彼此之間只講利益而不講信義。

「那我可要警告你。」雀一羽把話攤開來講。「假如疾病蔓延到埃蒙史塔斯家或有吾方人員因病而亡，天界要因此付出代價，你也不能撇清責任。」

「吾以神座的名聲擔保，貴國人士不會被波及；若真有不幸，吾願擔起救治的工作，絕對不讓貴國有所損失。」薩汀略爾掛了保證，不過梵迦卻不信。

「省下你的嘴上工夫，直接闡明你的來意。」雀一羽顯然也很不歡迎這位天界盟友。

「亞基拉爾身受重傷，現今躺在血祠院中只剩一口氣。」

「我已經收到消息。」雀一羽說：「希爾溫正為他張羅復原的事項。」

「有一件事汝可能不曉得。」宿星主故弄玄虛的說：「希爾溫在淨化密城時，中了光神華薩佈下的計策而重傷。」

「什麼？我的人沒告訴我這件天大的訊息。」雀一羽大為吃驚。

「希爾溫受的不是輕傷，這件事非同小可，果報之城斷不可能將這件消息走漏。」

「請問您將這件事告訴我們又有什麼用意？」梵迦已經隱約嗅到危險的味道，但並非出自天界，而是來自身旁的新獄領主雀一羽。

「同為盟友，天界不該有所隱瞞。」宿星主說：「不論好壞，既是同一陣線本就該有共同承擔任何事的意識不是嗎？」

「是的，是的。」雀一羽的眼中佈滿血絲。「埃蒙史塔斯家會很樂意收下這項重大消息，我在此謝過天界神座。」

不好了，這對埃蒙史塔斯家來說是個錯過時機的好消息。薩汀略爾果然卑鄙，完全抓準了雀一羽的心思。

「既是如此，天界何不把握這最佳良機呢？」梵迦問。

「自外部與惡災殃鼠眾的成員角力拉扯，已經是天界的極限。安茲羅瑟人兩大領袖相繼落難，他們傾盡全力防禦，若真要從外部攻破直達核心恐怕得費盡一番工夫。」宿星主提點道：「天界以正義為出發點，當然不怕任何阻礙前程的敵人，即使排除萬難也要達到目的。果報之城與天界戰至疲憊，誰還有餘力除去罪惡之源呢？遺憾的是就缺那最重要的關鍵——給予哈魯路托最後一擊的人。」

梵迦差點將髒話飆出口，這個卑鄙的天界人真是居心叵測，他竟將心機動到埃蒙史塔斯家的頭上。原先梵迦的計畫就是要藉天界之手除去哈魯路托，一來可避免弒主的惡名，二來又能節省人力，三來可避過哈魯路托一派的報復，四來埃蒙史塔斯家可以有更多的空間與時間運籌帷幄，最後當然是希望天界和希爾溫兩敗俱傷。

沒想到天界竟然扭轉力道，變成了看戲的第三者；埃蒙史塔斯家則由觀察轉為出擊，立場完全顛倒。難過的是雀一羽不懂內情，一味的貪圖眼前之利。遺憾的是，梵迦還來不及將話語權拿回來，雀一羽已經搶先發表他的意見……

「埃蒙史塔斯家族願成為天界除盡罪惡的那把行刑刃。」雀一羽笑道：「就讓我來完成天界計畫中的關鍵。」

這句話由雀一羽的口中說出後就沒救了。梵迦扼腕的認為這件事從一開始就該由自己和宿星主一對一的談判，讓雀一羽加入這場會談就是個最大的敗筆。

「天界難道不該將事情做得更圓滿嗎？」梵迦說：「由光神親自擊敗希爾溫，天界的威名將震撼天下，試問屆時那個安茲羅瑟人還敢不服天界呢？這不正是證明你們實力的最好時機嗎？莫非天界真沒能人？堂堂蒼冥七界之首，應當不需要我們這種小國的協助才是。」

「是的，吾不諱言也不怕爾等恥笑，天界確實沒這份能力。」宿星主嘆道：「梵迦先生所言也十分有理。這件任務本就極為困難，天界對此是束手無策，吾等未考量到埃蒙史塔斯家的困難點而提出請求，實在是非常失禮，看來這件任務只得延宕。」

雀一羽被這句話激出鬥志。「誰說埃蒙史塔斯家沒有能力？我會證明新嶽的能力猶在你們天界與希爾溫之上！你們做不到的事，我們就完成給你們看，等著我的好消息吧。」

「但是梵迦先生剛剛說的話……」

「就此決定，不再贅言。」雀一羽搶話道：「梵迦只是顧及我們國家的威名，所以說話才保留三分，之後有我在場就可以不用這樣。」

「那真是太好了，有埃蒙史塔斯家這麼強力的盟友，實在是天界之幸、諸界蒼生之福，願諸神庇佑貴國。」宿星主鞠躬道：「有汝這般勇敢果斷的領主，相信依汝之威望與英明，定當能成為新任的哈魯路托，魔塵大陸的王座非汝莫屬。」

雀一羽眉開眼笑。「這是當然，我就等這機會已經等了幾千年。」他擺手說：「回去轉告光神華薩，讓他勿憂，這件工作對新嶽來說易如反掌。」

「這真叫人放心。」宿星主撫掌笑道。

「也請天界盡力牽制果報之城和亞基拉爾及昭雲閣的餘孽，只要沒有礙事之人，那成功就近在眼前。」

「天界自當全力配合新嶽領主的行動。」宿星主起身行禮。「此議已定，那吾就告辭。」

「送客。」雀一羽起身回禮。「回返路程請一路小心。」

「埃蒙史塔斯家的執掌將讓魔塵大陸迎向光明。」宿星主說：「吾等會期盼那天的來臨。」

只會說好聽話的男人終於走了，留下的是咬牙切齒的梵迦。

「陛下，您不該輕信薩汀略爾的話隨便就答應這件工作。」

「宿星主沒理由騙我，倘若這真是殺希爾溫的最好時機，天界人不會放過。」

「是的，他們一定會想盡辦法致希爾溫於死地，但這是他們天界的問題，我們難道得淌這灘渾水？」梵迦搖頭。「天界人工於心計，戰爭本就爾虞我詐，就算真的要動手，也該實際去求證。首先我們不知道希爾溫的傷勢嚴重到什麼地步，他安排了什麼樣的退路給自己，天界打算從中取得什麼樣的利益，執行任務的風險又到什麼程度，這些全都要仔細慎重的去評估。」梵迦做出總結。「我認為由我們執行這份工作並不恰當，時機也不對，請陛下收回成命。」

「君無戲言，說出的話猶如潑出的水。」雀一羽還是認同梵迦部分的言論。「不過你說的也對，我會盡快讓栗鴿去查探希爾溫的虛實。」

「假使希爾溫的傷勢不如天界人說的那般嚴重，您是否要取消命令？」

「這件事我心中自有數，先等待結果再商議。」雀一羽仍沒打消念頭。

來自霓虹仙境的霞族，現為新嶽咒術高手的栗鴿以特殊的身法潛入密城的中樞室，完全沒引起果報之城守衛的注目。

脫去掩光衣，栗鴿將灰白相間的長髮束起，瀏海全梳至後方，右手托著一柄銀色術杖，下三白的陰沉眼神注視著空間裡的每個角落。

「厲眼追跡，神力回溯。」栗鴒施法，過往的情景藉著神力的流向一一呈現，任何端倪都逃不過他的雙眼。目的很快達成，他立刻以傳送門返回新獄。

「結果如何？」雀一羽迫不及待地問。

栗鴒使用咒術傳導記憶，將在密城的所見直接投影到雀一羽及梵迦的腦海中。

片刻後意念之線收回，雀一羽心中已經有底。

「證明了宿星主的話所言不假。」雀一羽得意的說：「這樣你就沒理由再懷疑了。」

「臣擔心的不是情報的真或假，而是執行任務的我們。」梵迦說：「按照計畫，新獄應該設法從天界和希爾溫之間的戰爭取得利益，而非由觀戰者的身分參戰。」

「你的個性就是這麼溫吞，什麼都要慢慢來，什麼都要等，我等了多少年？這陣子以來我們一直養精蓄銳按兵不動，讓亞基拉爾騎在頭上還賠了托佛，最後連吭都沒吭一聲。悶虧我們是吃多了，連本帶利討回來難道也有錯？」雀一羽終於對梵迦的以逸待勞漸生不耐。「你以為亞基拉爾不省人事、希爾溫身受重傷這種大好機會每天都有嗎？機會是稍縱即逝。既然天界答應幫忙拖住果報之城的人，那我順手一劍了結希爾溫的命又有何不可？你太墨守成規了，很多事情與決策是需要當機立斷。這就是你作為軍師和我作為領主的差別，因為著眼點不同，我也不怪你。」

「我們不知道希爾溫對現今的狀況做了什麼樣的安排，是否有埋伏或有什麼退路，再來就是要考量到希爾溫身上的傷到底影響他多少？如果行動失敗，埃蒙史塔斯家將受到整個魔塵大陸安茲羅瑟人的攻擊，這件事一定要慎重。」

「你是慎重還是怕死？哪有希爾溫親手把江山送給我的道理，誰想要王座就得自己去爭取。」雀一羽哼道：「你管昭雲閣那群迂腐的人做什麼？如果讓漢薩或赤華知道希爾溫受傷的事，我相信他們也不會跟你一樣坐著按兵不動。」

「這注賭局的後果不是成王就是敗寇，埃蒙史塔斯家還有華馬、非亞、鬼牢等轄下領區，實在是事關重大。」

「家族長亡，其他領主還能苟活嗎？」雀一羽改變語氣勸道：「想想我們離開霓虹仙境的志向與抱負吧！等那麼長的歲月是為了什麼？難道你只想到敗亡的落魄卻沒想過成功時的富貴與繁榮嗎？」

梵迦也顯得有些迷惘。「也許您的話才是正確，長時間的安逸確實讓我變得懦弱膽小。」

「我們不止是要取代希爾溫，更要以魔晨大陸為基業將我們的勢力版圖擴張出去。」雀一羽說：「這只是起頭的第一步，通常是最困難的地方，只要度過這段時間，離我們的夢想就跨出一大步。若一直舉步不前，那是不是就要一直看別人往前走呢？等待著前方的跑者自己墜入山崖後我們才準備起步，這是不切實際的做法。」

「既然如此，臣也不再多言，但希望主上能答應臣三件事。」

「說來。」

「第一點，希望您能見情況行事，任何動作不宜貿然躁進。第二，若一擊不中則立刻撤退，再怎麼樣都要留得青山在。第三，請讓臣點齊新嶽菁英在血祠院外守候，做好萬全準備。」

「好，我可以答應你。一切計畫由你擬定，我們的行動越快越好，我不希望等到讓希爾溫養好傷勢。」

「通知天界配合，今天就出發！」梵迦示意道。

「白羽帝王雀一羽要求探視亞基拉爾大人。」惡胎法師報告。

「影休大人不在嗎？」萊宇．格蘭特問。

「不在。」惡胎法師說：「雀一羽是以家族長身分前來探視，不讓他進去恐怕有麻煩。」

「何必理會他，我們是哈魯路托的人，誰的階級大？」萊宇說：「只要向他說亞基拉爾的情況不便見人，他應該也不敢在血祠院硬來。」接著由萊宇出面直接向雀一羽解釋不便開放的原因，沒想到卻因此觸怒雀一羽。「何必這麼生氣？陛下的情況確實不宜見客。」萊宇說。

「我能給予亞基拉爾的協助比你們多得太多，難道連哈魯路托進去也要經過你們批准嗎？真不像話。你們接待家族之長的態度是如此，莫非看不起埃蒙史塔斯家？」

「依您的身分地位可遵循正途探視，只要有昭雲閣或哈魯路托的許可，血祠院也不會阻攔。」萊宇道歉：「最近是非太多，血祠院需要管制，僧官靜修處實難容俗世人自由進出。」

「意思是……你們對我一點也不信任？」雀一羽瞪著萊宇。

鬼聖和尚前來，「天界發動攻擊，兵分二路；一路進攻邯雨，一路攻來血祠院。」一顆飛行的眼球在和尚的頭上繞了兩圈，最後被他長著利齒的右眼窩吞下，他也因此得到遠方的訊息。

「真大膽！竟然直接越過前線攻打我們，就是看準了陛下身受重傷才那麼妄為。」萊宇向惡胎法師下指示：「塔利兒尊者不在，就請您去敲警示鐘，通知僧官和苦行僧們備戰。」

「為免意外，亞基拉爾就由我來守護。」雀一羽說。

萊宇對雀一羽的執拗和厚臉皮感到不可思議。「已經勸告過您了卻還執意如此，莫非是想在此惹事生非？」話一說完，萊宇一掌將雀一羽擊退。

「你……」雀一羽的身影漸漸變淡。

「以虛影代替實體和人談話是件很沒禮貌的事，莫非陛下不知道血祠院多的是咒術能者嗎？」萊宇哼道。

「他可能影子在這，人已經前往更深處。」惡胎法師提醒。

「隨他去吧！」萊宇冷淡的說：「雀一羽會知道血祠院是他進得來卻不一定能出去的地方，我們現在應該優先應付天界的進攻。」

天界的進軍速度比想像中的更為積極、快速，這群有翼人迅速攻破僧官們佈下的防護網，以疾風掃落葉之勢長驅直入。修行僧們不是對手，天界以壓倒性的力量強行逼近到血祠院外圍。萊宇只能率僧官們頑強抵抗，不過這種僵持法對血祠院來說沒有太大的意義，而且天界也不會讓這種情況繼續拖延到他們進兵的速度綿密如網的連續閃電自高空擊落，雷電大部分都擊中地面，留下一圈冒煙的深窟。幾名僧官不幸被雷劈中，成為火光中的一具焦屍。夏密爾與泰努斯親自坐鎮，四名隨身護法緊跟在側，看來天界下定決定要勦滅血祠院了。

死胎樹的嬰屍發出只有僧官們聽得見的啼哭聲。

「尊者，有何吩咐？」萊宇低語問。

「……」若有似無的哭聲戛然而止。

「眾人都聽到尊者的指示了嗎？情況比我們想像的還更惡劣，全部退至建築物內，不許再出來。」萊宇說。

「邪魔妖道，全都該死！」夏密爾怒髮衝冠。

名為瓦妮莎的光翼天界人是夏密爾的護法之一，她的外表是個亮麗金髮的年輕女子，事實上她已經有相當的年紀。當然，這也與天界人的精神體不會衰老有很大的關聯。「妖僧們已全數退入血祠院內，隨後啟動結界，軍隊行進受阻。」

「南恩希亞。」雷神呼喚著。「這要花多久的時間可破？」

「短則三刻內，長則未知數。」咒術師南恩希亞回答，她手中的水晶球散發強大的神力。

「吾不喜歡這種不負責任的答案。」雷神怒斥：「限汝三刻內破除結界，否則軍法審判。」

「失去南恩希亞，天界要如何與血祠院的咒術強者周旋？」泰努斯指責道：「耐性點，身為指揮官汝該更穩重沉著。」

「那群妖異僧人古靈精怪，躲在陰暗處終究是隱憂。」雷神說。

「報告雷神。」護法之一的男性光翼天界人神笠前來回報：「在附近發現埃蒙史塔斯家的軍隊正安營紮寨。」

「也好，血祠院的結界還未破解，就先拿這群下等人來打發時間。」雷神帶著雙護法化作三道紫雷朝西北方飛馳而去。

「海亞、飛鳥。」一女一男雙護法分立左右。泰努斯下令：「帶著軍隊四處戒備，血祠院有任何風吹草動務必立即回報。」

雀一羽進入血祠院前還留下兩支大隊在西北方的森林前駐守，以防萬一。按照原本的計畫，雀一羽會以神力傳音的方式將訊息捎來，再配合天界人裡外夾攻，達到完全殲滅敵人的目的。

「奇怪？」膚色深黑的馬利克執法官問：「聖王還沒有給予進一步的指示嗎？」

「也許有突發狀況……既然這是王的命令，我們就耐心等待。」與黝黑的馬利克執法官相反，伊茲特執法官則一身淨白。

「報告兩位大人。」小兵傳達：「天界的雷神座與他的兩名護法正向我們接近中。」

「他來做什麼？莫非天界也遭遇到進攻的難題而需要求助我們？」馬利克執法官疑惑。

雷神率領的大隊剛與新嶽軍接觸，隨即向他們發動猛攻。不明所以的新嶽軍在毫無防備之下頓時死傷數十名，這些慘死的新嶽士兵到自己死亡前仍搞不清楚天界到底是敵人還是盟友。

「你們這是做什麼？我們是埃蒙史塔斯家的人，你們搞錯了吧？」馬利克執法官吼道。

「安茲羅瑟的邪魔歪道，盡歸於無吧！」雷神雙手掌心施展出高壓的雷暴術，新嶽軍避無可避，哀鴻遍野。

「我們早有協議的，難道現在不是同盟中嗎？」伊茲特執法官大惑不解。

「同盟？」雷神露出不屑的神情。「天界不需要爾等這般骯髒的盟友，高貴的天界豈是爾等可以高攀的對象？」言畢，繼續屠殺新嶽士兵。

「豈有此理，天界人想翻臉不認人，以為埃蒙史塔斯家是任你們欺負好玩的嗎？」馬利克執法官下令進攻，可惜已經失了先機，營區的士兵們慌亂逃亡，士氣大降。

亂戰之中，夏密爾出手毫不留情，所到之處將新嶽士兵化為灰燼。

「馬利克執法官，事情不太妙，我們不如先撤退。」伊茲特執法官提議道。

「聖王之令不可違，我們不能擅自撤離。」執法首怒道：「天界人都是背信棄義的卑鄙小人。」

「從無協議何來背信？毫無友誼何來棄義？」夏密爾雙拳聚集雷電之力朝馬利克轟出重擊，僅僅一拳便讓馬利克執法官成為飄揚於風中的黑灰。

伊茲特執法官趁亂逃逸無蹤。

遠處的二路援軍之首梵迦驚訝地望著這一幕。「這就是天界的如意算盤？讓新嶽和血祠院打得兩敗俱傷，他們好一網打盡。」原先的計畫被敵人拿來對付自己，這種感覺真的很不好受。不過這仍在梵迦評估的可能變數之中，他已有應變對策，如今他唯一擔心的正是人在血祠院中音訊全無的雀一羽。「全軍準備移動。」梵迦下令。

沒想到意外的人在這緊迫的時刻擋在新嶽軍前。

「梵迦大人，您打算調動軍隊去哪兒呢？」

梵迦隔著自己的手下看見那兩名擋道之人；其中一人是影休，另一名戰士頭戴著鴉形羽製頭罩，他不清楚對方的身分。

「影休大人，現在不正是邯雨最需要您的時刻嗎？來到這荒郊野外與我閒聊可妥當？」梵迦笑問。

兩人互相試探，彼此的戒心沒有一刻鬆懈。尤其是影休身旁那名蒙面客，他的殺氣與神力特別的驚人，梵迦相當留意那個陌生人的一舉一動。

「就是他嗎？」葬魂曲問。

「是的，他是埃蒙史塔斯家族的首席參謀，新嶽的副領導者梵迦．石葉。」影休說：「讓陛下身受重傷全是他一手策劃，陛下因為這奸賊的計謀而可能將永遠無法再睜開雙眼。」

「亞基拉爾的死活和我無關。」葬魂曲拔刀出鞘。

他們兩人之間的對話被梵迦敏銳的耳朵捕捉，他知道自己替天界人背了黑鍋，影休也順勢將過錯全推到自己身上。看來那個像黑鴉般的怪人並不好惹，也不會輕易放過新嶽的人。

烏鴉也不多說，揮著刀不明究理的就砍向梵迦，新嶽軍左右將領一戟一劍挺身替梵迦擋招。

黑晶刀勢中夾帶疾風暴雨般的元系的神力，怒濤的急襲讓兩將招架不住，各自震出。梵迦織羽為盾、畫圓成界硬是擋下黑晶刀的餘威，然而這一次的肢體交接竟讓葬魂曲跟梵迦兩人意外地發現彼此的來歷與身分。

「原來是你！」梵迦詫異地瞪大眼睛。「離開霓虹仙境霞族後你到了魔壥大陸？」

葬魂曲愣了一愣，攻勢忽停。

原本影休還擔心葬魂曲會念及同族之情而停止出手，結果看來是他多想了，葬魂曲改變刀勢後竟然攻得更加猛烈。看來他和梵迦之間雖是同族卻不同心，還可能有前怨，這更遂了影休的意思。

影休舉起十字弓以箭矢暗襲，弩箭擦過梵迦的肩頭。後方再次面對葬魂曲的步步進逼，梵迦的處境危如累卵，新嶽士兵無人擋得下葬魂曲的暴風晶刃，被旋風捲入者不過片刻便骨肉分離，死狀甚慘。

「影休大人，想不到您竟是出爾反爾的人。」梵迦不知道又想做什麼，只見他汗流浹背卻仍然語氣和緩的說：「亞基拉爾陛下一死，您就是名正言順的邯雨領主；再來只要我一死，咱們之間的協議就可以均不算數。」

「說什麼？你在胡言亂語什麼？」影休勃然大怒。

「是的，只要我死就不會再胡說八道，因為死人是無法開口的。」

「葬魂曲，別聽梵迦的話。」影休急忙回應。

「哼，你現在叫葬魂曲？」梵迦的話講不停。「你怎麼知道在你舉刀砍死我的瞬間，背後不會有冷箭飛來呢？」

葬魂曲竟接受梵迦的挑撥說詞，回頭一刀砍下影休持弩的手腕。「啊！」他驚叫一聲，接著斥道：「葬魂曲，你上梵迦的當了。」

不知何時，可怕的三眼烏鴉已經將整座新嶽駐紮營地團團圍住。

「看這情形，我們大家都別想逃了。」梵迦揚起嘴角。

持戟衛士擋在梵迦前，「莆羽誓死護衛大人。」

持劍衛士也做出同樣的舉動。「鐵翼戈誓死護衛大人。」接著說：「新嶽軍裝備精良，士兵訓練有素，即使黑暗深淵領主前來也不能討便宜，區區一名尋釁武者何足掛齒？」

「非是你們沒用，只是他的速度太快了。」梵迦說：「還來不及看見刀光一瞬，你們就已經身首異處，我很了解這個人的能耐。」

同一時間，駐紮在血祠院南方幽暗平原地帶的新嶽第三路援軍見梵迦遲遲沒來會合，即使沒有傳音命令也知道了個大概。第三路援軍之首名叫凱邦，為新嶽的王殿大將之一，以冷靜縝密與殘酷的個性聞名。他一身潔白，臉上脂粉濃厚，還有一對細如線的狡詐眼神，最突出的是他背後那對少見的鋼製羽翼，幾乎變成他個人專屬的形象代表。

鬼牢領主齊倫整軍前來，劈頭就問：「你們還不行動，等什麼？」

「第一路軍已被天界雷神殲滅，第二路軍的梵迦大人仍未下進一步的指示。」凱邦說。

「那你更該當機立斷，先掃除阻礙南方道路的天界，否則怎麼讓梵迦大人和陛下有逃出生路的機會？」齊倫表示。

「我本來也是這麼想，但是您瞧瞧……」凱邦指著黑濛濛的天空，有三點很小的光芒在雲間移動。

即使遠在高空之上，對齊倫來說如同近在眼前的景物。他驚道：「三架迅風星舟？天界人完全想把我們趕盡殺絕！」

「迅風星舟飛得實在太高了，就像是移動在雲界的堡壘般難以接近。」

「禦空鬼火砲呢？」齊倫問。

「只有兩具，因為沒料到有這種情況發生。」

「我們貿然進入戰場只是送死。」齊倫倒抽一口涼氣。

「是的。」凱邦說：「就算讓奪雲者艦隊從新嶽趕來也是來不及。」

「我早跟梵迦說過天界不是合作對象，他們只想著自己的利益，現在嘗到苦頭才認清這個盟友已經太晚了。」齊倫斥道。

「說也奇怪，血祠院與邯雨兩邊同時遭到天界圍攻這麼重大的事，怎麼魔塵大陸還能這麼平靜？」凱邦質疑：「昭雲閣分身乏術，北伐軍被困在紅城外也就算了。果報之城連一點動靜都沒有，您不覺得奇怪嗎？」

「難道這群傢伙又在密謀什麼了嗎？」齊倫問了一個沒人可以回答他的問題。

雀一羽來到無人看守的墓窖中，冰封著亞基拉爾傷軀的棺木就近在眼前，舒暢的時機已到。

「亞基拉爾大人，您近來可好？」雀一羽手沿著棺蓋慢慢輕撫。「您可知道沒有您在昭雲閣礙事的日子，魔塵大陸有多麼和平嗎？是的，大家都奉公守法，百姓過得十分安樂，沒有人不喜歡這段安寧的日子，大家都盼望著您別再復出。想必打了那麼久的仗，您也累了吧？好好的睡一覺，安穩地沉眠，永遠……永遠別再起來了。」雀一羽拔出腰際的配劍，那是施過咒術的兵器，用以破除冰棺上的保護。「安心的睡，不必再為魔塵大陸或昭雲閣的事掛心，我會全權替你處理。請了卻煩惱與瑣事，平靜的前往裂面空間。」咒劍揮下，結果意外地被棺蓋反彈。

咦？雀一羽驚疑之間才發現棺木並未設下任何咒術。「想不到您連在睡夢中都要擺我一道？但我不會讓你就此醒來。」言畢，凝聚神力以掌破棺。

轟然巨響後棺木是碎了，但是一條靈活人影躍出的同時還回敬雀一羽一拳，將他打退。那拳力沒大到足以讓新嶽領主負傷，卻造成他體內的神力紊亂，一時沒辦法再運勁。「希爾溫？」

「您真的想殺亞基拉爾？」希爾溫又驚又怒。「同為昭雲閣的黑暗深淵領主之一，難道您不知道這會有什麼後果嗎？」

「亞基拉爾呢？原來你們早知道我會來，所以故意引我入局？」

「我不知道是您會來，我只知道有人想殺亞基拉爾，所以防範於未然。」

「是誰說想殺亞基拉爾？」雀一羽輕笑道：「不，應該要問誰不想殺亞基拉爾？」

「請離開吧，血祠院已被天界重重包圍，現在不是我們自家人起內鬨的時候。」希爾溫說話時總有意無意地搗住胸口，他的傷還未痊癒，在雀一羽面前無所隱藏。

「天界人與我們勢同水火，他們進攻有什麼好訝異？」雀一羽那不懷好意的眼神持續打量著希爾溫。「雖然計畫出了點變數，不過跑了個亞基拉爾卻來個哈魯路托，這反倒是諸神送我的一份大禮。」

「您想殺我？」希爾溫已看穿雀一羽的內心想法。

「只有我嗎？你的命可值錢了，多的是人想殺你。」雀一羽說：「要是真能買下你的命，再多的靈魂玉我都出。」

「在天界侵略魔塵大陸的時候我們更應該同心協力擊退外敵。」希爾溫勸道：「陛下，請收手吧！我們可以一起創造更好的世界。」

「這件工作我會代替你完成，請你安心。說實話，我已經無法忍受在你的手下繼續做事。我們同期出道，大家為了哈魯路托之位盡心努力，最後就偏偏被你這個懦弱的人得位，害得安茲羅瑟幾千年來抬不起頭。你是千古罪人，應該以死謝罪，將位置空出來。」雀一羽怒道：「順便和你說，天界是配合我的行動要來勦滅你的勢力。」

希爾溫一聲喟然長嘆。「魔塵大陸已經風雨飄搖。您身為五大家族長之一，竟引賊入室企圖傷害自己人，權慾已遮沒您的雙眼，讓您看不見東西也不清是非。」

「廢話休說，這是天賜良機，今天你注定走不出這裡。」

「殺了我，哈魯路托之位真的就輪到您坐嗎？」希爾溫問。

「我坐是最好，但若不是我也無所謂。哈魯路托一統魔塵大陸的無用制度已經過去了，未來將是實力展現一切的時代，我會用自己的力量征服這塊土地，誰上位都無所謂。」雀一羽將劍棄之一旁，渾身散發殺意。「重要的是先要拔出你這根眼中釘、肉中刺。」雀一羽雙掌做出一個弧形，以法印推動力量，將希爾溫整個人撞飛起來。

希爾溫背部撞上牆後倒落在地，他順勢將手摸至一具棺底的機關，剎時房間變得朦朧，所有的棺木完全消失無蹤，空間也加大了不少。

「安寧地帶？」雀一羽只是冷笑。「以為這樣就能緩過你的死期嗎？」

「不，這是不想讓你和天界人聯手。」希爾溫站起。「為了安茲羅瑟，我不想和您動手，別再咄咄逼人。」

「你留著鼻血呢！不擦乾再說嗎？」雀一羽絕不會手下留情。「既然不想和我動手，那你就站著受死！」神力匯集，雀一羽的身體在刺目白光之中一分為三。

希爾溫以一敵三，他知道這不是單純的幻影，而是三個具有攻擊力的實體。他以袖子抹去臉上的血，拳腳齊出，一一招架雀一羽目不暇給的連環攻擊。

負傷在身，希爾溫無法完全化去雀一羽的招式，累積的傷痕逐漸增多。

「哼，白費工夫。我派人看過密城的機關，那換作是一般上位指揮者早就死了，就算你僥倖逃出也是身負重傷，何必再逞強？」同時，雀一羽已發現這並非尋常的安寧地帶，而是設下咒術的結界空間，他的力量至少有三成受到了限制。

「任何人進入此地都沒辦法發揮全力，為什麼一定要打得兩敗俱傷呢？」希爾溫不解。

「七成神力殺現在的你足夠矣。」雀一羽的本尊連同兩個分身羽翼齊開，將數量驚人的羽毛箭射出，耀如繁星過境。

希爾溫張開天界的防護招式希望能擋下雀一羽的殺招，沒想到神術運行途中卻因氣力不濟、施法時間過短而造成防禦力降低。飛羽穿透聖光，將希爾溫肢體各處射得皮開肉綻。其中一根白羽箭不偏不倚刺入咽喉中，希爾溫喉間血氣上湧使其猛咳不已，唾液被血取代。

「天界的聖盾，可惜聚氣時間不足。」

舊傷未癒又添新傷，希爾溫身上的暗傷再因強行使用神力而爆發，他的右手指尖變長，眉心破裂發出血光，右臉也不斷地抽搐扭緊。「我……我要現形了，真身開始吞噬我的人性，求求你別再對我發動攻擊，你的行為會害死很多人。」

雀一羽確實有些心驚，他知道希爾溫的真面目。「就因為這樣，更是要快點打死你，絕不能讓禍害繼續留存。」

「愚蠢，真是太愚蠢了啊！」隨著希爾溫的吼叫聲，他的左手在強大的魂系神力中發出紅光，一柄造型特殊的長劍化出；另一手元系神力高漲，寒氣迅速向四面八方鋪開，湛藍的巨鎚在冰霜中出現。

「靈魂王者風雅，還有一把冰誓。」雀一羽不禁咋舌。「傷成這樣，你還能駕馭這兩把神兵利器嗎？」

希爾溫身上流出的血液盡被風雅吸收，那把劍狂性大發。「哼哼哈哈哈，我要血，要更多更多更多的血。」風雅竟發出人聲。「希爾溫，你不是發誓不再使用我了嗎？我早料到你最後還是需要我。」

眼前的男子身上同時擁有聖、魂、咒、念、元，五系神力。這個精通各系神術的罕見強者而且也是安茲羅瑟首屈一指的哈魯路托，要不是先中了光神的計策而負傷，雀一羽還真不知道要怎麼殺他。看著對方雙神兵在手，情緒又瀕臨發狂，他可不想和希爾溫採取近身戰。心念一定，他決定故計重施，飛羽掠擊。

希爾溫手中的冰鎚發威，羽箭盡被冰寒之氣凍結而粉碎。風雅揮動，空中留下一抹血紅殘影，殺招開闔之間，宛若一張淒涼的畫作。雀一羽兩名分身在轉眼間即被一劍斬斷，獨留本尊。

希爾溫使劍越攻越急，他的性情隨著傷勢的加重以及風雅的催化變得更加狂暴。即便個性溫和仁慈如希爾溫，依然抵不過安茲羅瑟好戰、殘酷的本性。

雀一羽漸漸覺得情況開始失控，他沒有辦法阻止希爾溫的真身出現，對方的狂怒讓自己的勝機正一點一滴的隨時間流逝。這不是個只限制他三成力量的空間，還會在戰鬥中汲取他的體力，當雀一羽意識到這對自己大不利的一點時卻為時已晚，他開始後悔自己不遵守和梵迦的約定——「一擊不中，應當撤退。」

所幸希爾溫所用的一招一式都在燃燒自己的生命，風雅貪婪地吸收他的血和神力，負傷沉重的他命懸一線，已撐不到真身恢復。只要雀一羽看準時機傾力一擊，勝算還是很大。

雖然策略已定，但是希爾溫手中的雙神兵實在太棘手了，它們發出的神力遠超過希爾溫本體，絕對要優先處理。雀一羽伶俐地避開風雅的攻擊，另一方面又小心冰誓發出的懾人凍氣，並以護罩擋住鎚擊。希爾溫攻擊失效後，破綻隨之出現。看準那一瞬間的空隙，雀一羽雙掌擊向希爾溫的雙腕。「脫手！」風雅與冰誓飛快地自希爾溫的手掌中彈出。

誰知道希爾溫眼神一亮，雀一羽立刻知道自己出招失誤了。希爾溫完全沒有發狂，他一直都處於冷靜的狀態，在那一刻他轉化雀一羽的神力，接著聚氣、結印、發招猶如眨眼間的事。

「居然是禁龍咒術！」雀一羽根本連防禦的時間都來不及，神力反撲當場身受重創。

希爾溫拔起風雅，劍刃隨即架在雀一羽頸上。「厲害……想不到你能在瞬間避過要害。」

「你為什麼不死？為什麼那麼難纏？為什麼？為什麼？」雀一羽單膝跪地，他滿口是血並憤怒地高吼。

希爾溫自己也沒好到那裡去，他臉色慘白，氣喘連連，血液大部分已被風雅吸走。「我……我的餘力已不多，也承受不了……你的一擊，所以用了點小技巧。你被自己的神力擊敗……不算冤。」也許是失血過多，希爾溫已經產生暈眩，身體乏力。

「殺我啊！你還等什麼？給我痛快的一劍。」雀一羽不斷咆哮著。

希爾溫卻將風雅緩緩放下。

風雅抗議叫道：「幹什麼？我要喝血，你這蠢材又想放生？」

「不，不殺自己人。」希爾溫放下劍，拖著傷軀轉身離開。

這就是安茲羅瑟之主嗎？枉費他有一身驚人的好武藝，可是因為個性的關係而沒辦法真正發揮全力。安茲羅瑟人最需要的英勇、殘忍、果敢、狠絕希爾溫全都不具備，他沒資格稱王，沒資格領導眾人。這種傢伙竟然饒我一命，開什麼玩笑？

一種被輕視的屈辱感油然而生，就算不能當哈魯路托又怎樣，會死又怎樣，要死也要拖你一起去死。盛怒中，雀一羽拔出腰間的宣君刃，冷不防地朝希爾溫背後捅入，劍尖由他的後背刺入再由心窩口穿出。「蠢蛋，你也配當安茲龍瑟的王嗎？這把劍就是特別為了殺你而造的，任你有什麼古印龍甲或強大的神力防身都沒用，在宣君刃前宛如紙糊。」

「你……你真是死性不改！」希爾溫掌心抵住劍尖，禁龍咒術再次擊出，雀一羽被回流的神力貫體而過，整個人彈得飛高再重重的墜地後已如一塊破布。

劍刃拔出，血如泉湧，不過片刻又被風雅盡收。

希爾溫揮劍砍去，然而一到雀一羽的臉頰旁時又停下攻勢。「不行，我……沒辦法殺自己人。」

「刺下去啊！」風雅叫著：「我有你這樣的主人真是倒楣，連口血都沒得喝。」

「抱歉，讓你們……失望了。」希爾溫用盡剩餘的氣力，一拳將雀一羽擊出安寧地帶。

最後，希爾溫蹣跚地向前走了幾步，終究不支倒地。

連結的空間不知道是出錯或是出口就是這麼設置，雀一羽離開安寧地帶後摔在血祠院東北方的一處荒地，手中的宣君刃脫手落在眼前，自己卻沒有半點餘力可以將劍拾起。

雀一羽現在心中想的都是希爾溫帶給他的屈辱，他不甘、憤恨、怨怒、懊惱，各種負面情緒壓得他快崩潰。明明希爾溫就只剩一口氣，為什麼就是無法給他致命的一擊？該死的諸神真是偏心，賜給希爾溫各種幸運。

幸好希爾溫做了一項錯誤的抉擇，他在劍下留情放過了我。雀一羽要希爾溫後悔這項決定，要他為此付出慘重的代價！只要能讓自己回到新獄，他要再次重振旗鼓、捲土重來。一次的失敗算不了什麼，他還有第二次的機會，不管花多少時間、多大的代價，他都要希爾溫死。

雀一羽難過的在地上匍匐爬行，嘴中唸唸有詞，他的身體在地面拖出一條血痕。正當他要撿起宣君刃，再以神力傳音讓梵迦前來援救時，一隻陌生的手先一步拾起了劍。

雀一羽抬眼一望，不由得汗毛豎立，「妳這小偷……把劍還我。」

雀織音一臉無辜，「咦？我不知道這把劍是爸爸您的。」怎麼會這麼巧？偏偏在自己身受重傷時還見到將自己恨之入骨的女兒，難道冥冥之中真有定數？

「妳在這做什麼？」雀一羽雖負傷，仍保有凌厲的眼神。「莫非是來看我笑話？」雀織音只是側著頭，好奇地看著雀一羽。「我出現在這裡，您都不覺得奇怪嗎？」

雀一羽根本不想和她浪費時間。「東西還我，然後從我的視線離開！」

「都已經傷得面目全非了，為何還要擺這麼高的姿態呢？就連說話也一樣中氣十足且得理不饒人，看了真讓人反感。」雀織音問：「這就是那把號稱能破任何防禦的短劍嗎？」她將劍用力刺入雀一羽的手掌。「我還您囉。」

雀一羽發出驚叫，「妳……妳這可惡的婊子。」

「我是婊子，也是你生的女兒，有其父必有其女。」雀織音冷冷的笑著。「不妨告訴你，是我提醒老師有人要暗算亞基拉爾的事，只不過我沒明說是你。」

「妳到底想怎樣？」

「你還問我想怎樣？你的腦袋被老師打得腦震盪了嗎？」雀織音粗暴地拔出劍，接著再斬斷雀一羽的手掌。當雀一羽發出哀嚎時，她心中就會有莫名的興奮感。「來來來，求我饒你一命。」

「賤種，翅膀長硬了，當初就該讓妳和妳那沒用的母親一起死去。」雀一羽罵不停口。

此番話惹怒雀織音。她立刻斬去雀一羽的一手一足，然後右腳踩在他的頭上，「人是不能自由選擇父母的，我的身上流著你的血液這點讓我感到羞恥。求我饒你一命或是和我道歉，兩個選項讓你選，我很公平了。」

「父親向女兒低頭？憑什麼？」雀一羽的聲音越來越微弱，已經變得像是氣若游絲的低語聲。「妳是個累贅……一直都是……我不需要妳。」

「如果不是自私的你一直想利用我，等到我沒價值就棄之如敝屣，我的人生會變成這樣嗎？」雀織音惱羞成怒，朝雀一羽身上一陣亂砍。「你現在憑什麼繼續擺出高高在上的姿態？你就這麼死去吧！我也不想再看見你。」

雀一羽連哀聲都發不出，變成任由雀織音出氣的娃娃。

梵迦及時趕到，他的臉上多了幾處刀傷，髒血和污泥將他華麗的衣服弄得凌亂不堪。莆羽和鐵翼戈兩名護衛以身抵擋葬魂曲，雖然以性命相搏也毫不畏懼，卻依然敗在實力的差距。他們二人的犧牲換得梵迦以及影休逃脫的時間，葬魂曲在亂軍之中失去他們的蹤影。

「放下劍！」梵迦叫著。「他是妳的父皇。」

雀織音的苦笑中充滿無奈與悲哀。「梵迦先生嗎？您錯了，我這個粗鄙的村姑那裡有資格成為高高在上的新嶽領主之女呢？」

「有什麼話好好說，千萬不要做傻事。妳的不滿、損失、怨懟都可以得到補償，只要妳肯放下劍。」梵迦恨不得能用階級或咒術讓雀織音聽令，可惜的是對方已非昔日那個懵懂無知的少女，而自己也負傷在身。

「好吧，你就帶雀一羽離開。」雀織音才剛放下劍，沒想到下一刻馬上又斬下雀一羽的首級。「不過……是帶屍體離開！」

雀一羽的靈魂在疾呼聲中飛向高空，直到完全散去為止。

梵迦悵然若失地看著雀一羽魂飛魄散，他表面雖不發一語，靜如止水；事實上，他心中怒火爆發，就快要將他燒盡。梵迦恨不得上前殺了雀織音，為主復仇。

「您要為主報仇嗎？」雀織音知道梵迦的想法，她一動也不動。「動手吧！我不會逃。」

梵迦捏緊拳頭，眸子始終沒從雀織音身上移開。但是聖王才駕崩不久，埃蒙史塔斯家族的人一定馬上就得到消息，這是最糟糕混亂的時刻。他不能在此和雀織音浪費時間，必須馬上趕回處理家族的事，何況繼續在外面徘徊說不定會引起天界以及葬魂曲的注意。

一想到此，梵迦就不得不放棄手刃仇人的念頭。梵迦輕輕抱起雀一羽冰冷的遺體，「埃蒙史塔斯家走到這個地步可說是一敗塗地，已沒有多餘心力去想復仇之事。如今聖王已死於妳手，希望我們的恩怨就此勾消，雙方再無瓜葛。」梵迦越行越遠，他渺小的身影逐漸被黑暗的環境吞沒。

雀一羽的死訊飛快地傳回埃蒙史塔斯家，底下的領主們鼓譟不安，不知該如何是好。

鬼牢、華馬、非亞三大領主全部齊聚一堂，雷博多修則代表托佛出席，新獄現階段則以梵迦為主，這群人為了家族長死亡之事緊急召開應變會議。

「當初就不該信任天界。」齊倫拍桌怒道：「那群傢伙全都不是個東西。」

「究責有什麼用，釐清責任歸屬就能讓聖王重生嗎？」克勞頓哼道。

「沒錯，難道你不想讓聖王復活嗎？」齊倫看著梵迦問。

「當時的戰況確實很混亂，我能做的事不多，僅能將散失的靈魂精華加以收集。」梵迦低頭難過的說。

「責怪梵迦大人有什麼用？大人又不是咒術者出生，能做的事自然相當有限。」戴曦為梵迦緩頰。「復活要素不齊全，就算真讓聖王復生也會有殘缺。」

「這就是你們該想辦法的地方。」齊倫說：「埃蒙史塔斯家不能長期無主，否則家族絕對會四分五裂。」

「齊倫大人說的不錯。」伊利安也認同：「沒有黑暗深淵領主的家族會分崩離析，眾人的心會不穩定，所以這才是當務之急。」

督軍高伊札說：「我提議這段時間就讓梵迦大人來暫時領導整個家族。」

「我何德何能？」梵迦看向在座眾人。「其他領主沒任何人想擔此大任？」

依利安率先搖頭。「我的位階和領導能力會讓眾人質疑，很不合適。」

克勞頓也沒有接任的意思。「病榻地獄剛被破不久，非亞承受各方壓力，我恐怕分身乏術。」

「別看我。」齊倫揮手。「我離開鬼牢後，救贖者們最開心了。」

雷博多修抬眼張望。「這……屬下連領主都不算是……應該輪不到我吧？」

「沒錯，所以你閉嘴。」戴曦不客氣地回應。

「想個辦法，我不想在漢薩、烈或是亞基拉爾這渾蛋底下討活。」齊倫急道。

「又不是叫您現在就離開家族。」戴曦說：「何況您還忽略了厄法。」

「赤華只是個小毛頭，我根本不當他是一回事。」齊倫不屑地說。

這個職位非常麻煩，更何況梵迦自己的階級還只是上位指揮者，不論對內對外將會非常考驗他的處理與應變能力，「這難題真難倒我了。」梵迦另有提議：「我認為子承父業才是天經地義。」他的眼光瞟向會議的主座，在陰影之中有個男人正把玩著手中的木偶，完全不參與會議討論也不管家族的情勢有多危急。

「雀神翼殿下，您願意接下聖王之位嗎？」克勞頓問。

「父皇的能力無人可及，即便我是他的兒子，恐怕仍接不起這個大權。」雀神翼搖頭。

「聖王駕崩後，您的位階已升至統治者了不是嗎？雖然還是有落差，但在名義上較能讓人民接受。」梵迦說。

「殿下年紀輕輕，恐難顧及大局。」依利安建議道：「這段時間就由梵迦大人您來輔助殿下。」

當個攝政王嗎？這還比較符合梵迦現今的期望。「我自當全力輔助殿下，讓埃蒙史塔斯家恢復昔日榮光。」

「你們決定就好，到時候再告訴我要怎麼做。」雀神翼似乎興趣缺缺，他起身鞠躬。「如無要事，請讓在下告退。」

齊倫看著雀神翼離去的背影，嘆道：「他根本不想當王，真是可悲。唉，一連串的挫敗，家族走到今天可說是一子錯滿盤皆輸。」

「我會讓他體悟到自己的重要性，並早日助他升上黑暗深淵領主階級。」梵迦說：「埃蒙史塔斯家終歸是他的江山，沒理由放任不理。殿下可能是因為父喪在前，諸事繁雜在後而顯得不知所措，我會好好地安撫他。」

一道光團穿過新嶽的防護線，逕自進入會議室中。

「什麼人闖入？」齊倫大吼。

最奇怪的是竟然沒有守衛事先通報，外面也沒有打鬥聲。

韶利茲現出真身，紅白相間的長髮飄揚，立體的五官讓他看起來更器宇軒昂，一身潔白的服飾搭配背後的豐滿的黑色羽翼，他的存在就滌淨了四周的陰霾。「奉昭雲閣高層之令前來，何人敢攔我？」

「埃蒙史塔斯自家的事，與昭雲閣何關？」齊倫不滿地問。

「你們難道都不是昭雲閣的一份子嗎？」韶利茲說：「對雀一羽陛下駕崩一事，昭雲閣所有人同感悲傷，也深知一個家族不能沒有高階領主掌理的困難點，為此特派我來提供協助。」

「非常感謝監督使大人的一番好意。」梵迦起身回禮。「但是我們有能力解決這次的危機，所以不需要勞煩昭雲閣高層，請將多餘的精力給予更需要幫助的同盟。」

「依利芃妮女士之令，我前來輔助家族的運作，以我的階級來說，定能給你們帶來不少幫助，還可以讓家族早日恢復安定。」韶利茲強硬的表示：「這是三權首的意思，誰都不能違背。」

這番話聽在梵迦的耳中很不是滋味，畢竟雀一羽會死，希爾溫要負一半以上的責任。話雖如此，卻又不能公開說明雀一羽是因為以下犯上，試圖刺殺哈魯路托才陣亡。就算昭雲閣的人都知道內情，只要埃蒙史塔斯家沒有正式承認錯誤或被揭穿，大家就還能繼續維持這和平的假象。至於雀一羽死亡的理由，看來只能全部推給天界人。

這種情況非常荒唐，偏偏就在眼前發生，埃蒙史塔斯家和昭雲閣之間尷尬的局面恐怕在短時間內是無法化消了。「聖王死於天界人之手，您的身分太過敏感，恐怕不適任。」梵迦說。

「我雖出生於天界，但天界現在是我的敵人。」韶利茲解釋：「如今我位居昭雲閣監督使一職，誰敢懷疑我的立場？爾等不必多慮。」

「我得徵求殿下的同意。」梵迦抿著嘴，不甘的說：「剛剛眾人決議，新任的領導者為聖王之子雀神翼殿下。」

「好，那就勞煩您去知會殿下一聲。」

梵迦走入內廳，順便打算先去收回雀一羽的遺骨，不料正巧讓他撞見難以置信的一幕。

雀神翼將雀一羽的骨灰以及靈魂精華全部吸收，桌上那甕骨灰瓶已經淨空。

「殿下，您這是做什麼？」梵迦急怒攻心。

「唉，父皇的死太令我傷心了，我這麼做是因為我希望父皇能與我永遠同在。」雀神翼惺惺作態的說。

如此一來，雀一羽的復生已無希望。「他是您的父皇，難道您沒想過讓聖王復生嗎？」

「我已經成了埃蒙史塔斯的新王，還需要舊王嗎？」雀神翼反問：「死者已矣，父皇剩餘的力量能讓唯一的獨子更上一層樓，我相信這也是父皇死後樂見的事。」

梵迦發出長嘆聲，他還能怎麼辦？接著將韶利茲來訪的目的全數告知。

雀神翼聽完後反倒顯得十分開心，這和剛剛開會時的態度截然不同。他馬上返回會議室，隨後上前熱絡地跟韶利茲打招呼，並積極的邀請韶利茲為埃蒙史塔斯家出謀劃策。

看到雀神翼反反覆覆的態度，讓梵迦更為寒心。一個心思難測的少主再加上一個外人擔任輔助職，這個家族之後究竟會變得怎麼樣呢？梵迦是想都不敢想，恐怕往後內部風波將越演越烈。

來到魔塵大陸一段時間，亞凱越來越感到迷惘，他在此找不到新的目標，艾列金與貝爾又不肯隨他返回安普尼頓，好像這陣子以來的努力全是白費工夫。唯一改變的除了外貌之外，就是神力的副作用已不再對自己有影響，這也算是意料之外的收穫。

待在這裡日復一日，亞凱就像個失業男子般終日渾渾噩噩，這不是他想要的生活，因此他正為離開做準備。貝爾的傷勢已經復原的差不多了，他前來與亞凱見上一面。

「貝爾，有什麼事嗎？」亞凱問。

「你前陣子不是剛從守眉城附近離開嗎？聽說最近那裡正流行崔恩症。」

「這我曉得，但那不是只會令安茲羅瑟人感染的症狀嗎？應該和我無關。」

「為求慎重起見，我帶醫生來幫你做檢查。」

起初亞凱對這提議不怎麼感興趣，他認為只是多此一舉，不過沒想到前來替他做檢查的是希爾溫本人。亞凱精神為之一振。「哈、哈魯路托？」

希爾溫很有禮貌地打招呼。「亞凱先生，您好。」

「哈魯路托要為我做檢查，這……」

「不用擔心。」貝爾安慰道：「哈魯路托在天界時學的就是醫科，他是正統的醫生。」

亞凱才不在乎希爾溫是不是真的醫生，他只要能見到希爾溫本人就很開心了，其他的事並不重要。「是、是嗎？那也好。」

「請捲起袖子，我來幫您抽血。」

「好的。」亞凱的動作十分迅速。

希爾溫注意到亞凱被燒傷的臉，因此提問：「這燒傷真的很嚴重，問過您幾次卻都不肯治療，這是為什麼呢？」

因為希爾溫以手輕撫亞凱的臉，這舉動讓亞凱顯得有點不知所措。「不，我是……」話還沒說完，貝爾就打斷亞凱的話。「是啊，一邊臉焦黑的，另一邊顯得潮紅，看起來是很奇怪。」

「這能提醒我，讓我知道自己的失敗之處。」亞凱恢復平靜。「我是修道者，外貌的美醜本來就不縈於懷。」但是如果希爾溫對他說這張臉不好看，亞凱肯定會為了這個理由而去治療。

希爾溫像是看穿亞凱的內心，他微微地笑道：「我還是先幫您驗血，畢竟崔恩症鬧得很厲害，若是您也被感染就不好了。」

「這和我真的有關係嗎？」

「托賽因大人的心臟改變了您的體質，所以不能保證崔恩症不會找上您。」

抽血時，亞凱完全沒注意到針頭已經扎入，他只是著迷的盯著希爾溫的臉猛瞧。

希爾溫瞇眼微笑，一句話都沒說。

貝爾覺得很奇怪，他看著兩人的神情感到納悶不解。「你們在以神力傳音對話嗎？」

「沒有。」希爾溫搖頭。

「那亞凱在想些什麼？看他整個人都出了神。」貝爾問。

這問題叫希爾溫不知道該怎麼回答，他只是維持一貫的笑容。

貝爾的聲音忽然將亞凱拉回現實。「你懂讀心術？」

「一點點。」希爾溫回答，他將抽完的血收妥。

「哈魯路托可是魔塵大陸最偉大的人，小小的讀心術怎麼能難得倒他呢？」貝爾表示。

「那我剛剛想的事你全知道了？」亞凱大吃一驚。

希爾溫聳肩，接著還是給了亞凱暖如春風的笑容。

「你……你會介意嗎？」

希爾溫搖頭，他還是繼續笑，什麼話都不說。

亞凱突然覺得希爾溫很像傻瓜，除了笑什麼都不會。可是他那笑容又十分地迷人，笑得亞凱內心喜悅不已，春意流淌。「難道你只會笑嗎？」

「是的。」希爾溫終於回以簡短的兩個字。

亞凱與希爾溫對視一眼後，不自覺靦腆地笑出聲，這讓一旁的貝爾看得更加大惑不解。

（END）

獵海人

永夜的世界

——戰爭大陸（下）

作　　者　談惟心
圖文排版　周妤靜
封面設計　蔡瑋筠
出版策劃　獵海人
製作發行　獵海人
114 台北市內湖區瑞光路76巷69號2樓
電話：+886-2-2518-0207
傳真：+886-2-2518-0778
服務信箱：s.seahunter@gmail.com

展售門市　**國家書店【松江門市】**
10485 台北市中山區松江路209號1樓
電話：+886-2-2518-0207
三民書局【復北門市】
10476 台北市復興北路386號
電話：+886-2-2500-6600
三民書局【重南門市】
10045 台北市重慶南路一段61號
電話：+886-2-2361-7511

網路訂購　博客來網路書店：http://www.books.com.tw
三 民 網 路 書 店：http://www.m.sanmin.com.tw
金石堂網路書店：http://www.kingstone.com.tw
學思行網路書店：http://www.taaze.tw

法律顧問　毛國樑　律師

出版日期：2016年6月
定　　價：730元

國家圖書館出版品預行編目

永夜的世界：戰爭大陸 / 談惟心作. -- 臺北市：
獵海人, 2016.06
冊；　公分
ISBN 978-986-92693-8-4(上冊：平裝). --
ISBN 978-986-92693-9-1(中冊：平裝). --
ISBN 978-986-93145-0-3(下冊：平裝)

857.7　　105007123